रेखा

[उपन्यास]

रेखा

भगवतीचरण वर्मा

राजकमल प्रकाशन

ISBN : 978-81-267-1673-9

मूल्य : ₹595

पहला संस्करण : 1964
इस रूप में पहली बार : 2009
तीसरा संस्करण : 2019

प्रकाशक : राजकमल प्रकाशन प्रा. लि.
1-बी, नेताजी सुभाष मार्ग, दरियागंज
नई दिल्ली-110 002

शाखाएँ : अशोक राजपथ, साइंस कॉलेज के सामने, पटना-800 006
पहली मंजिल, दरबारी बिल्डिंग, महात्मा गांधी मार्ग, इलाहाबाद-211 001
36 ए, शेक्सपियर सरणी, कोलकाता-700 017

वेबसाइट : www.rajkamalprakashan.com
ई-मेल : info@rajkamalprakashan.com

मुद्रक : बी.के. ऑफसेट
नवीन शाहदरा, दिल्ली-110 032

REKHA
Novel by Bhagwati Charan Verma

प्रभाशंकर के सामने इक्कीस-बाईस साल की एक युवती थी, ताजे और प्रस्फुटित यौवन से भरपूर। हरिणी की-सी बड़ी-बड़ी आँखें, जिनमें कौतूहल की चमक थी, और जिनमें एक अजीब तरह के भोलेपन का उल्लास था। यह भोलापन उसकी आँखों में ही नहीं था, यह भोलापन उसके समस्त अस्तित्व में था। संगमरमर की, एक कुशल शिल्पी द्वारा तराशी, प्रतिमा की भाँति रेखा का शरीर, जिसमें जीवन की ऊष्मा थी, जिसमें गति का लचाव था। लाल-लाल होंठ, और उनके भीतर मोती की भाँति दाँतों की पंक्ति। हिम की-सी छटा खेल रही थी उसके अधरों पर। यह रेखा ममता की साकार प्रतिमा बनकर उनके जीवन में प्रवेश कर रही थी।

रेखा के मुख पर मुस्कराहट थी और उसकी आँखें झपी हुई थीं। एक असीम आह्लाद से उसका स्वर काँप रहा था, "अकेले में तुम मुझे 'तुम' कह सकते हो, लेकिन दुनिया के सामने नहीं, क्योंकि यह 'तुम' का सम्बन्ध घनिष्ठता का द्योतक है, और मैं विवाहित हूँ, किसी पर-पुरुष से मेरी घनिष्ठता नहीं होनी चाहिए। समाज के सामने यह घनिष्ठता का व्यवहार अनुचित होगा। है न ऐसा?"

प्रभाशंकर को ऐसा अनुभव हुआ कि रेखा उनके और निकट आ गई है। उनके शरीर से रेखा का शरीर स्पर्श कर रहा है और उनका हाथ रेखा के सिर से हटकर उसके कन्धे पर आ गया है। रेखा का मुख झुका हुआ था। प्रभाशंकर ने रेखा का सिर ऊपर उठाया, रेखा की आँखों में आनन्द के आँसू छलक रहे थे। फिर प्रभाशंकर का मुख झुका, और अचानक प्रभाशंकर के अधर रेखा के अधरों से मिल गए।

भगवतीचरण वर्मा ने इस उपन्यास में शरीर की भूख से पीड़ित एक आधुनिक, लेकिन एक ऐसी असहाय नारी की करुण कहानी कही है जो अपने अन्तर के संघर्षों में दुनिया के सभी सहारे गँवा बैठी।

रेखा

[1]

ड्रेसिंग टेबल के सामने बैठी हुई रेखा बाल सँवारते-सँवारते अपने प्रतिबिम्ब से उलझ गई। उसके सामनेवाली दो बड़ी-बड़ी आँखों में एक प्रकार की चमक थी। कमान की तरह खिंची हुई घनी भौंहों के नीचे मछली के आकार की दो आँखें—दुग्ध के सरोवर में मानो दो गहरी नीली गोलियाँ उतरा रही हों। गहरी नीली पुतलियाँ ! रेखा की इन पुतलियों में कौन-सा आकर्षण है जो लोग उसके सामने खिलौने बन जाया करते हैं ? रेखा ने अनेक बार अपने से ही यह प्रश्न किया, लेकिन उत्तर कभी नहीं मिला उसे।

खिलौने ! खिलौनों से खेलने की उम्र रेखा पार कर चुकी है, लेकिन खिलौनों से खेलने की प्रवृत्ति उसमें अभी तक बनी है। उसकी आँखों के आगे जो कुछ है वह सब उसके लिए खिलौना है, और जो कुछ सामने है उससे भी अलग हटकर रेखा की आँखों में, बहुत-कुछ में रंगीनी है, मादकता है, पुलक है, उल्लास है, उस बहुत-कुछ में रेखा की समस्त कल्पना है। लेकिन जिस प्रकार कल्पना का कोई आकार नहीं है, उसी प्रकार उस बहुत-कुछ की संज्ञा रेखा के लिए अनजानी है। बहुत-कुछ खिलौना तो नहीं है, रेखा इतना अनुभव कर सकती है। पर वह यह अनुभव नहीं कर पाती कि उस बहुत-कुछ के हाथ में रेखा स्वयं एक खिलौना है।

रेखा अपने बाल सँवार चुकी। अलसाई हुई-सी वह ड्रेसिंग टेबल के सामने से हटी। उसने अपने हाथ में बँधी घड़ी देखी, साढ़े-नौ बज रहे थे, और दस बजे क्लास था उसका। उसके होस्टल से विश्वविद्यालय में उसके विभाग का रास्ता मुश्किल से दस मिनट का था और रेखा फिर ड्रेसिंग टेबल के सामने बैठ गई। एक हफ्ता पहले उसने एक फिल्म देखी थी। उस फिल्म की हीरोइन ने धनुषाकार मछली के ढंग की बिन्दी लगाई थी अपने मत्थे पर। और रेखा को वह बिन्दी बहुत पसन्द आई थी। उसने अपनी फूल के आकार की बिन्दी मिटाकर उसी तरह की बिन्दी लगाई।

रेखा सुन्दर है, रेखा को इसका पता था। मटमैले सोने का-सा रंग, जो पेन्ट की सहायता से चमकने लगा था। नुकीली और पतली नाक, चौड़ा मत्था ! पतले-पतले होठ, जिनके नीचे चमकते हुए अनार के दानों की तरह के छोटे-छोटे दाँत। एक प्रकार का तीखापन था उसके चेहरे पर। यह तीखापन शायद इसलिए और भी स्पष्ट हो गया था कि वह इकहरे बदन की थी। उसका शरीर सुडौल और तना हुआ था, उसकी चाल में एक प्रकार का आत्मविश्वास था। रेखा ने खड़े होकर अपने शरीर को दर्पण में देखा और जैसे वह स्वयं अपनी सुन्दरता पर मुग्ध हो गई। इसी सौन्दर्य को बिखेरने के लिए

तो उसने अपना शृंगार किया था। अपने क्लास में जाते समय भी अपना सौन्दर्य बिखेरने की अभिलाषा का दमन वह न कर पाती थी।

उसके क्लास में कितने विद्यार्थी हैं—उससे अगर यह पूछा जाता तो वह न बतला पाती। उसके क्लास में जो विद्यार्थी थे उनके सम्बन्ध में उसका ज्ञान नहीं के बराबर था। अपने क्लास के विद्यार्थियों से वह हँसती-बोलती थी। उनमें से हरेक को वह पहचानती थी और प्रायः हरेक का नाम भी वह जानती थी। लेकिन सिवा क्लासरूम के उसके लिए उन विद्यार्थियों का कोई अस्तित्व न था। उसके क्लास में लड़के थे, लड़कियाँ थीं। अपने सहपाठियों की आकृति से वह भली-भाँति परिचित थी। लेकिन वे सब आकृतियाँ थीं, जिनके सहारे एक-दूसरे को अलग करके पहचाना जा सकता था। इसके आगे उन आकृतियों की उसके लिए कोई महत्ता न थी।

उन आकृतियों में प्राण हैं, उन आकृतियों के अन्दर भावनाएँ हैं, उन आकृतियों में हृदय का स्पन्दन है, रक्त का प्रवाह है—ऐसा नहीं कि रेखा यह सब जानती न हो, उनके रोग-द्वेष को वह पहचानती थी। लेकिन इस सबसे उसका मनोरंजन-भर होता था, जैसे, ये आकृतियाँ उसका मनोरंजन-भर करने को हों। वैसे उसके वास्तविक अस्तित्व के लिए ये नितान्त महत्त्वहीन थीं।

अपना सौन्दर्य बिखेरती थी रेखा उन आकृतियों पर, केवल इसलिए कि इसमें उसे सुख मिलता था। उसके सौन्दर्य से प्रभावित होकर वे आकृतियाँ उसकी सराहना करें; यही नहीं, ये आकृतियाँ उसके आगे झुकें, उससे अपने को हीन समझें। वह इन आकृतियों पर जैसे छा जाना चाहती हो। वैसे उसे अपने रूप पर गर्व करते किसी ने नहीं देखा, विनय और शालीनता उसको संस्कार से मिले थे।

यूनिवर्सिटी गर्मी की छुट्टियों के बाद प्रायः पन्द्रह दिन पहले खुली थी, और विभिन्न विभागों में प्रायः एक हफ्ते से पढ़ाई भी शुरू हो गई थी। एम.ए. प्रीवियस पास करके रेखा एम.ए. फाइनल में आई थी, उसका विषय था दर्शनशास्त्र। एम.ए. प्रीवियस की मार्कशीट जब उसे मिली थी, वह प्रसन्नता से खिल उठी थी। उसे सत्तर प्रतिशत नम्बर मिले थे, और सबसे बड़ा आश्चर्य तो इस बात पर हुआ था कि प्रोफेसर शंकर के परचे में उसे बयासी प्रतिशत नम्बर मिले थे। प्रोफेसर प्रभाशंकर उसके विभाग के अध्यक्ष थे और वह विश्वख्याति के दार्शनिक माने जाते थे। भारतीय दर्शन के वह दुनिया में सबसे बड़े विद्वान समझे जाते थे, उनका मत प्रमाण था। अभी दो दिन पहले वह अमेरिका से दर्शनशास्त्रियों की एक बहुत बड़ी कॉन्फ्रेन्स में भाग लेकर लौटे थे जहाँ उनकी बड़ी प्रशंसा हुई थी। उस दिन एम.ए. फाइनल के क्लास का उनका पहला दिन था।

लाख प्रयत्न करने पर भी रेखा डॉक्टर प्रभाशंकर को आकृति के रूप में नहीं देख सकी। प्रोफेसर शंकर की गम्भीर वाणी, उनकी पैनी दृष्टि, उनके मुख पर झलकनेवाला असीम आत्मविश्वास—इस सबमें कुछ ऐसा था कि रेखा स्वयं अपने अन्दर झुक जाती थी। रेखा को कभी-कभी लगने लगता था कि वह स्वयं डॉक्टर प्रभाशंकर के लिए एक

आकृति की भाँति है, और इस बात पर उसे झुँझलाहट होने लगती थी। जहाँ अन्य अध्यापकों और सहपाठियों की नजरें उस पर गड़-सी जाया करती थीं, उसके अन्दर एक प्रकार की विजय की भावना का पुलक उत्पन्न करते हुए, वहाँ डॉक्टर प्रभाशंकर की नजर एक उपेक्षा बनकर उसके ऊपर से फिसलती हुई निकल जाया करती थी। डॉक्टर प्रभाशंकर की नजर कहीं किसी के चेहरे पर गड़ती भी है, रेखा को कभी-कभी इस बात को जानने का कौतूहल होता था। क्या इस तत्त्वज्ञानी के लिए भी दुनिया के सब लोग केवल आकृतियों के रूप में स्थित हैं—रेखा के मन में प्रायः यह प्रश्न उठ खड़ा होता था, जिसका उत्तर पाना उसे नितान्त कठिन दिखता था।

रेखा सोच रही थी—बड़े अलसाए ढंग से। तभी उसकी नज़र मेज पर रखी हुई टाइम-पीस पर पड़ी और वह एक झटके के साथ उठ खड़ी हुई। दस बजने में अब सिर्फ आठ मिनट बाक़ी थे। तेजी के साथ कमरे से बाहर निकलकर उसने दरवाजे पर ताला लगाया और फिर वह यूनिवर्सिटी की ओर दौड़ने की गति में चलने लगी थी।

डॉक्टर प्रभाशंकर समय के बड़े पाबन्द हैं, हरेक को इस बात का पता था। इधर घंटा बजा और उधर डॉक्टर प्रभाशंकर ने क्लासरूम में प्रवेश किया। सीधे अपनी मेज पर आकर वह हाजिरी का रजिस्टर खोलते थे और बिना किसी ओर देखे वह उसी समय हाजिरी लेना आरम्भ कर देते थे। नाम पुकारने पर जो हाजिरी बोलता था वह हाजिर समझा जाता था। अपने रजिस्टर में वह बाद में कोई परिवर्तन न करते थे। इस नियम का वह कठोरता के साथ पालन भी करते हैं—हरेक आदमी इस बात को जानता था।

तेजी के साथ चलने के कारण रेखा का दम फूलने लगा था, लेकिन उसकी चाल और अधिक तेज होती जा रही थी। सामने करीब सौ-सवा सौ कदम की दूरी पर उसका क्लासरूम दिख रहा था, और तभी घंटी बजी। रेखा अब दौड़ने लगी। बदहवास-सी दौड़ती हुई वह क्लासरूम के द्वार तक पहुँची, और साँस लेने के लिए वह एक क्षण वहाँ रुकी, उसी समय प्रोफेसर शंकर की आवाज उसे सुनाई दी, "रेखा भारद्वाज !"

"यस सर !" रेखा ने दरवाजे से ही हाजिरी बोली कुछ उखड़ी-सी आवाज में, जो दम फूल जाने के कारण शिथिल थी।

प्रभाशंकर ने बिना दरवाजे की ओर देखे हुए कहा, "मैं तुम्हें आज प्रेजेंट किए देता हूँ, मिस भारद्वाज ! लेकिन हाजिरी अपनी सीट से बोली जानी चाहिए, दरवाजे से नहीं।" और यह कहकर प्रभाशंकर ने दूसरा नाम पुकारा।

रेखा चुपचाप अपनी सीट पर बैठ गई, मर्माहत-सी। केवल कुछ सेकंडों की देर हुई थी उससे, लेकिन रजिस्टर में उसका नाम चौथा था, भारद्वाज के 'बी' के कारण, जिसके कारण आज उसे यह सुनना पड़ा। प्रोफेसर प्रभाशंकर ने रजिस्टर बन्द करके अपने क्लास को एक छोटा-सा लेक्चर दिया। यह उनके क्लास का पहला दिन था। उस लेक्चर में उन्होंने विद्यार्थियों का क्लास में स्वागत किया, और साथ ही उन्होंने अमेरिका के अपने अनुभव बतलाए। काफी दिलचस्प लेक्चर था उनका। बड़ी तन्मयता के साथ सारा क्लास उनके लेक्चर को सुन रहा था।

लेकिन रेखा उस समय कुछ अजीब-सी अपने अन्दर खोई हुई थी। पूरे क्लास के सामने प्रोफेसर शंकर ने जो उसे एक तरह से डाँटा था, उससे उसको चोट पहुँची थी, और उससे अधिक चोट रेखा को इस बात से पहुँची थी कि अपनी बात कहते समय डॉक्टर प्रभाशंकर ने रेखा को देखा तक नहीं था। वह आकृति ही नहीं, वह केवल नाम थी—नाम !

प्रोफेसर शंकर ने अपना लेक्चर जल्दी ही समाप्त कर दिया और वह उठ खड़े हुए। लेकिन जैसे उन्हें कोई बात याद आ गई हो। उन्होंने अपनी जेब से एक छोटी-सी नोटबुक निकाली, उसे उलटकर उन्होंने देखा, फिर वह बोले, "राजकुमार ! तुम एक बजे मेरे कमरे में मुझसे मिलना, और रेखा भारद्वाज ! तुम एक बजकर पन्द्रह मिनट पर मुझसे मिलना।"

रेखा को अनुभव हुआ कि इस बार प्रोफेसर शंकर की नजर उसके ऊपर से फिसलती हुई निकल नहीं गई, बल्कि वह उस पर आकर जम गई और उस दृष्टि से रेखा घबरा गई। उस दृष्टि में ऐसा कुछ था जिसे रेखा ने अपने समस्त अस्तित्व पर छा जाते हुए अनुभव किया। एक अजीब तरह का स्निग्ध और शीतल आकर्षण था उसमें, उसका सारा शरीर पुलक उठा था। बहुत थोड़ी देर, मुश्किल से कोई चार-पाँच सेकंड के लिए वह दृष्टि रेखा पर रुकी थी और फिर एकाएक वह छिटक गई थी। डॉक्टर शंकर ने नोटबुक अपनी जेब में रख ली और बड़े निस्पृह भाव से रजिस्टर हाथ में लेकर वह क्लासरूम के बाहर चले गए। घंटा समाप्त होने में अभी दस मिनट बाकी था।

ठीक एक बजकर पाँच मिनट पर रेखा प्रोफेसर शंकर के कमरे के सामने पहुँच गई थी। चपरासी ने उसको कमरे के सामने खड़ी देखकर कहा, "मिस साहेब, साहेब तो अभी खाली नहीं हैं। वह क्या नाम है उनका—हाँ, राजकुमार साहेब हैं उनके पास, अभी-अभी आए हैं। तो इस बखत तो वह शायद ही आपसे मिल सकें—खाने का बखत हो गया है। शाम को चार बजे फुरसत से होंगे, तब आ जाइएगा।"

"प्रोफेसर ने मुझसे कहा है कि मैं एक बजकर पन्द्रह मिनट पर उनसे मिलूँ आकर।" रेखा ने उत्तर दिया।

"तो फिर आप ठहरिए, साहेब खाली हो जाएँ तो खबर करता हूँ। कुर्सी पर बैठ जाइए।"

रेखा कुर्सी पर नहीं बैठी, वह बरामदे में टहलने लगी। उसने घड़ी देखी, अभी आठ मिनट बाकी थे एक बजकर पन्द्रह मिनट होने में। तभी उसने देखा कि राजकुमार प्रोफेसर के कमरे से निकलकर चला गया। राजकुमार के कमरे से निकलते ही प्रोफेसर के कमरे के बाहरवाली घंटी बजी, उसी समय चपरासी कमरे के अन्दर चला गया।

रेखा उस समय तक कमरे के दरवाजे पर आकर खड़ी हो गई। उसने बाहर से सुना, प्रोफेसर शंकर चपरासी से कह रहे थे, "रेखा भारद्वाज के आते ही उसे कमरे के अन्दर भेज देना, वह आती ही होगी, मैंने सवा बजे का समय दिया है उसे।"

"मिस साहेब तो करीब पाँच मिनट से दरवाजे के बाहर खड़ी हैं।" यह स्वर चपरासी का था।

और फिर प्रोफेसर शंकर का कुछ झल्लाया-सा स्वर सुनाई पड़ा उसे, "तुमने उसी समय मुझे इत्तिला क्यों नहीं दी ? जाओ, उन्हें अन्दर भेज दो और तुम चाय ले आओ जाकर।"

चपरासी ने बाहर निकलकर कहा, "साहेब ने आपको अन्दर बुलाया है।" और यह कहकर वह कैंटीन की ओर चाय लेने के लिए चला गया।

रेखा ने प्रोफेसर शंकर के कमरे में प्रवेश किया। प्रोफेसर शंकर के कमरे में आने का यह प्रथम अवसर था उसका। प्रोफेसर शंकर का कमरा काफी बड़ा था, और उस बड़े कमरे के एक कोने में एक आरामकुर्सी पर प्रोफेसर शंकर आधे बैठे और आधे लेटे थे। उनके सामने एक छोटी-सी मेज पड़ी थी, जिस पर कुछ किताबें पड़ी थीं और कुछ कागज बिखरे पड़े थे। मेज के दूसरी ओर दो कुर्सियाँ पड़ी थीं। प्रोफेसर शंकर की मुद्रा से यह स्पष्ट दिखता था कि वह उनके विश्राम का समय था। उनका शरीर कुछ शिथिल था और उनकी आँखें कुछ झपी हुई थीं। उन्होंने मेज की दूसरी ओर वाली कुर्सियों की ओर संकेत करते हुए कहा, "बैठ जाओ। मुझे क्षमा करना कि मैं एक महिला के सामने इस तरह लेटा हूँ, लेकिन सच बात यह है कि मैं कल रात दो बजे तक पढ़ता रहा, और इसलिए इस समय मैं बुरी तरह थका हुआ हूँ।" और रेखा ने देखा कि प्रोफेसर शंकर के मुख पर हलकी-सी मुस्कराहट आकर चली गई।

कितनी सुन्दर मुस्कान थी वह—रेखा ने अनुभव किया। एक आकृतिहीन रंगीन सपने की भाँति वह मुस्कराहट आई और चली गई। चुपचाप वह कुर्सी पर बैठ गई। इस समय तक प्रोफेसर शंकर भी सँभलकर बैठ गए थे। उनके सामनेवाली मेज पर एक पैड था जिस पर कुछ लिखा हुआ था। प्रोफेसर शंकर उस पैड को उठाकर पढ़ने लगे।

रेखा ने अब उस कमरे के चारों ओर अपनी नजर दौड़ाई। कमरे के बीचोबीच एक सेक्रेटेरियट मेज पड़ी थी, जिस पर बैठकर प्रोफेसर शायद अपना काम करते थे, क्योंकि वह मेज किताबों, कागजों और फाइलों से लदी हुई थी। इसके बाद जिस ओर भी रेखा की नजर जाती थी वह किताबों से टकराती थी। हर तरफ किताबें-ही-किताबें—और वे सब किताबें दर्शनशास्त्र की। कमरे की दीवार का कोई भी हिस्सा खाली नहीं दिखता था—हर जगह अलमारियाँ, एक नाप की, एक नक्शे की और हरेक अलमारी किताबों से भरी थी। इतनी अधिक किताबों को देखकर रेखा को आश्चर्य हो रहा था। उसके मन में एक बार आया कि वह प्रोफेसर शंकर से पूछे, "सर ! क्या आपने ये सब किताबें पढ़ी हैं ?" लेकिन उसने देखा कि प्रोफेसर बड़े ध्यान से पैडवाले कागज को पढ़ रहे हैं, और यह प्रश्न पूछने की उसे हिम्मत नहीं पड़ी। वह सिमटी हुई-सी बैठी आश्चर्य कर रही थी डॉक्टर शंकर पर।

डॉक्टर शंकर ने पैड मेज पर रख दिया, और फिर उन्होंने रेखा की ओर देखा। रेखा को लगा कि वह नजर उस पर जम गई है। फिर मुस्कराते हुए डॉक्टर शंकर ने कहा, "तुम बड़ी बुद्धिमान लड़की मालूम होती हो, मिस भारद्वाज ! एम.ए. प्रीवियस में अभी तक किसी लड़की ने इतने अधिक मार्क्स नहीं पाए—मैं तुम्हें बधाई देता हूँ। तो एम.ए. फाइनल में तुमने डिज़रटेशन करना तय किया है। बड़ी अच्छी बात है। लेकिन कौन-सा विषय डिज़रटेशन के लिए चुना है तुमने ?"

"अभी तक तय नहीं कर पाई हूँ, सर ! चार-पाँच दिन पहले डॉक्टर नाथ से मैंने पूछा था। उन्होंने गाइड करना तो स्वीकार कर लिया है, लेकिन विषय के सम्बन्ध में सोचकर बताने के लिए कहा है।"

"कल शाम मेरी डॉक्टर नाथ से बात हुई थी तो उन्होंने मुझे सबकुछ बता दिया है। लेकिन वह एक साल के लिए अमेरिका जा रहे हैं। कल शाम ही यह सब तय हुआ है। तो उनसे तो तुम्हें किसी प्रकार की सहायता नहीं मिल सकेगी। हाँ, डॉक्टर प्रभु से तुम बात कर लो..." और डॉक्टर शंकर अपनी बात कहते-कहते जैसे रुक गए।

डॉक्टर प्रभु अपनी लापरवाही और अपने आलस्य के लिए बदनाम थे। डॉक्टर प्रभु का नाम सुनकर रेखा के मुँह का रंग जैसे उतर गया हो, लेकिन वह चुप ही रही। सिर झुकाए वह बैठी थी—गुमसुम।

अपनी बात का कोई उत्तर न पाकर डॉक्टर शंकर बोले, "मैं जानता हूँ कि डॉक्टर प्रभु की अध्यक्षता में काम करने में विद्यार्थी हिचकिचाते हैं, क्योंकि उन्हें डॉक्टर प्रभु से न किसी प्रकार का प्रोत्साहन मिलता है, न किसी प्रकार की सहायता मिलती है। लेकिन मैं समझता हूँ कि तुम्हें डॉक्टर प्रभु की सहायता की आवश्यकता नहीं है।"

अपने स्वर पर रेखा को स्वयं आश्चर्य हुआ जब उसने कहा, "सर ! अगर आप नाराज न हों तो मैं आपसे प्रार्थना करूँगी कि आप स्वयं अपनी अध्यक्षता में मुझे गाइड करें।"

आश्चर्य अकेले रेखा को नहीं हुआ, आश्चर्य डॉक्टर प्रभाशंकर को भी हुआ। विश्वविद्यालय में सबको मालूम था कि डॉक्टर शंकर बहुत व्यस्त आदमी हैं और उनके पास समय का नितान्त अभाव है। वह सिवा डी. लिट्. के और किसी रिसर्च के गाइड नहीं होते थे। विश्व के विभिन्न विश्वविद्यालयों के विद्यार्थी हिन्दू-दर्शन पर डी.लिट्. के लिए उन्हें अपना गाइड बनाने को उत्सुक रहते थे, लेकिन एक समय में वह एक से अधिक विद्यार्थी किसी हालत में न लेते थे। प्रोफेसर शंकर ने रेखा को इस बार गौर से देखा। प्रथम बार रेखा को डॉक्टर शंकर की दृष्टि की पैनी चुभन का अनुभव हुआ एक पुलक के रूप में, और उसने सुना, "मिस भारद्वाज ! तुम तो जानती ही हो कि मेरे पास समय का नितान्त अभाव है। मुझसे तुम्हें किसी प्रकार की सहायता न मिल सकेगी।"

रेखा के अन्दरवाले साहस का स्रोत जैसे फूट पड़ा हो, "सर, आपने अभी-अभी मुझसे कहा था कि मुझे डॉक्टर प्रभु की सहायता की आवश्यकता नहीं। पता नहीं आपको मेरे ऊपर इतना विश्वास कैसे हो गया, लेकिन इस विश्वास में आपका प्रोत्साहन है, आपकी संवेदना है। और मैं आपसे वादा करती हूँ कि आपके विश्वास की रक्षा आपके मामले में मैं अवश्य करूँगी। मैं आपसे आपका समय नहीं माँगूँगी, मैं आपको अपना वचन देती हूँ। आप मेरा गाइड होना स्वीकार करने की कृपा करें।"

डॉक्टर शंकर ने रेखा से इस उत्तर की आशा नहीं की थी, वह निरुत्तर हो गए। उनकी समझ में नहीं आ रहा था कि वह क्या कहें। अपने सामने बैठी लड़की से वह तर्क में पराजित हुए हैं, इतना उन्हें मन-ही-मन स्वीकार करना पड़ा। लेकिन इस पराजय की भावना से उनके अन्दर रोष नहीं जागा, उलटे अपने सामने बैठी लड़की के लिए एक सम्मान और प्रशंसा की भावना उनमें जाग उठी। उसी समय चपरासी ने चाय की ट्रे के साथ कमरे में प्रवेश किया। कमरे में चपरासी के आ जाने से एक प्रकार की राहत मिली उन्हें।

चपरासी ने डॉक्टर शंकर के सामनेवाली मेज पर से किताबों और कागजों को एक ओर करके चाय की ट्रे रख दी। फिर वह एक ओर खड़ा हो गया, डॉक्टर शंकर के आदेश की प्रतीक्षा में। डॉक्टर प्रभाशंकर ने कुछ सोचकर कहा, "दो प्लेटों में बिस्कुट और चाय के दो प्याले निकालो !"

चपरासी ने सेक्रेटेरियट टेबल की एक ड्राअर से बिस्कुट और प्याले निकालकर मेज पर रख दिए। इसके बाद वह अपनी आदत के अनुसार जब चाय बनाने के लिए बढ़ा तो रेखा बोल उठी, "नहीं, मैं चाय बनाए देती हूँ सर ! कितने चम्मच चीनी लेते हैं आप ?"

"ढाई चम्मच चीनी और कुछ-एक चम्मच दूध !" प्रोफेसर शंकर अब उन्मुक्त भाव से हँस पड़े, "चाय मैं 'नीट' पी सकता हूँ, लेकिन वह मीठी होनी चाहिए, मिस भारद्वाज ! मीठे के नाम पर मैं केवल चाय ही पीता हूँ।"

चपरासी चुपचाप कमरे के बाहर चला गया और प्रभाशंकर चाय पीने लगे। इतने समय में प्रोफेसर शंकर पूरी तौर से संयत हो चुके थे। चाय समाप्त करके उन्होंने कहा, "अच्छी बात है मिस भारद्वाज, मैं अपना नियम तोड़कर तुम्हें गाइड करूँगा। मैं अन्ततोगत्वा एक शिक्षक हूँ, मेरी समस्त ख्याति शिक्षक की ख्याति है, मेरी समस्त मान्यताएँ भी शिक्षक की होनी चाहिए—मैं एकाएक यह अनुभव करने लगा हूँ। तुम्हारे-जैसे सुलझे हुए, कुशाग्रबुद्धि और प्रतिभाशाली विद्यार्थी को पाकर हरेक शिक्षक को हार्दिक प्रसन्नता होनी चाहिए।"

जो कुछ हो रहा था वह नितान्त अप्रत्याशित था। रेखा ने कभी इसकी कल्पना न की थी। और एकाएक रेखा ने उठकर प्रोफेसर शंकर के चरणों को छू लिया। कौन-सा आवेश था वह ? कौन-सी प्रेरणा थी वह ? रेखा में इस पर सोचने-विचारने की सुध-बुध न थी। एक भावना थी जो सर्वथा मूक थी, एकबारगी ही तर्क से परे। प्रोफेसर शंकर ने घबराकर रेखा को पकड़कर उठाया, "यह कैसा पागलपन, मिस भारद्वाज ! एक पढ़ी-लिखी, बुद्धिमान और व्यावहारिक लड़की भला कहीं ऐसा करती है !"

रेखा शरमा गई अपने इस व्यवहार से, अपनी भावना की उग्रता से। वह कुर्सी पर सिर झुकाकर बैठ गई, "सर, मैं वास्तव में बड़ी भाग्यशाली हूँ। आप पूज्य हैं, महान हैं।"

[2]

रोटरी क्लब की मीटिंग के लिए तैयार होकर प्रभाशंकर निकल ही रहे थे कि उनके बँगले के आगे एक टैक्सी रुकी। उन्होंने बरामदे में आकर देखा और एक हलकी-सी शिकन उनके माथे पर एक क्षण के लिए पड़ी। लेकिन बड़े शान्त भाव से उन्होंने अपने को सँभालकर कहा, "अरे तुम, देवकी !"

टैक्सी से उतरते हुए देवकी ने कहा, "मैंने तुम्हें लिख तो दिया कि मैं शाम को पहुँचूँगी। क्या बतलाऊँ, गाड़ी दो घंटे लेट थी।"

डॉक्टर प्रभाशंकर बरामदे में पड़ी हुई कुर्सी पर बैठ गए। अजीब तरह की उदासी का भाव आ गया उनके मुख पर। उन्हें याद आ गया कि कल ही तो देवकी का पत्र मिला था। उस पत्र को सरसरी नजर से पढ़कर उन्होंने वेस्ट-पेपर बास्केट में डाल दिया था। "हाँ, याद आया, कल ही तो तुम्हारा पत्र मिला था, लेकिन इन दिनों मैं भूलने बहुत लगा हूँ।"

टैक्सीवाले ने देवकी का सूटकेस टैक्सी से उतारकर बरामदे में रख दिया। टैक्सी का किराया देने के लिए देवकी अपना बैग खोल ही रही थी कि प्रभाशंकर ने टैक्सीवाले से कहा, "अभी ठहरो—मुझे अभी चलना है।"

प्रभाशंकर के मन में एक अजीब तरह की वितृष्णा का भाव जाग पड़ा था। उनके सामनेवाली कुर्सी पर जो स्त्री बैठी थी उसकी अवस्था लगभग चालीस वर्ष की रही होगी। उसका मुख किसी समय अवश्य बहुत सुन्दर रहा होगा, पर अब उस मुख पर झुर्रियाँ पड़नी आरम्भ हो गई थीं। यही नहीं, उसके मुख पर झाईं पड़ रही थी जिससे उसके पीले रंग पर जगह-जगह कालिमा के चकत्ते पड़ने लगे थे। वह कह रही थी, "आखिर कहाँ जाना है तुम्हें ? मैं आई और तुम चल दिए, भला यह भी कोई बात हुई।" और उसने टैक्सीवाले को किराया देते हुए उससे कहा, "तुम जाओ, प्रोफेसर अभी नहीं जाएँगे।" फिर वह प्रभाशंकर से बोली, "जब जाना तो दूसरी टैक्सी बुलवा लेना। अभी तो तुम्हें मेरे साथ बैठना ही पड़ेगा। उफ् ! कितनी थक गई हूँ।"

प्रभाशंकर ने घंटी बजाई, घर के अन्दर से बनवारी बाहर आया। देवकी को देखते ही बड़ी आत्मीयता के साथ बोला, "अरे बीबीजी, आप आई हैं। बहुत दिनों बाद आईं इस दफे !"

देवकी के मुख पर एक मुस्कराहट आई, "हाँ, अबके आने में देर हो गई। और अच्छी तरह से तो रहे ?"

बनवारी ने देवकी का सूटकेस अन्दर रखकर ड्राइंगरूम का दरवाजा खोल दिया।

अक्टूबर का प्रथम सप्ताह था, लेकिन उस दिन शाम काफी गर्म थी। बिजली का पंखा खोलते हुए देवकी ने कहा, "उफ् ! कितनी गर्मी है ! बैठो न, खड़े क्यों हो ?"

प्रभाशंकर बोले, "देख तो रही हो कि मुझे एक मीटिंग में जाना है, खाना भी वहीं खाना होगा। दस बजे रात तक वापस लौटूँगा। तो तुम खा लेना।" और प्रभाशंकर दरवाजे की ओर बढ़े।

देवकी ने प्रभाशंकर का हाथ पकड़ लिया, तनिक बल खाती हुई वह बोली, "जी हाँ, ऐसे ही चले जाने दूँगी तुम्हें। एक प्याला चाय तो तुम्हें मेरे साथ पीनी पड़ेगी। मैं जानती हूँ कि तुम अभी आधा घंटा ठहर सकते हो।"

प्रभाशंकर की तबीयत हुई कि वह देवकी का हाथ झटक दें, लेकिन वह यह न कर सके। चालीस साल से ऊपर उम्र की वह औरत, जो अपनी युवावस्था में अतिशय सुन्दर रही थी, लेकिन अब वह कुरूपता की ओर बढ़ने लगी थी—भावनाहीन मुख, भावनाहीन आँखें, समस्त अस्तित्व जिसका निरर्थक-सा हो चुका था। लेकिन प्रभाशंकर उसके हाथ से अपना हाथ नहीं छुड़ा सके। प्रभाशंकर को कुर्सी पर बिठाकर उसने कहा, "ज़रा मैं हाथ-मुँह तो धो लूँ—कितनी गन्दी दिख रही हूँ ! उफ् ! कितनी थकान है सफर की !"

डॉक्टर प्रभाशंकर ने अपनी घड़ी देखी, मीटिंग में अभी एक घंटे की देर थी। देवकी बिना प्रभाशंकर के उत्तर की प्रतीक्षा किए हुए उस कमरे में चली गई जहाँ उसका असबाब रखा था और प्रभाशंकर एक प्रकार की पराजय की विवशता से कुर्सी पर लुढ़क गए।

यह देवकी करीब चार सौ मील का सफर तय करके इलाहाबाद से आई है उनके यहाँ। यह देवकी प्रायः हरेक महीने उनके यहाँ आ जाया करती है, स्वयं ही बिना उनके बुलाए हुए। इस देवकी के सौन्दर्य को नष्ट होते हुए इधर कई वर्षों से वह देख रहे थे, लेकिन वय के साथ सौन्दर्य का नष्ट होना अनिवार्य है, वह यह भी जानते थे। इस देवकी के लिए, जब वह उनके निकट नहीं होती थी, उनके मन में एक प्रबल चाह उठती थी, और जब उनके पास आ जाती थी तब वह एक अजीब तरह की वितृष्णा अनुभव करते लगते थे। इधर पिछले दस-बारह दिनों से प्रभाशंकर देवकी के सम्बन्ध में ही सोचा करते थे, उन्हें एक तरह की झुँझलाहट-सी होती थी कि वह क्यों नहीं आई अभी तक ? एक हफ्ता पहले उन्होंने देवकी को एक पत्र भी लिखा था। और आज जब देवकी उनके यहाँ आ गई, प्रभाशंकर अपने अन्दर ही कुछ घबरा-से गए।

सत्रह-अट्ठारह साल पहले की देवकी का चित्र धीरे-धीरे प्रभाशंकर की आँखों के आगे आ गया। सौन्दर्य की साकार प्रतिमा थी वह उन दिनों। तब इलाहाबाद में उनके मकान के सामनेवाले मकान में यह देवकी रहती थी अपने पति दाताराम के साथ। एक मरियल-सा व्यक्तित्वहीन आदमी, दाताराम एक स्कूल में अध्यापक था। कभी-कभी देवकी प्रभाशंकर को दिख जाती थी, यौवन से भरपूर और अल्हड़। और प्रभाशंकर को

देखते ही वह उनके सामने से हट जाती थी। वह दाताराम की दूसरी पत्नी थी और उसे पता था कि मुहल्ले-भर की नजर उस पर है।

उन्हीं दिनों दाताराम के स्कूल में हेडमास्टर की जगह खाली हुई। देवकी ने दाताराम पर जोर दिया कि वह भी हेडमास्टरी के लिए आवेदन पत्र दे। अपने स्कूल में वह काफी सीनियर था। देवकी का प्रस्ताव सुनकर दाताराम हँस पड़ा था। उसके जैसे अस्तित्वहीन आदमी के लिए वह पद पाना असम्भव था, दाताराम यह अनुभव करता था। देवकी ने उससे ही सुना था कि इस पद का चुनाव करनेवालों में डॉक्टर प्रभाशंकर का भी नाम है। प्रभाशंकर प्रयाग विश्वविद्यालय में रीडर थे, और उस समय उनको अन्तर्राष्ट्रीय ख्याति मिलनी आरम्भ हो गई थी।

प्रभाशंकर को अच्छी तरह याद है कि उस घटना के करीब सात-आठ महीने पहले उनकी पत्नी का देहान्त हो गया था। उनकी माता उनके दूसरे विवाह की सोच रही थीं—बिना एक साल पूरा हुए तो विवाह की बात चलाई जा ही नहीं सकती थी। और प्रभाशंकर भी दूसरे विवाह के लिए किसी हद तक व्यग्र थे, यह एकान्त जीवन उन्हें अखर रहा था। कभी-कभी एक अजीब तरह का तनाव वह अपने अन्दर अनुभव करने लगते थे। प्रभाशंकर को सत्रह-अट्ठारह साल पहलेवाली वह शाम याद हो आई जब वह इसी तरह के तनाव से कुंठित, अपने कमरे में अकेले बैठे हुए कुछ पढ़ने का असफल प्रयत्न कर रहे थे। उनकी माता बनारस गई थीं अपने भाई के यहाँ। प्रभाशंकर का मन पढ़ने में ज़रा भी लग नहीं रहा था। वह सोच रहे थे कि कहीं जाकर टहल ही आया जाए। लेकिन जैसे उनके शरीर की गति उनके मन की गति के आगे परास्त-सी हो गई थी, वह लाख चाहने पर भी उठ नहीं पाते थे। अजीब कशमकश थी उनके अन्दर।

और तभी उन्हें बाहर से एक दस्तक सुनाई पड़ी। बैठे-ही-बैठे उन्होंने पूछा, ''कौन है ?'' लेकिन उनके प्रश्न के उत्तर में फिर वही दस्तक हुई। झुंझलाहट के साथ उन्होंने दरवाजा खोला और उन्होंने देखा कि सामने के दाताराम की पत्नी ने तेजी के साथ अन्दर घुसकर भीतर से दरवाजा बन्द कर दिया। देवकी के उस व्यवहार से पहले तो उन्हें कुछ घबराहट हुई, फिर एकाएक उनका सारा शरीर झनझना-सा उठा। सँभलते हुए उन्होंने कहा था, ''माताजी तो बनारस गई हुई हैं, परसों आएँगी।''

उत्तर में देवकी की अस्पष्ट-सी आवाज सुनाई पड़ी, ''जानती हूँ, लेकिन मुझे माताजी से काम नहीं है, मुझे आपसे काम है।''

उस दिन प्रभाशंकर ने अनुभव किया था कि उठना-गिरना, बनना-बिगड़ना उनके हाथ में नहीं है, वह अत्यन्त विवश हैं, वह अत्यन्त कमजोर हैं। और एक हफ्ते बाद जब दाताराम की नियुक्ति हेडमास्टर के पद पर हो गई तब दाताराम के सहयोगियों को ही नहीं, स्वयं दाताराम को इस बात पर आश्चर्य हुआ।

प्रभाशंकर ने दूसरा विवाह नहीं किया—अब देवकी उनके जीवन में आ गई थी। देवकी अपना अधिकांश समय प्रभाशंकर के यहाँ व्यतीत करती थी और उसको हिचक इसलिए नहीं थी कि दाताराम इस बात को जानते थे, उन्हें इसमें कोई आपत्ति नहीं थी।

उनकी माता को अपने पुत्र के प्रबल आग्रह पर चुप होना पड़ा, यद्यपि इस बात की कसक उनकी माता के हृदय में घर कर गई थी। सच बात तो यह है कि देवकी उनके जीवन में एक नशा बनकर छा गई थी। नशा अगर चढ़ता है तो उतरता भी है—भावना के प्रवाह में तत्त्वज्ञानी इस सत्य को भूल गया था।

दस साल पहले प्रभाशंकर को इलाहाबाद छोड़ना पड़ा, उनकी नियुक्ति दिल्ली विश्वविद्यालय में हो गई थी, प्रोफेसर की हैसियत से। प्रभाशंकर को इलाहाबाद छोड़ना बुरा नहीं लगा—शायद देवकी भी यह जानती थी, लेकिन देवकी प्रभाशंकर को छोड़ने के लिए किसी हालत में तैयार न थी। हर महीने दो-चार दिन के लिए वह दिल्ली आ जाती थी और उसके इस अपनेपन को प्रभाशंकर ठुकरा न सके। उनको भी तो शरीर की भूख थी। यह क्रम चलता रहा, चलता रहा। और फिर धीरे-धीरे प्रभाशंकर ने अनुभव किया कि इस सबमें देवकी का कोई आर्थिक पहलू भी है। उन्हें हर महीने अपनी आय का एक हिस्सा देवकी को दे देना पड़ता था—देवकी का उन पर इतना अधिकार है। और उन्होंने यह भी अनुभव किया कि देवकी का जीवन दो भागों में विभाजित नहीं हो सकता। देवकी का पति है, देवकी के बच्चे हैं और देवकी का मकान है—देवकी का एक अपना परिवार है। प्रभाशंकर देख रहे थे कि देवकी का परिवार बढ़ता जा रहा है—देवकी सम्पन्न होती जा रही है। इस परिवार और इस सम्पन्नता में प्रभाशंकर का कोई स्थान हो ही नहीं सकता था। और प्रभाशंकर को इधर हाल में कुछ ऐसा लगने लगा था कि इस प्रेम के खेल में देवकी उनसे कहीं अधिक कुशल और चतुर है। एक अजीब-सी कड़वाहट भरती जा रही थी उनके मन में देवकी के प्रति।

देवकी तैयार होकर अपने कमरे से निकली। कितनी बदल गई थी वह इतनी देर में ! उसके मुख पर की झुर्रियाँ गायब हो गई थीं, उसके शरीर से भीनी-भीनी सुगन्ध आ रही थी—एक सुन्दर साड़ी वह पहने थी। उसके मुख पर एक लुभावनी मुस्कान खेल रही थी, और मन्थर गति से चलती हुई वह प्रभाशंकर के सामने बैठ गई। इस बीच बनवारी चाय की ट्रे रख गया था। चाय बनाती हुई देवकी बोली, "तुम बड़े दुबले हो गए हो, ठीक तरह से रहा करो ! पिछले महीने मैं नहीं आ पाई, घर के झंझटों में फँसी रही। कितनी कोशिश की आने की—तुम तो हो और तुम्हारे हाथों अपने को सौंप देने में कितना सुख मिलता है मुझे ! इस दफा मैं अपने को न रोक सकी।"

प्रभाशंकर के मन में आ रहा था कि वह कह दें, "अगर तुम अपने को रोक सको तो बड़ा अच्छा है। हम मिले थे, हमें बिछुड़ना भी चाहिए।" लेकिन वह यह सब न कह सके। उन्होंने केवल इतना कहा, "तन्दुरुस्ती तो बिलकुल ठीक है। मैं भी इन दिनों अपने काम-काज में बुरी तरह फँसा रहा। हाँ, इतना जरूर आश्चर्य हो रहा था कि इधर बहुत दिनों से तुम आई नहीं। कभी-कभी कुछ परेशानी भी होने लगती थी। इसका पता तो तुम्हें मेरे पत्र से लग ही गया होगा।" और फिर बड़े शिथिल-से स्वर में उनके मुख से निकल पड़ा, "तुमने आकर अच्छा ही किया।"

दोनों थोड़ी देर चुपचाप चाय पीते जाते थे और एक-दूसरे को देखते जाते थे।

अनायास ही प्रभाशंकर कह उठे, "तुम आई हो, खाना अब घर में ही तुम्हारे साथ खाऊँगा, एक अच्छी-सी तरकारी तुम मेरे लिए बना रखना। मैं अभी घंटे-डेढ़ घंटे के बीच लौट आता हूँ।" और प्रभाशंकर चले गए।

देवकी ने बनवारी को बुलाकर कहा, "बनवारी, खाना मैं बनाती हूँ—अभी समय है, तुम बाजार चले जाओ। एक सोलन की बोतल और सोडा की चार बोतलें लेते आओ जाकर। खाना बन जाने पर माताजी को खिला देना, प्रोफेसर खाना घर पर ही खाएँगे—समझे !"

देवकी ने एक घंटे में पूरा खाना बना लिया। बनवारी से सब सामान रखवाकर उसने कहा, "माताजी को खाना खिला दो और इसके बाद तुम भी खा लो—मैं हूँ, मैं प्रोफेसर को खाना खिला दूँगी।"

प्रभाशंकर को मीटिंग में पूरे दो घंटे लग गए। जब वह घर वापस लौटे, देवकी ड्राइंगरूम में बैठी रेडियो सुनती हुई उनकी प्रतीक्षा कर रही थी, और सारे घर में एक तरह का सन्नाटा-सा लगा उन्हें। देवकी ने ड्राइंगरूम का दरवाज़ा खोल दिया। प्रभाशंकर ने आकर कहा, "बनवारी नहीं है क्या ?"

देवकी मुस्कराई, "मैंने भेज दिया है उसे—उसे खाना खिला दिया है। माताजी को खाना खिलाकर लिटा दिया है। बस कपड़े बदलकर तुम आ जाओ। हम लोगों का खाना ही बाकी रह गया है।"

प्रभाशंकर कपड़े बदलकर ड्राइंगरूम में आकर बैठ गए। देवकी ने व्हिस्की की बोतल प्रभाशंकर के सामने रख दी, "मैंने बनवारी से यह सब तुम्हारे जाते ही मँगा लिया था। अब तुम हो, मैं हूँ, खाना-पीना है और सारी रात है।"

प्रभाशंकर ने एक घूँट शराब का पिया और उनके अन्दरवाली उदासीनता में कुछ कमी हुई—ऐसा उन्हें अनुभव हुआ। धीरे-धीरे उनकी आँखों में चमक बढ़ने लगी। उल्लास की एक लहर-सी उनके शरीर में दौड़ने लगी। कुछ देर पहले जो देवकी उन्हें कुरूप-सी दिख रही थी, वह अब उन्हें अत्यन्त सुन्दर दिखने लगी—उसका दस-पन्द्रह सालवाला रूप जैसे लौट आया हो। वासना का उद्दाम नशा उन पर छाने लगा और प्रभाशंकर उस नशे में डूबते गए, डूबते गए।

सुबह जब प्रभाशंकर सोकर उठे, दिन काफी चढ़ आया था—आदत के अनुसार उन्होंने सुबह की चाय की ट्रे अपने सिरहाने ढूँढ़ी—वह वहाँ नहीं थी, और उन्हें एकाएक याद आ गया कि देवकी आई हुई है, उन्हें चाय डाइनिंग रूम में पीनी है। डाइनिंग रूम में जाकर प्रभाशंकर देवकी के सामने बैठ गए। देवकी ने चाय का प्याला बनाकर उनके सामने रख दिया, "तुम उठ ही गए। मैंने सोचा कि रात इतना जागे हो, तुम्हें सोने ही दूँ, वैसे अभी कोई देर भी नहीं हुई है।" और देवकी अकारण ही हँस पड़ी।

इस बात का प्रभाशंकर ने कोई उत्तर नहीं दिया, वह चुपचाप चाय पीने लगे। बीच-बीच में वह देवकी को देखते जाते थे। देवकी के मुख पर का पेन्ट रात में मिट गया था। उसके मुख की झुर्रियाँ अब दिखने लगी थीं, उसके गाल पर झाईं की कलोंच

कितनी कुरूप हो उठी थीं। खिजाब से रँगे देवकी के काले और चमकीले बालों की जड़ में पके बालों की सफेदी झलक रही थी। प्रभाशंकर ने घबराकर अपनी आँखें देवकी पर से हटा लीं। कमरे में इधर-उधर देखते हुए उन्होंने पूछा, "कहो, दाताराम कैसे हैं ? रामप्रकाश की पढ़ाई ठीक तरह से चल रही है न ? हाँ, और तुम्हारा नया मकान कैसा चल रहा है ?"

"इस नए मकान ने ही तो मुसीबत में डाल रखा है हम लोगों को। सोच रही हूँ कि इस नए मकान को बनवाकर बुरे फँसे, फिर सोचती हूँ कि लड़कों-बच्चों का इन्तज़ाम करना है—ढाई-तीन सौ रुपये महीने की आमदनी हो जाएगी। तो मकान तो अब पूरा हो गया है, सिर्फ पलस्तर कराना है और ऊपर का छुटपुट काम बाकी है। फौज के एक मेजर ने तीन सौ रुपये महीने पर वह मकान ले भी लिया है, लेकिन उस मकान में वह तब आएगा जब मकान पूरा हो जाएगा। चार महीने से काम बन्द है। बारह सौ रुपयों का घाटा हो चुका है। कुल दो हजार रुपयों की तो बात रह गई है, लेकिन यह दो हजार रुपये मिले कहाँ से ! मैं तो अपनी सारी चिन्ता दाताराम पर छोड़कर यहाँ चली आई, तुम्हारे लिए मन छटपटा रहा था, एक तुम्हीं तो हो मेरे !"

अनायास ही प्रभाशंकर पूछ बैठे, "तो यहाँ कब तक रुकने का कार्यक्रम बनाया है तुमने ?"

देवकी हँस पड़ी, एक खिसियाई-सी हँसी, "क्यों, क्या एक दिन में ही उकता गए ? कार्यक्रम मेरे हाथ में है कहाँ, वह तो तुम्हारे हाथ में है; मैं तो दाताराम से कहकर आई हूँ कि जब तक रुपयों का इन्तजाम न हो जाए तब तक मैं यहाँ पर ही रहूँगी, इन झंझटों से मैं बुरी तरह परेशान हो गई हूँ। वैसे कोशिश तो दाताराम बहुत कर रहे हैं रुपयों की, लेकिन एक हफ्ता से कम क्या लगेगा उन्हें ! हर जगह तो कर्ज ले चुके हैं वह !"

"और अगर एक हफ्ते में भी वह रुपयों का इन्तजाम न कर पाए तब ?" प्रभाशंकर ने मुस्कराते हुए पूछा।

देवकी उठ खड़ी हुई, "अभी आई, बतलाती हूँ," यह कहकर वह कमरे में चली गई। वहाँ से वह माणिक और हीरे-मोती का एक हार निकाल लाई, "तब मुझे वह करना पड़ेगा जो मैं नहीं करना चाहती। मेरे भारी और कीमती गहने तो सब एक-एक करके बिक ही गए हैं, यह हार मैंने नहीं बेचा, क्योंकि यह तुमने दिया था मुझे अपने प्रेम की निशानी के रूप में। याद है—बम्बई से इसे खरीदा था तुमने ढाई हजार रुपयों में। अब तो यह चार-पाँच हजार का हो गया है। वह मुझे कितना कहते रहे कि मैं इसे बेच दूँ, लेकिन तुम्हारी सौगात—मैं इसे बेचने पर किसी हालत में राजी नहीं हुई। तो अब 'मरता क्या न करता' का सवाल उठ खड़ा हुआ है मेरे सामने, मजबूर होकर मुझे यह हार बेचना पड़ेगा !"

इसी समय दरवाजे की घंटी बजी और प्रभाशंकर चौंककर उठ खड़े हुए। "अरे, आठ बज गए, मैं तो भूल ही गया था !"

"क्यों, कौन आया है इस समय, किसी को समय दिया था क्या ?" देवकी ने पूछा।

इसके पहले कि प्रभाशंकर देवकी के प्रश्न का उत्तर देते, बनवारी ने कमरे में आकर कहा, "रेखा मिस साहेब आई हैं। उन्हें आपकी स्टडी में बिठला दिया है।" और बनवारी चाय के बरतन उठाने लगा।

बिना इस बात की परवाह किए कि बनवारी उस कमरे में मौजूद है, देवकी बोल उठी, "क्यों, यह रेखा मिस साहेब कौन हैं ? वह चुड़ैल श्यामा, क्या वह छोड़कर चल दी तुम्हें ?" और प्रभाशंकर ने देखा कि देवकी के मुख पर कुटिल मुस्कराहट आ गई है।

प्रभाशंकर के मन में आया कि वह देवकी के मुख पर एक भरपूर तमाचा मारें, लेकिन बनवारी कमरे में मौजूद था, और बाहर रेखा बैठी थी। वह चुपचाप डाइनिंग रूम से चले गए। श्यामा एक महिला कॉलेज में प्राध्यापिका थी। श्यामा और प्रभाशंकर में घनिष्ठता है, दिल्ली में इस बात को कोई न जानता था, इतनी सावधानी के साथ दोनों का प्रेम-सम्बन्ध चला; लेकिन देवकी को इस प्रेम-सम्बन्ध का पता चल ही गया। प्रभाशंकर की हरेक हरकत का पता देवकी को रहता था। श्यामा को लेकर देवकी अकसर प्रभाशंकर से व्यंग्य-वचन बोल दिया करती थी और इस सबमें वह अकसर प्रभाशंकर से मार भी खा जाया करती थी; लेकिन यह सब देवकी के लिए जैसे स्वाभाविक विधान बन गया हो। देवकी जानती थी कि यह सब होता रहेगा, वह इसे रोक कैसे सकेगी ! एक साल पहले प्रभाशंकर की सिफारिश से श्यामा बनारस विश्वविद्यालय में लेक्चरर होकर चली गई थी।

पन्द्रह-बीस मिनट के अन्दर ही तैयार होकर प्रभाशंकर बाहर निकले, स्टडीरूम में रेखा प्रभाशंकर की प्रतीक्षा कर रही थी—प्रभाशंकर ने ही तो उसे समय दिया था। प्रभाशंकर के आते ही वह उठ खड़ी हुई, बड़ी श्रद्धाभक्ति के साथ उसने प्रभाशंकर को प्रणाम करते हुए कहा, "लगता है आज आप देर तक सोते रहे हैं सर ! आपकी तबीयत तो ठीक है ?"

"हाँ, तबीयत तो ठीक है, लेकिन कल रात को मैं बड़ी देर तक जागता रहा, बैठो !" और प्रभाशंकर अपनी कुर्सी पर बैठ गए।

"तभी आपकी आँखें कुछ लाल और चढ़ी हुई हैं। अच्छी बात है, मैं तीन-चार दिन बाद फिर आऊँगी।" रेखा बैठी नहीं।

"नहीं, ऐसी कोई थकावट नहीं है, तुम बैठो। हाँ, तो तुमने दूसरा परिच्छेद लिख डाला क्या, जैसा मैंने बतलाया था ?"

रेखा ने अपनी थीसिज़ का रजिस्टर प्रभाशंकर के सामने रख दिया। प्रभाशंकर दूसरा परिच्छेद पढ़ते जाते थे और सोचते जाते थे, "कितनी तेज आँखें हैं इस रेखा की ! इसने स्पष्ट देख लिया कि मैं प्रकृतिस्थ नहीं हूँ। और कितनी सहानुभूति है इसमें मेरे लिए ! अपने होस्टल से चलकर आई है मेरे यहाँ इतनी सुबह, लेकिन अपने कष्ट और असुविधा पर ध्यान न देकर वह मेरे कुशल-क्षेम के लिए चिन्तित है !" और उसी समय उन्हें घर के अन्दर बैठी देवकी की याद हो आई।

यह देवकी चार सौ मील का सफर तय करके आई है अपने को उनके हाथों में

सौंप देने के लिए, अपने पति, अपने बच्चों को छोड़कर ! उनके हाथों में अपने को सौंप देने के लिए या उनसे रुपया वसूल करने के लिए ? प्रभाशंकर के मुख पर एक हलकी-सी व्यंग्यात्मक मुस्कराहट आई देवकी के आर्थिक दृष्टिकोण पर। यह रेखा उस देवकी की तुलना में कितनी महान है ! और प्रभाशंकर की आँखें रजिस्टर से उठकर रेखा के मुख पर जम गईं।

सौन्दर्य की साकार प्रतिमा बैठी थी उनके सामने, जिसके मुख पर यौवन की आभा थी, जिसकी आँखों में कौतूहल की चमक थी, जिसके मुख पर स्वाभिमान से भरा आत्मविश्वास था, लेकिन इस सबके साथ एक अजीब-सा मोहक भोलापन था, जिसके समस्त अस्तित्व में। रेखा ने प्रोफेसर प्रभाशंकर को इस तरह अपनी ओर देखते हुए कहा, "क्या कहीं कोई गलती रह गई है सर ? मैंने तो वही सब लिखा है जो आपने बतलाया है। हाँ, लिखने के ढंग में जरूर कोई कमी हो सकती है।"

प्रोफेसर शंकर ने ममता की मुस्कराहट के साथ कहा, "नहीं, कहीं कोई गलती नहीं है, और तुम्हारे लिखने का ढंग तो बहुत सुन्दर है, मैं तुम्हें बधाई देता हूँ मिस भारद्वाज ! मुझे आश्चर्य इस बात पर हो रहा था कि तुमने मेरी बातों के सार को इतनी आसानी के साथ ग्रहण कैसे कर लिया ? लोगों को शिकायत है कि मेरी बातें दुरूह होती हैं।"

रेखा भी मुस्कराई। कितनी मनमोहक मुस्कराहट थी उसकी ! "सर ! आपके पास सत्य है, लेकिन वे लोग, जो असत्य अथवा अर्ध-सत्य को जीवन में अपना चुके हैं, उनके लिए आपके सत्य को आसानी से देख पाना कठिन होता है। इस मामले में मैं भाग्यशालिनी हूँ कि आरम्भ में ही मुझे सच्चा पथ-प्रदर्शक मिल गया।"

प्रोफेसर प्रभाशंकर रेखा की इस बात से पुलक उठे, उन्होंने अब ध्यान से रेखा का वह परिच्छेद समाप्त कर दिया। रजिस्टर रेखा को लौटाते हुए उन्होंने कहा, "मैं इस परिच्छेद से बहुत सन्तुष्ट हूँ रेखा भारद्वाज; तीसरे परिच्छेद में तुम्हें बहुत अधिक मेहनत करनी पड़ेगी और पढ़ना पड़ेगा। मेरी व्यक्तिगत लाइब्रेरी में तुम्हें प्रायः सब पुस्तकें मिल जाएँगी। अक्टूबर के अन्त तक अगर तुम तीसरा परिच्छेद समाप्त कर डालो तो बहुत अच्छा हो। पूजा वेकेशन्स में तुम अपने घर जा रही हो क्या ?"

"जाना तो नहीं चाहती, लेकिन पापा बड़ा जोर दे रहे हैं। मेरा बड़ा भाई अरुण अमेरिका क्या गया, अपनी शादी करके वहीं बस गया। पिछले साल बी.ए. की परीक्षा देकर मैं भी गई थी उसके यहाँ—विविअन अच्छी लड़की है, पापा और ममी को कोई शिकायत नहीं है उससे, लेकिन ममी को इस शादी से बड़ा शॉक लगा है; उनकी तन्दुरुस्ती बहुत ज्यादा गिर गई है। मेरे घर जाने से ममी की तबीयत बहल जाती है।" और कुछ रुककर रेखा ने कहा, "पापा आपको अपने फॉर्म पर निमन्त्रण देनेवाले हैं। बड़ी खूबसूरत जगह है वह। पहाड़ों और जंगलों से घिरा हुआ हम लोगों का फॉर्म बरसात के बाद स्वर्ग बन जाया करता है। शेर, चीते और न जाने कितने जंगली जानवर वहाँ मिलते हैं ! दूर-दूर से लोग शिकार करने वहाँ आते हैं। आपको शिकार का तो शौक होगा सर ?"

इसके पहले कि प्रभाशंकर रेखा की बात का उत्तर देते, रेखा ने देखा कि उस कमरे में प्रवेश करती हुई देवकी कह रही है, "शिकार का तो शौक इन्हें है लेकिन शेर-चीते आदि जंगली जानवरों के शिकार का शौक नहीं है। यह शहर के आसपास उड़नेवाली चिड़ियों का ही शिकार करते हैं, और इसमें इनका निशाना अचूक होता है।" और फिर उसने प्रभाशंकर की ओर घूमकर कहा, "मैं कितनी देर से तुम्हारा नाश्ता लगाए बैठी हूँ ! चलो, पहले नाश्ता कर लो, तब बातें करना।"

रेखा ने विस्मय के साथ अपने सामने खड़ी हुई स्त्री को देखा—अधेड़-सी औरत जो किसी हद तक सुन्दर कही जा सकती थी। रेखा को पता था कि प्रभाशंकर विधुर हैं; फिर इतने अधिकार के साथ बात करनेवाली यह औरत कौन हो सकती है ? और देवकी ने जो बात कही थी उसमें सुरुचि की सीमा का अतिक्रमण भी था। वह स्त्री रेखा को अच्छी नहीं लगी।

प्रभाशंकर के अन्दर क्रोध का एक तूफान-सा उठ खड़ा हुआ था, लेकिन इस तूफान के विस्फोट का वह उचित अवसर न था। बड़ी मुश्किल से अपने को संयत करके प्रभाशंकर ने देवकी से कहा, "यह रेखा भारद्वाज हैं, एम.ए. प्रीवियस में फर्स्ट आई थीं। एम.ए. फाइनल में थीसिस उठा ली है इन्होंने मेरी अध्यक्षता में। वही थीसिस देख रहा था।"

"और मैं हूँ देवकी राम ! इलाहाबाद में रहती हूँ। कभी-कभी प्रोफेसर की खोज-खबर लेने आ जाया करती हूँ। कितने अकेले हैं बेचारे प्रोफेसर—इनकी देखभाल ठीक तौर से नहीं हो पाती।" और देवकी खिलखिलाकर हँस पड़ी। फिर वह बोली, "चलो, तुम भी नाश्ता कर लो चलकर।"

रेखा उठ खड़ी हुई, उसने देवकी की बात का कोई उत्तर नहीं दिया, प्रभाशंकर से उसने कहा, "अच्छा, अब मैं चलूँगी सर ! तीसरे चैप्टर की समरी बनाकर मैं जबलपुर जाने के पहले दिखला दूँगी, वहाँ मैं तीसरा चैप्टर लिख डालूँगी।" और एक झटके के साथ घूमकर रेखा कमरे के बाहर चली गई, प्रभाशंकर के मन में अपने से ही एक प्रकार की ग्लानि का भाव छोड़कर।

अपराधी की भाँति सिर झुकाए हुए प्रभाशंकर देवकी के साथ डाइनिंग रूम की ओर बढ़े। उन्होंने देवकी से कहा, "तुम बनवारी को भेजकर मुझे बुलवा सकती थीं, यहाँ पर तुम्हारे आने की तो कोई आवश्यकता नहीं थी।"

देवकी मुस्कराई, "मैं इन रेखा मिस साहेब को देखना चाहती थी। बला की खूबसूरत हैं—लेकिन...लेकिन... !"

"लेकिन क्या ?" प्रभाशंकर ने पूछा।

"लेकिन इससे सावधान रहना। बड़ा सबल व्यक्तित्व है इसका, जो भी पुरुष इसके जीवन में आएगा उसे यह तोड़कर रख देगी। उफ् ! इसकी आँखों में कैसी आग है ! मैं तो डर गई। इसका बाप क्या करता है ?"

"रिटायर्ड कर्नल है शायद। बहुत सम्पन्न और प्रतिष्ठित आदमी हैं। मध्य प्रदेश

में बहुत बड़ा फॉर्म है उनका।''

दोनों डाइनिंग रूम में आकर बैठ गए। देवकी ने बात आगे बढ़ाई, ''देखो, मैं तुम्हारे ऊपर कोई आक्षेप नहीं कर रही हूँ, लेकिन मैं इतना कह सकती हूँ कि इस लड़की से सावधान रहना। इससे बचकर रहने में ही तुम्हारा कल्याण है। यह तुमसे अवस्था में बहुत छोटी है, तुम्हारी लड़की के बराबर और मौका पड़ने पर यह खतरनाक भी साबित हो सकती है।''

प्रभाशंकर के अन्दरवाला तनाव अब दूर हो चुका था, मुस्कराते हुए उन्होंने कहा, ''जानता हूँ, बहुत अच्छी तरह से जानता हूँ सब कुछ। वह मुझसे कहीं अधिक सम्पन्न है, उसका सामाजिक स्थान काफी ऊँचा है। तो तुम्हें उससे ईर्ष्या करने की कोई आवश्यकता नहीं है। फिर वह मेरी शिष्या है, मर्यादा और सीमा का उल्लंघन मैंने कभी नहीं किया है।''

प्रभाशंकर की इस बात से देवकी एक तरह से आश्वस्त हो गई। उसने उठकर प्रभाशंकर के कन्धे पर हाथ रखते हुए कहा, ''तुम कितने अच्छे हो ! चाहती हूँ कि तुम्हारे साथ ही रहूँ उस खूसट को छोड़कर, लेकिन यह सम्भव नहीं, आखिर दुनियावालों का भी तो खयाल रखना पड़ता है। वैसे मैं हमेशा-हमेशा तुम्हारी हूँ और तुम तो मेरे सब कुछ हो !''

देवकी का यह प्रेम-प्रदर्शन एक अप्रिय चुभन की भाँति लग रहा था डॉक्टर प्रभाशंकर को। उन्होंने उठते हुए कहा, ''हाँ, तो क्या वास्तव में तुम्हारे मकान का काम रुका पड़ा है तीन-चार महीने से ?''

''मैं क्या झूठ कह रही हूँ, उधार की भी एक हद होती है। हर तरफ से तगादे हो रहे हैं। सामान देनेवालों ने सामान देना बन्द कर दिया है जब तक उनके पिछले बिलों का भुगतान नहीं होता। परसों तो मिस्त्री से भी कहा-सुनी हो गई, उसे चिट्ठा बाँटना है और इन्हीं कारणों से मुझे देर हो गई आने में, लेकिन परसों मैं चल ही पड़ी।''

''तुमने कहा था कि दो हज़ार रुपयों से तुम्हारा काम चल जाएगा ?'' प्रभाशंकर ने पूछा।

''बड़े मजे में, कुल पन्द्रह दिन की तो बात ही है। नवम्बर के पहले हफ्ते में वह फौज का मेजर मकान में आ भी जाएगा, उसके बाद किसी तरह की तकलीफ न रहेगी।''

प्रभाशंकर ने ड्राअर से अपनी चेकबुक निकाली, दो हजार का बियरर चेक काटकर उन्होंने देवकी को दे दिया, ''यह चेक तुम आज कैश करा लेना। मेरी आज कई मीटिंगें हैं, खाना भी मुझे बाहर ही खाना है, मैं रात को आठ बजे से पहले न लौट सकूँगा। अगर तुम चाहो तो आज रातवाली गाड़ी से वापस जा सकती हो, लेकिन तुम्हारे पास रुपया होगा, कल सुबह की डाक से तुम चली जाना।''

देवकी ने प्रभाशंकर के गले में अपना हाथ डाल दिया, ''तुम कितने अच्छे

हो—कितने महान हो ! मैं कल सुबह जाऊँगी, लेकिन शाम को जल्दी आने की कोशिश करना।"

और दूसरे दिन सुबह मेल से देवकी इलाहाबाद के लिए रवाना हो गई।

[3]

प्रथम दृष्टि में देखकर कोई भी आदमी इस बात का अनुमान न कर सकता था कि डॉक्टर प्रभाशंकर की अवस्था पचास वर्ष की थी। अपने देश में ही नहीं, विदेशों में भी लोग उन्हें यंग प्रोफेसर (नौजवान प्रोफेसर) के नाम से सम्बोधित करते थे। मँझोले कद से कुछ निकलता हुआ कद, तना हुआ, और हृष्ट-पुष्ट शरीर, चेहरा दुबला और लम्बा, नुकीली नाक और बड़ी-बड़ी आभा से युक्त आँखें। गोरा रंग—जो ताँबे के वर्ण का हो गया था उनकी अवस्था के बढ़ने के साथ। उनकी आँखें कुछ सपनों में खोई-सी दिखती थीं, लेकिन काम के समय उनमें अजीब तरह की चमक आ जाती थी, मुख पर प्रतिभा का ओज था। उनके अन्दर एक तरह का आत्मविश्वास था, उन्हें घबराते हुए कभी किसी ने न देखा था। और उनके सहयोगियों का कहना है कि उनके आत्मविश्वास का स्रोत उनकी सफलता में था।

डॉक्टर प्रभाशंकर का जन्म एक उच्च-मध्यवर्गीय परिवार में हुआ था। अपने पिता की वह एकमात्र सन्तान थे। पिता की मृत्यु उनके बाल्यावस्था में ही हो गई थी, और उनकी माता ने उन्हें पाला था। आरम्भ से ही एक प्रकार का एकाकी जीवन उन्हें बिताना पड़ा, और एम.ए. पास करते ही उन्हें विश्वविद्यालय में लेक्चरर की जगह मिल गई। वह हमेशा पढ़ने-पढ़ाने में व्यस्त रहते थे, नाते-रिश्तेदारों से उन्होंने कभी किसी प्रकार का सम्बन्ध नहीं रखा और फलस्वरूप उनके नाते-रिश्तेदारों ने भी धीरे-धीरे उनसे अपना सम्बन्ध तोड़ लिया।

डॉक्टर प्रभाशंकर वैवाहिक जीवन बहुत अल्पकाल के लिए भोग पाए थे। उन्होंने अपनी एक सहपाठिनी से प्रेम-विवाह किया था जो लेडी डॉक्टर हो गई थी और जो डॉक्टर प्रभाशंकर की विश्वविद्यालय में नियुक्ति की प्रतीक्षा कर रही थी। पर उनकी पत्नी का अपना निजी जीवन था। अपना निजी ढाँचा था। विवाह करने के बाद उन्हें अनुभव हुआ कि यह विवाह करने में उनसे गलती हो गई। उनकी पत्नी माता बनने को किसी हालत में तैयार नहीं थी। और प्रभाशंकर को अपनी पत्नी की यह बात अच्छी नहीं लगती थी। करीब पाँच-छह साल तक उनकी पत्नी में और उनमें यह कशमकश चलती रही, और इस कशमकश का अन्त हुआ उनकी पत्नी की टाइफाइड से मृत्यु हो जाने पर।

डॉक्टर प्रभाशंकर के व्यक्तित्व में कुछ ऐसा सम्मोहन था कि स्त्रियाँ उनकी ओर

अनायास ही आकर्षित हो जाया करती थीं। पर वह अपने पठन-पाठन में तथा यूनिवर्सिटी के काम में इतना अधिक व्यस्त रहते थे कि उन्हें इस बात का अवकाश ही नहीं था जो वह स्त्रियों की ओर ध्यान देते। अपनी पत्नी की मृत्यु के बाद उन्होंने संकल्प किया कि इस बार वह प्रेम-विवाह न करके अपनी माता द्वारा तय किया हुआ रिश्ता लेंगे, पर यह न हो सका। न जाने किस विधान से देवकी उनके जीवन में आ गई। और देवकी को पाने के बाद उन्हें लगा कि स्त्री शरीर की भूख मिटाने की एक संज्ञा-भर है। स्त्री के सम्बन्ध का कोई भावनात्मक पक्ष भी है, यह वह न जान सके। न जाने कितनी स्त्रियाँ उनके जीवन में आईं और चली गईं, भावनात्मक रूप से वह किसी के साथ नहीं बँध सके। देवकी इस नियम में एक अपवाद थी, पर वह देवकी से नहीं चिपके थे, देवकी उनसे चिपक गई थी, इस ढंग से कि प्रभाशंकर को इस बात का अनुभव ही न हो पाए।

और अब प्रभाशंकर को अनुभव हो रहा था कि देवकी को उनके जीवन से दूर होना चाहिए। पहले दिन से ही देवकी के साथ उनका शारीरिक सम्बन्ध बना, देवकी के साथ आत्मिक सम्बन्ध बन सकता है, इस बात की उन्होंने कल्पना तक न की थी। अभी तीन-चार दिन पहले उन्होंने जिस देवकी को देखा था उससे उन्हें भयानक रूप से वितृष्णा हो गई थी। देवकी को जो उन्होंने दो हजार रुपये दिए थे वह देवकी को जल्दी-से-जल्दी इलाहाबाद वापस भेजने के लिए।

तीसरे परिच्छेद की समरी बनाकर अगले रविवार को जब रेखा डॉक्टर प्रभाशंकर के यहाँ पहुँची, वह अपनी स्टडी में बैठे हुए मानो रेखा की प्रतीक्षा ही कर रहे थे। प्रभाशंकर ने उठकर मुस्कराहट के साथ रेखा का स्वागत किया, "उस दिन तुमने मुझसे यह पूछा ही नहीं कि क्या मैं इस रविवार को खाली रहूँगा और चली गईं। मुझे आज जयपुर में होना चाहिए था, वह तो कहो मीटिंग परसों स्थगित हो गई, नहीं तो आज तुम्हें यहाँ आने पर निराश होना पड़ता।"

डॉक्टर प्रभाशंकर झूठ बोले थे, एक अकारण और निर्दोष झूठ, केवल एक प्रकार का प्रभाव उत्पन्न करने के लिए। और प्रभाव उत्पन्न करने में वह सफल भी हुए, क्योंकि रेखा ने कहा, "मुझे बड़ा खेद है सर, मैं आपसे क्षमा माँगती हूँ। बात यह है कि उस दिन जो महिला आपके यहाँ आई थीं, उन्हें मैं नहीं जानती, और शायद वह आपका समय अपने लिए चाहती थीं। उन्हें मेरा आपके यहाँ आना अच्छा नहीं लगा—उनकी बातचीत से मुझे कुछ ऐसा लगा, और इसीलिए मैं एकाएक चली गई।"

डॉक्टर प्रभाशंकर मुस्कराए, "तुम ठीक कहती हो, तुममें एक प्रकार की अन्तर्दृष्टि है। लेकिन वह दूसरे ही दिन मेल से चली गईं, या यह कहना उचित होगा कि मैंने उन्हें दूसरे दिन सुबह भेज दिया, जिस काम के लिए वह आई थीं वह काम करके।"

"सच ! तो दूसरे दिन ही उन्हें आपने भेज दिया, यह आपने बड़ा अच्छा किया !" रेखा ने अपना रजिस्टर प्रभाशंकर की ओर बढ़ाते हुए कुछ इस ढंग से कहा कि प्रभाशंकर मुग्ध हो गए। 'क्या इस लड़की में मेरे प्रति किसी तरह की भावना है ?' उनके

अन्दर यह प्रश्न एक पुलक बनकर उठ खड़ा हुआ।

रेखा का रजिस्टर खोलते हुए अनायास ही प्रभाशंकर पूछ बैठे, "लेकिन मिस भारद्वाज, तुमने मुझसे यह नहीं पूछा कि वह महिला कौन थी।"

प्रभाशंकर को लगा कि रेखा ने जबर्दस्ती अपनी खिलखिलाहट रोक दी, पर उन्होंने यह भी देखा कि रेखा के मुख पर वही मुस्कराहट कुछ और अधिक प्रस्फुटित हो गई है। रेखा बोली, "यह भी कोई पूछने की बात है सर ? वह आपकी बहन हो नहीं सकती, वह आपकी कोई निकटस्थ रिश्तेदार भी नहीं हो सकती। अगर वह आपकी कुछ भी हो सकती है तो आपकी कमजोरी !"

रेखा की बात सुनकर प्रभाशंकर स्तब्ध रह गए, इतनी खूबसूरती के साथ वह कुरूप सत्य प्रकट किया गया था। इस बात में रेखा की बुद्धिमानी ही नहीं टपकती थी, इसमें प्रभाशंकर के प्रति असीम सहानुभूति भी थी। प्रभाशंकर ने रेखा के रजिस्टर पर अपनी नजर गड़ाते हुए एक ठंडी साँस ली, "सच कहती हो रेखा भारद्वाज, वह मेरी कमज़ोरी ही है जिसे मैंने समस्त बल लगाकर उस दिन दूर किया था।" और न जाने कैसे प्रभाशंकर के हाथ में रेखा का हाथ आ गया था, उनकी आँखों में पानी भर आया था।

रेखा ने प्रभाशंकर के हाथ से अपना हाथ छुड़ाया नहीं, बड़े मधुर स्वर में उसने कहा, "मुझे आपसे बड़ा डर लगता था सर, यह सोचकर कि आप भावना से बहुत ऊपर उठ गए हैं, लेकिन आज मुझे पता चला कि आपमें भावना मौजूद है। कमजोरी भावना की ही तो उपज होती है। आज मुझे बड़ी प्रसन्नता हुई, क्योंकि मुझमें आपका डर जाता रहा।" और फिर हलके से अपना हाथ प्रभाशंकर के हाथ से हटाते हुए बोली, "अब मैं अपने को आपके निकट अनुभव कर सकती हूँ। अब मैं आपकी भावना को समझ सकती हूँ।"

प्रभाशंकर ने अनुभव किया कि उनके हृदय की गति अनायास ही बड़ी तेज हो गई है। इतना असीम पुलक उन्होंने जीवन में कभी भी अनुभव न किया था। थोड़ी देर चुपचाप सिर झुकाए बैठे रहे, बड़ी मुश्किल से वह अपने को संयत कर पाए। इसके बाद वह रेखा के तीसरे परिच्छेद की समरी पढ़ने लगे।

और रेखा के अन्दर न आलोड़न था, न उद्रेक था, एक असीम सुख और शान्ति अनुभव कर रही थी वह। अन्तर्राष्ट्रीय ख्याति का एक महान और पूज्य व्यक्तित्व था उसके सामने, जो उसके अति समीप आ गया था, एक देवता था जिसका डर उससे जाता रहा था, बल्कि जिसकी ममता उसने प्राप्त कर ली थी। एक असीम श्रद्धा और भक्ति ! रेखा मन-ही-मन अपने को धन्य समझ रही थी।

बड़े मुग्ध भाव से प्रभाशंकर रेखा के तीसरे परिच्छेद की समरी पढ़ते जाते थे और जगह-जगह उस पर निशान लगाते जाते थे। करीब आधा घंटे तक प्रभाशंकर व्यस्त रहे, इसके बाद रजिस्टर बन्द करके उन्होंने कहा, "रेखा तुमने समरी बनाने की जगह तो पूरा परिच्छेद लिख डाला, अब इसे अधिक बढ़ाना बेकार होगा। तुम्हारा यह निबन्ध तो पी-एच.डी. की थीसिज़ के समकक्ष जा रहा है। इसे टाइप करा डालो। अब तुम्हें

तीन परिच्छेद और लिखने बाकी रहे—क्रिसमस के पहले यह निबन्ध तैयार कर सकोगी ?"

रेखा ने उत्तर दिया, "अवश्य तैयार कर लूँगी सर ! पूजा वेकेशन्स में मैं जबलपुर नहीं जा रही हूँ। पापा को मैंने लिख दिया है कि अपना निबन्ध पूरा करके मैं क्रिसमस वेकेशन्स में आऊँगी। मैंने ठीक किया है न सर !"

"मैं क्या जानूँ, शायद तुम्हारा न जाना तुम्हारे पिताजी को अच्छा न लगे।"

"नहीं, उनका उत्तर आ गया है; वह भी ममी के साथ कलकत्ता जा रहे हैं। लेकिन उन्होंने लिखा है कि क्रिसमस वेकेशन्स में मैं आपको जबलपुर में अपने फॉर्म पर आमन्त्रित करूँ—कलकत्ता से लौटकर वह स्वयं आपको पत्र लिखेंगे। वह आपसे मिलने को बहुत अधिक उत्सुक हैं, उन्होंने मुझे आपसे व्यक्तिगत अनुरोध करने को लिखा है।"

क्रिसमस में हिन्दुस्तान के दार्शनिकों की एक बहुत बड़ी कॉन्फ्रेन्स हो रही थी, कलकत्ता में, जिसमें सम्मिलित होना डॉक्टर प्रभाशंकर के लिए नितान्त आवश्यक था। उन्होंने कहा, "देखो रेखा, क्रिसमस में मुझे इंडियन फिलासोफिकल कॉन्फ्रेन्स में सम्मिलित होने के लिए कलकत्ता जाना आवश्यक है, अगले वर्ष मैं उसे दिल्ली आमन्त्रित करना चाहता हूँ। ऐसी हालत में मेरे लिए यह सम्भव न हो सकेगा कि मैं तुम्हारे यहाँ जा सकूँ इस बार। फिर कभी मिल लूँगा तुम्हारे पिताजी से। फिर अभी तो क्रिसमस के लिए काफी समय पड़ा हुआ है।"

रेखा के स्वर में एक प्रकार का आग्रह था, "मैं जानती हूँ सर ! लेकिन कलकत्ता से दिल्ली लौटते समय आपके लिए जबलपुर आना बड़ा आसान होगा। आपकी कॉन्फ्रेन्स तो अट्ठाइस-उनत्तीस दिसम्बर तक समाप्त हो जाएगी। सिर्फ़ दो-एक दिन के लिए ही आ जाइएगा आप हमारे यहाँ। पापा आपके बड़े कृतज्ञ होंगे।" और रेखा अपना रजिस्टर लेकर खड़ी हो गई।

प्रभाशंकर भी उठ खड़े हुए, "अच्छी बात है, कोशिश करूँगा, लेकिन वचन नहीं दे सकता।"

और रेखा ने प्रभाशंकर की आँखों में अपनी आँखें डालते हुए कहा, "कोशिश नहीं, आपको आना पड़ेगा—अब यह मेरा व्यक्तिगत आग्रह है। आप मुझे वचन दीजिए।" रेखा के स्वर में आत्मीयता से भरा एक अधिकार था।

रेखा इतनी मुखर हो उठेगी, प्रभाशंकर ने इसकी कल्पना न की थी, स्वयं रेखा को अपनी ढिठाई पर आश्चर्य हो रहा था। और फिर प्रभाशंकर ने बढ़कर रेखा के सिर पर अपना हाथ रख दिया। बड़े नम्र स्वर में उन्होंने कहा, "रेखा, इस ममता से भरे आग्रह को टालने का सामर्थ्य मुझमें नहीं है। मैं किसी भी हालत में आऊँगा, मैं तुम्हें वचन देता हूँ।"

दोनों में किसी के पास इतना अवकाश नहीं था कि जो कुछ हो रहा है वह उस पर सोचें-समझें। दोनों ही अपने-अपने अन्दर कुछ अनुभव कर रहे थे, दोनों के अनुभव एक-दूसरे के अनुभव से भिन्न थे। लेकिन दोनों के अन्दर एक-दूसरे से निकटता का

उल्लास था, एक पुलक थी।

प्रभाशंकर के सामने इक्कीस-बाईस साल की एक युवती थी, ताजे और प्रस्फुटित यौवन से भरपूर। हरिणी की-सी बड़ी-बड़ी आँखें, जिनमें कौतूहल की चमक थी, और जिनमें एक अजीब तरह के भोलेपन का उल्लास था। यह भोलापन उसकी आँखों में ही नहीं था, यह भोलापन उसके समस्त अस्तित्व में था। संगमरमर की, एक कुशल शिल्पी द्वारा तराशी, प्रतिमा की भाँति रेखा का शरीर, जिसमें जीवन की ऊष्मा थी, जिसमें गति का लचक था। लाल-लाल होठ, और उनके भीतर मोती की भाँति दाँतों की पंक्ति। हिम की-सी छटा खेल रही थी उसके अधरों पर। यह रेखा ममता की साकार प्रतिमा बनकर उनके जीवन में प्रवेश कर रही थी।

और रेखा के सामने अन्तर्राष्ट्रीय ख्याति का असीम प्रतिभा से युक्त एक व्यक्ति था, देवता की भाँति सुन्दर, आकर्षक और पूज्य, जिसकी उसके ऊपर इतनी कृपा और ममता थी, जो अपने ऊपर उसके अधिकार स्वीकार करता था। उसे प्रभाशंकर के मुख पर अलौकिक कान्ति दिख रही थी, उनकी आँखों में शान्ति से भरा सम्मोहन दिख रहा था।

रेखा चलने लगी। प्रभाशंकर ने रेखा के साथ दरवाजे की तरफ चलते हुए कहा, "जब कभी भी तुम्हें मेरी सहायता की आवश्यकता पड़े तुम निःसंकोच आ जाया करो। सुबह तो मैं निश्चित रूप से घर पर ही रहता हूँ, और तुम्हारा यहाँ आना मुझे अच्छा लगता है। घर में मेरी वृद्धा माता हैं जो अकसर बीमार ही रहा करती हैं। मैं बिलकुल अकेला हूँ।"

प्रफुल्लित भाव से रेखा ने कहा, "अगले परिच्छेदों में तो मुझे आपकी सहायता की बड़ी आवश्यकता पड़ेगी सर ! परसों सुबह मैं करीब आठ बजे फिर आऊँगी, आज और कल में चौथे परिच्छेद पर काम करके।" और रेखा चली गई।

रेखा के जाने के बाद प्रोफेसर शंकर अपने में खो गए। उनके जीवन में एक नया मोड़ आ रहा है, वह यह अनुभव कर रहे थे। एक नशे की भाँति छा गई थी रेखा उनके मस्तिष्क में। यौवन और प्रेम फिर से उनके जीवन में प्रवेश कर रहे थे। उनकी धमनियों में रक्त का प्रवाह तीव्र हो गया था। दो दिन बाद फिर रेखा आएगी उनके यहाँ, उनके जीवन में मधुरिमा बिखेरने के लिए। उनके मन में भयानक उथल-पुथल मच गई थी। उनका मन बड़ी तेजी के साथ दौड़ रहा था।

लेकिन यह मन की उथल-पुथल बड़ी खतरनाक चीज होती है, प्रभाशंकर इस बात का अनुभव नहीं कर पा रहे थे। यह मन की उथल-पुथल उनके शरीर की शिथिलता की द्योतक है, इस सत्य को प्रभाशंकर नहीं देख पा रहे थे। पचास वर्ष की अवस्थावाले डॉक्टर प्रभाशंकर के शरीर की गति को उनके मन ने ग्रहण कर लिया है—इस कुरूप वास्तविकता का पता प्रभाशंकर को न था।

और मन की यह गति दिन-प्रतिदिन एकरूपता ग्रहण करती जा रही थी। हर दूसरे-तीसरे दिन रेखा उनके यहाँ आती थी—उसे वह घंटे-आध घंटे अतिरिक्त भी रोक

लिया करते थे या वह स्वयं रुक जाया करती थी। लेकिन इससे प्रभाशंकर का मन न भरता था। वह चाहते थे कि रेखा उनके पास बैठी रहे, वह अनिमेष दृगों से उसकी रूप-सुधा का पान करते रहें। प्रायः छुट्टी के दिनों में वह रेखा को खाना खाने के लिए भी रोक लेते थे। रेखा का परिचय प्रभाशंकर की माताजी से हो गया और उनकी माता रेखा को मानने लगीं। एक तरह से रेखा प्रभाशंकर के कुटुम्ब की एक सदस्य-सी बन गई।

दिसम्बर के तीसरे सप्ताह में रेखा का निबन्ध पूरा हो गया। विश्वविद्यालय में क्रिसमस वेकेशन्स तीसरे दिन से शुरू होनेवाली थीं। उस दिन सुबह से ही बादल छाए हुए थे और तेज उत्तरी हवा चल रही थी। बीच-बीच में कुछ बूँदें भी पड़ जाया करती थीं। प्रभाशंकर अपने स्टडी-रूम में बैठे पढ़ रहे थे और कमरे में हीटर जल रहा था। सारा वातावरण कुछ अजीब तरह का था। प्रभाशंकर ने घड़ी देखा। नौ बज चुके थे। नौकर ने मेज पर उनका नाश्ता लगा दिया। साढ़े-दस बजे उन्हें यूनिवर्सिटी पहुँचना था। उसी समय रेखा ने उनके कमरे में प्रवेश किया, "देर हो गई सर, कितनी सर्दी है ! लगता है दो-तीन दिन की घटा है !" रेखा के मुख पर उल्लास था।

प्रभाशंकर ने मुस्कराते हुए कहा, "मैं तो समझता था कि इस बूँदाबाँदी में तुम नहीं आ पाओगी।"

"ऐसी भी क्या बूँदाबाँदी कि घर से निकला न जा सके ! मुझे तो यह मौसम बड़ा सुहाना लगता है। जी चाहता है कि हँसूँ, खेलूँ, दौड़ूँ—खूब दौड़ूँ और दौड़ती ही रहूँ।" फिर कुछ रुककर कुर्सी पर बैठते हुए उसने कहा, "लेकिन इस कमरे में कितना अच्छा लग रहा है सर ! बाहर की सर्दी के बाद इस कमरे में कितनी राहत मिलती है ! वैसे देखा जाए तो दिल्ली की सर्दी बड़ी सुहावनी होती है।"

प्रभाशंकर ने रेखा की बात का कोई उत्तर नहीं दिया, वह एकटक रेखा को देख रहे थे। रेखा के गालों पर स्वास्थ्य का गुलाबीपन निखर आया था। गहरे नीले रंग की साड़ी वह पहने थी और उसके ऊपर दूध की तरह सफेद फ़र का कोट था। एक तरह का उल्लास बिखेर रही थी रेखा उस कमरे में। रेखा ने अपने निबन्ध प्रभाशंकर के सामने रखते हुए कहा, "मैंने निबन्ध टाइप करके ऑफिस में जमा करा दिया है सर ! एक कॉपी आपके लिए लेती आई हूँ।"

प्रभाशंकर ने अपने अनजाने ही एक ठंडा निःश्वास छोड़ा, "निबन्ध पूरा हो गया है रेखा—मेरी बधाई ! लेकिन शायद इस निबन्ध के साथ मेरे जीवन की सुषमा के वे क्षण भी समाप्त हो गए जो इधर अनायास ही कुछ दिनों के लिए मुझे प्राप्त हो गए थे।"

रेखा ने प्रभाशंकर के मुख को अब ध्यान से देखा। एक असीम निराशाजनित वेदना की छाया दिखी उनके मुख पर। वह करुणा से अभिभूत हो गई, "यह क्या कह रहे हैं आप ? मैंने तो अब तक आपका अमूल्य समय ही नष्ट किया अपने हित के लिए। आप अब अपना निजी काम कर सकेंगे जो शायद अधिक उपयोगी होगा—ज्ञान के क्षेत्र

में, आपकी ख्याति के लिए।''

कुछ समय तक प्रभाशंकर एकटक रेखा को देखते रहे, फिर उन्होंने उदासी से भीगी हुई आवाज में कहा, ''तुम नहीं समझ पाओगी रेखा ! यह समस्त ज्ञान, यह समस्त पांडित्य, यह समस्त ख्याति–यह सब एक छलना और भुलावा है, इधर कुछ दिनों में मैं इस निष्कर्ष पर पहुँचा हूँ। मनुष्य के जीवन की वास्तविक निधि है भावना। आज तक मुझे किसी ने अपना नहीं समझा, मैं किसी को अपना नहीं समझ सका; कितनी बड़ी विडम्बना है, जबकि हरेक आदमी मुझे भाग्यशाली समझता है, सफल समझता है !''

पता नहीं कि रेखा की समझ में यह बात आई या नहीं, वह पूछ बैठी, ''वह महिला–क्या नाम है उनका, वह देवकी राम, क्या उन्होंने भी आपको कभी अपना नहीं समझा ?''

एक खोखली हँसी हँस पड़े प्रभाशंकर, ''वह देवकी राम ! नहीं, वह भी मेरे जीवन में एक भुलावा और छलना बनकर ही आई। वह विवाहित है, उसके पति हैं, उसके बच्चे हैं, उसका घर, परिवार, सभी कुछ है। मुझसे उसका स्वार्थ था, अपने पति को वह ऊँचा पद दिलाना चाहती थी। उसके पति को ऊँचा पद मिल गया, उसका स्वार्थ मुझसे पूरा होता है। रेखा, मुझे तो कुछ यह अनुभव हुआ कि अपने स्वार्थ से ऊपर उठकर किसी को अपना समझने की प्रवृत्ति किसी में नहीं है।''

प्रभाशंकर के अन्दर जो वेदना थी, रेखा उससे द्रवित हो गई, ''शायद आप ठीक कह रहे हैं सर ! अपने स्वार्थ से ऊपर उठ सकने की प्रवृत्ति बहुत कम लोगों में ही होती है, और इसीलिए मैं आपको इतना महान और पूज्य समझती हूँ। आपने निःस्वार्थ भाव से जो मेरी सहायता की, मुझे अपनाया, वह आपकी महानता ही तो है।''

प्रभाशंकर ने रेखा की बात का कोई उत्तर नहीं दिया, वह यह नहीं कह सकते थे कि जो कुछ उन्होंने किया वह अपने सुख के लिए किया है और यही सुख उनका स्वार्थ था। कितनी भोली और नेक है रेखा ! फिर एकाएक उनके मन में आया कि क्या वे रेखा को किसी धोखे या भुलावे में तो नहीं डाल रहे हैं ! इन विचारों में मानो वह अपने में ही खो गए, लेकिन उनके मुख पर की करुणा वैसी-की-वैसी बनी रही।

थोड़ी देर तक प्रभाशंकर के बोलने की प्रतीक्षा करने के बाद रेखा को स्वयं बोलना पड़ा, ''मैं कल शाम को जबलपुर जा रही हूँ सर, क्रिसमस वेकेशन्स के लिए। आप कलकत्ता कॉन्फ्रेन्स से लौटते हुए मेरे यहाँ आ रहे हैं। मैं आपको इस बात की याद दिलाना चाहती हूँ !''

प्रभाशंकर कुछ देर तक रेखा को देखते रहे, फिर धीमे-से स्वर में उन्होंने कहा, ''मैं न आ सकूँगा रेखा, मुझे क्षमा करना।''

रेखा यह उत्तर सुनकर जैसे सुन्न-सी रह गई। फिर उसने करुण स्वर में कहा, ''मैं जानती हूँ सर कि आपसे अधिक आग्रह करने का अधिकार मेरे पास नहीं है, लेकिन मैं आपसे प्रार्थना करती हूँ कि अपने निर्णय पर आप फिर से सोचें।'' और उसने अपनी घड़ी देखी, ''अरे इतनी देर हो गई ! आपको यूनिवर्सिटी जाना होगा।'' उसने बाहर की

ओर देखा, "और बादल भी बहुत गहरे होते जा रहे हैं, बहुत सम्भव है जोर की बारिश होने लगे। तो मैं चलती हूँ।" यह कहकर वह उठ खड़ी हुई।

प्रभाशंकर के मन में आया कि वह रेखा को जाने से रोकें, लेकिन वह चुप ही रहे। उन्होंने उठते हुए कहा, "अच्छी बात है। छुट्टियों के बाद तुम मुझसे मिलती रहना, और छुट्टियों में भी मन लगाकर पढ़ना। तुम्हें इस बार रिकार्ड कायम करना है।"

रेखा के जाने के बाद प्रभाशंकर चुपचाप बैठे सोचते रहे। आखिर उन्होंने रेखा के निमन्त्रण को एकाएक अस्वीकार क्यों कर दिया ? रेखा के ये शब्द उनके कानों में गूँज रहे थे—"आपसे अधिक आग्रह करने का अधिकार मेरे पास नहीं है।" और इन शब्दों के पीछे एक विवशता थी जो रेखा को अच्छी नहीं लग रही थी। तो क्या रेखा के अन्दर किसी प्रकार की भावना है उनके प्रति ?

रेखा चली गई, लेकिन जैसे वह एक प्रकार का सूनापन उत्पन्न कर गई, उनके अन्दर। अपने अन्दर सूनेपन की यह भावना उनके लिए खतरनाक है ऐसा नहीं कि प्रभाशंकर को इस बात का पता न हो, पर वह अपने से ही विवश थे। अपने अन्दर बड़े प्रयत्न से एक प्रकार के रूखेपन को बटोरकर प्रभाशंकर ने रेखा के निमन्त्रण को अस्वीकार करते हुए रेखा के प्रति अपने लगाव को झटका देने का प्रयत्न किया था, लेकिन इस झटके से कहीं भी उस लगाव पर कोई असर नहीं पड़ा, केवल प्रभाशंकर को ही एक ठेस लगी थी, और वह यह अनुभव कर रहे थे कि उससे भी बड़ी ठेस लगी थी रेखा को, जिसका उन्हें दुख था।

कलकत्ता की कॉन्फ्रेन्स समाप्त हुई और प्रभाशंकर ने अपने अनजाने ही दिल्ली के स्थान पर जबलपुर का टिकट ले लिया। एक तार भी उन्होंने रेखा के पिता कर्नल ज्ञानचन्द्र के नाम भेज दिया कि वह उनत्तीस तारीख को बम्बई मेल से जबलपुर पहुँच रहे हैं।

जबलपुर स्टेशन पर गाड़ी रुकी, प्रभाशंकर ने देखा कि प्लेटफॉर्म पर एक वृद्ध सज्जन के साथ रेखा बड़ी उत्सुकता के साथ गाड़ी के डिब्बों को देख रही है, और रेखा ने डॉक्टर प्रभाशंकर को देख लिया जो खिड़की के पास खड़े थे। दौड़ती हुई रेखा उनके कम्पार्टमेन्ट की ओर आई। उसके पिता उसके पीछे-पीछे आ रहे थे। कुली से असबाब उतरवाकर रेखा ने अपने पिता से प्रभाशंकर का परिचय कराया, "सर, यह मेरे पापा हैं, आपसे मिलने को कितना उत्सुक थे, और पापा, आप मेरे प्रोफेसर को देख रहे हैं ! कितने शानदार आदमी हैं, मैंने आपसे क्या कहा था !" और रेखा उल्लास से विभोर होकर हँस रही थी, "बहुत थक गए होंगे सर ! करीब-करीब चौबीस घंटे का लम्बा सफर ! तो पहले हम लोग रिफ्रेशमेन्ट-रूम में चाय पी लें, क्योंकि यहाँ से अभी पच्चीस मील का सफर और करना है हम लोगों को कार पर। क्यों पापा, क्या खयाल है आपका ? फिर सर्दी भी काफी है !"

कर्नल ज्ञानचन्द्र का ड्राइवर वहीं पास में खड़ा था। उन्होंने उससे कहा, "असबाब मोटर पर रखवाओ चलकर, हम लोग चाय पीकर बहुत जल्दी ही आते हैं। तब तक

तुम चार गैलन पेट्रोल डलवा लो।"

और रेखा प्रभाशंकर से कह रही थी, "कल जब पापा के नाम आपका तार आया तो मुझे कितनी प्रसन्नता हुई, मैं आपको बतला नहीं सकती ! वैसे दिल्ली में तो आपने मुझे एक तरह से निराश ही कर दिया था, लेकिन मैंने पापा से नहीं कहा था कि आप नहीं आएँगे !" रेखा की आवाज अब बहुत धीमी हो गई थी, "एक बात कहूँ सर ! मैं जानती थी कि आप आएँगे, या फिर यह कहूँ कि आपको आना पड़ेगा !" और प्रभाशंकर ने देखा कि रेखा के मुख पर विजय का एक उल्लास है।

इस उल्लास से प्रभाशंकर भी अछूते नहीं रह सके, उनके मुख पर भी एक मुस्कराहट आ गई, "तुम्हें अपने ऊपर बहुत अधिक विश्वास है !"

ज्ञानचन्द्र उस समय ड्राइवर को पेट्रोल के लिए रुपये दे रहे थे। प्रभाशंकर का हाथ अनजाने ही रेखा के हाथ में चला गया, जब रेखा ने बहुत गम्भीरतापूर्वक कहा, "नहीं सर, मुझे आपके ऊपर बहुत विश्वास है !"

रिफ्रेशमेन्ट-रूम में जाकर तीनों बैठ गए। कर्नल ज्ञानचन्द्र ने चाय का ऑर्डर दिया, फिर वह प्रभाशंकर से बोले, "प्रोफेसर, मैंने आपकी बड़ी तारीफ सुनी है। आप तो बड़े विख्यात आदमी हैं। यह रेखा तो आपकी बात करते अघाती नहीं। मालूम होता है यह आपकी फेवरिट छात्रा है।"

प्रभाशंकर ने अब अपने सामने बैठे हुए व्यक्ति को ध्यान से देखा। एक स्वस्थ और हृष्ट-पुष्ट बूढ़ा आदमी, जिसकी अवस्था लगभग साठ-पैंसठ वर्ष के बीच में रही होगी, उनके मुख पर अधिकार की छाप थी, सम्पन्नता का बोझ था। गोरा रंग, चौड़ा माथा और इकहरा बदन। प्रभाशंकर के मन में कर्नल ज्ञानचन्द्र के प्रति श्रद्धा की भावना हो गई। उन्होंने उत्तर दिया, "कर्नल साहेब ! यह रेखा बड़ी बुद्धिमान और परिश्रमी लड़की है। मेरा ऐसा खयाल है कि यह एम.ए. में फर्स्ट क्लास फर्स्ट आएगी। मैं तो इसकी प्रतिभा से चकित हूँ।"

कर्नल ज्ञानचन्द्र हँस पड़े, "अपनी माता की बुद्धि मिली है इसको, इसकी माता भी बड़ी विदुषी हैं—सब धर्मग्रन्थ पढ़ डाले हैं उन्होंने। लेकिन साथ पड़ गया मुझ-जैसे आदमी का, सारी विद्वत्ता धरी रह गई। प्रोफेसर, गुरु की कृपा से ही विद्या प्राप्त होती है, और वह गुरु आप-सरीखा विद्वान और अन्तर्राष्ट्रीय ख्याति का आदमी हो तब कहना ही क्या !"

चाय समाप्त होने पर सब लोग कार पर बैठ गए। कर्नल ज्ञानचन्द्र ने कहा, "यहाँ से पच्चीस मील की दूरी पर नर्मदा के उस पार मेरा फॉर्म है। सतपुड़ा की पहाड़ियों की शोभा दिखेगी आपको वहाँ पर।"

पहाड़ों और जंगलों के बीच करीब दो हजार एकड़ समतल भूमि पर कर्नल ज्ञानचन्द्र का फॉर्म था। नर्मदा नदी के दक्षिणी किनारे एक छोटी-सी पहाड़ी पर उनका बँगला था, काफी बड़ा और शानदार। उस बँगले से प्रायः एक फर्लांग नीचे एक छोटा-सा ग्राम था, जिसमें अनेक छोटे-छोटे पक्के मकान बने थे, और उन मकानों में ज्ञानचन्द्र के फॉर्म

पर काम करनेवाले मजदूर तथा कर्मचारी रहते थे। उस गाँव का नाम ज्ञानपुरी पड़ गया था, क्योंकि ज्ञानचन्द्र ने अपने फॉर्म का नाम ज्ञानचन्द्र फॉर्म रखा था।

स्टेशन से फॉर्म का रास्ता उतार-चढ़ाव से भरा हुआ टेढ़ा-मेढ़ा था, इसलिए कार की गति काफी धीमी थी। पच्चीस मील का सफर तय करने में कार को प्रायः डेढ़ घंटा लग गया। उस समय रात के साढ़े-नौ बजे थे। बँगले में गैस का प्रकाश हो रहा था और नौकर-चाकर इन लोगों की प्रतीक्षा कर रहे थे।

सुबह जब प्रभाशंकर की नींद खुली, दिन काफी चढ़ आया था। बाहर बरामदे में रेखा अपनी माता के साथ बैठी थी। बरामदा पूर्व-दक्षिण की ओर खुलता था, इसलिए वहाँ धूप फैली हुई थी। ज्ञानचन्द्र अपने फॉर्म का चक्कर लगाकर लौट रहे थे और वह बरामदे से प्रायः दस-पन्द्रह कदम की दूरी पर थे। डॉक्टर प्रभाशंकर के बरामदे में आते ही रेखा बोल उठी, "आज आप बड़ी देर तक सोते रहे सर, साढ़े-आठ बज चुके हैं ! मैंने आपको इसलिए नहीं जगाया कि रास्ते की थकान थी आप पर ! अभी चाय आती है, बैठिए।" और उसने अपनी माता राजलक्ष्मी का परिचय कराया।

राजलक्ष्मी एक आरामकुर्सी पर बैठी थीं, उन्होंने प्रभाशंकर के प्रणाम के उत्तर में आशीर्वाद देते हुए कहा, "क्या बतलाऊँ, दो दिन से गठिया ने पकड़ रखा है मुझे, बुढ़ापे में रोग शरीर में घर कर लेते हैं ! बड़ी कृपा की तुमने यहाँ आकर। यहाँ के अकेलेपन में तो रेखा का मन ही नहीं लगता।"

रेखा ने तनिक बिगड़ते हुए कहा, "तुम भी कैसी बात करती हो ममी ! पापा हैं, तुम हो, नौकर-चाकर हैं, तो मैं अकेली कैसी ? और फिर कितना सुन्दर स्थान है यह ! नदी, पहाड़, जंगल..."

इस समय तक ज्ञानचन्द्र बरामदे में आ गए थे, उन्होंने रेखा का वाक्य पूरा किया, "और शेर, चीते, साँप, हिरन, खरगोश !" ज्ञानचन्द्र हँस पड़े, "यहाँ हर कदम खतरे से भरा, और यही यहाँ की जिन्दगी है।"

और रेखा ने अपने पिता की ओर देखा, "लेकिन आप ही तो कहते हैं कि खतरों से खेलना ही जिन्दगी है, तो इस हिसाब से वास्तविक रूप से जिन्दगी यहीं पर है, है न ऐसा ?" और फिर उसने प्रभाशंकर की ओर देखा, "चाय पीने के बाद आप मेरे साथ घूमने के लिए चलिए, सर, कितना सुन्दर प्राकृतिक दृश्य है यहाँ आस-पास, और साथ ही कितनी शान्ति, कितना एकान्त !"

प्रभाशंकर ने नजर दौड़ाई, सामने दूर तक जंगल फैला था और फिर सामने पहाड़ियों का एक क्रम। एक नवीन स्फूर्ति से भरे जीवन का अनुभव कर रहे थे वह अपने अन्दर। फिर उन्होंने पूछा, "तो क्या तुम यहाँ अकेली घूमा करती हो, तुम्हें डर नहीं लगता ?"

रेखा हँस पड़ी, "यहाँ डर किसका है सर ? ये जंगली जानवर मनुष्यों से बेतरह डरते हैं, दिन में तो वे दिखाई तक नहीं देते।"

और ज्ञानचन्द्र ने कहा, "यह इलाका अब शेरों से बिलकुल खाली हो गया है,

साल-छह महीने में अगर कोई शेर यहाँ भटककर आ जाए तो दूसरी बात है और उसके आने की खबर हम लोगों को तत्काल मिल जाया करती है। वैसे अब यह स्थान बिलकुल निरापद है। हाँ, यहाँ से तीस-चालीस मील दक्षिण में जंगली जानवर बहुतायत से मिलेंगे।''

चाय आ गई थी। रेखा ने प्रभाशंकर के लिए चाय बनाई। कर्नल ज्ञानचन्द्र ने कहा, ''एक प्याला चाय मैं भी पीऊँगा प्रोफेसर का साथ देने के लिए।''

दोनों चाय पी रहे थे कि ज्ञानचन्द्र के मैनेजर शोभासिंह ने आकर ज्ञानचन्द्र से कहा, ''नौ बज गए हैं कर्नल साहेब, आपको ग्यारह बजे जबलपुर के डिस्ट्रिक्ट मैजिस्ट्रेट की अदालत में अपने पासपोर्ट के लिए पहुँचना है।''

''अरे हाँ, मैं तो भूल ही गया था !'' अब प्रोफेसर की ओर घूमे, ''जनवरी के तीसरे सप्ताह में हम लोग, यानी मैं और रानी साहेब अमेरिका जा रहे हैं अरुण के यहाँ, वहाँ छह महीने रुकने का इरादा है। रेखा अपनी परीक्षा देकर वहाँ आ जाएगी, इसका पासपोर्ट तो बना हुआ है। तो हम लोगों के पासपोर्ट के लिए मुझे डिस्ट्रिक्ट मैजिस्ट्रेट ने आज बुलाया है, शाम के पहले ही वापस आ जाऊँगा। अगर आपका मन यहाँ न लगे तो मेरे साथ चलिए, जबलपुर शहर ही देख लेंगे इस बहाने !''

''वाह पापा, आप अपना काम करेंगे और प्रोफेसर बोर होंगे वहाँ; मैं इनको आसपास घुमा लाऊँगी, शाम को फिर भला यह यहाँ के प्राकृतिक दृश्य क्या देख सकेंगे ? मैं ठीक कहती हूँ न सर !'' रेखा ने प्रभाशंकर की ओर देखा।

और प्रभाशंकर ने कहा, ''जबलपुर मैं पहले कई बार देख चुका हूँ। कलकत्ता की पागलपन से भरी चहल-पहल के बाद यहाँ कितनी शान्ति है !''

कर्नल ज्ञानचन्द्र के जाते ही राजलक्ष्मी अपनी गठिया की मालिश कराने अन्दर कमरे में चली गईं। कुछ देर तक रेखा और प्रभाशंकर चुपचाप बैठे रहे, फिर रेखा ने उस मौन को तोड़ा, ''चलिए सर, मैं आपको घुमा लाऊँ ! वैसे हवा कुछ सर्द हो रही है, और एक-आध बादल भी दिख रहे हैं, लगता है कि शायद आज शाम या कल सुबह तक पानी बरसे। यहाँ अभी सर्दी की बारिश बिलकुल नहीं हुई।''

एक झटके के साथ प्रभाशंकर उठ खड़े हुए। अब वे अपने अन्दर एक नई उमंग का अनुभव कर रहे थे, ''यह मौसम घूमने के लिए बहुत अच्छा है, चलो, एक ताजगी मैं अपने में महसूस कर रहा हूँ। अच्छा ही किया जो यहाँ चला आया।''

कपड़े पहनकर प्रभाशंकर रेखा के साथ घूमने निकल पड़े। जिस पहाड़ी पर बँगला था उससे उतरकर दोनों फॉर्म से विपरीत दिशा की ओर चल पड़े। एक फर्लांग तक तो उन्हें समतल भूमि मिली, फिर वे ऊँचे-नीचे पथरीले मार्ग पर आ गए। प्रभाशंकर ने पूछा, ''तो तुम्हारा कब तक अमेरिका जाने का विचार है ? एम.ए. फाइनल की परीक्षा, जहाँ तक मैं समझता हूँ, इस बार अप्रैल के प्रथम सप्ताह तक समाप्त हो जाएगी।''

रेखा ने पूछा, ''और परीक्षा-फल कब तक आ जाएगा ?''

''वह तो मई के दूसरे सप्ताह के पहले न आ सकेगा, यह भी सम्भव है कि मई

के अन्त तक आए।"

रेखा हँस पड़ी, "परीक्षा-फल के आने से पहले तो मेरा अमेरिका जाने का प्रश्न ही नहीं उठता, और इसके बाद मेरा वहाँ जाना बेकार होगा, क्योंकि जुलाई के पहले हफ्ते तक पापा निश्चित रूप से यहाँ लौट आएँगे। तो आप यह समझ लीजिए कि मैं अमेरिका नहीं जा रही हूँ। अभी डेढ़ साल पहले तो हो आई हूँ वहाँ, और यह भी तय है कि मुझे वहाँ कुछ अच्छा नहीं लगा। मैं इस बार गर्मियों में नैनीताल जाऊँगी।"

वे लोग अब ऐसे स्थान पर आ गए थे जहाँ तीन ओर पहाड़ियाँ थीं और एक पगडंडी उत्तर की ओर चली जा रही थी। रेखा ने कहा, "यह जो उत्तरवाली पहाड़ी है, जिस पर पगडंडी बनी है, इसके ठीक पीछे नर्मदा नदी बह रही है। बड़ा सुन्दर दृश्य है वहाँ पर। चढ़ाई कुछ कड़ी जरूर है, लेकिन अधिक नहीं है, जैसा आप देख ही रहे हैं। चलिएगा ऊपर ?"

प्रभाशंकर ने साहस बटोरते हुए कहा, "चलो, लेकिन मैं धीमे-धीमे चलूँगा। इन पहाड़ी रास्तों पर चलने का अभ्यास मुझे नहीं है।"

रेखा तेजी के साथ उस खड़ी पगडंडी पर चढ़ने लगी। प्रभाशंकर ने थोड़ी दूर तक तो रेखा का साथ देने का प्रयत्न किया, लेकिन वह बुरी तरह हाँफ रहे थे। कुछ देर में उनकी पिंडलियाँ भी भर गईं। प्रभाशंकर अब रुक-रुककर और सुस्ताकर चलने लगे। पहाड़ी के शिखर पर पहुँचकर रेखा रुकी, उसने देखा कि प्रभाशंकर धीरे-धीरे चले आ रहे हैं। वैसे चढ़ाई कुल ढाई-तीन सौ फुट से अधिक की न थी, लेकिन एकदम खड़ी चढ़ाई होने के कारण वह प्रभाशंकर को अखर रही थी। हाँफते हुए जब प्रभाशंकर ऊपर पहुँचे तब उनके पैर लड़खड़ा रहे थे। रेखा ने आगे बढ़कर प्रभाशंकर को सहारा दिया, "आप बहुत थक गए हैं सर ! मैंने बड़ी गलती की आपको यहाँ लाकर !"

एक चट्टान पर बैठते हुए प्रभाशंकर मुस्कराए, "नहीं, अभ्यास न होने के कारण मैं हाँफने लगा, अब थकावट बहुत-कुछ मिट गई है, कुछ क्षणों में ही बिलकुल ठीक हुआ जाता हूँ।" और फिर उन्होंने अपने चारों ओर नजर घुमाई, "कितना सुहावना दृश्य है यहाँ पर—शान्त-सुन्दर !"

रेखा खिलखिलाकर हँस पड़ी, "यह क्या है, थोड़ा आगे बढ़कर नीचे की तरफ देखिए इस ओर !" और रेखा प्रभाशंकर का हाथ पकड़कर शिखर के दूसरी ओर ले गई। प्रभाशंकर ने देखा कि नर्मदा की अनेक धाराएँ छोटे-बड़े पत्थरों से टकराती हुई द्रुतगति से दौड़ रही थीं, नाच रही थीं। एक मनोहर आवाज उठ रही थी नर्मदा से, जो प्रभाशंकर के कानों में धीरे-धीरे एक मादक संगीत का रूप धारण करती जा रही थी। पासवाली चट्टान पर रेखा प्रभाशंकर के साथ बैठ गई, "देख रहे हैं सर ! कितना सुन्दर दृश्य है ! स्वच्छ और निर्मल जल अनगिनत पत्थरों से टकराता हुआ अबाध गति से आगे बढ़ता जा रहा है।"

प्रभाशंकर अनिमेष दृगों से इस प्राकृतिक सौन्दर्य को निरख रहे थे। उस समय अनायास ही उनका स्वर बहुत कोमल हो उठा, और "इस गति और प्रवाह में कितना

मादक संगीत है !'' यह कहते-कहते प्रभाशंकर ने अपना हाथ रेखा के कन्धे पर रख दिया।

रेखा ने किसी तरह का प्रतिवाद नहीं किया, और प्रभाशंकर को अनुभव हुआ कि उनकी धमनियों में रक्त का संचार अधिक तीव्र हो उठा था और तभी उनकी दृष्टि रेखा के मुख पर पड़ी, जो मन्त्रमुग्ध-सी नर्मदा की ओर देख रही थी। कितनी शान्ति थी उस दृष्टि में, कितनी भूली और खोई हुई थी वह दृष्टि, जैसे, रेखा को अपने कन्धे पर प्रभाशंकर के हाथ का पता ही न हो ! रेखा बोल उठी, ''क्या यह बाधाओं से टकराते हुए चलना ही जिन्दगी है ? इस टकराहट में, इस संघर्ष में ही क्या जीवन का वास्तविक संगीत है ?'' और रेखा उठ खड़ी हुई, ''जी चाहता है खूब दौड़ूँ, नाचूँ, हँसूँ, खेलूँ—अपने को तन्मय कर दूँ इस प्राकृतिक सौन्दर्य में। आप यहीं बैठिए, मैं नीचे नर्मदा के तट तक जाती हूँ।''

''मैं भी चलता हूँ।'' प्रभाशंकर ने उठते हुए कहा, ''मैं भी नर्मदा के शीतल जल का स्पर्श करना चाहता हूँ।''

''नहीं, आप थक जाएँगे। इस ओर चढ़ाई बहुत कठिन है, मैं कई बार यहाँ आ चुकी हूँ। मैं पन्द्रह-बीस मिनट में वापस आ जाऊँगी।'' और प्रभाशंकर को वहाँ छोड़कर रेखा नीचे की ओर दौड़ने-सी लगी।

नर्मदा के जल से खेलकर रेखा ऊपर आ गई थी। उस समय वह हाँफ रही थी। आते ही वह चट्टान पर बैठ गई, ''उफ्, कितनी कड़ी चढ़ाई है, मेरा तो दम फूल गया !''

प्रोफेसर प्रभाशंकर को लगा कि एक अकलुष सौन्दर्य से भरपूर कोई अप्सरा उनकी बगल में बैठी है। रेखा का मुख उस परिश्रम से लाल हो गया था। बड़ी तेजी के साथ उसकी साँस चल रही थी। थोड़ी देर तक वह चुप बैठी रही, फिर उसने उठते हुए कहा, ''अब लौट जाएँ सर, काफी देर हो गई है। ममी हम लोगों की प्रतीक्षा कर रही होंगी। एक बजे हम लोगों के लंच का समय है और ममी समय की बड़ी पाबन्द हैं।''

कर्नल ज्ञानचन्द्र शाम को चार बजे ही लौट आए। वह बड़े प्रसन्न थे। उस समय रेखा प्रभाशंकर के साथ ड्राइंग-रूम में बैठी बातें कर रही थी। नौकर शाम की चाय लगा रहा था और राजलक्ष्मी सोफा पर लेटी हुई थीं। ज्ञानचन्द्र ने ड्राइंग-रूम में प्रवेश करते हुए कहा, ''हुर्रा ! मैं चाय के वक्त ही लौट आया ! प्रोफेसर, आपका यहाँ आना हमारे सौभाग्य का सूचक साबित हुआ। जाते ही हमारा पासपोर्ट मिल गया। लेकिन दिल्ली से प्लेन में दस जनवरी को जगह मिल रही है, इसके बाद अट्ठाइस जनवरी तक कोई स्थान नहीं मिल सकता हम लोगों को !''

''तब फिर क्या कीजिएगा ?'' प्रभाशंकर ने पूछा।

''करूँगा क्या, जो करना था वह मैंने कर दिया, यानी दस जनवरी को ही हम लोगों ने जाना तय किया है, सीटें बुक करा लाया हूँ। आज तीस दिसम्बर है, हम लोग यहाँ

से आठ जनवरी को दिल्ली के लिए रवाना हो जाएँगे, नौ की सुबह दिल्ली। और नौ को दिन-भर दिल्ली में आवश्यक कार्रवाई कर लेंगे, फिर दस तारीख का पूरा दिन हमारे पास है। प्लेन तो दस तारीख की रात को जाएगा।''

राजलक्ष्मी उठकर बैठ गईं। ज्ञानचन्द्र अपनी पत्नी की ओर घूमे, ''कल से ही सब तैयारी शुरू कर दो !''

''तैयारी क्या करनी है, कौन अमेरिका बसने के लिए जाना है ! मैं तो सिर्फ अरुण को देखने चल रही हूँ। वहाँ ज्यादा दिन नहीं रुक सकूँगी—रेखा जो यहाँ है, इसमें मेरा मन लगा रहेगा।''

''परीक्षा देने के बाद यह भी आ जाएगी वहाँ ! ज़रा अमेरिका घूम लेंगे हम लोग !'' ज्ञानचन्द्र ने उत्साह के साथ कहा।

''मैं अमेरिका घूम चुकी हूँ पापा, मुझे वहाँ ज़रा भी अच्छा नहीं लगा।'' रेखा बोल उठी, ''और परीक्षा समाप्त होने के बाद महीना-दो महीना के लिए आकर ही क्या करूँगी ? मैं सोचती हूँ कि इस बार गर्मियों में मौसीजी के साथ नैनीताल रहूँ जाकर।''

राजलक्ष्मी नहीं चाहती थीं कि रेखा अमेरिका चले, क्योंकि वह अमेरिका में ज्यादा दिन रुकना नहीं चाहती थीं। रेखा के अमेरिका जाने पर उन्हें अधिक दिन रुकना पड़ जाएगा, ज्ञानचन्द्र से वह जल्दी लौटने का आग्रह नहीं कर सकेंगी। उन्होंने मुस्कराते हुए कहा, ''जैसा तेरे जी में आए वैसा कर—मैं तो पहले से ही जानती थी कि तू नहीं जाएगी।'' फिर वह प्रभाशंकर से बोलीं, ''प्रोफेसर साहब, यह रेखा जो देखने में इतनी सीधी दिखती है, बला की जिद्दी है। देख लिया न आपने—मुझसे कहती रही कि 'नहीं जाऊँगी—नहीं जाऊँगी' और आज भी अपनी जिद्द पर अड़ी है। अच्छा ही है, मेरी बड़ी बहन देवप्रिया की बड़ी इच्छा है कि यह उनके पास रहे जाकर। वह बेचारी नैनीताल में अकेली रहती हैं। लेकिन विद्यालय तो शायद पाँच जनवरी को खुल रहा है।''

''हाँ, पाँच तारीख को खुल रहा है; क्यों, क्या बात है ?'' प्रभाशंकर ने पूछा।

''अगर यह हम लोगों के साथ नौ तारीख की सुबह दिल्ली पहुँचे तो क्या कोई हर्ज है, मैं यह सोच रही थी ?''

कर्नल ज्ञानचन्द्र बोल उठे, ''इसे यहाँ रोककर क्या मिल जाएगा तुम्हें ? दह चार तारीख को ही जाएगी।''

ज्ञानचन्द्र की बात पर राजलक्ष्मी ने कोई ध्यान नहीं दिया, ''बतलाया नहीं प्रोफेसर साहेब—मैं चाहती हूँ कि इतने दिन यह और मेरे पास रहे—माता की ममता ही तो है।''

प्रभाशंकर ने कुछ सोचकर कहा, ''पहुँचना तो इन्हें पाँच तारीख को ही चाहिए, लेकिन कोई बात नहीं। पाँच से आठ तारीख तक मैं कुछ ऐसा प्रबन्ध कर दूँगा कि इनके क्लासेज न होने पाएँ।''

प्रभाशंकर ने जो कहा उस पर आश्चर्य रेखा को ही नहीं, स्वयं डॉक्टर प्रभाशंकर को हुआ।

[4]

अपना आखिरी पर्चा करके जब रेखा निकली, वह अपने अन्दर एक प्रकार की निश्चिन्तता अनुभव कर रही थी। पिछले पन्द्रह दिनों तक वह एक तरह से अपने कमरे के अन्दर बन्द रही। एक ही क्रम था उसका—पढ़ते रहना और परीक्षा देना। अपने चारों ओर की दुनिया जैसे वह भूल गई थी। होस्टल पहुँचकर उसने खाना खाया और फिर वह अकेली शहर की ओर निकल पड़ी एक पिक्चर देखने।

अप्रैल के प्रथम सप्ताह की वह सुहानी शाम, जब वह पिक्चर देखकर हॉल से बाहर हुई। हवा में कुछ उष्णता थी, जीवन से भरी हुई; लेकिन रेखा अपने अन्दर एक प्रकार की उदासी का अनुभव कर रही थी। उसने जो अंग्रेज़ी पिक्चर देखी थी वह दुखान्त थी। भारी मन से उसने यूनिवर्सिटी की बस पकड़ी और बस पर बैठते ही उसे डॉक्टर प्रभाशंकर की याद हो आई। पन्द्रह दिन पहले वह उनके यहाँ गई थी। उस दिन उसने वहीं खाना खाया था। माताजी के पास बैठी थी और प्रभाशंकर से उसने परीक्षा के लिए हिंट्स लिए थे। और रेखा के लिए वे हिंट्स कितने लाभप्रद साबित हुए थे ! इसके बाद वह अपनी पढ़ाई और अपनी परीक्षा में डूब गई। उसके अन्दर प्रभाशंकर के यहाँ जाने की और उनसे मिलने की बात ही नहीं आई। और जब बस होस्टल के निकट रुकी, वह बस से नहीं उतरी। अगले स्टॉप से कुछ आगे प्रभाशंकर का बँगला था।

जिस समय रेखा ने प्रभाशंकर के ड्राइंग-रूम में प्रवेश किया, उसने देखा कि प्रभाशंकर एक डॉक्टर के साथ बैठे बात कर रहे हैं, और उनके मुख पर चिन्ता के भाव स्पष्ट हैं। डॉक्टर कह रहा था, "मैं समझता हूँ कि ऑपरेशन करना ठीक न होगा। इनका लिवर बिलकुल बेकार हो गया है। फिर मैं समझता हूँ कि आपकी माता की अवस्था भी काफी अधिक होगी !"

करुण-स्वर में प्रभाशंकर ने कहा, "हाँ, पिचहत्तर वर्ष से कुछ ऊपर है, और इधर चार-पाँच साल से इनकी तन्दुरुस्ती बराबर गिरती जा रही है। लेकिन सर्जन ठाकुर तो ऑपरेशन करने को तैयार हैं—एक तरह से वह जोर दे रहे हैं !"

डॉक्टर मुस्कराया, "सर्जन प्रयोग करना चाहते हैं—उनमें भावना नाम की कोई चीज नहीं है। सर्जरी का विकास इन्हीं प्रयोगों से तो हुआ है। लेकिन यह आपकी माता हैं, आप इन्हें शान्तिपूर्वक मरने दीजिए। जो दवा मैं दे रहा हूँ उससे इन्हें पीड़ा नहीं होगी।"

एकाएक रेखा को एक पहचाना-सा स्वर सुनाई पड़ा, "लेकिन डॉक्टर साहेब, मैं समझती हूँ कि माताजी को नर्सिंग होम में ले जाना उचित होगा, चाहे ऑपरेशन हो या न हो, वहाँ इनकी देखभाल तो ठीक तौर से होगी। बेचारे प्रोफेसर क्या-क्या करेंगे ?" और रेखा ने देखा कि देवकी अन्दर से निकलकर ड्राइंग-रूम में आ गई।

डॉक्टर ने उठते हुए कहा, "हाँ, नर्सिंग होम तो सबसे अच्छी जगह है, लेकिन जब मरीज नर्सिंग होम जाने को राजी न हो तो मैं इस बात पर जोर नहीं दूँगा। अगर आप

लोग चाहें तो मैं दो नर्सों का इन्तजाम कर दूँ, एक डे नर्स और एक नाइट नर्स ! एक हफ्ते से ज्यादा यह न चलेंगी, इतना मैं कह सकता हूँ।''

''दिन में सब लोग मिल-जुलकर माताजी की देखभाल कर ही लेते हैं, समस्या रात की है।'' देवकी ने प्रभाशंकर की ओर देखते हुए कहा।

रेखा की समझ में इस समय तक सारी परिस्थिति आ गई थी। उसने आगे बढ़कर प्रभाशंकर से कहा, ''सर, नाइट नर्स की कोई आवश्यकता नहीं है। मेरी परीक्षाएँ आज समाप्त हो गई हैं, मैं आज से रात के समय माताजी की देखभाल करूँगी। आप मेरे होस्टल-सुपरिटेन्डेन्ट को लिख दीजिए। पापा आपको मेरा गार्जियन बना गए हैं न !''

डॉक्टर ने चलते हुए कहा, ''लीजिए, यह समस्या भी हल हो गई आपकी।''

प्रभाशंकर डॉक्टर के साथ चले गए दवा लेने के लिए। ड्राइंग-रूम में अब देवकी और रेखा रह गईं। थोड़ी देर तक दोनों एक-दूसरी को चुपचाप देखती रहीं, फिर देवकी ने उस मौन को तोड़ा, ''एक हफ्ते से माताजी बीमार पड़ी हुई हैं। मैं तो अभी चार दिन हुए आई इनकी बीमारी की खबर सुनकर। आते ही देखा कि हालत बहुत बिगड़ी हुई है, बेचारे प्रोफेसर के हाथ-पैर फूल गए हैं।''

''हाथ-पैर फूल जाने की बात भी है।'' रेखा बोली, ''लेकिन पन्द्रह दिन पहले मैं मिली थी, तब तो अच्छी-भली थीं। इधर मैं अपनी परीक्षाओं में उलझ गई तो खबर नहीं ले सकी। अब कैसी तबीयत है, चलूँ, देखूँ चलकर।'' और रेखा प्रभाशंकर की माता के कमरे की ओर बढ़ी, देवकी उसके साथ हो ली।

प्रभाशंकर की माता आँखें बन्द किए हुए लेटी थीं, उनका मुख मानो पीड़ा से ऐंठ गया हो। उनके सिरहाने खड़ी होकर रेखा थोड़ी देर तक उन्हें देखती रही, फिर धीमे-से स्वर में उसने पूछा, ''माताजी, कैसी तबीयत है अब आपकी ?''

वृद्धा को शायद रेखा की आवाज सुनाई नहीं पड़ी, वह वैसे ही आँखें बन्द किए निश्चेष्ट लेटी रहीं। देवकी बोल उठी, ''मैं कहती हूँ, यह सो गई हैं, चलें बाहर, इन्हें सोने दें। रातभर तो दर्द से कराहती रहीं, और इनके साथ मुझे भी रातभर जागना पड़ा है।''

इसी समय वृद्धा ने एक कराह के साथ अपनी आँखें खोलकर देवकी की ओर देखा। देवकी से हटकर उनकी नजर रेखा पर पड़ी, और उनके मुख पर एक हलकी-सी मुस्कराहट आ गई। बड़े धीमे स्वर में उन्होंने कहा, ''तुम बेटी ! मैं तुम्हें कितना याद कर रही थी ! तुम्हारी परीक्षा पूरी हो गई ?''

रेखा वृद्धा के सिरहाने पलँग पर बैठ गई, वृद्धा का हाथ अपने हाथ में लेते हुए रेखा ने कहा, ''हाँ माताजी ! मुझे मालूम नहीं हुआ कि आपकी तबीयत इतनी खराब हो गई है, नहीं तो मैं पहले आती। आज जब आखिरी पर्चा समाप्त हुआ तब मैं यहाँ आई और यहाँ आकर मुझे आपकी बीमारी का पता चला।''

वृद्धा बोली, ''जर्जर शरीर ठहरा बेटी, इसका क्या ठिकाना ? तुम्हें देखकर मुझे कितनी शान्ति मिलती है !'' और वृद्धा ने अपनी आँखें बन्द कर लीं जैसे वह किसी

बेहोशी में डूबती जा रही हो। रेखा के हाथ पर वृद्धा के हाथ की पकड़ ढीली पड़ गई, और रेखा ने देखा कि वृद्धा के मुखवाली पीड़ा की ऐंठन अब जाती रही है।

देवकी ने धीमे स्वर में कहा, "अब कहीं जाकर नींद आई है इन्हें। चलो इनको सोने दो।" और देवकी रेखा का हाथ पकड़कर ड्राइंग-रूम में ले गई। ड्राइंग-रूम में पहुँचकर देवकी बोली, "क्या बतलाऊँ, प्रोफेसर ने तो मुझे कोई खबर ही नहीं दी। वह तो कहो बनवारी ने घबराकर मुझे माताजी की बीमारी की खबर तार से भेजी, और तार पाते ही मैं चल पड़ी। तब से मैं इनकी देखभाल में लगी हूँ। हालत में किसी तरह का सुधार हो ही नहीं रहा है, उलटे दिनोदिन गिरती जा रही हैं। भगवान जाने कितने दिन लगेंगे।"

"आपके यहाँ चले आने से और इतने दिन यहाँ रुकने से तो आपके घरवालों को बड़ी असुविधा होगी ?" रेखा ने पूछा।

"ऐसे मामलों में सुविधा और असुविधा देखने से तो काम नहीं चलेगा। हाँ, मैंने इतना समझाया कि माताजी नर्सिंग होम चली जाएँ, वहाँ इनकी देखभाल बहुत अच्छी तरह होगी, लेकिन नर्सिंग होम जाने के लिए माताजी राजी नहीं होतीं। घर में नर्सों को रखकर इलाज महँगा पड़ेगा। पचास-साठ रुपये रोज तो नर्सों का खर्च है, फिर डॉक्टरों की फीस, दवा के दाम ! भगवान जाने कितने दिन यह बीमारी चले !" और एक कुटिल मुस्कान देवकी के मुख पर आई, "चलते-चलते यह बुढ़िया प्रभाशंकर को चार-पाँच हजार की चोट दे जाएगी, मुझे तो ऐसा दीखता है।"

कितनी गिरी हुई, कितनी फूहड़ और कितनी नीच औरत है यह देवकी। रेखा के सारे शरीर में क्रोध की एक लहर दौड़ गई। उसके जी में आया कि वह देवकी के मुख पर एक जोर का थप्पड़ मारे, जिससे फिर कभी देवकी इतनी नीचता-भरी बात न करे। उसने बड़ी मुश्किल से अपने क्रोध को रोका। बड़े संयत स्वर में उसने कहा, "मेरी परीक्षा समाप्त हो गई है, मैं माताजी की देखभाल कर लूँगी। आपको यहाँ रुककर अपने लोगों को असुविधा में डालने की कोई आवश्यकता नहीं है।"

रेखा की बात सुनकर देवकी की भौंहों पर बल पड़ गए। कुछ देर तक वह रेखा को घूरती रही, फिर उसने एक फुँफकार के स्वर में कहा, "ओहो, तो मेरा अधिकार तुम ले रही हो, बात यहाँ तक बढ़ गई है ! लेकिन तुम आग में पैर डाल रही हो !"

देवकी की बात ने रेखा पर पैने छुरे का-सा वार किया। कड़े स्वर में रेखा ने पूछा, "क्या मतलब है तुम्हारा ?"

देवकी अब उबल पड़ी, "ओहो ! इतनी भोली तो नहीं हो कि मेरी बात का मतलब न समझो !" लेकिन रेखा के मुख पर की कठोरता से उसे कुछ डर-सा लगा, उसने तत्काल अपने को सँभाला। उसका स्वर एकबारगी ही कोमल हो गया, "मैं जो कुछ कह रही हूँ वह तुम्हारे ही भले के लिए कह रही हूँ। जहाँ तक मेरा सवाल है, मैं तो माताजी की बीमारी में यहाँ रहने ही आई हूँ, अपने इलाहाबादवाले घर का पूरा इन्तजाम करके, भला मैं कैसे यहाँ से जा सकती हूँ ? लेकिन तुम्हारे रात में यहाँ रहने

पर तुम्हारी बदनामी हो सकती है। नाइट नर्स का इन्तजाम तो प्रभाशंकर कर ही सकते हैं।"

रेखा देवकी को कुछ कड़ा उत्तर देना चाहती थी कि इतने में प्रभाशंकर आ गए। उनके मुख पर अजीब तरह की थकान छाई हुई थी। शाम अब पूरी तौर से घिर आई थी और शाम के साथ-साथ उस कमरेवाला अन्धकार भी घना हो गया था—एक थका-सा और मनहूस अन्धकार ! और उस अन्धकार में प्रभाशंकर का थका हुआ चेहरा कुछ विकृत-सा दीख रहा था। प्रभाशंकर बिना किसी से बोले-चाले चुपचाप एक कुर्सी पर बैठ गए और उस कमरे में घुटन-भरा एक वातावरण छा गया। इस घुटन से घबराकर रेखा ने उठकर कमरे की बत्ती जला दी।

प्रभाशंकर के मुखवाली थकान और घुटन जैसे बिजली के इस प्रकाश में धुल गई हो। उन्होंने कहा, "बड़ा अच्छा किया रेखा, तुमने बिजली जलाकर। कहो, तुम्हारे परचे कैसे हुए ? माताजी की बीमारी के कारण मैं इन दिनों यूनिवर्सिटी भी नहीं जा सका।"

"परचे बहुत अच्छे हुए हैं, सर ! जो हिंट्स आपने दिए थे, वे करीब-करीब सभी आए थे।"

"प्रोफेसर की कृपापात्र छात्रा को यूनिवर्सिटी में फर्स्ट क्लास ही आना चाहिए।" देवकी ने व्यंग्य के साथ कहा।

और जैसे इस व्यंग्य से प्रभाशंकर तिलमिला उठे, "फर्स्ट क्लास ही नहीं यूनिवर्सिटी का रिकार्ड तोड़ना चाहिए।"

उस रात रेखा प्रभाशंकर की माता के सिरहाने बैठी रही। प्रोफेसर प्रभाशंकर ने रेखा के होस्टल सुपरिटेन्डेन्ट को फोन कर दिया था। सुबह चाय पीकर रेखा अपने होस्टल चली जाती थी। दिन में वह सोती थी और रात में सात-आठ बजे वह आ जाती थी।

चौथे दिन दोपहर को करीब दो बजे बनवारी रेखा के होस्टल पहुँचा। खाना खाने के बाद रेखा उस समय गहरी नींद में सो रही थी। बनवारी ने उसे जगाकर कहा, "माताजी ने आपको इसी समय बुलाया है, उन्हें आपसे बहुत जरूरी काम है।"

रेखा ने जल्दी-जल्दी कपड़े बदले। वह जिस समय प्रभाशंकर के घर पहुँची, देवकी ड्राइंग-रूम में चुपचाप बैठी थी। उस समय रेखा के आने पर उसे आश्चर्य हुआ, "अरे, तुम इस समय कैसे ?"

"माताजी ने मुझे बुलाया है, बनवारी अभी होस्टल गया था। कैसी तबीयत है उनकी ?"

"आह सुबह से करीब-करीब बेहोशी की हालत में हैं, न कुछ खाया है उन्होंने, न कुछ बोलती हैं किसी से। प्रोफेसर कुछ जरूरी काम से यूनिवर्सिटी गए हैं। लेकिन तुम्हें क्यों बुलाया है, मैं भी देखती हूँ चलकर।"

रेखा को लेकर देवकी प्रभाशंकर की माता के कमरे में पहुँची। वृद्धा आँखें बन्द किए लेटी थी, और उसके मुख पर असह्य पीड़ा की ऐंठन आ गई थी। देवकी ने ज़रा जोर से कहा, "माताजी, कैसी तबीयत है ?"

प्रभाशंकर की माता ने जैसे देवकी की आवाज सुनी ही नहीं, उसी प्रकार आँखें बन्द किए वह निश्चेष्ट लेटी रहीं। अब रेखा बोली, ''माताजी, मैं आ गई हूँ। आपने मुझे बुलाया था !''

वृद्धा ने रेखा की आवाज़ सुनकर आँखें खोल दीं। थोड़ी देर तक वह रेखा को एकटक देखती रही, ''तुम आ गई बेटी ?'' उसने लड़खड़ाती आवाज में कहा, फिर उसने देवकी की ओर देखा, ''प्रभा को बुलवा लो जाकर, मेरा अन्त समय आ रहा है।''

देवकी ने उत्तर दिया, ''मैंने प्रोफेसर को खबर भिजवा दी है, वह आते ही होंगे। अब आप अधिक बातें न करें। डॉक्टर कह गया है कि आप एकदम शान्त लेटी रहिए।'' और उसने रेखा का हाथ पकड़कर कहा, ''चलो, बाहर बैठें चलकर, बात करने से इन्हें थकान होती है।''

बड़ी विवशता के साथ रेखा को देखते हुए वृद्धा बोली, ''बेटी, तुम न जाओ, तुमसे कुछ कहना है।''

रेखा ने देवकी का हाथ झटक दिया, ''आप बाहर चलिए। माताजी मुझसे कुछ बात करना चाहती हैं।''

पराजित-सी देवकी कमरे के बाहर चली गई। वृद्धा ने कहा, ''दरवाजा बन्द कर दो बेटी, नहीं तो वह आ जाएगी।''

रेखा ने कमरे का दरवाज़ा बन्द कर दिया। वृद्धा ने अपने गले की ओर संकेत करते हुए कहा, ''बेटी, मेरी चेन में यह मेरी सेफ की चाभी है। आज तीन-चार दिन से देवकी यह चाभी मुझसे लेने की कोशिश कर रही है, तुम इसे खोलकर अपने पास रख लो। सेफ में मेरे गहने हैं और करीब दस हज़ार रुपये हैं।'' फिर कुछ रुककर वृद्धा ने कहा, ''मेरे बेटे के पास तो उसका कुछ रह नहीं गया—यह सब कुछ तो ले जाती है। चाहती थी कि मेरे बेटे का घर बसे, पोतों-पोतियों का मुँह देखूँ। लेकिन भगवान ने मेरे भाग्य में यह नहीं लिखा है। मेरे बाद मेरे बेटे की देखभाल कौन करेगा ?'' और वृद्धा की आँखों में आँसू आ गए।

रेखा ने वृद्धा की चेन से चाभी खोलकर अपने पर्स में रख ली, फिर उसने कहा, ''लेकिन माताजी, मैं इस चाभी का क्या करूँगी ?''

''इस देवकी के जाने के बाद मेरे बेटे को दे देना, लेकिन सँभालकर रखना इस चाभी को, इसके हाथ में न पड़ने पाए !'' और वृद्धा ने थककर आँखें बन्द कर लीं। वह गहरी बेहोशी में डूब गई थी।

रेखा ने दरवाजा खोला, देवकी दरवाजे के पास लगी खड़ी थी। उसने रेखा से पूछा, ''क्या कहा इस बुढ़िया ने तुमसे ?''

''अगर बताने लायक बात होती तो तुम्हारे सामने न कहतीं मुझसे !'' रेखा ने रूखे स्वर में कहा।

''मुझसे इस घर की बात कैसे छिपी रह सकती है ? तुम्हें यह बात बतलानी ही पड़ेगी, नहीं तो मैं ही खुद पूछती हूँ उससे।'' देवकी ने कमरे में घुसने का प्रयत्न करने

हुए कहा। लेकिन रेखा ने देवकी का हाथ पकड़ लिया, "उन्हें सोने दो, फिर पूछ लेना।"

रेखा को पता न था कि वृद्धा अनन्त निद्रा में लीन हो रही है। देवकी बल लगाकर कमरे में घुसी, और वैसे ही वह चीख उठी, "अरे, इनका तो अन्त समय आ रहा है !" वृद्धा उस समय अन्तिम हिचकियाँ ले रही थी। उसी समय प्रभाशंकर आ गए।

उस रात रेखा अपने होस्टल में सोई। दूसरे दिन करीब ग्यारह बजे रेखा प्रभाशंकर के यहाँ पहुँची। रात में ही वृद्धा का अन्त्येष्टि-संस्कार हो गया था। प्रभाशंकर अपने कमरे में अकेले बैठे पढ़ रहे थे और देवकी घर में उलट-पुलट कर रही थी। रेखा चुपचाप डॉक्टर प्रभाशंकर के सामने बैठ गई। प्रभाशंकर ने नजर उठाई, बड़े करुण स्वर में वह बोले, "माताजी की तुमने जिस निस्पृह भाव से सेवा की, उसके लिए मैं तुम्हारा कितना कृतज्ञ हूँ, रेखा ! वह शान्तिपूर्वक मरीं, इस बात से मुझे सन्तोष है। जाना तो उन्हें था ही, लेकिन उनके जाने से मेरे जीवन में एक प्रकार का व्यतिक्रम पैदा हो गया, मैं एकदम अकेला हो गया हूँ। मुझे अपना कहनेवाला अब कोई नहीं रहा।"

रेखा ने अपने पर्स से प्रभाशंकर की माता के सेफ की चाभी निकाली, "माताजी ने अपने सेफ की यह चाभी मुझे कल दी थी कि मैं आपको अकेले में यह चाभी दे दूँ !"

प्रभाशंकर चौंक पड़े, "ओह ! तो सेफ की चाभी तुम्हारे पास है ! माताजी के मरने के बाद से ही देवकी परेशान है।" और प्रभाशंकर के मुख पर एक फीकी मुस्कान आई, "माताजी ने कभी देवकी से स्नेह नहीं किया, कभी उस पर विश्वास नहीं किया, और मैं शायद उसमें माताजी को भी दोष नहीं दे सकता।" फिर कुछ चुप रहकर उन्होंने कहा, "देवकी इस समय भी चाभी को ढूँढ़ रही है। तुम अभी यह चाभी अपने ही पास रखो, देवकी जब यहाँ से चली जाए तब मुझे दे देना। शायद कल या परसों वह चली जाएगी। रुककर ही क्या करेगी ?" और प्रभाशंकर की नजर झुक गई। उनकी आँखों से आँसू टपक पड़े।

प्रभाशंकर के अन्दरवाली असीम वेदना से रेखा पिघल गई, बड़ी आत्मीयता के साथ उसने कहा, "माताजी की उम्र हो गई थी—उन्हें तो जाना ही था। इस बात पर विचलित होने से तो काम न चलेगा, सर ! आपको चाहिए कि आप अपने को सँभालें।"

करुण स्वर में प्रभाशंकर बोले, "तुम ठीक कहती हो रेखा, सँभालना तो मुझे अपने को पड़ेगा ही। लेकिन अनायास ही जीवन का क्रम बदल गया है। माताजी के साथ ही मेरा यह घर था, मेरे घर का अपनत्व था, इस घर की पवित्रता थी। कोई तो मुझे अपना कहनेवाला था। और आज मैं देख रहा हूँ कि कोई भी मुझे अपना कहनेवाला नहीं है।" और यह कहते-कहते प्रभाशंकर का गला रुँध गया।

"मैं आपसे एक बात कहूँ, सर ! नैनीताल में मेरी मौसी के बँगले के साथ जो कॉटेज है वह एकदम खाली पड़ी है। अप्रैल आधा तो बीत ही रहा है। गर्मी बढ़ रही है। मैं एक हफ्ते में चली जाऊँगी नैनीताल, वह कॉटेज ठीक करा रखूँगी। आप

मई के प्रथम सप्ताह में वहाँ आ जाइए, अगर इससे पहले ही आ सकें तो और अच्छा !''

''तो क्या तुमने तय कर लिया है कि तुम अमेरिका नहीं जाओगी ?'' प्रभाशंकर ने पूछा।

''जी हाँ, वहाँ जाने का मेरा मन नहीं करता। ममी की तबीयत भी ऊब रही है वहाँ। उनका पत्र परसों ही तो मिला। जून के अन्त में या जुलाई के प्रथम सप्ताह में मैं यहाँ होस्टल में आ जाऊँगी। मुझे पी-एच.डी. करनी है न !''

इसके बाद एक मौन छा गया वहाँ पर। उस मौन को तोड़ा देवकी ने आकर, ''ताज्जुब की बात है, माताजी की चाभी गई तो कहाँ गई ? अगर वह चाभी घर के बाहरवाले किसी आदमी के हाथ में चली गई तो वह इस सेफ से माताजी के गहनों और रुपयों को निकाल ले जाएगा।''

''हाँ, यह तो ठीक है। लेकिन सेफ तो तोड़ना बड़ा मुश्किल होगा। मैं कम्पनीवालों को लिखकर उसे खुलवाकर उसमें दूसरा ताला लगवा लूँगा। तब तक मैं माताजी के कमरे में एक ताला डलवाए देता हूँ। ऐसी हालत में कमरे का दरवाजा तोड़कर ही कोई आदमी सेफ को खोल सकेगा। तो तुम इसकी चिन्ता न करो। अब नहाओ, कपड़े पहनो और स्वस्थ हो।''

मई के दूसरे सप्ताह में नैनीताल की चहल-पहल काफी बढ़ गई थी और प्रभाशंकर अब मानसिक रूप से स्वस्थ अनुभव करने लग गए थे। रेखा मुख्य बँगले में अपनी मौसी देवप्रिया के साथ रहती थी। बँगले से लगा हुआ कॉटेज था उसमें प्रभाशंकर ठहरे हुए थे। प्रभाशंकर देवप्रिया के बँगले में ही चाय पीते और खाना खाते थे। उस दिन जब प्रभाशंकर खाना खाने के बाद दोपहर के विश्राम से उठे, उनका मन बहुत प्रसन्न था। एक पुस्तक को लेकर वह पढ़ने बैठ गए। उसी समय रेखा दौड़ती हुई उनके पास आई। उसके हाथ में उस समय 'हिन्दुस्तान टाइम्स' का एक अंक था। उसने आते ही कहा, ''सर ! मेरा रिजल्ट आ गया। मैं फर्स्ट क्लास फर्स्ट आई हूँ—देखिए, यह पेपर अभी-अभी आया है !''

प्रभाशंकर ने अपनी किताब बन्द कर दी, ''जरा देना तो अखबार ! मैं भी देखूँ !''

प्रभाशंकर ध्यान से पूरे रिजल्ट को देख गए। फिर वह उठ खड़े हुए। रेखा के पास जाकर उन्होंने उसके सिर पर हाथ रखा, ''मेरी बधाई, रेखा ! मैं जानता था कि तुम्हें फर्स्ट क्लास फर्स्ट मिलेगा। और मेरा ऐसा खयाल है कि तुमने यूनिवर्सिटी में एक नया रिकार्ड कायम किया होगा।''

प्रभाशंकर को ऐसा अनुभव हुआ कि रेखा उनके और निकट आ गई है। उनके शरीर से रेखा का शरीर स्पर्श कर रहा है और उनका हाथ रेखा के सिर से हटकर उसके कन्धे पर आ गया है। रेखा का मुख उनके वक्ष के बहुत निकट आ गया है। उन्हें यह भी अनुभव हुआ कि रेखा के शरीर में एक प्रकार का कम्पन उत्पन्न हो गया है। रेखा का मुख झुका हुआ था। प्रभाशंकर ने रेखा का सिर ऊपर उठाया, रेखा की आँखों में

आनन्द के आँसू छलक रहे थे। फिर प्रभाशंकर का मुख झुका, और अचानक प्रभाशंकर के अधर रेखा के अधरों से मिल गए।

रेखा ने अपना मुख हटाया नहीं, उसकी आँखें अवश्य बन्द हो गईं। प्रभाशंकर के दोनों हाथों ने अब रेखा के शरीर को आलिंगन-पाश में कस लिया था। उनके अधरोंवाला दबाव अब प्रबल होता जाता था और रेखा वैसी-की-वैसी अपने अन्दरवाले आनन्द में डूबी हुई निश्चेष्ट खड़ी थी। स्निग्ध साँस, शीतल होठ ! जबकि प्रभाशंकर का शरीर जल रहा था, उनके होठ जल रहे थे, उनकी साँसें जल रही थीं।

और तभी रेखा ने अपने होठों को प्रभाशंकर के होठों से अलग करते हुए कहा, "सर ! आप कितने अच्छे हैं !"

एकबारगी ही प्रभाशंकर की चेतना लौट आई और वह चौंक उठे। उनका आलिंगन-पाश खुल गया और वह अपने से ही लज्जित होकर पासवाली कुर्सी पर बैठ गए। रेखा के मुख पर उस समय बड़ी लुभावनी मुस्कान आ गई थी। प्रभाशंकर की कुर्सी के सामने वह एक कुर्सी खींचकर बैठ गई, "सर ! मैं आज कितनी प्रसन्न हूँ—आज शाम को आप मुझे कोई अच्छी-सी पिक्चर दिखाइए। फिर उसके बाद हम लोग किसी अच्छे होटल में खाना खाएँगे—आज का दिन मेरे लिए बहुत बड़े उत्सव का दिन है।"

प्रभाशंकर के सामने जो कुछ भी था वह अस्पष्ट और धुँधला था। बड़ा प्रयत्न करके प्रभाशंकर ने उत्तर दिया, "हाँ-हाँ क्यों नहीं ? आज का दिन मेरे लिए भी बड़ी प्रसन्नता का दिन है। शाम को तुम्हारे साथ सिनेमा, रात को तुम्हारे साथ डिनर। तो तुम आज रात के खाने के लिए घर में मना कर दो।" प्रभाशंकर यह कहकर उठ खड़े हुए और मानो अपने को संयत करने के लिए कमरे में टहलने लगे।

रेखा को प्रभाशंकर की यह मनःस्थिति देखकर आश्चर्य हो रहा था। उसने पूछा, "क्या बात है, सर ! आपकी तबीयत तो ठीक है ?"

प्रभाशंकर को अपनी इस बेचैनी पर जैसे लज्जा हुई। उन्होंने रेखा के पास आकर कहा, "नहीं रेखा, मेरी तबीयत बिलकुल ठीक है—सच पूछो तो मैं आनन्दविभोर हो गया हूँ। इतना प्रसन्न मैं जीवन में कभी पहले हुआ हूँ, मुझे याद नहीं। और यह शायद इसलिए कि आज मैं ममतामयी, करुणामयी, सौन्दर्य की मूर्ति और साक्षात् सरस्वती की भाँति बुद्धिमान रेखा को अपने इतना निकट पाता हूँ। रेखा, तुम महान हो, मैं तुम्हारी उपासना करने लगा हूँ।"

एक अज्ञात पुलक से रेखा की आँखें झपी जा रही थीं। बड़े शिथिल स्वर में उसने कहा, "यह क्या कह रहे हैं, सर ? आप तो मेरे देवता की भाँति हैं।"

"मुझे 'सर' न कहो रेखा, इस शब्द में एक दूरी है जो मेरे मन को कचोटने लगती है। यह मेरा सौभाग्य है कि तुम अनायास ही मेरे इतने निकट आ गई हो, और मैं चाहता हूँ कि जिन्दगी-भर यह निकटता कायम रहे। मैं तुमसे प्रार्थना करता हूँ कि तुम मुझे 'सर' न कहो।"

एक तरह का सम्मोहन छाता चला जा रहा था रेखा पर, "बस इतनी-सी बात है। अच्छा, आगे से मैं आपको 'सर' न कहूँगी, मैं आपको प्रोफेसर कहूँगी। आप जैसा कहेंगे वैसा मैं करूँगी, मैं आपकी अनुगामिनी बनकर अपने को धन्य समझूँगी।"

प्रोफेसर प्रभाशंकर कुर्सी पर बैठ गए, उनके अन्दरवाला तूफान अब शान्त हो रहा था। उन्होंने कहा, "अच्छा ! अब चाय का समय हो गया है, तो चाय क्या तुम मुझे यहाँ पिलाओगी या चाय पीने के लिए मुझे तुम्हारे साथ किसी होटल में चलना पड़ेगा ?" और प्रभाशंकर के मुख पर एक मुस्कराहट नाच उठी।

रेखा भी हँस पड़ी, "ओह, अपनी खुशी में मैं शाम की चाय की बात भी भूल गई ! आप कपड़े बदल लीजिए मेरे प्रोफेसर, मैं चाय आज अपने ही हाथों तैयार करती हूँ। कुल पन्द्रह-बीस मिनट लगेंगे—और आधा घंटा लगेगा मुझे तैयार होने में।" और रेखा चली गई।

प्रभाशंकर ने उठकर अब कपड़े बदले। आज उन्होंने अपना सबसे अच्छा सूट निकाला जो वह अमेरिका से लाए थे। और पूरी तरह तैयार होकर उन्होंने अपना प्रतिबिम्ब दर्पण में देखा। कितने स्वस्थ दीख रहे थे वह, और साथ ही कितने सुन्दर ! थोड़ी देर तक वह अपना प्रतिबिम्ब दर्पण में देखते रहे। उन्हें ऐसा लग रहा था कि वह फिर से युवा बन गए हैं। उनके मुख पर सन्तोष की एक हलकी-सी मुस्कराहट आई। वैसे उनकी उम्र पचास वर्ष पार कर चुकी थी दो महीने पहले, पर अपनी दृष्टि में वह चालीस वर्ष से अधिक के नहीं लग रहे थे।

कॉटेज से निकलकर वह बँगले में आए, चाय मेज पर रखी थी और देवप्रिया वहाँ बैठी थीं। "आइए प्रोफेसर, आपकी कृपा से रेखा बड़ी अच्छी तरह पास हो गई। वह कपड़े बदल रही है। आज मेरा एकादशी का व्रत है, वह कह रही थी कि खाना वह बाहर खा लेगी।"

"हाँ मासीजी !" प्रभाशंकर देवप्रिया को रेखा की देखा-देखी 'मासीजी' कहा करते थे, "आज रेखा बड़ी प्रसन्न है। बड़ी होशियार और समझदार लड़की है यह।"

देवप्रिया ने सिर हिलाते हुए कहा, "लेकिन प्रोफेसर, इतनी पढ़ी-लिखी लड़की को इतना ही योग्य पति भी तो मिलना चाहिए। मैं तो बड़ी चिन्तित हूँ इसके लिए। अब इसकी उम्र भी बहुत हो गई है। अगर आपकी नजर में कोई अच्छा लड़का हो तो देखिएगा।"

देवप्रिया की बात सुनकर एक क्षण के लिए प्रभाशंकर का मुँह धुँधला पड़ गया; फिर जल्दी से अपने को सँभालकर वह बोले, "मासीजी, आधुनिक युग में लड़कियाँ तो स्वयं अपना पति चुना करती हैं, आप चिन्ता करना छोड़ दें।"

इस समय तक रेखा तैयार होकर आ गई। रेखा का वह रूप देखकर प्रभाशंकर स्तब्ध रह गए। फ्रेंच ब्रोकेड की लील और काली मिश्रित साड़ी पहने थी वह, जिस पर दूध की भाँति सफेद फर का कोट था। उसने बड़े प्रयत्न से अपना शृंगार किया था, एक अप्सरा की भाँति दीख रही थी वह। उसने आकर प्रभाशंकर के लिए चाय बनाई।

चाय पीकर रेखा उठ खड़ी हुई, "चलिए, प्रोफेसर ! मासीजी, हम लोग करीब नौ-दस बजे लौटेंगे—आप मेरा इन्तजार न कीजिएगा और सो जाइएगा।" और वह बाहर की ओर चल पड़ी।

देवप्रिया का बँगला अपर माल के कुछ ऊपर था। पगडंडी से उतरकर अब दोनों अपर माल पर आ गए। धूप अभी काफी तेज थी, लेकिन ठंडी-ठंडी हवा चल रही थी। प्रभाशंकर ने चलते हुए कहा, "रेखा, तुम्हारे साथ चलते हुए मेरे अन्दर कितना पुलक हो रहा है ! तुम मेरे सपनोंवाली राजकुमारी की भाँति सुन्दर और मोहक दीख रही हो, जीवन के अनिर्वचनीय उल्लास की भाँति !"

अपनी प्रशंसा रेखा को अच्छी लग रही थी। प्रभाशंकर के अति निकट, उन्हें छूती हुई वह चल रही थी। उसकी आँखें झुकी हुई थीं, लज्जा की लालिमा उसके मुख पर फैली हुई थी। बीच-बीच में वह कनखियों से प्रभाशंकर को देख लेती थी। कितना शानदार व्यक्तित्व प्रभाशंकर का था। स्वस्थ, सुडौल, सुन्दर, अन्तर्राष्ट्रीय ख्याति का विद्वान ! और कितना एकाकी था इस महान पुरुष का जीवन, उसके जीवन में कहीं भी ममता नहीं थी। उस आदमी को कहीं भी प्रेम, सहानुभूति का सहारा नहीं था। चुपचाप वह यह सोच रही थी।

प्रभाशंकर ने कहा, "क्यों रेखा, कुछ बोलो न ! तुम्हारी वाणी में संगीत है, तुम्हारे वचनों में कवित्व है। मेरी ओर देखो, तुम्हारी आँखों में सपने हैं।"

रेखा ने सिर झुकाए हुए अस्फुट स्वर में कहा, "प्रोफेसर, मैं आपकी बातें सुनना चाहती हूँ।"

उस समय सूर्य क्षितिज पर उतरने लगा था। सारे वातावरण में एक प्रकार का उल्लास भरा हुआ था। लोअर माल पर अब दोनों चल रहे थे। नीचे ठीक सामने नैनीताल की झील दिखलाई पड़ रही थी, और झील पर अनगिनत नावें तैर रही थीं। झील के इर्द-गिर्द अनगिनत आदमी चल रहे थे, जैसे कोई उत्सव हो रहा हो वहाँ पर। एकाएक प्रभाशंकर रुक गए। उन्होंने रेखा का हाथ पकड़ लिया, और कह उठे, "रेखा, मुझे क्षमा करना—पर मैं तुमसे कहना चाहता हूँ कि मैं तुमसे प्रेम करता हूँ।"

"मैं जानती हूँ, प्रोफेसर !" और रेखा ने अब अपनी नजर उठाकर प्रभाशंकर को भरपूर देखा, "मेरे ऊपर अपने असीम विश्वास से, मुझ पर अपनी देखभाल का पूरा भार डालकर आप यह स्पष्ट कर चुके हैं; और आपका प्रेम पाकर मैं अपने को धन्य समझती हूँ।"

प्रभाशंकर ने मौन भाव से कुछ देर तक रेखा को देखा, फिर वह काँपती आवाज में बोल उठे, "रेखा, सच-सच बतलाना, क्या तुम भी मुझसे प्रेम करती हो ?"

रेखा मुस्कराई, "पता नहीं मैं आपसे प्रेम करती हूँ प्रोफेसर या नहीं, लेकिन इतना निश्चित है कि मैं आपका प्रेम पाने को उत्सुक हूँ और आपका प्रेम पाकर प्रसन्न हूँ। शायद नारी का प्रेम पुरुष का प्रेम पाने की भावना हो, नारी तो अनुगमन करना चाहती है। और प्रोफेसर, मैं तो न जाने कब से आपकी अनुगामिनी बन चुकी हूँ।"

कुछ रुककर प्रभाशंकर ने अपनी आखिरी बात कही, "रेखा, मैं तुमसे विवाह करना चाहता हूँ, तुम्हें स्वीकार है ?"

और रेखा ने अपना सिर प्रभाशंकर के वक्ष पर रख दिया, "मैं आपकी हूँ मेरे प्रोफेसर !"

शाम की ठंडी हवा चल रही थी, सारे वातावरण में एक प्रकार की स्निग्धता थी। प्रभाशंकर को अनुभव हो रहा था कि एक असीम शान्ति से भरा पुलक उनको घेरे हुए है। उन्होंने रेखा की ठोड़ी ऊपर उठाई, और उनके अधर रेखा के अधरों से मिल गए। इस समय दोपहरवाली जलन नहीं थी उनमें, उनके समस्त शरीर में पुलक की शीतलता थी और उन्हें अनुभव हो रहा था कि रेखा का शरीर पत्ते की भाँति थरथरा रहा है।

[5]

नियमानुसार रेखा की आँख साढ़े-पाँच बजे खुल गई, और उसे लगा कि उसके सिर में हलका-हलका दर्द हो रहा है। घना अँधेरा छाया हुआ था चारों ओर, रेखा ने लेटे-ही-लेटे बिजली जलाई। बगल में प्रभाशंकर गहरी नींद सो रहे थे, सिर तक रजाई ओढ़े और उनकी नाक हलके-हलके बोल रही थी। रात के एक बजे पति-पत्नी एक ड्रामा देखकर लौटे थे और दोनों को जबर्दस्ती उस ड्रामे में अन्त तक बैठना पड़ा था।

कमरे से निकलकर रेखा बाहरवाले बरामदे में आई, सड़कों की बिजली बुझ गई थी और बाहर भी गहरा अन्धकार छाया हुआ था। लेकिन आसमान पर तारे टिमटिमा रहे थे। इसके माने यह थे कि बादल छँट गए हैं। निस्तब्ध, निर्जन और डरावनी-सी कालिमा छाई हुई थी चारों तरफ, और उसे लगा कि सर्दी की एक लहर ने उसके समस्त शरीर को ढँक लिया है। घबराकर वह फिर अपने कमरे में चली गई और उसने दरवाजा बन्द कर लिया। उसके मन में आया कि वह फिर लिहाफ ओढ़कर लेट जाए, लेकिन टाइमपीस की सुइयाँ अब पौने-छह बजा रही थीं। उसने ड्रेसिंग गाउन पहना और ड्राइंग-रूम में हीटर जलाकर बैठ गई, चाय के लिए बिजली की केतली लगाकर।

वह मुश्किल से पाँच-छह मिनट बैठी होगी कि उसे बाहर से आवाज सुनाई पड़ी, "तार !"

रेखा ने उठकर ड्राइंग-रूम का दरवाजा खोला, रात उतनी ही भयावनी और काली थी। हाँ, अब सड़क पर इक्के-दुक्के आदमी साइकिलों पर या पैदल चल रहे थे। रेखा ने तार के कागज पर दस्तखत करके तार ले लिया। वह अमेरिका से आया हुआ केबलग्राम था—प्रभाशंकर के नाम नहीं, रेखा के नाम।

वह अरुण का केबलग्राम था। तीन सप्ताह के लिए वह हिन्दुस्तान आ रहा था छुट्टी लेकर अपने माता-पिता से मिलने। उसके साथ उसका एक मित्र भी था। पालम

एयरोड्रम पर वह शुक्रवार के दिन उतरेगा।

उस दिन रविवार था, अभी पाँच दिन बाकी थे शुक्रवार के लिए।

रेखा ने केबलग्राम मेज पर रख दिया और वह अरुण के सम्बन्ध में सोचने लगी। अरुण उसके विवाह में सम्मिलित नहीं हुआ था, उसने बधाई और शुभकामना का सन्देश-भर भेज दिया था। वैसे उसके माता-पिता ने औपचारिक रूप से उसके विवाह में सम्मिलित होते हुए भी जितना प्रबल विरोध इस विवाह का किया था, वह विरोध उसे अपने भाई से नहीं मिला था, एक तरह से उसे समर्थन ही प्राप्त हुआ था, लेकिन उसके विवाह में सम्मिलित न होकर अरुण ने उसकी भावना को बहुत बड़ी ठेस पहुँचाई थी। माता-पिता से उसके सम्बन्ध महीने-दो महीने में ठीक हो गए थे, लेकिन रेखा ने मन-ही-मन यह तय कर लिया था कि अपने भाई से वह किसी प्रकार का सम्बन्ध न रखेगी।

चाय का पानी खौलने लगा था, रेखा ने उठकर अपने लिए चाय बनाई। चाय पीने के बाद उसके सिर का दर्द कुछ हलका हुआ, और उसने उस केबलग्राम को अपनी ड्राअर में डाल दिया। इसके बाद वह बाथरूम में चली गई।

जिस समय रेखा बाथरूम से बाहर निकली, वह अपने को पूर्ण रूप से स्वस्थ अनुभव कर रही थी। गरम पानी से भरे बाथ-टब में स्नान करने से उसके रक्त का संचार बढ़ गया था और उसके मन में उमंग और उल्लास अपनी स्वाभाविक गतिविधि के साथ आ गए थे। कश्मीरी ऊनी ड्रेसिंग गाउन से अपना शरीर ढँककर तथा अपने बाल सँवारकर वह अब बाहर के बरामदे में आ निकली। उस समय साढ़े-सात बज रहे थे। बाहर बरामदे में धूप भर गई थी। वह बरामदे की धूप में बैठ गई और उस दिन का अखबार उलटने-पलटने लगी प्रभाशंकर की प्रतीक्षा में। बनवारी ने प्रभाशंकर के लिए चाय की ट्रे लगाकर रेखा के सामने रख दी।

"साहब को जगाकर कह दो कि चाय तैयार है !" और रेखा अखबार पढ़ने लगी।

प्रभाशंकर इस समय तक शायद स्वयं ही जाग गए थे। रेखा ने देखा कि वह बाहर आ रहे हैं। "आज आपको उठने में कुछ देर हो गई, मैंने सोचा कि सोने दूँ। लेकिन आप खुद ही उठ गए।" और यह कहकर रेखा ने अखबार प्रभाशंकर को दे दिया।

प्रभाशंकर के लिए चाय बनाते हुए रेखा बोली, "आज अरुण भइया का केबलग्राम आया है, आप सो रहे थे। वह शुक्रवार के दिन पालम एयरोड्रम में बी.ओ.ए.सी. के प्लेन से सुबह सात बजे उतर रहे हैं।"

"बड़ी अच्छी बात है," प्रभाशंकर ने कहकर चाय का प्याला अपने हाथ में ले लिया।

"आप उनके लिए होटल इम्पीरियल या और किसी अच्छे होटल में कोई कमरा बुक करा दीजिए।" रेखा ने तनिक तीखे स्वर में कहा।

प्रभाशंकर ने चाय पीकर प्याला मेज पर रख दिया, "क्या, होटल में उन्हें ठहराने

की ऐसी क्या जरूरत आ पड़ी, हमारे यहाँ तो जगह काफी है ?''

रेखा ने बिगड़ते हुए कहा, ''वह हमारे विवाह में नहीं आए। पता नहीं उन्हें यहाँ ठहरना अच्छा भी लगेगा या नहीं ! फिर वह अकेले भी तो नहीं आ रहे हैं, उनके साथ उनके एक दोस्त भी हैं।''

प्रभाशंकर मुस्कराए, ''कैसी बात करती हो ! वह तुम्हारे सगे भाई हैं। और अगर वह हमारे विवाह में नहीं आए तो उनकी कोई मजबूरी रही होगी।''

''जहाँ संकल्प हो वहाँ कोई भी मजबूरी बाधक नहीं होती,'' रेखा यह कहकर प्रभाशंकर के लिए चाय का दूसरा प्याला बनाने लगी।

''बनवारी से कहकर मेहमानोंवाले कमरे को साफ करा लेना।'' प्रभाशंकर बोले, ''अभी तो पाँच दिन हैं, उस कमरे को ठीक तरह से सजा लो। मैटिंग तो उसमें है ही, एक जूट कार्पेट डलवा सकती हो। और एक रूम-हीटर भी मँगवा लेना। उस कमरे में दो आदमी मजे में रह सकते हैं।''

अब रेखा के मुख पर भी मुस्कराहट आई, ''आपको तो इतनी फुरसत नहीं मिलती कि घर की तरफ देखें। आप मेहमानों के कमरे को देखकर दंग रह जाएँगे, पूरे पाँच सौ रुपये खर्च किए हैं मैंने उसे सजाने में। और रूम-हीटर तो दो-दो बेकार पड़े हैं। आप इस सबकी चिन्ता न करें, सब कुछ ठीक हो जाएगा।''

चाय पीकर प्रभाशंकर उठ खड़े हुए, ''अब मैं बाथरूम में जा रहा हूँ, नहाना है, तैयार होना है। दस बजे से स्टैडिंग कौन्सिल की एक मीटिंग है, डेढ़ बजे तक वापस लौटूँगा लंच के लिए।''

''जाना तो मुझे भी था मिरांडा हाउस तक ज्ञानवती के यहाँ, ताने मार रही थी कि मेरा विवाह क्या हुआ है, मैं उसे भूल ही गई हूँ। लेकिन वहाँ जाने की तबीयत नहीं होती। आज तीन दिन बाद इतनी सुहावनी और प्यारी धूप निकली है, मैं तो यहाँ इस धूप में बैठूँगी—और प्यारे-प्यारे सपने देखते हुए आपका इन्तजार करूँगी।'' रेखा अब खिलखिलाकर हँस पड़ी, ''आज मैं सब्जियाँ अपने हाथ से बनाऊँगी अपने प्रोफेसर के लिए—आप डेढ़ बजे तक जरूर आ जाइएगा, नहीं तो मैं बुरा मान जाऊँगी।''

धूप अब चढ़ने के साथ-साथ सुखकर होती जा रही थी। रेखा ने ड्रेसिंग गाउन उतारकर रख दिया और वह आरामकुर्सी पर लेट गई। रात में देर तक जगने और सुबह जल्दी उठ जाने के कारण एक थकावट उसके शरीर पर छा गई थी। उसकी आँखें लग गईं, और उसे पता ही नहीं चला कि किस समय प्रभाशंकर कपड़े पहनकर यूनिवर्सिटी चले गए। अचानक ही एक कार की आवाज से उसकी आँखें खुल गईं, बरामदे के सामने एक टैक्सी खड़ी थी, जिससे देवकी उतर रही थी। देवकी के साथ एक अठारह-उन्नीस साल का नवयुवक था, लम्बा-सा हृष्ट-पुष्ट। देवकी ने बरामदे में आकर पूछा, ''क्या प्रोफेसर घर पर हैं ?''

रेखा उठ खड़ी हुई, ''अरे आप ! क्या अभी-अभी स्टेशन से आ रही हैं ? प्रोफेसर

तो शायद यूनिवर्सिटी चले गए।"

"आज इतवार के दिन भी यूनिवर्सिटी ?" इस समय तक देवकी के साथवाला लड़का भी बरामदे में आ गया, "यह मेरा लड़का रामशंकर है, जर्मनी जा रहा है इंजीनियरिंग पढ़ने। इसे स्कॉलरशिप मिल गया है। इसके पिता को तो कल तेज बुखार हो आया, इन दिनों इलाहाबाद में इन्फ्लुएंजा का जोर है, तो हारकर मुझे इसके साथ आना पड़ा। इसके कागजों को ठीक कराना है, तो मैंने सोचा कि प्रोफेसर यह सब करा देंगे, मैं तो औरत ठहरी, मेरे किए-धरे कुछ होगा नहीं।"

रेखा ने आवाज दी, "बनवारी ! टैक्सी से असबाब उतारकर मेहमानोंवाले कमरे में रखो !" और रेखा ने रामशंकर पर नजर डाली।

एकाएक रेखा चौंक उठी। उसे लगा जैसे युवक प्रभाशंकर उसके सामने खड़ा है। वैसा ही चेहरा, वैसी ही आँखें, वैसी ही नाक, वैसा ही माथा ! वह एकटक रामशंकर को देख रही थी।

टैक्सीवाले से असबाब उतरवाकर और टैक्सी का किराया देकर देवकी मुड़ी, उसने रेखा के मुँह पर आश्चर्य के भाव देखे। वह मुस्कराई, अपने लड़के से उसने कहा, "राम, आंटी को प्रणाम करो !"

रामशंकर ने चुपचाप हाथ जोड़ दिए। रामशंकर के अभिवादन और देवकी के स्वर से रेखा की चिन्ता वापस लौटी। उसने रामशंकर से कहा, "नमस्ते ! बैठ जाओ, खड़े क्यों हो ?" और फिर वह देवकी से बोली, "इतना बड़ा हो गया है तुम्हारा लड़का कि जर्मनी पढ़ने जा रहा है !" और अब वह रामशंकर की ओर घूमी, "तुमने बी.एस-सी. पास कर लिया है न ?"

रामशंकर ने उत्तर दिया, "इस साल बी.एस-सी. फाइनल की परीक्षा देता, लेकिन यह स्कॉलरशिप मिल गया। मैंने तो बहुत कहा कि बी.एस-सी. पास कर लूँ, लेकिन बाबूजी भला मेरी क्या सुनते ! वह बोले कि ऐसा अवसर अब फिर न मिलेगा। बड़े भाग्य से यह स्कॉलरशिप मिला है और मुझे भी लगा कि बाबूजी ठीक ही कहते हैं। हिन्दुस्तान में शिक्षा पाए लोगों को इन दिनों पूछता ही कौन है ! हर क्षेत्र में, और विशेष रूप से इंजीनियरिंग में उन्नति वही कर सकता है जिसके पास विदेश की डिग्री हो। क्यों, मैं गलत तो नहीं कहता, आंटी ? इसलिए मैंने बी.एस-सी. पास करने का विचार छोड़ दिया।" और रामशंकर के मुख पर एक हलकी-सी मुस्कराहट आ गई—ठीक वैसी मुस्कराहट जैसी प्रभाशंकर के मुख पर अकसर आ जाया करती थी।

"ठीक बात है," रेखा के मुख पर भी अकारण मुस्कराहट आ गई, "तुम बड़े बुद्धिमान और समझदार हो। तुम भी अपने पिता की भाँति महान व्यक्ति बनोगे और अन्तर्राष्ट्रीय ख्याति प्राप्त करोगे—मुझे पूरा विश्वास है।"

रामशंकर बोल उठा, "अरे मेरे बाबूजी तो एक साधारण स्कूल के हैडमास्टर हैं और महान तो वह किसी अर्थ में नहीं हैं। अन्तर्राष्ट्रीय ख्याति क्या, उन्हें तो इलाहाबाद शहर में ही कोई नहीं जानता। लेकिन मैं जरूर बहुत बड़ा आदमी बनना चाहता हूँ।"

रेखा सँभल गई, "मैं तुम्हारे बाबूजी से तो कभी पहले मिली नहीं, लेकिन मेरा ऐसा खयाल था कि वह भी बड़े विद्वान और प्रसिद्ध आदमी होंगे।" रेखा अपनी असावधानी के कारण हुई गलती से घबरा गई थी। वह देवकी की ओर घूमी, "अच्छा, अब नहा-धो लो, रास्ते की थकान मिट जाए। प्रोफेसर तो अब लंच के लिए डेढ़ बजे तक आएँगे। तब तक मैं बनवारी से तुम्हारे लिए चाय बनवाती हूँ।"

जो कुछ होना था वह हो चुका, अब इसे बदला किसी हालत में नहीं जा सकता था। देवकी यह अच्छी तरह से जानती थी। प्रभाशंकर से रेखा के विवाह की सूचना उसे तब मिली थी जब विवाह हो चुका था, और देवकी इस सूचना को पाकर कुछ क्षणों के लिए स्तब्ध-सी रह गई थी। तीन दिन तक वह घर के अन्दर पड़ी रही बीमार-सी, और फिर उसने अनुभव किया कि उसके लड़की-लड़के हैं, उसका परिवार है, उसका सामाजिक स्थान है। यह उसके ही हित में था कि प्रभाशंकर से उसका सम्बन्ध टूट गया। वह अब प्रेयसी के स्थान पर माता बन चुकी है। लेकिन उसके अन्दर प्रभाशंकर के प्रति एक प्रकार की कटुता आ गई थी। उसने संकल्प कर लिया था कि वह अब न प्रभाशंकर के घर जाएगी, न प्रभाशंकर से मिलेगी।

एक साल से कुछ अधिक हुआ प्रभाशंकर का विवाह हुए और देवकी ने इन तेरह-चौदह महीनों में प्रभाशंकर को एक भी पत्र नहीं लिखा। समय बीतता गया और देवकी के मन का घाव भरता गया। अपने संकल्प पर वह दृढ़ रही—न प्रभाशंकर ने उसकी कोई खबर ली और न उसने प्रभाशंकर की कोई खबर ली। लेकन विधि के विधान को कौन टाल सकता है ! रामशंकर को जर्मनी भेजने के लिए दाताराम उसके साथ दिल्ली आनेवाले थे और दाताराम को अनायास ही बुखार आ गया। ऐसा-वैसा बुखार नहीं इन्फ्लुएंजा का तेज बुखार। हारकर देवकी को रामशंकर के साथ आना पड़ा। देवकी जब स्टेशन पर ट्रेन से उतरी तब उसे डर लग रहा था कि कहीं रेखा उसका अपमान न करे। रेखा के इस सौहार्द के व्यवहार से देवकी का मन हलका हो गया। उसने रामशंकर से कहा, "राम ! तुम नहा-धो लो, मैं तो अभी धूप में बैठूँगी। हाय, कितनी सर्दी पड़ रही है ! फिर तबीयत कुछ भारी-सी है, नहाने का मन नहीं हो रहा है।"

रेखा ने कहा, "तुम एक प्याला गरम चाय पी लो, इससे थकावट दूर हो जाएगी। मालूम होता है कि रात में सर्दी खा गई हो।"

रामशंकर को कमरे में भेजकर देवकी लौट आई, और वह थकी-सी कुर्सी पर बैठ गई। बनवारी चाय की ट्रे रख गया था, रेखा चाय बनाने लगी। देवकी बोली, "तुमने तो घर की काया पलट दी है, कितनी अच्छी तरह सजा दिया है तुमने यह घर, अब तो पहचाना भी नहीं जाता ! और मैं समझती हूँ कि तुम सुखी होगी। मुझे तुम्हारे भाग्य से बड़ी ईर्ष्या है !" और देवकी एक फीकी-सी हँसी हँस पड़ी।

रेखा मुस्कराई, "ईर्ष्या करने लायक तो नहीं है मेरा भाग्य ! और फिर तुम्हें ईर्ष्या किस बात की ? तुम्हारे पास सब कुछ तो है !"

देवकी ने ठंडी साँस ली, "हाँ सब कुछ पा लिया है मैंने, लेकिन एक चीज मैं खो चुकी हूँ। वह है रूप और जवानी। और इस रूप और जवानी के खोने के बाद मुझे यह सब पाना कितना बेमानी लगता है !" और देवकी चुपचाप चाय पीने लगी।

रेखा ने अब देवकी को गौर से देखा, इस सवा साल में वह कुछ थोड़ी-सी मोटी हो गई थी और उसके शरीर पर जगह-जगह ढिलाई आ जाने के कारण जैसे मांस लटकने लगा हो। अपने सामने बैठी देवकी के प्रति उसे वितृष्णा हो रही थी, लेकिन इस वितृष्णा के साथ उसे देवकी पर दया भी आ रही थी। चाय पीकर देवकी ने प्याला मेज पर रख दिया, फिर वह आरामकुर्सी पर लुढ़क-सी गई। एक अजीब-सी करुणा और व्यथा की छाया देखी रेखा ने देवकी के मुख पर। थोड़ी देर तक चुप रहकर देवकी ने कहा, "मैं सच कहती हूँ रेखा, यह पाना बड़ा बेमानी दीखता है मुझे। इस सब पाने की तह में है देना, लगातार देते जाना। तुम कहोगी कि मेरा परिवार है, लेकिन तुम यह भी तो समझो कि उस परिवार की सुख-सुविधा जुटाना मेरा धर्म है। बच्चों को पालूँ-पोसूँ, उनको खाना दूँ, उनके लिए कपड़े बनवाऊँ, उनकी शिक्षा का प्रबन्ध करूँ। और इस सबके बदले मुझे मिलता क्या है उनसे ? उनकी निजी जिन्दगी है, उनके निजी सपने हैं, जिनमें मेरा कोई स्थान नहीं। वे एक दिन छिटककर मुझसे अलग हो जाएँगे। तुम तो जानती ही हो कि मेरा पति एक निकम्मा और गिरा हुआ आदमी है। वह जो कुछ भी बन पाया है वह मेरे कारण ! यह जमीन-जायदाद जो कुछ उसने इकट्ठी की है उसमें बहुत बड़ा योग मेरा है।"

"मैं जानती हूँ, मुझे प्रोफेसर ने सब कुछ बतलाया है," रेखा ने धीमे-से स्वर में कहा।

देवकी अब तनकर बैठ गई, "तो प्रोफेसर ने तुम्हें सब कुछ बतला दिया है, जैसे प्रोफेसर सब कुछ जानते हों। नहीं रेखा, प्रोफेसर सब कुछ नहीं जानते। मैं सब कुछ नहीं जानती, कोई सब कुछ नहीं जानता। मैं प्रोफेसर से अपने पति के लिए कुछ माँगने नहीं गई थी, जैसा प्रोफेसर ने तुम्हें बतलाया होगा। सच बात तो यह है कि उस दिन मैं प्रोफेसर को पाने गई थी। प्रोफेसर मेरे मकान के सामनेवाले मकान में रहते थे। कितने सौम्य, कितने सुशील, कितने विद्वान थे यह ! मैं इन पर मुग्ध थी। और जब इनकी पत्नी की मृत्यु हुई तो मुझे इन पर कितनी दया आई ! पत्नी की मृत्यु के बाद यह कितने एकाकी रहते थे, कितने खोए-खोए-से रहते थे ! मैं इन्हें दूर से देखती थी और मेरी आँखों में पानी भर आता था। मैं प्रोफेसर को पाना चाहती थी और उस समय मुझे अपने पति को हैडमास्टरी दिलाने का बहाना मिल गया। देने के लिए मेरे पास मेरा रूप था, मेरी जवानी थी। और उसे देकर मैंने पा लिया प्रोफेसर को। अजीब-सा सौदा था वह, लेकिन उस सौदे के रूप को देख सकना किसी के लिए सम्भव नहीं है, प्रोफेसर क्या, मेरे लिए भी नहीं है।"

देवकी की बातों में अब रेखा को रस मिलने लगा था। उसने पूछा, "ममता, प्रेम ! क्या इन सबका भी कहीं स्थान था उस सबमें ?"

"ममता और प्रेम ! यही तो जीवन के प्रधान तत्त्व हैं। मुझे तो ऐसा लगता है रेखा कि इस पाने की प्रवृत्ति का नाम ही प्रेम है, और इस पाने की प्रक्रिया में जो देने की प्रवृत्ति है उसे हम ममता कहते हैं। मैं सच कहती हूँ रेखा, मैंने प्रोफेसर से प्रेम किया है और प्रोफेसर के प्रति मेरी हमेशा ममता रही है।" देवकी ने गम्भीरतापूर्वक कहा, और फिर वह जैसे थक गई हो, वह आराम के साथ कुर्सी पर लेट गई।

रेखा ने इस बात का कोई उत्तर नहीं दिया। जिस ढंग से देवकी ने अपनी बात कही थी उससे देवकी की बात पर अविश्वास नहीं किया जा सकता था, लेकिन उसे याद हो आया वह दिन जब प्रभाशंकर की माता ने अपने सेफ की चाभी रेखा को दी थी। देवकी की नजर बराबर प्रोफेसर शंकर के रुपयों-पैसों पर रहती थी, प्रोफेसर ने स्वयं रेखा को यह बतलाया था। देवकी ने रेखा के मुख पर के अविश्वास के भाव को जैसे पढ़ लिया हो, वह फिर सँभलकर बैठी, "तुम्हें मेरी बात पर विश्वास नहीं होता। प्रोफेसर ने शायद तुम्हें यह बतलाया हो कि मैं हमेशा उनसे रुपये ले जाती थी। है न ऐसी बात ? तुम्हारे मुख पर के अविश्वास को मैं साफ-साफ देख सकती हूँ। तुम समझती हो कि मैं झूठ बोल रही हूँ।"

रेखा ने बात टालने के लिए हिचकिचाते हुए कहा, "नहीं, मुझसे प्रोफेसर ने कुछ नहीं कहा, तुम शायद ठीक कहती हो।"

देवकी एक कटुता से भरी हँसी हँस पड़ी, "झूठ न बोलो रेखा ! मैं जानती हूँ कि प्रोफेसर ने तुम्हें अपने सम्बन्ध में हरेक बात बतलाई होगी। इस पुरुष में कितना अहं है, कितना झूठा आत्मविश्वास है कि वह अपना भेद बड़ी आसानी से उगल देता है, जबकि वह दूसरों के भेद को अपने अन्दरवाली न जाने किस तह में छिपाए रख सकता है। और ठीक इसके विपरीत स्त्री दूसरों के भेद को बिना किसी हिचक के उगल देती है, लेकिन वह अपने भेद को बड़े यत्न से सुरक्षित रखती है। इस सत्य के अन्दर पुरुष का सामर्थ्य है और स्त्री की असमर्थता है।"

देवकी की बातों से रेखा निरुत्तर हो गई, "तुमने एक बड़ा मनोवैज्ञानिक सत्य कह डाला है।"

देवकी इस समय बात करने के मूड में थी, "पुरुष में जो यह डींग मारने की प्रवृत्ति है, इसके कारण मुझे कभी-कभी पुरुष से घृणा होने लगती है, लेकिन घृणा टिक नहीं पाती है। क्या करूँ, भगवान ने इस पुरुष को सशक्त बनाया है, सबल बनाया है। हम स्त्रियों की अपेक्षा वह अधिक बुद्धिमान है, साहसी है। हम स्त्रियाँ तो उसकी गुलामी करने को पैदा हुई हैं—नहीं, मेरी बात न काटो, पहले जो कुछ मैं कह रही हूँ उसे पूरी तौर से सुन लो। तो जो कुछ प्रोफेसर ने तुमसे कहा, वह सत्य है पर वह केवल अर्द्ध-सत्य है। तुमने मेरे लड़के रामशंकर को देखा है..." देवकी मुस्कराई, "तुम इस लड़के को देखकर चौंक उठी थीं, प्रोफेसर से इसकी मुखाकृति का साम्य देखकर। प्रोफेसर की भाँति ही प्रतिभाशाली है; उन्हीं की तरह भोला है यह। मैंने प्रोफेसर के पुत्र को धारण किया है, क्या प्रोफेसर की जिम्मेदारी अपने पुत्र के प्रति नहीं है ? मैंने प्रोफेसर को अपना

ही तो माना। प्रोफेसर की कोई सन्तान नहीं थी, सिवा उनकी माता के उनका कोई नहीं था। तो अगर मैं उनकी सन्तान के लिए उनका रुपया लेती थी तो क्या मैंने इसमें कोई अनुचित काम किया ? आखिर उनका यह रुपया उनसे कोई उनका पराया ले जाता तो क्या ठीक होता ?"

देवकी अब उठकर खड़ी हो गई, "मेरे ऊपर एक बोझ-सा था कि तुम मुझे अपराधिनी समझती होगी, तुम मुझे पतिता समझती होगी। और तुम ही क्यों, दुनिया मुझे पतिता समझती है, स्वयं प्रोफेसर मुझे पतिता समझने लगे हैं, क्योंकि रूप और जवानी मुझे छोड़ चुके हैं। लेकिन मैं सच कहती हूँ रेखा, मैंने प्रोफेसर से हमेशा प्यार किया, अब भी मैं प्रोफेसर को प्यार करती हूँ। और इसलिए मुझे तुमसे यही कहना है कि...कि...खैर, छोड़ो भी, वह सब न कहूँगी।"

रेखा ने कोमल स्वर में कहा, "कह भी डालो जो कुछ तुम्हें कहना है, मैं ज़रा भी बुरा न मानूँगी, मैं वचन देती हूँ।"

"नहीं कह पाऊँगी रेखा, उस बात को कहने के लिए मेरे पास शब्द नहीं हैं। मुझे क्षमा करना, जो मैंने प्रोफेसर में इतनी दिलचस्पी दिखाई। वह अब तुम्हारे हैं और भगवान से विनय है कि वह अब हमेशा-हमेशा तुम्हारे रहें !" देवकी का स्वर काँप रहा था, "लगता है कि मुझे भी बुखार आ रहा है। मेरा सारा शरीर टूट रहा है, जैसे गिर पड़ूँगी।"

रेखा उठी, उसने देवकी का हाथ पकड़कर उसे सहारा दिया, और उसने देखा कि देवकी का शरीर जल रहा है। "अरे ! तुम्हें तो जोर का बुखार है। चलो, कमरे में लेट रहो, मैं डॉक्टर को फोन करके बुलाती हूँ।"

देवकी की आँखों में आँसू आ गए, "अब कैसे होगा ? मुझे इसके लिए बाजार से सामान खरीदना था। इलाहाबाद में तो कोई गत का सामान मिलता ही नहीं, तो सोचा था कि दिल्ली चलकर इसके लिए सब सामान खरीद दूँगी। लड़का अभी अनुभवहीन और भोला है।"

देवकी को सहारा देकर चलते हुए रेखा ने कहा, "तुम इस सबकी चिन्ता न करो, मैं इसके लिए सब चीजें खरीद दूँगी कल जाकर। आज तो बाजार बन्द है। और मैं समझती हूँ कि कल तक तुम्हारा बुखार भी उतर जाएगा। कब प्लेन जा रहा है इसका ?"

"परसों शाम के समय !" देवकी ने शिथिल स्वर में कहा।

रेखा ने देवकी को पलँग पर लिटा दिया। तब तक रामशंकर स्नान करके आ गया। रेखा ने डॉक्टर को फोन कर दिया, फिर उसने घड़ी देखी—साढ़े-ग्यारह बज गए थे। डेढ़ बजे प्रभाशंकर को यूनिवर्सिटी से लौटना था और उसने प्रभाशंकर से वादा कर लिया था कि उस दिन वह उनके लिए दो सब्जियाँ खुद बनाएगी। रेखा ने रामशंकर से कहा, "तुम जल्दी से नाश्ता कर लो और अपनी माँ को देखो, उन्हें तेज बुखार आ गया है, मैं तब तक रसोईघर में जा रही हूँ।" और रेखा रसोईघर में चली गई।

एक बजे तक रेखा ने दोनों सब्जियाँ तैयार कर डालीं। एक बजे जब वह रसोईघर से निकली, तब उसे कम्पाउंड में प्रभाशंकर के पैरों की आहट सुनाई पड़ी। बरामदे में निकलकर उसने देखा, प्रभाशंकर मुस्कराते हुए चले आ रहे थे, ''चलो, एक बजे ही फुरसत मिल गई है। बड़ी भूख लगी है।''

रेखा ने मुस्कराते हुए कहा, ''खाना तो डेढ़ बजे ही मिलेगा। देवकी अपने लड़के रामशंकर को साथ लेकर आई है। रामशंकर परसों जर्मनी जा रहा है इंजीनियरिंग पढ़ने, उसे स्कॉलरशिप मिला है न ! लेकिन यहाँ आते ही देवकी को बुखार आ गया। मेहमानोंवाले कमरे में मैंने उन्हें ठहरा दिया है, डॉक्टर को भी फोन कर दिया है, वह आता होगा। तो आप ज़रा देखिए जाकर, मैं तब तक ठीक तरह से कपड़े-वपड़े बदल लूँ।''

प्रभाशंकर के माथे पर बल पड़ गए, लेकिन उन्होंने कहा कुछ भी नहीं। चुपचाप वह देवकी के कमरे में चले गए।

तैयार होकर जब रेखा कमरे के बाहर निकली, डॉक्टर देवकी को इंजेक्शन देकर जा रहा था। उसने बतलाया कि तीसरे दिन देवकी का बुखार उतर जाएगा।

दूसरे दिन डॉक्टर फिर सुबह आया, देवकी का बुखार सौ डिग्री आ गया था। उसने इंजेक्शन देकर कहा, ''आज शाम या कल सुबह तक इनकी तबीयत बिलकुल ठीक हो जाएगी—बस अब पीने की दवा मँगवा लीजिए।'' देवकी को कमजोरी बहुत आ गई थी। प्रभाशंकर ने रेखा से कहा, ''मुझे तो यूनिवर्सिटी जाना है, तुम दोपहर को इस रामशंकर का काम करा देना।'' और वह यूनिवर्सिटी चले गए।

प्रभाशंकर के जाने के बाद रेखा देवकी के कमरे में पहुँची, उसने कहा, ''तुम मुझे उन चीजों की लिस्ट दे दो जो रामशंकर के लिए खरीदनी हैं। मैं इसके कागजात ठीक करा दूँगी और चीजें खरीद लाऊँगी।''

''इसके एक्सचेंज का भी तो इन्तजाम करना है, इसका वीसा बनना है, प्रोफेसर कहाँ हैं ?''

''प्रोफेसर तो यूनिवर्सिटी चले गए, लेकिन मैं यह सब करा दूँगी, तुम मुझे लिस्ट-भर दे दो।'' फिर एक मुस्कान के साथ रेखा बोली, ''तुम मुझ पर पूरी तौर से भरोसा कर सकती हो ! रुपयों की चिन्ता न करना, वे मेरे पास हैं।''

देवकी की आँखों में आँसू आ गए, ''तुम इतनी अच्छी हो, मैंने यह नहीं सोचा था।'' और देवकी ने लिस्ट रेखा को दे दी।

रामशंकर को साथ लेकर रेखा बाजार चल दी। वीसा और एक्सचेंज का प्रबन्ध कराने में उसे अधिक समय नहीं लगा। वहाँ से वह कनॉट प्लेस पहुँची। रेखा रामशंकर के प्रति एक प्रकार की आत्मीयता अनुभव कर रही थी। अठारह वर्ष का स्वस्थ लम्बा-सा युवक रेखा को लगा कि युवक प्रभाशंकर उसके साथ चल रहा है, वैसा ही पौरुष की मिठास से भरा स्वर, वैसी ही कौतूहल से भरी आँखें। उतना ही सुन्दर और मोहक व्यक्तित्व, जितना प्रभाशंकर का था। उसने रामशंकर के लिए कीमती-से-कीमती सामान

खरीदा, इतना कीमती सामान रामशंकर ने कभी देखा न था। रामशंकर के मुख पर प्रसन्नता का भाव देखकर उसे सुख मिल रहा था। कितना कृतज्ञ था रामशंकर रेखा के प्रति ! सारा सामान खरीदने में उसे दो घंटे से अधिक न लगे।

सामान खरीदकर जब रेखा रामशंकर के साथ टैक्सी पर आ रही थी, रामशंकर ने कहा, "तुम कितनी अच्छी हो, आंटी ! माताजी कभी भी इतना अच्छा और कीमती सामान न खरीदतीं मेरे लिए ! कितनी शानदार चीजें हैं ये सब !"

कितना भोलापन था उस उठते हुए युवक में, कौतूहल, उत्सुकता, उल्लास ! जीवन की समस्त ऊष्मा उसमें थी। रेखा उसकी बगल में बैठी हुई एक प्रकार का स्पन्दन अनुभव कर रही थी, जो उसके लिए नितान्त अनजाना था। उसे अनुभव हो रहा था कि प्रभाशंकर का स्वस्थ, ताजा और लचीला शरीर उसकी बगल में बैठा है और अपने ही अनजाने, किसी अज्ञात प्रेरणा के वश उसने अपना हाथ रामशंकर के कन्धे पर रख दिया और उसके मुख से निकल पड़ा, "तुम कितने अच्छे और प्यारे लड़के हो ! तुम खूब पढ़ो, बड़े आदमी बनो और जीवन में सफल हो।" उसे लगा कि उसका हाथ रामशंकर के कन्धे पर एक दबाव के साथ जड़ होता जा रहा है। और उसे लग रहा था कि उसकी बगल में बैठे हुए युवक के शरीर से ताजे यौवन की एक अजीब तरह की मादक सुगन्ध निकल रही है जिससे वह बेहोश-सी होती जा रही है और उसे लगा कि वह शरीर स्वतः उसकी ओर झुकता आ रहा है, गहन स्पर्श में। एकाएक एक झटके के साथ रेखा की चेतना लौट आई, उसका हाथ रामशंकर के कन्धे से हट गया और वह किनारे की ओर खिसक गई। उसका मुख लज्जा से लाल हो गया था और वह अपने ही अन्दर बुरी तरह घबरा गई थी। अपनी इस घबराहट को छिपाने के लिए वह हँस पड़ी, "जर्मनी जाकर तुम अपनी आंटी को याद रखना—समझे, भूल न जाना और वहाँ पहुँचकर मुझे पत्र लिखना। ठीक तरह से रहना वहाँ पर, मन लगाकर पढ़ना।"

जिस समय रेखा घर लौटी, देवकी बरामदे की धूप में आरामकुर्सी पर बैठी हुई इन लोगों की प्रतीक्षा कर रही थी। उसने कहा, "अरे, बड़ी जल्दी आ गए तुम लोग—अभी तो दो भी नहीं बजे हैं। हो गया सब काम ?"

रेखा ने टैक्सी से उतरते हुए कहा, "अरे, आप बरामदे में बैठी हैं ! तबीयत अब कैसी है ?"

"अभी आधे घंटे पहले टेम्परेचर लिया था, बुखार नार्मल आ गया है। तुम्हारा डॉक्टर बहुत अच्छा है, इतनी जल्दी बुखार उतार दिया उसने, लेकिन कमजोरी बहुत है, लेटे-लेटे ऊब गई थी तो यहाँ चली आई, धूप में बैठने से बड़ा सुख मिलता है।" फिर उसने रामशंकर से कहा, "ले आए अपना सामान ? देखूँ तो क्या-क्या सामान लाए हो ! कागज तो सब ठीक हो गए ?"

"हाँ माँ, कागज तो हम लोगों के जाते ही ठीक हो गए। आंटी का बड़ा प्रभाव है। और सामान ऐसा लाया हूँ कि तुम्हारी तबीयत खुश हो जाएगी।" कहकर रामशंकर ने अपना सामान खोला।

देवकी की आँखें विस्मय से फैल गईं, "अरे इतना कीमती सामान ! कहाँ से खरीदा ?"

रेखा बोली, "कनॉट प्लेस ले गई थी इसे, वहीं अच्छा सामान मिलता है। फिर कौन बहुत सारा सामान था जो देर लगती !"

"तभी इतना अच्छा सामान है ! अरे बाप-रे-बाप, यह सब तो बड़ा महँगा है !" सामान पर लगे हुए दाम के लेबलों को देखकर देवकी बोली, "क्यों रेखा भला यह क्या पागलपन है ? इतना कीमती सामान खरीदने की क्या जरूरत थी ?"

"मेरी खुशी," रेखा मुस्कराई, "यह सामान मैंने रामशंकर के लिए खरीदा है, तुमने नहीं।"

"यह तो ठीक नहीं," शिथिल स्वर में देवकी ने प्रतिवाद किया।

"इसमें गलत क्या है ?" फिर रेखा धीमे स्वर में बोली, "मैं भी इस लड़के पर अपना कोई अधिकार समझती हूँ—इसमें तुम्हें कोई आपत्ति नहीं होनी चाहिए !" और कहते-कहते रेखा ने देवकी का हाथ पकड़ लिया।

देवकी विभोर हो गई, "ओह रेखा रानी, तुम बहुत ऊँची हो, बहुत महान हो !" और उसने रेखा का हाथ चूम लिया।

अपने पुलक में देवकी, रेखा की आँखों की चमक में जो प्रतिहिंसात्मक ईर्ष्या भरी थी, उसे नहीं देख पाई। उस प्रतिहिंसात्मक ईर्ष्या का पता स्वयं रेखा को भी था, यह नहीं कहा जा सकता। रेखा के सामने बासी यौवन की सड़ाँध लिए एक औरत बैठी थी, जिसने अपने भरपूर यौवन की अवस्था में युवा प्रभाशंकर को प्राप्त किया था, और सामने बैठी देवकी के प्रति उसकी घृणा बढ़ती जा रही थी। और एकाएक रेखा के मन ने ही उससे पूछा, 'क्या प्रभाशंकर में भी बासी यौवन की सड़ाँध नहीं है जो वह इस समय देवकी में अनुभव कर रही है ?' और अपने अन्दरवाले इस प्रश्न से रेखा काँप-सी गई। उसे अपने ही ऊपर क्रोध आ गया और वह एक झटके के साथ उठकर खड़ी हो गई। घर के अन्दर जाकर उसने बनवारी को बुलाया, "तुम रामशंकर को खाना खिला दो, मेरी तबीयत ठीक नहीं है, मैं लेटूँगी। मुझे कोई जगाए नहीं। शाम को जब साहब आ जाएँ तब मैं उठूँगी।"

रेखा अपने कमरे का दरवाजा अन्दर से बन्द करके लेट गई। उसकी समझ में नहीं आ रहा था कि यह सब क्या हो रहा है और क्यों हो रहा है। आत्मा से पृथक शरीर का भी कोई अस्तित्व है ? प्रथम बार यह प्रश्न रेखा के सामने एक असह्य पीड़ा और दुश्चिन्ता बनकर खड़ा हो गया।

शाम की चाय पीने के बाद रेखा बाहर आने के लिए तैयार होकर जब निकली तो उसने देखा कि रामशंकर कपड़े पहने हुए उसकी प्रतीक्षा कर रहा है। रामशंकर ने कहा, "आज शाम को आपने मुझे दिल्ली घुमाने का वादा किया था आंटी ! देखिए मैं तैयार हो गया हूँ।"

रामशंकर के सामने प्रभाशंकर बैठे थे, रेखा ने प्रभाशंकर को देखा। प्रभाशंकर ने

कहा, "मेरा आज शामवाला प्रोग्राम तो स्थगित हो गया है, तो मैंने सोचा कि ज़रा प्रोफेसर शिवदासानी से मिल आऊँ, उनकी तबीयत कुछ खराब है।"

और रेखा बोल उठी, "मैं तो ज्ञानवती के यहाँ जा रही हूँ, उसकी भी तबीयत खराब है कई दिन से। दिन का काम मैंने कर दिया है, अब इस समय आप ही इन्हें दिल्ली घुमा लाइए !" और रेखा बिना प्रभाशंकर के उत्तर की प्रतीक्षा किए हुए घूमकर चल दी।

उस दिन प्रभाशंकर ने प्रथम बार रेखा में एक रुखाई देखी और उन्हें इस पर आश्चर्य हुआ।

रेखा काफी देर से घर वापिस लौटी। उसने बनवारी को फोन कर दिया था कि वह सब लोगों को खाना खिला दे, वह ज्ञानवती के यहाँ खाना खाकर आएगी। प्रभाशंकर को रेखा के इस व्यवहार पर आश्चर्य हो रहा था। उनकी समझ में नहीं आ रहा था कि रेखा को क्या हो गया है। प्रभाशंकर खाना खाकर पलँग पर लेट गए थे, उनका पढ़ने में मन नहीं लग रहा था और उन्हें नींद भी नहीं आ रही थी। करीब साढ़े-दस बजे रेखा वापस लौटी। प्रभाशंकर ने उठकर दरवाजा खोला। रेखा जब कपड़े बदलकर पलँग पर लेटी, प्रभाशंकर ने कहा, "बड़ी देर लगा दी तुमने !"

"ऐसी खास देर क्या हुई ? फिर मिलने-जुलने में कभी-कभी देर हो जाया करती है। मैंने बनवारी को फोन तो कर दिया था कि वह आप लोगों को खाना खिला दे।" रेखा ने रूखे स्वर में कहा।

"यह क्या हो गया है तुम्हें ? तुम्हारी तबीयत तो ठीक है ? आखिर मिजाज क्यों इतना बिगड़ा हुआ है ?" प्रभाशंकर ने रेखा का हाथ अपने हाथ में लेते हुए बड़े प्रेम से पूछा।

और एकाएक रेखा फूट पड़ी, अपने शरीर को प्रभाशंकर की गोद में देकर वह रोने लगी। बीच-बीच में वह कह उठती थी, "मुझे क्षमा कीजिए जो मैं अपने देवता के प्रति इतनी अशिष्ट हो गई—मैं आपसे विनय करती हूँ, मुझे क्षमा कीजिए ! लेकिन मैं क्या कहूँ अपने मन को ! मैं नहीं चाहती कि हम दोनों के बीच में कोई भी आए—मैं बिलकुल नहीं चाहती।"

प्रभाशंकर को लगा कि उनकी समझ में सारी स्थिति आ गई है। रेखा को आलिंगन-पाश में भरते हुए उन्होंने कहा, "भला यह भी कोई बात है जो तुम इतना पागलपन कर रही हो। तुमने ही तो देवकी को अपने यहाँ ठहराया है, मेरे जीवन से तो हमेशा के लिए चली गई है !"

और रेखा कहे जा रही थी, "मैं जानती हूँ, सब कुछ जानती हूँ। मुझे आपसे नहीं, अपने से बड़ा डर लगता है। आप मेरा हाथ कसकर पकड़े रहिएगा, आप नहीं जानते मैं बड़ी कमजोर हूँ, बड़ी अबोध हूँ।"

दूसरे दिन प्रभाशंकर ने समस्त व्यवस्था कर दी। उस दिन सुबह से सिर-दर्द का बहाना करके रेखा अपने कमरे में ही पड़ी रही। देवकी उस दिन पूरे तौर से स्वस्थ थी।

शाम के समय रामशंकर का प्लेन जाता था। रामशंकर को एयरोड्रम छोड़ने देवकी और प्रभाशंकर जा रहे थे और तभी रेखा अपने कमरे से बाहर निकली, "मैं भी चलती हूँ एयरोड्रम !"

रास्ते-भर रेखा अपने में खोई-सी बैठी रही। जिस समय रामशंकर को प्लेन पर अपना स्थान लेने को बुलाया गया, वह रेखा के पास आया। उसने मुस्कराते हुए कहा, "आंटी ! आप मुझसे नाराज हैं क्या ? कल से आप मुझसे बहुत कम बोलीं !"

और रेखा अब एकाएक टूट गई। उसने रामशंकर को आलिंगन-पाश में भर लिया, "नहीं राम ! तुम बड़े प्यारे लड़के हो। जर्मनी जाकर तुम मुझे पत्र लिखना और छुट्टियों में जब हिन्दुस्तान आना तो हमारे यहाँ जरूर आना !"

रामशंकर प्लेन पर बैठ गया। देवकी रो रही थी, प्रभाशंकर अनमने भाव से प्लेन को देख रहे थे और रेखा हँस रही थी—हँस रही थी !

[6]

कस्टम आदि से फुरसत पाकर जब अरुण अपने साथी के साथ रेखा की तरफ बढ़ा, रेखा दौड़कर अपने भाई के गले से लिपट गई। अरुण ने हँसते हुए कहा, "कहो रेखा शंकर, तो तुम आ गई ! अरे, छोड़ो भी। हाँ, तो मैंने तुम्हें पहचाना ही नहीं दूर से, तुम तो बिलकुल बदली हुई लगती हो। फिर मैं समझता था तुम्हारे साथ वह खूबसूरत-सा प्रोफेसर भी होगा। लेकिन तुम यहाँ अकेली एक तरफ दुबकी-सी खड़ी हो !"

अरुण सत्ताईस-अट्ठाइस साल का लम्बा और दुबला-सा युवक था, अपने पिता की ही भाँति हँसमुख और अलमस्त। रेखा ने बिगड़ते हुए कहा, "तुम बहुत खराब हो, अरुण भइया, मैं तुमसे बहुत नाराज हूँ, घर चलो, आज मैं तुमसे कसकर झगड़ा करूँगी !" और उसने असबाब लानेवाले पोर्टर से कहा, "उस टैक्सी पर यह असबाब रख दो !"

और उसी समय अरुण का साथी बोल उठा, "सब सामान नहीं, यह मेरा सूटकेस एयरलाइंस की बस पर रखना।"

रेखा ने अब अरुण के साथी को देखा। मँझोले कद का तगड़ा-सा युवक, रंग कुछ साँवला, आँखें बड़ी-बड़ी और बाल घुँघराले और काले। अरुण ने अपने साथी से कहा, "ओह, गलती हो गई ! यही मेरी बहन रेखा है—रेखा शंकर। और यह हैं सोमेश्वरदयाल, बनारस के दयाल ब्रदर्स के मालिक राजेश्वरदयाल के सबसे छोटे पुत्र। इनकी न्यूयॉर्क में बनारसी सिल्क और ज़रतारी के कपड़ों की बहुत बड़ी दुकान है।"

शान्त भाव से सोमेश्वरदयाल ने रेखा का अभिवादन किया। रेखा ने उस अभिवादन का उत्तर देते हुए कहा, "आप अरुण भइया के साथ मेरे ही यहाँ ठहरिए

चलकर, आपको किसी तरह की तकलीफ नहीं होगी।''

कुछ रुक-रुककर यानी हकलाते हुए सोमेश्वरदयाल बोला, ''बहुत-बहुत धन्यवाद, लेकिन मैंने होटल इम्पीरियल में अपने लिए कमरा रिजर्व करा लिया है। बात यह है कि मैं हूँ व्यापारी आदमी, और दिल्ली में मुझे सरकार से एक्सपोर्ट तथा एक्साइज की कुछ समस्याएँ हल करनी हैं, सच पूछो तो मैं आया ही इसलिए हूँ। फिर यहाँ के व्यापारियों से भी मुझे कुछ काम है। तरह-तरह के लोगों से मिलना पड़ेगा, वे लोग मेरे यहाँ आएँगे और मैं उनके यहाँ जाऊँगा। आपका यूनिवर्सिटी एरिया मेरे काम के लिए उपयुक्त न होगा।''

अरुण ने हँसते हुए कहा, ''यह सोमेश्वर देखने में ही इतना बुद्धू दीखता है, वैसे है बड़े काम-काज का आदमी। इसकी होशियारी और तेजी के लोग-बाग कायल हैं, बड़े-से-बड़े घाघ अमेरिकी व्यापारी के कान काट लेता है !'' फिर वह सोमेश्वर से बोला, ''हाँ-हाँ, तुम इम्पीरियल होटल में ही ठहरो। लेकिन यहाँ से तो तुम हम लोगों के साथ रेखा के घर चलो। वहाँ से चाय-नाश्ता करके तुम अपने होटल में चले जाना।''

एक ठंडी साँस लेकर सोमेश्वर ने कहा, ''अच्छी बात है, तुम तो मुझसे अपनी बात मनवाकर ही छोड़ोगे।'' और फिर उसने रेखा की ओर मुस्कराते हुए देखा, ''रेखाजी, मैं आपके कारण चल रहा हूँ, अरुण के कारण नहीं। आपका मकान देख लूँगा और एक प्याला कॉफी पीकर मैं उसी समय अपने होटल चला जाऊँगा। इस बात पर आप बुरा न मानिएगा।''

रेखा को ऐसा लगा कि मुस्कराहट के साथ सोमेश्वरदयाल का चेहरा इतना कुरूप नहीं है, जितना पहली नजर में उसे लगा था। उसकी बड़ी-बड़ी आँखों में एक प्रकार का उल्लास भी है। रेखा भी मुस्कराई, ''आप टैक्सी पर ही बैठे रहिएगा, कॉफी का प्याला मैं आपके हाथ में दे दूँगी। अगर आप चाहें तो रास्ते में अपने होटल जाते समय कॉफी पी लीजिएगा और अपने होटल से प्याला मेरे यहाँ भिजवा दीजिएगा।''

''वह मारा !'' अरुण खिलखिलाकर हँस पड़ा, ''सुना बच्चू, यह है रेखा, एम.ए. में फर्स्ट क्लास फर्स्ट आई है, और शादी की है अन्तर्राष्ट्रीय ख्याति के प्रोफेसर प्रभाशंकर से इसने !'' फिर जैसे अरुण को कुछ याद आ गया हो, ''क्यों रेखा, प्रोफेसर नहीं आए तुम्हारे साथ ? क्या किसी काम में उलझ गए ?''

''हाँ, ऐसा ही समझिए भइया ! परसों शाम जलन्धर गए हैं, कल वहाँ पंजाब विश्वविद्यालय की एक मीटिंग थी। तो कल रात जलन्धर से रवाना होकर उन्हें यहाँ आज सुबह पहुँचना था। हम सब लोग जब घर पहुँचेंगे, वह आ गए होंगे।''

टैक्सी जब डॉक्टर प्रभाशंकर के बँगले पहुँची, डॉक्टर प्रभाशंकर बरामदे में बैठे हुए इन लोगों की प्रतीक्षा कर रहे थे। उन्होंने उठकर इन लोगों का स्वागत किया। परिचय आदि के बाद प्रोफेसर शंकर बोले, ''मैंने अभी तक चाय नहीं पी है। अभी पन्द्रह मिनट पहले तो मैं पहुँचा हूँ यहाँ। गाड़ी आज दो घंटे लेट हो गई, नहीं तो मैं रेखा के साथ एयरोड्रम आता।'' और उन्होंने बनवारी को आवाज दी, ''बनवारी, चाय लगा दो !''

रेखा बोल उठी, "आप लोग तो अमेरिका में कॉफी पीते हैं, तो आज हम सब लोग कॉफी ही पिएँगे। मैं अभी मिनटों में बनाती हूँ। आप लोग तब तक डाइनिंग टेबल पर बैठिए चलकर।"

अरुण ने बड़े उत्साह के साथ कहा, "सोमेश्वर, आज हम लोग चाय ही पिएँ। अमेरिका में तो मुझे अच्छी चाय मिलती नहीं, इसलिए जबर्दस्ती कॉफी पीनी पड़ती है।"

और सोमेश्वरदयाल ने शान्त मुद्रा में कहा, "अच्छी बात है रेखाजी, हिन्दुस्तान में कदम रखकर पहला प्याला चाय का ही पिऊँगा। कॉफी बनाने की कोई जरूरत नहीं है, मैं ज़रा मुँह-हाथ धो लूँ।"

प्रभाशंकर ने चाय बाहर बरामदे में ही मँगवा ली। चाय पीते हुए सोमेश्वरदयाल बोला, "ठीक कहते हो अरुण, कितनी अच्छी चाय है, कितना अच्छा मौसम है, और कितना अच्छा मकान है !" फिर उसने रेखा और प्रभाशंकर को देखा, "और इन सबसे बढ़कर कितने अच्छे हैं आप लोग !" यह कहकर वह खड़ा हुआ, "काफी देर हो गई, अब मुझे अपने होटल को चलना चाहिए।"

अरुण भी उठ खड़ा हुआ, "चलो, मैं भी चलता हूँ तुम्हारे साथ।" फिर उसने प्रोफेसर से कहा, "लंच तो आप लोग डेढ़ बजे तक लेते होंगे, मैं लंच के समय तक लौट आऊँगा। ज़रा सोमेश्वर को इसके होटल तक पहुँचा आऊँ, कुछ काम भी करता आऊँगा इस बीच में।"

टैक्सी पर चलते हुए अरुण ने सोमेश्वर से कहा, "देखा, तुमने मेरी बहन रेखा और उसके पति प्रोफेसर प्रभाशंकर को !"

सोमेश्वर बोला, "हाँ देखा। और अब मैं समझ सकता हूँ कि तुम्हारी बहन ने क्यों इस प्रोफेसर से विवाह किया। यह सुन्दर है, इसमें एक सबल व्यक्तित्व है, इसकी बातचीत में, रहन-सहन में आकर्षण और मोहकता है। अगर तुमने मुझे पहले ही न बतला दिया होता कि इनकी उम्र पचास वर्ष से ऊपर है, तो मैं इन्हें पैंतीस-चालीस साल का एक अच्छा-खासा युवक समझता।"

अरुण ने किंचित् गम्भीर होकर कहा, "लेकिन सत्य को मिटाया कैसे जा सकता है सोमेश्वर ? दोनों की अवस्था में काफी भेद है। पापा और ममी जो रेखा से नाराज हुए थे तो उन्होंने ठीक ही किया था। लेकिन यह सब तो विधि का विधान है, उसे रोका कैसे जा सकता था !"

सोमेश्वर ने एक ठंडी साँस ली, "विधि का विधान है, उसे रोका कैसे जा सकता है ! ठीक कहते हो अरुण, लेकिन उस विधान के अनुसार जीवन को ठीक तरह से ढाला तो जा सकता है। तुमने अपनी बहन के विवाह में न आकर अच्छा नहीं किया, बड़ी भावात्मक है यह लड़की।"

होटल पहुँचकर सोमेश्वर ने अपने कमरे में असबाब रखवाया। उसके बाद वह अरुण से बोला, "अब मैं लोगों को फोन करूँ कि मैं आ गया हूँ, सबसे पहले बनारस के लिए ट्रंक कॉल मिलवाऊँ।"

"सबसे पहले तुम कार के लिए फोन करो, मैं कार लेकर घर जाऊँगा।" अरुण बोला।

सोमेश्वर मुस्कराया, "तुमने हिन्दुस्तान को अमेरिका समझ रखा है कि पैसा लिया और कार लेकर घर चले आए। देखो नारायणदास को फोन मिलाता हूँ। मैंने उसे अमेरिका से लिख तो दिया था कि मैं दिल्ली पहुँचते ही डिलीवरी लेना चाहता हूँ।"

सोमेश्वर ने फोन पर बात करके अरुण से कहा, "यह नारायणदास बात का पक्का निकला, इसने एक एम्बेसडर कार रोक रखी है मेरे लिए, सिर्फ चेक की देर है। कार की रजिस्ट्री अभी एक घंटे में हो जाएगी, रजिस्ट्री डिपार्टमेन्ट में उसके आदमी हैं। हाँ, किसके नाम कार की रजिस्ट्री होगी ?"

"रेखा के नाम—रेखा शंकर !" अरुण बोला, "यह भाई का अपनी बहन को विवाह का उपहार होगा। कितने की गाड़ी है ?"

"सब मिलाकर चौदह हजार तीन सौ की। तो तुम अमेरिका पहुँचकर यह रुपया डॉलरों में दे देना।" सोमेश्वर ने चेक लिखते हुए कहा, "अच्छा चलो, पहले तुम्हारा कारवाला मामला सुलझा दूँ, तब अपना काम करूँगा।"

जिस समय अरुण कार लेकर घर पहुँचा, दोपहर के ढाई बज चुके थे। उस समय तक किसी ने खाना नहीं खाया था। रेखा बैठी हुई प्रभाशंकर से आग्रह कर रही थी, "ऐसी भी गैर-जिम्मेदारी क्या कि ढाई बज गए और भइया का पता नहीं ! अब कब तक आप उनका इन्तजार कीजिएगा ! चलिए आप खाना खा लीजिए, मैं उनके साथ के लिए बैठी रहूँगी।"

रेखा और भी न जाने क्या-क्या कहती कि उसे अपने कम्पाउंड में कार के आने की आवाज सुनाई पड़ी, "मालूम होता है कि भइया आ गए हैं, अभी मैं उन्हें आड़े हाथों लेती हूँ। समझ क्या रखा है ! यह घर है, होटल नहीं है।" और क्रोध में तमतमाती हुई वह बाहर बरामदे में निकली।

एक नई कार से अपने भाई को उतरते देखकर वह सकपकाईं। उसी समय अरुण ने झपटकर रेखा का हाथ पकड़ लिया और कार की ओर खींचते हुए बोला, "ले, तेरी शादी पर मैं नहीं आया तो तू नाराज थी। समझती थी कि तेरा अरुण भइया इस डर से नहीं आया कि शादी में उपहार देना पड़ेगा। तो ले, तेरा अरुण भइया तुझे यह उपहार में दे रहा है। अब तो नाराजगी दूर हुई तेरी ?"

रेखा का क्रोध न जाने कहाँ गायब हो गया, "सच भइया, अभी-अभी यह प्यारी-सी कार खरीद लाए हो ! तो इस कार को खरीदने में देर हुई तुम्हें, और मैं मन-ही-मन कितना नाराज हो रही थी कि तुमने आने में इतनी देर कर दी !" और उसने प्रभाशंकर को आवाज दी, "प्रोफेसर ! ज़रा बाहर आइए, देखिए आकर, अरुण भइया मेरे लिए कितना सुन्दर उपहार लाए हैं !"

प्रभाशंकर बाहर निकले। कार को उन्होंने अच्छी तरह से देखा, फिर चिन्तित होकर बोले, "इस कार के लिए तो एक ड्राइवर भी रखना पड़ेगा, मैं तो कार ड्राइव करना

जानता ही नहीं।''

रेखा ने उल्लास के साथ कहा, ''वाह, यह कार अरुण भइया ने मुझे दी है, आपको तो नहीं दी है। और मैं ड्राइव करना जानती हूँ।'' फिर उसने प्रभाशंकर का हाथ पकड़ते हुए कहा, ''आप जब तक खुद ड्राइव करना न सीख लें, मैं ड्राइव करके आपको ले जाया करूँगी। इसी बहाने मैं आपकी कुछ सेवा कर सकूँगी।'' और वह अरुण की ओर घूमी, ''भइया, तुम मुझे कल एक ड्राइविंग लाइसेन्स बनवा दो, परसों तो इतवार है—मेरे अच्छे भइया, इतना तो कर ही डालो !'' फिर कुछ मुस्कराती हुई वह बोली, ''लेकिन भइया, यह कार तुम्हें इतनी जल्दी मिल कैसे गई ? फिर तुम्हारे पास रुपया कहाँ से आया यह कार खरीदने के लिए ? कहीं यह कार ट्रायल पर तो नहीं ले आए हो ?''

अरुण रेखा के नाम का रजिस्ट्रेशन और कार की कीमत की रसीद रेखा के हाथ में रखते हुए बोला, ''क्यों, तूने मुझे समझ क्या रखा है ? वह जो मेरे साथ मेरा दोस्त सोमेश्वरदयाल आया है, वह बहुत बड़ा व्यापारी है। यहाँ उसका लाखों का काम-काज है। तो रुपये मैंने उससे ले लिए, यहाँ बैंक में उसका हिसाब है, और यह रुपया मैं उसे अमेरिका में दे दूँगा, डॉलरों में। और उसकी इस कार के डीलर से दोस्ती है, तो वहीं से उसने कार बुक करा ली थी। यहाँ आते ही मिल गई। अच्छा, अब खाना-वाना भी खिलाएगी या नहीं, बड़ी जोर की भूख लगी है !''

शाम के समय जब सब लोग चाय पी रहे थे, रेखा ने अरुण से कहा, ''अरुण भइया, चलिए आज प्रोफेसर हम लोगों को एक अच्छी-सी पिक्चर दिखलाएँगे—प्लाजा में लगी है। बड़ी तारीफ है उसकी, कई एकेडमी एवार्ड मिल चुके हैं।'' और वह अपने पति की ओर घूमी, ''आज तो आपकी कोई मीटिंग नहीं है ? मैं तो आपकी इन मीटिंगों से परेशान हूँ, आपको दम मारने की फुरसत नहीं मिलती। जब तक अरुण भइया यहाँ हैं, तब तक के लिए आप अपनी मीटिंगें कैन्सिल कर दीजिए।''

''नहीं प्रोफेसर, इस रेखा को भी आप अपनी मीटिंगों में अपनी प्राइवेट सेक्रेटरी के तौर पर ले जाया कीजिए,'' मुस्कराते हुए अरुण ने कहा, ''मेरी वजह से आपको अपनी मीटिंगें कैन्सिल नहीं करनी पड़ेंगी, क्योंकि मैं कल रात जबलपुर जा रहा हूँ, दो हफ्ते वहाँ रहूँगा और वहाँ से लौटकर एक-दो दिन यहाँ रुकूँगा। इसके बाद अमेरिका ! जबलपुर के फॉर्म और वहाँ की सम्पत्ति का कुछ प्रबन्ध करना है मुझे।''

प्रभाशंकर बोले, ''यह रेखा ऐसे ही कहती है। हफ्ते में अगर एकाध मीटिंग हो गई तो हो गई, इधर पिछले पन्द्रह दिन से काफी व्यस्त रहा हूँ। लेकिन आप कल कैसे जाइएगा। इतनी आसानी से तो ट्रेन का रिजर्वेशन नहीं मिल जाएगा। मैं परसों रात के लिए आपके लिए रिजर्वेशन करा दूँगा। अच्छा अब हम लोग तैयार हो जाएँ, साढ़े-पाँच बज रहे हैं, नहीं तो पिक्चर के लिए देर हो जाएगी।''

''मैंने सोमेश्वर से शाम को मिलने का वायदा कर लिया था,'' अरुण ने कुछ हिचकिचाते हुए कहा।

''अरे, मैं अपनी इस खुशी में आपके दोस्त की बात तो भूल ही गई थी, भइया !

कितने अच्छे हैं आपके दोस्त, जो इतनी आसानी से आज ही यह कार मिल गई मुझे ! तो आप उन्हें भी अपने साथ पिक्चर लेते चलिए, उन्हें फोन कर लीजिए।"

जिस समय ये लोग सोमेश्वर को लेने उसके होटल पहुँचे, वह लाउँज में बैठा हुआ इन लोगों की प्रतीक्षा कर रहा था। उसके सामने व्हिस्की का गिलास था और वह अपने में कुछ खोया-सा दीख रहा था। उसने उठकर इन लोगों का स्वागत किया, फिर उसने घड़ी देखी, "पिक्चर का समय तो निकल गया, अब तो साढ़े-छह बज गए हैं, वहाँ पहुँचते-पहुँचते सात बज जाएँगे। अब तो रातवाला शो ही मिल सकता है हम लोगों को।"

प्रभाशंकर ने उत्तर दिया, "मैंने तो घर में ही कह दिया था कि यह शो अब नहीं मिल सकेगा। और रातवाले शो के लिए देर हो जाएगी, क्यों रेखा ?"

रेखा ने इस बात का कोई उत्तर नहीं दिया। सोमेश्वर ने ही कहा, "मैं भी समझता हूँ कि रातवाले शो में देर हो जाएगी। मुझे और अरुण को इस लम्बी यात्रा की थकान भी तो है, तो मैं इस थकान को मिटा रहा था बैठा हुआ। क्यों अरुण, तुम्हारे लिए भी मँगवाऊँ ?"

अरुण ने प्रभाशंकर की ओर देखा, "प्रोफेसर, हम लोगों का साथ देने में आपको कोई आपत्ति तो नहीं होगी ?"

प्रभाशंकर अब व्यवस्थित होकर बैठ गए थे, "नहीं, मुझे किसी तरह की आपत्ति नहीं है। फिर सर्दी भी काफी है, और यह रात आराम से कमरे में बैठकर बात करने की है।"

सोमेश्वर ने बेयरा को ऑर्डर दिया, "तीन बड़े स्कॉच !" और उसने रेखा की ओर देखते हुए कहा, "और आपके लिए एक शेरी !"

"नहीं, मैं शराब नहीं पीती।" रेखा ने शान्त भाव से कहा।

अरुण बोला, "अरे शेरी कोई शराब होती है ! समाज में साथ देने के लिए यूरोप में स्त्रियाँ शेरी पिया करती हैं। क्यों प्रोफेसर ?"

हलके-से स्वर में प्रभाशंकर ने कहा, "हाँ, शेरी ले लेने में कोई हर्ज नहीं—कम-से-कम साथ देने के लिए।"

रेखा ने इस बात का कोई प्रतिवाद नहीं किया। पिक्चर के लिए देर हो जाने से वह क्षुब्ध अवश्य थी, लेकिन उसे होटलवाला वातावरण बुरा नहीं लग रहा था। एक बहुत बड़ा कमरा, बहुत अच्छी तरह सजा हुआ था। स्त्री-पुरुषों के न जाने कितने समूह जहाँ-तहाँ बैठे थे, विभिन्न देशों के। बैंड बज रहा था। एक तरह का कवित्व भरा हुआ था सारे वातावरण में। रेखा के सामने एक नई दुनिया थी जो उसके लिए नितान्त अनजानी तो नहीं कही जा सकती थी, लेकिन जिसके साथ उसका घनिष्ठ परिचय अभी तक न हुआ था।

इन लोगों के सामने शराब के गिलास आ गए। प्रभाशंकर ने सोमेश्वर से कहा, "यह तो बड़ा महँगा होटल है, कितने दिन यहाँ ठहरिएगा आप ?"

इस प्रश्न से जैसे सोमेश्वर चौंक उठा हो, "कितने दिन यहाँ ठहरूँगा कह नहीं सकता। मुझे यहाँ से बनारस जाना है, लेकिन जाने की तबीयत नहीं होती। वहाँ जाते ही लालाजी मेरे विवाह की बात छेड़ देंगे, और धमकियाँ देंगे, माताजी रो-रोकर मुझे मनाएगी, भाभीजी हलके-हलके और प्यारे-प्यारे व्यंग्य कसेंगी और भाई साहब एक पहुँचे हुए दार्शनिक की भाँति मुझे उपदेश देंगे।"

सोमेश्वर की मुद्रा देखकर रेखा को हँसी आ गई। वह बोली, "दार्शनिक उपदेश तो नहीं देता, क्यों प्रोफेसर—आप तो इतने बड़े दार्शनिक हैं, लेकिन आपने तो आज तक मुझे किसी तरह का उपदेश नहीं दिया ?" फिर वह सोमेश्वरदयाल से बोली, "तो अभी तक आपका विवाह नहीं हुआ ! अब समझ में आ गया कि आप क्यों इतने खोए-खोए-से रहते हैं। तो मेरी सलाह तो आपको यह है कि अगर आपको यहाँ कोई लड़की पसन्द न आए तो आप अरुण भइया की तरह अमेरिका में ही किसी अच्छी लड़की से विवाह कर डालिए, इसमें देर न कीजिए।"

सोमेश्वर मुस्कराया, "तो फिर मेरी भाभी मुझसे व्यंग्य नहीं करतीं। वह बार-बार अमेरिका में किसी अच्छी लड़की से विवाह करने की सलाह देती हैं। यही नहीं, उनका खयाल तो यह भी है कि मैंने वहाँ विवाह कर भी लिया है।"

और अरुण हँस पड़ा, "व्यंग्य तो नारी जाति का गुण है। रेखा ने तुम्हें सलाह नहीं दी है, उसने मेरे ऊपर व्यंग्य किया है। मैं कहता हूँ सोमेश्वर, अगर तुम्हारे पिता का कहना गलत नहीं है तो लड़की खूबसूरत है और ऊपर से ग्रेजुएट है। फिर इस सबके साथ लम्बा दहेज मिल रहा है।"

सोमेश्वर ने एक ठंडी साँस ली, "लड़की खूबसूरत है, लड़की सुशिक्षित है और लड़की एक लम्बा दहेज ला रही है। और इस सबके साथ मेरे लिए एक बन्धन है जिसमें घुट-घुटकर अपने को नष्ट करना है। एक व्यक्ति के साथ बँधकर अपने को घर की चहारदीवारी में बन्द कर लेना है—दुनिया से समस्त सम्पर्क तोड़कर—यह भी सच है।"

प्रभाशंकर से अब न रहा गया, "यहाँ तुम भूल करते हो। विवाह न करके तुम दुनिया से सम्पर्क तोड़ रहे हो, क्योंकि दुनिया के सब लोग इन छोटे-छोटे बन्धनों में बँधे हुए हैं। जो निर्बन्धता की दुहाई देता है, वह अराजकता को अपनाता है और समाज उसे अपने में सम्मिलित करने से हिचकिचाता है। ये जितने नियम हैं, ये जितनी मान्यताएँ हैं सृष्टि इन्हीं पर तो अवलम्बित है। एक निर्दिष्ट पथ, एक निर्दिष्ट जीवन—मानव-समाज की समस्त स्थापना इसमें है। इसको न मानना अराजकता और असफलता का मार्ग अपनाता है।"

सोमेश्वर ने रेखा की ओर देखा, "रेखाजी, आपने अभी कहा था कि दार्शनिक उपदेश नहीं देता, तो आपकी बात झूठी साबित हुई !"

और रेखा ने तत्काल उत्तर दिया, "प्रोफेसर ने तो अपना मत प्रतिपादित किया है, उन्होंने आपको उपदेश कहीं नहीं दिया है !"

सोमेश्वर ने अपनी गलती तत्काल मान ली, "आप शायद ठीक कहती हैं।" फिर

वह प्रभाशंकर से बोला, "प्रोफेसर, सफलता का रूप क्या है, मेरी समझ में तो आज तक यही नहीं आया। और जहाँ तक अराजकता का प्रश्न है, वहाँ यदि हमारे पास संयम है तो हम अराजकता के पाप के भागी हो ही नहीं सकते। लेकिन यहीं मेरे लिए एक उलझन खड़ी हो जाती है। संयम स्वयं में एक बौद्धिक तत्त्व है, और तर्क का बुद्धिजनित होने के कारण कोई निश्चित रूप नहीं है।"

प्रभाशंकर ने पूछा, "मैं तुम्हारी बात समझा नहीं, तुम्हारा मतलब क्या है ?"

"मतलब ! वह तो मैं खुद नहीं जानता, नहीं तो मैं दर्शनशास्त्र का पंडित न होता ! मैं तो भावात्मक आदमी हूँ, और मेरा मन विवाह के बन्धन में बँधने को नहीं करता, यही सत्य है। अगर मैं बौद्धिक आदमी होता तो अपने निर्णय को ठीक साबित करने के लिए अनगिनत तर्क दे देता, शायद मैं अपना एक निजी दर्शन भी बना डालता। सच कहता हूँ प्रोफेसर, मैं गलत समय में पैदा हुआ हूँ, मैंने एक गलत परिवार में जन्म लिया और परिस्थितियों ने मुझे एक गलत पेशा अपनाने को विवश कर दिया है। जब मैं अपनी यह बात किसी से कहता हूँ तो वह हँस देता है, उसे मुझ पर विश्वास नहीं होता। और इसका परिणाम यह हुआ कि धीरे-धीरे मुझे अपनी बातों पर विश्वास जाता रहा। जबर्दस्ती मुझे दूसरों के विश्वासों को अपनाना पड़ता है। अब तो ऐसा लगने लगा है कि दुनिया में हरेक चीज सही है, अगर कहीं कोई गलती है तो मुझमें है। क्यों रेखाजी, आपका क्या खयाल है ?"

उस वातावरण में करुणा और उल्लास का एक अजीब सम्मिश्रण, दूर पर बजते हुए बैंड का संगीत, शेरी के हलके-से नशे की पुलक-भरी गर्मी—और इस सबके साथ जीवन की अनजानी गुत्थियों के सुलझाने का कौतूहल ! रेखा के सामने जो आदमी बैठा था वह उसे अजीब-सा दीख रहा था। हलका साँवला रंग, चेहरा भरा हुआ, मोटे-मोटे होठ, जिन पर उसकी करुण मुस्कान अनायास ही सुन्दर लगने लगती थी, बड़ी-बड़ी कुछ खोई-सी आँखें, और चेहरे पर एक अजीब तरह का भोलापन ! रेखा ने फिर एक बार सोमेश्वर को गौर से देखा, एक गुदगुदी-सी अनुभव हुआ उसे अपने अन्दर। मँझोले कद का बलिष्ठ आदमी, उसके शरीर में एक तरह का लचीलापन, और अब वह आदमी रेखा को किसी हद तक सुन्दर दिख रहा था। कुछ चुप रहकर रेखा ने कहा, "मैं क्या जानूँ सोमेश्वरजी, मैं तो समझती हूँ कि अपने को गलत समझना, यही आपकी सबसे बड़ी गलती है।"

अरुण खिलखिलाकर हँस पड़ा, उसने सोमेश्वर से कहा, "पा गए जवाब ? यह रेखा—दर्शनशास्त्र में फर्स्ट क्लास फर्स्ट है, यूनिवर्सिटी में रिकार्ड कायम किया है इसने !"

और सोमेश्वर के मुख पर एक हलकी-सी मुस्कराहट आई, "तुमने मुझे बतलाया था, लेकिन मैं इतनी जल्दी भूल गया। मैं आपका अभिवादन करता हूँ रेखाजी, लेकिन आप बुरा न मानें तो मैं एक बात कहूँ !"

रेखा भी मुस्कराई, "हाँ-हाँ, जरूर कहिए, मैं ज़रा भी बुरा न मानूँगी।"

"आपने अपना समस्त ज्ञान किताबों से प्राप्त किया है, जीवन के पन्नोंवाला ज्ञान आप अब प्राप्त कर रही हैं। अरुण आपका बड़ा भाई है, मैं अरुण का दोस्त हूँ; उम्र में उससे छोटा नहीं, शायद कुछ बड़ा ही निकलूँ। इसलिए मैंने जीवन के अधिक पन्ने पढ़ डाले हैं। क्यों प्रोफेसर, मैं गलत तो नहीं कहता ?"

प्रभाशंकर ने गम्भीतापूर्वक कहा, "ठीक कहते हो, तुमने रेखा की बनिस्बत जीवन के अधिक पन्ने पढ़ डाले हैं। लेकिन उन पन्नों को तुमने ठीक-ठीक समझा है, इसका दावा तुम कैसे कर सकते हो ? किताबों के या जीवन के पन्नों को पढ़ना एक बात है, उन पन्नों का सही मतलब समझना यह अलग बात है। ये जितनी परीक्षाएँ हैं, ये सब इसलिए तो हैं !"

और सोमेश्वर के मुख पर की मुस्कान गायब हो गई, "आप ठीक कहते हैं, प्रोफेसर ! इन पन्नों को ठीक तरह से समझ पाना, यही तो मुश्किल काम है। इन पन्नों को समझने के लिए बुद्धि चाहिए, और शायद उस बुद्धि की कमी है मेरे पास; हरेक आदमी मुझसे यही कहता है। व्यावसायिक बुद्धि मेरे पास अवश्य है, लेकिन वह बुद्धि जीवन के गूढ़ रहस्यों को तो नहीं समझ पाती। आपने कोई नई बात नहीं कही, अपनीवाली बुद्धि से मेरा विश्वास भी जाता रहा है। लेकिन रेखाजी ने अभी कहा है कि मेरी सबसे बड़ी गलती यह है कि मैं अपने को गलत समझता हूँ। तो अपनी गलती सुधारने के लिए मुझे अपने को ही ठीक समझना चाहिए, यानी मैं जो कुछ कहता हूँ, करता हूँ, समझता हूँ, वह सब ठीक है।" और उसने बेयरा को आवाज दी, "तीन बड़े स्कॉच और लाओ !"

प्रभाशंकर बोल उठे, "सिर्फ दो लाना, मैं अब न लूँगा।" और उन्होंने रेखा की ओर देखा, "अब चलना चाहिए हम लोगों को। तबीयत ऊबने लगी है यहाँ अन्दर बैठे-बैठे।"

रेखा का मन तो नहीं ऊब रहा था, एक तरह से वहाँ का वातावरण उसे अच्छा ही लग रहा था। उसने अरुण की ओर देखा, "क्यों अरुण भइया, आप भी तो हम लोगों के साथ चलेंगे !" फिर वह प्रभाशंकर से बोली, "जहाँ हम लोग इतना बैठे हैं वहाँ थोड़ी देर और बैठ लें, आखिर घर चलकर भी तो बैठना ही है।"

"बिलकुल ठीक !" अरुण बोला, "प्रोफेसर, हम लोगों का साथ देने के लिए आप भी एक ले लीजिए, इसे खत्म करके हम लोग चल पड़ेंगे।"

प्रभाशंकर ने अरुण की बात का कोई प्रतिवाद नहीं किया, वह चुपचाप बैठे रहे। थोड़ी देर तक एक मौन छाया रहा वहाँ, उस मौन को अरुण ने तोड़ा, "मैं कल नहीं, परसों जबलपुर जा रहा हूँ। तो सोमेश्वर, तुम भी मेरे साथ चलो, मैं इलाहाबाद उतर पड़ूँगा, तुम बनारस चले जाना। तुम्हारा बनारस जाना बहुत जरूरी है, तुम्हारे लालाजी तुम्हारा इन्तजार कर रहे होंगे और तुम्हारे न जाने से बड़े चिन्तित होंगे।"

और तभी रेखा बोल उठी, "सोमेश्वरजी, कल रात को आपका मेरे यहाँ डिनर है—आठ बजे ! आप तो अमेरिका में रहकर नान-वेजीटेरियन हो गए होंगे ?"

"हाँ, हो तो गया। मैं ठीक आठ बजे आपके यहाँ पहुँच जाऊँगा। बहुत-बहुत धन्यवाद !" सोमेश्वर ने उत्तर दिया और फिर जैसे वह अपने अन्दर बन्द हो गया। बेयरा इन लोगों को गिलास दे गया और फिर ये लोग चुपचाप पीने लगे। रेखा को अनुभव हो रहा था कि वातावरण में एक तरह का भारीपन आ गया है। वह सोमेश्वर, जो कुछ देर पहले एकाएक मुखर हो गया था, अब बिलकुल मौन और शान्त बैठा एकटक उसकी ओर ताक रहा था। उसकी इस दृष्टि का पता प्रभाशंकर को नहीं था, क्योंकि वह आँखें बन्द किए हुए सोच रहे थे और अरुण हॉल में इधर-उधर देख रहा था। और रेखा को ऐसा लगा कि सोमेश्वर की आँखों में दहकते हुए अंगारों की चमक है। उसने घबराकर सोमेश्वर की आँखों से अपनी आँखें हटा लीं। प्रभाशंकर बड़े इत्मीनान से बैठे हुए अपना गिलास खाली कर रहे थे और अरुण चुपचाप हॉल में चारों ओर देखे जा रहा था। रेखा ने एक बार फिर सोमेश्वर की तरफ देखा, और उसे लगा कि सोमेश्वर के मुख पर का भोलापन गायब हो गया है। एक अजीब तरह की कठोरता दीखी उसे उस मुख पर—पौरुष की एक हिंस्र कठोरता—ऐसी कठोरता जिसे उसने पहले कभी नहीं देखा था। और सोमेश्वर के मुख पर की हिंस्र कठोरता में एक प्रकार का सम्मोहन दीखा उसे।

प्रभाशंकर ने अनायास ही घड़ी देखी, "कुल जमा आठ बजे हैं, अभी कोई ऐसा अधिक समय भी नहीं हुआ है। क्यों अरुण, थोड़ा-सा घूम ही लिया जाए !" प्रभाशंकर के मुख पर अब उल्लास झलकने लगा था। उन्होंने कहा, "ढाई साल पहले मैं अमेरिका गया था एक लेक्चर टूर पर। उस समय तुम लोगों का पता मुझे न था, नहीं तो तुम लोगों से भी मिलता। बड़ा दिलचस्प देश है वह, लेकिन मुझे पसन्द नहीं आया।"

अरुण ने कहा, "हाँ प्रोफेसर, शुरू-शुरू में मुझे भी वह देश पसन्द नहीं आया, लेकिन अब हम लोगों को बड़ा अच्छा लगने लगा है। मुझे याद है आपके वहाँ आने की बात। मैंने अखबारों में आपके आने की खबर पढ़ी थी, आपके ज्ञान और आपकी विद्वत्ता की बड़ी चर्चा हुई थी। इस सोमेश्वर से मैंने कहा भी था कि चलकर आपसे मिला जाए, लेकिन विद्वत्ता के नाम पर यह हँस पड़ता है। हाँ, फिल्म-स्टारों, गवैयों, चित्रकारों से मिलने के लिए यह सैकड़ों मील का सफर तै कर सकता है, अपनी आदतों से यह पूरा अमेरिकी बनता जा रहा है !"

सोमेश्वर को अब बोलना पड़ा, "अरे ! तो आपकी ही इतनी प्रशंसा हुई थी प्रोफेसर ! मैं आपसे क्षमाप्रार्थी हूँ कि हम लोग आपसे नहीं मिले। बात यह है कि विद्वानों से मैं घबराता हूँ। उनसे बराबरी के स्तर पर नहीं मिला जा सकता।"

"और कलाकारों से आप बराबरी के स्तर पर मिल सकते हैं ?" रेखा ने पूछा।

सोमेश्वर ने अपने चारों ओर देखा, फिर धीमे स्वर में उसने कहा, "यहाँ कोई कलाकार तो नहीं है ? तो असली बात यह है कि कलाकारों से मैं बराबरी के स्तर पर मिलता भी हूँ, नहीं भी मिलता हूँ। बात यह है कि कलाकार भावनात्मक प्राणी होता है, वह मुझ पर अपने को आरोपित करने का प्रयत्न नहीं करता। वह हमें ज्ञान नहीं

बाँटता, वह हमें उपदेश नहीं देता, वह केवल हमारा मनोरंजन करता है। अगर मैं आपसे कहूँ कि कलाकार के सामने तो मैं कभी-कभी बड़प्पन का अनुभव करने लगता हूँ क्योंकि वह अपनी कला को बेचता है, तो यह गलत न होगा। आज की पूँजीवादी परम्परा में खरीदार का बेचनेवाले की अपेक्षा ऊँचा स्थान रहता है।''

''तुम ठीक कहते हो। कला अन्ततोगत्वा एक तमाशा है, और कलाकार भी उस तमाशे का उतना ही महत्त्वपूर्ण अंग होता है जितनी उसकी कला होती है।'' प्रभाशंकर ने अपने ये शब्द कुछ जोर से कहे।

रेखा को प्रथम बार यह अनुभव हुआ कि प्रभाशंकर सोमेश्वर की बात से बहक गए हैं। उसने कहा, ''प्रोफेसर, मुझे तो सारी दुनिया ही तमाशा दीखती है, और प्रोफेसर, हम सब उस तमाशे के अंग हैं।'' लेकिन जैसे रेखा अपने इस उत्तर से लज्जित हो गई। वह उठ खड़ी हुई, ''अब हम लोगों को चलना चाहिए, खाना खाने का समय हो गया है।''

बाहर निकलकर सोमेश्वर ने कहा, ''मुझे तो आप लोग क्षमा करें, यहाँ लौटते समय अकेलापन मुझे अखर जाएगा। इसलिए खाना खाकर अब मैं सोऊँगा।'' और सोमेश्वर बिना कुछ कहे-सुने लौट गया।

कार पर बैठते हुए रेखा ने अरुण से कहा, ''अजीब-से आदमी हैं आपके यह दोस्त ! अहम्मन्यता और विनय, ज्ञान और दुनियादारी इन सबका एक अजीब-सा सम्मिश्रण !''

उत्तर प्रभाशंकर ने दिया, ''गैर-जिम्मेदार आदमी, जिसके पास कोई मान्यता नहीं। अपनी प्रवृत्ति, अपना रास्ता—हर तरफ अहम् की तुष्टि ! बस यही सब है इसके पास। लेकिन आदमी बुरा नहीं दीखता। क्यों अरुण ?''

''आदमी हीरा है !'' अरुण ने उत्तर दिया, ''अतिशय उदार और भावनामय। झूठ और बेईमानी से इसे वितृष्णा है। लेकिन है बड़ा भाग्यशाली। सफलता जैसे इसकी चिरसंगिनी बनकर आई है। और साथ ही बड़ी सबल जीवनी शक्ति पाई है इसने, नहीं तो न जाने कब का नष्ट हो गया होता।''

और रेखा ने कहा, ''आदमी असाधारण हैं आपके यह दोस्त ! मैं तो केवल इतना ही जान पाई हूँ।''

दूसरे दिन अरुण ने रेखा को ड्राइविंग लाइसेन्स दिलवा दिया। लाइसेन्स प्राप्त करके जब दोनों चले, अरुण ने कहा, ''अब तुम ड्राइव करो रेखा, मैं तुम्हारी बगल में बैठा हूँ। होटल इम्पीरियल चलना है, वहाँ मुझे छोड़कर तुम घर वापस चली जाना। सोमेश्वर मेरा इन्तज़ार कर रहा होगा।''

होटल पहुँचकर अरुण को पता चला कि सोमेश्वर सुबह की प्लेन से बनारस चला गया है। वह अरुण के नाम क्षमा-याचना का पत्र छोड़ गया था, जिसमें उसने लिखा था कि रात को उसके भाई का ट्रंककॉल आया था कि उसके पिता की तबीयत ठीक नहीं है, उसे फौरन बनारस पहुँचना चाहिए। उसने अपना बनारस का पता भी लिख

दिया था। अन्त में उसने रेखा से क्षमा माँगी थी, क्योंकि उस दिन रात के समय वह उसकी दावत में न आ सकेगा।

अरुण मुस्कराया, ठीक सोमेश्वर के अनुरूप ! "कब क्या कर बैठेगा, कोई ठिकाना नहीं।"

रेखा ने झुँझलाहट के साथ कहा, "आपके मित्र के पिता की बीमारी एक बहाना मालूम होती है आपके मित्र को बनारस बुलाने का । मैंने इतना इन्तजाम किया है आज रात की दावत का—सात-आठ आदमी आ रहे हैं। लेकिन इन सब मेहमानों में मेरे लिए सबसे महत्त्व के आदमी थे आपके यह दोस्त। उनके ही कारण मुझे यह ख़ूबसूरत गाड़ी मिली है।"

अरुण खिलखिलाकर हँस पड़ा, "रेखा, इस आदमी का भरोसा नहीं किया जा सकता। कोई निश्चित योजना इस आदमी के साथ लागू नहीं होती। इसके प्रति आभार-प्रदर्शन भी बेकार है, क्योंकि यह आदमी किसी के साथ उपकार समझकर कुछ नहीं करता। एक सनक, एक उद्वेग—बस यही है इसके पास !"

[7]

कार पर प्रभाशंकर को यूनिवर्सिटी में छोड़कर जब रेखा चलने लगी, प्रभाशंकर ने कहा, "आज दोपहर को मैं लंच पर नहीं आऊँगा। ऑक्सफोर्ड के प्रोफेसर गार्डनर के साथ एक जगह मुझे लंच खाना है। उन्हीं के साथ दिन बीतेगा मेरा। हाँ, शाम को मैं चाय उन्हें अपने यहाँ दे रहा हूँ। छह-सात आदमी होंगे।"

"मनोविज्ञान के प्रोफेसर गार्डनर ! क्या वह यहाँ पर आए हुए हैं ? आपने मुझे बताया नहीं !"

"कल शाम को ही तो मुझे खबर मिली। यूनिवर्सिटी में उनका फोन आया था। लेकिन अरुण के जाने की तैयारी में मुझे कुछ ध्यान ही नहीं रहा।"

"अच्छा किया जो आपने उन्हें चाय के लिए बुला लिया। मैं भी उनसे मिलना चाहती थी। मैं चाय का इन्तजाम कर रखूँगी।"

रेखा वहाँ से कनॉट प्लेस की ओर चल दी। चाय के लिए आवश्यक सामान खरीदकर जब वह घर लौटी, बारह बज रहे थे। बनवारी से उसने कह दिया कि साहब खाना नहीं खाएँगे, और उसे भी भूख नहीं। फिर शाम की चाय की पूरी व्यवस्था बनवारी को बतलाकर वह बरामदे की धूप में बैठ गई। उसने एक जासूसी उपन्यास उठा लिया था लेकिन उसका मन नहीं लग रहा था पढ़ने में। उसके विचार इधर-उधर दौड़ रहे थे। तभी वह चौंक उठी कम्पाउंड में एक टैक्सी के आने से। कौन उस समय आ सकता है—वह देखने लगी और उसने सोमेश्वर को टैक्सी से उतरते हुए देखा। बरामदे में आकर

उसने रेखा को नमस्कार किया।

रेखा उठ खड़ी हुई, ''अरे आप ! आप तो परसों सुबह बनारस चले गए थे—आज यहाँ कैसे ?''

गम्भीर भाव से सोमेश्वर ने उत्तर दिया, ''जिस तरह परसों सुबह के प्लेन से बनारस गया था, उसी तरह आज सुबह के प्लेन से बनारस से चला भी आया हूँ। या यों कहिए कि भाग आया हूँ तो अनुचित न होगा। अरुण कहाँ है ? आपका फोन बिगड़ा हुआ है शायद, तो मैंने सोचा कि आपके यहाँ चलकर ही पूछ लूँ। होटल में सूटकेस रखकर सीधा यहाँ चला आ रहा हूँ।''

''पहले आप बैठ जाइए, तब मैं बतलाऊँगी कि अरुण भइया प्रोफेसर के अनुसार कल रात जबलपुर चले गए।'' और रेखा ने बनवारी को आवाज दी, ''बनवारी, कॉफी बनाकर ले आओ, दो आदमियों के लिए ! उफ् ! कितनी सर्दी है, एक कप कॉफी तो पी ही लीजिए !''

सोमेश्वर बैठ गया, ''हाँ, कॉफी की जरूरत तो मैं भी अनुभव कर रहा था, धन्यवाद ! तो आप भी सोचती होंगी कि मैं अजीब आदमी हूँ। उस दिन आपके यहाँ आने का वादा करके न आ पाया। लेकिन अपनी मजबूरियों को क्या करूँ ? अरुण से तो आपको पता चल ही गया होगा कि आप लोगों के जाते ही मुझे भाई साहब का ट्रंककॉल मिला। उन्होंने कहा कि लालाजी बीमार हैं, उन्होंने मुझे जल्दी-से-जल्दी आने को कहा है। घबराकर मैंने सुबह का प्लेन पकड़ा। घर जाकर देखता हूँ कि लालाजी अच्छे-खासे घूम-फिर रहे हैं। पता चला कि मेरे विवाह की बात पक्की हो रही है। आज शायद लड़की के पिता कानपुर से मुझे ठोक-बजाकर देखने आ रहे हैं, इकलौती लड़की है उनकी और उनकी दो मिलें हैं, एक तेल की और एक आटे की। एक शुगर मिल और खोल रहे हैं। तो उनका काम-काज सँभालना पड़ेगा मुझे ! लिहाजा इसके पहले कि वह बनारस पहुँचें, मैं आज सुबह के प्लेन से यहाँ के लिए चल पड़ा। बहुत-सा काम-काज करने को पड़ा है यहाँ।''

अरुण ठीक कहता था, रेखा मन-ही-मन सोच रही थी। वह मुस्कराई, ''आपने घरवालों को तो बता ही दिया होगा कि आप जा रहे हैं।''

सोमेश्वर ने आश्चर्य के साथ कहा, ''आपको कैसे मालूम हो गया कि मैं उन्हें बिना बताए चला आया हूँ ? उन्हें बतलाता तो घर में इतना हंगामा मचता कि सुबहवाला प्लेन तो मुझे मिल ही नहीं सकता था। दिल्ली आकर मैंने पहला काम किया बनारस को ट्रंक मिलाना। अर्जेंट कॉल था, पाँच मिनट के अन्दर ही मिल गया। खैरियत है कि फोन लालाजी को ही मिला, भाई साहब को मिला होता तो वे घंटों मुझे उपदेश देते। लालाजी से तो दो-टूक बातें होती हैं और फिर किस्सा खत्म ! तो यहाँ मौज से रिपब्लिक-डे का जश्न देखूँगा, घूमूँगा-फिरूँगा। छुट्टियाँ मनाने का इरादा है। मैं बनारस से बाज आया—अब मैं वहाँ नहीं वापस जाने का !''

नौकर कॉफी की ट्रे रख गया। रेखा ने कॉफी बनाते हुए कहा, ''आपको आज शाम

कोई काम तो नहीं है ? प्रोफेसर ने ऑक्सफोर्ड के प्रोफेसर गार्डनर को आज चाय पर बुलाया है, आपको मैं आमन्त्रित करती हूँ ! उस दिन आपने डिनर नहीं खाया था, तो आज शाम को चाय तो पीजिए ही।''

''आप आमन्त्रित करती हैं तो मैं अवश्य आऊँगा, यद्यपि विद्वानों के बीच बैठने में मुझे बड़ी घबराहट होती है।'' सोमेश्वर ने बड़ी गम्भीरतापूर्वक उत्तर दिया। कॉफी समाप्त करके वह उठ खड़ा हुआ, ''अच्छा, अब मैं चलूँगा। तो शाम को कितने बजे आना है मुझे ?''

''निश्चित समय तो प्रोफेसर ने नहीं बतलाया है मुझे, लेकिन पाँच बजे आमतौर से चाय का समय हुआ करता है। तो पाँच बजे तक आ जाइएगा।''

सोमेश्वर चला गया और रेखा बैठी हुई आश्चर्य करती रही उस सोमेश्वर पर। बिलकुल एक ज़िद्दी बच्चे का-सा व्यक्तित्व लिए हुए यह आदमी बड़ा विचित्र-सा लग रहा था उसे। उन्मुक्त और निर्बन्ध, किसी हद तक अराजकता की सीमा तक पहुँचा हुआ। इस आदमी में निजी आकर्षण था। वह सोमेश्वर के सम्बन्ध में क्यों सोच रही है, इस पर आश्चर्य हो रहा था। वह सोमेश्वर पर से अपना ध्यान हटाना चाहती थी, लेकिन इसमें उसे सफलता नहीं मिल रही थी। सामनेवाले उपन्यास में उसका मन न लग रहा था।

ठीक पाँच बजे शाम को प्रभाशंकर प्रोफेसर गार्डनर तथा अपने अन्य अतिथियों के साथ आ गए। रेखा ने चाय का प्रबन्ध कर रखा था। रेखा से परिचय के बाद सब लोग ड्राइंग-रूम में बैठ गए। रेखा बड़े उल्लास के साथ अतिथियों से बात कर रही थी, लेकिन उसकी नजर दरवाजे पर लगी थी। वह सोच रही थी कि सोमेश्वर आएगा या नहीं। साढ़े-पाँच बजे और प्रभाशंकर ने कहा, ''चलें, अब चाय पी लें चलकर।''

रेखा कुछ अनमनी-सी हो गई, आज भी सोमेश्वर के न आने से। अपने अतिथियों के साथ जब वह डाइनिंग-रूम की ओर चलने लगी, तभी उसे बाहर मोटर की आवाज सुनाई दी। उसने डाइनिंग-रूम में अपने अतिथियों के साथ चलते हुए प्रभाशंकर से कहा, ''दोपहर को सोमेश्वर, वही अरुण भइया का मित्र आ गया था, तो मैंने उसे चाय के लिए बुला लिया है। आप उन्हें लिवा लाइए।''

''ठीक किया, बिलकुल ठीक किया,'' प्रभाशंकर यह कहकर बरामदे की ओर बढ़े कि तभी सोमेश्वर ने ड्राइंग-रूम में प्रवेश किया। वह कह रहा था, ''नमस्कार प्रोफेसर ! क्या बतलाऊँ मुझे कुछ देर हो गई, क्षमा चाहता हूँ।''

''नहीं, अभी कोई ऐसी देर भी नहीं हुई, लेकिन तुम इतनी जल्दी बनारस से लौट आओगे, हम लोगों ने कभी यह सोचा ही नहीं था। अरुण बड़ा चिन्तित था तुम्हारे पिताजी की बीमारी की खबर सुनकर, शायद वह जबलपुर से ही तुम्हें बनारस के लिए तार भी करे। चलो, हम सब लोग अब चाय शुरू ही कर रहे हैं।''

रेखा डाइनिंग-रूम में अतिथियों के साथ बैठ गई और बड़े मनोयोग के साथ प्रोफेसर गार्डनर से बातें कर रही थी। नौकर मेज पर चाय का सामान लगा रहा था।

सोमेश्वर को देखकर वह मुस्कराई, "मैं तो समझती थी कि आज भी आप गायब हो जाएँगे ! प्रोफेसर गार्डनर ! यह मेरे बड़े भाई के दोस्त मिस्टर सोमेश्वरदयाल हैं, यूनाइटेड स्टेट्स में रहते हैं। बड़े दिलचस्प आदमी हैं, इनका मनोविज्ञान आप बतला सकेंगे, बड़ा दिलचस्प केस है यह !"

प्रोफेसर गार्डनर ने कहा, "केसेज तो साइक्रेटिस्ट के काम के होते हैं !" वह मुस्कराए, "क्यों यंग प्रोफेसर !" और सब लोग हँस पड़े।

सब लोग चाय पी रहे थे और बातें कर रहे थे, और इन बातों में रेखा अपना पूरा योग दे रही थी। सोमेश्वर एक कोने में सिकुड़ा हुआ-सा बैठा था, लेकिन वह बड़े ध्यान से इस बातचीत को सुन रहा था।

चाय समाप्त होने पर प्रोफेसर गार्डनर उठ खड़े हुए, उन्होंने प्रभाशंकर से कहा, "छह बजे हैं। अब हम लोगों को चल देना चाहिए। आगरा काफी दूर है। यहाँ से आगरा पहुँचने में कितना समय लग जाएगा प्रोफेसर शंकर ?"

"ढाई से तीन घंटे के बीच में हम लोग पहुँच सकते हैं। रात का सन्नाटा, जाड़े के दिन, सड़कें बिलकुल साफ और ब्रिटिश कांसुलेट की पावरफुल गाड़ी। तो हम लोग साढ़े-आठ बजे तक वहाँ पहुँच जाएँगे, ताज देखकर और वहाँ डिनर खाकर हम लोग साढ़े-दस या ग्यारह बजे तक दिल्ली के लिए वापस रवाना हो सकते हैं—एक या डेढ़ बजे रात तक दिल्ली वापस !"

रेखा ने प्रश्नसूचक दृष्टि से अपने पति को देखा और प्रभाशंकर बोले, "कल सुबह प्रोफेसर गार्डनर कलकत्ता जा रहे हैं, वहाँ से सिंगापुर जाएँगे तो यह ताजमहल देखना चाहते हैं। आज तृतीया है, रात के सात-साढ़े सात बजे तक चाँद निकल आएगा।" फिर उन्होंने सोमेश्वर से कहा, "मुझे बड़ा अफसोस है कि आपसे बातचीत करने का मौका ही नहीं मिला। कल शाम के समय आप आइएगा, तब आपसे बातें होंगी।"

अपने अतिथियों के साथ प्रभाशंकर चले गए। ड्राइंग-रूम में सोमेश्वर के साथ बैठते हुए रेखा ने पूछा, "कहिए, आज शाम का क्या प्रोग्राम है आपका ?"

सोमेश्वर मानो सोते-सोते चौंक उठा हो, "मेरा प्रोग्राम ! वह तो मैंने अभी तक नहीं बनाया है। यहाँ आने की बात ही सोची थी मैंने; इसके आगे क्या करना होगा यह अनिश्चय के हाथ में छोड़ दिया था। आपके यहाँ आने में इतनी देर हो गई। सच पूछिए तो मेरे यहाँ कई लोग आ गए थे, जिनसे हमारी फर्म का बहुत-सा काम बनना था। अगर मेरे लालाजी को यह पता चल जाए कि मैं इन लोगों को जिस तरह टालकर यहाँ आया हूँ तो वह आगे से मेरा मुँह देखना भी पाप समझेंगे।" सोमेश्वर के मुख पर अब एक हलकी-सी मुस्कराहट आई, "लेकिन मैं कहता हूँ कि मैं गलतियाँ करने का आदी हो गया है, वैसे करना हमेशा ठीक चाहता हूँ। यानी अगर इस समय इन लोगों को टाल देने की गलती न करता तो आपके यहाँ न आने की गलती कर जाता।"

सोमेश्वर की बातें रेखा को रुचिकर लग रही थीं। इर्द-गिर्दवाले आदमियों से वह कितना भिन्न था ! कुछ रुककर वह बोली, "तो अगर मैं आपसे कहूँ कि हम लोग एक

पिक्चर देख आएँ तो कैसा रहेगा, कल प्रोफेसर ने मुझसे कहा था कि वह मुझे आज उस एकेडमी एवार्डवाली पिक्चर में ले चलेंगे, लेकिन उन्हें तो आगरा चला जाना पड़ा।''

"देखिए, मैंने क्या कहा था ! मुझे अपना प्रोग्राम नहीं बनाना पड़ता, मेरे प्रोग्राम तो अपने-आप बन जाया करते हैं। और इस सबमें मैं बड़ा भाग्यशाली हूँ, शायद आपको इस बात का पता नहीं है। लेकिन एक शर्त मेरी भी है, खाना मेरे साथ आप मेरे होटल में खाइएगा। प्रोफेसर तो डिनर आगरा में खाएँगे—घर में आप खाना बनाने को मना कर दीजिए—आप अकेली क्या खाना खाएँगी यहाँ ?''

रेखा ने बनवारी को बुलाया, बनवारी के आने पर उसने कहा, "खाना मुझे बाहर खाना है, मैं रात को दस-ग्यारह बजे तक लौटूँगी। मैं बाहर से ताला लगाकर जाती हूँ तुम अन्दर से बन्द करके अपने क्वार्टर में चले जाना।''

पिक्चर छोटी थी, जब दोनों हॉल से निकले, साढ़े-आठ बज रहे थे। इस बार कार की स्टीयरिंग व्हील पर सोमेश्वर बैठ गया, "यहाँ से मैं ड्राइव करके चलूँगा, मुझे अच्छा नहीं लगता कि स्त्री ड्राइव करे और मैं उसकी बगल में बैठा रहूँ।''

रेखा मुस्कराई, "अमेरिका में तो स्त्रियाँ ड्राइव करती हैं। आपको क्या वहाँ बुरा लगता है ?''

"अच्छा तो नहीं लगता, लेकिन दुनिया में बहुत-सी चीजें हैं, जो मुझे अच्छी नहीं लगतीं। पर उन पर मेरा वश भी तो नहीं है।''

होटल पहुँचकर दोनों लाउँज में बैठ गए। सोमेश्वर ने बेयरा को बुलाकर आर्डर दिया, "एक बड़ा स्कॉच !'' और फिर उसने रेखा की ओर देखा, "साथ देने के लिए शेरी भी आपके लिए मँगवा लूँ ?''

"क्या साथ देना जरूरी है ?'' रेखा ने भौंहों को सिकोड़ते हुए पूछा।

"क्या साथ देने में कोई हर्ज है ?'' सोमेश्वर ने उसी गम्भीरता के साथ पूछा।

"जब साथ देना है, तब पूरी तौर से ही दिया जाए। मैं भी स्कॉच ही लूँगी, देखूँगी कैसी होती है !'' रेखा बोल उठी।

"दो ले आना !'' सोमेश्वर ने कहा, और फिर वह चुपचाप अपने में खो-सा गया।

जिस समय दोनों भोजन करके उठे, दस बज गए थे। रेखा अनुभव कर रही थी कि वह आपे में नहीं है। उसने कहा, "अब मुझे घर लौटना चाहिए—लेकिन—लेकिन...'' रेखा की आवाज जैसे लड़खड़ा रही थी।

"लेकिन आप ड्राइव नहीं कर सकेंगी, यही कहना चाहती हैं आप। मैं आपकी कार ड्राइव करके आपको घर पहुँचाए देता हूँ। वहाँ से मैं टैक्सी पर वापस आ जाऊँगा।'' सोमेश्वर ने रेखा का हाथ पकड़कर उसे सहारा देते हुए कहा।

"बिलकुल यही बात कहना चाहती थी मैं, कितनी आसानी से आपने मेरी बात समझ ली ! तो शायद मैं अपने आपे में नहीं हूँ।'' और रेखा हँस रही थी।

सोमेश्वर स्टीयरिंग व्हील पर बैठा और रेखा उसकी बगल में बैठ गई। सोमेश्वर कार चला रहा था और रेखा कह रही थी, "अब मैं समझी कि स्त्रियाँ कड़ी शराबें क्यों

नहीं पीतीं, या उन्हें ये कड़ी शराबें क्यों नहीं पीनी चाहिए। आप कितने आत्मविश्वास के साथ कार चला रहे हैं, जबकि आपने दो बड़े पैग पिए हैं ! उफ्, पचास मील प्रति घंटा की रफ्तार। और एक मैं कि लगता है कि शरीर में प्राण ही नहीं हैं। मुझे याद है कि मेरे पापा भी पी लेने के बाद बड़ी तेजी के साथ कार चलाते हैं, कठोरता जैसे पुरुष का अनिवार्य भाग-सा है।''

कार जब रेखा के बँगले में पहुँची, वहाँ सन्नाटा छाया था। बनवारी शायद सो रहा था। रेखा ने अपनी तरफवाला कार का दरवाजा खोला और बड़ी मुश्किल से नीचे उतरी। तब तक सोमेश्वर उसकी बगल में आ गया था। उसने रेखा को सहारा देते हुए कहा, ''चलिए, मैं आपको घर के अन्दर पहुँचा दूँ।''

सोमेश्वर के उस स्पर्श से रेखा के शरीर में एक कँपकँपी-सी उठ पड़ी। सहारा–सहारा–रेखा ने अनुभव किया कि सहारा किसको कहते हैं। वह सोमेश्वर के हाथों पर जैसे झूल-सी गई। कितनी बलिष्ठ बाँहें हैं उसकी ! ड्राइंग-रूम में पहुँचकर रेखा सोमेश्वर के शरीर के सहारे खड़ी हो गई। वह मुस्करा रही थी, ''कितने अच्छे हैं आप ! मैं बेहोश नहीं हूँ, न मुझे नींद आ रही है। मुझे आपका यह सहारा कितना अच्छा लगा, मैं कह नहीं सकती।''

एकाएक सोमेश्वर ने कसकर रेखा को आलिंगन-पाश में जकड़ लिया। रेखा घबरा गई, ''यह क्या कर रहे हैं आप, मुझे छोड़िए, मैं कहती हूँ मुझे छोड़िए। यह बड़ा गलत काम है।'' रेखा केवल कह रही थी यह सब, जहाँ तक शरीर का सम्बन्ध था, वह असीम सुख का अनुभव कर रहा था, वह शरीर जैसे सोमेश्वर के शरीर से पृथक होने के स्थान पर उससे लिपटता जा रहा था। और रेखा ने देखा कि सोमेश्वर का मुख उसके मुख की ओर झुक रहा है। वह किचकिचाकर कह रही थी, ''नहीं-नहीं।'' लेकिन उसकी आँखें बन्द होती जा रही थीं। एक बेहोशी-सी छाती चली जा रही थी उसके ऊपर, आत्मा की बेहोशी ! लेकिन वह अनुभव कर रही थी कि उसका शरीर पूरी तौर से होश में है।

और जिस समय उसकी आत्मा की बेहोशी टूटी, उसने देखा कि रात के साढ़े-बारह बज चुके हैं और सोमेश्वर उससे कह रहा है, ''अब मैं जा रहा हूँ, प्रोफेसर के लौटने का समय हो रहा है। कल सुबह नौ-दस बजे मैं तुम्हें फोन करूँगा,'' और उसने यह भी देखा कि सोमेश्वर बरामदे की ओर बढ़ रहा है। रेखा बुरी तरह घबरा गई कि यह सब क्या हो गया और कैसे हो गया उससे ! लड़खड़ाते हुए पैरों से वह उठी, उसने घर का दरवाजा बन्द किया और कपड़े बदले। यद्यपि उसका थका हुआ शरीर यह सब करने से बार-बार इनकार कर रहा था। वह चुपचाप बिस्तर पर लेट गई और अनायास ही रो पड़ी–यह क्या कर डाला उसने ! उसकी सारी पवित्रता नष्ट हो गई, उसने अपने देवता, अपने आराध्य के साथ कितना बड़ा विश्वासघात कर डाला !

रेखा के कान अब बाहर की ओर लग गए। किसी भी समय प्रोफेसर आ सकते हैं। वह क्या करे ? उसके सामने यह प्रश्न था। आज जो कुछ हुआ, सब कुछ वह

प्रोफेसर से कह देगी, छिपाएगी कुछ नहीं। जो कुछ हुआ, वह बेहोशी की हालत में हुआ—इसमें उसका कसूर नहीं है। उसे अपने ऊपर क्रोध आ रहा था और उसी समय उसे बाहर फाटक पर रुकनेवाली कार की आवाज सुनाई दी।

उसने उठकर बेडरूम का दरवाजा खोला, प्रोफेसर प्रभाशंकर बरामदे में आ गए थे; और साथ ही उसे दूर से घंटे पर दो बजने की आवाज सुनाई पड़ी। प्रोफेसर कह रहे थे, "उफ़, कितनी देर हो गई—तुम अभी तक जाग रही हो ! कितनी अच्छी हो तुम ! मेरा कितना खयाल रखती हो ! इस समय तक मेरा इन्तजार कर रही हो तुम ! उफ़, कितनी सर्दी है, चलो लेटो चलकर ! आँखें नींद से झपी जा रही हैं," और रेखा चुपचाप प्रोफेसर की बात सुन रही थी, अपने में खोई-सी।

कपड़े बदलकर प्रभाशंकर बिस्तर पर लेट गए। रेखा सोच रही थी कि किस प्रकार वह अपनी बात कहे, और रेखा ने प्रभाशंकर के नींद से भरे उल्लसित मुख की ओर देखा। कितना सन्तोष था, कितनी शान्ति थी उनके मुख पर ! और एकाएक किसी ने उसके अन्दर से कहा, "इस मुख और शान्ति पर आघात पहुँचाना क्या तुम्हारे लिए उचित होगा ? इस समय इन्हें सुख से आराम करने दो, कितने थके हुए हैं ये ! इस समय नहीं, किसी हालत में नहीं !" और उसने देखा कि प्रभाशंकर के हाथ में उसका हाथ था, प्रोफेसर की आँखें बन्द हैं, उनके मुख पर एक मनमोहक प्रफुल्लता है।

तभी रेखा के अन्दर से दूसरी आवाज उठी, "इस छल और कपट के भार को लेकर तुम कैसे सो सकोगी ? जब तक तुम अपना अपराध स्वीकार न कर लोगी, तब तक तुम्हें शान्ति न मिलेगी। तुमने जो कुछ किया है, वह पाप है, एक जघन्य पाप ! उस पाप को तुम बिना प्रायश्चित किए न धो सकोगी। आज तुमने जो कुछ कर डाला है, उसे तुम्हें प्रोफेसर को बतलाना ही होगा।"

रेखा प्रभाशंकर से लिपट गई, लेकिन उसने देखा कि प्रभाशंकर नींद की गहरी बेहोशी में डूब चुके हैं। और रेखा अलग हो गई। उसने दूसरी ओर करवट ली—जीवन का क्रम अब क्या होगा, वह यह सोचने लगी। कितना बड़ा धक्का लगेगा प्रभाशंकर को यह सुनकर ! लेकिन इससे क्या, जो कुछ होना हो वह हो, अपने पाप को लेकर तो उसके लिए रहना कठिन हो जाएगा। और उसने आँखें बन्द कर लीं। देर तक वह करवटें बदलती रही, और धीरे-धीरे तन और मन की थकावट उस पर छाने लगी।

सुबह जब रेखा की आँख खुली, प्रभाशंकर सो रहे थे। दिन काफी चढ़ आया था, बरामदे की धूप में आकर वह बैठ गई और उसने उस दिन का अखबार उठा लिया। बनवारी उसके सामने सुबह की चाय रख गया और रेखा ने चाय बनाई। एक नवीन उल्लास और नवीन जीवन का वह अनुभव कर रही थी। कितना सुन्दर था उसके चारों ओर का वातावरण, कितना सुन्दर था उसका बँगला और कितना सुन्दर था वह बरामदा, जिसमें वह बैठी थी ! चाय में एक सुन्दर स्वाद था, हर तरफ उसे सुन्दरता-ही-सुन्दरता दिखाई दे रही थी।

तभी उसने देखा कि प्रभाशंकर उसके सामने आकर बैठ गए, कुछ थके हुए-से और

मुर्झाए हुए-से, रेखा की खुशी को एक तरह का झटका देते हुए। रेखा ने कहा, "आपको जगाया नहीं, क्योंकि रात को इतनी देर से सोए थे, और दिन-भर आपको काम करना है—आराम करने को नहीं मिलेगा।" यह कहकर उसने प्रभाशंकर के लिए चाय बनाई। प्रभाशंकर ने चाय का प्याला लेते हुए कहा, "क्या बतलाऊँ, रात इतनी देर हो गई और तुम्हें मेरी प्रतीक्षा करनी पड़ी ! तुम्हें सो जाना चाहिए था, मुझे तो कभी-कभी इतनी देर हो ही जाया करेगी। प्रोफेसर गार्डनर और उनके साथी ताजमहल देखकर कितने प्रसन्न हुए, फिर मौसम भी कल बड़ा सुन्दर था और चाँदनी बड़ी खूबसूरत थी। कार में जगह नहीं थी, मैं तुम्हें भी साथ ले चलता।"

रेखा मौन थी, उसके मन का उल्लास अनायास ही जाता रहा। एक अजीब तरह की घुटन अब वह अपने अन्दर अनुभव करने लगी थी। उसने उनके इस उल्लास में योग नहीं दिया, प्रभाशंकर ने यह देख लिया और उन्होंने पूछा, "क्यों, क्या बात है, जो तुम आज चुप हो ? तबीयत तो ठीक है ?"

रेखा ने अपने को सुस्थिर करते हुए कहा, "हाँ तबीयत तो ठीक है। कल रात ठीक तौर से नींद नहीं आई, और आदत के अनुसार सुबह तड़के ही आँख खुल गई।" रेखा का स्वर किसी कदर लड़खड़ा रहा था।

"बस इतनी-सी बात ! दोपहर में खूब अच्छी तरह से सो लेना !" और यह कहकर प्रभाशंकर बाथरूम की तरफ चले गए।

रेखा फिर अपने में खो गई। एक भयानक द्वन्द्व मचा हुआ था उसमें, भावना और बुद्धि का असह्य संघर्ष चल रहा था, जिसमें रेखा डूबती चली जा रही थी। कितने भले थे उसके पति, कितना विश्वास था उनका उसके ऊपर ! और उनको उसने धोखा दिया। किस तरह वह उनसे अपनी बात कहे, किस तरह वह उनसे क्षमा माँगे ? और अपने पति से अपने विश्वासघात की बात कहकर उसे बहुत सम्भव है शान्ति मिल भी जाए, लेकिन क्या वह अपने देवता में एक भयानक अशान्ति न उत्पन्न कर देगी ? क्या अपने पाप की ज्वाला में अकेले उसका जलना काफी नहीं है ? प्रभाशंकर को भी अपने पाप की ज्वाला में झोंक देना क्या इससे भी बड़ा पाप न होगा ? और प्रोफेसर को सब कुछ बतला देने से तो उसका पाप नहीं धुल जाएगा।

भावना पर बुद्धि विजय पाती चली जा रही थी। उसका कुल है, उसका समाज है, और इस कुल और समाज की मर्यादाएँ हैं। अगर वह प्रोफेसर से कल रातवाली बात बतला दे तो प्रोफेसर न जाने क्या कर डालें ! हो सकता है कि एक बहुत बड़ा व्यतिक्रम उत्पन्न हो जाए उनके जीवन में। आदमी झूठे-सच्चे विश्वासों पर ही तो कायम है, इन विश्वासों को तोड़ने का अर्थ होता है, अपने अस्तित्व को ही चुनौती देना।

नहीं, अपनी बात वह प्रोफेसर को न बतला सकेगी—अपने हित में नहीं, प्रोफेसर के हित में। प्रोफेसर को ज़रा भी पीड़ा पहुँचे, यह भाव उसके लिए असह्य था, और एक भयानक पीड़ा वह स्वयं प्रोफेसर को पहुँचाए, यह पाप उसके विश्वासघातवाले पाप से भी बड़ा होगा। उसे अपने ही अन्दर प्रायश्चित की ज्वाला में तपना चाहिए, इसमें

प्रोफेसर को घसीटना, प्रोफेसर के प्रति अन्याय होगा। अपने इस कलंक को उसे अपने अन्दर एक गहरा भेद बनाकर रखना होगा, हमेशा-हमेशा के लिए। इस भेद को अपने अन्दर किसी कोने में डाल रखना होगा।

एकाएक टेलीफोन की घंटी बजी। वह समझ गई कि वह टेलीफोन किसका होगा। उसने अपने हाथवाली घड़ी देखी, नौ बज रहे थे। सोमेश्वर ने नौ बजे टेलीफोन करने का वादा किया था। बनवारी ने आवाज दी, "बीबीजी, टेलीफोन आया है !"

"तुम देख लो," रेखा बोली, "अगर मेरा हो तो कह देना कि मैं घर पर नहीं हूँ—एक घंटा हुआ, कहीं चली गई हूँ।" रेखा न सोमेश्वर से मिलना चाहती थी और न सोमेश्वर से बात करना चाहती थी। उसी में उसका और उसके पारिवारिक जीवन का कल्याण है। उसे बनवारी की आवाज सुनाई पड़ रही थी, "मेम साहेब एक घंटा हुआ, कहीं चली गई हैं—नहीं, कुछ बताया नहीं। पता नहीं कब तक आएँगी। हाँ, कह दूँगा कि आपका फोन आया था।" और उसने बनवारी के रिसीवर रखने की आवाज सुनी। अब वह बल लगाकर उठी, उसे अपने को संयत करना होगा। जो हो गया वह हो गया, उस पर अब उसका कोई अधिकार नहीं रहा। लेकिन आगे जो कुछ होगा, उस पर तो उसका अधिकार है।

उसने स्नान किया और कपड़े बदले। ड्रेसिंग टेबल के सामने वह बैठ गई अपना शृंगार करने और उसने देखा कि चेहरे पर एक प्रकार की आभा आ गई है। इतनी देर के आन्तरिक संघर्ष के बाद उसका मन अत्यधिक हलका हो गया था। वह अब अपने मन में पहले से दुगुने उल्लास का अनुभव कर रही थी। बड़े मनोयोग से अपना शृंगार किया। ड्रेसिंग टेबल से वह हटी, प्रोफेसर प्रभाशंकर कपड़े पहनकर अपनी स्टडी में बैठ गए थे और काम कर रहे थे। रेखा ने कहा, "चलिए, नाश्ता कर लीजिए चलकर, दस बज रहे हैं।"

प्रोफेसर प्रभाशंकर अपने काम-काज में बेतरह डूबे हुए थे, उन्होंने रेखा की बात जैसे सुनी ही नहीं। रेखा उनके पास पहुँची, हाथ पकड़कर उन्हें उठाते हुए उसने कहा, "आप तो इतने डूब जाते हैं अपने काम में कि आपको कुछ खयाल ही नहीं रहता। नाश्ता लगा दिया है बनवारी ने, फिर आपको यूनिवर्सिटी भी तो जाना है। दस बज रहे हैं, चलिए।"

प्रभाशंकर ने उठते हुए कहा, "अरे हाँ, इतनी देर हो गई !" फिर वह हँस पड़े, "कभी-कभी मैं बेतरह भुलक्कड़ बन जाया करता हूँ। तुमने मुझे आज लेट होने से बचा लिया ! चलो !" और दोनों डाइनिंग-रूम में आ गए।

दोनों नाश्ता करते जाते थे और आपस में हँसते-बोलते जाते थे। इतनी आसानी से उसके पति से उसकी दूरी मिट गई, रेखा को आश्चर्य हो रहा था। नाश्ता करके प्रभाशंकर को कार पर बिठाकर वह यूनिवर्सिटी की तरफ चल दी।

प्रोफ़ेसर प्रभाशंकर को यूनिवर्सिटी पहुँचाकर जब रेखा वापस लौटने लगी, उसने अनजाने ही अपनी कार शहर की ओर मोड़ दी और उसी समय उसके अन्दर किसी

ने कहा, "अरे, यह क्या कर रही हो तुम ? यह तुम कहाँ चल रही हो ? तुमने उससे टेलीफोन पर बात भी नहीं की थी। यह कैसी कमजोरी ? इतनी जल्दी तुम भूल गईं अपने संकल्प को !"

रेखा मुस्कराई, "खतरे से भागने में कल्याण नहीं, खतरे से भागना कायरता है।" उसने अपने से कहा, "पाप का शमन झूठ बोलकर भागने से तो नहीं होता है। नहीं, मैं सोमेश्वर से साफ-साफ कह देना चाहती हूँ कि वह मुझसे फिर कभी न मिले। हमारे सुखमय पारिवारिक जीवन में व्याघात बनकर आने का उसे कोई अधिकार नहीं। आज मैं अन्तिम बार सोमेश्वर से मिलकर यह सब कह देना चाहती हूँ।" और रेखा ने कार की स्पीड बढ़ाई। जल्दी-से-जल्दी वह सोमेश्वर के होटल में पहुँच जाना चाहती थी।

और तभी उसके अन्दर से फिर किसी ने कहा, बड़ी कड़ी आवाज में, "झूठ ! झूठ ! झूठ ! तुम यह क्यों नहीं स्वीकार करती कि तुम्हारे शरीर की भूख एकाएक जग पड़ी है। और उस भूख को दबाना तुम्हारे वश में नहीं है। इस शरीर की भूख से विकल होकर तुम जा रही हो और झूठ बोलकर अपनी आत्मा को धोखा दे रही हो ! लेकिन यह शरीर की भूख बड़ी खतरनाक है, इतना समझ लो ! यह शरीर की भूख बुद्धि को नष्ट कर देती है, यह कटु और कठोर सत्य है। अब भी मौका है—तुम बच सकती हो, लौट चलो !"

लेकिन रेखा के ऊपर जैसे इस शरीर की भूख का पागलपन सवार होता जा रहा था। उसने अपने दाँतों को किटकिटाकर कहा, "चुप रहो, भूख भूख है, वह दबाने के लिए नहीं होती, वह शान्त करने के लिए होती है। भूख प्रकृति है, उसे दबाना प्रकृति के साथ अन्याय करना होता है। बुद्धि इतना जानती है। उपवास करना, अपने को प्रताड़ित करना, यह सब अन्धविश्वास की परम्परा है, वैज्ञानिक और स्वस्थ बुद्धि के स्तर से अलग की चीज।"

उसकी कार इस समय तक सोमेश्वर के होटल के कम्पाउंड में पहुँच गई थी। अपनी कार खड़ी करके रेखा ने होटल के लाउँज में प्रवेश किया। सोमेश्वर वहाँ नहीं था। वह अब सोमेश्वर के कमरे का नम्बर पूछकर उसके कमरे में पहुँची।

सोमेश्वर सोफे पर चुपचाप लेटा हुआ कुछ सोच रहा था। रेखा को देखते ही वह एक झटके के साथ उठ खड़ा हुआ, "अरे तुम ! इस समय तुम्हारे यहाँ आने की तो मैंने कल्पना ही नहीं की थी। मैंने वादे के मुताबिक तुम्हें नौ बजे फोन किया था, नौकर ने बतलाया कि तुम घर पर नहीं हो, एक घंटा पहले कहीं चली गई हो।"

रेखा मुस्करा रही थी, "वह झूठ था, मैं घर पर थी और मुझे पता था कि फोन तुम्हारा होगा, इसलिए नौकर से यह कहला दिया था। मैंने तय कर लिया था कि मैं अब तुमसे कभी नहीं मिलूँगी। लेकिन प्रोफेसर को यूनिवर्सिटी पहुँचाकर जब मैं लौटने लगी तो मैंने कार इस ओर मोड़ दी।" और सोमेश्वर ने देखा कि एक तरह का उन्माद भरा है रेखा की मुस्कराहट में, "ओह सोमेश्वर ! कौन-सा पागलपन जगा दिया है तुमने

मेरे अन्दर ? बोलो, चुप क्यों खड़े हो ? मैं किस सम्मोहन से खिंची चली आई हूँ तुम्हारे पास ?"

और रेखा ने देखा कि सोमेश्वर की आँखें भी चमकने लगीं एक पागलपन से। उसे अनुभव हुआ कि सोमेश्वर एक बलिष्ठ पशु है जो उसकी ओर झपट रहा है, और रेखा ने अनुभव किया कि वह पशुता उसके अन्दर भी जाग पड़ी है। उस पशुता में कितना सम्मोहन है, कितना पुलक है ! रेखा के अन्दरवाली समस्त बची-खुची चेतना लोप होती जा रही थी। उसके अन्दरवाली पशुता ने जैसे उसके अन्दरवाले मानव को दबा दिया था।

और रेखा जब सोमेश्वर के होटल से वापस लौटी, उसकी चेतना अर्द्धमूर्च्छित-सी उसके पास लौट आई। लेकिन यह विवेक की भावनात्मक चेतना नहीं थी। वह चेतना शुद्ध रूप से बौद्धिक थी; उस चेतना में अपने ऊपर ग्लानि नहीं थी, अपने से वितृष्णा नहीं थी। उसमें केवल भय और आशंका थी और इस भय और आशंका के कारण दुराव की प्रवृत्ति थी। उसने चलते हुए सोमेश्वर से कहा, "जब तक तुम यहाँ हो, मैं रोज इसी समय तुम्हारे यहाँ आया करूँगी। शाम को तुम्हें मेरे यहाँ आने की कोई आवश्यकता नहीं है।"

और रेखा के मुख पर बुद्धि की विजय की मुस्कराहट थी।

[8]

शीरीं चावला को सौन्दर्य-प्रतियोगिता में प्रथम पुरस्कार मिला था, या वह अमरनाथ चावला की पुत्री थी, कारण जो भी रहा हो, निरंजन कपूर से उसकी सगाई की सारे शहर में चर्चा थी। निरंजन कपूर के पिता हंसराज कपूर कलकत्ता के प्रतिष्ठित उद्योगपति थे, बिजली के तारों के बनाने का एक बड़ा कारखाना था उनका, छोटी-छोटी मशीन बनाने की एक फैक्टरी थी उनकी और अमेरिकी सहयोग से वह हिन्दुस्तान में ट्रैक्टर बनाने के एक बहुत बड़े कारखाने को मध्य प्रदेश में लगाने की व्यवस्था कर रहे थे। निरंजन कपूर उनका सबसे छोटा लड़का था और एक साल पहले वह इंग्लैंड से इंजीनियरिंग की शिक्षा प्राप्त करके भारतवर्ष लौटा था। छरहरे बदन का लम्बा-सा नवयुवक, शरीर कसा हुआ और सुगठित, मुख पर आत्मविश्वास की चमक। उसे देखकर अनायास ही ग्रीक प्रतिमाओं की याद आ जाती थी।

अमरनाथ चावला भारत सरकार के शिक्षा-विभाग में एक ऊँचे अफसर थे और अपनी युवावस्था में वह एक सफल सामाजिक व्यक्ति रहे थे। उनकी पत्नी रत्ना चावला की गणना दिल्ली की सुन्दरियों में होती थी और दिल्ली के सांस्कृतिक और सामाजिक जीवन में उनका प्रमुख हाथ रहता था। शीरीं चावला को अपनी माता की सुन्दरता मिली

थी और अपनी माता के साथ वह दिल्ली के सांस्कृतिक और सामाजिक जीवन में बड़ी सफलता के साथ प्रवेश कर रही थी। एक सांस्कृतिक उत्सव में शीरीं चावला का परिचय निरंजन कपूर से हुआ था, जो इंग्लैंड से लौटने के बाद दिल्ली में अपने पिता का काम-काज सँभालता था।

निरंजर कपूर और शीरीं चावला की सगाई के उपलक्ष्य में डिनर का निमन्त्रण पाकर प्रभाशंकर को आश्चर्य हुआ। वैसे सरकारी तौर से अमरनाथ चावला का प्रभाशंकर से अच्छा-खासा परिचय था, लेकिन इन दोनों में सामाजिक सम्पर्क की नौबत कभी न आई थी। और आश्चर्य का कारण एक और था—यह निमन्त्रण प्रभाशंकर के साथ-साथ रेखा शंकर के लिए भी था।

रेखा ने रत्ना चावला के सम्बन्ध में बहुत-कुछ सुन रखा था, और उसने रत्ना को यहाँ-वहाँ देखा भी था। पर उसे ऐसा लगा कि रत्ना की दृष्टि में हमेशा यह भाव रहा है कि रेखा उससे बात करे—रेखा आकर उससे मिले। और रेखा के मन में हमेशा से रत्ना के लिए एक अनादर का भाव ही रहा। रत्ना के सम्बन्ध में उसने जो कुछ सुन रखा था, वह अच्छा तो नहीं था।

और उस निमन्त्रण-पत्र को पाकर रेखा के मन में उस डिनर में जाने और रत्ना चावला को नजदीक से जानने की इच्छा प्रबल हो उठी। प्रभाशंकर जाने को उत्सुक नहीं थे, लेकिन रेखा उन्हें जोर देकर ले गई।

जिस समय रेखा प्रभाशंकर के साथ रत्ना के बँगले में पहुँची, रत्ना अमरनाथ चावला के साथ द्वार पर अतिथियों का स्वागत कर रही थी। अमरनाथ ने आगे बढ़कर कहा, ''हलो प्रोफेसर ! यह तुम्हारी पत्नी हैं ! मैंने इनकी सुन्दरता के सम्बन्ध में सुना अवश्य था, लेकिन यह न सोचा था कि इतनी सुन्दर होंगी। क्यों रत्ना, तुम श्रीमती शंकर से कभी पहले मिली हो ?''

रत्ना ने रेखा को इस बार ध्यान से देखा, एक कुटिल मुस्कान उसके होठों पर थी, ''एकाध बार इनकी झलक तो दीखी, लेकिन यह जान सकने का मौका ही नहीं मिला कि यह कौन हैं, क्या करती हैं। तुमने भी तो खूबसूरत प्रोफेसर और उनकी खूबसूरत पत्नी से मेरा परिचय कभी नहीं कराया !'' फिर उसने एक आत्मीयता के साथ, जो साफ-साफ बड़ी बनावटी दीख रही थी, रेखा से कहा, ''आज तुम्हारा परिचय पाकर मुझे कितनी खुशी हुई—अब तुम मुझसे बराबर मिला करोगी। चलो अन्दर बैठो, चलकर हॉल में।''

हॉल में प्रवेश करते ही रेखा चौंक उठी। बाईं ओर एक सोफे पर बैठा हुआ सोमेश्वर एक गौर वर्ण के नवयुवक से बात कर रहा था। रेखा और प्रभाशंकर को देखते ही सोमेश्वर उठ खड़ा हुआ, उसने रेखा से कहा, ''अरे अगर मुझे मालूम होता कि आप लोग भी इस पार्टी में आ रहे हैं तो मैं आप लोगों के साथ ही आता !'' फिर उसने उस युवक की ओर घूमकर कहा, ''निरंजन, आप प्रोफेसर प्रभाशंकर हैं, दिल्ली विश्वविद्यालय में दर्शनशास्त्र के अध्यक्ष। इनका नाम तो तुमने सुना ही होगा।''

पता नहीं निरंजन ने प्रभाशंकर का नाम सुना था या नहीं, लेकिन उसने बड़ी भक्ति से प्रभाशंकर को हाथ जोड़े, "आप तो विश्व-विख्यात हैं। मैं आपके दर्शन पाकर धन्य हो गया !" और यह कहकर उसने रेखा की ओर देखा।

"यह श्रीमती रेखा शंकर हैं, तुम शायद अरुण को न भूले होगे, उसकी बहन !" फिर वह रेखा से बोला, "निरंजन कपूर से मेरी मुलाकात अमेरिका की है। यह अमेरिका में टेनिस खेलने आए थे तो वहीं इनसे दोस्ती हो गई। यहाँ दिल्ली में आकर मैंने इनको ढूँढ़ निकाला, तो मालूम हुआ कि इनकी सगाई हो रही है।"

निरंजन एकटक रेखा को देख रहा था, उसने रेखा को अभिवादन करते हुए कहा, "आपके दर्शन मैं पहली बार कर रहा हूँ। आप दिल्ली में ही रहती हैं ?"

रेखा ने मुस्कराते हुए उत्तर दिया, "मैं इन सांस्कृतिक उत्सवों से दूर ही रहती हूँ। इन उत्सवों में मुझको खोखलापन दीखता है। पता नहीं, उसका आभास आपको भी कभी मिला या नहीं !"

निरंजन ने गम्भीरतापूर्वक कहा, "मुझे तो कहीं किसी तरह का खोखलापन नजर आता नहीं। दिन में काम, शाम को आराम ! तो यह राग-रंग उत्सव इसी आराम के तो भाग हैं। पाश्चात्य देशों में इन सांस्कृतिक उत्सवों को काफी महत्त्व दिया जाता है।"

रेखा ने इस बार निरंजन कपूर को गौर से देखा, संगमरमर की प्रतिमा के भीतर एक अचेतन और अविकसित व्यक्तित्व; ऐश्वर्य और सम्पन्नता का दर्प झलक रहा था उसके मुख पर, और उसके मन में एक प्रकार की वितृष्णा भर गई। बनावटी विनय के साथ उसने कहा, "हो सकता है कि वह मेरे प्राणों के अन्दरवाला खोखलापन हो, जो इन उत्सवों में अपना प्रतिबिम्ब देखा करता है, मेरी बधाई स्वीकार कीजिए।" और वह वहाँ से हट गई।

प्रोफेसर अन्य अतिथियों से बातें करते हुए रेखा से अलग हो गए। सोमेश्वर रेखा के साथ-साथ कुछ आगे बढ़ा, लेकिन उसने देखा कि रेखा अपने पति के पास एक खाली कुर्सी की ओर बढ़ रही है, निरंजन के साथ ही वह बैठ गया, "यह दर्शनशास्त्र में एम. ए. है और यूनिवर्सिटी में फर्स्ट आई है, इसी से इतनी बुद्धिमान है। इसने अपने प्रोफेसर से शादी कर ली, गोकि उम्र में इससे काफी बड़ा है।"

उस समय तक आमन्त्रित अतिथि एकत्र हो चुके थे, और हॉल में हँसी-मजाक और बातचीत का शोर भर गया था। निरंजन के अन्य दोस्त उसके पास आ रहे थे, सोमेश्वर को निरंजन का साथ छोड़ना पड़ा। रेखा की कुर्सी के पास एक कुर्सी खाली पड़ी थी, सोमेश्वर वहाँ से उठकर रेखा के पास बैठ गया।

इसी समय रत्ना चावला ने अपनी लड़की शीरीं को साथ लेकर हॉल में प्रवेश किया, और चारों ओर से एक हर्ष-ध्वनि उठ पड़ी। सब लोग उठकर खड़े हो गए। शीरीं, सौन्दर्य की साकार प्रतिमा, रेशम और गहनों से लदी, सिर झुकाए हुए धीरे-धीरे चल रही थी, हँस-किलक रही थी। और रत्ना की सुन्दरता जगमगा रही थी बनाव-सिंगार से। वह शीरीं की बड़ी बहन लगती थी, जिसका यौवन पूरी तौर से खिल गया हो। अपनी लड़की

से वह कम सुन्दर नहीं दीख रही थी।

रेखा ने सोमेश्वर से पूछा, "क्या यह निरंजन कपूर टेनिस का प्रसिद्ध खिलाड़ी है ? यह तो शायद कलकत्ता का रहनेवाला है !"

"आजकल दिल्ली में रह रहा है," सोमेश्वर बोला, "बड़ा भाग्यवान है।"

"बड़ा अभागा है," रेखा मुस्कराई।

रेखा की बात सोमेश्वर की समझ में नहीं आई, "अभागा क्यों है, हर तरह की सुख-सुविधा उसे प्राप्त है ?"

रेखा ने सोमेश्वर की बात काटी, "जानती हूँ, सब कुछ जानती हूँ, लेकिन मैं फिर कहती हूँ कि यह बड़ा अभागा है। इसके अहम और दर्प ने इसकी भावना को खा लिया है, इसके पास शिक्षा हो सकती है, लेकिन इसके पास संस्कार नहीं है। इसके पास अनुभव हो सकते हैं, लेकिन इसके पास अन्तर्दृष्टि नहीं है। इसके पास शारीरिक स्वास्थ्य हो सकता है, लेकिन इसके प्राणों में रोग के घुन लगे हुए हैं। इनका वैवाहिक जीवन सुखी नहीं रहेगा।" कुछ रुककर रेखा ने एक ठंडी साँस ली, और मानो अपने से ही बोली, "लेकिन यह वैवाहिक जीवन का सुख कितने लोगों को मिलता है !" और जैसे वह अपने में ही खो गई। सोमेश्वर की समझ में नहीं आया कि रेखा अचानक बहक क्यों गई। उसे रेखा की मनःस्थिति पर आश्चर्य हो रहा था। रेखा इस समय उधर देख रही थी जिधर सगाई की रस्म अदा हो रही थी। सगाई की रस्म अदा होने के बाद अतिथियों ने शीरीं और निरंजन को शुभकामनाएँ देनी आरम्भ कीं। सबसे पहले अमरनाथ चावला ने आशीर्वाद दिया, इसके बाद रत्ना ने। एकाएक रेखा चौंक उठी। उसने देखा कि रत्ना ने अपनी बेटी शीरीं को आलिंगन में लेकर चूमने के बाद निरंजन को अपनी बाँहों में भरकर चूम लिया। रेखा ने सोमेश्वर के कान में फुसफुसाते हुए कहा, "देखो, उसके दुर्भाग्य का सूत्रपात हो गया है ! रत्ना ने जो निरंजन को चूमा है, वह माता का चुम्बन नहीं है, वह प्रेमिका का चुम्बन है—मैं साफ-साफ देख रही हूँ।" और रेखा जोर से हँस पड़ी। उसकी हँसी से आस-पास के लोग चौंक उठे और रेखा की ओर देखने लगे। रेखा एकाएक गम्भीर हो गई।

शीरीं और निरंजन को साथ लेकर अपने अतिथियों से उन्हें मिलाती हुई रत्ना बढ़ रही थी। जब वह रेखा के पास आई, रेखा ने शीरीं के सिर पर हाथ रखकर कहा, "मैं तुमसे उम्र में तो बहुत बड़ी नहीं हूँ लेकिन तुम मेरी बेटी की तरह हो। अपनी माँ का आशीर्वाद स्वीकार करो !" और यह कहकर उसने निरंजन को देखा, "मैं आपको अनेक-अनेक बधाई देती हूँ। मेरी हार्दिक शुभकामना और संवेदना।"

उस समाज में किसी ने संवेदना शब्द पर ध्यान नहीं दिया। रत्ना का ध्यान भी 'संवेदना' शब्द पर नहीं गया, क्योंकि वह रेखा के मुखवाली उस कुटिल मुस्कान से तिलमिला गई थी, जिसके साथ उसने उसे देखा था, उपेक्षा के भाव से वह शीरीं और निरंजन को साथ लिए हुए आगे बढ़ गई।

डिनर के बाद प्रभाशंकर ने रेखा से कहा, "मुझे ज़रा प्रोफेसर दाते से कुछ

आवश्यक बात करनी है, मैं एक घंटे में उनके यहाँ से लौटकर आता हूँ। तुम घर चलो। सोमेश्वर को साथ ले लो।" और सोमेश्वर की ओर घूमकर वह बोले, "जब तक मैं घर न आ जाऊँ तब तक वहीं बैठना, मुझे देर नहीं लगेगी।"

सोमेश्वर को साथ लेकर रेखा अपने घर पहुँची। दोनों ड्राइंग-रूम में बैठ गए। सर्दी अब काफी बढ़ गई थी। रेखा ने हीटर जला दिया। उसने सोमेश्वर से पूछा, "एक कप कॉफी पियोगे ?"

सोमेश्वर जैसे चौंक पड़ा हो, "कॉफी ! नहीं कॉफी की जरूरत नहीं है।" और वह मुस्कराया, पशुता की एक कुरूप मुस्कराहट, "मैं तुम्हारी रूप-मदिरा पी रहा हूँ।" और यह कहकर वह अपनी कुर्सी से उठ पड़ा। उसी समय बनवारी ने आकर पूछा, "मेम साहिबा, मैंने सब कमरे बन्द कर दिए हैं। और कोई काम है कि मैं सोऊँ जाकर ?"

रेखा ने सोमेश्वर की ओर देखा, उसे लगा कि एक हिंसक पशु उसके सामने खड़ा है—वही हिंसात्मक चमक आँखों में, मुख पर वही कुरूप हिंसात्मक मुस्कराहट ! उसने बनवारी से कहा, "अभी ठहरो—साहब आते होंगे, उनके आने पर जाना।"

"बहुत अच्छा !" बनवारी अन्दर चला गया।

सोमेश्वर ने पूछा, "तुम इसे चले क्यों नहीं जाने देतीं ?"

रूखे भाव से रेखा बोली, "प्रोफेसर सोने से पहले ओवलटीन का एक प्याला पीते हैं। बैठ जाओ।"

"बैठने की तबीयत नहीं होती," सोमेश्वर बोला, "मैं कहता हूँ, तुम अपने नौकर को भेज दो।"

"पागलपन न करो," रेखा ने कड़े स्वर में कहा, "मैं कहती हूँ बैठ जाओ।"

सोमेश्वर पराजित-सा बैठ गया। कुछ चुप रहकर उसने एक ठंडी साँस भरी, "तुम ठीक कहती हो, मेरे ऊपर पागलपन का एक दौरा-सा आ गया था। मुझे दीखता है मैं पागल हो जाऊँगा। मेरे बाबा पागल होकर मरे। मेरे पिता में पागलपन के चिह्न हैं, और मेरे परिवारवाले समझते हैं कि मैं पागल हो रहा हूँ। पागलपन हमारे यहाँ पारिवारिक परम्परा है। लेकिन मैं कहता हूँ कि तुमने मुझे पागल बना दिया है, तुम्हीं इस पागलपन का इलाज भी कर सकती हो।"

सोमेश्वर की इस बातचीत से रेखा ऊब रही थी। एकाएक वह पूछ बैठी, "तुम अमेरिका कब जा रहे हो ?"

"क्यों, क्या तुम चाहती हो कि मैं अमेरिका चला जाऊँ ?"

"इसमें मेरे चाहने और न चाहने का सवाल कहाँ से आया ?" रेखा ने उकताए हुए स्वर में कहा, "कल अरुण भइया आ रहे हैं, परसों के प्लेन से उनकी सीट बुक हो गई है। तो मैंने सोचा कि शायद तुम भी उनके साथ जाओ !"

"तुम्हें छोड़कर जाने का मन नहीं करता रेखा ! तुमने मुझ पर कौन-सा जादू कर दिया है ?" सोमेश्वर के स्वर में कुछ अजीब तरह की विवशता से भरी करुणा थी, जो रेखा को अच्छी नहीं लगी। उस समय सोमेश्वर का मुख उसे कुछ अजीब तरह से कुरूप

दीख रहा था, वह कहता जा रहा था, "रेखा, मैं तुमसे बेहद प्रेम करने लगा हूँ, मैं तुमसे अलग होकर न रह सकूँगा।"

रेखा हँस पड़ी—एक रूखी और कर्कश हँसी, "सोमेश्वर ! तुम जानते ही हो कि मैं विवाहित हूँ, हम लोगों का अब एक-दूसरे से अलग हो जाना ही ठीक होगा। अरुण भइया की सीट मैंने बुक कराई थी आज दोपहर को। अभी प्लेन में चार सीटें खाली हैं, तुम भी परसों के लिए अपनी सीट बुक करा लो, मेरी सलाह यही है।"

"यह क्या कह रही हो रेखा ? मैं तुम्हें छोड़कर नहीं जा सकूँगा। तुमने प्रोफेसर शंकर से विवाह करके गलती की, मैं जानता हूँ कि तुम सुखी नहीं हो, मैं जानता हूँ कि तुम प्रोफेसर से प्रेम नहीं करतीं, कर भी नहीं सकतीं। और इसलिए मैं कहता हूँ कि हम दोनों एक सूत्र में बँधकर एक-दूसरे के हो जाएँ।"

रेखा की हँसी की कटुता अब उसकी वाणी में आ गई, "क्या तुम समझते हो कि मैं तुमसे प्रेम करती हूँ ?"

रेखा के इस प्रश्न से सोमेश्वर चौंक उठा, "तो क्या तुम मुझसे प्रेम नहीं करतीं ?"

"तुमसे प्रेम करूँगी, मैं तुमसे प्रेम कर सकती हूँ ? यह गलतफहमी तुम्हें कैसे हो गई ? क्या तुमने कभी अपनी आत्मा को देखा है ? क्या तुम अपना वास्तविक स्वरूप कभी देख सके हो ? आईने के सामने खड़े होकर तुम अपने शरीर का रूप-भर देख सकते हो—उसके अन्दर, क्या तुमने अनुभव किया है कि एक निरा पशु है, पशु के अलावा और कुछ नहीं। तुम प्रोफेसर की तुलना क्या खाकर करोगे ? प्रोफेसर की महानता और उनकी प्रतिभा—तुम्हारे पास उस सबकी छाया तक नहीं है। मैं केवल प्रोफेसर से प्रेम करती हूँ, अगाध और असीम प्रेम ! तुम समझते हो कि मैं प्रोफेसर-जैसे देवता को छोड़कर तुम्हारे साथ रह सकती हूँ ! नहीं सोमेश्वर, अपने को भुलावे में न रखो। यह तुम्हारे ही हित में होगा कि तुम अरुण के साथ परसों के प्लेन से अमेरिका चले जाओ।"

"तो पिछले दस-बारह दिनों में जो कुछ हुआ वह एक धोखा-भर था ?" सोमेश्वर ने लड़खड़ाते हुए स्वर में पूछा।

"नहीं, वह सब सत्य था, एक कुरूप और न टाला जानेवाला सत्य। मेरे शरीर की एक पाशविक भूख थी, और उस भूख को तुमने शान्त कर दिया। मैं तुम्हारी बड़ी आभारी हूँ और उस आभार को अपने प्राणों में परिताप की वेदना बनाकर हमेशा-हमेशा के लिए अपने अन्दर दबाकर रखना होगा मुझे, मैं यह भी जानती हूँ। लेकिन शरीर की भूख बड़ी जल्दी शान्त हो जाती है। अजर, अमर और अक्षुण्ण शरीर नहीं, आत्मा है। मेरी भावना के क्षेत्र में तुम्हारा नगण्य-स्थान है।"

सोमेश्वर उठ खड़ा हुआ, उसका मुख पीला पड़ गया था, "तुमने अकारण मेरा अपमान किया है। मुझे अब चलना चाहिए।"

रेखा भी उठ खड़ी हुई, "तुम्हारा इस समय यहाँ से जाना ही ठीक होगा। और मैं तुमसे कहती हूँ कि अपमान की भावना तो मेरे अन्दर आई ही नहीं, मैंने तो केवल

सत्य कहा, क्योंकि तुमने सत्य कहने को मजबूर कर दिया था मुझे। शरीर नश्वर है, इसलिए शरीर के सम्बन्ध को बनकर टूटना भी चाहिए। जहाँ तक आत्मा का सम्बन्ध है, वह तो तुम्हारे साथ कभी मेरा रहा ही नहीं है, रह भी नहीं सकता है। वह प्रोफेसर के साथ हो गया है, और मृत्यु-पर्यन्त प्रोफेसर के साथ रहेगा। इस सत्य को सुनकर अपने को अपमानित समझना अनुचित होगा। अच्छा, मैं तुम्हारी टैक्सी के लिए फोन किए देती हूँ।''

सोमेश्वर रुका नहीं, ''नहीं, मैं टैक्सी-स्टैंड से टैक्सी ले लूँगा।'' और वह चला गया।

सोमेश्वर के जाने के बाद रेखा को अपने अन्दर कुछ हलका-हलका-सा लगा। उसने अनुभव किया कि इधर पिछले दिनों उसके अन्दर वासना और विवेक में जो भयानक संघर्ष चल रहा था, उसकी इति हो गई है, उसके अन्दरवाला तनाव जाता रहा है। उसने बनवारी को बुलाकर कहा, ''अच्छी बात है, अब सोओ जाकर।'' और वह अलसाई-सी बैठी हुई सोचती रही। उसके अन्दर क्षोभ नहीं था, ग्लानि नहीं थी—एक तरह की राहत थी, छुटकारा पाने की।

सोमेश्वर के जाने के पन्द्रह-बीस मिनट बाद प्रभाशंकर लौट आए। ''अरे, तुम अकेली बैठी हो ! सोमेश्वर क्या चला गया ?''

''हाँ, मैंने उन्हें भेज दिया, आखिर उन्हें यहाँ बैठने की जरूरत क्या थी ? क्या आपको कोई काम था उनसे ?''

''नहीं, मैंने तो यों ही कह दिया था यह सोचकर कि तुम अकेली हो। मुझे जल्दी ही छुट्टी मिल गई प्रोफेसर दाते के यहाँ से। चावला के यहाँ वाली पार्टी बड़ी शानदार थी, चलो अब सोया जाए चलकर।'' और प्रभाशंकर ने हाथ पकड़कर रेखा को उठाया।

रेखा ने प्रभाशंकर के कन्धे पर अपना सिर रख दिया, ''आप कितने अच्छे हैं, आप कितने महान हैं ! आप देवता हैं !'' और वह एकबारगी ही फूट पड़ी।

घबराकर प्रभाशंकर ने कहा, ''क्यों, क्या बात है ? यह तुम रो क्यों रही हो ?'' प्रभाशंकर ने रेखा को अपने आलिंगन में लेते हुए कहा।

''इसलिए कि आपकी गोद में आकर मुझे असीम सुख मिलता है। मुझे अपनी गोद में उठा लीजिए, मुझसे चला नहीं जाता।''

प्रभाशंकर ने रेखा को अपनी गोद में उठा लिया और कमरे में लाकर पलँग पर लिटा दिया। रेखा अब हँस रही थी, हँसती जा रही थी।

सुबह जब रेखा सोकर उठी, उसका मन भारी था। रात में वह बड़ी देर तक जागती रही थी, तब अजीब तरह की अतृप्ति की छटपटाहट लिए हुए। और उसकी बगल में प्रभाशंकर गहरी नींद में सो रहे थे। प्रभाशंकर के पास जो कुछ था, वह रेखा के उनके जीवन में आने के पहले ही लुट चुका था, और उसे पाने के लिए रेखा के मन में कितनी अभिलाषा थी ? इस छटपटाहट में उसे नींद किस समय आई, उसे पता नहीं—अजीब दुःस्वप्नों से भरी नींद। और सुबह जब उसकी आँख खुली, उसने देखा कि प्रभाशंकर

का खोखला शरीर उसकी बगल में लेटा हुआ है—थकावट से भरा हुआ, शिथिल।

एक झटके के साथ रेखा पलँग से उतर आई, और तभी उसे याद आया कि सुबह की गाड़ी से अरुण आ रहा है। चारों तरफ अँधेरा छाया हुआ था, लेकिन पूर्व दिशा में अन्धकार कुछ हलका हो गया था। उसने घड़ी देखी, साढ़े-छह बजे थे। गाड़ी सात बजे आती है। जल्दी-जल्दी उसने कपड़े पहने। कार को गैरेज से निकाला, और तेजी के साथ स्टेशन की ओर चल पड़ी। जिस समय वह स्टेशन पहुँची, गाड़ी प्लेटफॉर्म में प्रवेश कर रही थी।

कार पर बैठते हुए अरुण बोला, "स्टेशन क्यों आई इतने सवेरे ? मालूम होता है प्रोफेसर सो रहे होंगे। जाड़ों के दिनों में किसी को सुबह की गाड़ी से लेने आना भी एक मुसीबत है।"

"ऐसी मुसीबत भी क्या है ! मैं तो सुबह जल्दी उठती हूँ, हाँ, प्रोफेसर जरूर रात देर तक पढ़ते रहते हैं, तो सुबह देर तक सोते भी रहते हैं। मैंने उन्हें जगाना ठीक नहीं समझा। लेकिन अरुण भइया, तुम एक हफ्ते के लिए घर गए थे, यह वादा करके कि एक हफ्ता मेरे यहाँ रहोगे, और लगा दिए पूरे दो हफ्ते। लौटे तो अमेरिका जाने के एक दिन पहले।"

"क्या बतलाऊँ रेखा, ममी ने आने ही नहीं दिया। और पापा ने भी वहाँ शिकार का इन्तजाम करवा दिया। दो शेर मारे हैं मैंने।"

"सच भइया—दो शेर मारे ! तो एक खाल मैं लूँगी—अपने ड्राइंग-रूम में सजाऊँगी।"

"हाँ-हाँ, ले लेना; पापा ने वे खालें बनने भेज दी हैं, उन्हें लिख देना। एक तुम ले लेना, एक वे मेरे पास भिजवा दें।"

घर आकर रेखा ने देखा कि प्रभाशंकर बरामदे में बैठे हुए इन लोगों की प्रतीक्षा कर रहे हैं। उनके सामने चाय की ट्रे थी जो वैसी-की-वैसी रखी थी और वह उस दिन का पेपर पढ़ रहे थे। अरुण को देखते ही प्रभाशंकर उठ खड़े हुए, "बहुत दिन लगा दिए तुमने ! यहाँ की रिपब्लिक डे का इतना शानदार उत्सव नहीं देखा तुमने !" फिर उन्होंने रेखा से कहा, "चाय की ट्रे वैसी-की-वैसी रखी है, तुम चाय बनाओ !"

बनवारी अरुण का असबाब उठाकर उसके कमरे में ले गया और रेखा चाय बनाने लगी। अरुण बोला, "हाँ, रिपब्लिक डे का उत्सव छूट गया इस बार, क्या बतलाऊँ, रुक ही जाना पड़ा वहाँ। अरे हाँ, वह सोमेश्वर, क्या वह आप लोगों से मिला इस बीच में ? मैंने उसे दो पत्र लिखे, लेकिन उसने एक का भी उत्तर नहीं दिया। पता नहीं वह यहाँ है या बनारस चला गया है।"

प्रभाशंकर ने मुस्कराते हुए कहा, "मैं समझता हूँ कि वह तुम्हारा दोस्त जब से तुम गए, यहाँ दिल्ली में ही रहा। तुम्हारे जाने के दूसरे या तीसरे दिन ही वह बनारस से चला आया था और जब-तब उससे मुलाकात भी हो जाती है। अभी कल शाम को ही मिला था एक जगह एक पार्टी में—मुझे तो वहाँ से एक जगह जाना था, तो रेखा को

यहाँ भेजकर चला गया। मैं चाहता था कि उसे बुलाऊँ, उससे बातें करूँ, लेकिन वह दूर-ही-दूर रहता है।''

अरुण मुस्कराया, ''आदमी किसी हद तक सनकी है, वैसे शर्मीला तो नहीं कहा जा सकता।''

कुछ सोचते हुए प्रभाशंकर ने उत्तर दिया, ''नहीं, सनकी तो नहीं दीखता, और आदमी सीधा और भला है। लेकिन उसके अन्दर कुछ गुत्थियाँ हैं, जिन्हें मैं समझ नहीं पाता।'' और कुछ रुककर उन्होंने अपनी बात बढ़ाई, ''शायद आज का युग ही इन मानसिक गुत्थियों का युग है। वैसे आज समाज में जिन्हें हम नार्मल आदमी कह सकें, कितने मिलते हैं !''

''इस सबका कारण क्या है ?'' अरुण ने पूछा, ''आखिर इन मानसिक गुत्थियों का कारण क्या है ?''

''स्पष्ट रूप से निश्चित कारण जान लेना तो कठिन है, मैं केवल अनुमान लगा सकता हूँ। विज्ञान की उन्नति के फलस्वरूप आज के युग का बौद्धिक तत्त्व भौतिकता की ओर झुक गया, और इसका परिणाम यह हुआ कि मनुष्य के बौद्धिक तत्त्व ने भावना का साथ ही छोड़ दिया है। और इसका परिणाम स्पष्ट है—समाज में एबनार्मेल्टी !''

रेखा चुपचाप ध्यान से अपने पति की बात सुन रही थी और यह अनुभव कर रही थी कि ऊपर से इतनी सही दीखनेवाली बात में कहीं कोई कमी है। उसने अपनी शंका प्रकट की, ''प्रोफेसर, अभी आपने जिस नार्मल्टी की बात कही है, क्या आप उसका सुस्पष्ट रूप बता सकेंगे और उसकी परिभाषा कर सकेंगे ? क्या नार्मेल्टी निरपेक्ष संज्ञा है, या वह समाज से सम्बन्धित है ? मनुष्य का सामाजिक मान्यताओं से सामंजस्य ही नार्मेल्टी बदलती रहती हैं, समाज बदलता रहता है। ऐसी हालत में जिसे हम नार्मेल्टी कहते हैं, समय और समाज के अनुसार उसका रूप भी बदलता रहेगा।''

प्रोफेसर ने ध्यान से रेखा को देखा। शीतल स्नेह और ममत्व था उनकी उस दृष्टि में। फिर कुछ रुक-रुककर, जैसे वह अपने तर्क को एक सूत्र में पिरोने का प्रयत्न कर रहे हों, वह बोले, ''तुम ठीक कहती हो, समाज बदलता है, सामाजिक मान्यताएँ बदलती हैं और इसलिए मनुष्य तेजी के साथ बदलती हुई सामाजिक मान्यताओं से सामंजस्य बनाए रखने में अपने को असमर्थ पाता है, लेकिन यह मान्यताओं से सामंजस्य बनाए रखना नार्मेल्टी नहीं है—नार्मेल्टी है भावना का बौद्धिक सन्तुलन। भावना निरपेक्ष और अपरिवर्तनशील संज्ञा है—वह नहीं बदलती। जहाँ तक समाज और सामाजिक मान्यताओं के बदलने का प्रश्न है, वह मानवीय भावना पर बौद्धिक विकास की गति का परिणाम है, लेकिन मानव की आधारभूत भावनाओं में कोई परिवर्तन नहीं होता। दया, प्रेम, त्याग, घृणा, क्रूरता, शोक—ये सब जैसे थे वैसे हैं, किसी तरह का कोई परिवर्तन नहीं हुआ है उनमें।''

दर्शन और मनोविज्ञान—अरुण को कभी इन विषयों में कोई दिलचस्पी नहीं रही, रेखा देख रही थी कि बातचीत से अरुण ऊब रहा है। उसने बात बदली, ''अरुण भइया,

आप किसी निरंजन कपूर को जानते हैं ?"

कुछ सोचते हुए अरुण ने कहा, "निरंजन कपूर ! अरे याद आ गया—वह टेनिस चैम्पियन ! हाँ, वह पारसाल अमेरिका आया था और सोमेश्वर से उसकी दोस्ती हो गई थी। सोमेश्वर के यहाँ उससे दो-एक बार मिलना हुआ है ! क्यों क्या बात है ?"

"ऐसे ही पूछ लिया। कल शाम उसकी सगाई की पार्टी में हम लोग गए थे। दिल्ली की एक बड़ी खूबसूरत लड़की—शीरीं चावला से उसकी सगाई हुई है, यह शीरीं सौन्दर्य-प्रतियोगिता में प्रथम आई थी। तो उस पार्टी में सोमेश्वर भी थे।"

"अरे अच्छी याद दिलाई तुमने मुझे ! सोमेश्वर से मिलना है। मैंने उसे लिख दिया था कि पहली फरवरी को मैं अमेरिका के लिए रवाना हूँगा, वह भी अपनी सीट बुक करा ले। लेकिन मेरे किसी भी पत्र का उत्तर उसने नहीं दिया। देखूँ क्या हाल है उसका ?"

"ठीक है, नहा-धोकर तैयार हो लो, मैं नाश्ता लगाती हूँ। प्रोफ़ेसर को यूनिवर्सिटी छोड़ते हुए हम लोग उस ओर चलेंगे।" रेखा उठ खड़ी हुई। जिस समय अरुण रेखा के साथ होटल पहुँचा, उसने देखा कि सोमेश्वर अपना कमरा बन्द किए लेटा था। अरुण को देखते ही सोमेश्वर बोल उठा, "अरे तो तुम आ गए ! यानी जनवरी बीत गई..." फिर उसकी नजर रेखा पर पड़ी, "अरे आप भी साथ में हैं ! आइए !"

अरुण ने देखा कि सोमेश्वर के सिरहाने मेज पर व्हिस्की का गिलास है जो आधा खाली हो गया है। गिलास की शराब वाश-बेसिन में फेंकते हुए उसने कहा, "तुम्हें शर्म नहीं आती जो तुम सुबह-सुबह शराब पीने बैठ गए !"

इस समय तक सोमेश्वर काफी अधिक पी चुका था, ऐसा लगता था। उसने कहा, "शर्म ! किस बात की शर्म ? अपने को भूलने के लिए अगर पीता हूँ तो इसमें बुरा क्या है ? लोग अपने को भूलने के लिए ही तो शराब पीते हैं। क्यों रेखाजी, मैं गलत तो नहीं कहता ? बिना पिए हुए अपने को भूला नहीं जा सकता।" फिर कुछ रुककर उसने कहा, "अरुण, सच कहता हूँ मैं मरना चाहता हूँ। लेकिन सही होश-हवास में आत्महत्या करने की हिम्मत नहीं पड़ती, तो सोचा कि इतना पिऊँ कि बेहोश हो जाऊँ। तब मैं आत्महत्या कर लूँगा।"

सोमेश्वर की बात सुनकर रेखा को हँसी आ गई. "सोमेश्वरजी, बेहोश हो जाने पर आप आत्महत्या कैसे कर सकेंगे ?"

सोमेश्वर ने रेखा को आश्चर्य से देखा, "अरे मैंने इस पर तो सोचा ही नहीं था। बेहोश हो जाने पर मैं आत्महत्या कैसे कर सकूँगा ? बात तो ठीक मालूम होती है।"

"लेकिन आत्महत्या करने की ऐसी जरूरत क्या आ पड़ी ?" अरुण ने पूछा।

"मैं थोड़ा-बहुत अनुमान लगा सकती हूँ। अरुण भइया, कल शाम को शीरीं चावला के साथ इनके दोस्त निरंजन कपूर की सगाई हुई—यह उस उत्सव में गए थे। और तब इन्हें अनुभव हुआ होगा कि अभी तक इनका विवाह नहीं हुआ है, इनकी ज़िन्दगी बेकार है। इस जीने से तो मर जाना अच्छा है। क्यों सोमेश्वरजी, है न ऐसी बात ?"

सोमेश्वर ने रेखा की बात का कोई उत्तर नहीं दिया, पता नहीं वह रेखा की बात समझा भी या नहीं। अरुण समझ गया कि सोमेश्वर से कुछ पूछना-ताछना बेकार होगा, उसने कहा, ''इस पागलपन को छोड़ो। कल के प्लेन से तुम अमेरिका लौट रहे हो मेरे साथ, इतना समझ लो। मैं तुम्हारे लिए सीट बुक कराए लेता हूँ—अपना रिटर्न टिकट मुझे दे दो।''

''जैसा तुम ठीक समझो वैसा करो।'' सोमेश्वर ने ज़रा लड़खड़ाते स्वर में कहा, ''टिकट मेरे पोर्टफोलियो में पड़ा है।''

अरुण ने रेखा की ओर देखा, ''मुझे एक घंटा लग जाएगा, तब तक तुम कनॉट प्लेस में शॉपिंग-वापिंग कर लो। मैं कार लेकर जाता हूँ।''

''नहीं, मैं यहीं बैठी हूँ—तुम जल्दी वापस आ जाना !'' रेखा बोली।

अरुण के जाने के बाद रेखा ने सोमेश्वर को देखा। एक अजीब तरह का दयनीय भाव था उसके मुख पर। उस समय उसे सोमेश्वर का चेहरा कितना भोला दीख रहा था, कितना सुन्दर दीख रहा था ! और रेखा अपना हाथ उसके सिर पर फेरने लगी।

सोमेश्वर के मुख पर उसे एक मुस्कराहट दीखी, वह कह रहा था, ''तुम ठीक कहती हो, मुझे इस पागलपन को दूर करना होगा। मेरा यहाँ से जल्दी-से-जल्दी जाना ही ठीक होगा।'' और यह कहते-कहते उसने अपनी आँखें बन्द कर लीं।

जिस समय अरुण वापस लौटा, उसने देखा कि सोमेश्वर सो रहा है, और रेखा कमरे में चुपचाप बैठी कुछ सोच रही है। अरुण ने सोमेश्वर को जगाया, ''लो तुम्हारी सीट बुक हो गई। कल सुबह के प्लेन से चलना है, कुल तेईस घंटे हैं हम लोगों के पास। चलो रेखा, अब चलें, खाने का समय हो गया है।''

सोमेश्वर की चेतना अब लौट आई थी, मुस्कराते हुए उसने कहा, ''मुझे तैयारी ही क्या करनी है ! हाँ, लंच यहीं खा लो।'' फिर वह रेखा की ओर घूमा, ''रेखाजी, आज हमारी अन्तिम मुलाकात है—हम सब लोग यहाँ साथ ही खाना खाएँ।''

रेखा इस समय तक खड़ी हो गई थी, ''नहीं, मैंने प्रोफेसर से कह दिया है कि वह आज दिन में घर पर ही खाना खाएँ—अन्तिम मुलाकात कल एयरोड्राम पर होगी।'' और अरुण का हाथ पकड़कर रेखा होटल से निकल आई।

[9]

प्रायः एक हफ्ते से रेखा की तबीयत कुछ खराब थी। शरीर में एक प्रकार का भारीपन, खाने में अरुचि। बीच-बीच में मतली भी होती थी उसे। प्रोफेसर लखनऊ विश्वविद्यालय की एम.ए. की मौखिक परीक्षा लेने गए थे। प्रोफेसर की अनुपस्थिति में रेखा ने तय किया कि वह स्वयं डॉक्टर को दिखला ले। अपने अन्दरवाले लक्षणों के सम्बन्ध में उसने

सुन रखा था। डॉक्टर प्रमिला प्रधान को वह अच्छी तरह जानती थी, उसने सुबह नौ बजे का समय तय कर लिया था, डॉक्टर प्रमिला प्रधान के यहाँ जाने का।

डॉक्टर प्रमिला प्रधान के यहाँ जाने को तैयार होकर वह अपने कमरे से निकली, और उसने बरामदे की मेज पर उस दिन की रखी हुई डाक देखी। आदत के अनुसार उसने वह डाक उलटी-पलटी, एक पत्र को छोड़कर सभी पत्र डॉक्टर प्रभाशंकर के नाम थे। एक लिफाफा, जो विदेश से आया था, उसके नाम था। वह पत्र अरुण का था—पत्र की लिखावट से उसने पहचान लिया। उस पत्र को उसने खोला, और पढ़कर सुन्न-सी रह गई। उस पत्र का वह अंश, जिसने रेखा को एकबारगी ही श्रीहत कर दिया था, इस प्रकार था—"एक हफ्ता पहले सोमेश्वरदयाल पागल हो गया। यहाँ एक अमेरिकन लड़की से वह प्रेम करने लगा था। उस लड़की से सोमेश्वर ने विवाह का प्रस्ताव किया, लेकिन उस लड़की ने उसके विवाह के प्रस्ताव को ठुकरा दिया। बस, इतनी-सी बात, लेकिन इसका असर सोमेश्वर पर बहुत बुरा पड़ा। दो-एक दिन वह गुमसुम-सा रहा, फिर एक दिन वह अनाप-शनाप बकने लगा और मार-पीट पर उतर आया। उसे पागलखाने में बन्द करके रखना पड़ा। परसों उसका बड़ा भाई आया, उससे पता चला है कि यह पागलपन का रोग उसके यहाँ पारिवारिक है। उसके पिता भी कुछ दिनों के लिए पागल हो गए थे, उसके बाबा की पागलपन में मृत्यु ही हुई थी। वह किसी को पहचानता तक नहीं है, उसका बड़ा भाई कल उसे हिन्दुस्तान ले गया है।"

रेखा ने वह पत्र अपने हैंडबैग में डाल लिया, डॉक्टर शंकर के पत्र स्टडी-रूम में रखकर वह डॉक्टर प्रधान के यहाँ चल पड़ी। उस समय उसका मन अनायास ही बहुत भारी हो गया था।

डॉक्टर प्रमिला प्रधान ने रेखा की परीक्षा करके रेखा को बधाई दी कि वह गर्भवती है और तीन महीने का गर्भ हो गया है।

रेखा का अनुमान ठीक निकला, चुपचाप उसने डॉक्टर प्रधान से बिदा ली। अन्दर-ही-अन्दर वह भयानक रूप से उद्विग्न हो उठी, उसे ऐसा लग रहा था कि वह बेहोश होकर गिर पड़ेगी। अपने को सँभालने में बड़ा प्रयत्न करना पड़ा उसे, घर आकर वह निश्चेष्ट-सी सोफे पर लुढ़क पड़ी और सोचने लगी।

उसके पेट में सोमेश्वर का गर्भ है—उस सोमेश्वर का जो पागलखाने में बन्द है। और वह सोमेश्वर अपना पागलपन रेखा के अन्दर भी छोड़ गया है। कितना बड़ा विश्वासघात हो गया है उससे प्रभाशंकर के प्रति। डॉक्टर प्रभाशंकर का पुत्र कहलानेवाला रेखा के अन्दर सोमेश्वर का प्रतिरूप पागल होगा, निर्बुद्धि होगा, वह प्रभाशंकर के नाम को कलंकित करेगा, वह रेखा के जीवन में एक भयानक विकृति बनकर रहेगा। रेखा का सिर जैसे फटा जा रहा था। और उस पागल आदमी के गर्भ को धारण करने के लिए उसे अभी छह महीने और यातना सहनी पड़ेगी। एक भूल, एक पागलपन ! इसका इतना बड़ा दंड मिलेगा उसे !

एकाएक रेखा एक झटके के साथ उठ खड़ी हुई। बिजली की तरह उसके अन्दर

एक विचार आया, और जैसे उस विचार को उसकी समस्त जलन के साथ रेखा के प्राणों ने पकड़ लिया—इस गर्भ को नष्ट करना होगा। जो भी हो, जो गलती उससे हो गई है, उसका वह प्रायश्चित करेगी लेकिन वह प्रभाशंकर के साथ विश्वासघात किसी हालत में नहीं करेगी, एक पागल आदमी के पुत्र को उनका पुत्र घोषित करके। उसने डॉक्टर प्रधान को फोन मिलाया।

"डॉक्टर, मैं रेखा बोल रही हूँ। आपके यहाँ से आकर मैं लगातार सोचती रही हूँ डॉक्टर ! मैं अभी माता बनने को तैयार नहीं हूँ। मैं जोखिम उठाने को तैयार हूँ—नहीं, आपको कुछ करना ही होगा, आपकी शरण में हूँ। प्रोफेसर से पूछना बेकार है, वह यहाँ हैं भी नहीं। जो फीस माँगेंगी मैं दूँगी—नहीं डॉक्टर साहब, मैं अभी आ रही हूँ—आप इनकार नहीं कर सकतीं—यह तो होना ही है।" और रेखा ने रिसीवर रख दिया।

चार दिन बाद जब प्रभाशंकर लखनऊ से वापस लौटे, रेखा को स्टेशन पर न देखकर उन्हें आश्चर्य हुआ और कुछ चिन्ता भी हुई। टैक्सी पर वह घर आए। रेखा के कमरे का दरवाजा खुला था और वह अपने बिस्तर पर अधलेटी-सी प्रभाशंकर की प्रतीक्षा कर रही थी। उसका मुख पीला पड़ गया था और वह बहुत अधिक दुर्बल दीख रही थी। प्रभाशंकर ने रेखा के पास आकर कहा, "अरे यह क्या हो गया है तुम्हें ? कैसी तबीयत है ?" और प्रभाशंकर ने रेखा का हाथ अपने हाथ में ले लिया। कितना ठंडा था रेखा का हाथ—कितना निस्तेज था उसका मुख !

लेकिन रेखा मुस्करा रही थी। कितना सन्तोष था उस मुस्कान में ! उसने धीमे-से प्रभाशंकर का हाथ दबाते हुए कहा, "अब बिलकुल ठीक हूँ—मालूम होता है मुझे गर्भ था। आपके जाने के दूसरे दिन दोपहर के समय शरीर में बड़ी जलन हुई, और उसके बाद ही मुझे खून आना शुरू हो गया। शाम को डॉक्टर प्रमिला प्रधान को बुलाया। उन्होंने परीक्षा करके कहा कि मेरा गर्भ नष्ट हो गया है। उन्होंने दवा दी। कल रात से रक्त-स्राव बिलकुल बन्द है। डॉक्टर ने मेरा उठना और चलना-फिरना बन्द कर दिया है। कहा है तीन-चार दिन में मैं बिलकुल ठीक हो जाऊँगी।" और रेखा ने घंटी बजाई। बनवारी के आने पर उसने बनवारी से कहा, "साहब के लिए चाय इसी कमरे में ले आओ।"

बनवारी के जाने के बाद रेखा ने प्रभाशंकर का हाथ पकड़कर उन्हें बिस्तर पर बिठा लिया, "आप यहीं बैठिए, कितना सुख मिल रहा है मुझे आपको अपने पास पाकर, आपका स्पर्श अनुभव करके !" रेखा ने प्रभाशंकर का हाथ अब कसकर दबा लिया और उसने अपनी आँखें बन्द कर लीं। एक असीम शान्ति मिल रही हो जैसे उसे। उस मृत्यु के खेल को खेलकर उसने अपने पाप को धो दिया था, उसके पति से उसकी दूरी समाप्त हो गई थी।

कितनी देर वह प्रभाशंकर का हाथ पकड़े चुपचाप लेटी रही—उसे इसका होश ही नहीं था जैसे। प्रभाशंकर का दूसरा हाथ उसके माथे पर था और रेखा असीम पुलक में अपने को खो चुकी थी। और जब उसने बनवारी द्वारा मेज डालकर चाय रखे जाने

की आवाज सुनी, तब जैसे उसकी वह सुख की नींद टूटी। उसे आश्चर्य हुआ कि वह इतनी आसानी से और नितान्त स्वाभाविक ढंग से उठकर बैठ कैसे गई ! उसने कहा, "मैं आपके लिए चाय बनाती हूँ। आपके आने से जैसे मुझमें नवीन जीवन आ गया है, मेरी सारी कमजोरी एकाएक दूर हो गई है। एक प्याला चाय मैं भी आपके साथ पिऊँगी।"

चाय बनाते हुए रेखा ने कहा, "आप अच्छी तरह तो रहे, आप भी कुछ दुबले दीख रहे हैं। उफ़, कितनी गर्मी पड़ने लगी है इन दिनों ! अभी अप्रैल का दूसरा ही हफ्ता है, लेकिन यहाँ इन दिनों दोपहर जैसे जलने लगती है। गर्मी में कैसे रहा जाएगा यहाँ पर ?"

थोड़ा चिन्तित होते हुए प्रभाशंकर ने कहा, "पन्द्रह मई तक यूनिवर्सिटी खुली है, उसके बाद ही हम लोग दिल्ली से बाहर चल सकते हैं। मैंने मसूरी में एक कॉटेज का प्रबन्ध तो कर लिया है। अगर तुम चाहो तो पहली या दूसरी मई तक अकेली जा सकती हो, बनवारी को अपने साथ ले जाना। चौदह-पन्द्रह दिन मैं किसी तरह काम चला लूँगा।"

रेखा मुस्कराई, "आप कितने अच्छे हैं, ठीक मेरे देवता की भाँति ! तो अपने देवता को छोड़कर मैं मसूरी कैसे जाऊँगी ! आपकी छाया बनकर आपके साथ यहीं पर ही रहूँगी। असल में मेरी तबीयत ठीक नहीं थी तो इतनी गर्मी मालूम हो रही थी। अब आप आ गए हैं तो मेरी बीमारी भी दूर हो गई, कल-परसों तक मैं बिलकुल ठीक हो जाऊँगी। अब आप चाय पीकर नहा-धो लीजिए; आपको यूनिवर्सिटी भी तो जाना है।"

प्रभाशंकर यूनिवर्सिटी से जल्दी ही लौट आए। रेखा उस समय बिस्तर पर लेटी पढ़ रही थी। इस समय रेखा की मुद्रा में उन्होंने बहुत बड़ा परिवर्तन देखा, मुख पर के पीलेपन को छोड़कर वह प्रायः स्वस्थ दीख रही थी। प्रभाशंकर को देखते ही रेखा बोल उठी, "अरे, आप इतनी जल्दी लौट आए !"

"तबीयत नहीं लगी वहाँ, तुम्हारी चिन्ता जो थी।" प्रभाशंकर ने उत्तर दिया।

"मेरी चिन्ता आप छोड़ दीजिए, आपके आते ही मैं अच्छी हो गई। आज शाम को मैं आपके साथ पिक्चर चलूँगी। थोड़ी देर आप आराम कर लीजिए, सफर की थकावट होगी। फिर शाम को मैं आपके लिए चाय बनाऊँगी, और आपके साथ बाहर निकलूँगी।"

दो-तीन दिन के अन्दर ही रेखा पूरी तौर से स्वस्थ हो गई। डॉक्टर प्रमिला प्रधान को भी रेखा के इतनी जल्दी स्वास्थ्य-लाभ पर आश्चर्य हुआ। कहाँ से इतनी प्रबल जीवनी शक्ति मिल गई थी रेखा को ? और रेखा के अन्दर जो उल्लास था, उसमें जो स्वाभाविक स्फूर्ति थी, स्वयं रेखा को उस पर भी कभी-कभी आश्चर्य होने लगता था। उसे ऐसा लग रहा था कि उसे अपना खोया हुआ अपनापन फिर से मिल गया है और वह अति प्रसन्न थी। इस प्रसन्नता के आवेग में वह यह भूल गई कि उसकी मान्यताएँ एकाएक बदल गई हैं, उसका दृष्टिकोण बदल गया है। इस प्रकार के बौद्धिक और

हिंसात्मक साहस को उसने प्राप्त कर लिया है जो साधारण भावनात्मक अस्तित्व से अलग की चीज है। पिछले तीन महीनों के उन अनुभवों ने, यह गर्भपातवाला मृत्यु का खेल जिसका उपसंहार था, उसके समस्त जीवन में आमूल परिवर्तन कर दिया है। यह आमूल परिवर्तन, जिसने बुद्धि को भावना पर प्रधानता दी थी, स्वयं भावनात्मक था, तर्क की पकड़ के बाहर। रेखा को इसका पता न था, उसकी बुद्धि उसकी भावना का ही एक भाग बनकर प्रकट हुई है। रेखा अपनी भावना का यह रूप देखने में असमर्थ थी।

रेखा का मन अब घर की चहारदीवारी में न लगता था। एक अजीब तरह की अनजानी हलचल धीरे-धीरे वह अपने अन्दर अनुभव करने लगी थी। जब प्रोफेसर यूनिवर्सिटी में होते थे वह अपनी कार लेकर निकल जाती थी, अपने को नगर की चहल-पहल में खो देने के लिए। दिल्ली में उसका निजी सामाजिक सम्पर्क नहीं के बराबर था, वह प्रभाशंकर के जीवन की एक भाग-भर थी। एक ज्ञानवती को छोड़कर किसी से उसकी घनिष्ठता न थी। ज्ञानवती मिरांडा कॉलेज में अध्यापिका थी और वह स्त्रियों के एक होस्टल में रहती थी। उन दिनों ज्ञानवती कहीं बाहर गई थी, और दिल्ली से ज्ञानवती की अनुपस्थिति रेखा को अखर रही थी।

उस दिन रेखा जब प्रोफेसर प्रभाशंकर को यूनिवर्सिटी पहुँचाकर घर लौटी, उसने देखा कि ज्ञानवती ड्राइंग-रूम में बैठी उसकी प्रतीक्षा कर रही है। ज्ञानवती को देखते ही रेखा प्रसन्नता से खिल उठी, "अरे तुम ! कितना सूना-सूना लग रहा था मुझे तुम्हारे बिना ! कब लौटीं ?" और रेखा ज्ञानवती से लिपट गई।

"मैं कल शाम वापस आई। छुट्टी मेरी परसों तक की है, तो मैंने सोचा कि तुमसे मिल आऊँ चलकर। अरे, तुम कितनी दुबली हो गई हो ! क्यों, क्या बात है ? तबीयत तो ठीक रही ?"

"हाँ, तबीयत कुछ ऐसे ही खराब हो गई थी, लेकिन अब बिलकुल ठीक हूँ। तुम्हारी कितनी याद आई इन दिनों ! मैं सच कहती हूँ कि तुम्हारे बिना मुझे बड़ा उदास-उदास लगता था, सब कुछ मेरी ज्ञान ! ओह तुम क्या आई, मेरी जान वापस आ गई !"

हँसते हुए ज्ञानवती ने कहा, "ओहो ! क्यों बनाती हो मुझे ? प्रोफेसर के रहते हुए तुम्हें सब कुछ उदास-उदास भला क्यों लगने लगा ? सुख-सुविधा, प्रेम—सभी कुछ तो है तुम्हारे पास। तुम कितनी भाग्यशाली हो, प्रोफेसर-जैसा पति पाकर !" और यह कहते-कहते ज्ञानवती का स्वर कुछ भावनात्मक हो गया।

रेखा ने कौतूहल के साथ ज्ञानवती को देखा—उसके सामने जो स्त्री बैठी थी वह सुन्दर नहीं थी, लेकिन असुन्दर भी नहीं कही जा सकती थी। खुलता हुआ गेहुँआ रंग, हृष्ट-पुष्ट शरीर, बड़ी-बड़ी आँखें, रेखा से कुछ अधिक लम्बी। ज्ञानवती अवस्था में रेखा से तीन-चार साल बड़ी थी, लेकिन उसका विवाह नहीं हुआ था, या यह कहना अधिक उचित होगा कि उसने अपना विवाह नहीं किया था। रेखा को पता था कि ज्ञानवती ने प्रेम किया था और उसके प्रेमी के साथ उसका विवाह भी तय हो गया था। लेकिन

विवाह के दो महीने पहले उसके प्रेमी की विमान-दुर्घटना में मृत्यु हो गई थी। इस घटना को हुए चार साल से भी अधिक हो चुके थे, लेकिन ज्ञानवती फिर किसी से प्रेम नहीं कर सकी। तब से ज्ञानवती संयम का जीवन व्यतीत कर रही थी। उसके ड्राइंग-रूम में उस युवक का चित्र था, जिस पर वह रोज सुबह फूल चढ़ाती थी। उसका विषाद धीरे-धीरे धुल गया था, लेकिन उसके जीवन की धारा ही बदल गई थी।

ज्ञानवती के शब्दों में, उसके मुख पर, उसके स्वर में कहीं भी ईर्ष्या का कोई चिह्न न था। रेखा के प्रति सद्भावना थी—और रेखा के अन्दर से मानो कोई फूट पड़ा, "नहीं ज्ञान ! मेरे पास कुछ नहीं है, कुछ भी नहीं है !" और उसकी आँखों में आँसू आ गए।

ज्ञानवती पर रेखा की भावना जैसे छा गई हो, उसने रेखा को अपने आलिंगन-पाश में भरते हुए कहा, "यह क्या कह रही हो रेखा ! क्या तुम अपने वैवाहिक जीवन से सुखी नहीं हो ? हाय राम ! क्या बात है ? मुझे बतलाओ न ! प्रोफेसर में चारित्रिक कमजोरी है, इस बात का थोड़ा-बहुत पता तो तुम्हें था ही, क्या इधर इन दिनों प्रोफेसर फिर कहीं बहके हैं ?"

"नहीं मेरी ज्ञान ! प्रोफेसर देवता हैं, एकदम देवता। मुझे उनसे किसी तरह की शिकायत नहीं है। अगर मुझे किसी से कोई शिकायत हो सकती है तो अपने से।" कुछ कमजोर-से स्वर में रेखा ने कहा।

एकाएक ज्ञानवती गम्भीर हो गई, "अपने से किसी को कोई शिकायत नहीं होती रेखा, क्योंकि हम कर्म करने को मुक्त हैं। अवरोध हमें हमेशा बाहर से मिला करता है—वही तो पराया है।"

रेखा ने ज्ञानवती के मुख पर ऐसा कुछ देखा जिसे वह समझ नहीं सकी, लेकिन रेखा को इस बात का आभास अवश्य हुआ कि ज्ञानवती के अन्दर किसी प्रकार का उद्वेलन है। उसने बनवारी को आवाज दी, "दो प्याले चाय ले आओ एक ट्रे में !"

"नहीं, चाय नहीं पिऊँगी, प्यास लगी है तेज, तो ठंडा पानी पिलाओ।"

रेखा ने फिर पुकारा, "नहीं, चाय नहीं, दो गिलास शरबत बना लाओ।" और वह ज्ञानवती की ओर घूमी, "कहो कैसी बीतीं तुम्हारी छुट्टियाँ ?"

"वही सब तो बतलाने आई हूँ। छुट्टियाँ इतने अच्छे ढंग से बीतेंगे यह तो मैंने सोचा ही नहीं था। भाई के विवाह के बाद सब मेहमान चले गए और घर में एक तरह का सन्नाटा-सा छा गया। मैंने सोचा कि बेकार ही इतनी लम्बी छुट्टी ली। मैं इस कदर ऊब गई कि दिल्ली लौटने की सोचने लगी। तभी अचानक मेरी मुलाकात शिवेन्द्र धीर से हो गई। तुमने उसका नाम तो सुना होगा ?

कुछ सोचते हुए रेखा ने कहा, "शिवेन्द्र धीर ? वह चित्रकार तो नहीं हैं ?"

"हाँ-हाँ वही, चित्रकार शिवेन्द्र धीर ! आज उसकी गणना हिन्दुस्तान के सर्वश्रेष्ठ चित्रकारों में होती है। उसने भारतीय चित्रकला को एक नवीन दिशा दी है।"

"इस सबका पता तो मुझे नहीं है, लेकिन जहाँ तक मुझे याद आता है, अभी हाल में किसी चित्रकला के पत्र में मैंने उसका एक इंटरव्यू पढ़ा था, जो मेरी समझ में नहीं

आया था। वह यहाँ दिल्ली का रहनेवाला भी तो नहीं है। तो तुम अपनी बात कहो।"

ज्ञानवती रेखा से लिपट गई, "मेरी रेखा ! देहरादून की एक उदास शाम को मेरा उससे परिचय हुआ। वह बम्बई का रहनेवाला है और इधर एक लम्बी विदेश-यात्रा के बाद वह हिन्दुस्तान वापस लौटा है। तुमने देखा नहीं उसे, बड़ा सुन्दर नौजवान है, बड़ा मोहक व्यक्तित्व है उसका। वह वास्तव में महान है। न जाने किन सपनों में वह खोया रहता है, सौन्दर्य का एक ऐन्द्रजालिक आवरण लपेटे हुए अपने ऊपर ! उसके चित्रों को तो मैं पूरी तरह से समझ नहीं पाई, वे समझे भी नहीं जा सकते, वे केवल अनुभव किए जा सकते हैं। वह अनुभूतियों का शिल्पी है—सौन्दर्य की अनुभूति, सुषमा की अनुभूति। तुम ताज्जुब करोगी कहाँ तो देहरादून में मेरा मन नहीं लग रहा था और कहाँ उससे मिलने के बाद यहाँ आने की तबीयत ही नहीं होती थी ! उसकी छाया बनकर मैं रहना चाहती थी, वहाँ पर, हमेशा-हमेशा के लिए !"

"ये तो बड़े खतरनाक लक्षण दीख रहे हैं तुममें," रेखा के मुख पर एक हलकी-सी मुस्कराहट आई, "पता नहीं मैं तुम्हें बधाई दूँ या तुम्हारे साथ सहानुभूति प्रकट करूँ—शायद तुम्हें बधाई देना अधिक उचित होगा।"

"मेरी हँसी न उड़ाओ रेखा, तुम्हारे हाथ जोड़ती हूँ। मेरी समझ में नहीं आता कि मैं क्या करूँ ! मैंने शिवेन्द्र से कहा कि वह कुछ दिन दिल्ली आकर रहे।"

रेखा अब हँस पड़ी, "न्योता तो दे आई हो अपने उस मजनूँ को, लेकिन उसे ठहराओगी कहाँ ? तुम तो होस्टल में रहती हो !"

बड़े भोलेपन के साथ ज्ञानवती बोली, "यही तो सवाल है मेरे सामने। देखो, तुम्हारा बँगला काफी बड़ा है।"

रेखा ने ज्ञानवती की बात काटी, "नहीं ज्ञान, मेरे यहाँ उसका ठहरना ठीक न होगा, तुम तो जानती ही हो कि प्रोफेसर को कलाकारों पर कोई भी आस्था नहीं है। मैं कहती हूँ उसे किसी होटल में ठहरा दो, कश्मीरी गेट पर किसी अच्छे और सस्ते होटल में।"

ज्ञानवती को जैसे रेखा के इस इनकार का आभास था, उसने कहा, "वैसे शिवेन्द्र के प्रशंसकों और भक्तों की एक बहुत बड़ी संख्या है इस नगर में, और वह अपने ठहरने का इन्तजाम खुद कर लेगा, लेकिन मैं चाहती थी कि वह मेरा अतिथि बनकर रहे, इसमें मुझे कितना सुख मिलता !" और ज्ञानवती ने एक ठंडी साँस खींची, "अगले हफ्ते उसने दिल्ली आने को कहा है, यहाँ आने पर मुझे वह खबर देगा, मेरा पता उसके पास है।"

रेखा को ज्ञानवती पर आश्चर्य हो रहा था। अटूट संयम और दृढ़ता से युक्त ज्ञानवती को यह क्या हो गया है ? कौन-सा ऐसा आदमी है जिसके आगे ज्ञानवती इस बुरी तरह टूट गई है ? वह उत्सुक हो उठी इस शिवेन्द्र धीर को एक बार देखने के लिए। उसने ज्ञानवती से पूछा, "ज्ञान ! सच-सच बतलाना, क्या तुम इस शिवेन्द्र से प्रेम करने लगी हो ?"

ज्ञानवती कुछ देर तक चुपचाप सोचती रही, फिर उसने एक ठंडी साँस भरकर कहा, "कह नहीं सकती कि वह प्रेम है या फिर एक प्रकार का क्षणिक उन्माद है, लेकिन इतना

जानती हूँ कि एक प्रबल आकर्षण है उसके व्यक्तित्व में और उस आकर्षण में एक प्रकार को सम्मोहन है।" ज्ञानवती के मुख पर अब एक मुस्कान आई, "वह युवा है, वह प्रतिभावान है, वह सुन्दर है। और इस सबके साथ वह कितना शिष्ट है, कितना शान्त है, कितना गम्भीर है ! एक उदात्त भावना–इसी रूप में मैं अभी तक उसे देख पाई हूँ, कहीं वासना का नाम नहीं है उसमें। रेखा, तुम उससे मिलकर मुग्ध हो जाओगी !"

एक कड़वाहट-सी भर गई रेखा के अन्दर, लेकिन उसने अपने अन्दरवाली भावना को बड़े यत्न से छिपा लिया। वह एकटक ज्ञानवती को देख रही थी, एक प्रकार की ईर्ष्या अपने अन्दर दबाए हुए, फिर वह बोली, "एक सवाल और है ज्ञान ! वह यह कि क्या वह तुमसे प्रेम करता है ?"

"यह मैं ठीक-ठीक नहीं कह सकती। मेरे प्रति वह सदय है, अनुरक्त है, मुझसे घंटों बातें करता है, मेरे जीवन में दिलचस्पी भी दिखाता है। और इस सबके साथ मुझे कुछ ऐसा लगता है कि वह अपनी कला के प्रति एकनिष्ठ है।"

रेखा के होठों पर एक व्यंग्यात्मक मुस्कान आई, "अपनी कला के प्रति एकनिष्ठ ! ज्ञान, इतना समझ लो कि यह उसकी कला उसके व्यक्तित्व का ही तो एक भाग है, और शायद सबसे अधिक महत्त्वपूर्ण भाग है। तो फिर इसके मानी यह हुए कि वह अपने प्रति एकनिष्ठ है !" और रेखा के मुख पर की मुस्कराहट गायब हो गई, "ज्ञान ! जो अपने प्रति एकनिष्ठ हो, उसे हम साधारण बोलचाल की भाषा में खुदगर्ज कहते हैं !"

ज्ञानवती ने रेखा का हाथ पकड़ लिया, "ऐसा न कहो रेखा, तुम भूल करती हो। अगले हफ्ते वह यहाँ आ ही रहा है, तब तुम स्वयं उससे मिलकर उसके सम्बन्ध में अपनी धारणा बनाना। मुझ पर तो उसका सम्मोहन छाया हुआ है।"

बनवारी दो गिलास शर्बत दे गया। दोनों चुपचाप शर्बत पीने लगीं। शर्बत पीकर ज्ञानवती उठ खड़ी हुई, "अब मैं चलूँगी। दोपहर तो जैसे जलने लगी है।"

रेखा ने भी उठते हुए कहा, "हाँ, इस दफा गर्मी बहुत जल्दी आ गई। क्या बतलाऊँ, प्रोफेसर को तो यहाँ पन्द्रह मई तक रहना है, इसके बाद ही हम लोग पहाड़ जा सकेंगे। ये तीन हफ्ते कैसे कटेंगे, समझ में नहीं आता। अच्छा ज्ञान, अब वह तुम्हारा चित्रकार मजनूँ यहाँ आए तो तुम उसे मुझसे मिलाना जरूर–मेरे मन में तुमने उसके प्रति एक कौतूहल जगा दिया है।"

ज्ञानवती के जाने के बाद रेखा लेट गई। एक तरह की थकावट का भारीपन वह अनुभव कर रही थी अपने अन्दर।

शाम के समय जब वह प्रोफेसर के साथ बैठी चाय पी रही थी, उसे ज्ञानवती का फोन मिला। ज्ञानवती के स्वर में एक तरह की हलचल थी, "अरे रेखा, वह शिवेन्द्र धीर आज दोपहर को ही यहाँ आ गया है। तुम कहीं जा तो नहीं रही हो ?"

"नहीं, प्रोफेसर को घर पर रहना है, उन्हें कापियाँ जाँचनी हैं। तो भला मैं अकेली कहाँ जाऊँगी ? कहाँ से बोल रही हो ?"

"शिवेन्द्र के होटल से। आते ही उसने मुझे फोन किया। अच्छा सुनो, मैं एक घंटे

के अन्दर ही उसे साथ लेकर तुम्हारे यहाँ आ रही हूँ, फिर तुम हम लोगों के साथ घूमने चलना।" और ज्ञानवती ने बिना रेखा के उत्तर की प्रतीक्षा किए फोन रख दिया।

रेखा प्रभाशंकर के पास आकर बैठ गई, "ज्ञानवती का फोन था। वह अपने एक चित्रकार मित्र के साथ यहाँ आ रही है।"

उस समय प्रभाशंकर कुछ अपने में ही खोए हुए थे, उन्होंने कहा, "ठीक है, लेकिन तुम लोग मुझे डिस्टर्ब न करना—आज मैं इन कापियों को खत्म कर देना चाहता हूँ।"

प्रभाशंकर के इस उत्तर से रेखा हत्प्रभ हो गई। प्रभाशंकर भी अपने प्रति एकनिष्ठ हैं, रेखा को ऐसा लगा। उसने कुछ झल्लाकर कहा, "आपने मुझसे यह नहीं पूछा कि ज्ञानवती का यह मित्र कौन है ?"

मुस्कराते हुए प्रभाशंकर बोले, "उस व्यक्ति के प्रति मुझमें कौतूहल क्यों हो ? दूसरों की जिन्दगी उनकी निजी जिन्दगी है, उसके प्रति किसी प्रकार का कौतूहल अपने अन्दर किसी प्रकार की कमजोरी का द्योतक है।" प्रभाशंकर उठ खड़े हुए, "हाँ, अगर तुम चाहती हो कि मैं उन लोगों से मिलूँ तो तुम मुझे बुला लेना। तुम तो जानती हो कि तुम्हारी हरेक इच्छा पूरी करना मैं अपना धर्म मानता हूँ।"

प्रभाशंकर की इस बात में कितना निश्छल भोलापन था, रेखा के अन्दरवाले विषाद की कटुता जैसे धुल गई, "नहीं, आप मन लगाकर अपना काम कीजिए—आप इस सबसे बहुत ऊपर हैं। आपके काम में किसी प्रकार का व्याघात नहीं पहुँचेगा। फिर वैसे चित्रकार तो न जाने कितने मारे-मारे घूमते हैं। वह तो ज्ञानवती उसे यहाँ ला रही है, क्योंकि वह ज्ञानवती का मित्र है, इसलिए मुझे उससे मिलना पड़ेगा।"

चलते हुए प्रभाशंकर ने कहा, "यह कलाकार किस्म के आदमी प्रायः गैर-जिम्मेदार होते हैं। मैं समझता हूँ कि ज्ञानवती को इस तरह के लोगों से दूर ही रहना चाहिए। तुम अकेले में उसे समझा देना।"

एक घंटे बाद शिवेन्द्र धीर को साथ लेकर ज्ञानवती रेखा के यहाँ आ गई। प्रभाशंकर के अपने कमरे में जाने के बाद रेखा ने सामने लॉन पर कुर्सियाँ डलवा दी थीं। जिस समय ज्ञानवती आई, सूर्यास्त हो रहा था, लेकिन अरुणिमा का प्रकाश अब भी तेज था। उस अरुणिमा के प्रकाश में शिवेन्द्र धीर को देखकर रेखा स्तब्ध-सी रह गई। उसे अपनी आँखों पर विश्वास नहीं हो रहा था।

पच्चीस-छब्बीस साल का एक लम्बा-सा युवक, दूध की तरह गोरा और मक्खन की तरह मुलायम दीखनेवाला शरीर, चेहरा कुछ लम्बा-सा और अत्याकर्षक ! कन्धे पर लटकते काले और घुँघराले बाल, माँग बीच से कढ़ी हुई। वह एक लम्बा कुरता और चूड़ीदार पाजामा पहने हुए था और उसके कन्धे पर एक रंगीन और सुन्दर झोला लटक रहा था। होठों पर हमेशा नाचनेवाली एक मुस्कराहट, आँखें बड़ी-बड़ी लेकिन अधमुँदी, जैसे वे चीजों को देखना न चाहती हों। यह व्यक्ति भरे हुए शरीर का था, लेकिन मोटा नहीं कहा जला सकता था। एक तरह की कोमलता रेखा को दीख रही थी उसके शरीर में, और वह कोमलता उसकी मुस्कान में थी, उसके स्वर में थी, उसके समस्त अस्तित्व

में थी, जो रेखा को कुछ अस्वाभाविक-सी, कुछ कुरूप-सी लगी। उसने झुककर रेखा को नमस्कार किया, "ज्ञानजी ने मुझसे आपकी इतनी प्रशंसा की थी ! मैं तो ज्ञानजी की प्रशंसा को अतिशयोक्ति समझ रहा था, लेकिन देख रहा हूँ कि आपके सम्बन्ध में जो कुछ भी कहा जाए वह थोड़ा है। आपसे मिलकर मैं अपने को धन्य समझता हूँ।"

शिवेन्द्र से अपनी प्रशंसा सुनकर रेखा खिल उठी, "ज्ञान ने तो कहा था कि आप चित्रकार हैं, लेकिन आप कवि भी हैं। बैठिए न ! ज्ञान से आपके सम्बन्ध में मैंने काफी सुना है और आपके सम्बन्ध में मैंने लेख भी पढ़े हैं। आपकी कलाकृतियाँ मैंने सचित्र पत्रों में देखी हैं, लेकिन आपकी कलाकृतियाँ मेरी समझ में नहीं आईं, मुझे इस बात का दुख है।"

अपनी स्वाभाविक मुस्कराहट के साथ शिवेन्द्र धीर ने कहा, "इसमें दुख करने की कोई बात नहीं है। मेरी कलाकृतियाँ आपकी समझ में ठीक उसी तरह नहीं आ सकतीं जिस तरह मैं आपकी समझ में नहीं आ सकता, आप मेरी समझ में नहीं आ सकतीं। हमारी समझ में क्या आता है ? यह प्रश्न हमेशा मेरे सामने रहा है, और दीखता है कि अनन्त काल तक यह प्रश्न मेरे सामने रहेगा। हम स्वयं अपनी समझ में पूरी तौर से नहीं आते मिसेज शंकर ! हम पर सामनेवाली चीजों का एक प्रकार का इम्प्रेशन ही पड़ा करता है। हम सब प्रतीकों में ही स्थित हैं।"

ज्ञानवती बड़ी तन्मयता के साथ शिवेन्द्र धीर की बात सुन रही थी। उसने कहा, "सुना रेखा ! शिवेन्द्र की बात में कहीं कोई सत्य है, ऐसा लगता है, यद्यपि उस सत्य का रूप मेरी समझ में नहीं आता।"

रेखा हँस पड़ी, "ज्ञान ! जो तुम्हें सत्य लगता है वह भी तो एक इम्प्रेशन है, क्यों धीरजी ?"

शिवेन्द्र धीर को उसी समय अनुभव हो गया कि जिस स्त्री से वह मिलने आया है वह बुद्धिमान है, पर वह यह तय नहीं कर पाया कि रेखा ने मजाक़ किया है या व्यंग्य। सतर्कता के साथ उसने कहा, "आप ठीक कहती हैं मिसेज शंकर ! जिसे हम सत्य कहते हैं वह सापेक्ष है और उसे हम इम्प्रेशन के अलावा और कुछ कह ही नहीं सकते। लेकिन विडम्बना यह है कि इसी सापेक्ष सत्य पर हमारे समाज की समस्त मान्यताएँ स्थापित हैं।"

"तो आप सामाजिक मान्यताओं पर विश्वास करते हैं ?" रेखा ने पूछा।

"करता भी हूँ, नहीं भी करता। जीवित रहने के लिए हमें समाज के साथ सामंजस्य स्थापित रखना ही पड़ेगा, लेकिन व्यक्ति के नाते मैं समाज से पृथक एक स्वतंत्र सत्ता हूँ, और मेरी कला में वही मेरा व्यक्तित्व चित्रित है।"

"तो कला को आप सामाजिक संज्ञा नहीं मानते ?" रेखा ने पूछा।

शिवेन्द्र धीर की मुस्कराहट कुछ संकुचित हो गई, उसके माथे पर बल पड़ गए और उसकी यह मुद्रा रेखा को कुछ मोहक-सी लगी। कुछ चुप रहकर उसने कहा, "कहीं तो इन सामाजिक प्रतिबन्धों को तोड़कर मनुष्य को अघाकर साँस लेने दो ! हर जगह

सामाजिक प्रतिबन्ध, हर जगह समाज की गुलामी। व्यक्तिगत रूप से मैं कला को भी समाज से पृथक एक स्वतन्त्र सत्ता मानता हूँ। मैं जो कुछ चित्रित करता हूँ वह चीजों के प्रति मेरा इम्प्रेशन-भर है, और इसी इम्प्रेशन में मेरी कला का सौन्दर्य है। तो फिर आप समझ लीजिए कि अपने इर्द-गिर्दवाली चीजों के अपने ऊपर इम्प्रेशन के कलात्मक सौन्दर्य को ही मैं चित्रित करता हूँ।"

ज्ञानवती इस बातचीत के वाद-विवादवाले अंश से चिन्तित-सी हो रही थी। उसने बात बदलने की कोशिश की, "अरे, हम लोग तो वाद-विवाद में उलझ रहे हैं, और इस वाद-विवाद से मैं बहुत घबराती हूँ, क्योंकि यह सब कला के भावनात्मक स्तर से अलग बौद्धिक स्तर की चीज है। क्यों रेखा, प्रोफेसर कहाँ हैं ? उन्हें क्यों न यहाँ बुला लिया जाए ?"

"अपने कमरे में बन्द कापियाँ जाँच रहे हैं, ये अप्रैल और मई के महीनों में तो प्रोफेसर की मुसीबतों के दिन होते हैं। तो मैंने उन्हें यहाँ बुलाना उचित नहीं समझा। धीरजी तो अभी यहाँ कुछ दिन ठहरेंगे ही, फिर किसी दिन धीरजी का प्रोफेसर से परिचय हो जाएगा।"

और तभी ज्ञानवती हँस पड़ी, "लो, प्रोफेसर खुद इस तरफ आ रहे हैं।"

रेखा ने देखा, प्रभाशंकर बरामदे से उतरकर लॉन की तरफ बढ़ रहे थे। उसने कहा, "अरे, आपको ज्ञानवती पूछ रही थीं, मैंने तो इनसे कह दिया कि आप कापियाँ जाँचने में बहुत व्यस्त हैं।"

"आज न जाने क्यों काम करने में मन नहीं लग रहा है। एह हफ्ते से दिन-रात कापियाँ जाँचते-जाँचते परेशान हो गया हूँ।" फिर शिवेन्द्र धीर की ओर देखते हुए बोले, "तो ज्ञानवती के चित्रकार मित्र यही हैं।" और यह कहकर वह एक कुर्सी पर बैठ गए।

रेखा को लगा कि प्रभाशंकर के स्वर में शिवेन्द्र धीर के प्रति एक अवज्ञा और उपेक्षा का भाव है, और उसे यह अच्छा नहीं लगा। उसने कहा, "इनका नाम शिवेन्द्र धीर है। यह अन्तर्राष्ट्रीय ख्याति के चित्रकार हैं। अभी कुछ महीने पहले यूरोप के टूर से वापस लौटे हैं।"

प्रभाशंकर ने शिवेन्द्र को बड़े गौर से देखा और सामने बैठा हुआ व्यक्ति उन्हें अच्छा नहीं लगा। उन्होंने शिवेन्द्र धीर से कहा, "आप बड़े भाग्यशाली हैं कि इतनी कम उम्र में आपको अन्तर्राष्ट्रीय ख्याति मिल गई है।"

प्रभाशंकर के व्यंग्य को शिवेन्द्र मुस्कराते हुए पी गया, "जी, आप मुझे भाग्यशाली समझते हैं, अन्य लोग भी मुझे भाग्यशाली समझते हैं। लेकिन असलियत कुछ दूसरी ही है। मैं संघर्ष कर रहा हूँ। बड़ा कठिन संघर्ष है। लेकिन इसी संघर्ष से तो वास्तविकता की उपलब्धि होती है। मैं सच कहता हूँ कि मेरे अन्दर सन्तोष नहीं है, शान्ति नहीं है। मैं देख रहा हूँ कि जीवन में न जाने कितने रंग हैं—तेजी के साथ बदलते हुए। कौन रंग सत्य है, कहा नहीं जा सकता; शायद हरेक रंग अपनी-अपनी जगह पर सत्य है। लेकिन फिर एक मुसीबत खड़ी हो जाती है, किस रंग को जीवन के किस भाग का प्रतीक

माना जाए ? यही नहीं, इन रंगों में भी तो कहीं कोई तारतम्य नहीं है, कहीं-कहीं तो वे एक-दूसरे के नितान्त विरोधी दीखने लगते हैं। तो मेरा दुर्भाग्य यह है कि मैं जीवन के उन रंगों से उलझा हुआ हूँ। उन्हें सफलतापूर्वक चित्रित करने का प्रयत्न कर रहा हूँ। और इसके बाद...''

प्रभाशंकर के लिए शिवेन्द्र का यह व्याख्यान बर्दाश्त के बाहर हो रहा था, उन्होंने शिवेन्द्र की बात काटी, ''मैं समझ गया आप क्या कहना चाहते हैं, अधिक कहने की आवश्यकता नहीं है।''

ज्ञानवती ने आश्चर्य से साथ प्रभाशंकर को देखा, ''आप समझ गए, अच्छा बताइए धीरजी क्या कहना चाहते हैं।''

प्रभाशंकर मुस्कराए, ''यह कुछ भी नहीं कहना चाहते। जहाँ शब्द-जाल होता है वहाँ उस शब्द-जाल में दूसरों को उलझाने की प्रवृत्ति-भर होती है, एक तरह का प्रभाव उत्पन्न किया जाता है उस शब्द-जाल से !'' और यह कहते-कहते प्रभाशंकर जोर से हँस पड़े, फिर शिवेन्द्र धीर की ओर घूमकर बोले, ''तुम्हें बधाई देता हूँ। तुम वास्तव में एक अच्छे-खासे सफल कलाकार हो।''

शिवेन्द्र धीर के मुख पर की मुस्कान वैसी-की-वैसी बनी रही, ''आपको यह सब कहने का अधिकार है, गुरुजनों की बात पर कभी भी बुरा न माना जाना चाहिए, न उस पर टीका-टिप्पणी की जानी चाहिए, उनकी बातों से हमें केवल शिक्षा ग्रहण करनी चाहिए। आप ठीक कहते हैं, मेरे पास कहने को कुछ नहीं है, केवल एक शब्द-जाल है। लेकिन मैं पूछता हूँ कि किसी के पास कहने को क्या है ? हर तरफ मुझे घिसे-पिटे परम्परागत विचार सुनने को मिलते हैं। आपने जिस जाल की बात कही उससे भी एक सशक्त जाल मुझे अपने इर्द-गिर्द हर तरफ दीखता है—भ्रमजाल !''

रेखा आश्चर्य के साथ शिवेन्द्र धीर को देख रही थी और उसकी बात सुन रही थी। उत्तर-प्रत्युत्तर, व्यंग्यों का आदान-प्रदान ! और इसमें प्रभाशंकर शिवेन्द्र धीर को पराजित नहीं कर सके। किस आत्मविश्वास और दुस्साहस के साथ वह कल का युवक एक महान व्यक्तित्व का मुकाबला कर रहा है, रेखा इससे तिलमिला उठी। उसे अपने पति के इस युवक से उलझने पर क्रोध भी आ रहा था। उसने कड़वे स्वर में कहा, ''आप ठीक कहते हैं धीरजी, हमारे इर्द-गिर्द चारों ओर भ्रमजाल है और मैं तो यहाँ तक मानने को तैयार हूँ कि आप-हम—सभी उस भ्रमजाल के ताने-बाने के रूप में स्थित हैं। आप जिसे अपनी कला कहते हैं वह भी तो इसी भ्रमजाल का भाग है, और अपनी कला के रूप में आप अपने भ्रमजाल को दुनिया पर आरोपित करना चाहते हैं। लेकिन दुनियावालों के अपने-अपने निजी भ्रमजाल हैं, इसलिए वह आपके भ्रमजाल में अपने भ्रमजाल का रूप देखना चाहते हैं, और यहीं दुनियावालों की नजर में आपकी कला की निरर्थकता और असफलता साबित होती है।''

प्रभाशंकर ने देखा कि शिवेन्द्र धीर का मुँह उतर गया। सैद्धान्तिक वाद-विवाद को छोड़कर रेखा ने एक प्रकार से शिवेन्द्र धीर के कलाकार पर प्रहार किया है। उन्होंने

बात को सँभालने का प्रयत्न किया, हँसते हुए उन्होंने कहा, "कोई बात नहीं ! कला सफल है अथवा असफल इसका निर्णय तो भविष्य के हाथ में है, लेकिन तुम्हारा व्यक्तित्व सफल है, यह मैं कह सकता हूँ। रेखा को तुम्हारे व्यक्तित्व से ईर्ष्या हो रही है, बुरा न मानना।"

प्रभाशंकर की इस बात पर रेखा हँस पड़ी और रेखा के साथ ज्ञानवती और शिवेन्द्र धीर भी हँस पड़े।

ज्ञानवती और शिवेन्द्र धीर के जाने के बाद प्रभाशंकर लॉन में ही बैठे रहे। उन्होंने रेखा से कहा, "मुझे तो ऐसा लगता है कि ज्ञान इस चित्रकार से बुरी तरह से प्रभावित है। लेकिन मुझे यह आदमी अच्छा नहीं लगा, इस पर भरोसा नहीं किया जा सकता। क्या ज्ञान इससे प्रेम करने लगी है ?"

"कहती तो वह मुझसे यही है, और मैं आपसे सहमत हूँ कि ज्ञान का चुनाव ठीक नहीं है। इस आदमी के व्यक्तित्व में कहीं कोई कुरूपता है, जिसे मैं अनुभव तो करती हूँ लेकिन देख नहीं पाती। मैं सोचती हूँ कि ज्ञान को इससे सतर्क कर दूँ। बड़ी सीधी और भोली है ज्ञान।"

"मेरी सलाह तो यह है कि तुम इन दोनों के बीच में न पड़ो, जो कुछ हो रहा है उसे तुम न रोक सकोगी। हाँ, एक बात तुमसे कहना मैं भूल ही गया, यूनिवर्सिटी में मेरा काम पूरा हो गया है, तीस अप्रैल तक मैं यहाँ से चल सकता हूँ।"

रेखा खुशी से किलक उठी, "सच ! तीस अप्रैल से आपको छुट्टी मिल रही है, यह तो बड़ा अच्छा हुआ। आज बाइस है, तो आप तीस की रात के लिए यहाँ से देहरादून के लिए एक कूपा रिजर्व करा लीजिए। मैं पाँच दिन में सब कुछ ठीक कर लूँगी। यहाँ तो गर्मी अब बहुत अधिक पड़ने लगी है।"

[10]

सामने ऊँचे-ऊँचे पहाड़—रेखा के मन में एक प्रकार की उमंग थी, उसके शरीर में एक नवीन स्फूर्ति थी। वह चढ़ाई पर चढ़ती चली जा रही थी और हाँफ रही थी। लेकिन उसे थकावट नहीं थी—न तन की और न मन की।

प्रभाशंकर सुबह के समय दिल्ली चले गए थे, यूनिवर्सिटी की परीक्षा की एक मीटिंग में, और अपना अकेलापन रेखा को अच्छा लग रहा था। और मसूरी आए पन्द्रह दिन से अधिक हो गए थे, और इन पन्द्रह दिनों में वह पहले से भी अधिक स्वस्थ हो गई थी। उसके मुख पर एक हलकी-सी लाली आ गई थी जो दर्पण में दीख जाती थी, लेकिन उसके मन में भी एक प्रकार की हलचल भर गई थी और अपने अन्दरवाली हलचल के रूप का उसे पता न था।

नीचे मैदान में अब गर्मी बहुत बढ़ गई थी और मसूरी में आनेवालों की भीड़ भी लगातार बढ़ती जा रही थी। लेकिन रेखा को जैसे उस भीड़ से अरुचि-सी थी। यह भीड़ उस पर्वत-प्रदेश की शान्ति को भंग कर रही थी। सुबह-शाम वह अकेली घूमने के लिए निकल पड़ती थी, निर्जन मार्गों और पगडंडियों में, और लक्ष्यहीन-सी वह चलती रहती थी तब तक, जब तक वह थककर चूर-चूर न हो जाए। पिछले पन्द्रह दिनों में केवल तीन-चार बार ही वह मसूरी के चहल-पहल से भरे बाजार में घूमने गई थी, और वह भी प्रभाशंकर के साथ उनके आग्रह से।

और तेज चाल से रेखा चल रही थी चढ़ाई पर। वह एक मोड़ पर पहुँच रही थी, और वह एकाएक ठिठक गई। सामने का मार्ग एक कगार से होकर जाता था, जिसके दाहिनी ओर एक पहाड़ी पर कुछ बँगले थे और बाईं ओर करीब पाँच सौ फुट गहरा एक खड्ड था। खड्ड की तरफ सड़क पर लोहे के मजबूत जँगले लगा दिए गए थे, किसी भी प्रकार की दुर्घटना बचाने के लिए। रेखा ने देखा कि उस जँगले से चिपकी एक लड़की खड़ी हुई नीचे खड्ड की ओर देख रही है। रेखा को यह भी लगा कि वह लड़की खड्ड में कूदना चाहती है, क्योंकि वह जँगले के बाहर उस ओर जाने का प्रयत्न कर रही है।

रेखा दौड़ पड़ी। जिस समय वह उस स्थान पर पहुँची वह लड़की जँगले के उस पार करीब-करीब पहुँच चुकी थी। रेखा ने उसे पकड़ लिया और बोल उठी, "यह कैसा पागलपन है ? क्या मरना चाहती हो ?"

रेखा ने अब देखा कि वह कच्ची अवस्था की एक लड़की है, जिसने रेखा की पकड़ से छूटने का कोई प्रयत्न नहीं किया। थके-से स्वर में उसने कहा, "हाँ, मरना चाहती हूँ।" और उतनी ही थकावट की विवशता के भाव के साथ वह रेखा की खींच के साथ जँगले के इस ओर निकल आई। अब उस लड़की का मुख रेखा के सामने था और एकाएक रेखा चौंक पड़ी, "अरे तुम, शीरीं चावला !"

पराजित और निराश स्वर में शीरीं बोली, "हाँ, मैं शीरीं चावला हूँ और मैं मरना चाहती हूँ। आपने मुझे रोककर अच्छा नहीं किया। बड़ा साहस बटोरकर मैं इस खड्ड में कूद रही थी, अब फिर इतना साहस बटोर पाऊँगी, इसका भरोसा नहीं।" और इस बार उसने रेखा को देखा, "आप मुझे जानती हैं ? लेकिन मैं तो आपको नहीं जानती। आप यहाँ इस उजाड़ रास्ते पर कैसे आ गईं, जबकि सारा मसूरी शहर रँगरेलियों में डूबा हुआ है। बोलिए, आप चुप क्यों हैं ?"

शीरीं का हाथ पकड़कर रेखा घूम पड़ी, "तुम मुझे नहीं जानतीं। सिर्फ एक दफा तुमने मुझे देखा है, लेकिन उस वक्त तुम देख कुछ भी नहीं रही थीं, तुम तो अपने में खोई हुई थीं। निरंजन कपूर के साथ जब तुम्हारी सगाई हुई थी, उस दिनवाले उत्सव में मुझे भी निमन्त्रण मिला था। मेरा नाम रेखा है—रेखा शंकर !"

एक फीकी मुस्कान शीरीं के मुख पर आई, "आप उस उत्सव में आई थीं। हाँ, मुझे कुछ-कुछ याद आ रहा है। आप प्रोफेसर प्रभाशंकर की पत्नी हैं न ! और ममी

कभी-कभी आपका जिक्र करती हैं। लेकिन ममी आपको पसन्द नहीं करतीं, क्योंकि आप ममी के यहाँ आती नहीं हैं। उनका कहना है कि आपको अपने रूप का बड़ा घमंड है।"

रेखा को अनुभव हुआ कि शीरीं को कोई गहरा मानसिक आघात लगा है। वैसे देखने में वह अस्वस्थ नहीं दीख रही थी लेकिन जैसे उसका मानसिक सन्तुलन जाता रहा हो। उसकी बातचीत से, उसकी भाव-भंगिमा से ऐसा लग रहा था। वह बिलकुल एक अबोध बच्ची की तरह बात कर रही थी। रेखा ने मुस्कराते हुए कहा, "तुम्हें तो दिल्ली की सर्वश्रेष्ठ सुन्दरी होने का मैडल मिला है, तो तुमसे ज्यादा सुन्दर तो मैं नहीं हूँ।"

एक बाल-सुलभ कौतूहल के साथ शीरीं ने रेखा को गौर से देखा, "सुन्दर तो आप हैं, मुझसे ज्यादा भले ही न हों। लेकिन आपमें एक तरह का आकर्षण है जो मुझमें नहीं है। ममी को ही लीजिए, इतनी उम्र हो गई है उनकी, लेकिन उनमें गजब का आकर्षण है ! तो यह आकर्षण कैसे पैदा किया जाता है अपने अन्दर—यह मुझे नहीं मालूम !" और शीरीं चुप हो गई जैसे वह अपने में खो गई हो।

थोड़ी देर तक दोनों चुपचाप चलती रहीं। उस समय सूर्यास्त हो रहा था और सड़क पर की बिजली की बत्तियाँ जल गई थीं। अब वे लोग मसूरी के सघन भाग में आ गए थे। रेखा ने पूछा, "लेकिन तुमने मुझे यह नहीं बतलाया कि तुम क्यों मरना चाहती थी ? क्या निरंजन कपूर से तुम्हारा किसी तरह का झगड़ा हो गया है ? और इतनी छोटी-छोटी बातों पर इतना निराश तो नहीं होना चाहिए।"

एक सूना-सा भाव शीरीं के मुख पर आ गया, "नहीं, निरंजन तो बड़ा अच्छा है, बड़ा प्यारा आदमी है, उससे किसी का झगड़ा हो ही नहीं सकता। मैं सच कहती हूँ, मैं निरंजन को बेहद प्यार करती हूँ, उससे मेरा झगड़ा भला क्यों होने का ? और निरंजन भी मुझसे बेहद प्यार करता है।" फिर कुछ रुककर मानो शीरीं ने अपने-आप ही कहा, "इसीलिए तो मरना चाहती हूँ। काश ! निरंजन मुझे इतना ज्यादा प्यार न करता, काश ! वह इतना सीधा और इतना अच्छा न होता !" और शीरीं फिर चुप हो गई, जैसे आगेवाली बात उसकी जबान से निकल ही न सकती हो।

रेखा अब लाइब्रेरी के पास आ गई थी। जिस समय वह घर से घूमने चली थी, उसका इरादा था कि वह मसूरी शहर की हलचल से दूर रहेगी, लेकिन शीरीं का साथ हो जाने से उसे अपना इरादा बदलना पड़ गया। देर तक रेखा शीरीं के साथ चुपचाप चलती रही, इस प्रतीक्षा में कि शीरीं अपनी बात आगे बढ़ाए। शीरीं का सिर झुका हुआ था, वह सिवा जमीन की तरफ किसी ओर कुछ न देख रही थी। बीच में रेखा ने दो-एक बार शीरीं से प्रश्न करके रहस्य की तह तक पहुँचने का प्रयत्न किया, पर इसमें उसे सफलता नहीं मिली। शीरीं जैसे अपने में एक तरह की जिद के साथ बन्द हो गई थी और रेखा के अन्दरवाला कौतूहल अब प्रबल हो गया था। आखिर बात क्या है ? वह शीरीं का साथ न छोड़ना चाहती थी, न जाने शीरीं क्या कर बैठे ! अन्त में उसने शीरीं

से पूछा, "तुम यहाँ पर कहाँ ठहरी हो ? तुम्हारे साथ मसूरी कौन आया है ?"

"हमारी कॉटेज है यहाँ पर 'अमर लॉज', जहाँ हम दोनों मिले थे, उसके कुछ आगे ऊपर की तरफ। पापा तो दिल्ली में हैं, ममी मेरे साथ आई हैं।"

एकाएक रेखा पूछ बैठी, "और निरंजन कपूर ? वह भी तो आया है यहाँ पर ?"

आश्चर्य से शीरीं ने रेखा को देखा, "आपको कैसे मालूम कि निरंजन कपूर आए हैं यहाँ पर ? क्या आप उनसे मिली हैं ?"

रेखा मुस्कराई, "नहीं, तुम्हारी सगाई के बाद मैंने निरंजन को देखा भी नहीं है। लेकिन मैंने अनुमान लगाया कि वह भी तुम्हारे साथ आया होगा। आखिर उससे तुम्हारा विवाह होनेवाला है न ?"

"हाँ, निरंजन हम लोगों के साथ ही आए हैं, लेकिन ममी ने उन्हें कॉटेज में नहीं ठहराया। हमारी कॉटेज में इतनी जगह है—दस-पाँच आदमी और ठहर सकते हैं वहाँ, लेकिन ममी का कहना है कि जब तक हम दोनों का विवाह न हो जाए तब तक निरंजन का मेरे साथ एक कॉटेज में ठहरना ठीक न होगा। पहले तो निरंजन मुझे लेकर अकेला आना चाहता था यहाँ। पापा से मैंने पूछा था तो उन्होंने इजाजत दे दी थी, लेकिन ममी को जब मालूम हुआ तो उन्होंने हम लोगों के साथ यहाँ आने की तैयारी कर ली, यहाँ आकर ममी ने निरंजन को होटल बर्कले में ठहरा दिया।"

जैसे रेखा की समझ में सारी स्थिति आ गई हो, "अब मैं समझी कि तुम क्यों मरना चाहती हो। लेकिन यह भी कैसा पागलपन है कि तुम निरंजन से अलग न रह सको ! तुम्हारी ममी का यह कहना बहुत गलत तो नहीं है कि जब तक तुम दोनों का विवाह न हो जाए, तुम्हारा निरंजन के साथ एक ही मकान में रहना ठीक न होगा।"

शीरीं थोड़ी देर तक चुप रही, फिर एक ठंडी साँस भरकर उसने कहा, "आप नहीं समझतीं, कोई कुछ नहीं समझता, और मैं किसी को समझा भी नहीं सकती।"

दोनों अब काफे डीलक्स के सामने आ गई थीं। मसूरी का एक शानदार होटल, हॉल में बैंड बज रहा था और झुंड-के-झुंड स्त्री-पुरुष वहाँ आ-जा रहे थे। होटल के सामने रेखा रुक गई, शीरीं का हाथ पकड़कर उसने कहा, "चलो, एक-एक कॉफी पी ली जाए। कॉफी पी लेने के बाद तुम्हारे अन्दरवाला तनाव दूर हो जाएगा, तब तुम शायद अपनी बात मुझे अच्छी तरह बतला सकोगी।"

शीरीं को अन्दर होटल में जाकर कॉफी पीने का ज़रा भी उत्साह न था, लेकिन उसने रेखा के प्रस्ताव पर किसी प्रकार का विरोध प्रदर्शित नहीं किया। चुपचाप वह रेखा के साथ काफे डीलक्स के अन्दर चली गई।

एक बड़ा-सा हॉल, ठसाठस भरा हुआ था। स्त्री-पुरुष वहाँ बैठे हुए खा-पी रहे थे, बातें कर रहे थे, हँस रहे थे और उत्सव मना रहे थे। हॉल के एक किनारे बैंड बज रहा था। हॉल के किनारे-किनारे पर्दे लगाकर छोटे-छोटे क्यूबिकल्स बना दिए गए थे उन लोगों के लिए जो खुले हुए हॉल में न बैठना चाहते हों। उस हॉल में कोई मेज खाली न थी। रेखा शीरीं के साथ एक क्यूबिकल में बैठ गई। वह बेयरा को दो कॉफी का

आर्डर दे रही थी कि उसे बगलवाले क्यूबिकल से एक जोर की हँसी सुनाई दी, जो किसी स्त्री की थी और किसी हद तक फूहड़ कही जा सकती थी। रेखा को वह हँसी कुछ पहचानी-सी लगी और उसी समय रेखा को लगा कि शीरीं का मुख एकदम पीला पड़ गया है और वह बुरी तरह काँप रही है।

"अरे क्या बात है ?" रेखा ने शीरीं के कन्धों पर हाथ रखकर दबी जबान में पूछा।

और एक प्रकार के अस्फुट स्वर में उसे शीरीं का उत्तर मिला, "यह हँसी—ममी की है—वह यहाँ बगलवाले क्यूबिकल में हैं। चलिए यहाँ से !" और शीरीं उठ खड़ी हुई।

इस बार रेखा का मुख कठोर हो गया। उसने शीरीं का हाथ दृढ़ता के साथ पकड़कर उसे बिठाते हुए धीमे-से स्वर में कहा, "चुपचाप बैठो, इस तरह भागने से काम नहीं चलेगा। तुम्हारी ममी के साथ कौन हो सकता है, यहाँ पर ?"

उसी समय रेखा को एक पहचाना हुआ-सा पुरुष स्वर सुनाई पड़ा, "माई डार्लिंग ममी ! चलो, अब हम लोग होटल चलें।"

"बड़े नटखट हो निरंजन !" पुचकार से भरा रत्ना का स्वर सुनाई पड़ा, "छोड़ो भी मुझे ! अभी-अभी तो होटल से हम लोग आए ही हैं। यहाँ से हम लोग घर चलेंगे, शीरीं तुम्हारा इन्तजार कर रही होगी।"

और रेखा को लगा कि निरंजन का स्वर एक जिद्दी बच्चे का स्वर है, "करने दो इन्तजार ! मैं तुम्हें छोड़कर कहीं नहीं जाऊँगा। कितनी आग भड़का दी तुमने मेरे अन्दर ! नहीं, मेरे होटल चलो, वहाँ से तुम घर चली जाना।" और रेखा को लगा कि निरंजन हाथ पकड़कर रत्ना को उठा रहा है, रत्ना अब किसी प्रकार का विरोध नहीं कर रही है, क्योंकि उसकी आवाज रेखा को सुनाई पड़ी, "अच्छा चलती हूँ; बिल तो अदा कर दूँ।"

रेखा अब शीरीं का हाथ पकड़कर उठ खड़ी हुई, "चलो, इसी वक्त हम लोग बाहर चलें। होटल के दरवाजे पर ही हम दोनों इन लोगों से मिलेंगी। अब मेरी समझ में आया कि तुम क्यों आत्महत्या करना चाहती थीं। मैं सब कुछ ठीक कर दूँगी, तुम देखती चलो। लेकिन तुम चुप रहना, जैसे तुम कुछ जानती ही नहीं हो।"

होटल के बाहर निकलकर रेखा शीरीं के साथ बगलवाले स्टोर के शोकेस के सामने खड़ी हो गई। मुँह उसका शोकेस की ओर था, लेकिन देख वह काफे डीलक्स के दरवाजे की ओर रही थी। करीब पाँच मिनट बाद ही रत्ना निरंजन के साथ काफे से बाहर निकली। उस समय रत्ना मानो निरंजन की बाँहों पर झूल-सी रही थी, और निरंजन के पैर भी कुछ डगमगा-से रहे थे। वैसे ही रेखा शीरीं का हाथ पकड़कर होटल के दरवाजे की ओर घूमी।

रत्ना की नजर शीरीं पर पड़ी और उसका मुख पीला पड़ गया। वह निरंजन की पकड़ से अलग होकर बोली, "अरे, तुम यहाँ ! तुमने तो कहा था कि तुम्हारी तबीयत ठीक नहीं है, तुम घर पर ही रहोगी। मैं निरंजन को अपने साथ घर पर ला रही थी, क्यों निरंजन ?"

रेखा ने न निरंजन को कुछ कहने का मौका दिया और न शीरीं को, वह बोल उठी, "मैं शीरीं को जबर्दस्ती अपने साथ खींच लाई हूँ यहाँ पर। घर में अकेले इसका जी घबरा रहा था, तो घर के बाहर निकल आई थी। इसकी नब्ज़ बहुत कमजोर है शायद। मैंने इसे देख लिया और अपने साथ घूमने को ले आई।" फिर वह निरंजन कपूर की ओर घूमी, "मैंने आपको शीरीं के साथ आपकी सगाई के समय देखा था—मेरा नाम है रेखा शंकर, आपको शायद याद न होगा, इतने अधिक मेहमान थे उस दिन मिसेज चावला के यहाँ।" और रेखा रत्ना की ओर देखकर खिलखिलाकर हँस पड़ी।

रेखा को देखकर निरंजन स्तब्ध-सा रह गया। पहली बार जब उसने रेखा को देखा था, उसे स्त्री के मादक सौन्दर्य का पता न था। लेकिन तब से परिस्थितियाँ बदल गई थीं, निरंजन का दृष्टिकोण बदल गया था। तब से रेखा की सुन्दरता और अधिक निखर गई थी। उस समय तक जैसे निरंजन के अन्दरवाला पशुता का पागलपन दूर हो गया था, उसने मुस्कराते हुए कहा, "आपको कहीं भूला जा सकता है ? मैं कभी-कभी सोचने लगता था कि आपसे फिर मुलाकात होगी या नहीं। यह मेरा सौभाग्य है कि आपके दर्शन यहाँ पर हो गए। कहाँ ठहरी हैं आप ?"

"यहाँ से काफी दूर, सिंह लॉज में; अमर कॉटेज से करीब चार-पाँच फर्लांग इसी तरह थोड़ा-सा सड़क से हटकर नीचे की तरफ। प्रोफेसर तो एक मीटिंग में आज सुबह दिल्ली चले गए हैं, तो मैं अकेली ही घूमने निकल पड़ी थी। रास्ते में मुझे शीरीं मिल गई, शायद इसकी तबीयत ठीक नहीं है। इसकी नर्व्ज बड़ी कमजोर हैं।" और वह रत्ना की ओर घूमी, "मिसेज चावला, इस लड़की को अकेले छोड़कर आपको कहीं न जाना चाहिए, बड़ी भावुक लड़की है, किसी हद तक अनुभवहीन और नासमझ।"

रेखा की बात सुनकर रत्ना के माथे पर बल पड़ गए। यह स्पष्ट है कि उस स्थान पर रेखा से मिलकर उसे एक तरह की झुँझलाहट हुई थी। अपने को संयत करके उसने कहा, "यह शीरीं बड़ी जिद्दी लड़की है। मैं इससे इतना कहती हूँ कि घूमा-फिरा करो, लेकिन यह घर से बाहर निकलने का नाम ही नहीं लेती। मैं तो इसके साथ मसूरी आकर पछता रही हूँ। यह निरंजन के समझाने पर भी तो नहीं समझती।"

इस बात पर निरंजन कुछ नहीं बोला। वह एकटक रेखा को देख रहा था। निरंजन का शरीर अब पहले से कुछ अधिक भर गया था, और उसमें एक तरह की प्रौढ़ता आ गई थी। गौर-वर्ण का सुन्दर-सा युवक, साँचे में ढला हुआ शरीर ! अपनी ओर निरंजन को एकटक देखते हुए देखकर रेखा के मन में एक विचार बिजली की तरह कौंध गया। उसने मुस्कराते हुए निरंजन से कहा, "दो-चार दिन तो आप नियमित रूप से शीरीं के साथ घूमिए, सुबह-शाम। यह आपको बेहद प्यार करती है, आपकी जुदाई इसे बर्दाश्त नहीं। आप शायद किसी होटल में ठहरे हैं; आप मिसेज चावला के कॉटेज में क्यों नहीं आ जाते ? काफी बड़ी कॉटेज है वह, आपके वहाँ जा जाने से शीरीं की तन्दुरुस्ती में बड़ी जल्दी सुधार होगा।"

कृतज्ञता के भाव से शीरीं ने रेखा को देखा, "नहीं, अभी इनके साथ मेरा विवाह

नहीं हुआ है। ममी का कहना है कि जब तक हम दोनों का विवाह न हो जाए तब तक हम दोनों का एक मकान में साथ रहना ठीक नहीं। पापा भी ममी की बात को ठीक समझते हैं। हाँ, अगर निरंजन सुबह-शाम मेरे यहाँ आ जाया करें और मुझे घुमा लाया करें तो बड़ा अच्छा हो।" और जैसे शीरीं को अनुभव हुआ कि उसकी बात रत्ना को पसन्द नहीं आ रही, उसने कुछ हिचकिचाते हुए कहा, "नहीं, इसकी कोई जरूरत नहीं। ममी तो...।"

शीरीं अपनी बात कहते-कहते रुक गई, लेकिन रेखा ने उसकी बात पूरी कर दी, "ममी तो इनका मनबहलाव कर ही देती हैं।" और रेखा जोर से हँस पड़ी। इसके पहले ही रत्ना रेखा को कोई कटु उत्तर दे, रेखा घूमकर तेजी के साथ चल दी।

जिस समय रेखा घर पहुँची, रात काफी हो गई थी। उसका मन विजय के उल्लास से भरा हुआ था। उसने शीरीं को मरने से बचाया था—यही नहीं, उसने रत्ना के अन्दर पराजय की कटुता उत्पन्न कर दी थी। उसे शीरीं पर दया आ रही थी, और शीरीं से बढ़कर उसे दया आ रही थी निरंजन पर, जो एक असंस्कृत, कुलटा और फूहड़ स्त्री की वासना का शिकार बन गया था। कितना सुन्दर, कितना भला और कितना अबोध था वह निरंजन ! कहाँ किन लोगों के बीच फँस गया था वह ! रेखा बड़ी देर तक चुप बैठी हुई सोचती रही उस नाटक पर, जिसमें एक प्रमुख पार्ट खेलकर वह लौटी थी।

दूसरे दिन जब रेखा नाश्ता करके घूमने को निकली, वह बरामदे में ही ठिठक गई। उसने देखा कि आसमान पर उत्तर की ओर बादल उमड़ रहे हैं और हवा एकाएक बर्फीली हो गई है। रह-रहकर बिजली चमक रही है और बादल तेजी के साथ आगे बढ़ रहे हैं। उसे घर से बाहर निकलने का विचार छोड़ना पड़ा और बरामदे में पड़ी हुई बेंत की कुर्सी पर बैठकर वह बाहर का दृश्य देखने लगी। पाँच मिनट के अन्दर ही जोर की वर्षा होने लगी और चारों तरफ एक प्रकार का धुँधलापन छा गया। वर्षा की बौछार अब बरामदे में आने लगी थी और रेखा को कुछ सर्दी-सी लगने लगी थी। उठकर वह भीतर ड्राइंग-रूम में जाने लगी कि उसी समय उसने देखा कि एक व्यक्ति दौड़ता हुआ उसके फाटक के अन्दर चला आ रहा है उस वर्षा से बचने के लिए। अन्दर जाते-जाते वह रुक गई। वह व्यक्ति अब बरामदे के अन्दर आकर खड़ा हो गया था। और उस व्यक्ति को देखकर रेखा चौंक उठी, "अरे आप ! आप तो बिलकुल भीग गए हैं !"

निरंजन कपूर हँस रहा था, "हाँ, थोड़ी देर तक ऊपर उस पेड़ के नीचे खड़ा भीगता रहा, यह सोचकर कि पानी रुक जाएगा या धीमा पड़ जाएगा। और वहाँ मुझे ऐसा लगा कि पानी की एक मोटी धार मेरे ऊपर गिर रही थी। इधर-उधर देखा, यह मकान सबसे नजदीक दिखलाई दिया। हारकर मुझे इस मकान की छत की शरण लेनी पड़ी। मैं क्या जानता था कि भाग्य मुझे आपके यहाँ लाकर खड़ा कर देगा। चला था शीरीं और ममी से मिलने, और मिल गईं आप !"

रेखा के मुख पर एक हलकी-सी मुस्कराहट आई, "यहाँ आप घाटे में नहीं रहेंगें अन्दर आ जाइए और कपड़े बदल लीजिए।" रेखा ने निरंजन को सिर से पैर तक देखा,

"प्रोफेसर के कपड़े आपके शरीर पर आ जाएँगे ? मैं कपड़े लाए देती हूँ, आप बदल लीजिए, तब तक मैं आपके लिए चाय बनाती हूँ। यह बारिश तो ऐसा लगता है घंटे-दो घंटे के लिए आई है।"

कपड़े बदलकर निरंजन ड्राइंग-रूम में आकर बैठ गया, नौकर ने निरंजन के कपड़े सूखने के लिए डाल दिए। चाय पीते हुए निरंजन ने कहा, "उफ् ! अब जाकर जान-में-जान आई। ऐसा लगता था कि सर्दी की एक लहर मेरे अन्दर भर गई है।"

"पहाड़ों में गर्मी में इसी तरह बिना बुलाए बारिश आ जाया करती है।" रेखा ने कहा, "लेकिन ऐसा कम ही होता है।" फिर कुछ रुककर उसने पूछा, "आप शीरीं से मिलने जा रहे थे या रत्ना से, ठीक-ठीक बताइएगा !"

रेखा का प्रश्न सुनकर निरंजन सन्नाटे में आ गया, "आपका मतलब क्या है, मैं समझा नहीं। मैं दोनों से मिलने जा रहा था।"

रेखा हँस पड़ी, "ठीक है। एक आपकी भावी पत्नी है, दूसरी आपकी भावी सास है। दोनों ही भावी हैं, वर्तमान से दूरवाली और भविष्य का कोई ठिकाना नहीं। वर्तमान ही सत्य और नित्य है। है न ऐसा ?"

निरंजन भी मुस्कराया, "मैंने दर्शनशास्त्र नहीं पढ़ा है, इसलिए मैं आपको राय न दे सकूँगा।"

रेखा बोली, "आप इस समय दर्शनशास्त्र के बहुत बड़े आचार्य के लिबास में हैं, इसलिए आप दर्शनशास्त्र की समस्याओं को सही या गलत समझ सकते हैं, और उन पर सही या गलत राय भी दे सकते हैं। अच्छा, अब दर्शनशास्त्र से हटकर एक दूसरा प्रश्न मैं आपसे करूँगी, लेकिन शर्त यह है कि आपको सही-सही जवाब देना होगा। मैं मनोविज्ञान के विद्यार्थी की हैसियत से आपसे यह प्रश्न पूछ रही हूँ और आपकी बात मुझसे किसी दूसरे तक नहीं जाएगी।"

कुछ सोचकर निरंजन बोला, "पूछिए, मैं आपसे सच ही बोलूँगा।" निरंजन अब बहुत गम्भीर हो गया था।

"आप शीरीं से विवाह कब कर रहे हैं ? या फिर यह पूछना अधिक उचित होगा कि क्या आप अब शीरीं से विवाह करना चाहते हैं ?"

रेखा का यह प्रश्न सुनकर निरंजन घबरा गया, लेकिन उसने अपने को सँभालकर कहा, "सच बात तो यह है कि मैं अब शीरीं से विवाह नहीं करना चाहता। वह बड़ी भावुक और नासमझ है। उसके साथ सगाई करके मुझसे गलती हो गई।"

"शायद इसलिए कि वह रूठती है और वह चाहती है कि आप उसे मनाएँ। वह जिद करती है और वह चाहती है कि आप उसे डाँटें। है न ऐसी बात ?" रेखा ने पूछा।

आश्चर्य के साथ निरंजन ने रेखा को देखा, "यह आप कैसे जानती हैं ?"

"ऐसा ही मैंने अनुमान लगाया। और आप चाहते हैं कि आप रूठें और कोई दूसरा आपको मनाए, आप जिद करें और कोई दूसरा आपकी बात माने या आपको डाँटे और मैं यह भी अनुमान लगा सकती हूँ कि रत्ना ने आपमें यह आदत डाल दी है। है न

ऐसा ? रत्ना आपकी उचित-अनुचित हरेक बात मानती है, आपकी हरेक जिद वह पूरी करती है। और रत्ना की जिद है कि आप शीरीं से विवाह करें ही।"

धीमे से स्वर में निरंजन ने कहा, "हाँ, ममी का कहना है कि अक्टूबर में यह विवाह हो जाना चाहिए। लेकिन आपको हम लोगों की व्यक्तिगत बातों का पता कैसे चल गया ?"

रेखा ने इस बात का कोई उत्तर नहीं दिया। उसने पूछा, "आज दिन में आपका क्या कार्यक्रम था ?"

"कार्यक्रम क्या बतलाऊँ ?" विरक्त भाव से निरंजन ने कहा, "यहाँ तो अब मेरी तबीयत ऊबने लगी है। लोग किस तरह पहाड़ों पर महीनों रहते हैं, मेरी समझ में नहीं आता। वह छोटा-सा बाजार, वही इने-गिने होटल, वही इनी-गिनी दुकानें और वही रोज दीखनेवाले जाने-पहचाने चेहरे। मैं सोच रहा हूँ कि मसूरी आकर मैंने गलती की है।"

रेखा को निरंजन की इस बात से पता चल गया कि उसके सामनेवाले युवा में अभी जीवनी-शक्ति लहरें ले रही है, अभी उसके अन्दरवाला कुतूहल सोया नहीं है। उसने कहा, "हाँ, लोग अकसर मसूरी मैदानों की गर्मी से त्राण पाने के लिए आते हैं, और इस गर्मी से त्राण पाने की भावना में भी विलासप्रियता का एक अंश है। हम लोगों का जीवन ही सक्रियता से हटकर इस विलासप्रियता से चिपक गया है। लेकिन मसूरी में बहुत कुछ देखने-सुनने को है, नगर में नहीं, नगर से बाहर इन पहाड़ों की गोद में।" और कुछ रुककर उसने कहा, "इधर कई दिनों से काम्टी फॉल जाने की मैं सोच रही थी, लेकिन कोई साथी न मिलने के कारण मैं नहीं जा सकी। अगर मैं पुरुष होती तो अकेली ही निकल पड़ती। लेकिन स्त्री हूँ, इसलिए हिम्मत नहीं पड़ती।"

निरंजन के मुख पर उल्लास की एक लहर आई, "काम्टी फॉल की बाबत मैंने भी बहुत सुना है। मैं भी जाना चाहता हूँ वहाँ, लेकिन...।"

"लेकिन आपको भी साथ नहीं मिलता—है न ऐसी बात !" और रेखा हँस पड़ी।

पानी इस समय तक बन्द हो गया था। रेखा ने बाहर की ओर देखते हुए कहा, "अभी तो नौ बजे हैं, और सौभाग्य से मौसम बहुत सुहाना हो गया है। सोच रही हूँ अगर कोई साथी मिलता तो आज काम्टी फॉल तक हो आती। प्रोफेसर के दिल्ली से लौटने पर तो मैं न जा सकूँगी। वह चढ़ाई पर चढ़ ही नहीं सकते, और उनको यहाँ अकेले छोड़ने को जी नहीं चाहता।

निरंजन ने उल्लास से भरकर कहा, "अगर आपको कोई आपत्ति न हो तो मैं आपके साथ चलने को तैयार हूँ। मेरे होटल में कुल दस मिनट लगेंगे मुझे कपड़े बदलने में। फिर वहाँ से हम लोग कुछ सैंडविचेज ले लेंगे और कुछ फल ले लेंगे। सुना है काफी दूर है वह फॉल यहाँ से।"

"ज्यादा नहीं, यही कोई छह-सात मील का फासला है यहाँ से। हम लोग वहाँ से पाँच-छह बजे तक लौट सकते हैं। लेकिन शीरीं आपका इन्तजार कर रही होंगी।" और रेखा के मुख पर एक कुटिल मुस्कान आ गई।

"शीरीं तो नहीं, ममी मेरा इन्तजार जरूर कर रही हैं। लेकिन अगर मैं वहाँ न गया तो वह बुरा न मानेंगी; मेरी किसी बात का वह बुरा नहीं मानतीं।"

रेखा के पास सोचने-समझने का समय नहीं था, या उसमें इस समय सोचने-समझने की प्रवृत्ति नहीं थी। उसने नौकर को आवाज दी, "साहब के कपड़े सूख गए होंगे, उन्हें ले आओ। और आज दोपहर को मैं खाना नहीं खाऊँगी, तुम्हें छुट्टी है। शाम को पाँच-छह बजे तक आ जाना।"

बादल अब हट गए थे और हलकी-सी सुनहरी धूप पहाड़ों से खेलने लगी थी। चारों तरफ धुला-धुला-सा लग रहा था, और रेखा को अनुभव हो रहा था कि उसके चारों ओर जो कुछ है वह सब नवीन है। निरंजन उसकी बगल में चल रहा था लम्बा-सा, सुन्दर और आकर्षक युवक, जिसके शरीर में एक गठन थी, एक लोच था। एक ताजगी की सुगन्ध उसके शरीर से निकल रही थी। उसके सामने हिमालय की पर्वतमालाएँ थीं, एक अज्ञात प्रदेश को अपने आँचल में लिए हुए। ठंडी हवा चल रही थी, जिसमें एक पुलक से भरी सिहरन थी, और एक अतुलनीय उल्लास अपने अन्दर समेटे हुए रेखा चल रही थी।

हिमालय की उस ऊँची चढ़ाई पर तेजी के साथ चलते हुए रेखा हाँफ रही थी, जबकि निरंजन दौड़ता हुआ चढ़ाई चढ़ रहा था; और रेखा को अपने विवाह के पहले का वह दिन याद हो आया जब वह डॉक्टर प्रभाशंकर को साथ लेकर जबलपुर में अपने पिता के फॉर्म के पासवाली पहाड़ियों पर घूमने गई। और तब प्रभाशंकर हाँफ रहे थे जबकि रेखा दौड़ती हुई यह चढ़ाई चढ़ रही थी। तब उसके शरीर में कितनी स्फूर्ति थी ! यह अभी तीन साल पहले की तो बात है। और इन तीन सालों में रेखा कितनी बदल गई है। तब से वह कुछ थोड़ी-सी अधिक मांसल हो गई है, तब से वह कुछ और अधिक सुन्दर दीखने लगी है। वह अपने से सन्तुष्ट नहीं है, जो कुछ वह खो चुकी है उसका उसे दुख नहीं है। लेकिन उस समय वह यह अवश्य अनुभव कर रही थी कि उसके शरीर का लचीलापन जाता रहा है, उसका बचपन उसे छोड़ चुका है।

और तभी उसकी नजर निरंजन पर पड़ी जो एक फर्लांग आगे खड़ा हुआ उसकी प्रतीक्षा कर रहा था। उसने देखा कि निरंजन के मुख पर उल्लास था, उसकी आँखों में चमक थी। कितना प्यारा दीख रहा था वह !

वह निरंजन उम्र में रेखा से कुछ बड़ा ही रहा होगा, लेकिन उसका बचपन अभी उसमें मौजूद था। उस बचपन में कौतूहल है, उत्सुकता है, उल्लास है, उत्सव है। वह बचपन जिम्मेदारियों के बन्धन से उन्मुक्त है; और रेखा ने मन में प्रबल लालसा अनुभव की, उस बचपन को एक बार फिर से पाने के लिए। और उस बचपन को एक बार फिर अपने पास लाने के लिए रेखा जहाँ निरंजन खड़ा था उस ओर दौड़ी, लेकिन उसे लगा जैसे उसका दम फूलने लगा है, उसकी पिंडलियों में दर्द होने लगा है, उसकी आँखों के आगे अँधेरा छाने लगा है। उसे यह भी लगा कि वह बेहोश होकर गिरनेवाली है, और उसके पैर लड़खड़ाने लगे हैं।

निरंजन ने शायद उसकी विवशता देख ली, दौड़कर वह रेखा के पास आया। हँसते हुए उसने कहा, "आपका अभ्यास छूट गया है, चलने-फिरने-दौड़ने का। मैं अब आपके साथ धीमे-धीमे चलूँगा। मेरा भी टेनिस का अभ्यास छूट गया है, तीन-चार सेट के बाद ही हाँफने लगता हूँ।"

रेखा ने अनायास ही निरंजन का हाथ पकड़ लिया, "तुम शायद मुझसे उम्र में बड़े होगे, लेकिन तुम्हारा बचपन तुम्हारे पास मौजूद है। यह बचपन कितना प्यारा है--उफ् कितना प्यारा है ! और मैं उसे खो चुकी हूँ।" रेखा यह कहते-कहते निरंजन की बाँहों में झूल पड़ी।

"मैं अगर आपको तुम कहूँ तो बुरा तो न मानिएगा ! आप खुद जानती हैं कि आप मुझसे उम्र में छोटी हैं।" निरंजन बोला।

रेखा के मुख पर मुस्कराहट थी और उसकी आँखें झपी हुई थीं। एक असीम आह्लाद से उसका स्वर काँप रहा था, "अकेले में तुम मुझे 'तुम' कह सकते हो, लेकिन दुनिया के सामने नहीं, क्योंकि यह 'तुम' का सम्बन्ध घनिष्ठता का द्योतक है, और मैं विवाहित हूँ, किसी पर-पुरुष से मेरी घनिष्ठता नहीं होनी चाहिए। समाज के सामने यह घनिष्ठता का व्यवहार अनुचित होगा। है न ऐसा !"

और रेखा को लगा कि निरंजन धीरे-धीरे उसे अपने बाहुपाश में कसता जा रहा है, "यहाँ तो हम-तुम अकेले हैं। कितनी सुन्दर हो तुम, ओह बिलकुल स्वर्ग की अप्सरा की भाँति सुन्दर हो ! कितना मादक है तुम्हारा स्पर्श !" और निरंजन के हाथों की जकड़ कसती जा रही थी। न जाने रेखा को क्या हो गया था कि वह निरंजन की जकड़ से बाहर आने का प्रयत्न नहीं कर रही थी--बड़ा मादक सुख मिल रहा था उसे। लेकिन वह कहती जा रही थी--"मुझे छोड़ो, मैं कहती हूँ मुझे छोड़ो ! तुम शीरीं के हो निरंजन--तुम शीरीं के साथ अन्याय कर रहे हो।"

और निरंजन ने सचमुच रेखा को छोड़ दिया, "मुझे क्षमा करना जो मैं बहक गया। लेकिन मैं तुम्हें इतना विश्वास दिलाता हूँ कि मैं शीरीं से प्रेम नहीं करता, कर भी नहीं सकता। उसमें आग नहीं है।"

"वह आग रत्ना में तो है," रेखा के मुख से निकल पड़ा। उसके मन में हो रहा था कि निरंजन फिर से उसे अपने बाहुपाश में जकड़ ले।

"वह मुझसे खिलवाड़ करती है, मुझे ऐसा लगता है।" निरंजन ने एक पेड़ के नीचे बैठते हुए कहा।

रेखा निरंजन के पास बैठ गई, उसके मन में आया कि वह निरंजन से कहे, 'मैं भी तुमसे खिलवाड़ करना चाहती हूँ।' लेकिन उसने केवल इतना कहा, "तुम कितने प्यारे हो, कितने भोले हो--तुम निरे बच्चे हो !" और रेखा निरंजन की गोद में आप-ही-आप लुढ़क पड़ी।

निरंजन के साथ शाम को जब रेखा वापस लौटी, सूर्य डूब रहा था। मसूरी की बिजली की बत्तियाँ जगमगा रही थीं। उसने निरंजन से कहा, "मैं अकेली ही घर

लौटूँगी—और इतना याद रखना कि तुम शीरीं के हो और मैं प्रोफेसर की हूँ। रास्ता चलते हुए कुछ क्षणों के लिए हम दोनों मिले, और इसके बाद हम दोनों के मार्ग अलग-अलग हैं। वादा करो कि हमारा मिलन और हमारी घनिष्ठता केवल मसूरी के प्रवास-भर के ही लिए है—यह वादा करके ही जाओ।"

क्षीण और विवशता से भरे स्वर में निरंजन बोला, "मैं वादा करता हूँ।"

और रेखा कितनी प्रसन्न थी ! उसने निरंजन को रत्ना से छीन लिया था, हमेशा के लिए—वह जानती थी। उसने शीरीं की जान बचाई, शीरीं के लिए वह निरंजन को रत्ना के जाल से निकाल लाई। लेकिन इस सबमें उसकी भावना भी कुछ है, उसके शरीर की भूख का ही इस सबमें प्रमुख स्थान है—रेखा अपने उल्लास में इसका अनुभव नहीं कर पा रही थी।

[11]

आखिरी कापी जाँचकर प्रभाशंकर ने एक राहत की साँस ली। पन्द्रह दिनों से वे अपने कमरे में बन्द लगातार कापियाँ जाँचते रहे थे। वह उठकर बरामदे में आए। सूर्यास्त हो रहा था और उनके बँगले के ऊपर-नीचे हर तरफ की सड़क पर बिजली की बत्तियाँ जल गई थीं। क्षितिज की लाली धीरे-धीरे मिटती जा रही थी, और एक गहरा-सा अँधेरा मानो दुनिया पर उतरता चला जा रहा था। प्रसन्न-मन प्रभाशंकर ने बरामदे की बिजली जलाई और एक कुर्सी पर बैठकर आराम करने लगे।

रेखा दोपहर के समय खाना खाकर पिकनिक पर चली गई थी, उसने कहा था कि चिराग जलते-जलते वह घर लौट आएगी। प्रभाशंकर सोच रहे थे कि रेखा अभी लौटती होगी, थकी हुई-सी। प्रभाशंकर का मन हो रहा था कि वह आज घर से बाहर निकलें और बाजार की ओर घूमने चलें, घूमें-फिरें, मसूरी की चहल-पहल में अपने को खो दें। लेकिन अकेले घर से निकलने का उनका मन न हो रहा था। एक लम्बे अरसे से घूमने-फिरने की उनकी आदत जाती रही थी। फिर प्रश्न यह भी था कि क्या पिकनिक से लौटकर रेखा उनके साथ फिर से घूमने के मूड में होगी।

समय बीत रहा था और प्रभाशंकर को अब झुँझलाहट-सी होने लगी थी। तभी उन्हें ऐसा लगा कि किसी स्त्री की आकृति ऊपर की सड़क से नीचे उनके कॉटेज की तरफ बढ़ रही है। संध्या के उस धुँधलेपन में उन्हें लगा कि रेखा लौट रही है। और प्रभाशंकर की झुँझलाहट दूर हो गई—चलो अच्छा हुआ कि रेखा आ गई। घंटा-आधा घंटा ठहरकर ही वह निकलेंगे।

वह स्त्री-आकृति अब उनके कॉटेज के कम्पाउंड में आ गई थी, और प्रभाशंकर ने देख लिया था कि वह रेखा नहीं है। कौन हो सकता है ? प्रभाशंकर यह सोच रहे

थे कि उन्हें उस स्त्री की आवाज सुनाई दी, "आप अकेले बैठे हैं प्रोफेसर ! क्या रेखा अभी तक नहीं लौटी है ?"

प्रभाशंकर एक झटके के साथ उठ खड़े हुए, "अरे आप, मिसेज चावला ! आप यहाँ ? क्या आप पिकनिक में नहीं गईं ?"

"नहीं, मुझे पहाड़ों की चढ़ाई चढ़ना अच्छा नहीं लगता। उन लोगों ने जोर बहुत दिया तो उनके साथ चली गई थी, लेकिन मैं आधे रास्ते से ही लौट आई। अब तो रात हो रही है, शीरीं को इस वक्त तक लौट जाना चाहिए था। तो मैंने सोचा कि रेखा के साथ निरंजन और शीरीं शायद यहाँ चले आए हों। अकेले में मेरा मन बुरी तरह ऊब रहा था।"

"बैठ जाइए, खड़ी क्यों हैं ?" प्रभाशंकर बोले, "मैं भी यहाँ बैठा बुरी तरह से ऊब रहा था। काम खत्म करके अभी कुछ देर पहले उठा, तो घूमने-फिरने का मन कर रहा था। लेकिन अकेले घूमने जाना भी तो अच्छा नहीं लगता। अभी चाय बनवाता हूँ।"

प्रभाशंकर को लगा कि रत्ना चावला बहुत सुन्दर दीख रही है। प्रभाशंकर हमेशा से रत्ना चावला के प्रशंसकों में रहे थे, पर रत्ना से घनिष्ठता बढ़ाने का उन्हें कभी अवसर नहीं मिला था। प्रभाशंकर को रत्ना के यह कहने की अदा बहुत अच्छी लगी, "छोड़िए भी चाय को। मैं तो चाय पीते-पीते आजिज़ आ गई हूँ।" और रत्ना प्रभाशंकर को कुछ अजीब तरह से देखकर हँस पड़ी।

प्रभाशंकर के समस्त शरीर में एक तरह की झनझनाहट दौड़ गई, उन्होंने उठते हुए कहा, "जैसी आपकी मर्जी ! अगर आप साथ दें तो हम दोनों थोड़ा-सा घूम-फिर आएँ। मौसम बड़ा अच्छा है, इस समय यहाँ बैठने का मन नहीं कर रहा।"

"चलिए, मैं भी किसी साथी की तलाश में थी प्रोफेसर। दिल्ली में आपको न जाने कितनी बार देखा, मन में भी आया कि आप मुझसे मिलें, लेकिन वहाँ यह सब न हो सका। और आज इस सबका ध्यान भी नहीं था मुझे, आप मिल गए साथ घूमने के लिए।"

प्रभाशंकर ने नौकर को बुलाकर कहा, "मेम साहब से कह देना कि मैं कुछ देर में लौटूँगा, वह खाने के लिए मेरा इन्तजार न करें।" और वह रत्ना के साथ चल पड़े।

प्रभाशंकर ने अनुभव किया कि उनके मन में एक नया उल्लास है, एक नई उमंग है। उनके शरीर में एक तरह की स्फूर्ति थी। रत्ना को अपने हाथ का सहारा देकर वह मुख्य सड़क पर आ गए और बाजार की तरफ बढ़ने लगे। पूर्व में शुक्लपक्ष की तृतीया का चाँद आसमान पर चढ़ रहा था, अपना प्रकाश चारों ओर बिखेरते हुए। उनके चारों ओर सन्नाटा था और रत्ना के साथ प्रभाशंकर लाइब्रेरी की ओर बढ़ रहे थे। कुछ देर चलकर उन्हें रास्ते में आने-जानेवाले आदमियों की भीड़ दिखाई देने लगी। अनगिनत जोड़े हँसते हुए, गाते हुए, बातें करते हुए चल रहे थे। प्रभाशंकर ने रत्ना से कहा, "चलें, बाजार की तरफ !"

रत्ना मुस्कराई, "असल रौनक तो वहीं है, फिर मुझे प्यास भी लग रही है। किसी

रेस्तराँ में चलकर बैठा जाए। इतना रास्ता तय करने की थकान भी तो मिटानी है। कितने दिनों बाद आई हूँ इस तरफ, कितना अच्छा लग रहा है।"

बाजार से लगे होटल डीलक्स में इन दोनों ने प्रवेश किया। वेटर रत्ना को शायद अच्छी तरह जानता था, उसने रत्ना को सलाम किया। फिर एक खाली क्यूबिकल में इन दोनों को बिठाकर पूछा, "क्या लेंगी मैडम ?"

रत्ना ने तिरछी नजर से प्रभाशंकर को देखा, फिर उसने पूछा, "आप कभी-कभी ड्रिंक तो कर लेते होंगे ?"

"मैंने ड्रिंक न करने की कसम तो नहीं खाई है।" प्रभाशंकर बोले। उन्होंने वेटर से कहा, "दो छोटे स्कॉच !"

"नहीं, दो बड़े स्कॉच !" रत्ना ने कहा और वेटर चला गया।

प्रभाशंकर हँस पड़े, "उफ् ! आज कितने दिन बाद पी रहा हूँ, तो जी भरकर ही पी जाए, और तब जबकि आप सामने हों तो पीने में लुत्फ भी आएगा मिसेज चावला !"

रत्ना ने माथे पर बल डालते हुए कहा, "मुझे मिसेज चावला नहीं, रत्ना कहिए। आप मुझे क्यों याद दिला रहे हैं कि मैं विवाहित हूँ, मैं किसी दूसरे से बँधी हुई हूँ ?" और रत्ना के मुख पर एक अजीब भड़कीली-सी मुस्कान आई, "रूप और जवानी तब तक कायम रह सकते हैं जब तक वे बन्धन न स्वीकार करें।"

वेटर व्हिस्की के गिलास रख गया और प्रभाशंकर को लगा कि मादकता व्हिस्की के गिलास में नहीं है, मादकता उस होटल के वातावरण में है, मादकता उनके सामने बैठी हुई है रत्ना की आँखों में है, मादकता उनके मन में है। प्रभाशंकर ने यह भी अनुभव किया कि उनके शरीर की भूख एकाएक जाग पड़ी है। सम्मोहन से भरा एक पागलपन छाता जा रहा था उनके प्राणों पर। उस समय जैसे उनका अतीत उनके हाथों से निकल गया था।

डीलक्स होटल से जिस समय रत्ना के साथ प्रभाशंकर निकले, बाजार की भीड़ छँटने लग गई थी। नौ बज गए थे और लोग अपने घरों को वापस जा रहे थे। होटल से बाहर निकलकर रत्ना ने प्रभाशंकर से कहा, "और अब ?"

इससे पहले कि प्रभाशंकर इस प्रश्न का उत्तर देते, रत्ना ने कहा, "मुझे तो वास्तविकता की कुरूप दुनिया में जाना है प्रोफेसर ! तुम अपने घर जाओ, रेखा तुम्हारा इन्तजार कर रही होगी। और मैं अकेली करवटें बदलते-बदलते बेहोशी में अपने को खो दूँगी।"

प्रभाशंकर के मन में एक उथल-पुथल मची हुई थी। उन्हें अपने चारों ओर सबकुछ धुँधला-धुँधला लग रहा था सिवा रत्ना के, स्वास्थ्य की लालिमा जिसके मांसल शरीर से फूट रही थी, जिसकी आँखें चमक रही थीं। उन्होंने कहा, "चलो, मैं तुम्हारे घर तक तुम्हें पहुँचा दूँ। कितनी सुहानी रात है ! थोड़ी देर और इस सुहानी रात में मैं तुम्हारे साथ रह लूँ।" और प्रभाशंकर ने रत्ना का हाथ अपने हाथ में ले लिया।

रत्ना को लेकर जब प्रभाशंकर उसके कॉटेज में पहुँचे, शीरीं ड्राइंग-रूम के सोफे

पर लेटी हुई एक किताब पढ़ रही थी। यह साफ दीख रहा था कि वह ऊँघ रही थी। रत्ना और प्रभाशंकर की पदचाप सुनते ही वह उठ बैठी। उसने कहा, "ओह ममी ! तुम आ गईं, मुझे कितनी नींद आ रही थी ! बड़ी मजेदार पिकनिक रही; उफ् कितना थक गई हूँ ! बड़े जोर से भूख लगी थी तो मैंने आते ही खाना खा लिया। तुम्हारा खाना डाइनिंग रूम में रखा है। नौकर को मैंने भेज दिया।" और शीरीं खड़ी हो गई, "अब तुम आ गई हो तो मैं इतमीनान के साथ सोऊँगी।" और शीरीं अपने कमरे में चली गई।

रत्ना ने प्रभाशंकर से कहा, "थोड़ी देर बैठो प्रोफेसर। देखा, घर लौटकर भी अकेली रह गई हूँ। बड़ी थकावट है, लेकिन नींद नहीं आ रही है।"

प्रभाशंकर ने कहा, "लेट जाओ, नींद थोड़ी देर में आप-ही-आप आ जाएगी।"

रत्ना ने प्रभाशंकर का हाथ पकड़कर कहा, "तुम मुझे सोफे पर लिटा दो, और थोड़ी देर मेरे पास बैठो। उफ् कितनी सर्द हवा आ रही है ! दरवाजा अन्दर से बन्द कर लो प्रोफेसर ! और बाहर कितनी सुन्दर चाँदनी है ! क्यों प्रोफेसर, इस कमरे में लाइट की क्या जरूरत है ?"

प्रभाशंकर को लगा कि रात में एक अजीब तरह की जलन है, और उनके अन्दर एक प्रबल मन्थन है। शरीर का अपना एक अलग स्थान है, आत्मा से पृथक्, और इस शरीर का अपना निजी धर्म है, और मनुष्य वह धर्म निभाने को विवश है। उस समय आत्मा का अस्तित्व धुँधला पड़ गया था, ठीक उस तरह जिस तरह कमरे के अन्दरवाला प्रकाश जाता रहा था। दूर, बहुत दूर से विवेक की क्षीण आवाज उनके पासवाले वासना के कोलाहल में डूब गई थी।

प्रभाशंकर जिस समय घर पहुँचे, रेखा ड्राइंग-रूम में बैठी प्रभाशंकर की प्रतीक्षा करते-करते सो गई थी। प्रभाशंकर के पैरों की आहट पाकर वह चौंककर उठ बैठी, घड़ी देखते हुए उसने कहा, "बड़ी देर लगा दी आपने, देखिए, ग्यारह बज गए। मैं तो आपके यहाँ से जाने के पन्द्रह मिनट बाद ही आ गई थी। रास्ते में भटक जाने के कारण देर हो गई थी। खाना बनाकर बैठी तो नींद आ गई। बहुत थक गई थी, अब आप कपड़े बदल लीजिए, मैं तब तक खाना लगाती हूँ मेज पर।"

प्रभाशंकर के अन्दर एक तरह का उल्लास फूट पड़ रहा था, "मैं भी बहुत थक गया था कापियाँ जाँचते-जाँचते। आज सब कापियाँ खत्म कर दीं। जब मैं उठा तो मन बड़ा हलका था, और बरामदे में बैठकर तुम्हारा इन्तजार करने लगा। तभी शीरीं को ढूँढ़ती हुई उसकी माँ रत्ना चावला यहाँ आ गई। उसको पहुँचाने के लिए मैं यहाँ से चला तो बाजार की तरफ उसके साथ-साथ चला गया। लाइब्रेरी के पास कुछ पुराने दोस्त मिल गए। बहुत कह रहे थे कि खाना खा लो, लेकिन मैंने कहा कि मेरी रेखा मेरा इन्तजार कर रही होगी।"

व्हिस्की की भभक प्रभाशंकर के मुख से आ रही थी और उनका झूठ लड़खड़ा रहा था। रेखा मुस्कराई, "अच्छा, अब आप कपड़े बदलकर खाना खा लीजिए और उसके

बाद सो जाइए। अपने दोस्तों के साथ आपको आज पीनी भी पड़ गई, ऐसा लगता है। मुझे कितनी खुशी हुई कि आपका काम खत्म हो गया। कल हम दोनों कहीं का अपना प्रोग्राम बनाएँगे।''

प्रभाशंकर बिस्तर पर जाते ही सो गए, लेकिन रेखा की आँखों में नींद का नाम नहीं था। उसकी बगल में प्रभाशंकर लेटे थे, नींद में बेहोश, और उसने देखा कि प्रभाशंकर के मुख पर एक मुस्कान है, जैसे वह कोई बहुत रंगीन सपना देख रहे हों। प्रभाशंकर कितने सुन्दर दीख रहे थे, कितने भोले दीख रहे थे, कितने निरीह दीख रहे थे ! बिलकुल एक बच्चे की मुद्रा थी उनकी।

रेखा जानती थी कि प्रभाशंकर की शाम रत्ना के साथ बीती है, वह जानती थी कि रत्ना ने उन्हें शराब पिलाई है। प्रभाशंकर के होठों पर रेखा ने लिपस्टिक का हलका गुलाबी रंग देखा था जब प्रभाशंकर वापस लौटे थे। वह रत्ना को जानती थी, वह प्रभाशंकर को जानती थी। प्रभाशंकर के उस उल्लास का रूप उसने उसी समय देख लिया था जब प्रभाशंकर ने रत्ना का जिक्र किया था। और अचानक रेखा के मन में शंका आई, ''क्या रत्ना प्रभाशंकर को अपने जाल में फँसाकर उससे निरंजन को छीनने का बदला तो नहीं ले रही थी ?''

क्या रत्ना को इस बात का पता है कि निरंजन के साथ उसका कैसा सम्बन्ध है ? अपनी समझ में उसने निरंजन के मामले में बड़ी सतर्कता बरती थी। शीरीं तक को, जो अकसर उसके और निरंजन के साथ रहती थी, इनके सम्बन्ध में किसी प्रकार का शक नहीं हो पाया था। लेकिन रत्ना की बात दूसरी ही थी। अनुभवी और कुशल ! रत्ना की आँखें क्या इस रहस्य को भेद चुकी हैं ? क्या रत्ना ने प्रभाशंकर से इसका कोई जिक्र किया होगा ?

और तभी रेखा का मन ग्लानि से भर गया। उसे अनुभव हुआ कि वह प्रभाशंकर के साथ विश्वासघात कर रही है। और तभी न जाने किस आवेश में भरकर वह अपना सिर सोए हुए प्रभाशंकर के पैर पर रखकर सिसक उठी। वह अपराधिनी है, वह पतिता है। वह प्रभाशंकर से क्षमा माँग रही थी, वह भगवान से क्षमा माँग रही थी, और वह रो रही थी। इस सबसे उसे एक प्रकार की शान्ति मिली, उसका मन हलका हो गया और वह सो गई।

सुबह रेखा की नींद देर से खुली, प्रभाशंकर नित्य कार्य से निवृत्त होकर बरामदे में बैठे हुए पढ़ रहे थे। पिछले दिन रेखा ने निरंजन से वादा कर लिया था कि दस बजे सुबह उसके होटल में आएगी, और वहाँ से वह घूमने चलेगी। जल्दी-जल्दी तैयार होकर प्रभाशंकर के पास आई, ''चलिए, चाय तैयार है; नाश्ता कर लीजिए। काफी देर हो गई है।''

प्रभाशंकर उठ खड़े हुए, ''हाँ, बड़ी भूख लगी है मुझे।'' और फिर उन्होंने रेखा को गौर से देखा, ''अरे, तुम तैयार हो गईं ! मुझे तो तैयार होने में अभी काफी समय लगेगा। कहाँ चलने का प्रोग्राम बनाया है तुमने ?''

रेखा को याद हो आई प्रभाशंकर से अपने वादे की बात। उसने कहा, "प्रोग्राम तो आपको बनाना है, आप जैसा कहेंगे वैसा करूँगी।"

मैं एक घंटे में तैयार हुआ जाता हूँ, इसके बाद हम दोनों बाजार का एक चक्कर लगाएँगे। शाम को किसी होटल में हम दोनों खाना खाएँगे और फिर एक पिक्चर ! मैं तो अभी तक मसूरी की जिन्दगी का मजा ही नहीं ले पाया।" और रेखा ने प्रभाशंकर के मुख पर एक प्रकार का उल्लास देखा। प्रभाशंकर के मुख पर के उल्लास को देखकर रेखा विभोर हो गई। प्रभाशंकर के कन्धे पर हाथ रखकर उसने कहा, "बिलकुल ठीक ! हम दोनों साथ रहें, साथ चलें, साथ घूमें-फिरें--यही हमारा प्रोग्राम है ! आप मेरे देवता हैं !" और रेखा प्रभाशंकर से लिपट गई।

प्रभाशंकर तैयार होने को चले गए, और अब जहाँ प्रभाशंकर बैठे थे वह वहाँ बैठ गई। उसने तय कर लिया कि अब वह निरंजन के यहाँ नहीं जाएगी, अब वह निरंजन से नहीं मिलेगी। जो हो गया, वह हो गया। भविष्य अभी उसके हाथ में है। वह प्रभाशंकर की है, प्रभाशंकर उसके हैं; दो आदमियों की इस छोटी-सी दुनिया में असीम सुख है, अक्षय उल्लास है। इस दुनिया से बाहर जो दुनिया है वह अंगारों और तूफानों की दुनिया है, जहाँ उद्वेलन है, जलन है, संघर्ष है और भयानक अशान्ति है। उस बाहरवाली दुनिया से मोह अपना ही विनाश है !

और फिर रेखा के सामने निरंजन की मूर्ति आ गई। अपने होटल में निरंजन उसकी प्रतीक्षा कर रहा होगा। रेखा ने उससे वादा कर लिया था कि वह सुबह उसके यहाँ आएगी, उसके साथ घूमने चलेगी। निरंजन के जीवन में रेखा एक पुलक से भरे अनुभव के रूप में आई थी। रत्ना ने उसमें जिस पागलपन को जगा दिया था, वह दूर हो गया था। रेखा मुस्कराई। शीरीं को तो उसने बचा दिया था, लेकिन इसमें वह गिर रही थी। अपने पतन को उसे रोकना होगा।

कितने महान, कितने अच्छे थे प्रभाशंकर ! उन्होंने रेखा पर अभी तक किसी तरह का शक नहीं किया था, और अब वह प्रभाशंकर को शक करने का मौका ही नहीं देगी। उसे निरंजन को अपने जीवन से दूर करना होगा।

प्रभाशंकर तैयार होकर आ गए, नौकर ने मेज पर नाश्ता लगा दिया था। दोनों नाश्ते पर बैठ गए। नाश्ता करते हुए प्रभाशंकर बोले, "भूल ही गया था, इन कापियों की रिजल्टशीट तैयार करके आज ही भेजनी है, कल इतवार है। दो-तीन घंटे का काम है। तो दोपहर तक मुझे बैठना पड़ेगा, शाम का ही प्रोग्राम हम लोग ठीक करें। इस समय अगर तुम चाहो तो अकेली घूम आओ जाकर।"

रेखा को जैसे किसी ने डंक मार दिया हो, वह एक झटके के साथ उठ खड़ी हुई। एक घुटे हुए स्वर में उसने कहा, "अच्छी बात है। तब तक मैं शीरीं के यहाँ से हो आती हूँ। आप पोस्ट-ऑफिस से इन कापियों को भेजकर लंच के पहले तक आ जाइएगा, तब तक मैं भी वापस आ जाऊँगी।" और फिर बिना प्रभाशंकर के उत्तर की प्रतीक्षा किए हुए वह तेजी से कमरे से बाहर निकल गई। घर के बाहर आते ही उसकी चाल

धीमी पड़ गई, एक तरह का सूनापन भर गया था उसके अन्दर। लेकिन कदमों के रुकने का उसके सामने प्रश्न ही नहीं था, और दिशा-ज्ञान जैसे वह खो चुकी थी। उसे पता ही नहीं चला कि वह किस तरह निरंजन के होटल के सामने पहुँच गई, जहाँ निरंजन सड़क पर खड़ा उसकी प्रतीक्षा कर रहा था। निरंजन ने आगे बढ़कर कहा, "बड़ी देर लगा दी तुमने, मैं तो समझता था कि अब तुम नहीं आओगी।' और निरंजन की आँखों में प्रसन्नता की चमक थी।

"अगर मैं न आती तो तुम क्या करते ?" रेखा ने पूछा।

"तो मैं शीरीं के यहाँ जाता, और शीरीं को साथ लेकर तुम्हारे यहाँ पहुँचता, यह जानने के लिए कि तुम क्यों नहीं आईं !" निरंजन मुस्कराया, "अब तुम आ गई हो तो चलें घूमने के लिए। कहाँ चलना है ?"

"शीरीं के यहाँ ही चलें हम लोग।" रेखा ने उत्तर दिया, और फिर वह कह उठी, "नहीं, चलो हम लोग एक साथ कहीं और चलें—ऐसी जगह जहाँ हम दोनों के सिवा और कोई नहीं हो।" और रेखा को अनुभव हो रहा था कि एक तरह का उन्माद उसके अन्दर जागता जा रहा है। वह कहती जा रही थी, "चलो निरंजन, वहाँ जहाँ हम दोनों एक-दूसरे में अपने को खो दें। मुझे लंच के पहले घर पहुँचना है, मैं प्रोफेसर से कहकर आई हूँ, वह मेरा इन्तजार करेंगे। लेकिन अभी तीन घंटे बाकी हैं—चलो !" और रेखा ने कसकर निरंजन का हाथ पकड़ लिया। उस समय उसकी आँखें जल रही थीं, उसका शरीर जल रहा था, उसके प्राण जल रहे थे।

रेखा जिस समय घर लौटी, प्रोफेसर प्रभाशंकर वापस नहीं आए थे। वह थकी-सी सोफा पर लेट गई और प्रभाशंकर की प्रतीक्षा करने लगी। उस समय वह बिलकुल सुस्थिर थी, नितान्त भावनाहीन, नितान्त विचारहीन। एक अजीब निष्क्रियता से भरी शान्ति वह अनुभव कर रही थी अपने अन्दर। एक बज रहा था और उसे जोर की भूख लग रही थी। लेकिन प्रभाशंकर की उसे प्रतीक्षा करनी होगी। अब उसके मन में एक तरह की झुँझलाहट होने लगी थी। उठकर उसने नौकर को बुलाया, "साहब किस वक्त गए यहाँ से ?"

"अभी एक घंटा हुआ है। कहा था कि घंटे-पौने घंटे में लौट आएँगे—अब आते ही होंगे।" नौकर फिर बोला, "शायद साहब आ गए हैं, मैं खाना लगाता हूँ चलकर।"

रेखा उठ खड़ी हुई। प्रभाशंकर कमरे में प्रवेश कर रहे थे। उस समय प्रभाशंकर की मुद्रा कुछ गम्भीर थी, उन्होंने कुछ कड़े स्वर में कहा, "तुमने तो कहा था कि तुम शीरीं के यहाँ जा रही हो, लेकिन तुम तो उसके यहाँ नहीं गईं।"

"क्यों, क्या बात है ? आप इतने उत्तेजित क्यों हैं ?"

"इसलिए कि पोस्ट-ऑफिस से लौटते समय मैंने सोचा कि मिसेज चावला के यहाँ से तुम्हें लेता चलूँ। वहाँ मिसेज चावला और शीरीं दोनों ही मौजूद थीं। उन्होंने बतलाया कि तुम वहाँ आई ही नहीं। रत्न: ने कहा कि बहुत सम्भव है तुम निरंजन कपूर के यहाँ चली गई हो।"

रेखा के माथे पर बल पड़ गए, "आप रत्ना के यहाँ मुझे ढूँढ़ने गए थे ? या मेरे बहाने रत्ना से मिलने गए थे ? तो फिर आप निरंजन कपूर के यहाँ भी मुझे ढूँढ़ने गए होंगे ?"

रेखा के स्वर में कुछ ऐसा था कि प्रभाशंकर मुलायम पड़ गए, "वहाँ मैं क्यों जाता, और रत्ना से मेरा क्या वास्ता ? लेकिन अगर तुम्हें शीरीं के यहाँ नहीं जाना था तो मुझसे वहाँ जाने का जिक्र ही नहीं करना था। मुझे बेकार वहाँ भटकना पड़ा।"

रेखा का स्वर भी मुलायम पड़ा, "शीरीं के यहाँ जाने का इरादा तो था, लेकिन बाहर निकलते-निकलते मेरा मन बदल गया। आपको शायद पता नहीं है, रत्ना मुझे ज़रा भी अच्छी नहीं लगती, माँ-बेटी में जमीन-आसमान का अन्तर है। तो फिर मैं बाजार की तरफ चली गई। थोड़ी देर वहाँ लक्ष्यहीन-सी घूमती रही और फिर वहाँ से घर चली आई। निरंजन कपूर से तो मेरा परिचय शीरीं के कारण है, उससे भला मेरा क्या वास्ता ? अच्छा, अब आप कपड़े बदलकर खाना खा लीजिए, मैं बड़ी देर से आपका इन्तजार कर रही हूँ। मुझे बड़ी भूख लगी है। आप शायद बहुत थक गए हैं।"

"हाँ, थक तो गया हूँ। ढाई-तीन मील का चक्कर हो गया है, और मिसेज चावला का बँगला काफी ऊँचाई पर है। खाना खाकर आराम करेंगे, फिर शाम के समय पिक्चर का प्रोग्राम है।"

जून का तीसरा सप्ताह आ गया था और मसूरी में वर्षा आरम्भ हो गई थी। लेकिन दिल्ली में भयानक गर्मी पड़ रही थी--रेखा को यह खबर मिलती रहती थी। दिल्ली विश्वविद्यालय की एक आवश्यक मीटिंग में प्रभाशंकर को जाना था। उस दिन प्रभाशंकर को देहरादून पहुँचाकर रेखा जिस समय घर लौटी, शाम हो गई थी। आसमान पर बादल छाए हुए थे और मौसम में एक तरह की सिहरन-सी भर गई थी।

इधर सात-आठ दिन से रेखा घर के बाहर नहीं निकली थी। उसका सारा समय प्रभाशंकर के साथ ही बीता था। उसने निरंजन, शीरीं, रत्ना इनसे मिलना बन्द कर दिया था, अपने जीवन को एक नए साँचे में ढालने का वह प्रयत्न कर रही थी। आदत के अनुसार वह ड्राइंग-रूम में बैठकर कुछ पढ़ने का प्रयत्न करने लगी, लेकिन पढ़ने में उसका मन नहीं लग रहा था। अपने इर्द-गिर्द वह एक तरह के सूनेपन का अनुभव करने लगी, एक छटपटाहट-सी उसके प्राणों में जाग पड़ी थी। उसने आसमान की ओर देखा, बादल छँट रहे थे और पश्चिम दिशा में क्षितिज पर एक हलकी-सी लालिमा की रेखा उसे दीख रही थी। वह अब अपने को न रोक सकी, घड़ी में अभी सिर्फ साढ़े-सात बजे थे। सड़क पर बिजली की बत्तियाँ जल गई थीं।

रेखा ने किताब बन्द करके रख दी और वह उठ खड़ी हुई। वह बरामदे में आकर अन्यमनस्क भाव से खड़ी हो गई और ऊपरवाली सड़क की ओर देखने लगी। उसे लगा कि लोगों के हँसने और गाने की आवाजें उसके कानों से टकरा रही हैं, यद्यपि सड़क पर बिलकुल सन्नाटा था। उसे लगा कि कहीं दूर पर एक बहुत बड़ा मेला लगा है, उत्सव हो रहा है, जबकि वह अकेली उस एकान्त में कॉटेज में बन्द है। और उसे अनुभव हुआ

कि उसके अन्दर कहीं उल्लास और उत्सव की भावना जाग रही है। एक अनजानी उमंग से जैसे उसका शरीर काँपने-सा लगा हो। घूमकर वह अपने कमरे में गई, और उसने अपनी बरसाती उठाई। नौकर से कहकर कि वह घंटे-दो घंटे में लौट आएगी, वह घर से बाहर निकल पड़ी।

कहाँ जाया जाए ? रेखा के सामने यह प्रश्न था और उसके कदम शीरीं के मकान की ओर उठ गए। इधर कई दिनों से वह शीरीं के यहाँ नहीं गई थी। शीरीं को इसकी शिकायत थी। यह शिकायत गौण रूप से निरंजन की भी थी, पर निरंजन को तो वह अपने जीवन से हटा चुकी थी।

शीरीं के कॉटेज में अँधेरा था। बरामदे में एक बल्ब जल रहा था, और रेखा ने देखा कि कॉटेज का चौकीदार बरामदे में बैठा हुआ बीड़ी पी रहा है। रेखा ने चौकीदार को पुकारा। चौकीदार ने बतलाया, ''मेम साहब मिस साहेब के साथ कल दिल्ली चली गई हैं, वहाँ से साहेब की चिट्ठी आई थी। अब वे लोग वापस नहीं आएँगे।''

अनायास ही रेखा ने पूछ लिया, ''वे दोनों अकेली गई हैं या उनके साथ निरंजन कपूर भी गए हैं ?''

''यहाँ मसूरी से तो वे दोनों अकेली गई हैं। कपूर साहब बस-स्टैंड तक उन्हें पहुँचाने जरूर गए थे, लेकिन वहाँ से वह अपनी जगह लौट गए। उन्होंने मेम साहेब से कहा था कि वह कलकत्ता जाएँगे तीन-चार दिन बाद, कलकत्ता से वह दिल्ली लौटेंगे।''

और किसी अज्ञात प्रेरणा के वश रेखा के कदम निरंजन कपूर के होटल की तरफ उठ गए। उस दिन रेखा आधी रात के समय निरंजन कपूर के साथ वापस लौटी, शराब के नशे में धुत !

दिल्ली में गर्मी भयानक रूप से पड़ रही थी। प्रभाशंकर की मीटिंग तीन दिन की थी, लेकिन दूसरे दिन जब वह मीटिंग से घर वापस लौटे, उन्हें अपने शरीर में जलन-सी मालूम हो रही थी और उन्हें बेहद प्यास लग रही थी। घर आकर वह लेट गए और तभी उन्हें अनुभव हुआ कि उनके शरीर की जलन बढ़ती जा रही है। उसी समय उन्होंने डॉक्टर को फोन किया।

डॉक्टर उस समय घर पर ही था, उसने तत्काल आकर प्रभाशंकर की परीक्षा ली। ''आपको एक हलका-सा हीट-स्ट्रोक लगा है, कोई चिन्ता की बात नहीं है। लेकिन यहाँ आप अकेले हैं, आपकी देखभाल करनेवाला कोई नहीं है। तो मेरी सलाह तो यह है कि आप रात की गाड़ी से ही मसूरी चले जाइए और वहाँ दो-चार दिन आराम कीजिए। मैं आपको दवा देता हूँ, इससे आपका बुखार तेज नहीं होगा।''

उसी रात प्रभाशंकर मसूरी के लिए रवाना हो गए। डॉक्टर की दवा से उन्हें काफी फायदा हुआ और सुबह जब देहरादून में उनकी आँख खुली, उनका बुखार कुछ हलका था। बस-स्टैंड से बस लेकर वह मसूरी पहुँचे करीब ग्यारह बजे। और उन्होंने देखा कि रेखा घर पर नहीं है। नौकर ने बतलाया कि मेम साहब सुबह आठ बजे घर से चली गई हैं।

कपड़े बदलकर प्रभाशंकर ने ड्राइंग-रूम में बैठने का प्रयत्न किया, लेकिन सफर की थकावट से उनका बुखार बढ़ गया था और वह उठकर पलँग पर लेट गए। उस समय उनका शरीर जल रहा था, उनकी आँखें जल रही थीं, एक अजीब तरह की उलझन हो रही थी उन्हें। किसी भी करवट उन्हें शान्ति नहीं मिल रही थी। और उन्होंने सिरहाने से तकिया उठाकर पैताने रखने के लिए—शायद दूसरी तरफ सिरहाना करने से उन्हें नींद आ जाए। तकिया उठाते ही वह चौंक उठे, तकिया के नीचे एक सिगरेटकेस रखा हुआ था।

यह सिगरेटकेस उनके तकिए के नीचे कैसे आया ? उन्होंने उस सिगरेटकेस को उठाकर देखा। वह सोने का सिगरेटकेस काफी वजनी था और उसमें कीमती स्टेट एक्सप्रेस की चार सिगरेट अभी मौजूद थीं। वह विदेश का बना था और काफी कीमती था। इसके माने यह हुए कि यह सिगरेटकेस जिसका था वह बहुत सम्पन्न व्यक्ति है।

अब उनके शरीर की जलन का स्थान उनके मन की जलन ने ले लिया था। और इस बार एक भयानक क्रोध के साथ प्रभाशंकर के मन में यह प्रश्न आया, "रेखा कहाँ है ? क्या रेखा के जीवन में कोई भयानक कुरूपता घुस आई है ?"

प्रभाशंकर अब लेटे न रह सके, सिगरेटकेस हाथ में लिए हुए वह ड्राइंग-रूम में आकर बैठ गए। उन्हें लग रहा था जैसे उनका दिमाग फट जाएगा। तरह-तरह के विचार आ रहे थे उनके मन में। उसी समय उन्हें अपने कॉटेज के फाटक पर आवाजें सुनाई पड़ीं। इसका अर्थ यह था कि रेखा लौट आई है, लेकिन वह अकेली नहीं है, उसके साथ कोई और है। दोनों ही बरामदे की ओर बढ़ रहे थे और रेखा कह रही थी, "मुझे तो तुम्हारा सिगरेटकेस दिखा नहीं, और कहीं छोड़ आए होंगे। भला इतने कीमती सिगरेटकेस के साथ इतनी असावधानी दिखाई जाती है !"

और अब प्रभाशंकर को रेखा के साथवाले व्यक्ति की आवाज सुनाई दी, "मैं कहता हूँ कि मैं यहाँ से सीधा अपने होटल गया था रात में। और होटल जाते ही मैं सो गया। आधी रात हो चुकी थी। हो सकता है कि मैंने उसे तकिया के नीचे रख दिया हो। मुझे तो कुछ ऐसा खयाल पड़ रहा है। देख लेने में हर्ज क्या है ?"

यह आवाज निरंजन कपूर की थी, प्रभाशंकर ने पहचान लिया। प्रभाशंकर उठ खड़े हुए और उस समय निरंजन कपूर के साथ रेखा ने ड्राइंग-रूम में प्रवेश किया। प्रभाशंकर को देखते ही रेखा के गले से एक हलकी-सी चीख निकल पड़ी, सोने का सिगरेटकेस प्रभाशंकर के हाथ में था। जलती हुई आँखों से निरंजन कपूर को देखते हुए प्रभाशंकर ने कहा, "यह तुम्हारा सिगरेटकेस है !" और उन्होंने सिगरेटकेस निरंजन कपूर के सामने फर्श पर पटक दिया, और वह बल लगाकर चिल्लाए, "निकलो यहाँ से, शैतान के बच्चे, निकलो !" फिर निरंजन की ओर से घूमकर उन्होंने रेखा में मुँह पर एक भरपूर तमाचा मारा, "हरामजादी कहीं की, निकल यहाँ से और अपने यार के साथ मुँह काला कर जाकर !" न जाने प्रभाशंकर के शरीर में कहाँ से बल आ गया था। प्रभाशंकर के प्रहार से रेखा जमीन पर गिर पड़ी।

इतने अप्रत्याशित ढंग से और इतनी तेजी के साथ यह सब हुआ कि निरंजन कुछ क्षणों के लिए स्तब्ध-सा रह गया। उसके सामने प्रभाशंकर खड़े क्रोध में काँप रहे थे और रेखा को भद्दी-भद्दी गालियाँ दे रहे थे। रेखा जमीन पर पड़ी थी। और फिर निरंजन ने देखा कि प्रभाशंकर ने बढ़कर रेखा को एक जोर की ठोकर मारी। अब बहुत हो चुका, निरंजन के चेहरे पर पशुता-भरी हिंसा उभर आई। वह प्रभाशंकर की ओर बढ़ा। उसकी मुट्ठी बँधी हुई थी और वह अपने दाँत पीस रहा था।

रेखा चिल्ला उठी, "खबरदार निरंजन ! प्रोफेसर की तरह न बढ़ना। तुम जाओ यहाँ से।"

लेकिन निरंजन अब बेतरह भड़क उठा था, उसने प्रभाशंकर से कहा, "जानवर कहीं का, अभी तुझे मजा चखाता हूँ।"

बिजली की तेजी के साथ रेखा उठी, और उसने निरंजन को इतनी जोर का धक्का दिया कि वह गिरते-गिरते बचा। वह चिल्ला उठी, "निकलो यहाँ से ! खबरदार, जो प्रोफेसर पर हाथ उठाया ! मैं तुम्हारी जान ले लूँगी। निकलो !"

आश्चर्य के साथ निरंजन ने रेखा को देखा और वह डर गया। उसने अपना सिगरेटकेस उठाया और तेजी से वह ड्राइंग-रूम के बाहर चला गया।

निरंजन के जाने के बाद रेखा ने प्रभाशंकर के पैर पकड़ लिए, "मुझे और मारिए। मैंने पाप किया है, जितना चाहिए मुझे मारिए, जैसा चाहे मुझे दंड दीजिए, मैं उफ् न करूँगी।"

प्रभाशंकर को लग रहा था कि वह गिर पड़ेंगे। बुखार की जलन और उस पर क्रोध की जलन ! अपने ऊपर उनका अधिकार जाता रहा। अपने पैर को पटक देते हुए उन्होंने कहा, "तुम इस घर से निकलो, अब मैं तुम्हारा मुँह नहीं देखना चाहता। जहाँ चाहे तुम जाओ। मेरे घर में अब तुम्हारे लिए जगह नहीं है।" और यह कहकर वह अपने कमरे की ओर घूमे। लेकिन अब वह अपने को न सँभाल सके, उनकी आँखों के आगे अँधेरा छा गया और वह लड़खड़ाकर जमीन पर गिरने लगे।

रेखा ने दौड़कर प्रभाशंकर को सहारा दिया, लेकिन प्रभाशंकर बेहोश हो गए थे। प्रभाशंकर को पकड़े हुए वह जमीन पर बैठ गई। उसने नौकर को आवाज दी और नौकर की सहायता से उसने प्रभाशंकर को बिस्तर पर लिटा दिया। उस समय प्रभाशंकर का बुखार बहुत तेज हो गया था। उनका शरीर तवे की भाँति जल रहा था। उसने प्रभाशंकर के सिर पर यू डी क्लोन की पट्टियाँ चढ़ाईं और उनके सिरहाने बैठ गई।

दिन-भर प्रभाशंकर बेहोश रहे, और भूखी-प्यासी रेखा उनके सिरहाने बैठी हुई भगवान से प्रभाशंकर के स्वास्थ्य के लिए प्रार्थना करती रही। करीब पाँच बजे शाम को प्रभाशंकर की बेहोशी टूटी, और उनकी नजर सिरहाने बैठी हुई रेखा पर पड़ी। उन्होंने घृणा से रेखा को देखा, वह कमजोर आवाज में चिल्ला उठे, "तुम अभी तक यहीं हो ! मैं कहता हूँ तुम निकलो यहाँ से !"

करुण स्वर में रेखा बोली, "मैं कहाँ जाऊँ इस समय आपको छोड़कर ? आपकी

तबीयत तो ठीक हो जाए, तब आप जैसा कहेंगे वैसा करूँगी। अभी आप चुपचाप लेटे रहिए। मैंने डॉक्टर को बुलवाया है, वह आता होगा।"

"मुझे मरने के लिए छोड़ दो, मैं जिन्दा नहीं रहना चाहता। लेकिन मैं कहता हूँ कि तुम जाओ यहाँ से !" और प्रभाशंकर ने अपनी आँखें बन्द कर लीं।

प्रभाशंकर ने सुना, रेखा कह रही थी, "मैं आपके पास ही रहूँगी—हर हालत में ! आप मुझे अपने से अलग नहीं कर सकते। इस बार आप मुझे क्षमा कर दीजिए, मैं आपके पैर पड़ती हूँ—इस बार मुझे क्षमा कर दीजिए ! मैं कसम खाती हूँ कि अब मैं ऐसी गलती कभी न करूँगी—किसी तरह न करूँगी।" और रेखा की हिचकियाँ बँध गईं, उसकी आँखों से आँसुओं की झड़ी-सी लग गई।

रेखा के ये शब्द प्रभाशंकर की जलन को कम कर रहे हैं, प्रभाशंकर को ऐसा अनुभव हो रहा था। अब छटपटाहट से भरी बेहोशी के स्थान पर शान्ति से भरी नींद उनके पलकों पर तैर रही थी।

[12]

एक सूनापन—जड़ता से भरी एक घुटन ! क्या यही जीवन है ? रेखा सोच रही थी और चुपचाप एकटक उन बादलों को देख रही थी जो लगातार बरसे जा रहे थे। यूनिवर्सिटी से डॉक्टर प्रभाशंकर के लौटने में अभी दो घंटे की देर थी और रेखा की समझ में न आ रहा था कि वह दो घंटे किस तरह बिताए ! दोपहर को खाना खाने के बाद वह नियम के अनुसार बिस्तर पर लेटी अवश्य थी, लेकिन उसे नींद न आई थी। बड़ी देर तक वह करवटें बदलती रही थी। तरह-तरह के अस्पष्ट, धुँधले और कभी-कभी अप्रिय विचार उसके मन में आ रहे थे, और बाहर बादल गरज रहे थे, बिजली चमक रही थी और पानी बरस रहा था। अक्टूबर का प्रथम सप्ताह था और वह वर्षा असमय की वर्षा कही जा सकती थी, क्योंकि इस वर्षा में पुलक नहीं था, उल्लास नहीं था, केवल ठंड की सिहरन से भरी एक अशान्ति थी। अँधेरे बन्द कमरे में अपने विचारों की अशान्ति की अपेक्षा बाहर के खुले वातावरणवाली अशान्ति अच्छी है, रेखा को ऐसा लगा। वह पलँग से उठकर बरामदे में आकर बैठ गई। क्या यह वर्षा रुकेगी भी ?

रेखा के पिछले तीन-चार महीने बड़े संयम के साथ बीते। इस संयम में उसे सुख मिला, सन्तोष मिला। लेकिन सुख और सन्तोष में भी तो एकरसता है जो उबा देनेवाली होती है। यह एकरसता अब उसके प्राणों को अखरने लगी थी। यह एकरसता धीरे-धीरे रेखा में एक तरह की वितृष्णा का रूप ग्रहण कर रही थी।

निस्तब्ध और शान्त वातावरण ! अस्तित्व जैसे उसे काटने को दौड़ रहा था। यह सब क्यों और कैसे हो रहा है ? रेखा यह जानना चाहती थी, पर इसका उत्तर उसे नहीं

मिल रहा था कहीं से। एकाध बार उसके मन में आया कि वह यूनिवर्सिटी में पी-एच. डी. के लिए नाम लिखा ले, लेकिन प्रभाशंकर से उसे किसी प्रकार का उत्साह नहीं मिला। उसने भी इस बात पर अधिक जोर नहीं दिया। अब यूनिवर्सिटी में फिर से प्रवेश करना उसे अटपटा लगा। अध्ययनवाली एकनिष्ठा उसके जीवन से निकल गई थी।

एक अजीब तरह की जलन से भरी उद्विग्नता रेखा अपने अन्दर अनुभव कर रही थी, जैसे उसके प्राणों में कोई अनजानी छटपटाहट बिना उसके जाने प्रवेश कर गई हो। और धीरे-धीरे वह सुस्थिर होने लगी, ठीक उसी तरह जिस तरह बूँदें कम होते-होते रुक रही थीं। आसमान की कालिमा अब छँटने लगी थी और रेखा ने देखा कि पूर्व दिशा की ओर बादल जगह-जगह से फटने लगे हैं। पिछले दो दिन से लगातार वर्षा हो रही थी और उस वर्षा की नमी सारे वातावरण में भर गई थी। रेखा के प्राणों ने भी वह नमी अनुभव की थी और दो दिन तक वह उदास-सी अपने घर में बन्द रही थी। वर्षा के बन्द होने पर उसने सन्तोष की एक गहरी साँस ली।

रेखा को एकाएक याद हो आया कि उस दिन शाम के समय पोलिश सांस्कृतिक मंडल का लोक-नृत्य और लोक-संगीत का एक कार्यक्रम सप्रू हॉल में है। उसके दो टिकट रेखा को खरीदने पड़े थे। तीन दिन पहले जब रेखा ने वे टिकट खरीदे थे, उसने तय किया था कि वह प्रभाशंकर के साथ किसी अच्छे रेस्तराँ में खाना खाएगी। और पिछले दो दिनों की वर्षा से वह इतनी त्रस्त हुई कि वह यह सब भूल ही गई थी।

यह सांस्कृतिक कार्यक्रम साढ़े-पाँच बजे आरम्भ होनेवाला था। प्रभाशंकर को यूनिवर्सिटी से लाने के लिए उसे चार बजे जाना था। प्रभाशंकर के घर लौटने और सांस्कृतिक कार्यक्रम आरम्भ होने के बीच कुल सवा घंटे का समय था, जो बहुत थोड़ा था। इसी बीच प्रभाशंकर को चाय पीनी है, उन्हें तैयार होना है। वैसे प्रभाशंकर को इस सबमें अधिक समय नहीं लगता था, लेकिन उसे तो तैयार होने के लिए काफी समय चाहिए था।

अनमने भाव से रेखा उठी। अभी तीन बजे थे। एक घंटे का समय उसके तैयार होने के लिए काफी था।

जिस समय रेखा यूनिवर्सिटी पहुँची, प्रभाशंकर एक मीटिंग में व्यस्त थे। चपरासी से प्रभाशंकर को अपने आने की खबर भेजकर रेखा कार में बैठी हुई उनकी प्रतीक्षा करने लगी। प्रभाशंकर को कुल पन्द्रह मिनट की देर हुई, लेकिन रेखा को यह देरी पहाड़-सी लग रही थी। वैसे कार में बैठकर प्रभाशंकर की प्रतीक्षा करना रेखा के लिए नई बात नहीं थी, लेकिन उस दिन परिस्थिति कुछ दूसरी ही थी, एक झुँझलाहट रेखा अपने अन्दर अनुभव कर रही थी।

कार में बैठकर प्रभाशंकर ने पूछा, "क्या कहीं जाना है तुम्हें, जो इतनी तैयारी के साथ निकली हो ?"

"आप भूल गए क्या।" रेखा बोली, "पोलिश सांस्कृतिक मंडल का शो है न ! अभी साढ़े-चार बज रहे हैं, साढ़े-पाँच बजे से शो होनेवाला है। तो तैयार होकर निकली

हूँ, आप भी चाय पीकर जल्दी से तैयार हो जाएँ।"

शिथिल-से स्वर में प्रभाशंकर ने कहा, "हाँ, याद हो आया, तुमने दो टिकट खरीद रखे हैं।" और फिर प्रभाशंकर जैसे अपने में खो गए।

ऐसा लगता था, प्रभाशंकर उस दिनवाली मीटिंग से बुरी तरह थक गए थे। चाय पीकर वह बोले, "बड़ा थक गया हूँ, जाने की तबीयत नहीं होती। तुम अकेली हो आओ वहाँ, मुझे काम भी करना है।"

प्रभाशंकर के स्वर की शिथिलता से रेखा चौंक उठी। प्रश्नसूचक दृष्टि से उसने प्रभाशंकर को देखा, और प्रभाशंकर को देखकर वह अपने ही अन्दर सिहर उठी। प्रथम बार उसने अनुभव किया कि प्रभाशंकर के मुख पर झुर्रियाँ पड़ने लगी हैं और उनकी आँखों की चमक न जाने कहाँ गायब हो गई है। प्रभाशंकर के उस शक्तिशाली और समर्थ व्यक्तित्व में एक अजीब तरह की विवशता भर गई है। उसने देखा कि एक टूटा-सा और हारा-सा आदमी उसके सामने बैठा है। एक क्षण के लिए एक अजीब-सी वितृष्णा अनुभव की रेखा ने प्रभाशंकर के प्रति, लेकिन दूसरे ही क्षण यह वितृष्णा ममता-भरी करुणा में बदल गई। उसे लगा कि अब उसे प्रभाशंकर के सहारे की आशा छोड़ देनी चाहिए, प्रभाशंकर को उसके सहारे की आवश्यकता है।

प्रभाशंकर का हाथ पकड़कर उसने कहा, "आपकी तबीयत तो ठीक है ? आपको बुखार नहीं है, यह तय है। क्या बात है ?"

"कुछ नहीं, यों ही कुछ थकावट-सी मालूम हो रही है। मीटिंग में कुछ अप्रिय-सी बातें हो गईं, उससे मूड खराब हो गया। थोड़ी देर तक चुपचाप लेटना चाहता हूँ, मूड सँभल जाएगा।"

"यह तो अच्छा नहीं है, पहले आप इन ज़रा-ज़रा-सी बातों पर ध्यान नहीं देते थे। मैं कहती हूँ आप किसी डॉक्टर को दिखा लीजिए।"

"डॉक्टर क्या कर सकेगा ? मानसिक उद्विग्नता का इलाज किसी डॉक्टर के पास नहीं है। फिर कभी-कभी थकावट तो होने ही लगती है। वैसे मेरी तबीयंत ठीक ही है। इधर दो-तीन दिन से मौसम कितना खराब रहा है !"

"अच्छी बात है, कपड़े बदलकर आप लेट जाइए, मेरी भी जाने की तबीयत नहीं हो रही है।" रेखा बोली।

"नहीं, तुम हो आओ जाकर और मेरी चिन्ता बिलकुल न करो। मुझे ऐसा लगता है कि इस खराब मौसम के कारण मेरा पेट ठीक नहीं है—शरीर की समस्त व्याधियाँ पेट की खराबी से ही होती हैं, मैं आज रात को खाना नहीं खाऊँगा। कल सुबह तक मैं बिलकुल ठीक हो जाऊँगा। तुम हो आओ जाकर, मैं कमरे में जाकर आराम करता हूँ।"

"भूख तो मुझे भी नहीं है।" रेखा बोली, "यह मौसम की ही खराबी है। लेकिन अकेली जाने का मन नहीं करता।"

प्रभाशंकर मुस्कराए, "मन को बदलना होगा मेरी रेखा, अब मेरा सहारा तुम्हें नहीं

मिल सकेगा, मुझे तुम्हारे सहारे की आवश्यकता होगी। अच्छा, देर हो रही है तुम्हें, इस बातचीत में कोई फायदा नहीं।''

शो आरम्भ होने के पन्द्रह मिनट पहले ही रेखा सप्रू हॉल पहुँच गई। फाटक के बाहर सड़क पर अनगिनत कारें खड़ी थीं और लोग आते जा रहे थे। सड़क पर एक ओर उसने कार खड़ी की, फिर कार में ताला लगाकर उसने कम्पाउंड के फाटक में प्रवेश किया। उसी समय उसे रत्ना की आवाज सुनाई दी, ''अरे रेखा ! तुम अकेली–प्रोफेसर नहीं आए तुम्हारे साथ ?''

''क्या बतलाऊँ, प्रोफेसर को एक जरूरी काम लग गया। फिर वह यहाँ आने के मूड में नहीं थे।''

रत्ना हँस पड़ी, अपनी बगल में खड़े हुए एक व्यक्ति की ओर मुड़कर उसने कहा, ''तुम बड़े भाग्यशाली हो, शशि !''

रेखा ने अब रत्ना के बगल में खड़े हुए एक व्यक्ति को देखा और रत्ना बोल उठी, ''यह शशिकान्त हैं, इटली में हमारी एम्बेसी में कल्चरल एटेची। मिस्टर चावला की आज एक मीटिंग थी, मैं समझती थी कि वह इस शो में नहीं आएँगे। इसलिए शशि को मैं अपने साथ लेती आई। दो टिकट थे मेरे पास। और यहाँ आकर देखती हूँ कि चावला साहब यहाँ पहले से ही मौजूद हैं और मेरा इन्तजार कर रहे हैं, क्योंकि उनकी मीटिंग जल्दी ही खत्म हो गई। वह अपने दोस्तों के साथ खड़े कहकहे लगा रहे हैं। मेरी समझ में नहीं आ रहा था कि क्या करूँ, टिकट सब-के-सब पहले ही बिक चुके हैं। तब तक तुम दीखीं–अकेली। तुम्हारे पास तो एक टिकट खाली है ?''

शशिकान्त इकहरे बदन और मँझोले कद का गोरा-सा आदमी था, और उसमें अधिकार की छाप दीख रही थी। उसकी अवस्था प्रायः तीस-बत्तीस वर्ष की रही होगी, गम्भीर मुद्रा और ऊपर से शान्त दीखनेवाला आदमी। देखने में वह अगर सुन्दर नहीं कहा जा सकता था तो असुन्दर भी नहीं कहा जा सकता था। रत्ना ने अब शशिकान्त से कहा, ''यह रेखा शंकर है। प्रोफेसर प्रभाशंकर का नाम तुमने सुना ही होगा।''

भक्ति-भाव से अपना सिर झुकाकर शशिकान्त बोला, ''मैं आपको नमस्कार करता हूँ। प्रोफेसर प्रभाशंकर का मैं विद्यार्थी रह चुका हूँ, उनके प्रति मुझमें असीम श्रद्धा है। आपका दर्शन पाकर मैं धन्य हो गया।''

रत्ना एक शरारत से भरी हँसी हँस पड़ी, ''तो तुम समझ गए कि यह उनकी पत्नी रेखा हैं। तुमने इन्हें पहले तो कभी देखा नहीं।'' और रेखा की ओर घूमकर वह बोली, ''शशिकान्त की बगल में बैठने में तो तुम्हें कोई आपत्ति नहीं होगी, यह नितान्त अजनबी भी नहीं रहे तुम्हारे लिए।''

रेखा भी मुस्कराई, ''कोई-न-कोई तो मेरी बगल में बैठेगा ही, और मैं किस-किस पर आपत्ति करती घूमूँगी !'' वह शशिकान्त की ओर घूमी, ''चलिए, अब शो का समय हो रहा है। रत्नाजी ठीक कहती हैं कि आप बड़े भाग्यवान हैं।''

और यही बात शशिकान्त भी अपने अन्दर अनुभव कर रहा था, ''मैं वास्तव में

भाग्यवान हूँ कि इतनी आसानी से मुझे टिकट मिल गया और एक अनिंद्य सुन्दरी का साथ मिला ऊपर से, जिसकी मैंने कल्पना भी न की थी।" उसने चलते हुए कहा, "अगर आप बुरा न मानें..."

शशिकान्त अपनी बात कहते-कहते रुक गया और रेखा ने उसकी बात पूरी की, "तो इस टिकट की कीमत आप मुझे अदा कर दें—यही कहना चाहते थे आप ? उस टिकट पर दाम लिखा हुआ है, वह आप आसानी से मुझे अदा कर देंगे, लेकिन मेरे साथ बैठने की कीमत ! वह किस तरह अदा करेंगे आप ?" रेखा हँस पड़ी, "जहाँ तक टिकट की कीमत है वह मैंने रत्ना को दी है, आपको नहीं, उसकी कीमत कभी-न-कभी मैं रत्नाजी से वसूल कर लूँगी, और मेरे साथ बैठने की कीमत आप अपने ऊपर मेरा आभार लादकर अदा कर दीजिएगा।"

शशिकान्त की गणना प्रखर बुद्धि के आदमियों में होती थी, लेकिन रेखा की इस बात से वह निरुत्तर हो गया। उसने केवल इतना कहा, "आपका परिचय पाकर मैंने अपने को जितना भाग्यशाली समझा था, शायद मैं उससे कहीं अधिक भाग्यशाली हूँ।"

हॉल ठसाठस भरा था, रेखा शशिकान्त के साथ अपने निर्दिष्ट स्थान पर बैठ गई। नृत्य और गीत का कार्यक्रम आरम्भ हुआ, एक सन्नाटा-सा छा गया उस हॉल में। नौ विभिन्न कार्यक्रमों के टुकड़ों में उस दिन का सारा कार्यक्रम विभक्त था। हरेक कार्यक्रम पन्द्रह से लेकर बीस मिनट का था। विदेशी नृत्यों में तो रेखा को कुछ दिलचस्पी थी, लेकिन विदेशी गीत उसकी समझ में नहीं आ रहे थे। इस कार्यक्रम से रेखा ऊब रही थी।

और जहाँ तक शशिकान्त का सवाल था, यह सन्दिग्ध ही है कि उसे सांस्कृतिक कार्यक्रम में कोई विशेष रुचि है, वैसे कल्चरल एटेची होने के नाते उसे सांस्कृतिक कार्यक्रमों में अपनी दिलचस्पी का प्रदर्शन अवश्य करना पड़ता था। उस समय उसे उस कार्यक्रम की अपेक्षा अपने बगल में बैठी रेखा में दिलचस्पी अधिक थी। पाँचवें कार्यक्रम के बाद रेखा ने शशिकान्त की ओर देखा, "मेरी समझ में यह कार्यक्रम बिलकुल नहीं आ रहा है, और आज का प्रोग्राम काफी लम्बा मालूम होता है।"

रेखा ने शशिकान्त के मन की बात कह दी थी, "मैं जानता हूँ इन सांस्कृतिक कार्यक्रमों की रूपरेखा। मैं यहाँ आने को ज़रा भी उत्सुक न था, रत्नाजी के आग्रह से मुझे यहाँ आना पड़ा। शहर की चहल-पहल में घूमना इस कार्यक्रम से अधिक अच्छा होता।"

एकाएक रेखा उठ खड़ी हुई, "यहाँ कितनी घुटन है, मैं थोड़ी देर के लिए बाहर जाना चाहती हूँ।"

"मैं भी आपके साथ चलता हूँ।" शशिकान्त ने उठते हुए कहा, "मेरा मन इस प्रोग्राम में ज़रा भी नहीं लग रहा।"

बाहर निकलकर रेखा ने अपने को आश्वस्त अनुभव किया, उसने अपने चारों ओर देखा। बिलकुल शान्त वातावरण था वहाँ पर। उसने अपनी कार की ओर बढ़ते हुए

कहा, ''बड़ी प्यास लगी है। चलिए कनॉट प्लेस चलें।''

शशिकान्त रेखा की बगल में बैठ गया। रेखा ने कार स्टार्ट की। सिंधिया हाउस के पास जब दोनों आए, शशिकान्त ने कहा, ''अगर आपको कोई आपत्ति न हो तो मेरे साथ वेस्टर्न कोर्ट चलिए, मैं वहाँ ठहरा हूँ। मैं तो भीड़ से ऊब गया हूँ।''

रेखा ने भरपूर निगाह से शशिकान्त को देखा। अदृश्य उसे कहाँ लिए जा रहा है, वह आश्चर्य कर रही थी। वह कहना चाहती थी कि घर के अकेलेपन से ऊबकर वह भीड़ में अपने को खो देने के लिए ही निकली है, लेकिन वह यह न कह सकी। उसने कहा, ''चलिए, वहाँ ही हम लोग चलें।'' और उसके स्वर में अपने को, अपने संयम को, अपनी साधना को एक चुनौती थी। न जाने कितने दिनों बाद वह घर से बाहर निकली थी अपने अन्दरवाली जलन को दूर करने के लिए और अब उसके प्राणोंवाली जलन उसके शरीर में आ गई थी। उसकी आँखें उसके अन्दरवाली आग से जल रही थीं, उसका चेहरा उसके अन्दरवाली लाल आग से लाल हो रहा था। वह प्यासी थी और उसे अपनी प्यास बुझानी थी।

जिस समय रेखा घर लौटी, रात के ग्यारह बज रहे थे। उस समय उसके सारे शरीर में एक प्रकार की सिहरन थी, भय की आशंका थी। अब इस समय उसके शरीर की जलन गायब हो गई थी, वह जलन उसके प्राणों में भर गई थी। उसने फिर प्रभाशंकर के साथ विश्वासघात किया था, उसका मन उसे धिक्कार रहा था। लेकिन साथ-साथ वह यह भी अनुभव कर रही थी कि उसके शरीर की पशुता सन्तुष्ट है, और प्रसन्नता की एक लहर-सी उसके अन्दर उठ रही है। शरीर का प्रतिनिधित्व करनेवाली उसकी चेतना उसने जो कुछ किया उसका औचित्य साबित कर रही थी और उसके विवेक की आवाज धीरे-धीरे कमजोर होती जा रही थी।

उस समय प्रभाशंकर सो रहे थे और बनवारी उसकी प्रतीक्षा कर रहा था। बनवारी को भेजकर रेखा ने कपड़े बदले, फिर वह अपने पलँग पर पहुँची। प्रभाशंकर ने अपनी आँखें खोलीं, ''तुम आ गईं ? कितना बजा है ?''

रेखा झूठ बोल गई, ''साढ़े-दस बजे हैं। साढ़े-नौ बजे प्रोग्राम खत्म हुआ। अच्छा ही किया जो आप नहीं गए, नहीं तो बहुत बोर हो जाते। काफी लोग आए थे वहाँ पर—आपको पूछ रहे थे।''

नींद में ही प्रभाशंकर ने कहा, ''मुझे बड़ी जोर की नींद आ रही थी। अच्छा, अब तुम भी सो जाओ।''

अब रेखा के मन में किसी भी प्रकार का द्वन्द्व नहीं था, उसके अन्दरवाला धिक्कार गायब हो गया था। बिस्तर पर लेटते ही वह सो गई।

दूसरे दिन सुबह जब वह सोकर उठी, एक प्रकार की प्रतीक्षा की पुलक उसके अन्दर थी। उसने दोपहर के समय शशिकान्त के साथ लंच खाने का वादा कर लिया था। और प्रभाशंकर को यूनिवर्सिटी पहुँचाकर वह शशिकान्त से मिलने के लिए चल पड़ी। एक तरह का पागलपन भर गया था रेखा के अन्दर। उस पागलपन के रूप से

वह परिचित थी, और अब उसके अन्दर उस पागलपन को छोड़ने की सामर्थ्य नहीं रह गई थी। यह पागलपन लगातार बढ़ता जा रहा था, बढ़ता जा रहा था; लेकिन इस पागलपन के साथ-साथ बुद्धि से प्रेरित एक सतर्कता भी वह अपने अन्दर लिए हुए थी।

पाँचवें दिन शाम के समय रेखा शशिकान्त को अपने बँगले में देखकर चौंक उठी। प्रभाशंकर उस समय रोटरी क्लब की मीटिंग में जाने के लिए तैयार थे। रेखा उनके पास बैठी थी। शशिकान्त को देखकर प्रभाशंकर को आश्चर्य हुआ, उठकर उन्होंने शशिकान्त का स्वागत किया, "अरे तुम ! तुम्हारा नाम शशिकान्त है न ! कहाँ हो आजकल ? मैंने सुना था कि तुम फॉरेन सर्विस में आ गए हो ?"

"जी हाँ, मेरी पोस्टिंग आजकल इटली में है, यहाँ कुछ सरकारी काम से आया था, प्रोफेसर !"

प्रभाशंकर ने रेखा से शशिकान्त का परिचय कराया, "यह शशिकान्त है। मेरे स्टूडेन्ट थे। और यह मिसेज शंकर हैं। इनसे तो तुम पहले नहीं मिले हो।"

शशिकान्त क्या कहे, उसकी समझ में नहीं आ रहा था, तभी रेखा बोल उठी, "मैं इन्हें जानती हूँ। उस दिन जब पोलिश सांस्कृतिक प्रोग्राम में मैं गई थी, तब रत्ना चावला ने मुझसे इनका परिचय कराया था। उस समय मुझे इस बात का पता नहीं था कि यह आपके स्टूडेन्ट रह चुके हैं।"

"रत्ना को भी इसका पता न होगा।" प्रभाशंकर हँस पड़े, "देखो, इनके लिए चाय मँगवाओ, अब तो यह बहुत महत्त्वपूर्ण आदमी बन गए हैं।"

चाय पीते हुए शशिकान्त ने अपने इटली के दिलचस्प अनुभव सुनाए। हँसी-खुशी में एक घंटा बीत गया; और तभी प्रभाशंकर बोल उठे, "अरे, सात बज रहे हैं, मुझे मीटिंग में पहुँचना ही चाहिए। प्रोफेसर गिब्सन आज अन्तर्राष्ट्रीय समस्या पर बोल रहे हैं, मुझे सभापतित्व करना है।" फिर वह शशिकान्त से बोले, "तुम भी तो फॉरेन ऑफिस में हो, चलते हो मेरे साथ ?"

"मुझे क्षमा कीजिए, प्रोफेसर ! मुझे कल सुबह के प्लेन से इटली लौटना है। सोचा था कि बिना आपसे मिले नहीं जाऊँगा, लेकिन काम-काज में फँसे रहने के कारण मुझे फुर्सत ही नहीं मिल सकी। आज किसी तरह समय निकालकर आया हूँ। आठ बजे मुझे एक एपाइंटमेन्ट है। यहाँ कहीं टैक्सी-स्टैंड तो होगा, फोन करके मेरे लिए एक टैक्सी मँगवा दीजिए।"

रेखा बोली, "आपको किधर जाना है, प्रोफेसर को मीटिंग में छोड़कर मैं कनॉट प्लेस जा रही हूँ।"

प्रभाशंकर कह उठे, "हाँ-हाँ, यह तुम्हें पहुँचा देंगी कार पर, टैक्सी की कोई जरूरत नहीं।"

प्रभाशंकर को मीटिंग में पहुँचाकर जब रेखा ने अपनी कार कनॉट प्लेस की ओर मोड़ी, उसने शशिकान्त से कहा, "आप बड़े हिम्मतवाले आदमी हैं।"

शशिकान्त का मुख काफी गम्भीर था, "क्या बतलाऊँ, मुझे हिम्मत करनी पड़ी,

लेकिन यह दुःसाहस तो नहीं था। मुझे तुम्हारे यहाँ मजबूरन आना पड़ा। मुझे सुबह चार बजे का प्लेन पकड़ना है इटली के लिए, आज दो बजे दोपहर को मुझे आर्डर मिला है, और फॉरेन ऑफिसवालों ने मेरी सीट बुक करा दी है। मेरी समझ में नहीं आ रहा था कि तुम्हें अपने इस अनायास जाने की इत्तिला कैसे दूँ। दो-तीन बार फोन किया, लेकिन तुम्हारा फोन बिगड़ा हुआ है शायद।''

शशिकान्त जा रहा है—रेखा को इस खबर से राहत मिली। रेखा के अन्दर एक प्रकार का भय जागने लगा था कि कहीं शशिकान्त से उसका सम्बन्ध अन्य लोगों पर प्रकट न हो जाए। जहाँ तक उसका सम्बन्ध था वह तो अपने भेद को अपने अन्दर रख सकती थी, लेकिन उसे देवकी की बात याद हो आई—''पुरुष अपना भेद नहीं छिपा सकता, अपना भेद प्रकट करने में उसे एक प्रकार का गर्व होता है।'' उसने शशिकान्त से पूछा, ''किधर चलूँ ? कहाँ जाना है आपको ?''

''कहाँ जाना है मुझे ?'' शशिकान्त बोला, ''कहीं नहीं जाना है, मैं केवल तुमसे मिलना चाहता था, और मैं अपने उस प्रोफेसर को भी एक बार देखना चाहता था जिनके साथ तुम बँध गई हो।''

''तो देख लिया अपने प्रोफेसर को !'' रेखा के स्वर में एक प्रकार का तीखापन था जिसे शशिकान्त महसूस नहीं कर पाया। वह उस समय अपने विचारों में ही उलझा हुआ था, उसने कहा, ''इनकी अवस्था तो प्रायः पचपन साल की होगी, यानी अब यह रिटायर होनेवाले होंगे।''

''प्रोफेसर की अवस्था अभी तिरेपन साल की ही है। फिर पचपन साल पर सरकारी नौकर रिटायर होते हैं, यूनिवर्सिटी में रिटायरमेंट की उम्र साठ साल की होती है। ऐसी हालत में अभी सात साल बाकी हैं प्रोफेसर के रिटायर होने में।'' फिर कुछ सोचकर वह बोली, ''हाँ, क्या कहना चाहते थे आप ? किधर चलूँ ?''

''यहाँ से वेस्टर्न कोर्ट ही जाऊँगा, अभी मुझे अपना असबाब पैक करना है। चाहता था कि चलने के पहले तुम्हारे साथ बैठकर कुछ बातचीत करूँ। इस तरह अनायास ही तुम्हें छोड़कर जाना इस समय मुझे बेतरह बुरा लग रहा है।''

अपने कमरे में पहुँचकर शशिकान्त बोला, ''एक पेग स्कॉच का ले लूँ, अपने मन को कुछ स्वस्थ तो करना ही होगा। इस तरह बिना किसी नोटिस के जाना अखर गया है, खासतौर से तुम्हें छोड़कर। तुम भी कुछ लोगी ?''

रेखा मुस्कराई, ''सिर्फ एक गिलास शर्बत। प्रोफेसर को लेने मुझे साढ़े-आठ बजे पहुँचना है।''

शशिकान्त ने आग्रह नहीं किया। थोड़ी देर तक दोनों चुपचाप बैठे रहे, फिर शशिकान्त ने उस मौन को तोड़ा, ''रेखा, सच-सच बतलाना, क्या तुम अपने वर्तमान जीवन से सन्तुष्ट हो ?'' इस समय तक शशिकान्त काफी भावुक हो चुका था।

कुछ सोचकर रेखा बोली, ''बहुत अधिक सन्तुष्ट तो मैं कही नहीं जा सकती, लेकिन मुझे कोई खास शिकायत भी नहीं है।''

"मैं समझा नहीं। मैंने भी मनोविज्ञान पढ़ा है।" शशिकान्त बोला, "और मैं इस निष्कर्ष पर पहुँचा हूँ कि तुमने प्रोफेसर से विवाह करके गलती की है। है न ऐसा ?"

रेखा ने निस्पृह भाव से कहा, "विवाह के पहले मेरे माता-पिता ने मुझसे यही बात कही थी और आज भी मेरे मिलने-जुलनेवाले और मेरे हितैषी मेरे पीठ-पीछे ऐसा ही कहते हैं, यद्यपि मेरे सामने वे कभी इस बात का जिक्र नहीं चलाते।"

अब शशिकान्त के गम्भीर मुख पर एक तरह की मुस्कराहट आई, जो रेखा को अच्छी नहीं लगी। वह बोला, "लेकिन तुम्हारा क्या खयाल है ?"

एक अजीब तरह की व्यथा से रेखा का स्वर धीमा पड़ गया, "मैं...मैं कुछ समझ नहीं पाती। प्रोफेसर को मैं बेहद प्यार करती हूँ, शायद स्त्री का एकमात्र सहारा उसका पति है, या शायद स्त्री बिना प्यार किए रह ही नहीं सकती। लेकिन छोड़िए भी इस बात को, जो होना था वह हो चुका, अब उसे बदला नहीं जा सकता।"

शशिकान्त कुछ देर चुप रहकर बोला, "मुझे क्षमा करना। तुम्हारे जख्मों को मुझे इस तरह कुरेदना नहीं चाहिए था। असल में मैं तुम्हारी कुछ सहायता करना चाहता था, अगर तुम्हें मेरी किसी भी प्रकार की सहायता की आवश्यकता हो।"

रेखा के अन्दर एक तरह का कुतूहल जाग उठा, "सच ! आप मेरी सहायता कर सकते हैं ? किस प्रकार की सहायता कर सकेंगे आप ?"

"इटली में भारतीय दूतावास में एक रिसेप्शनिस्ट की जगह खाली है। मुझे ऐसा लगता है कि उस जगह के लिए तुम उपयुक्त होगी—जिन क्वालीफिकेशन्स की उस जगह जरूरत है, वे तुममें हैं।"

रेखा के अन्दर एक हिंसात्मक भावना जाग उठी, जिसे रेखा स्वयं भी तत्काल नहीं समझ पाई, "रिसेप्शनिस्ट ! भला रिसेप्शनिस्ट की तनख्वाह क्या होगी ?"

"उसकी परवाह न करो, देखने में यह स्थान बहुत ऊँचा नहीं है, एलाउंस वगैरह मिलाकर कुल हजार रुपया महीना होगा, लेकिन मेरे कारण तुम्हारा खर्च वहाँ नहीं के बराकर होगा। फिर उस स्थान पर रहकर न जाने कितने फायदे उठाए जा सकते हैं। उस सबमें मैं तुम्हारी पूरी तौर से मदद करूँगा।" और शशिकान्त के मुख पर की मुस्कराहट कुछ अधिक प्रस्फुटित हो गई।

एकाएक रेखा को लगा उसका खून उबलने लगा है और उसका मुख विकृत तथा कठोर हो गया। वह एक झटके के साथ उठ खड़ी हुई, शशिकान्त के ठीक सामने खड़े होकर उसने तीखे स्वर में कहा, "तो तू इटली में मुझे अपनी रखैल बनाकर ले जाना चाहता है ! हरामजादा कहीं का !" और उसने एक भरपूर तमाचा शशिकान्त के गाल पर जड़ दिया।

इस तमाचे के लिए शशिकान्त तैयार नहीं था, शराब का गिलास उसके हाथ से छूटकर जमीन पर गिर पड़ा। जितनी देर वह सँभले-सँभले, रेखा उसके कमरे से निकलकर बरामदे में आ गई थी।

कार पर बैठकर रेखा अपने अन्दर हँस पड़ी। कितना छोटा और कितना पतित

आदमी था यह शशिकान्त। रेखा को उस आदमी के मुख पर भरपूर तमाचा मारकर सन्तोष हुआ। यह शशिकान्त पशु था, केवल पशु—उसके आगे कुछ भी नहीं। और उस समय रेखा पर यह भी स्पष्ट हो रहा था कि उसके अन्दर भी एक पशु है, शशिकान्त के अन्दरवाले पशु से कहीं अधिक सबल, कहीं अधिक उग्र। लेकिन उसके अन्दरवाले पशु से निरन्तर द्वन्द्व करता हुआ उसके अन्दर एक मानव भी है, भावना से ओत-प्रोत, सद्-असद् के विवेक से युक्त। और मन-ही-मन रेखा कह उठी, "बेवक़ूफ़ कहीं का ! बेचना और खरीदना—वह समझता है कि इसी में जिन्दगी है। यह बेचना और खरीदना पशुता भी नहीं है, यह तो दानवता है। मेरे अन्दरवाली पशुता को प्रोफेसर की मानवता पाल सकती है, शशिकान्त की दानवता नहीं। मैं प्रोफेसर की हूँ। हमेशा के लिए प्रोफेसर की रहूँगी।"

कनॉट प्लेस से जल्दी-जल्दी आवश्यक खरीदारी करके जब रेखा प्रभाशंकर को लेने वापस पहुँची, प्रभाशंकर मीटिंग के हॉल से निकल ही रहे थे। कार में बैठते हुए उन्होंने कहा, "तुम्हें आने में कुछ देर हो गई, मैं तो टैक्सी मँगवाने की सोच ही रहा था।"

"हाँ, लेकिन अधिक देर नहीं हो पाई, दुकान पर भीड़ बहुत थी, और कई चीजें खरीदनी थीं।" रेखा ने कार स्टार्ट करते हुए कहा।

घर आकर रेखा बोली, "वह आपके शिष्य—मिस्टर शशिकान्त ! आदमी वह मुझे काफी नीच प्रकृति का लगा। मुझसे घनिष्ठता बढ़ाने की कोशिश कर रहा था। उसे वेस्टर्न कोर्ट में उतारने के बाद मेरा मूड बिगड़ गया।"

"ऐसी बात है ! मैं सोच रहा था कि एकाएक उसके मन में मेरे प्रति इतनी श्रद्धा कैसे जाग पड़ी ! क्या कह रहा था तुमसे ?"

"मुझे इटली में एम्बेसी में नौकरी देने का लालच दे रहा था, काफी प्रभावशाली अपने को बतलाता था।"

"इतनी हिम्मत उसकी !" और फिर प्रभाशंकर का स्वर कुछ मुरझा गया, "शायद वह ठीक ही कह रहा था। मैं बूढ़ा हो रहा हूँ। इधर मेरी तन्दरुस्ती भी कुछ गिर रही है। और जहाँ तक तुम्हारा सम्बन्ध है, तुम्हारी जवानी प्रस्फुटित हो रही है। तो इसमें न उसका कोई दोष है और न तुम्हारा। दोष केवल मेरा है जो मैंने तुमसे विवा़ह किया।"

रेखा ने प्रभाशंकर के मुख पर हाथ रखते हुए कहा, "ऐसी बात न कहिए, आप मेरे देवता हैं। मैं आपसे प्रेम करती हूँ, केवल आपसे। आपको छोड़कर मैं किसी से प्रेम कर ही नहीं सकती।"

प्रभाशंकर ने रेखा की इस बात का कोई उत्तर नहीं दिया। करुण दृष्टि से वह छत की ओर एकटक देख रहे थे, अपने में एक टूटेपन की व्यथा लिए हुए। उस समय उनकी मुद्रा से ऐसा लगता था कि उल्लास उनके जीवन से हमेशा के लिए चला गया है। प्रभाशंकर की इस मुद्रा से रेखा कुछ सहम-सी गई, उसने प्रभाशंकर का हाथ अपने हाथ में लेते हुए कहा, "आप मेरी बात पर विश्वास कीजिए। मैंने हमेशा आपसे प्रेम किया है, और आपका प्रेम पाकर मैं अपने को सौभाग्यशाली समझती हूँ। मैं कसम खाती हूँ

कि सिवा आपके मैंने अभी तक किसी से प्रेम नहीं किया है और न किसी से प्रेम कर सकती हूँ।"

लेकिन प्रभाशंकर की उस मुद्रा में कोई परिवर्तन नहीं हुआ। जब से प्रभाशंकर और रेखा मसूरी से लौटे हैं, तब से रेखा देखती रही है कि प्रभाशंकर कुछ मर्माहत, कुछ चिन्तित-से रहते हैं। उनका मुख श्रीहत हो गया है, जैसे, कोई कचोट-सी घर कर गई है उनके अन्दर। रेखा की आँखों में आँसू आ गए, "क्या आप मेरी कोई भी गलती क्षमा नहीं कर सकते ? गलतियाँ तो छोटों और अनुभवहीनों से हो ही जाया करती हैं। आप इतने महान और उदार हैं, आप मेरी गलती क्षमा क्यों नहीं कर देते ? बिना आपके प्रेम और विश्वास के मुझसे जीवित नहीं रहा जाएगा। मैं आपसे सच कहती हूँ कि आपके अन्दरवाली व्यथा मेरे प्राणों में भरती चली जा रही है। आप मुझे एक बार खुले हृदय से क्षमा कर दें, जो कुछ हुआ सो आप हमेशा के लिए भूल जाएँ।" और रेखा प्रभाशंकर के वक्ष पर अपना सिर रखकर फूट पड़ी।

रेखा के इस व्यवहार से प्रभाशंकर द्रवित हो गए, उनके मुख पर अविश्वास की कठोरता से युक्त निराशा की व्यथा रेखा के आँसुओं से धुल गई। उन्होंने रेखा का मुख उठाकर स्नेह के साथ चूम लिया। आलिंगनपाश में रेखा को लेते हुए उन्होंने कहा, "मैंने तुम्हारे साथ अन्याय किया है, मुझे क्षमा करो। मैंने तो अपने जीवन में न जाने कितनी गलतियाँ की हैं ! मैं इतना हीन क्यों हो गया कि तुम्हारी एक गलती मेरे दिल में घर कर गई, मैं अपने से ही शर्मिन्दा हूँ। ओह ! तुम कितनी अच्छी हो, कितनी अच्छी हो। मैं वास्तव में बड़ा नीच हूँ !" और प्रभाशंकर की आँखों में आँसू डबडबा आए।

एक असीम सुख, एक असीम शान्ति ! रेखा के मन में अब किसी प्रकार की ग्लानि न थी, उसके अन्दर अब किसी प्रकार का परिताप न था। उसने फिर से प्रभाशंकर को पा लिया था। उसने सिसकते हुए कहा, "मैं बड़ी कमजोर हूँ, मैं बड़ी मूर्ख हूँ और आप इतने उदार और ज्ञानी हैं। एक आपका ही सहारा है मुझे, मुझे कभी अपने से अलग न करिएगा। अगर कभी मुझसे गलती हो जाए, तो आप मुझे कड़ी-से-कड़ी सजा दे लें, बिना उफ़ किए मैं वह सजा भुगत लूँगी, लेकिन आप मुझे अपने से अलग न कीजिएगा। आपसे अलग होकर मैं जिन्दा नहीं रह सकूँगी।"

प्रभाशंकर को अब लग रहा था कि उनके जीवन में रस लौट आया है। कितनी सुन्दर दीख रही थी रेखा उन्हें, कितनी पवित्र और कितनी सौम्य ! और वह यह भी अनुभव कर रहे थे कि रेखा उनके लिए एकमात्र सहारे की भाँति है। उन्होंने कहा, "जो कुछ हो गया, वह हो गया, उसे हम दोनों भूल जाएँ। और मेरी रेखा, इतना याद रखना, अब मुझे तुम्हारा सहारा चाहिए। तुम मुझ पर आश्रित नहीं हो, मैं तुम पर आश्रित हूँ। मेरी देखभाल करनेवाला, मुझे अपना समझनेवाला तुम्हें छोड़कर इस दुनिया में मेरा कोई नहीं है।" और उस समय प्रभाशंकर का स्वर काँप रहा था। जो बात प्रभाशंकर कह रहे थे, उसमें एक कठोर और करुण सत्य था। रेखा ने प्रभाशंकर का हाथ पकड़कर उठाया, "चलिए काफी समय हो गया है, अब आप खाना खा लीजिए।"

[13]

फ्रंटियर मेल अपनी पूरी रफ्तार के साथ चली जा रही थी और रेखा खिड़की के बाहर दूर तक फैले हुए राजस्थान के दृश्य को देख रही थी। एक जनहीन भूभाग, कहीं भी हरियाली का नाम नहीं। जलती हुई धूप में वह रेगिस्तान का-सा दृश्य कितना कुरूप दीख रहा था ! आतंक और भय से भरी सिहरन—कुछ ऐसा वह अनुभव कर रही थी, लेकिन न उसके अन्दर आतंक का कोई कारण था और न भय का। एक तरह की निष्क्रियता और विवशता से भरी अशान्ति—जो उस पर छा गई थी। रेखा के मन में कई बार आया कि वह खिड़की का शटर गिरा दे, लेकिन हर बार उसके अन्दर से ही किसी ने उसे ऐसा करने से रोका ! कुरूपता ! जीवन में कहीं कुरूपता का भी एक अनिवार्य और महत्त्वपूर्ण स्थान है; इस कुरूपता से त्राण पाना असम्भव है। इस कुरूपता से मुँह कैसे मोड़ा जा सकता है ? और इसलिए इस कुरूपता से समझौता करके उसका अभ्यस्त हो जाना ही श्रेयस्कर होगा उसके लिए।

फर्स्ट क्लास की नीचेवाली बर्थ के तीन-चौथाई भाग पर प्रभाशंकर लेटे थे, शायद वह सो रहे थे, और रेखा एक-चौथाई बर्थ पर कुछ सिकुड़ी-सी बैठी थी। दिल्ली से बम्बई के लिए उन लोगों ने फर्स्ट क्लास का एक कूपा रिजर्व करा लिया था, ताकि उन्हें शान्ति से भरा एकान्त मिल सके, जहाँ किसी दूसरे का कोई स्थान नहीं, दूसरों से किसी प्रकार का हस्तक्षेप नहीं। रेखा ने अपना बिस्तर ऊपरवाली बर्थ पर लगा लिया था, नीचे की बर्थ उसने प्रभाशंकर के लिए छोड़ दी थी, क्योंकि ऊपर की बर्थ पर चढ़ने-उतरने में प्रभाशंकर को कष्ट होता। दोपहर को खाना खाकर प्रभाशंकर लेट गए थे, उन्होंने रेखा से भी कहा था कि वह आराम कर ले। रेखा ने उत्तर दिया था, "लेटने की तबीयत नहीं होती, आप थोड़ा सो लीजिए, तब तक मैं कुछ पढ़ूँगी।" और यह कहकर रेखा ने एक उपन्यास उठा लिया था।

रेखा ने अनमने भाव से उपन्यास खोला, लेकिन जैसे उस उपन्यास के अक्षर उसकी आँखों के आगे तैर रहे हों। वह अपने ही विचारों में बुरी तरह खोई हुई थी। दूसरों की बातें समझने की सामर्थ्य ही न थी उसमें। यह आराम ! इसकी जरूरत आदमी को तब पड़ती है जब उसका शरीर थक जाए। जीवन का धर्म है जागृति और कर्म ! निष्क्रियता और शयन—ये भी इस जीवन में मौजूद हैं, लेकिन पूरक तत्त्व के रूप में, जब शरीर थक जाए, मन थक जाए, और इस थकावट को दूर करना आवश्यक हो जाए। उस समय न रेखा के शरीर में किसी तरह की थकावट थी, न उसके मन में।

रेखा ने उपन्यास एक ओर रख दिया था। प्रभाशंकर सो रहे थे, भारी और गहरी साँसों की आवाजें रेखा के कानों से टकरा रही थीं। बाहरवाले दृश्य से अपनी आँखें हटाकर रेखा ने प्रभाशंकर को देखा और वह अनायास ही सिहर उठी। कितना थका हुआ आदमी उसकी बगल में लेटा हुआ था—अशक्त और दुर्बल ! प्रभाशंकर के मुख पर उस समय रेखा को अनगिनत झुर्रियाँ दीख रही थीं, उनके बालों की सफेदी बढ़ती

जा रही थी और सोते समय उनका मुख अजीब तरह से निस्तेज और आभाहीन हो गया था। रेखा को लगा कि ट्रेन के बाहर फैले हुए उस शुष्क और कुरूप भू-प्रदेश में और प्रभाशंकर के मुरझाए-से मुख में कहीं कोई साम्य है। और यह आदमी रेखा का जीवन-साथी था—उससे अभिन्न, उसके सुख-दुख से बँधा हुआ। घबराकर रेखा ने अपनी आँखें बन्द कर लीं।

वह कहाँ के लिए चली थी और कहाँ पहुँच गई ! लेकिन वह चली ही कहाँ के लिए थी ? भविष्य की कोई निश्चित रूपरेखा नहीं थी उसके पास—शायद यह निश्चित रूपरेखा हो भी नहीं सकती थी। जो कुछ भविष्य के सम्बन्ध में उसके पास था वह अस्पष्ट और नित्य बनने-मिटनेवाले सपनों के रूप में था। सपनों का कोई निश्चित रूप नहीं रहा करता। ये सपने बड़ी जल्दी-जल्दी बिना किसी तार के बदलते रहते हैं। इन सपनों में किसी प्रकार की पूर्व-योजना भी तो नहीं होती। रेखा के सपनों का आधार रेखा की कल्पनाओं में था। लेकिन कल्पना का भी तो कोई निश्चित रूप नहीं होता है, इस कल्पना का आधार है आन्तरिक प्रवृत्ति और परिस्थिति। परिस्थिति पर कभी किसी का वश नहीं रहा है।

वह कहाँ आ पहुँची, वह यह जानती थी। वर्तमान का एक निश्चित रूप तो है, यह निश्चित रूप भले ही क्षणिक और अस्थायी हो। यह वर्तमान ही तो सत्य और नित्य है ! और यह वर्तमान अपना सारा सौन्दर्य खोकर उसके हृदय पर एक भार-सा बन रहा था।

पिछले कुछ महीनों से प्रभाशंकर का स्वास्थ्य गिरता जा रहा था। एक प्रकार का अविश्वास भर गया था रेखा के प्रति उनके अन्दर। मसूरी से लौटने के बाद रेखा ने उन्हें फिर अविश्वास करने का मौका नहीं दिया था। धीरे-धीरे रेखा के प्रति उनका विश्वास लौट रहा था, लेकिन अब उन्हें अपने ऊपर अविश्वास होने लगा था। अपने प्रति अविश्वास ही उनकी अस्वस्थता का कारण था। लेकिन अपने गिरते हुए स्वास्थ्य की प्रभाशंकर को चिन्ता नहीं थी, उन्हें शायद अपने गिरते हुए स्वास्थ्य का पता भी नहीं था। लेकिन रेखा प्रभाशंकर को लेकर काफी चिन्तित थी। रेखा जानती थी कि प्रभाशंकर की अतिव्यस्तता अब उनकी अवस्था को सह्य नहीं है। रेखा बार-बार यह सत्य प्रभाशंकर के सामने रखती थी, लेकिन प्रभाशंकर इस कुरूप सत्य से झुँझला उठते थे। और एक दिन रेखा ने तय कर लिया कि प्रभाशंकर से कुछ कहना बेकार होगा, उसे उस सम्बन्ध में स्वयं कुछ करना पड़ेगा। इसलिए रेखा ने जब कभी प्रभाशंकर दिल्ली के बाहर जाएँ तब उनके साथ जाना तय कर लिया। इस तरह वह प्रभाशंकर के खान-पान की, उनके उचित आराम की व्यवस्था कर सकेगी।

बम्बई की मीटिंग के लिए जब प्रभाशंकर चलने लगे, तो रेखा जबर्दस्ती उनके साथ लग गई। प्रभाशंकर बम्बई विश्वविद्यालय में डी. लिट् की मौखिक परीक्षा लेने जा रहे थे। एक हफ्ता पहले वह इन्फ्लुएंजा से उठे थे और काफी कमजोर हो गए थे। डॉक्टरों ने सलाह दी थी कि अगर वह बम्बई न जाएँ तो अच्छा होगा, लेकिन प्रभाशंकर ने बम्बई

जाने का वादा कर लिया था। इस कार्यक्रम को रद्द करने के लिए वह तैयार नहीं थे। तब रेखा को प्रभाशंकर के साथ चलने की जिद पर उतर आना पड़ा था।

रेखा प्रभाशंकर के साथ बम्बई जा रही थी। गाड़ी अपनी पूरी रफ्तार के साथ दौड़ रही थी और रेखा के विचारों की गति उस मेल ट्रेन की गति से कम नहीं थी। तेजी के साथ दौड़ते हुए विचारों में किसी एक पर भी वह केन्द्रित न हो पाती थी। जिस विचार पर वह रुकी—उसी समय उसे एक जोर का झटका लगा और वह विचार टुकड़े-टुकड़े हो गया, उसके स्थान पर दूसरा विचार आ गया।

रेखा का अतीत चलचित्र की भाँति न जाने कितने रूपों में उन विचारों के साथ कितनी बार उसके सामने आया, लेकिन वह अतीत तो मिट चुका है। उस अतीत की अब उसके जीवन में कोई सार्थकता नहीं, क्योंकि वह अतीत मिट चुका है, अब वह बदला नहीं जा सकता। उसी अतीत में जो भी गति थी वह समाप्त हो चुकी, उस अतीत ने इस कुरूप वर्तमान को जन्म दे दिया है।

अतीत का साथ छोड़कर अब भविष्य की ओर देखना उसके लिए उचित होगा। रेखा को अपने इस विचार पर हँसी आ गई। क्या कोई कभी भविष्य की कल्पना कर सका है ? भविष्य एक अनजाने और अभेद्य रहस्य की भाँति है। उस रहस्य के अन्दर न जाने कितने सुख-दुख दबे पड़े हैं, शायद दुखों की संख्या सुखों की संख्या से अधिक हो। जिस तरह अतीत मिट चुका है, उसका कोई अस्तित्व नहीं, उस तरह भविष्य को भी आगे आना है, एक अनजानी संज्ञा की भाँति। वर्तमान ही उस भविष्य को रूप दे सकता है।

सबसे अधिक महत्त्वपूर्ण है वर्तमान, और रेखा अब वर्तमान में उलझ गई। जो कुछ सत्य है वह नित्य बनता-मिटता वर्तमान है। भविष्य इस वर्तमान का प्रसार है, जिस तरह वर्तमान अतीत का प्रसार है। प्रत्येक भविष्य वर्तमान का रूप धारण करके अतीत बन जाया करता है। अतीत, वर्तमान, भविष्य—ये तीनों अविच्छिन्न हैं, एक-दूसरे पर आश्रित हैं। इसमें वर्तमान जीवन का क्रम है, अतीत और भविष्य दिशा-निर्देश हैं। यह वर्तमान ही जीवन की सफलता और सार्थकता है।

रेखा ने अपनी आँखें खोल दीं। कब तक अपनी आँखें बन्द रख सकती है वह ! और आँखें खोलकर उसने एक बार फिर प्रभाशंकर को देखा। कुछ क्षण पहले प्रभाशंकर का जो रूप उसके सामने आया था, वह मिट चुका था। अब उसने देखा कि उसकी बगल में जो आदमी लेटा है वह विश्वख्याति का प्रतिभावान आदमी है, जिसके पास अनुभवों का भंडार है, जिसमें असीम ज्ञान है। उस व्यक्ति के मुख पर चिन्तन की रेखाएँ हैं, उसकी साँसों में गम्भीरता और गुरुता का भारीपन है। वह व्यक्ति देवता की भाँति पावन और पूज्य है। और न जाने किस आवेश में भरकर वह उठ खड़ी हुई। उसने प्रभाशंकर के मस्तक को चूम लिया।

प्रभाशंकर ने आँखें खोल दीं, मुस्कराते हुए उन्होंने कहा, "कहो, क्या बात है ?"

रेखा लजा गई, आँखें झुकाकर मन्द मुस्कराहट के साथ उसने कहा, "कुछ नहीं,

अपने देवता की भक्ति में मैं विभोर हो गई थी। अगला स्टेशन आनेवाला है। चार बज गए हैं। चाय पीजिएगा न ?"

वास्तव में गाड़ी की गति धीमी पड़ने लगी थी। प्रभाशंकर उठकर बैठ गए, "बड़ी अच्छी नींद आई, मैं तो बिलकुल ताजा हो गया हूँ। देखता हूँ, चाय का समय हो गया है।"

गाड़ी प्लेटफॉर्म पर खड़ी हो गई। कोटा जंक्शन पर काफी अधिक भीड़ थी, लेकिन यह भीड़ ऊँचे दर्जे के मुसाफिरों की दीखती थी। जिस डिब्बे में प्रभाशंकर और रेखा थे, डाइनिंग-कारवाला डिब्बा उससे काफी दूर था। रेखा की आँखें डाइनिंग कार के बेयरा को ढूँढ़ रही थीं, जो दिखाई नहीं दे रहा था। तभी रेखा ने देखा कि एक फौजी अफसर काफी अधिक असबाब के साथ उसके बगलवाले कम्पार्टमेन्ट की ओर आ रहा है। कुलियों ने असबाब कम्पार्टमेन्ट में रखकर झुककर बड़े आदर के साथ उसे सलाम किया। उसने पाँच रुपये का एक नोट कुलियों के बीच में दिया, और वे लोग फिर बड़े आदर के साथ उसे सलाम करके चले गए।

रेखा ने देख लिया था कि उस व्यक्ति का सामान बहुत कीमती था, इसलिए वह बहुत सम्पन्न आदमी होगा। गठे बदन और सुनहले रंग का लम्बा-सा आदमी, घनी और काली मूँछें ऊपर की ओर उठी हुईं और ऐंठी हुईं, आँखें बड़ी-बड़ी और उनमें एक प्रकार की लालिमा, उसके मुख पर जैसे अधिकार की छाप रही हो। उसकी अवस्था अधिक नहीं थी, तीस-बत्तीस वर्ष की रही होगी, और उसकी वर्दी से पता चलता था कि वह भारतीय फौज में मेजर है।

वह व्यक्ति एक बार अपने कम्पार्टमेन्ट में जाकर फिर बाहर निकल आया और प्लेटफॉर्म पर खड़ा हो गया, जैसे वह किसी की प्रतीक्षा कर रहा हो। तभी उसकी नजर रेखा पर पड़ी, और रेखा पर वह नजर पड़ते ही जैसे जम गई हो।

रेखा ने उस व्यक्ति से अपनी आँखें हटा लीं और उसकी आँखें फिर डाइनिंग-कार के बेयरों को ढूँढ़ने लगीं। पाँच मिनट बीत गए, लेकिन बेयरा का कोई पता नहीं था। रेखा ने झल्लाकर कहा, "बड़ा खराब प्रबन्ध है डाइनिंग-कारवालों का—अब तो गाड़ी छूटनेवाली होगी, लेकिन अभी तक यहाँ कोई बेयरा नहीं आया।"

अपनी बर्थ से उठते हुए प्रभाशंकर बोले, "मैं डाइनिंग-कार तक जाकर देखता हूँ—बड़ी खराब सर्विस है इन लोगों की !"

"आप कहाँ जाइएगा, डाइनिंग-कार काफी दूर है यहाँ से।" रेखा ने प्रभाशंकर को रोका, "देखिए, एक बेयरा इसी तरफ आ रहा है।"

तब तक एक बेयरा चाय की ट्रे लिए उस ओर आया। रेखा ने आवाज दी, "बेयरा, तुम अभी तक कहाँ थे, चाय लाओ !"

"अब तो अगले स्टेशन पर चाय मिलेगी मेम साहेब, आपने लंच के वक्त कुछ बोला नहीं था, यह चाय तो इन साहब की है।"

"दूसरी ट्रे ले आओ जाकर !" रेखा ने कहा।

"गाड़ी छूटने का वक्त हो गया है मेम साहब—डाइनिंग-कार यहाँ से बहुत दूर है।" बेयरा ने उस फौजी आदमी के कम्पार्टमेन्ट का दरवाजा खोलते हुए कहा। तभी उस मेजर ने बेयरा से कहा, "यह चाय मेम साहब को दे दो, मुझे अगले स्टेशन पर दे देना।"

"नहीं-नहीं, अगले स्टेशन पर ही हम लोग चाय ले लेंगे, आप क्यों कष्ट कर रहे हैं ?" रेखा ने अब उस आदमी से सीधे बात की।

वह आदमी अब रेखा की खिड़की के बिलकुल पास आ गया था, उसने धीमे स्वर में कहा, "एक अनजाने आदमी से इस छोटे-से आभार से आप दब न जाएँगी। आपके साथवाले गुरुजन को चाय की आवश्यकता मुझसे अधिक होगी।"

रेखा को जैसे डंक मार दिया हो किसी ने। वह बुरी तरह तिलमिला उठी, पर उसी क्षण संयत होकर वह मुस्कराई। एक हलके-से व्यंग्यात्मक स्वर में उसने कहा, "हाँ, मेरे पति ठीक चार बजे चाय पीते हैं, आपकी कृपा के लिए बहुत-बहुत धन्यवाद !" और उस आदमी पर से अपनी आँखें फेरकर वह खिड़की के पास से कुछ भीतर की ओर खिसक आई।

जब से रेखा दिल्ली से चली है, तब से हरेक स्टेशन पर कुछ मनचले युवक अवश्य ही रेखा के कम्पार्टमेन्ट के चक्कर लगा जाया करते थे। अब उसकी समझ में यह रहस्य आया कि उन युवकों की दिलचस्पी उसमें इतनी अधिक इसलिए है कि उसके साथ एक बूढ़ा आदमी सफर कर रहा है, और बूढ़ा आदमी उसका पति है। यह रहस्य जानकर उसे कुछ झुँझलाहट हुई, लेकिन इससे ज्यादा उसे हँसी भी आई। उसने प्रभाशंकर को चाय देकर फिर खिड़की के बाहर देखा। वह आदमी उसी तरह खिड़की के पास खड़ा था और इधर-उधर देख रहा था, मानो उसका ध्यान ही रेखा की ओर न हो।

चाय पीकर प्रभाशंकर बाथ-रूम में चले गए। अब रेखा ने कुछ जोर से कहा, "गाड़ी अभी तक नहीं छूटी, इस समय तक बेयरा चाय ले भी आता।"

उस आदमी का ध्यान रेखा की ओर आकर्षित हुआ, "मैं भी ऐसा समझता हूँ, लेकिन इसमें बेयरा का कोई दोष नहीं। सिगनल तो दे दिया गया है !"

"मुझे बड़ा दुख है कि आपको चाय नहीं मिली।" रेखा बोली, "चाय का समय होने पर चाय न मिलने से बड़ी उलझन होती है।"

उस आदमी ने कुछ निकट आकर कहा, "आप मेरी चिन्ता न कीजिए, मैं इन छोटी-मोटी उलझनों से बहुत दूर पहुँच गया हूँ। मेरे जीवन में न समय का कोई महत्त्व है, न सुख-सुविधाओं का। एक महीने की छुट्टी लेकर घर आया था—रानी माँ की तबीयत खराब है, भगवान का नाम ले रही हैं। कुल एक हफ्ता घर रह सका, कल तार मिला कि तुरन्त पूना में रिपोर्ट करूँ—छुट्टी रद्द की जा रही है। मेरे पिता राना साहब ज्ञानपुर को बहुत बुरा लगा, लेकिन वह भूल जाया करते हैं कि युग बदल गया, मान्यताएँ बदल गईं, अब जनतन्त्र का राज्य है।"

रेखा बोली, "मुझे आपके साथ बड़ी ही सहानुभूति है कि आपको इतनी जल्द जाना पड़ रहा है।"

उस आदमी ने बड़ी गम्भीरतापूर्वक कहा, "आपकी सहानुभूति के लिए धन्यवाद, उसकी मुझे जरूरत नहीं है, क्योंकि इसमें मुझे कोई ऐसा बुरा भी नहीं लगा। वैसे आप कहाँ-कहाँ अपनी सहानुभूति बाँटती घूमेंगी ! मैं पुरुष हूँ, सक्षम हूँ, समर्थ हूँ। और मैं जिन्दगी-मौत का खेल खेलने का आदी हो गया हूँ। मेरा नाम यशवन्तसिंह—मेजर यशवन्तसिंह ! रास्ते में अगर आपको किसी प्रकार की सहायता की आवश्यकता हो तो आप मुझे बुला सकती हैं, बगलवाले कम्पार्टमेन्ट में ही तो हूँ, संकोच न कीजिएगा।"

"और मेरा नाम रेखा शंकर है—मेरे साथ मेरे पति प्रोफेसर प्रभाशंकर हैं। अब आप अपने कम्पार्टमेन्ट में जाइए, गार्ड ने सीटी दे दी है।" रेखा बोली।

चौपाटी के 'सागर-तरंग' होटल में रेखा ने एक कमरा बुक करा लिया था। प्रभाशंकर को लेकर रेखा स्टेशन से 'सागर-तरंग' होटल पहुँची। वह बम्बई कई साल बाद आई थी, और एक तरह का कौतूहल था उसके अन्दर। ज्ञानवती उन दिनों बम्बई में ही ठहरी थी। बम्बई का मौसम काफी सुहावना हो गया था।

प्रभाशंकर को चार बजे शाम को यूनिवर्सिटी पहुँचना था, अपने आने की सूचना उन्होंने आते ही विश्वविद्यालय के अधिकारियों को दे दी थी।

पौने-चार बजे रेखा ने विश्वविद्यालय के लिए प्रभाशंकर को रवाना कर दिया। इसके बाद वह ज्ञानवती से मिलने के लिए सान्ताक्रुज जाना चाहती थी। प्रभाशंकर को विदा करके रेखा जब अपने कमरे को लौट रही थी, उसे किसी की आवाज सुनाई पड़ी, "मिसेज शंकर !"

रेखा ने मुड़कर पीछे देखा, और उसने देखा कि सिल्क का सूट पहने एक आदमी उसकी ओर बढ़ रहा है। उसका मुख रेखा को कुछ पहचाना-सा लग रहा था, और तभी रेखा को याद आ गया। वह व्यक्ति वही था जो यात्रा में उसके कम्पार्टमेन्ट के बगलवाले कम्पार्टमेन्ट में था। रेखा के माथे पर बल पड़ गए, "क्या आप भी इसी होटल में ठहरे हैं ?"

यशवन्तसिंह मुस्कराया, "नहीं, बम्बई में हम लोगों का निजी मकान है मलाबार हिल्स पर, जिसमें मेरे कक्काजी रहते हैं। मैं वहीं ठहरा हूँ, गोकि मेरे कक्काजी परसों कलकत्ता गए हैं, कल सुबह हवाई जहाज से बम्बई लौट आएँगे। यानी मैं इस समय एक बहुत बड़ी कोठी में दर्जनों नौकरों-चाकरों से घिरा हुआ अकेला ठहरा हुआ हूँ। तो उस कोठी का अकेलापन मुझे खाए जा रहा था, इसलिए कक्काजी की कार लेकर मैं निकल पड़ा। आखिर समय तो काटना ही है।"

"तो आप यहाँ कैसे आए—किसी से मिलने के लिए ?"

"ऐसा ही समझिए और जिससे मैं मिलने आया था उससे मुलाकात भी हो गई।"

कौतूहल के साथ रेखा ने कहा, "अच्छा ! आइए, यहाँ रास्ते में क्यों खड़े हैं, लाउँज में बैठिए !"

लाउँज में बैठकर रेखा ने पूछा, "किससे मिलने आए थे यहाँ ?"

बैठते हुए यशवन्तसिंह ने कहा, "अगर मैं कहूँ कि मैं आपसे ही मिलने आया था

तो क्या आपको आश्चर्य होगा ?"

"आश्चर्य करना मैंने छोड़ दिया," रेखा बोली, "लेकिन सवाल यह है कि आपको यह कैसे मालूम हुआ कि हम लोग यहाँ ठहरे हैं ?"

"बड़ी साधारण बात है। मुझे लेने के लिए कक्काजी की कार आई थी। आप जब टैक्सी पर रवाना हुईं तब मैं भी अपनी कार पर बैठ रहा था। आपकी टैक्सी के पीछे ही मेरी कार थी। मुझे मलाबार हिल्स जाना था। तो मेरी कार बराबर आपकी टैक्सी के पीछे रही। और जब आपकी टैक्सी इस होटल के सामने रुकी तब मैंने समझ लिया कि आप यहीं ठहरेंगी। मैं अपनी कार पर सीधा अपनी कोठी पहुँच गया। कितना सहज था यह सब—अनायास ही यह हो गया ! और इस समय जब मैं समय को काट रहा था और समय मुझे काट रहा था, मुझे आपकी याद हो आई। सोचा कि आप भी शायद इस समय अकेली ही हों, और यह अकेलापन आपको भी अखर रहा हो। तो मैं यहाँ चला आया।"

रेखा ने पैनी दृष्टि से यशवन्तसिंह को देखा, "आपको शर्म नहीं आई एक अजनबी स्त्री का इस तरह पीछा करते हुए ! मैं आपसे कहती हूँ—आप इसी समय यहाँ से चले जाइए। आपने मुझे समझ क्या रखा है !"

यशवन्तसिंह थोड़ी देर तक ध्यान से रेखा को देखता रहा, फिर वह उठ खड़ा हुआ, "जब मैं यहाँ आया था, मैंने आपसे इस व्यवहार की आशा नहीं की थी। न जाने क्यों मुझे ऐसा लगा था कि इस विशाल और चहल-पहल से भरे नगर में आप अपने को नितान्त अकेली अनुभव करेंगी, आपको किसी ऐसे साथी की आवश्यकता होगी जिसके साथ आप घूम-फिर सकें, आप इस नगर को पूरे तौर से देख सकें। आपको ऐसे साथी की जरूरत होगी जिसमें शक्ति हो, सामर्थ्य हो और जिस पर आप विश्वास कर सकें। मेरी मंशा आपका अपमान करने की ज़रा भी न थी।"

यशवन्तसिंह के स्वर में कुछ ऐसा था जिससे रेखा को अपनी रुखाई पर खेद हुआ। उसने हिचकिचाते हुए कहा, "मेरा मतलब आपका अपमान करने का ज़रा भी नहीं था। बहुत सम्भव है आपका दृष्टिकोण सही हो, लेकिन इतना तो आप मानेंगे कि आपका इस तरह मुझसे सम्पर्क बढ़ाने का प्रयत्न नैतिकता के नियमों के प्रतिकूल है।"

"मैं अपना दोष स्वीकार करता हूँ, लेकिन मैं आपको विश्वास दिलाता हूँ कि जिस समय मैं यहाँ आया था उस समय मेरे मन में नैतिकता और अनैतिकता का कोई प्रश्न न था। एक अनजाना आवेश, एक अनजानी प्रेरणा—इन्हीं से मैं अनुशासित था। लेकिन मैं यह स्वीकार करता हूँ कि जो मेरा दृष्टिकोण है वह दुनिया का दृष्टिकोण नहीं बन सकता, विशेष रूप से विश्वास और भावना से अनुशासित स्त्रियों का। मेरी बात दूसरी है, मैंने अपने को मृत्यु के हाथ समर्पित कर दिया है। पिताजी के लाख आग्रह करने पर भी मैंने अपना विवाह नहीं किया। ममता के झूठे बन्धनों में किसी को बाँधना उचित नहीं होगा, कौन जाने किस अज्ञात स्थान पर किस समय मेरी मृत्यु हो जाए ! कश्मीर के युद्ध में मैं मरते-मरते बचा। मैं खुलकर जीना चाहता हूँ। यह विवेक, सामाजिक नियम

और प्रतिबन्ध–वे सब उन लोगों के लिए हैं जो जीवन से चिपके हुए हैं।"

रेखा को यशवन्तसिंह की बातों में दिलचस्पी आने लगी थी, उसने कहा, "आप बैठ जाइए, आपकी बातों में कुछ सार है। आपके साथ मेरी सहानुभूति है। आपका दृष्टिकोण सही हो सकता है आपके लिए, पर मेरे लिए वह सही होगा, आपने यह कैसे समझ लिया ?"

यशवन्तसिंह बैठ गया, "देखिए, मैं आपको क्या कहूँ–मिसेज शंकर या..."

"आप मुझे रेखा कह सकते हैं–मेरा नाम रेखा शंकर है।" रेखा बोली।

"हाँ, तो रेखाजी, मैं एक बात जानता हूँ। हरेक आदमी के अन्दर खुलकर जीने की अभिलाषा है। लेकिन हरेक आदमी के पास खुलकर जीने का साहस नहीं है। हम सबके अन्दर एक प्रकार की कायरता है और इस कायरता में जीवनी शक्ति का मूल न भी सही, तो महत्त्वपूर्ण स्रोत है। आप अपनी ही बात लें, आपमें घूमने-फिरने की, हँसने-खेलने की प्रबल अभिलाषा होगी, आप अपने अन्दर कभी-कभी एक प्रकार का पागलपन अनुभव करती होंगी, और पागलपन में बह भी जाना चाहती होंगी। लेकिन आपके अन्दरवाला विवेक आपको रोकता है। यह विवेक ही तो आपकी कायरता है, क्योंकि वह भविष्य का ध्यान रखता है। अगर आप अपने पागलपन में अपने को खो दें तो आपका जीवन नष्ट हो जाएगा, है न ऐसा !"

"आप तो दार्शनिक की तरह बात कर रहे हैं।" रेखा मुस्कराई।

यशवन्तसिंह भी मुस्कराया, "हरेक आदमी के पास उसका निजी दर्शन होता है। रेखाजी, मुझे याद आ रहा है, आपके पति शायद विश्व-ख्याति के दार्शनिक हैं। उनका मुकाबला तो मैं नहीं कर सकूँगा, जहाँ तक दर्शनशास्त्र के ज्ञान का प्रश्न है। लेकिन इतना मैं अवश्य कह सकता हूँ कि आपके पति के पास किताबों में लिखा हुआ अध्ययनवाला दर्शन है, जबकि मेरे पास मेरे अनुभवोंवाला जीवन-दर्शन है।"

एकाएक रेखा एक झटके के साथ उठ खड़ी हुई जैसे उसने मन-ही-मन कुछ निश्चय कर लिया हो, "प्रोफेसर आठ बजे से पहले नहीं आएँगे, वह मुझसे कह गए हैं। अभी कुल चार बजे हैं। आप इस बम्बई नगर की रंगीनियों से बहुत अधिक परिचित दिखाई देते हैं, और मैं भी इस समय अपने अन्दर एक प्रकार का अकेलापन अनुभव कर रही हूँ। तो क्या आप मुझे बम्बई घुमा देंगे–आप शायद अपनी कार लेते आए हैं।"

"मैं इसीलिए यहाँ आया था। कक्काजी की कार मैं लेता आया हूँ। चलिए !"

रेखा नौ बजे रात को वापस लौटी और उस समय उस पर एक हलकी खुमारी छाई हुई थी। होटल के बाहर फाटक पर ही उसने यशवन्तसिंह से कार रुकवा दी। कार से उतरते हुए उसने कहा, "बस, अब आप मुझे यहीं उतार दें, और इसी समय से दोनों एक-दूसरे के लिए अपरिचित बन जाएँ। आज शामवाले पागलपन से भरे हुए सुख के लिए मैं आपकी बड़ी आभारी हूँ, पर इस सुख को भूल जाना ही मेरे लिए श्रेयस्कर होगा। आप वादा कीजिए कि आप फिर मुझसे मिलने का प्रयत्न न कीजिएगा।"

आश्चर्य के साथ यशवन्तसिंह ने कहा, "यह कैसे हो सकता है ! यह तो हमारे

प्रेम की शुरुआत है।"

रेखा हँस पड़ी—एक खोखली हँसी, "प्रेम ?...मेजर ! प्रेम मैं आपसे नहीं करती, कर भी नहीं सकती। मैं प्रोफेसर को बेहद प्यार करती हूँ, और मैं नहीं चाहती कि प्रोफेसर के प्रति मेरे प्रेम में किसी तरह का आघात पहुँचे। मैं प्रोफेसर से बहाना बना लूँगी।"

यशवन्तसिंह की समझ में रेखा की बात नहीं आ रही थी। उसने कहा, "अभी तो आप तीन-चार दिन यहाँ रहिएगा। मुझे यहाँ से कल चला जाना चाहिए, लेकिन मैं दो दिन और रुक जाऊँगा। बम्बई छोड़ने के बाद हम दोनों एक-दूसरे के लिए अनजाने बन सकते हैं। यद्यपि मुझे भरोसा नहीं कि हम दोनों एक-दूसरे के लिए अनजाने रह सकेंगे।"

"नहीं, हम लोग इसी समय से एक-दूसरे के लिए अनजाने बन गए हैं, आप कल ही चले जाइए।" और रेखा यशवन्तसिंह के उत्तर की प्रतीक्षा किए बिना होटल के अन्दर चली गई।

प्रभाशंकर कमरे में अकेले बैठे रेखा की प्रतीक्षा कर रहे थे। वह काफी थके हुए दीख रहे थे, और एक तरह की झुँझलाहट हो रही थी उन्हें रेखा के अभी तक न लौटने पर। रेखा को देखते ही उन्होंने कहा, "बड़ी देर लगा दी तुमने, मैं करीब एक घंटे से अकेला बैठा हुआ तुम्हारी प्रतीक्षा कर रहा हूँ। कहाँ रहीं ?"

रेखा को झूठ बोलना पड़ा, "ज्ञानवती को ढूँढ़ने गई थी, मैंने आपसे कह दिया था न ! यहाँ से निकलने में काफी देर हो गई। सान्ताक्रुज में उसका मकान ढूँढ़ने में मुझे इतनी दिक्कत हुई कि मैं जानती हूँ, और जब बड़ी मुश्किल से उसका मकान मिला तब वह नहीं मिली। करीब एक घंटा मैं उसकी प्रतीक्षा करती रही, हारकर वापस लौटी। ट्रेनें भरी हुई थीं तो टैक्सी ली। आपकी तबीयत तो ठीक है ?"

"तबीयत क्या खराब होगी ! चलें, खाना खा लें चलकर, बड़ी देर हो गई है।" प्रभाशंकर उठ खड़े हुए, "कपड़े खाना खाने के बाद बदल लेना। मुझे कल सुबह प्रोफेसर यशवन्तराव से मिलने जाना है।"

दूसरे दिन सुबह प्रभाशंकर को विदा करके रेखा ज्ञानवती को ढूँढ़ने निकल पड़ी। सान्ताक्रुजवाला जो पता ज्ञानवती ने रेखा को दिया था, वहाँ पहुँचने में रेखा को कोई अड़चन नहीं हुई। ज्ञानवती शिवेन्द्र के साथ ठहरी हुई थी और आस-पास के लोग शिवेन्द्र के नाम से काफी परिचित दीखते थे। शिवेन्द्र धीर का वह तीन कमरों का छोटा-सा फ्लैट काफी शानदार था और बड़ी अच्छी तरह सजा हुआ था। ज्ञानवती ड्राइंग-रूम में बैठी हुई शिवेन्द्र के चित्रों को पैक कर रही थी। रेखा को देखते ही वह हँसती हुई उठ खड़ी हुई, रेखा से गले मिलते हुए वह बोली, "अरे तो तुम आ गई कल शाम ! मैं तुम्हारी प्रतीक्षा करती रही और अन्त में मैं निराश हो गई। कहाँ ठहरी हो ?"

"सागर-तरंग होटल में !" रेखा बोली, "क्या बतलाऊँ, शाम तक प्रोफेसर के साथ रही, सोचा रात में कहाँ चलूँ, सुबह प्रोफेसर को मीटिंग के लिए रवाना करके सीधे तुम्हारे यहाँ आ रही हूँ। कहो कैसे कट रहे हैं तुम्हारे दिन यहाँ ?"

"बड़ी व्यस्तता में दिन कट रहे हैं, लेकिन इस व्यस्तता से मैं कितनी प्रसन्न हूँ ! देख रही हो शिवेन्द्र के इन चित्रों को आर्ट सेन्टर के हॉल में पहुँचाना है, तीन दिनों से इन चित्रों को पैक कर रही हूँ। आज ही तो शिवेन्द्र के चित्रों की प्रदर्शनी का उद्घाटन होनेवाला है, यह आखिरी लॉट है।" और यह कहकर ज्ञानवती फिर अपने काम में लग गई, "बस, दस मिनट में यह काम खत्म कर लूँगी। तुम बड़े मौके से आई—अगर पन्द्रह-बीस मिनट की भी देर हो गई होती तो मैं न मिलती—इन चित्रों को ले जाना है न यहाँ से।"

रेखा हँस पड़ी, "गुरु की सेवा का सौभाग्य मिल रहा है तुम्हें ! धीरजी कहाँ हैं ?"

"आर्ट सेन्टर गए हैं।" ज्ञानवती ने घड़ी देखी, "बस अब आते ही होंगे—दस-पाँच मिनट के अन्दर। चित्रों का यही आखिरी लॉट ले जाना है न !"

ज्ञानवती ने चित्रों की गठरी बनाई और फिर उसने सन्तोष की साँस ली, "चलो, काम पूरा हो गया। अगर मैं न होती तो शिवेन्द्र के बूते का यह सब काम नहीं था। हरेक प्रदर्शनी के अवसर पर शिवेन्द्र के मित्र यह सब काम करते हैं, और उसमें शिवेन्द्र के कुछ बहुत अच्छे चित्र गायब हो चुके हैं। तो मैं शिवेन्द्र की मदद करने को रुक गई, काफी छुट्टियाँ बाकी थीं, पन्द्रह दिन की छुट्टी और बढ़वा लीं मैंने। ठहरो मैं चाय बनाती हूँ।"

"अगर तुम्हें पीनी हो तो चाय बनाओ, मुझे तो चाय पीने की कोई इच्छा नहीं है।"

चाय पीने की इच्छा ज्ञानवती को भी नहीं थी, "नहीं, मुझे भी चाय पीने की इच्छा नहीं है।" और कुछ रुककर वह फिर बोली, "देखो रेखा, शाम के समय प्रदर्शनी में तुम्हें आना ही होगा, हर हालत में। प्रोफेसर को तुम अपने साथ जरूर-जरूर ले आना। बम्बई के राज्यपाल इस प्रदर्शनी का उद्घाटन कर रहे हैं। उसके बाद इस नगर के बहुत बड़े कला-पारखी और कलाकारों के संरक्षक ठाकुर गंगाधरसिंह अपने मलाबार हिलवाले भवन में शिवेन्द्र के सम्मान में एक शानदार चाय-पार्टी दे रहे हैं। इस चाय-पार्टी में भी तुम्हें सम्मिलित होना पड़ेगा, वचन दो !"

रेखा ने हँसते हुए कहा, "भला तुम्हारी बात से मैं कभी इनकार कर सकती हूँ ?"

जैसा ज्ञानवती ने कहा था, दस मिनट के अन्दर ही शिवेन्द्र धीर आ गया। रेखा से मिलकर उसने अपनी स्वाभाविक मधुर मुस्कान के साथ कहा, "मैं कितना भाग्यशाली हूँ ! आज जब बम्बई में मेरे चित्रों की प्रदर्शनी का उद्घाटन हो रहा है, तब आप भी यहाँ अनायास ही आ गईं। ठीक पाँच बजे उद्घाटन-समारोह है, आपको वहाँ आना ही होगा, प्रोफेसर के साथ !"

ज्ञानवती बोल उठी, "शिवेन्द्र , मैंने रेखा और प्रोफेसर को ठाकुर गंगाधरसिंह की चाय-पार्टी में भी आमन्त्रित कर दिया है।"

"हाँ-हाँ, वहाँ तो आपको आना ही होगा। ठाकुर गंगाधरसिंह हिन्दुस्तान के सुप्रसिद्ध कला-पारखी हैं।"

प्रभाशंकर के होटल में लौटने से पहले ही रेखा वापस आ गई। शाम के समय फिर

प्रभाशंकर को विश्वविद्यालय जाना था, इसलिए प्रदर्शनी में उनका चलना सम्भव न था। प्रभाशंकर को भेजकर रेखा अकेली ही प्रदर्शनी देखने चल पड़ी। ज्ञानवती हॉल के फाटक पर खड़ी रेखा की प्रतीक्षा कर रही थी। शिवेन्द्र धीर के अनेक मित्र एवं प्रशंसक उस प्रदर्शनी का प्रबन्ध कर रहे थे। काफी बड़ी भीड़ एकत्रित थी वहाँ पर और रेखा आश्चर्य कर रही थी इस भीड़ से सम्मिलित लोगों पर। इन लोगों में अधिकांश कलाकार दीखते थे। ज्ञानवती के साथ रेखा भी उस प्रदर्शनी के प्रबन्धकों में सम्मिलित हो गई। शिवेन्द्र अपने कुछ विशिष्ट मित्रों के साथ सड़क पर खड़ा राज्यपाल के आगमन की प्रतीक्षा कर रहा था। ठीक पाँच बजे राज्यपाल की कार प्रदर्शनी-भवन के सामने रुकी।

राज्यपाल के साथ शिवेन्द्र था और एक बूढ़ा-सा आदमी था जो शक्ल से काफी रौबीला दीख रहा था। उनकी अवस्था पैंसठ-सत्तर साल की रही होगी। दुबला-सा आदमी, सारे व्यक्तित्व में अधिकार की छाप। रेखा ने ज्ञानवती से पूछा, "यह व्यक्ति कौन है ?"

"अरे, तुम इन्हें नहीं जानतीं ? यही ठाकुर गंगाधरसिंह हैं, शिवेन्द्र के बहुत बड़े संरक्षक ! शिवेन्द्र के सम्मान में इन्हीं के यहाँ चाय-पार्टी है।"

उद्घाटन-समारोह के बाद राज्यपाल चले गए। शिवेन्द्र और ज्ञानवती के साथ रेखा टैक्सी पर बैठकर ठाकुर गंगाधरसिंह के बँगले के लिए रवाना हुई। टैक्सी ने जैसे ही बँगले के कम्पाउंड में प्रवेश किया, रेखा चौंक पड़ी और उसका मुख पीला पड़ गया। पिछले दिन रात के समय यशवन्तसिंह के साथ वह इसी बँगले में तो आई थी। तो क्या अपने जिन कक्काजी का जिक्र यशवन्तसिंह ने किया था, यही ठाकुर गंगाधरसिंह हैं ? रेखा के मन में आ रहा था कि वह यहाँ से लौट चले, लेकिन अब लौटना उसके लिए असम्भव था। टैक्सी पोर्टिको में पहुँच चुकी थी।

गंगाधरसिंह के यहाँ करीब चालीस-पचास आदमी एकत्रित थे, स्त्री-पुरुष दोनों ही, और तभी रेखा की दृष्टि फौजी वर्दी पहने हुए यशवन्तसिंह पर पड़ी जो एक कोने में अपरिचित-सा चुपचाप खड़ा था। गंगाधरसिंह ने यशवन्तसिंह को बुलाकर शिवेन्द्र, ज्ञानवती और रेखा से परिचित कराया। रेखा आश्चर्य से यशवन्तसिंह की तरफ देख रही थी। गंगाधरसिंह की तेज आँखों ने मानो रेखा की भावना को पढ़ लिया। उन्होंने रेखा से कहा, "यह मेरा भतीजा मेजर यशवन्तसिंह है, कल जब मैं यहाँ नहीं था, अनायास ही आ गया।"

यशवन्तसिंह ने कहा, "मैं इन्हें जानता हूँ।"

रेखा बोल उठी, "लेकिन मैं आपको नहीं जानती। मेरा नाम रेखा शंकर है—नमस्कार !" और ज्ञानवती का हाथ पकड़कर वह वहाँ से हट गई।

यशवन्तसिंह को रेखा के इस व्यवहार से आश्चर्य हुआ। उसने बढ़कर कहा, "आपसे यहाँ मिलने की आशा नहीं थी।"

रेखा ने रुखाई के साथ कहा, "मैं आपकी बात समझी नहीं। आपको मेरे सम्बन्ध में गलतफहमी हो गई है।" वह ज्ञानवती की ओर घूमी, "मैं घर जा रही हूँ, ज्ञान !

प्रोफेसर लौट आए होंगे और मेरा इन्तजार कर रहे होंगे।" वह तेजी से कमरे से बाहर निकल गई। यशवन्तसिंह रेखा के पीछे-पीछे कमरे के दरवाजे तक गया, और फिर वहाँ खड़ा हो गया। रेखा का पीछा करने का साहस उसे नहीं हुआ। उसने देखा, ज्ञानवती उसकी बगल में खड़ी ताज्जुब के साथ रेखा को देख रही थी।

[14]

एक अजीब तरह की कटुता अपने अन्दर लिए हुए रेखा अपने होटल वापस लौटी। उसे यशवन्तसिंह पर क्रोध आ रहा था जिसने अपने वचन का पालन नहीं किया; उसे ज्ञानवती पर क्रोध आ रहा था, जो उसे उस प्रदर्शनी के बाद गंगाधरसिंह के यहाँ ले गई थी; उसे प्रभाशंकर पर क्रोध आ गया क्योंकि प्रभाशंकर में ही उसकी कुंठाओं और विकृतियों का स्रोत था, और इस सबसे बढ़कर उसे अपने ऊपर क्रोध आ रहा था। उसने जो कुछ किया वह गलत किया, उसे कायर की भाँति ठाकुर गंगाधरसिंह की पार्टी से भागना नहीं चाहिए था। ज्ञानवती उसके सम्बन्ध में क्या सोचती होगी ? जो कुछ हुआ, उसमें यशवन्तसिंह का दोष नहीं था, रेखा को लग रहा था, सारा दोष परिस्थितियों का था। ये परिस्थितियाँ बुरी तरह उसके पीछे पड़ी थीं, परिस्थितियाँ उसे खिलौना बनाए हुए थीं। और तभी उसके मन में आया कि खिलौनों के इस खेल में वह दूसरों को क्यों न खिलौना समझे ! स्वयं इतनी भावनात्मक बनने से काम नहीं चलेगा।

अभी कुल सात बजे थे। प्रोफेसर के लौटने में अभी एक घंटे की देर थी। अपने अन्दरवाली कटुता और क्रोध के साथ-साथ वह अपने अन्दर एक थकावट-सी अनुभव कर रही थी। उसे अनुभव हो रहा था कि इस दुनिया में वह नितान्त अकेली है और उसके इर्द-गिर्द जितने लोग हैं वे सब अपने में ही सीमित और संकुचित, अपने हितों और स्वार्थों में डूबे हुए हैं। किसी के पास सहानुभूति नहीं है, संवेदना नहीं है, हर तरफ मनुष्य की खुदी और उसका स्वार्थ !

कपड़े बदलकर निढाल और टूटी हुई रेखा पलँग पर लेट गई। उसे समय का बोध नहीं था, वातावरण का बोध नहीं था, एक दुःस्वप्नों से भरी बेहोशी जैसे उस पर छाती चली जा रही हो। जो कुछ हो रहा है वह सब गलत है, जो कुछ हो चुका है वह सब गलत था। और जो कुछ होनेवाला है, क्या वह ठीक हो सकेगा, रेखा के सामने यह प्रश्न था। इस प्रश्न के साथ उसके प्राणों में उड़ती हुई निराशा की भावना थी। इस निराशा की भावना में कहीं अनिष्ट का तो कोई संकेत नहीं है ? अब रेखा के सामने यह प्रश्न भी आ गया।

सुबह ज्ञानवती से उसने यह कार्यक्रम बनाया था कि ठाकुर गंगाधरसिंह की पार्टी से वह ज्ञानवती को साथ लेकर होटल वापस आएगी और होटल से प्रभाशंकर को साथ

लेकर वह किसी सिनेमा का सेकंड शो देखेगी। जब वह ठाकुर गंगाधरसिंह के यहाँ से चलने लगी तो ज्ञानवती ने उसे रोका तक नहीं। ज्ञानवती को उसकी कोई आवश्यकता नहीं, ज्ञानवती के पास शिवेन्द्र धीर के रूप में ज्ञानवती का सपना था, जबकि प्रभाशंकर के रूप में उसका निजी सपना टूट चुका था। उसके पास तो यथार्थ की कुरूपता-भर थी। इस कुरूपता से त्राण पाने के लिए वह जो भी कदम उठाती थी उसमें उसे और भी अधिक कुरूपता मिलती थी। कुरूपताओं के इस जाल से उसे किस प्रकार मुक्ति मिले ? रेखा के पास इसका कोई हल भी न था।

अर्धचेतन अवस्था में रेखा यह सब सोच रही थी, और उस पर एक तरह की तन्द्रा छाती चली जा रही थी। तभी उसे एक झटका-सा लगा, बरामदे में उसे प्रभाशंकर की आवाज सुनाई दी, "अब मेरी तबीयत बिलकुल ठीक है, तुम्हें बहुत-बहुत धन्यवाद ! अब तुम घर जाओ, मैं सुबह तक एकदम ठीक हो जाऊँगा।"

"नहीं प्रोफेसर, मैं अभी डॉक्टर को बुलाता हूँ। दवा वगैरह का इन्तजाम करके ही मैं जाऊँगा।" एक दूसरा स्वर रेखा को सुनाई पड़ा।

रेखा की तन्द्रा तत्काल टूट गई, हड़बड़ाकर वह उठ बैठी और उसने कमरे का दरवाजा खोला। उसने देखा कि एक आदमी प्रभाशंकर को सहारा दिए हुए उसके कमरे के द्वार पर खड़ा है। दरवाजा खुलते ही उस आदमी के साथ प्रभाशंकर ने कमरे में प्रवेश किया। प्रभाशंकर के पैर लड़खड़ा रहे थे—रेखा ने देखा। उसने प्रभाशंकर को कुर्सी पर बैठाया।

"आप शायद मिसेज शंकर हैं। प्रोफेसर को विश्वविद्यालय की मीटिंग में चक्कर आ गया था, तो मैं इन्हें वहाँ से लिए आ रहा हूँ। अब तो इनकी तबीयत ठीक है, लेकिन मैं समझता हूँ कि डॉक्टर को बुलाकर प्रोफेसर को इस समय दिखला देना चाहिए, किसी भी तरह की असावधानी नहीं बरती जानी चाहिए। मैं अभी जाकर डॉक्टर को फोन करता हूँ, आप इन्हें सम्हालिए।" और वह आदमी फोन करने के लिए बाहर चला गया।

टूटे हुए-से प्रभाशंकर कुर्सी पर बैठ गए थे। धीमे-से स्वर में उन्होंने कहा, "समझ में नहीं आ रहा कि क्यों चक्कर आ गया मुझे ! पहले तो कभी ऐसा नहीं हुआ था मुझे। बड़ी कमजोरी मालूम पड़ रही है।" और रेखा ने देखा कि प्रभाशंकर का चेहरा एकदम पीला पड़ गया है।

रेखा ने प्रभाशंकर के जूते खोले, फिर उन्हें सहारा देकर उनके कपड़े बदलवाए। इतनी देर में वह आदमी फोन करके वापस आ गया, "अभी दस-पन्द्रह मिनट में डॉक्टर आ रहा है।" फिर उसने रेखा की ओर देखा, "आप प्रोफेसर को पलँग पर लिटा दीजिए। मेरा ऐसा खयाल है कि इन्हें आराम की सख्त जरूरत है। मैं आपकी मदद किए देता हूँ।"

पलँग पर लेटकर प्रभाशंकर ने कहा, "तुमने मेरी बड़ी मदद की, डॉक्टर ! रेखा, यह डॉक्टर योगेन्द्रनाथ मिश्र हैं, यहाँ दर्शनशास्त्र के लेक्चरर ! अभी साल-भर पहले जर्मनी से डॉक्टरेट लेकर आए हैं।"

रेखा ने अब योगेन्द्रनाथ मिश्र को ध्यान से देखा—तीस-बत्तीस साल का आदमी, गेहुँआ रंग, लेकिन मुखाकृति में एक प्रकार की सौम्य प्रतिभा। रेखा को लगा कि उसने इस नाम को पहले कभी सुना है। उसने पूछा, "क्या इनका विषय 'गीता में नियतिवाद' तो नहीं था ?"

प्रभाशंकर के मुख पर एक क्षीण मुस्कान आई, "सुना डॉक्टर ! रेखा तुम्हारा नाम जानती है, उसे तुम्हारी विद्वत्ता और योग्यता का पता है। यह एम.ए. में फर्स्ट क्लास फर्स्ट आई थी, लेकिन विवाह के बाद इसकी पढ़ने-लिखने की रुचि जाती रही।"

योगेन्द्रनाथ ने एक ठंडी साँस ली, "पता नहीं प्रोफेसर, इस समस्त अध्ययन का हमारे जीवन में क्या स्थान है ? मैं श्रीमती शंकर को इसमें दोष नहीं दे सकता। नित्यप्रति के जीवन और दर्शनशास्त्र में मुझे तो कोई साम्य नजर नहीं आता।"

रेखा जानती थी कि प्रभाशंकर अपनी बात का विरोध सहन नहीं कर सकते, और उसने योगेन्द्रनाथ को रोका, "आप इस समय अधिक बात न करें तो अच्छा हो, बातचीत से प्रोफेसर की उत्तेजना बढ़ सकती है।"

"अपनी गलती पर मैं क्षमाप्रार्थी हूँ।" मुस्कराते हुए डॉक्टर मिश्र ने कहा, "मैं बाहर लाउँज में जा रहा हूँ, डॉक्टर की प्रतीक्षा में। वह आता ही होगा।" डॉक्टर मिश्र कमरे से बाहर चले गए। योगेन्द्रनाथ के जाने के बाद प्रभाशंकर ने कहा, "बड़ा नेक आदमी है यह, और साथ ही बड़ा ब्रीलिएंट ! दुनियादारी इसे आती ही नहीं। इसे यहाँ रीडर की पोस्ट मिलनी चाहिए, लेकिन तुम जानती ही हो कि हर जगह खुशामद चलती है, सिफारिश चलती है, जोर चलता है। इस आदमी के पास सिवाय इसकी योग्यता के और कुछ नहीं है।"

रेखा ने एक छोटा-सा जवाब दिया, "समझती हूँ।"

"मैंने दिल्ली विश्वविद्यालय के लिए इसकी एप्लीकेशन ले ली है। डॉक्टर प्रभु बिहार विश्वविद्यालय में प्रोफेसर हो गए हैं—अच्छा ही हुआ। आगे चलकर यह आदमी मेरा स्थान लेगा, मुझे इस बात का पूरा विश्वास है।"

रेखा ने प्रभाशंकर की इस बात का कोई उत्तर नहीं दिया। वह प्रभाशंकर के पैताने बैठकर उनके पैर दबाने लगी।

पाँच मिनट के अन्दर ही योगेन्द्रनाथ मिश्र ने डॉक्टर पटेल के साथ कमरे में प्रवेश किया। डॉक्टर पटेल उच्चकोटि को अनुभवी डॉक्टर थे। उन्होंने प्रभाशंकर को अच्छी तरह देखा। फिर वह बोले, "आपको बम्बई नहीं आना चाहिए था। आप पिछली बीमारी से बहुत कमजोर हो गए हैं। आपका ब्लड-प्रेशर बहुत नीचा है। आपको दिल का दौरा हो सकता था। बच ही गए आप। आपको एक लम्बे आराम की आवश्यकता है, कम-से-कम पन्द्रह दिन की छुट्टी ले लीजिए। वैसे अभी और कोई खराबी नहीं है। मैं दवा लिख देता हूँ। किसी प्रकार का शारीरिक अथवा मानसिक श्रम मना है आपके लिए।"

एक इंजेक्शन देकर और दवा का नुस्खा लिखकर डॉक्टर पटेल चले गए। डॉक्टर

पटेल के जाने के बाद योगेन्द्रनाथ मिश्र ने कहा, "मैं अभी दवा लिए आता हूँ। अब आपको बम्बई में तो कोई काम है नहीं, प्रोफेसर ! यहाँ तीन-चार दिन आराम कर लीजिए, तब दिल्ली जाइएगा।" और योगेन्द्रनाथ दवा लेने चला गया।

मर्माहत और टूटी हुई रेखा यह सब देखती रही, सुनती रही। योगेन्द्रनाथ के जाते ही जैसे उसकी चेतना लौट आई। उसने कहा, "अब आप बम्बई में बिलकुल नहीं रुकेंगे—किसी हालत में। मैं इसी समय फोन करके कल सुबह के प्लेन से दो सीटें बुक कराए लेती हूँ।"

रेखा की बात का प्रभाशंकर ने कोई प्रतिवाद नहीं किया। रेखा ने उसी समय दो सीटें बुक करा लीं।

योगेन्द्रनाथ के लौटने पर रेखा ने दवा की शीशी लेते हुए कहा, "हम लोग आपके बहुत आभारी हैं, डॉक्टर मिश्र ! मैंने अभी-अभी कल सुबह हवाई जहाज से दिल्ली के लिए दो सीटें बुक करा ली हैं। सात बजे प्लेन जाता है, ग्यारह बजे हम लोग दिल्ली पहुँच जाएँगे। अगर आपको असुविधा न हो तो हम लोगों को एयरपोर्ट तक पहुँचा दीजिएगा।"

आश्चर्य से योगेन्द्रनाथ ने प्रभाशंकर की ओर देखा। प्रभाशंकर ने कहा, "रेखा ठीक कहती है। हम लोगों को यहाँ से जल्दी-से-जल्दी चल देना चाहिए। हाँ, तुम अगले हफ्ते दिल्ली आ जाना, डॉक्टर मिश्र ! एप्वाइंटमेन्ट लेटर तुम्हें वहीं मिल जाएगा। यहाँ से तुम एक साल की छुट्टी ले लो, और अगर ये लोग तुम्हें छुट्टी न दें तो तुम इस्तीफा देकर चले आना।"

दिल्ली पहुँचकर एक हफ्ते के आराम के बाद ही प्रभाशंकर की तबीयत ठीक हो गई। दिन-रात घर में ही रहकर रेखा प्रभाशंकर की देखभाल करती थी और प्रभाशंकर की सेवा में असीम शान्ति मिल रही थी उसे। उसके अन्दरवाली हलचल जाती रही।

नवम्बर के दूसरे सप्ताह में ही दिल्ली में तेज सर्दी पड़ने लगती है, उस वर्ष तो विशेष रूप से अधिक सर्दी पड़ी। प्रभाशंकर को विश्वविद्यालय में पहुँचाकर रेखा जब घर वापस लौटी, वह लॉन पर धूप में ही बैठ गई। उस दिन वह बड़ी प्रसन्न थी। प्रभाशंकर का मेडिकल चेक-अप उसी दिन हुआ था; उनका ब्लड-प्रेशर नार्मल के करीब आ गया था, कुछ वजन भी बढ़ गया था। एक भार-सा हट गया था मानो उसके हृदय से।

पिछली शाम को उसे ज्ञानवती का फोन मिला था कि वह बम्बई से वापस आ गई है, और वह अपने साथ शिवेन्द्र धीर को भी लेती आई है। उसी दिन दस-ग्यारह बजे तक उसने रेखा के यहाँ आने को कहा था।

रेखा ने घड़ी देखी, अभी साढ़े-दस बजे थे। धूप में काफी तेजी आ गई थी। वह उठकर मकान के अन्दर जाने लगी, तभी उसने देखा कि एक टैक्सी उसके फाटक के बाहर आकर रुकी। वह अन्दर जाते-जाते रुक गई—तो ज्ञानवती आ गई ! वह फाटक की ओर बढ़ी, और उसका अनुमान गलत निकला। टैक्सी से एक दूसरा ही आदमी

उतरा और रेखा ने उस दूसरे आदमी को पहचान लिया। उस व्यक्ति ने आगे बढ़कर रेखा को नमस्कार किया, "मैं डॉक्टर योगेन्द्रनाथ मिश्र हूँ। शायद आपने मुझे पहचान लिया होगा। प्रोफेसर घर पर हैं क्या ?"

रेखा ने कहा, "कब आए आप ? अन्दर आइए। प्रोफेसर तो यूनिवर्सिटी चले गए, वहीं मिलेंगे आपको।"

"तो फिर मैं यूनिवर्सिटी चलूँ। उन्हीं से मिलना है।"

"उनसे तो मिल ही लीजिएगा, मैं आपको यूनिवर्सिटी पहुँचा दूँगी। टैक्सी छोड़ दीजिए और एक प्याला चाय पी लीजिए। यहाँ तो काफी सर्दी पड़ने लगी है।"

टैक्सीवाले का किराया चुकाकर योगेन्द्रनाथ मिश्र रेखा के साथ ड्राइंग-रूम में आकर बैठ गया। रेखा ने बनवारी को आवाज दी, "ट्रे में लगाकर दो प्याले चाय ले आओ। जल्दी करना। थोड़ा पानी और रख देना उबलने के लिए, दो मेहमान और आते होंगे।" फिर उसने डॉक्टर मिश्र से कहा, "आपने तो एक हफ्ते में आने को कहा था डॉक्टर, लेकिन आपने एक पखवारा लगा दिया। आपने बतलाया नहीं कि आप कब आए और आप कहाँ ठहरे हुए हैं ?"

"कल शाम को आया हूँ। मुझे छुट्टी नहीं मिली तो जैसा प्रोफेसर ने कहा था मैं वहाँ से इस्तीफा देकर चला आया। इस सबसे मुझे देर हो गई। यहाँ चाणक्यपुरी में मेरे एक दोस्त रहते हैं, उन्हीं के यहाँ अपना असबाब रख दिया है।" फिर कुछ रुककर उसने कहा, "क्या प्रोफेसर ने लम्बी छुट्टी नहीं ली—वहाँ डॉक्टर पटेल ने तो यह सलाह दी थी ?"

"नहीं, यहाँ आकर एक हफ्ते ही में उनका स्वास्थ्य ठीक हो गया; कुल दस दिन की छुट्टी ली उन्होंने। वह कितने जिद्दी हैं ! घर में उनका मन ही नहीं लगता। यहाँ के डॉक्टरों ने भी उन्हें सलाह दी कि वह यूनिवर्सिटी जाया करें, सिर्फ दिल्ली के बाहर वह अभी चार-पाँच महीने न जाएँ। आज सुबह फिर मैंने उनका मेडिकल चेक-अप कराया था—कुछ वजन भी बढ़ गया है।" रेखा बोली। फिर उसने विषय बदला, "मुझे बड़ी प्रसन्नता है कि आप आ गए, यूनिवर्सिटी में अब उनका काम हलका हो जाएगा।"

बनवारी चाय की ट्रे लाकर रख गया। रेखा चाय बनाने लगी। तभी शिवेन्द्र धीर के साथ ज्ञानवती ने ड्राइंग-रूम में प्रवेश किया। रेखा ने इन दोनों की ओर देखते हुए कहा, "अरे ज्ञान, तो तुम आ गईं। भई, बड़ी जबर्दस्त हो जो बम्बई से धीरजी को अपने साथ लेती आईं। नमस्कार, धीरजी ! बनवारी, देखो पानी उबल गया, दो प्याले और दे जाओ आकर ! बैठो न ज्ञान—बैठिए धीरजी, आपसे डॉक्टर मिश्र का परिचय करा दूँ।"

योगेन्द्रनाथ मिश्र ने रेखा की बात काटते हुए कहा, "मैं धीरजी को बहुत दिनों से और बहुत अच्छी तरह जानता हूँ। बहुत बड़े और सफल चित्रकार हैं यह, सारे यूरोप का दौरा किया है इन्होंने। क्यों धीरजी, आज दो साल के बाद मिल रहे हैं हम लोग, है न ऐसा ?"

मधुर मुस्कान के साथ शिवेन्द्र धीर ने कहा, "हाँ, भाई योगेन्द्र ! अकसर खयाल आ जाया करता था कि कहाँ होंगे; एक बार किसी ने बम्बई में बतलाया कि तुम वहाँ के विश्वविद्यालय में हो। लेकिन इधर इतना व्यस्त रहा कि तुमसे मिल ही नहीं सका।"

योगेन्द्रनाथ मिश्र ने अब ज्ञानवती को देखा, "आपको मैंने प्रथम बार देखा है। मेरा नाम योगेन्द्रनाथ मिश्र है, और आपके सम्बन्ध में मैं अनुमान लगा सकता हूँ कि आप कहीं अध्यापिका होंगी, और आप अविवाहित होंगी।"

रेखा ने आश्चर्य से पूछा, "क्या आप वास्तव में ज्ञानवती को नहीं जानते ? लेकिन आपने ज्ञान के सम्बन्ध में दोनों अनुमान सही कैसे लगा लिए ? क्यों ज्ञान, तुम कभी डॉक्टर मिश्र से मिली हो ?"

आश्चर्य अकेले रेखा को नहीं हुआ, रेखा से बढ़कर आश्चर्य ज्ञानवती को हुआ, "नहीं, मैंने डॉक्टर मिश्र को आज से पहले कभी नहीं देखा है। क्यों शिवेन्द्र, तुमने तो डॉक्टर मिश्र से मेरी बाबत कुछ नहीं कहा है ?"

शिवेन्द्र धीर के मुख पर किसी प्रकार की भावना नहीं थी, "डॉक्टर मिश्र ने अभी-अभी कहा है कि हम दोनों दो वर्ष बाद मिले हैं।"

रेखा ने डॉक्टर मिश्र से कहा, "आपका विषय दर्शनशास्त्र है। मनोविज्ञान में आपकी इतनी अधिक गति है, इसका मुझे पता न था।" फिर वह ज्ञानवती की ओर घूमी, "ज्ञान ! डॉक्टर मिश्र दर्शनशास्त्र के रीडर होकर दिल्ली विश्वविद्यालय में आ रहे हैं, प्रोफेसर की ही भाँति डॉक्टर मिश्र भी विश्व-ख्याति के दार्शनिक हैं।"

चाय समाप्त होने पर रेखा ने ज्ञानवती से कहा, "मुझे क्षमा करना ज्ञान, डॉक्टर मिश्र को साथ लेकर मुझे यूनिवर्सिटी जाना है, प्रोफेसर के पास। इन्हें वहाँ छोड़कर दस-पन्द्रह मिनट में मैं लौट आऊँगी। तब तक तुम लोग बैठो।"

ज्ञानवती ने उठते हुए कहा, "हम लोग फिर कभी आ जाएँगे, लौटने में जल्दी करने की आवश्यकता नहीं है।"

हाथ पकड़कर रेखा ने ज्ञानवती को बिठाते हुए कहा, "बैठो भी, मैंने कहा न कि मैं डॉक्टर मिश्र को यूनिवर्सिटी पहुँचाकर लौट आऊँगी। इसमें जल्दी और देर करने का सवाल ही नहीं उठता। क्यों धीरजी !"

"जी हाँ, हम लोग बैठे हैं, आप हो आइए।"

डॉक्टर मिश्र को यूनिवर्सिटी पहुँचाकर रेखा जब लौटी, उसने देखा कि शिवेन्द्र धीर और ज्ञानवती बरामदे में खड़े हैं। रेखा के आते ही ज्ञानवती ने कहा, "मैंने क्या कहा था, शिवेन्द्र--कुल बारह मिनट लगे रेखा को आने-जाने में। सुनो रेखा, शिवेन्द्र को भरोसा नहीं हो रहा था कि तुम इतनी जल्दी वापस आ जाओगी। बड़े उतावले हो रहे थे यह।"

शिवेन्द्र ने अपनी सफाई दी, "बात यह है रेखाजी कि मैंने ललितकला अकादमी के सेक्रेटरी को एक बजे मिलने का समय दे दिया है। साढ़े-ग्यारह बज चुके हैं। बस यहाँ से वहाँ तक पहुँचने में पूरा घंटा लेती है। फिर बस-स्टैंड तक पैदल चलना है, और

दिल्ली की बसों का कोई ठिकाना नहीं, न जाने कितनी देर बाद बस मिले !"

"बस, इतनी-सी बात ! तो मैं आपको कार से ललितकला अकादमी पहुँचा दूँगी—मुश्किल से बीस-पच्चीस मिनट लगेंगे। आप एक घंटा यहाँ बैठ सकते हैं। अब आप बतलाइए कि आपकी प्रदर्शनी में आपको कैसी सफलता मिली ? हम लोग तो दूसरे ही दिन सुबह के प्लेन से वापस आ गए थे। प्रोफेसर की तबीयत अचानक खराब हो गई थी।"

ज्ञानवती ने कहा, "ओह, तभी फिर तुम मुझसे नहीं मिलीं। मुझे ताज्जुब हो रहा था कि तुम क्यों नहीं आईं मेरे यहाँ ! तुम्हारे होटल का नाम मैं भूल गई थी, नहीं तो वहाँ पता लगाती जाकर।"

सब लोग फिर से ड्राइंग-रूम में बैठ गए। ज्ञानवती ने एक ठंडी साँस लेकर कहा, "प्रदर्शनी तो कुल एक सप्ताह की थी। हॉल का किराया ही साढ़े-तीन सौ रुपये हो गया। लेकिन न जाने क्यों प्रदर्शनी को उतनी सफलता नहीं मिली, जितनी मिलनी चाहिए थी। सब मिलाकर शिवेन्द्र जी का करीब एक हजार रुपया खर्च हो गया, और मुश्किल से सात-आठ सौ के चित्र बिके इनके। हाँ, शिवेन्द्र के चित्रों की तारीफ बहुत हुई, यही उस प्रदर्शनी की सफलता समझी जा सकती है।"

"राज्यपाल ने राजभवन के लिए क्या आपके चित्र नहीं खरीदे ?" रेखा ने शिवेन्द्र से पूछा।

"यही तो सारी मुसीबत है। न जाने किसने उन्हें भड़का दिया, नहीं तो पाँच हजार के दो चित्रों का वहाँ बिकना तय था।" ऐसा मालूम हो रहा था कि शिवेन्द्र का गला दुख से भर आया है।

"इसमें उदास होने की क्या बात है, शिवेन्द्र ? बम्बई के कलाकार और कला-पारखी तुमसे जलते हैं। सुना रेखा, यह बड़े उदास थे, तो मैं इन्हें अपने साथ लेती आई हूँ। दिल्ली में इनके चित्रों की प्रदर्शनी हो जाए तो बड़ा अच्छा रहे। इसी सिलसिले में शिवेन्द्रजी ललितकला अकादमी के सेक्रेटरी से मिलने जा रहे हैं।" इस बार ज्ञानवती ने शिवेन्द्र से कहा, "क्यों शिवेन्द्र, ललितकला अकादमी के सेक्रेटरी तो तुम्हें बहुत अधिक मानते हैं, वह हर तरह से तुम्हारी सहायता करेंगे।"

एक ठंडी साँस लेकर शिवेन्द्र ने कहा, "इस दुनिया में न कोई किसी का मित्र है, न कोई किसी को मानता है। सबके अपने-अपने निजी स्वार्थ हैं। फिर भी मैं आशा करता हूँ कि यहाँ मेरा कुछ काम बन जाएगा।" यह कहते-कहते शिवेन्द्र धीर के मुख पर उनकी स्वाभाविक मुस्कराहट लौट आई, "मैं सच कहता हूँ रेखाजी, ज्ञानजी की ममता पाकर मेरी सारी चिन्ता जाती रही। मुझे ऐसा लगता है कि मैं अपनों के बीच में हूँ जो मेरी चिन्ता करेंगे। मुझे तो कला का सृजन करना चाहिए।"

शिवेन्द्र धीर की इस बात से ज्ञानवती का मुख खिल उठा, "शिवेन्द्रजी ! आप वास्तव में महान हैं। आपको हर तरह की चिन्ता छोड़कर अपने सृजनात्मक काम में लगे रहना चाहिए। क्यों रेखा, क्या महान कलाकार को इन छोटी-छोटी बातों की चिन्ता

करना शोभा देता है ? आज मैंने दो कमरों का एक छोटा-सा फ्लैट शिवेन्द्रजी के लिए ठीक करा दिया है, यहीं शक्तिनगर में। किराया कुछ अधिक है—डेढ़ सौ रुपया महीना, लेकिन दिल्ली में मकानों के किराए बेतरह बढ़े हुए हैं।" ज्ञानवती ने रेखा का हाथ पकड़कर उठाते हुए कहा, "जरा अपने कमरे में चलो, तुमसे एक काम है।"

रेखा के कमरे में पहुँचकर ज्ञानवती बोली, "मेरी अच्छी रेखा, मुझे दो सौ रुपये दे दो—अगले महीने तनख्वाह मिलते ही मैं तुम्हें दे दूँगी।"

रेखा ने अलमारी से दो सौ रुपये निकालकर ज्ञानवती को देते हुए पूछा, "क्यों, यह रुपयों की ऐसी क्या जरूरत आ पड़ी ?"

"बात यह है कि जो फ्लैट मैंने शिवेन्द्र के लिए ठीक किया है, उसका एक महीने का एडवांस देना है, फिर बम्बई में इस दफा खर्च बहुत हो गया। मेरे पास कुल तीन सौ रुपये हैं। शिवेन्द्र का पूरा इन्तजाम करना है मुझे।"

उदास भाव से रेखा ने ज्ञानवती को देखा—कैसा प्रेम का पागलपन सवार था ज्ञानवती पर ! इस प्रेम में भक्ति थी—एकमात्र भक्ति। उसे याद हो आई अपनी बात, असीम भक्ति में भरकर वह प्रभाशंकर के सम्पर्क में आई थी। पर रेखा ने ज्ञानवती से कुछ कहा नहीं, उसका हाथ पकड़े हुए वह ड्राइंग-रूम में लौट आई।

उस समय बारह बज चुके थे। इन लोगों के आते ही शिवेन्द्र धीर ने कहा, "बारह बज चुके हैं। अगर मैं एक बजे से कुछ पहले ही ललितकला अकादमी पहुँच जाऊँ तो वहाँ और दो-एक लोगों से मिल लूँगा। क्यों रेखाजी, आपको यहाँ कोई और काम तो नहीं है ?"

रेखा उठ खड़ी हुई, "आप ठीक कहते हैं, वहाँ कुछ पहले पहुँचने में कोई हर्ज नहीं। तुम भी इनके साथ चल रही हो, ज्ञान ?"

"हाँ, मैं तो चलूँगी ही इनके साथ। बड़े भोले हैं यह शिवेन्द्रजी, फिर इनके साथ लौटकर इनके फ्लैट की पूरी व्यवस्था करनी है। खाना हम दोनों कनॉट प्लेस के किसी होटल में खा लेंगे। मेरा आज का पूरा दिन शिवेन्द्र के साथ बीतेगा, कल मुझे ज्वाइन करना है न !"

रेखा स्टीयरिंग-व्हील पर बैठी। पीछे की सीट पर शिवेन्द्र के साथ ज्ञानवती बैठ गई।

जिस समय रेखा की कार यूनिवर्सिटी के बस-स्टैंड के पास से गुजर रही थी, रेखा ने देखा कि डॉक्टर योगेन्द्रनाथ मिश्र यूनिवर्सिटी के बस-स्टैंड पर खड़े बस की प्रतीक्षा कर रहे हैं। रेखा ने कार उसके पास रोक दी, "आपका यूनिवर्सिटीवाला काम समाप्त हो गया मालूम होता है। शायद आपको कनॉट प्लेस जाना हो, चलिए, मैं वहाँ आपको उतार दूँगी।"

"बहुत-बहुत धन्यवाद !" कार पर बैठते हुए डॉक्टर मिश्र ने कहा, "आज का दिन मेरे लिए बड़ा शुभ है। प्रोफेसर ने मेरा एप्वाइंटमेन्ट लेटर उसी समय मँगवाकर मुझे दे दिया, वह तो जैसे तैयार ही रखा था। मुझे कल से ही ज्वाइन कर लेने को

कहा है उन्होंने।"

"आपको मेरी बधाई, डॉक्टर मिश्र ! लेकिन चाणक्यपुरी से तो यूनिवर्सिटी बहुत दूर पड़ेगी। यूनिवर्सिटी एरिया में ही आपको कोई मकान ढूँढ़ना चाहिए।"

"हाँ, वह तो करना ही पड़ेगा। प्रोफेसर शंकर ने प्रस्ताव किया कि मैं आप लोगों के साथ ही, जब तक मुझे मकान न मिले ठहर जाऊँ, लेकिन मैं सोच रहा हूँ कि इसमें आप लोगों को असुविधा हो सकती है।"

"असुविधा तो होगी ही।" रेखा ने उत्तर दिया, "दो-चार दिन भले ही आप मेरे यहाँ रह लें, पर मकान का प्रबन्ध तो करना ही पड़ेगा।"

"नहीं, आप लोगों को असुविधा न हो, इसलिए मैंने प्रोफेसर से उसी समय इनकार कर दिया था। तो उन्होंने ग्वायर हॉल में एक कमरा मुझे दिलवा दिया है। परिवार मेरे पास कोई है नहीं, वहाँ काम चल जाएगा।"

शिवेन्द्र और ज्ञानवती को ललितकला अकादमी में उतारकर रेखा ने डॉक्टर मिश्र से पूछा, "अब आप कहाँ जाएँगे ? चाणक्यपुरी यहाँ से दूर नहीं है, चलिए आपको उतार दूँ वहाँ पर।"

"नहीं, घर जाकर क्या करूँगा ? मेरे उन मित्र का परिवार बाहर गया हुआ है, वह अकेले हैं। वह तो अपने ऑफिस में ही होंगे, अकेला, मैं क्या करूँगा वहाँ पर ? मैंने उनसे शाम के समय लौटने को कह दिया था। तो आप मुझे कनॉट प्लेस में उतार दीजिए, कहीं किसी रेस्तराँ में खाना खाकर अपने और कुछ दोस्तों का पता लगाऊँगा।"

रेखा ने कार यूनिवर्सिटी की ओर मोड़ दी, "अगर आपको कोई आपत्ति न हो तो खाना मेरे यहाँ खा लीजिएगा, फिर थोड़ा आराम करके आप निकलिएगा, क्योंकि आपके दूसरे दोस्त भी ऑफिस में होंगे, शाम के समय आप उन लोगों को आसानी से ढूँढ़ सकेंगे।"

"जैसी आपकी इच्छा।" योगेन्द्रनाथ मिश्र ने कहा।

रास्ते-भर दोनों चुप रहे। घर पहुँचकर रेखा ने बनवारी से कहा, "डॉक्टर मिश्र खाना यहीं खाएँगे—एक तरकारी और बना लो, आध-घंटे में खाना लगा देना।" डॉक्टर योगेन्द्रनाथ को साथ लेकर रेखा ड्राइंग-रूम में बैठ गई।

कुछ देर तक दोनों चुपचाप बैठे रहे। फिर रेखा ने ही बात आरम्भ की, "डॉक्टर मिश्र, आपने ज्ञानवती के सम्बन्ध में जो कुछ बतलाया था वह बिलकुल ठीक था। ज्ञानवती यहाँ मिरांडा कॉलेज में लेक्चरर है और अविवाहित है। ज्ञानवती शिवेन्द्र से बुरी तरह प्रेम करने लगी है।"

"यह तो ज्ञानवती की मुद्रा से स्पष्ट है।" योगेन्द्रनाथ मिश्र ने एक छोटा-सा उत्तर दिया।

"आप शिवेन्द्र को जानते हैं, डॉक्टर ?" रेखा ने पूछा।

"प्रेम प्राप्त करने के मामले में शिवेन्द्र हमेशा से बड़ा भाग्यशाली रहा है।" फिर वही अधूरा उत्तर।

"मैं आपकी बात समझी नहीं।" रेखा बोली, "अपनी बात कुछ और स्पष्ट कीजिए।"

डॉक्टर मिश्र ने कुछ देर तक चुप रहकर कहा, "अगर मैं अपनी बात इससे अधिक स्पष्ट कह सकता तो जरूर कहता। मैं इतना जानता हूँ कि युवतियाँ इस आदमी के इर्द-गिर्द मँडराया करती हैं, और यह उन युवतियों से जो चाहे करा सकता है। मैंने उन स्त्रियों की भूखी दृष्टि को देखा है, और मुझे उन स्त्रियों पर दुख भी हुआ है। यह आदमी शिष्ट है, मधुर है, लेकिन जैसे इस आदमी में किसी पर ध्यान देने की प्रवृत्ति ही न हो। आपकी वह मित्र—उनका नाम ज्ञानवती है न ! तो उनके प्रति मेरी सहानुभूति है।"

डॉक्टर मिश्र की बात सुनकर रेखा के अन्दर एक उदासी भर गई। कुछ सोचकर उसने कहा, "मेरी समझ में नहीं आता कि ज्ञानवती-जैसी समझदार और सुलझी हुई स्त्री किस तरह उसके पीछे दीवानी हो गई। इस सम्बन्ध में मुझे कुछ करना पड़ेगा।"

योगेन्द्रनाथ मिश्र ने ध्यान से एकटक कुछ देर तक रेखा को देखा, फिर एक ठंडी साँस लेकर उन्होंने कहा, "जो कुछ होना है वह अपने-आप हो जाएगा, आप इसमें कुछ न कर सकेंगी, सिवा इसके कि आप स्वयं अपने अन्दर एक प्रकार की कुंठा पैदा कर लें। जहाँ तक मुझे मालूम है इस आदमी की वजह से अभी तक कोई स्त्री पागल नहीं हुई है। हाँ, वह बाद में इससे घृणा अवश्य करने लगी है।"

रेखा ने बात आगे नहीं बढ़ाई, बनवारी ने मेज पर खाना लगा दिया था। खाना खाने के बाद डॉक्टर मिश्र ने कहा, "अब मैं चलूँगा, और भी कई काम करने हैं मुझे।"

डॉक्टर मिश्र को विदा करके रेखा चुपचाप लेट गई। एक तरह की थकावट वह अनुभव कर रही थी अपने अन्दर। शिवेन्द्र के सम्बन्ध में डॉक्टर मिश्र ने जो भी बातें कही थीं वह रेखा को अच्छी नहीं लगी थीं। क्या डॉक्टर मिश्र को शिवेन्द्र की सफलता से, उसकी ख्याति से ईर्ष्या है ? शिवेन्द्र सहानुभूति और संवदेना का पात्र है—निरीह और अबोध, अत्यन्त विनम्र और विनयी ! शिवेन्द्र में ऐसा क्या है कि वह डॉक्टर मिश्र को पसन्द नहीं आया ? रेखा को शिवेन्द्र से वितृष्णा नहीं हुई, शिवेन्द्र को अपनी उपलब्धि पर जरा भी गर्व नहीं था। देवता की भाँति दीखनेवाला वह आदमी, उसमें क्या कमियाँ हो सकती हैं ?"

दूसरे दिन सुबह करीब सात बजे रेखा ज्ञानवती के यहाँ पहुँची। ज्ञानवती उतनी सुबह बाहर जाने के लिए तैयार थी। रेखा को देखते ही वह बोली, "अरे इतनी सुबह निकल पड़ी—मैं तो समझी थी कि मैं ही बहुत सुबह निकल रही हूँ। अभी-अभी चाय पी है मैंने, तुम्हारे लिए भी बनाऊँ ?"

"मैं सुबह बिना चाय पिए कभी बाहर नहीं निकलती हूँ। चाय की इतनी चिन्ता न करो। लेकिन इतनी सुबह तुम जा कहाँ रही हो—अपने उस मजनूँ के यहाँ ?"

ज्ञानवती ने रेखा के चुटकी काटते हुए कहा, "अपनी शरारत से बाज नहीं आओगी ! हाँ, शिवेन्द्र के यहाँ ही जा रही हूँ। कल शाम को उसके नए मकान में उसे पहुँचा दिया है। कल रात ग्यारह बजे तक मैं उसका सामान सजाती रही, कुछ फर्नीचर

किराए पर कल आ गया, कुछ अभी आता होगा। कॉलेज खुलने से पहले मैं उस घर की सजावट ठीक कर देना चाहती हूँ।''

''चलो, मैं भी इसमें कुछ तुम्हारी मदद कर दूँ।'' रेखा बोली, ''इस बहाने मैं वह फ्लैट भी देख लूँगी।''

ज्ञानवती को रेखा का वह प्रस्ताव अच्छा नहीं लगा, पर वह उस प्रस्ताव का प्रतिवाद भी न कर सकी, और रेखा को स्वयं अपने उस प्रस्ताव पर आश्चर्य हुआ। वह ज्ञानवती को समझाने आई थी कि उसका शिवेन्द्र से घनिष्ठता बढ़ाना ठीक न होगा, वह शिवेन्द्र से दूर ही रहे। योगेन्द्रनाथ मिश्र ने शिवेन्द्र के सम्बन्ध में जो कुछ कहा था, उसमें रेखा को सच्चाई और ईमानदारी की झलक दीखी थी और वह ज्ञानवती की ओर से चिन्तित हो गई थी। लेकिन ज्ञानवती को समझाने के स्थान पर वह स्वयं शिवेन्द्र के यहाँ जाने को तैयार हो गई। वह शिवेन्द्र को निकट से जानना चाहती थी, लेकिन यह गलत था—वह यह अनुभव कर रही थी। उसके मन में एक बार आया कि वह अपने शब्द वापस ले ले और ज्ञानवती को समझाए, लेकिन अब यह सम्भव न था। ज्ञानवती को खतरे से भागने की सलाह देने के स्थान पर वह स्वयं खतरे से खेलने को निकल पड़ी। ज्ञानवती के साथ वह शिवेन्द्र के मकान में पहुँची।

दो कमरों का वह फ्लैट सुन्दर था, इससे इनकार नहीं किया जा सकता। बगलवाले फ्लैट में गृहस्वामी रहते थे और ऊपर के फ्लैट किराए पर उठे हुए थे। ज्ञानवती और रेखा को यह देखकर आश्चर्य हुआ कि गृहस्वामिनी अंजना देवी स्वयं शिवेन्द्र के बरामदेवाली धूप में बैठी उसके लिए चाय बना रही हैं और उनके दो बच्चे, निर्मल और विकास, बड़े प्यार से शिवेन्द्र से बातें कर रहे हैं।

अंजना देवी करीब तैंतीस-चौंतीस साल की स्त्री थी, कुछ भरे बदन की और उनके मुख पर एक प्रकार का उल्लास था। सभ्य समाज में वह फूहड़ कही जा सकती थीं, आँखें बड़ी-बड़ी जिनमें काजल लगा हुआ था, अकारण ही अकसर हँस पड़ने की आदत। उनके बालों का पकना आरम्भ हो रहा था, एक दबी हुई कामुकता चेहरे पर झलक रही थी। उनकी आवाज भारी थी, जिसमें अधिकार की डाँट-डपट थी। वह शिवेन्द्र से बड़े मीठे और कोमल स्वर में बोलने की कोशिश कर रही थीं और उनकी यह कोशिश हास्यास्पद दीख रही थी।

रेखा ने यह दृश्य देखकर मुस्कराते हुए ज्ञानवती के कान में कहा, ''दीखता है कि आगे से तुम्हें शिवेन्द्र के मकान का किराया नहीं चुकाना पड़ेगा।''

ज्ञानवती ने रेखा के कसकर चिकोटी काटी, जिससे रेखा चीख उठी। ज्ञानवती रेखा की बात का कोई उत्तर नहीं दे सकती थी। इससे अंजना देवी का ध्यान इनकी ओर आकर्षित हुआ। उसने ज्ञानवती को पहचान लिया, ''आइए, आइए ! अरे निर्मल, दो प्याले चाय और बना लो। आपके भाईजी कितने अच्छे चित्रकार हैं !'' वह ज्ञानवती से बोली, ''और कितने सीधे हैं ! बेचारे बरामदे में चुपचाप टहल रहे थे, चेहरे से बेबसी टपकती थी। तो मैंने सोचा कि कल रात ही आए हैं, न घर में कोई औरत, न

नौकर-चाकर ! चाय की तलब हो रही होगी इन्हें। पड़ोसी के नाते इन्हें चाय पिलाना मेरा फर्ज था। क्यों बहनजी, भाईजी के लिए कोई अच्छा-सा नौकर तय कर दूँ जो इन बेचारों की देखभाल तो किया करे !''

ज्ञानवती यह सब देखकर स्तब्ध थी और रेखा को अंजना देवी की बातचीत से हँसी आ रही थी। रेखा ने कहा, ''हाँ शिवेन्द्रजी के लिए नौकर ढूँढ़ दीजिए तो बड़ा अच्छा हो, वैसे समय-समय पर इनकी देखभाल करने के लिए आप तो हैं ही।''

अब जैसे शिवेन्द्र के लिए बोलना अनिवार्य हो गया हो, ''आइए रेखाजी, यह ज्ञानवती आपको भी अपने साथ खींच लाई। बड़ा अन्याय किया इसने आपके साथ ! वैसे ज्ञानवती के भी आने की कोई खास आवश्यकता नहीं थी, आज इसे कॉलेज ज्वाइन करना है। इतनी सुबह उठकर आना, यहाँ घर को सजाना, फिर समय से कॉलेज पहुँचना। कितना करती है यह ज्ञान मेरे लिए।''

ज्ञानवती ने अंजना देवी से कहा, ''हम लोग तो चाय पीकर आई हैं, आपको बहुत-बहुत धन्यवाद जो आपने शिवेन्द्रजी की खोज-खबर ली। वैसे इनका स्टोव है और उसमें मैंने कल रात ही तेल भरवा दिया था। चाय की पत्ती, शक्कर, दूध—इसका इन्तज़ाम मैंने रात में ही कर दिया था। अब आपके बच्चों के स्कूल का समय हो रहा है, तो आप निश्चिन्त होकर जाइए, हम लोग इन्हें सँभाल लेंगी। आप अब ज्यादा तकलीफ न करें।''

''अजी, इसमें तकलीफ की क्या बात है ? हाँ, मुझे बच्चों की तैयारी करनी है, फिर साहेब को भी दफ्तर जाना है।'' और अंजना अपने बच्चों के साथ चली गई।

ठीक नौ बजे रेखा उठ खड़ी हुई, ''अब हम लोगों को चलना चाहिए, ज्ञान ! तुम्हें दस बजे कॉलेज पहुँचना है, और मुझे प्रोफेसर को यूनिवर्सिटी ले जाना है। चलो, मैं तुम्हें वहाँ उतार दूँ।''

ज्ञानवती को उठना पड़ा। उठते हुए उसने शिवेन्द्र से कहा, ''खाना आप शहर में किसी होटल में खा लीजिएगा, शाम तक मैं किसी नौकर का इन्तजाम कर दूँगी। लेकिन शाम सात बजे तक लौट आइएगा, मैं आठ बजे के करीब आऊँगी आपके यहाँ।''

रेखा कह उठी, ''अगर आपको असुविधा न हो तो दोपहर का खाना आप मेरे यहाँ खा लीजिएगा। आप शहर जाने के झंझट से बच जाएँगे। मैं एक-डेढ़ बजे के बीच में खाना खाती हूँ। आपका इन्तजार करूँगी।''

ज्ञानवती को रेखा का यह प्रस्ताव पसन्द नहीं आया, ''नहीं-नहीं, तुम क्यों इतना कष्ट करती हो ?''

पर रेखा ने मानो ज्ञानवती की बात पर ध्यान ही नहीं दिया, उसने कहा, ''इनमें कष्ट की क्या बात है ? बनवारी जैसे एक आदमी का खाना बनाता है वैसे दो आदमियों का खाना बना लेगा।'' और ज्ञानवती का हाथ पकड़कर रेखा चल दी।

प्रभाशंकर को यूनिवर्सिटी भेजकर रेखा ने अपने हाथों तरकारियाँ बनाईं और फिर वह शिवेन्द्र की प्रतीक्षा करने लगी। एक अनजाना पुलक वह अनुभव कर रही थी अपने

अन्दर। योगेन्द्रनाथ मिश्र ने ठीक ही कहा था, इस आदमी में गजब का आकर्षण था।

ठीक एक बजे शिवेन्द्र रेखा के यहाँ आ गया। दोनों ने एक साथ खाना खाया। शिवेन्द्र ने कहा, "बड़ा अच्छा खाना बना है, आपका कुक बड़ा कुशल है।"

रेखा मुस्कराई, "आज मैंने सब्जियाँ खुद बनाई हैं। चलिए अब आप थोड़ा-सा आराम कर लीजिए—मेहमानोंवाला कमरा खाली है।"

"मैं खाना खाकर लेटता नहीं हूँ, थोड़ी देर बैठकर आराम करूँगा।"

रेखा शिवेन्द्र के साथ ड्राइंग-रूम में बैठ गई। जलन से भरी एक अभिलाषा उसके शरीर में जाग उठी थी। उसने शिवेन्द्र से कहा, "शिवेन्द्रजी ! आप जानते हैं कि ज्ञानवती आपसे बुरी तरह प्रेम करने लगी है। एक तरह से वह अपने को आप पर न्यौछावर कर चुकी है।"

थोड़ा-सा हिचकते हुए शिवेन्द्र ने कहा, "लगता तो मुझे ऐसा ही है, लेकिन इसमें मेरा कोई दोष नहीं है।"

रेखा थोड़ा-सा चौंकी, "प्रेम करने में भी कोई दोष हो सकता है ? तो फिर इसके माने यह हुए कि आप ज्ञानवती से प्रेम नहीं करते !"

हिचकिचाते हुए शिवेन्द्र ने कहा, "मुझे ज्ञानवती बड़ी अच्छी लगती है। वह मुझे कितना मानती है ! यद्यपि उसमें शारीरिक सुन्दरता की कमी है, पर उसमें आत्मिक सुन्दरता तो गजब की है !"

शिवेन्द्र ने जो कुछ कहा, उसमें सत्य है, रेखा को ऐसा लगा। शिवेन्द्र कितना सुन्दर दीख रहा था, कितना भोला दीख रहा था ! रेखा अपनी कुर्सी से उठकर सोफा पर शिवेन्द्र की बगल में आकर बैठ गई; उसने शिवेन्द्र का हाथ अपने हाथ में लेते हुए पूछा, "शिवेन्द्रजी ! क्या आपको मुझमें शारीरिक सुन्दरता दीखती है ?"

शिवेन्द्र के मुख पर एक बड़ी मोहक मुस्कराहट आई, उसने रेखा का हाथ दबाते हुए कहा, "रेखाजी ! आपमें अनुपम सुन्दरता है।"

रेखा को अनुभव हो रहा था कि उसके शरीर की जलन अब बहुत अधिक बढ़ गई है। शिवेन्द्र के कन्धे पर अपना सिर रखते हुए बोली, "आप सच कहते हैं, शिवेन्द्रजी—आप तो कलाकार हैं, कलाकार सौन्दर्य-पारखी होता है, वह सौन्दर्य का पुजारी होता है।"

शिवेन्द्र ने रेखा के सिर पर हाथ रखते हुए कहा, "निश्चल और निष्कलंक सौन्दर्य ! कोटि-कोटि अप्सराएँ न्यौछावर हैं आप पर !"

और रेखा ने उसी समय अपने होठ शिवेन्द्र के होठों पर रख दिए तथा शिवेन्द्र को उसने आलिंगनपाश में भर लिया। शिवेन्द्र घबरा गया, बल लगाकर उसने रेखा के बाहुपाश से अपने को छुड़ाया, "नहीं रेखाजी, आपको यह सब नहीं करना चाहिए। आप विवाहित हैं।" और वह उठ खड़ा हुआ। उसने रेखा के सिर पर फिर हाथ रखा, "मैं सौन्दर्य का उपासक हूँ, सौन्दर्य को नष्ट करना मैं पाप समझता हूँ। मेरा क्षेत्र है भावना।"

रेखा ने शिवेन्द्र का हाथ झटक दिया। उसने कड़ी दृष्टि से शिवेन्द्र को कुछ देर

तक देखा, फिर उसने कहा, "शिवेन्द्र, तुम्हारे मकान का एडवांस किराया देने के लिए ज्ञानवती ने मुझसे दो सौ रुपये लिए हैं। ठीक-ठीक बताना, तुम अभी तक ज्ञानवती से कितना रुपया ऐंठ चुके हो ?" रेखा की समझ में अब सारी स्थिति आ गई थी। योगेन्द्रनाथ मिश्र का कहना गलत नहीं था।

रेखा के इस प्रश्न से शिवेन्द्र सकपका गया। उसने कहा, "मैंने ज्ञानवती से कभी रुपया नहीं माँगा, जो कुछ उसने मुझ पर खर्च किया है वह अपनी तरफ से। मुझे नहीं मालूम कि वह अभी तक कितना रुपया खर्च कर चुकी है।"

रेखा फुँफकार उठी, "डॉक्टर मिश्र ने तुम्हारे सम्बन्ध में जो कुछ कहा उसे मैं गलत समझती थी, और इसीलिए मैं स्वयं जानना चाहती थी कि सत्य क्या है ! तुम ज्ञानवती के साथ खिलवाड़ कर रहे हो, तुम उसका जीवन नष्ट कर रहे हो। तुम इसी समय यहाँ से निकल जाओ, अकेले यहाँ से नहीं, आज शाम को छह बजे के पहले तुम अपना सामान लेकर स्टेशन के लिए रवाना हो जाओ ! तुम्हें बम्बई लौटने का किराया मैं दे रही हूँ।" और रेखा ने अपने पर्स से सौ रुपये का एक नोट निकालकर उसके सामने फेंक दिया, "अगर आज रात को तुम दिल्ली में दीखे तो तुम्हें इतने जूते मारूँगी कि तुम्हारे होश गायब हो जाएँगे। निकम्मा–नामर्द कहीं का !"

रेखा के मुख पर कुछ ऐसा था जिससे शिवेन्द्र सहम गया। उसने फर्श से नोट उठाते हुए कहा, "अच्छी बात है, मैं घर पहुँचते ही अपना सामान लेकर चला जाऊँगा। आज बम्बई के लिए डीलक्स मिल जाएगी।" और उसकी आँखों से दो आँसू टपक पड़े, "मैं जानता हूँ कि जो कुछ मैंने किया है वह गलत है, लेकिन इन गलतियों को अपने में लिए पैदा हुआ हूँ। मैंने अपने शरीर को नहीं बनाया है, मेरी सारी कमियाँ, मेरी सारी असमर्थताएँ–इस सबका जिम्मेदार मैं नहीं हूँ। मैं अपनी कमियों को ढँकने का जो प्रयत्न करता हूँ वह इसलिए कि मैं जीवित रहना चाहता हूँ। कायम रहने की प्रवृत्ति स्वाभाविक होती है, यह तो आप मानिएगा ही। मुझे इसका बड़ा दुख है और मैं आपसे क्षमा चाहता हूँ। मैं आपसे कहता हूँ कि मैं बड़ा अभागा हूँ।" और शिवेन्द्र सिर झुकाए हुए चला गया।

शिवेन्द्र के जाने के बाद रेखा अपने बिस्तर पर गिर पड़ी, उसने अपने ही आप कहा, "यह दुनिया अभागों से भरी पड़ी है–उन अभागों में मेरा भी बहुत महत्त्वपूर्ण स्थान है।" और रेखा फूट-फूटकर रोने लगी।

[15]

फरवरी के अन्तिम सप्ताह में एकाएक एक भयानक शीतलहर ने समस्त दिल्ली नगर के जीवन को निष्क्रिय कर दिया। सोमवार की शाम को काफी गर्मी थी और लोग सोच

रहे थे कि जाड़ा समाप्त हो गया। लेकिन आधी रात के समय से, जब लोग सो रहे थे, हलकी-हलकी उत्तरी हवा चलने लगी थी और सुबह जब रेखा सोकर उठी, आसमान पर कुहरे के बादल छाए हुए थे। उसने अनुभव किया कि तेज बर्फीली हवा से उसका शरीर काँप रहा है। उसने प्रभाशंकर को देखा। रजाई में लिपटे हुए गहरी नींद सो रहे थे।

रेखा ने घड़ी देखी, सात बज रहे थे। एक बार उसके मन में आया कि वह प्रभाशंकर को जगा दे, लेकिन दूसरे ही क्षण उसका विचार बदल गया। पिछली रात प्रभाशंकर एक पार्टी से देर से लौटे थे, काफी प्रसन्न। उस समय उनके पैर लड़खड़ा रहे थे—कमजोरी से नहीं, नशे से।

प्रभाशंकर के स्वास्थ्य में आशा से अधिक सुधार हो गया था। उनके मुख की कान्ति लौट आई थी, उन्हें अपने अन्दरवाला विश्वास फिर से प्राप्त हो गया था। वह अपना दैनिक जीवन स्वाभाविक रूप से व्यतीत कर रहे थे। रेखा प्रभाशंकर के स्वास्थ्य में सुधार से सन्तुष्ट थी। वह डाइनिंग-रूम में बैठकर चाय पीने लगी। इसी समय टेलीफोन की घंटी बजी। इतनी सुबह किसका फोन हो सकता है, यह सोचते हुए रेखा ने रिसीवर उठाया।

वह बम्बई से रेखा के लिए ट्रंककाल था। बम्बई से उसके लिए किसका ट्रंककाल हो सकता है ? एक्सचेंज ने नम्बर मिला दिया। दूसरी ओर से ज्ञानवती की आवाज सुनाई दी उसे, "अरे रेखा, मैं ज्ञानवती बोल रही हूँ। सात मार्च को यहाँ बम्बई में मेरा विवाह हो रहा है शिवेन्द्र से।"

रेखा को अपने कानों पर विश्वास नहीं हुआ, "तो तुम यहाँ से बिना मुझे बतलाए हुए बम्बई चल दी थीं शिवेन्द्र से विवाह करने ! और शिवेन्द्र तुमसे विवाह करने को राजी हो गया !"

उसे ज्ञानवती की हँसी सुनाई दी, "शिवेन्द्र ने मुझे सब कुछ बतला दिया। वह शादी करने के काबिल नहीं है, उसकी यही रट थी। लेकिन इससे क्या ? मैं शिवेन्द्र से विवाह कर रही हूँ, सब कुछ जानते हुए। और तुम्हें मेरी शादी में सम्मिलित होना ही होगा, मैं तुम्हारा कोई बहाना नहीं सुनूँगी, इतना समझ लो। हर हालत में तुम्हें आना होगा। परसों तक तुम्हें मेरी चिट्ठी भी मिल जाएगी।"

"अच्छा-अच्छा, देखूँगी।" यह कहकर रेखा ने रिसीवर पटक दिया। यह क्या हो रहा है ? यह क्यों हो रहा है ? उसकी समझ में कुछ भी न आ रहा था। विमूढ़-सी बैठी वह चाय पीती रही। चाय पीकर जब वह उठी, उसने देखा आठ बज रहे हैं। अब उसने प्रभाशंकर को जगाया, "आठ बज रहे हैं। कब तक सोते रहिएगा आप ? चाय तैयार है।"

प्रभाशंकर उठकर बैठ गए। आसमान पर गहरी धुन्ध छाई हुई थी, पलँग से नीचे उतरते हुए उन्होंने कहा, "अरे, आठ बज गए ! तुमने मुझे पहले क्यों नहीं जगाया ? सर्दी फिर लौट आई, चलो, अच्छा हुआ।" और यह कहते-कहते वह चाय की मेज पर

आकर बैठ गए।

प्रभाशंकर के लिए चाय बनाकर रेखा ने चाय का प्याला उनके आगे बढ़ा दिया, फिर उसने अपने लिए चाय बनाते हुए कहा, "अभी-अभी बम्बई से एक ट्रंककाल आया था। आप बतला सकते हैं, किसका ट्रंककाल था वह ?"

कुछ सोचकर प्रभाशंकर बोले, "डॉक्टर योगेन्द्रनाथ का हो सकता है, लेकिन वह अभी परसों ही तो गए हैं, कल शाम को बम्बई पहुँचे होंगे। क्या मुसीबत आ पड़ी उन्हें कि सुबह-सुबह ट्रंककाल करना पड़ा ?"

"क्या डॉक्टर मिश्र परसों बम्बई गए ?" रेखा को इस बात पर बुरा लगा कि इस बात की जानकारी उसे नहीं थी। "नहीं, वह डॉक्टर मिश्र का फोन नहीं था—बतला दूँ, वह ज्ञानवती का फोन था मेरे लिए।"

अन्यमनस्क भाव से प्रभाशंकर ने कहा, "अच्छा, तो ज्ञानवती बम्बई गई हुई है ! क्या कह रही थी वह ?"

"आपको तो जैसे किसी दूसरे में दिलचस्पी ही नहीं है।" रेखा ने तनिक तिनकते हुए कहा, और फिर वह जोर से हँस पड़ी, "कितनी मजेदार बात है कि सात मार्च को उसका विवाह हो रहा है, बम्बई में, और अपने विवाह में उसने मुझे बुलाया है।"

"ज्ञानवती का विवाह हो रहा है ! लेकिन इसमें हँसने की क्या बात है ?" प्रभाशंकर बोले।

"आप जानते हैं किसके साथ ज्ञानवती विवाह कर रही है—शिवेन्द्र धीर के साथ, वही चित्रकार जो हम लोगों के यहाँ आया था।"

अब प्रभाशंकर के मुख पर भी मुस्कराहट आई। "ज्ञानवती बड़ी भाग्यशाली है। वह बड़ा प्रसिद्ध, प्रतिभाशाली और बड़ा सुन्दर युवक है। ज्ञानवती को मेरी बधाई, और शिवेन्द्र के साथ मेरी हार्दिक सहानुभूति !"

अचानक ही रेखा ने अनुभव किया कि एक गहरी उदासी उसके अनजाने ही उसके अन्दर भर गई है, और उसके अन्दरवाला व्यंग्य गायब हो गया है। आँखें झुकाकर वह अपनी उदासी में डूब गई। फिर उस उदासी के अन्धकूप से निकलने के लिए उसने अपनी आँखें उठाईं, और उदास भाव से उसने प्रभाशंकर की ओर देखा।

"क्यों, इस तरह क्यों मेरी ओर देख रही हो, क्या बात है ?" प्रभाशंकर ने पूछा।

रेखा ने एक ठंडी साँस ली, "जिन्दगी में जो कुछ सत्य है उस पर आसानी से विश्वास नहीं किया जा सकता। आपकी शिवेन्द्र के साथ सहानुभूति, लेकिन मेरी सहानुभूति ज्ञान के साथ है। यह स्त्री, यह क्या कर बैठेगी, इस पर भरोसा नहीं किया जा सकता। अपनी भावना में यह स्त्री इस कदर अन्धी हो जाती है कि उचित-अनुचित का विवेक उससे जाता रहता है।"

"क्या मतलब है तुम्हारा ? मैं समझा नहीं।"

"मैं समझा भी तो नहीं सकती। मैंने बड़ी कोशिश की कि शिवेन्द्र के प्रति ज्ञान का पागलपन दूर हो जाए, लेकिन इस प्रयत्न में मुझे सफलता नहीं मिली। और फिर

हारकर मैंने शिवेन्द्र को दिल्ली छोड़ देने के लिए मजबूर किया। इसमें मुझे हार ही मिली क्योंकि ज्ञानवती उसके पीछे भागी-भागी बम्बई जा पहुँचनी पागल की तरह। यह शिवेन्द्र नामर्द है।''

प्रभाशंकर के माथे पर बल पड़ गए, उनका स्वर कुछ कड़ा-सा हो गया, ''तुम्हें कैसे मालूम कि शिवेन्द्र नामर्द है !''

इस प्रश्न से रेखा सकपका गई, लेकिन तत्काल ही उसने अपने को संयत करके कहा, ''क्यों, क्या यह बात ज्ञान से छिपी है ? ज्ञान सब कुछ जानते हुए भी यह विवाह कर रही है, यही तो आश्चर्य है।'' और रेखा उठ खड़ी हुई। उसे भय था कि कहीं प्रभाशंकर और अधिक जिरह न करें, क्योंकि इस जिरह में उसे लगातार झूठ बोलना पड़ेगा, और झूठ की लम्बी कड़ी को कायम रखना—वह जानती थी कि यह उसके वश की बात नहीं है। उठते हुए उसने कहा, ''काफी देर हो गई है आपको, अब आप नहा लीजिए, गर्म पानी भिजवाती हूँ बाथ-रूम में।'' और रेखा तेजी से रसोईघर के अन्दर चली गई।

दिन-भर रेखा कुछ अजीब तरह से अपने में ही खोई हुई-सी रही। ज्ञानवती उसकी अभिन्न मित्र थी। और वह यह अनुभव कर रही थी कि वह ज्ञानवती को अभी तक नहीं समझ पाई। उसे ज्ञानवती पर खीझ हो रही थी, क्रोध भी आ रहा था, दया भी आ रही थी। शाम के समय उसने तय कर लिया कि वह ज्ञानवती के विवाह में बम्बई जाएगी। एक बार वह ज्ञानवती से बात करेगी। उसका जाना आवश्यक है।

ज्ञानवती रेखा को लेने स्टेशन आई थी अकेली। रेखा को देखते ही वह उसके गले से लिपट गई, ''मेरी रेखा ! मैं जानती थी कि तुम जरूर आओगी—जब तुम्हारा तार मिला तो मैं प्रसन्नता से उछल पड़ी। अब मैं तुमसे ज़रा भी नाराज नहीं हूँ—सच मानो, बिलकुल नहीं। मैंने सान्ताक्रुज में एक बड़ा-सा फ्लैट माँग लिया है पन्द्रह दिनों के लिए, फ्लैट में ही आ गई हूँ। मेरी माताजी एक हफ्ता हुआ आ गई हैं, और किसी को मैंने अपने विवाह की सूचना ही नहीं दी, सिवा तुम्हारे। तो तुम्हें मेरे साथ ठहरना होगा।''

रेखा बम्बई आ तो गई थी, लेकिन उसके मन में किसी तरह का उल्लास न था। उसने कहा, ''जहाँ तुम कहोगी वहीं ठहरूँगी, ज्ञान—तुम्हारे ही पास तो आई हूँ। लेकिन तुम यह कर क्या रही हो, मेरी समझ में नहीं आ रहा !''

''घर चलो तब तुमसे बातें होंगी, लेकिन मेरी माताजी से तुम शिवेन्द्र के सम्बन्ध में कुछ न कहना। मुझे तुम वचन दे दो रेखा कि मेरा यह रहस्य तुम्हीं तक सीमित रहेगा—मेरे घरवालों को या मिलनेवालों को तुम यह सब न बतलाओगी।''

उदास भाव से रेखा ने कहा, ''मैं वचन देती हूँ कि मैं तुम्हारी माताजी या और किसी से इस सम्बन्ध में कुछ न कहूँगी। चलो।''

जिस फ्लैट में ज्ञानवती थी, वह एक बँगले का ग्राउंड फ्लोर का हिस्सा था—करीब पाँच कमरे। उसके मालिक अपने परिवार के साथ एक महीने के लिए विदेश चले गए

थे। पाँच कमरों का वह फ्लैट पूरी तौर से सजा हुआ था। ज्ञानवती ने रेखा को पीछेवाले कमरे में ठहरा दिया, ताकि आने-जानेवालों से उसे बाधा न हो। ज्ञानवती की माता बड़े उत्साह के साथ घर का काम-काज कर रही थीं।

खाना खाने के बाद दोपहर के समय रेखा ज्ञानवती को खींचकर अपने कमरे के अन्दर ले गई, क्योंकि बाहर किसी के आ जाने का खतरा था। उसने ज्ञानवती को बिठाकर कहा, "ज्ञान ! अब भी समय है, तुम शिवेन्द्र से विवाह न करो; मुझे तुमसे यही कहना है।"

ज्ञानवती ने मुख पर एक हलकी-सी मुस्कान आई, "रेखा, मैंने इस सम्बन्ध में बहुत सोच-विचारकर ही अपना कदम उठाया है। शिवेन्द्र भी मुझसे यही कहता है जो तुम कह रही हो। लेकिन मैं शिवेन्द्र से बेहद प्यार करती हूँ, मैं सच कहती हूँ कि उसके बिना रह नहीं सकती।"

रेखा आश्चर्य के साथ ज्ञानवती को देख रही थी। उसने कहा, "ज्ञान, मेरी समझ में नहीं आता कि कोई स्त्री शिवेन्द्र से किस तरह प्यार कर सकती है।"

"क्यों, इसमें ताज्जुब की क्या बात है ? क्या प्रेम में वासना का होना अनिवार्य है ? माता अपने बच्चे से प्यार करती है, बहन अपने भाई से प्यार करती है, पुत्री अपने पिता से प्यार करती है—यहाँ तो वासना नहीं है। रेखा, मैं तुमसे कहती हूँ कि प्यार में वासना का होना अनिवार्य नहीं है।"

रेखा बोली, "लेकिन वह प्यार विवाहवाला प्यार तो नहीं है। तुम तो शिवेन्द्र से विवाह कर रही हो ?"

"हाँ, मैं शिवेन्द्र से विवाह कर रही हूँ, क्योंकि बिना शिवेन्द्र से विवाह किए अगर मैं शिवेन्द्र के साथ एक ही मकान में रहूँ तो लोग मेरी ओर उँगलियाँ उठाएँगे, मुझे बदनाम करेंगे। और रेखा, तुम नहीं जानतीं, मैं दिन-रात शिवेन्द्र की छाया बनकर उसके साथ रहना चाहती हूँ, मैं उसकी हरेक तरह से सेवा करना चाहती हूँ, मैं उसके अस्तित्व में अपने अस्तित्व को लय कर देना चाहती हूँ।"

"लेकिन तुम्हारे शरीर का भी तो कोई धर्म है, ज्ञान—तुम इसे क्यों भूल जाती हो ?" रेखा ने झुँझलाकर कहा।

उत्तर मानो ज्ञानवती के पास तैयार था, "शरीर का धर्म ? रेखा, इतने सालों तक मैं अविवाहित रही हूँ—तुमसे उम्र में तीन-चार साल बड़ी हूँ। पर इसके पहले तो तुमने शरीर के धर्म की बात नहीं चलाई। क्या यौन-सम्बन्ध और वासना की तृप्ति ही शरीर का एकमात्र धर्म है। मैं इसे स्वीकार नहीं करती। बाल्यकाल और वृद्धावस्था—इस काल में तो यौन-सम्बन्धों का प्रश्न ही नहीं आता। इस युवावस्था में ही काम-वासना का पागलपन रहता है मनुष्य के पास। ऐसी हालत में काम-वासना की तृप्ति को मैं शरीर का धर्म कैसे मान लूँ ?"

ज्ञानवती ने जो कुछ कहा उसमें एक तर्क था, जिसे आसानी से काटा नहीं जा सकता था। लेकिन रेखा का मन उस तर्क को स्वीकार करने से इनकार करता था।

रेखा ने कहा, "मैंने भी कभी इसी तरह सोचने की भूल की थी, और इसीलिए अपने माता-पिता की इच्छा के विरुद्ध मैंने प्रोफेसर से विवाह किया था। लेकिन बाद में सत्य मेरे सामने आया, और यह सत्य बड़ा कुरूप है। मैं तुम्हें आगाह कर रही हूँ अपने अनुभवों के बल पर। तुम हमेशा के लिए अपना जीवन विषमय बना रही हो।"

ज्ञानवती ने रेखा की बात का कोई उत्तर नहीं दिया, वह चुपचाप रेखा की ओर देख रही थी।

रेखा ने अपनी बात आगे बढ़ाई, "अभी तुमने माता-पुत्र, पिता-पुत्री, भाई-बहन का उल्लेख किया, वह ठीक है। पुत्र माता के शरीर का ही एक भाग है, पुत्री पिता के शरीर की एक भाग है। भाई और बहन भी एक ही रक्त के दो भाग होते हैं। लेकिन एक अनजाने पुरुष और एक अनजानी स्त्री में केवल यौन-सम्बन्धों के कारण ही सामीप्य हो सकता है—उसके बाद उनकी सन्तानों के रूप में उन दोनों के हित एक हो जाते हैं। ज्ञान, मैं तुमसे कहती हूँ—अभी समय है।"

"तो क्या तुम्हें मेरे ऊपर भरोसा नहीं है ?" ज्ञानवती ने पूछा।

"मुझे तुम्हारे ऊपर पूरा भरोसा है ज्ञान, तुममें मुझसे अधिक संयम है, सहनशक्ति है। तुम शिवेन्द्र से प्रेम करती हो और करती रहोगी। लेकिन शिवेन्द्र तुमसे कभी भी प्रेम न कर सकेगा। तुम कब तक उसकी पूजा करोगी ! कहाँ तक तुम उसे देती जाओगी जबकि तुम्हें उससे मिलेगा कुछ भी नहीं ! नहीं ज्ञान, तुम्हारे ऊपर भरोसा होते हुए, मुझे शिवेन्द्र पर भरोसा नहीं है।"

रेखा के स्वर में कुछ ऐसा था जिससे ज्ञानवती सहम गई, उसने रेखा का हाथ पकड़कर कहा, "तुम्हारे हाथ जोड़ती हूँ रेखा, ऐसी अशुभ बात तुम अपने मुख से न निकालो। मुझे शिवेन्द्र पर पूरा भरोसा है, मुझे छोड़कर वह कहीं नहीं जा सकता।"

ज्ञानवती के मुख पर की करुण भावना से रेखा द्रवित हो गई। उसने कुछ चुप रहकर एक ठंडी साँस ली, "तुम नहीं समझ सकोगी ज्ञान, और मैं तुम्हें समझा भी नहीं सकूँगी। अच्छी बात है, मैं वादा करती हूँ कि अब मैं तुमसे इस सम्बन्ध में कुछ नहीं कहूँगी। तो कल तुम्हारा विवाह है, इसके बाद तुम्हारा क्या कार्यक्रम होगा ? दिल्लीवाली नौकरी तो नहीं छोड़ रही हो अपनी ?"

"वह नौकरी क्यों छोड़ूँगी भला ? पन्द्रह मार्च को मुझे ज्वाइन करना है। परसों से हम लोग यहाँ पर अपना सब सामान पैक करने लगेंगे—शिवेन्द्र के पास सामान है ही कितना ! दस तारीख की शाम को हम लोग दिल्ली के लिए रवाना हो जाएँगे। शिवेन्द्र ने फ्लैट छोड़ने का नोटिस दे दिया है, इन दस दिनों का किराया मकान-मालिक ने छोड़ दिया है। और दिल्ली में शक्तिनगरवाला फ्लैट हम लोगों ने अभी तक नहीं छोड़ा है, दिल्ली पहुँचकर ही हम दोनों उस फ्लैट में चले जाएँगे।"

अपने भावी कार्यक्रम की बात बताते हुए ज्ञानवती के मुख पर उल्लास आ गया था। रेखा थोड़ी देर तक उसी उदास भाव से ज्ञानवती को देखती रही, फिर उसने कहा, "अच्छा ज्ञान, एक प्रश्न और है मेरा। तुम्हारा विवाह कल है, और इस समय तक मुझे

और तुम्हारी माताजी को छोड़कर यहाँ कोई नहीं आया है। इसके यह अर्थ हुए कि तुम्हारे विवाह का कोई उत्सव नहीं हो रहा है। तुम दोनों की सिविल मैरिज तो हो नहीं रही है, क्योंकि उसमें छह महीने का नोटिस चाहिए था—शायद आर्यसमाज की पद्धति से तुम दोनों अपना विवाह कर रहे हो। ऐसी हालत में तुमने मुझे दिल्ली से क्यों बुलवाया ? मेरे बिना भी तुम्हारा विवाह हो सकता था।"

ज्ञानवती मुस्कराई, "तुम्हें मैंने क्यों बुलाया है ? सच बात जानना चाहती हो तो सुनो। हमारा विवाह आर्यसमाज मन्दिर में हो रहा है जहाँ शिवेन्द्र के दस-बारह मित्र आएँगे। लेकिन मेरी तरफ से तो मेरे विवाह का कोई साक्षी होना चाहिए। और साक्षी के रूप में मुझे तुम ही दीखीं। मैं समझती थी कि तुम अकेली नहीं आओगी, तुम्हारे साथ प्रोफेसर भी आएँगे।"

"लेकिन इन साक्षी की क्या आवश्यकता ?" रेखा ने पूछा।

रेखा को लगा कि ज्ञानवती की मुद्रा एकाएक बदल गई। ज्ञानवती बोली, "रेखा, मैंने शिवेन्द्र को बड़े यत्न से पाया है, और मैं उसे किसी हालत में खोना नहीं चाहती। मैं शिवेन्द्र को एकमात्र अपना बनाकर रखना चाहती हूँ। अभी तुमने कहा था कि मुझ पर तुम्हें भरोसा है, लेकिन शिवेन्द्र पर तुम्हें भरोसा नहीं है। तुम्हारी बात सुनकर मैं एक क्षण को सहम गई थी। लेकिन मेरे अन्दर से भी दबी जबान में कोई मुझसे लगतार कहता रहा है कि शिवेन्द्र पर पूरी तरह भरोसा करना उचित नहीं है। इतना महान कलाकार, उसे मैं अपने से बाँधकर रखना चाहती हूँ। वह कहीं इस बन्धन से छूटने का प्रयत्न न करे, इसीलिए तो मैं उससे विवाह कर रही हूँ, क्योंकि यह विवाह एक ऐसा बन्धन है जिससे छूटना उसके लिए तब तक सम्भव नहीं है जब तक मैं न चाहूँ। इसलिए मैं तुम्हें और प्रोफेसर को साक्षी के रूप में चाहती थी।"

रेखा के मुख की कठोरता गायब हो गई थी। "तो मैं तो आ गई हूँ, लेकिन एक साक्षी काफी नहीं होता। तुम्हारी ओर से कम-से-कम दो साक्षी तो होने ही चाहिए। तुमने टेलीफोन पर कहा होता या मुझे पत्र में स्थिति स्पष्ट कर दी होती तो मैं प्रोफेसर को जबर्दस्ती अपने साथ ले आती। बम्बई में तो तुम्हारे रिश्तेदार या जान-पहचानवाले होंगे ?"

ज्ञानवती कुछ देर तक सोचती रही, "नहीं, यहाँ तो मेरी जान-पहचान का कोई आदमी नहीं है। अगर तुम्हारी जान-पहचानवाला कोई आदमी हो तो उसे तुम मेरी ओर से आमन्त्रित कर दो। अब बाहर से किसी को बुलाना असम्भव है, कल ही तो विवाह है।"

एकाएक रेखा उठ खड़ी हुई, "अरे हाँ, मुझे याद आ गया। डॉक्टर योगेन्द्रनाथ मिश्र, करीब दस दिन पहले आए हैं यहाँ पर। पन्द्रह दिन की छुट्टी ली थी उन्होंने, वह अभी बम्बई में ही होंगे। अब सवाल यह है कि किस तरह उनका पता लगाया जाए ?"

"मैं क्या जानूँ ?" ज्ञानवती बोली, "शिवेन्द्र शायद उनका पता लगा सके, लेकिन

शिवेन्द्र इतना व्यस्त है कि उसे फुर्सत नहीं मिलेगी। देखो, शायद यूनिवर्सिटी में उसका पता लग जाए।"

रेखा ने घड़ी देखी, "अभी दो बजे हैं, फिर मेरा मन भी यहाँ नहीं लग रहा है। मैं ज़रा घूमने जाती हूँ, यूनिवर्सिटी में डॉक्टर मिश्र का पता लगाने की कोशिश करूँगी। शाम की चाय मैं बाहर ही पी लूँगी—आठ-नौ बजे तक वापस लौटूँगी।"

रेखा निकल पड़ी, लेकिन उसके मन में किसी तरह का उत्साह नहीं था। उस विशाल नगर में वह नितान्त अनजानी और अकेली थी। उसके अन्दरवाला कौतूहल इतने थोड़े समय में ही नष्ट हो गया था। रेखा ने अनुभव किया कि सुबह ट्रेन से उतरते ही उसके मन पर एक अजीब तरह की थकावट छा गई है। उसे लग रहा था कि उसने बम्बई आकर अच्छा नहीं किया, वह ज्ञानवती को नहीं समझा सकी। जो घटना-क्रम चल रहा है, उस पर उसका कोई वश नहीं है, उस पर किसी का कोई वश नहीं है। कितनी असमर्थ और निरीह अनुभव कर रही थी वह अपने ही अन्दर !

सान्ताक्रुज स्टेशन से उसने चर्चगेट के लिए लोकल ट्रेन पकड़ी। चर्चगेट स्टेशन के बाहर निकलकर उसने अपने चारों ओर देखा, एक अनजानी दुनिया, एक अनजान वातावरण। दूर पर उसे यूनिवर्सिटी दीख रही थी—वहाँ से यूनिवर्सिटी पैदल जा सकती थी। लेकिन उसने एक टैक्सी ले ली। जैसे ही विश्वविद्यालय के फाटक पर पहुँची, उसने देखा कि डॉक्टर योगेन्द्रनाथ मिश्र यूनिवर्सिटी के फाटक के बाहर आ रहे हैं। रेखा ने उनके पास अपनी टैक्सी रुकवाकर कहा, "नमस्कार, डॉक्टर मिश्र !"

चौंककर डॉक्टर मिश्र ने रेखा की टैक्सी की ओर देखा, और वह बोल उठे, "अरे, आप रेखाजी ! नमस्कार ! आप बम्बई कब आईं ? क्या यूनिवर्सिटी में कुछ काम है आपको ?"

"सड़क पर खड़े-खड़े तो बातचीत नहीं हो सकती। आप कार पर आ जाइए। चलिए, किसी रेस्तराँ में चाय पी जाए। वहीं मैं आपको बतलाऊँगी कि बम्बई क्यों आई हूँ और यूनिवर्सिटी किसलिए जा रही थी।"

योगेन्द्रनाथ टैक्सी पर बैठ गए। रेखा ने टैक्सी ड्राइवर से कहा कि, "मैरीन ड्राइव की तरफ चलो, सीव्यू रेस्तराँ !"

दफ्तरों में छुट्टी हो रही थी, बेतहाशा भीड़ अब सड़कों पर आ गई थी। थके-माँदे लोग पैदल, बसों पर, टैक्सियों पर और कारों पर सड़क पर निकल पड़े थे अपने-अपने घरों को लौटने के लिए। सीव्यू रेस्तराँ के सामने टैक्सी से उतरकर रेखा ने टैक्सी विदा की। योगेन्द्रनाथ मिश्र के साथ वे रेस्तराँ के एक कोने में बैठ गई, "डॉक्टर मिश्र ! मैं आपका पता लगाने के लिए यूनिवर्सिटी जा रही थी, मेरा भाग्य था कि आप मुझे फाटक पर ही मिल गए, नहीं तो मैं समझती हूँ मुझे काफी भटकना पड़ता।"

"हाँ, और इतना भटकने पर भी आपको मेरा पता न लगता।" फिर कुछ चिन्तित होकर योगेन्द्रनाथ ने पूछा, "मेरा पता लगाने की ऐसी क्या आवश्यकता पड़ गई आपको ? क्या बात है ? प्रोफेसर तो ठीक तरह से हैं ? मैं तो आठ तारीख की रात

को यानी परसों दिल्ली पहुँच रहा हूँ। कल ही मालगाड़ी से मैंने अपना असबाब दिल्ली भेज दिया है। आज अपनी विदाई की एक पार्टी में मुझे यहाँ आना पड़ा।''

रेखा मुस्कराई, ''तो फिर बम्बई आपने हमेशा के लिए छोड़ दिया, अच्छा ही किया। आपके दिल्ली आ जाने से प्रोफेसर का काम क़ितना हलका हो गया। प्रोफेसर मजे में हैं। कोई गम्भीर बात नहीं है, और सच तो यह है कि आज सुबह जब मैं बम्बई पहुँची, तब आपका खयाल भी नहीं था मुझे।'' रेखा ने बेयरा को बुलाते हुए पूछा, ''आप कॉफी लेंगे या चाय ?''

''जो आप अपने लिए लें वही मेरे लिए भी मँगवा लें।''

''दो कॉफी और एक प्लेट चीज की सेंडविचें !'' रेखा ने बेयरा को आर्डर दिया।

बेयरा चला गया और रेखा ने अपनी बात आगे बढ़ाई, ''पहले मैं आपको यह बतला दूँ कि मैं बम्बई क्यों आई हूँ। ज्ञानवती को तो आप जानते ही हैं। तो कल ज्ञानवती का विवाह है, उसी में मैं सम्मिलित होने के लिए आई हूँ।''

''ज्ञानवतीजी तो दिल्ली की रहनेवाली हैं, यह बम्बई में उनका विवाह कैसे हो रहा है ? किसके साथ उनका विवाह हो रहा है ?''

''शिवेन्द्र धीर से।'' रेखा बोली।

''शिवेन्द्र धीर से ?'' आश्चर्य के साथ योगेन्द्रनाथ मिश्र ने कहा, ''शिवेन्द्र धीर विवाह कर रहा है, अजीब बात बतलाई आपने रेखाजी, इस पर विश्वास नहीं हो रहा है !'' और एकाएक योगेन्द्रनाथ उत्तेजित हो उठा, ''मैं शिवेन्द्र को इतना नीच और पतित नहीं समझता था कि वह किसी स्त्री को धोखा देकर उसका जीवन नष्ट कर देगा। मैं नहीं चाहता था कि मैं शिवेन्द्र धीर के सम्बन्ध में सत्य को प्रकट करूँ, लेकिन मुझे...''

रेखा ने योगेन्द्रनाथ की बात काटी, ''इतना अधिक उत्तेजित होने की आवश्यकता नहीं है, डॉक्टर मिश्र ! ज्ञानवती शिवेन्द्र धीर के सम्बन्ध में सब कुछ जानती है। शिवेन्द्र तो विवाह करना ही नहीं चाहता, लेकिन ज्ञानवती के आग्रह पर यह विवाह हो रहा है। और मैं ज्ञानवती की ओर से इस विवाह में आपको आमन्त्रित करने के लिए यूनिवर्सिटी में आपका पता लगाने जा रही थी।''

योगेन्द्रनाथ को जैसे अपने कानों पर विश्वास नहीं हो रहा था, ''आप ठीक कह रही हैं क्या ? यह किस तरह सम्भव है, रेखाजी ?''

रेखा के मुख पर एक मुस्कान आई, ''दुनिया में क्या सम्भव नहीं है, डॉक्टर ! मुझे भी ज्ञानवती के निर्णय पर उतना ही अधिक आश्चर्य हुआ था, जितना आपको हो रहा है। लेकिन यह सब सत्य है, मैं देख रही हूँ, आप देख रहे हैं। बड़े आग्रह के साथ ज्ञानवती ने मुझे बुलाया है, और उसने मुझे जोर दिया कि मैं आपको इस विवाह में सम्मिलित होने के लिए जबर्दस्ती खींच लाऊँ। ज्ञानवती ने अपने नाते-रिश्तेदारों को अपने विवाह की कोई खबर नहीं दी, केवल उसकी माता यहाँ आई हैं, और माताजी के अलावा मैं हूँ। उसकी ओर से एक पुरुष को भी उसके विवाह में सम्मिलित होना चाहिए।''

बेयरा कॉफी और सैंडविचेज दे गया था। कॉफी बनाते हुए रेखा ने डॉक्टर मिश्र से कहा, "आप रहते कहाँ हैं, डॉक्टर ? अगर आप मुझे यूनिवर्सिटी में न मिल गए होते तो मैं आपको ढूँढ़ भी नहीं सकती थी।"

"मैं माटुंगा में रहता था, लेकिन वह मकान मैंने तीस अप्रैल से छोड़ दिया है। असबाब दिल्ली रवाना हो गया है, कल के लिए मैंने अपना रिजर्वेशन करा लिया है। शिवाजी पार्क में मेरे एक मित्र रहते हैं, रात को उनके घर में सो जाता हूँ और दिन में इधर-उधर भटकता फिरता हूँ।"

"कल तो आप नहीं जा पाएँगे डॉक्टर—परसों के लिए आप अपना रिजर्वेशन करा लें। मैं भी परसों दिल्ली चलूँगी—साथ रहेगा।" रेखा का स्वर आप-ही-आप बहुत धीमा और कोमल हो गया, "डॉक्टर, अगर आप अनुचित न समझें तो आप अपना सामान लेकर ज्ञान के सान्ताक्रुज के फ्लैट में आ जाइए। बहुत बड़ा फ्लैट है वह। यह तो लगे कि ज्ञानवती के विवाह के उपलक्ष्य में कुछ मेहमान आए हैं।"

गम्भीरतापूर्वक योगेन्द्रनाथ ने कहा, "जबर्दस्ती मेहमानों को इकट्ठा करने की ऐसी क्या जरूरत आ पड़ी ! नहीं रेखाजी, मैं जहाँ हूँ वहाँ मजे में हूँ। फिर ज्ञानवतीजी से मेरा कोई विशेष परिचय नहीं है। मैं आपके आग्रह पर कल रुक जाऊँगा, आज अपना टिकट वापस किए देता हूँ। परसों के लिए मुझे रिजर्वेशन मिलेगा, इस पर मुझे शक है। आपको 'लेडीज फर्स्ट' में मिल जाएगा। न होगा तो मैं सेकंड क्लास में चला चलूँगा।"

"आपका रिजर्वेशन हो जाएगा, मेरा मन मुझसे कहता है, डॉक्टर ! अगर आप ज्ञानवती के यहाँ नहीं ठहरना चाहते हैं तो न सही, मेरे साथ आज आपको उसके यहाँ चलना तो होगा, मेरे आग्रह से।" रेखा ने योगेन्द्रनाथ मिश्र की आँखों-में-आँखें डालते हुए कहा, "मैं आपके साथ स्टेशन चलती हूँ, आपका टिकट तो आपके पास होगा ही। आपने मेरी बात मानकर मेरा कितना उपकार किया। आप विश्वास कीजिए, मैं अपने को कितनी अकेली अनुभव करती हूँ यहाँ। एक ज्ञान, वह अपने में खोई हुई। आप मुझे बहुत बड़े सहारे के रूप में मिल गए। इस समय आप मेरे साथ चलेंगे न डॉक्टर !"

योगेन्द्रनाथ मिश्र को लगा कि रेखा का आग्रह उसके अन्दर का आग्रह है, और उस आग्रह को टालने की सामर्थ्य उनमें नहीं है। ज्ञानवती के विवाह में सम्मिलित होने की इच्छा उनमें तनिक भी न थी, लेकिन उन्हें आत्मसमर्पण के भाव से कहना पड़ा, "जैसे आपकी इच्छा। मेरा टिकट मेरे पर्स में ही है। यहाँ से हम लोग बॉम्बे सेन्ट्रल के लिए लोकल ले लें, वहाँ हम लोग पहले परसों का रिजर्वेशन करा लें। फिर शिवाजी पार्क में अपने मित्र से यह कहकर कि मुझे लौटने में देर हो सकती है, हम लोग सान्ताक्रुज चल सकते हैं।"

रेस्तराँ से निकलकर रेखा ने कहा, "लोकल में तो मुझसे न जाया जाएगा, देख रहे हैं आप, कितनी भीड़ है !" यह कहकर उसने एक टैक्सी ले ली।

बॉम्बे सेन्ट्रल में आसानी से रिजर्वेशन हो गया, उनके वहाँ जाने के पहले ही कुछ

टिकट कैन्सिल हुए थे। वहाँ से शिवाजी पार्क होते हुए दोनों सान्ताक्रुज पहुँचे।

जिस समय रेखा ज्ञानवती के यहाँ पहुँची, ज्ञानवती शिवेन्द्र धीर और उसके दो मित्रों के साथ बैठी हुई विवाह की व्यवस्था में व्यस्त थी। रेखा और योगेन्द्रनाथ को देखते ही सब लोग खड़े हुए। उल्लसित भाव से ज्ञानवती ने कहा, "नमस्कार, डॉक्टर मिश्र—स्वागत है आपका। तो रेखा ने आपको इस अथाह जन-सागर में से ढूँढ़ ही निकाला। मैं बड़ी भाग्यवान हूँ !" और उसने शिवेन्द्र धीर के मित्रों से घूमकर कहा, "लो, मेरे भाई आ गए। अब मैं बड़ी निश्चिन्त हूँ।"

योगेन्द्रनाथ मिश्र को देखकर शिवेन्द्र कुछ सकपकाया था, लेकिन ज्ञानवती की बात सुनकर वह आश्वस्त भाव से योगेन्द्रनाथ की ओर मुड़ा, "डॉक्टर मिश्र, इस शुभ अवसर पर आपके आ जाने से मुझे व्यक्तिगत रूप से बड़ी प्रसन्नता हुई। बड़ा सीधा-सादा और शान्त उत्सव होगा हम लोगों के विवाह का। दादर के आर्यसमाज मन्दिर में हम लोग कल शाम को चार बजे एकत्रित होंगे, वहीं आर्यसमाज की रीति से हमारा विवाह होगा। मेरे सात-आठ मित्र वहाँ आएँगे। इसके बाद 'ताजमहल' होटल में हम लोग डिनर खाएँगे। बारह आदमियों की टेबल, मैं वहाँ अभी जाकर कल के लिए रिजर्वेशन कराए लेता हूँ।"

योगेन्द्रनाथ आश्चर्य से सब कुछ सुन रहा था, देख रहा था। उसने शिवेन्द्र की बात पर किसी प्रकार की टीका नहीं की, केवल रेखा ने कहा, "ओह ! कितना सादा और आकर्षक कार्यक्रम ! मैं तो कहती हूँ कि इसके बाद हम लोग कोई अच्छी-सी पिक्चर देखते, लेकिन डिनर के बाद पिक्चर जाने में बड़ी देर हो जाएगी।"

"पिक्चर का कार्यक्रम परसों रहेगा—अभी दो-एक दिन तो ठहरोगी ही।"

रेखा ने अपने टिकट दिखलाते हुए कहा, "नहीं, परसों शाम को हम लोग दिल्ली जा रहे हैं। डॉक्टर मिश्र ने तो कल शाम का ही रिजर्वेशन ले लिया था, बड़ी मुश्किल से मैंने इन्हें कल रुकने को राजी किया है। अब पिक्चर का प्रोग्राम दिल्ली में रहेगा।"

ज्ञानवती ने उठते हुए कहा, "जब तुम टिकट खरीद ही चुकी हो तो मैं तुमसे क्या कहूँ ! हम लोग दादर जा रहे हैं, वहाँ से फोर्ट जाएँगे, कल की व्यवस्था निश्चित करने के लिए। चलती हो मेरे साथ ? हम लोग एक टैक्सी और ले लेंगे।"

"नहीं मैं बहुत थक गई हूँ, तुम लोग हो आओ जाकर। मैं तब तक डॉक्टर मिश्र के साथ जुहू घूम आऊँगी। बड़ी प्यारी जगह है, मैं तो मुग्ध हूँ उस पर। कल शाम को फुरसत मिलेगी नहीं और परसों दिल्ली के लिए रवाना हो जाना है।"

ज्ञानवती को विदा करके रेखा ने योगेन्द्रनाथ से कहा, "यहाँ से जुहू बहुत दूर तो नहीं, पैदल चलिएगा या फिर टैक्सी ले ली जाए ?"

"आप पैदल चल सकेंगी वहाँ तक ? एक मील से कुछ ऊपर का ही रास्ता समझिए।"

रेखा मुस्कराई, "मौसम बहुत अच्छा है। चलिए, पैदल ही चला जाए।"

उस समय रेखा बहुत प्रसन्न थी। उसके तन की थकावट जाती रही थी, उसके

मन की थकावट जाती रही थी, यौवन का एक स्वाभाविक उल्लास जाग उठा था उसके अन्दर। शाम हो रही थी और एक भीड़-सी जुहू-तट की ओर जा रही थी। उस भीड़ में स्त्री-पुरुषों के जोड़े थे, पूरे-के-पूरे परिवार थे। हरेक के मन में अघाकर साँस लेने की अभिलाषा थी। रेखा चल रही थी और कह रही थी, "यह मेरा भाग्य था डॉक्टर, जो आप मुझे बम्बई में मिल गए, नहीं तो यहाँ का अकेलापन मुझे बुरी तरह अखर जाता। आपने देखा, ज्ञानवती को इतनी फुरसत कहाँ कि वह मेरे साथ रहे ! और सच बात तो यह है कि शिवेन्द्र मुझे तनिक भी पसन्द नहीं है। यह ज्ञानवती सब कुछ जानते हुए इस शिवेन्द्र से विवाह कर रही है, और इस विवाह में मुझे शामिल होना पड़ रहा है। मुझे ज्ञान पर बेतहाशा क्रोध आ रहा है।"

डॉक्टर योगेन्द्रनाथ मिश्र को उस समयवाली रेखा की मुद्रा में कुछ ऐसा दीख रहा था जो उसे बड़ा मोहक लगा। खिंची हुई भौंह, चेहरे पर एक तनाव, वाणी में एक झनझनाहट। योगेन्द्रनाथ को कुछ कौतूहल भी हुआ। अनायास ही वह पूछ उठा, "रेखाजी ! मैं आपकी भावना समझ सकता हूँ, लेकिन मैं पूछता हूँ कि आप इस विवाह में सम्मिलित होने दिल्ली से यहाँ आईं क्यों ? मैंने माना कि ज्ञानवती से आपकी बहुत अधिक घनिष्ठता है, लेकिन अभी आपने कहा कि शिवेन्द्र आपको सख्त नापसन्द है। ऐसी हालत में आपका यहाँ आना, मेरे लिए यही आश्चर्य की बात है।"

रेखा से एक ऐसा प्रश्न किया गया जिसे वह स्वयं अपने से दिन में कई बार कर चुकी थी और जिसका उत्तर उसे नहीं मिला था। थोड़ी देर वह सोचती रही, फिर उसने कहा, "डॉक्टर, मैंने स्वयं अपने से कई बार यह प्रश्न किया, लेकिन उत्तर नहीं पा सकी। मुझे भी आश्चर्य हो रहा है कि मैं यहाँ क्यों चली आई, प्रोफेसर ने दबी जबान में मुझे यहाँ आने से निरुत्साहित किया था।" रेखा ने अपनी आँखें झुका लीं। कुछ रुककर उसने पूछा, "अच्छा डॉक्टर, आप तो मनोविज्ञान के पंडित हैं। क्या आप बतला सकते हैं कि मैं यहाँ क्यों आई ?"

योगेन्द्रनाथ ने कुछ सोचकर कहा, "आपकी मनःस्थिति को भला मैं कैसे बतला सकता हूँ ! अच्छा, मैं आपसे एक प्रश्न करूँगा। बड़ा व्यक्तिगत प्रश्न है, आप बुरा तो न मानेंगी ?"

रेखा को लग रहा था कि वह उदासी की एक अज्ञात भावना के समुद्र में डूबती जा रही है। उसी प्रकार अपनी आँखें झुकाए उसने कहा, "नहीं डॉक्टर, मैं बिलकुल बुरा न मानूँगी। आप जो कुछ पूछना चाहते हैं, पूछिए।"

"आपकी अवस्था इस समय क्या होगी ?" रेखा को डॉक्टर मिश्र का स्वर सुनाई पड़ा।

मशीन की भाँति रेखा ने उत्तर दिया, "जब मेरा विवाह हुआ था मैं इक्कीस वर्ष की थी, अब चौबीस वर्ष की हूँ।"

"तो मेरा अनुमान गलत न था, मैं भी आपकी उम्र तेईस-चौबीस वर्ष ही समझता था। आप मुझसे सात-आठ साल छोटी हैं।" योगेन्द्रनाथ चुप हो गया, मानो वह अपने

विचारों में डूब गया हो।

दोनों चुपचाप चले जा रहे थे, कोई किसी से बोल न रहा था। अब वे जुहू के तट पर पहुँच गए थे। एक मेला-सा लगा था वहाँ पर। दोनों इस मेले से हटकर कुछ दूर पर रेत पर बैठ गए। "कितनी अच्छी हवा चल रही है यहाँ पर, डॉक्टर ! और आज यह पंचमी का चाँद कितना सुन्दर लग रहा है ! आप इतने गुमसुम क्यों हैं ? क्या सोच रहे हैं आप ?" रेखा बोली।

"यही सोच रहा था कि आप यहाँ क्यों आईं।" एक हलकी-सी मुस्कराहट योगेन्द्रनाथ के मुख पर आई।

रेखा का कौतूहल जाग उठा, "हाँ डॉक्टर ! आपने इतने प्रश्न मुझसे पूछ डाले। पता नहीं क्यों ? उन प्रश्नों का मेरे बम्बई आने से क्या सम्बन्ध हो सकता है ?"

"ऐसा दीखता है कि घने कुहरे को भेदकर प्रकाश की एक रेखा बाहर आने का प्रयत्न कर रही है, लेकिन आ नहीं पाती।" फिर कुछ रुककर योगेन्द्रनाथ ने कहा, "मेरा ऐसा खयाल है कि प्रोफेसर की उम्र बावन-तरेपन साल से कम न होगी ?"

"आपका अनुमान ठीक है।" रेखा बोली।

एकाएक योगेन्द्रनाथ की आँखें चमक उठीं, "आ गया समझ में। सुनिए, आपकी सखी ज्ञानवती वही गलती कर रही है जो आपने दो-तीन साल पहले की थी, और इसलिए ज्ञानवती के प्रति आपके अन्दर एक संवेदना तो है, लेकिन उस संवेदना के साथ एक प्रकार की खुशी भी है आपके अन्दर।"

रेखा के मुख की रेखाएँ कठोर हो गई थीं और उसके स्वर में एक दबा हुआ विस्फोट आ गया था, जब उसने कहा, "तो आप समझते हैं कि मैंने प्रोफेसर से विवाह करके गलती की। आपको यह सब मुझसे कहने की हिम्मत कैसे पड़ी ? मैंने आपको एक बुद्धिमान, सभ्य और सुसंस्कृत आदमी समझा था।"

रेखा के इस तीखेपन का योगेन्द्रनाथ मिश्र पर कोई असर न पड़ा, "मेरे सम्बन्ध में आपने जो कुछ धारणा बनाई थी वह गलत नहीं है, मैं आपको इस बात का विश्वास दिलाता हूँ। और रही मेरी हिम्मत की बात, सो मैंने कोई अनर्गल, मिथ्या और अपमानजनक बात आपके लिए नहीं कही, मैंने तो आपका मनोविश्लेषण-भर किया था, जिसकी प्रेरणा मुझे आपसे ही मिली थी।"

रेखा ने जैसे अपने ऊपर अधिकार खो दिया हो, वह चीख उठी, "चुप रहिए ! आप आदमी नहीं जानवर हैं !"

योगेन्द्रनाथ उठ खड़ा हुआ, "मुझे दुख है कि मेरे कटु सत्य से आपको चोट लगी। लेकिन मैं गालियाँ सुनने का आदी नहीं हूँ। मैं जा रहा हूँ। कल शाम आपकी सखी के विवाह में सम्मिलित होने के लिए दादर आर्यसमाज हॉल में पहुँच जाऊँगा।" और योगेन्द्रनाथ वहाँ से चल पड़ा।

योगेन्द्रनाथ को जाते हुए रेखा चुपचाप देखती रही। वह अनुभव कर रही थी कि बड़ी कड़ी चोट पहुँची है उसे, लेकिन जो कुछ योगेन्द्रनाथ ने कहा, क्या वह सच है ?

नहीं, वह झूठ है—भयानक झूठ ! किस अधिकार से योगेन्द्रनाथ ने यह बात कही थी ? वास्तव में यह आदमी निरा पशु है।

और तभी रेखा को याद हो आया कि वही तो योगेन्द्रनाथ मिश्र को यूनिवर्सिटी से ढूँढ़कर अपने साथ सान्ताक्रुज ले आई है, उसी ने तो डॉक्टर मिश्र को यह सब कहने को प्रेरित किया है। उसकी बात गलत भले ही हो, लेकिन उसमें दुर्भावना नहीं थी। वह अनुभव कर रही थी कि उसने योगेन्द्रनाथ के साथ अनुचित व्यवहार किया। और उसने देखा कि योगेन्द्रनाथ दूर, सड़क के पास पहुँच गया है। वह उठ खड़ी हुई, उसने जोर से पुकारा, "डॉक्टर मिश्र !" लेकिन उसकी आवाज योगेन्द्रनाथ तक नहीं पहुँच सकती है, वह यह जानती थी। वह अब उधर दौड़ने लगी।

जब वह सड़क पर पहुँची, योगेन्द्रनाथ वहाँ खड़ा हुआ किसी सवारी की प्रतीक्षा कर रहा था। रेखा बेतहाशा हाँफ रही थी। उसने बढ़कर कहा, "डॉक्टर मिश्र, मुझे क्षमा कीजिएगा जो मुझे इतना क्रोध आ गया, और मैंने आपसे इतनी कड़ी बात कह दी। आप नहीं जानते, मैं प्रोफेसर से बेहद प्यार करती हूँ।" उसने योगेन्द्रनाथ का हाथ पकड़ लिया, "मुझे क्षमा कीजिए, डॉक्टर ! मैं अपने क्रोध में खुद जानवर बन गई थी।"

योगेन्द्रनाथ ने रेखा के हाथ से अपना हाथ छुड़ाया नहीं, उसने देखा कि रेखा की आँखों में आँसू उमड़ आए हैं। बड़े कोमल स्वर में उसने कहा, "नहीं रेखाजी, कसूर मेरा था कि मैं इतना कठोर और कुरूप सत्य कह गया। और फिर यही क्या सच है कि जो कुछ मैंने कहा वही सत्य है ! मैं भी गलती कर सकता हूँ।"

तब तक एक खाली टैक्सी पर रेखा की नजर पड़ी। उसे रुकवाते हुए रेखा बोली, "डॉक्टर मिश्र, मैं आपको सान्ताक्रुज स्टेशन उतारे देती हूँ, वहाँ से आप लोकल ले लीजिए। लेकिन कल सुबह आठ-नौ बजे तक आप मेरे यहाँ आ जाइएगा, आपके साथ ही मैं घर से बाहर निकलूँगी—ज्ञान के लिए कुछ उपहार खरीदने हैं। अगर आप नहीं आए तो मैं समझूँगी कि आपने मुझे क्षमा नहीं किया।"

टैक्सी पर बैठते हुए योगेन्द्रनाथ ने कहा, "मैं आपको वचन देता हूँ कि मैं सुबह आ जाऊँगा। मुझे दुख है कि यह सब हो गया। अब हम दोनों इस बात को भूल ही जाएँ, यही उचित होगा।"

[16]

पोलिश एम्बेसी की उस पार्टी में ज्ञानवती के साथ रेखा गई थी अपने को दुनिया की चहल-पहल में खोने के लिए। इधर कुछ दिनों से दिल्ली के सामाजिक उत्सवों में रेखा प्रमुख भाग लेने लगी थी। उस पार्टी में औपचारिक रूप से प्रभाशंकर भी आमन्त्रित थे, लेकिन प्रभाशंकर को यूनेस्को के एक डिनर में जाना था। प्रभाशंकर को वैसे भी इस

सांस्कृतिक और सामाजिक उत्सवों में कोई रुचि नहीं थी।

संगीत, नृत्य—बड़ा आकर्षक कार्यक्रम था, और रेखा युवकों और युवतियों से घिरी हँस रही थी, मजाक कर रही थी। दूर पर ज्ञानवती शिवेन्द्र धीर तथा दो-तीन आदमियों के साथ बैठी बातें कर रही थी। एकाध बार रेखा उस ओर गई थी, लेकिन कितने गम्भीर सिद्धान्त प्रतिपादित किए जा रहे थे वहाँ पर ! रेखा वहाँ से हट आई।

यह पार्टी कलाकारों के एक दल के स्वागत के उपलक्ष्य में थी, जो पोलैंड से आया था। नृत्य और संगीत के समारोह के बाद शराब के दौर चलने लगे, और रेखा इस बार ज्ञानवती की ओर घूमी। अब ज्ञानवती अकेली शिवेन्द्र के साथ बैठी दिखाई दी। उसके साथी उठकर इधर-उधर हो गए थे। रेखा को लगा कि ज्ञानवती शिवेन्द्र से चिपकी बैठी है, लेकिन शिवेन्द्र भी उस हास-परिहास में, आमोद-प्रमोद में भाग लेने को उत्सुक है, और जैसे ज्ञानवती उसे रोक रही हो। शराब के दौर चल रहे थे। अब रेखा शिवेन्द्र के पास पहुँची। उसके हाथ में भी व्हिस्की का गिलास था, उसने ज्ञानवती से कहा, "छोड़ो भी इस बेचारे का पिंड और इसे एकाध पेग पीने दो ताकि यह भी हँस सके। क्यों शिवेन्द्र, तुम तो कभी-कभी पी लेते हो ?"

शिवेन्द्र के मुख पर एक करुण मुस्कान आई, "हाँ, पी तो लेता था, लेकिन ज्ञानजी अब मुझे पीने से रोकती हैं।"

रेखा जोर से हँस पड़ी, "अरे, तुम तो ज्ञान के देवता हो और देवराज इन्द्र हमेशा अप्सराओं के हाथ से मदिरा पीते हैं।" रेखा ने हाथ पकड़कर शिवेन्द्र को उठाया और वह शराब के काउंटर पर पहुँची। उसने एक गिलास में एक पेग व्हिस्की डालकर शिवेन्द्र को दी, "तो मुझे ही अप्सरा समझकर इसे एक घूँट में खत्म कर डालो।" उसने उसी समय अपना गिलास फिर से भरा।

इन लोगों के साथ ज्ञानवती भी आ गई थी। उसने शिवेन्द्र को पीने से रोका नहीं, उसका ध्यान अब रेखा पर केन्द्रित था। ज्ञानवती को लगा कि रेखा कुछ आवश्यकता से अधिक उच्छृंखल होती जा रही है और अतिथियों की आँखें रेखा पर गड़ी हुई हैं। रेखा ने तेजी के साथ दूसरा पेग खत्म किया। वह तीसरा पेग लेने के लिए बढ़ ही रही थी कि ज्ञानवती उसका हाथ पकड़कर एक ओर घसीट ले गई, "अब बहुत हो गया, तुम अपने आपे में नहीं हो। देखती नहीं, सब लोग तुम्हें देख रहे हैं !"

रेखा ने अपने इर्द-गिर्द देखा, "मेरी तरफ देख रहे हैं। बड़ी खुशी की बात है, ज्ञान, देखने दो उन्हें। मैं आपे में नहीं रहना चाहती—हँसना-खेलना ही तो जिन्दगी है। तुम भी थोड़ी-सी पियो ज्ञान, तब तुम्हें मालूम होगा कि उल्लास किसे कहते हैं।" रेखा जोर से हँसने लगी।

रेखा ने इस बात पर ध्यान नहीं दिया, लेकिन ज्ञानवती ने देख लिया कि एक लम्बा-सा आदमी इन दोनों के बहुत निकट खड़ा हुआ रेखा को घूर रहा है। उस आदमी को ज्ञानवती पहचानती थी, वह दिल्ली के बहुत सम्भ्रान्त व्यापारी का इकलौता लड़का था और ड्रामा तथा अभिनयों में भाग लेता था। वह किसी कदर आवारा और चरित्रहीन

समझा जाता था, लेकिन कला और कलाकारों के संरक्षक के रूप में वह खुले हाथ खर्च करता था, और इसलिए हरेक सामाजिक और सांस्कृतिक उत्सव में सबसे आगे रहता था। उसका नाम था हंसराज बेकल।

ज्ञानवती ने झल्लाकर रेखा से कहा, "तुम तो बावली हो गई हो, लोग क्या कहेंगे ! चलो, अब हम लोग घर चलें। मैं इन एम्बेसीवालों को लिखूँगी कि इस तरह से सांस्कृतिक उत्सवों में शराब नहीं चलनी चाहिए।"

"और वे तुम्हारी बात मान लेंगे ! मेरी अच्छी ज्ञान--किस-किसको तुम लिखोगी ! किस-किसको तुम मना करोगी ! नहीं, मैं कहती हूँ, दूसरों को पीकर मदमस्त बनने दो, तुम पीकर मदमस्त बनो !"

"तुम्हारे हाथ जोड़ती हूँ रेखा, अब तुम घर चलो। प्रोफेसर अगर यह सुनेंगे कि तुम इस तरह पीकर बहकती हो तो उन्हें बड़ा क्लेश होगा।"

"प्रोफेसर !--क्या कहा--प्रोफेसर !" और जैसे रेखा की चेतना, जो शराब के नशे में बहक गई थी, लौट रही हो, "ठीक कहती हो, ज्ञान--अब मुझे ज्यादा न पीनी चाहिए, अब मुझे ज्यादा बात भी न करनी चाहिए--यही तो तुम कह रही हो, अब हमें चलना चाहिए।"

"जाने से पहले एक पेग अपने इस गुलाम के हाथ से--बड़ा एहसान होगा मुझ पर।" अब हंसराज बेकल ने आगे बढ़कर रेखा से कहा।

तड़पकर रेखा पीछे घूमी, "आप कौन हैं ?"

"हंसराज बेकल से आप अभी तक नहीं मिलीं, यह हंसराज की बदकिस्मती है। यहाँ के कलाकारों में मैं सबसे आगे रहता हूँ--डांस-ड्रामा-गिल्ड का मैं सेक्रेटरी हूँ, वैसे हरेक कला में मेरी दिलचस्पी है। मैंने शिवेन्द्र धीर की दो तस्वीरें खरीदी हैं। यहाँ राममोहन मार्ग पर मेरी कोठी है--आशियाना। मेरे पास कला का बड़ा बेशकीमती संग्रह है। यह ज्ञानवती धीर मेरी कोठी जानती हैं। कभी आइए मेरे यहाँ।"

रेखा के चेहरे पर एक हिंसात्मक तीखापन आ गया था। उसने कहा, "तो आपने अपने आशियाने में बुलबुलों को फँसाना शुरू किया है !" और वह जोर से हँस पड़ी, "आप बड़े अमीर मालूम होते हैं, क्योंकि आपके पास कोठी है, आप शिवेन्द्र धीर के चित्र खरीद सकते हैं। क्यों ज्ञान, इस आदमी ने शिवेन्द्र-जैसे महान कलाकार के दो चित्र खरीदे हैं। बड़े कला-पारखी मालूम होते हैं आप। आपके पास कलाकृतियों का संग्रह भी है। आप बड़े दिलचस्प आदमी मालूम होते हैं--आप बड़े हिम्मतवाले भी हैं। है न ऐसा ? क्यों ज्ञान, क्या राय है तुम्हारी ?"

ज्ञानवती आश्चर्य से इन दोनों को देख रही थी। रेखा की यह मुद्रा काफी खतरनाक दीख रही थी उसे, और वह रेखा का हाथ पकड़कर वहाँ से ले जाने की सोच ही रही थी कि हंसराज बोल उठा, "धीरजी के चित्र मेरे सिटिंग-रूम में लगे हैं--बहुत बड़े चित्रकार हैं वह। तो एक पेग मेरे हाथ से लेने की मेहरबानी करें।" और बेकल ने अपने हाथवाला व्हिस्की से भरा गिलास रेखा की ओर बढ़ाया।

रेखा उसी तरह हँसती रही, "नहीं, क्षमा कीजिए। यह ज्ञानवती कहती है कि मैं बहुत पी गई हूँ, और यह ज्ञानवती जानती है कि जब मैं बहुत पी जाती हूँ तब मुझे अपने ऊपर काबू नहीं रहता। तो अब आप यहाँ से तशरीफ ले जाइए, वरना ज्ञान के पैरों में आप जो शान्तिनिकेतन की कलात्मक चप्पलें देख रहे हैं, इन्हें अपने संग्रह में रखने के लिए मैं आपके सिर पर प्रदान करूँगी। ज्ञान, ज़रा देना तो मुझे, अपनी चप्पलें !"

हंसराज रेखा की बातें सुनते ही चुपचाप वहाँ से हट गया। लेकिन ज्ञानवती ने रेखा का हाथ पकड़कर घसीटते हुए कहा, "चलो अब अपने घर ! मैं शिवेन्द्र को बुलाती हूँ, बहुत हो गया। लेकिन तुम कार चला सकोगी !"

ज्ञानवती के साथ चलती हुई रेखा बोली, "मैं बेहोश नहीं हूँ, ज्ञान ! होना चाहती हूँ, लेकिन हो नहीं पाती। मेरे ऊपर जो यौवन का नशा चढ़ा हुआ है, वह इस शराब के नशे से ज्यादा जबर्दस्त है। अभी तुमने देखा न ! अगर वह आवारा आदमी चुपके-से खिसक न गया होता तो मैं इस भरे हॉल में उसके इतने जूते मारती कि उसकी अक्ल दुरुस्त हो जाती, और फिर आगे वह किसी से इस तरह की हरकत न करता।"

शिवेन्द्र को लेकर रेखा ज्ञानवती के साथ कार में बैठ गई। उस समय ज्ञानवती ने अनुभव किया कि रेखा पूरी तौर से होश में है। बड़े इतमीनान के साथ वह अपनी कार चला रही थी, और बातें कर रही थी। उसके स्वर में एक प्रकार का उल्लास था और वह कह रही थी, "वह आदमी बड़ा बदतमीज और आवारा मालूम होता है। मुझे बड़ा दुख है कि मुझे उससे इतनी बड़ी बात कहनी पड़ गई। वह मुझे नहीं जानता, मैं उसे नहीं जानती, उसकी हिम्मत कैसे पड़ी मुझसे बात करने की ?"

ज्ञानवती मुस्कराई, "तुम जिस तरह का बर्ताव कर रही थीं वहाँ पर, वह एक प्रकार का आमन्त्रण था किसी भी व्यक्ति के लिए, तुमसे दिल-बहलाव करने का। तुम्हें वह सब नहीं करना चाहिए था, इसीलिए मैं तुम्हें बार-बार रोक रही थी।"

रेखा ने जिद्द से भरे स्वर में कहा, "तुम मुझे रोकनेवाली कौन होती हो, ज्ञान ! मैं वह सब करूँगी, जरूर करूँगी और इसमें मुझे कोई नहीं रोक सकता !" रेखा ने उत्तेजना में आकर एक्सीलेटर पर पैर दबाया। गाड़ी अब साठ मील प्रति घंटे की गति से दौड़ने लगी।

कार की इस गति से शिवेन्द्र घबरा गया, उसने कहा, "अच्छा, ज्ञान अब आपको नहीं रोकेगी, आप अपनी कार धीमी कीजिए—एक्सीडेन्ट हो सकता है।"

"नहीं धीमी करूँगी कार, एक्सीडेन्ट हो जाने दो। ज्ञान ने यह बात कही कैसे ? जो कुछ मैं करती हूँ वही ठीक और स्वाभाविक है।"

"हाँ-हाँ, वही ठीक और स्वाभाविक है, मेरी रेखा ! अब तो कार धीमी करो। मैंने तो तुमसे इसलिए कहा था कि अगर प्रोफेसर को तुम्हारी इन हरकतों का पता लग जाए तो उन्हें कितना क्लेश होगा ! बोलो, होगा न उन्हें क्लेश ?"

रेखा ने अब कार की गति धीमी कर दी, "हाँ, प्रोफेसर को क्लेश ही नहीं होगा,

वह मुझ पर बेतरह नाराज होंगे। लेकिन तुम प्रोफेसर से यह सब नहीं कहोगी, मैं तुम्हें इतनी नीच नहीं समझती हूँ। और यह शिवेन्द्र—यह निहायत सीधे-भले और डरपोक आदमी हैं, मेरे खिलाफ किसी से कुछ कहने की इनमें हिम्मत नहीं होगी। हाँ, तो तुम लोगों को पहले घर उतार दूँ। अभी कुल जमा आठ बजे हैं। प्रोफेसर घर पर हैं नहीं।''

शक्तिनगर में शिवेन्द्र और ज्ञानवती को उतारकर रेखा घर लौटी। अभी कुल सवा-आठ बजे थे और रेखा को नींद आ रही थी। वह जानती थी कि प्रभाशंकर दस या ग्यारह बजे से पहले वापस नहीं लौटेंगे। लेकिन उसने फाटक से देखा कि ड्राइंग-रूम में लाइट ज़ल रही है। तो क्या प्रभाशंकर जल्दी ही लौट आए ? क्या बात है ? उसके मन में कुछ घबराहट-सी पैदा हो गई।

गैरेज में कार खड़ी कर वह ड्राइंग-रूम में आई और उसकी घबराहट जाती रही। उसने देखा कि डॉक्टर योगेन्द्रनाथ मिश्र ने खड़े होकर उससे नमस्ते की, ''प्रोफेसर ने मुझे आठ बजे बुलाया था, लेकिन वह हैं नहीं। नौकर को पता नहीं कि वह कब आएँगे, तो मैंने सोचा कि दस-पाँच मिनट उनकी प्रतीक्षा कर ली जाए।''

रेखा ने कहा, ''आपको साढ़े-दस या ग्यारह बजे रात तक उनकी प्रतीक्षा करनी पड़ेगी, क्योंकि वे यूनेस्को के एक अधिवेशन में गए हैं, और उसके बाद डिनर भी है। फिर कौन जाने वहाँ से लौटकर वह इस हालत में भी हों कि आपसे बात कर सकें ! आपको समय देते हुए वह इस डिनर की बात शायद भूल गए थे।''

''अरे हाँ, आज तीस मार्च है, और मुझे प्रोफेसर का यह कार्यक्रम मालूम था। मुझे ताज्जुब है कि मैं भी उनके इस कार्यक्रम को भूल गया।''

''आप लोग तो दार्शनिक ठहरे, और दर्शनशास्त्री आमतौर से बड़े भुलक्कड़ होते हैं।'' रेखा ने बैठते हुए कहा, ''बैठिए न, आप खड़े क्यों हैं ? मैं तो आपसे उम्र में छोटी हूँ, ज्ञान में और बुद्धि में हीन हूँ।''

योगेन्द्रनाथ ने रेखा के इस व्यंग्य पर कोई ध्यान नहीं दिया, ''अब मैं चलूँ। नौकर खाना लिए मेरा इन्तजार कर रहा होगा। आप प्रोफेसर से कह दीजिएगा कि मैं आया था। अगर सम्भव हुआ तो मैं कल सुबह फिर आऊँगा।''

''चले जाइएगा, ऐसी जल्दी क्या है, बैठ जाइए न ! तो आपने अभी खाना नहीं खाया है, आपको भूख लगी होगी।'' रेखा अब मुस्करा पड़ी, ''यह भूख भी अजीब चीज बनाई है भगवान ने ! क्यों डॉक्टर, है न ऐसा ? आप तो दीखते ही नहीं आजकल। देखिए, मैं खाना लगवाती हूँ बनवारी से, मेरे लिए तो बनवारी ने खाना बनाया होगा; लेकिन मुझे भूख नहीं। विश्वास कीजिए, बिलकुल भूख नहीं है। मैं अभी-अभी एक पार्टी से लौटी हूँ, बड़ी शानदार पार्टी थी, पोलिश एम्बेसी में। तो यह खाना—अजीब चीज है यह। जबान का स्वाद—यह भी अजीब चीज है। बैठिए न ! आप मुझे इस तरह क्यों देख रहे हैं ?''

एक अनर्गल-सा प्रलाप ! योगेन्द्रनाथ मिश्र ने देखा कि रेखा पिए हुए है। उसने बैठते हुए कहा, ''मिसेज शंकर, जिस पार्टी में आप गई थीं वहाँ बड़ी चहल-पहल थी

शायद ! वैसे मैं बतला दूँ कि मेरा खाना घर पर तैयार है, नौकर मेरा इन्तजार करेगा। और खाना बरबाद करना—यह मैं गलत भी समझता हूँ।"

रेखा ने मुँह बनाते हुए कहा, "यह सिद्धान्त जो आपने बना लिया है, बुरा नहीं है, लेकिन इसके माने यह हुए कि मुझे अकेले खाना पड़ेगा। प्रोफेसर तो अब डिनर खाने को तैयारी कर रहे होंगे। तो मैं भी खाना नहीं खाऊँगी—मुझे भूख नहीं है। मैंने गलती की कि उस पार्टी से मैं जल्दी लौट आई, यह सब ज्ञानवती की करामात है। उसके लिए सिवा शिवेन्द्र के दुनिया में और कोई है ही नहीं। लेकिन मैं पूछती हूँ डॉक्टर, इस ज्ञान को क्या अधिकार था जो वह मुझे जबर्दस्ती उस पार्टी से खींच लाई ? अब मैं अकेली क्या करूँ ? मेरी समझ में नहीं आता।"

"मेरी सलाह अगर आप मानें तो आप सो जाइए, आप अपने आपे में नहीं हैं।"

"आप ठीक कहते हैं, डॉक्टर ! मैं अपने आपे में नहीं हूँ, और इस अपने आपे को खोने के लिए ही तो मैं पार्टियों में जाती हूँ, दुनिया की हँसी-खुशी के पीछे दीवानी-सी दौड़ती हूँ। मैं कहती हूँ कि ज्ञान मेरी मजबूरी को समझती क्यों नहीं ? अच्छा डॉक्टर ! आप टीटोटलर तो नहीं हैं ? होना नहीं चाहिए, क्योंकि आप विदेश में हो आए हों। क्यों, चुप क्यों हैं ? बतलाइए न !"

कुछ संकोच के साथ योगेन्द्रनाथ मिश्र ने कहा, "नहीं, पीने को मैं पाप नहीं समझता, वैसे जहाँ तक हो सके मैं पीने से दूर ही रहना चाहता हूँ। पार्टियों में साथ देने के लिए मैं कभी-कभी पी लेता हूँ।"

रेखा उठती हुई बोली, "मैं अभी आती हूँ, डॉक्टर ! बनवारी से कह दूँ कि खाना कुछ देर में खाऊँगी।" थोड़ी देर में रेखा अलमारी से व्हिस्की की एक बोतल निकालकर लौटी। दो गिलास और सोडा की दो बोतलें भी वह लेती आई, "डॉक्टर ने सलाह दी है कि शराब प्रोफेसर को लो-ब्लड-प्रेशर में फायदेमन्द है, इसलिए मैं हमेशा शराब घर में रखती हूँ। देखिए, आप यह न समझ लीजिएगा कि मैं शराब पीने की आदी हूँ। महीनों मैं इसे छूती तक नहीं हूँ। लेकिन जब मैं पीती हूँ तब ऐसा लगता है कि जनम-जनम की प्यास मेरे अन्दर भरी पड़ी है, और यह प्यास बुझाने की जगह भड़कती जाती है।" रेखा ने दो गिलासों में आधा-आधा पेग व्हिस्की भरी।

योगेन्द्रनाथ एकटक रेखा को देख रहा था, कुछ अजीब उलझन-सी मन में लिए हुए। रेखा जो कुछ कह रही थी, कर रही थी, वह सब बिलकुल स्पष्ट था, लेकिन उसकी समझ में यह नहीं आ रहा था कि यह सब रेखा क्यों कर रही है, क्यों कह रही है। उसने चुपचाप व्हिस्की का गिलास अपने होठों से लगाया। चौथाई गिलास खाली करके उसने गिलास मेज पर रख दिया, लेकिन उसकी दृष्टि उसी तरह रेखा पर जमी रही।

"क्यों ? आप मुझे इस तरह क्यों देख रहे हैं, डॉक्टर ? मैं बेहोश नहीं हूँ। सच पूछिए तो मैं पूरी तौर से होश में हूँ, क्योंकि समाज द्वारा और स्वयं अपने द्वारा आरोपित कुंठाएँ मुझसे दूर हो गई हैं। अपने को महान, पवित्र, उदार—यानी सभी गुणों से सम्पन्न दिखाने का ढोंग मेरे पास नहीं है। मैं कहती हूँ, डॉक्टर ! यौवन की समस्त आकांक्षाएँ,

शरीर की समस्त कमजोरियाँ मुझमें हैं।" यह कहते-कहते बड़ी लुभावनी-सी हलकी मुस्कान आकर रुक गई रेखा के होठों पर।

कितनी मोहक थी रेखा के मुख पर की मुस्कराहट ! कितनी आकर्षक चमक थी रेखा की बड़ी-बड़ी आँखों में ! एक उल्लास-सा अनुभव किया योगेन्द्रनाथ ने। उसे आश्चर्य हो रहा था कि इतने दिनों तक उसका ध्यान रेखा के उस मादक सौन्दर्य पर क्यों नहीं गया। दूसरों पर छा जानेवाली एक तीक्ष्णता थी रेखा के व्यक्तित्व में, एक बौद्धिक पैनापन, जिसमें विस्फोटक भावना का सम्मिश्रण ! मन्त्रमुग्ध-सा योगेन्द्रनाथ रेखा को देख रहा था, उसकी बातें सुन रहा था।

योगेन्द्रनाथ का विवाह अभी तक नहीं हुआ था। उसका जन्म एक बहुत साधारण परिवार में हुआ था। उसके माता-पिता की मृत्यु उसके बाल्यकाल में ही हो गई थी। वह अपने एक चाचा के यहाँ, जो क्लर्क थे, रहकर स्कॉलरशिप के बल पर पढ़ा था। उसके चाचा का अपना निजी परिवार था, इसलिए उसे अपने चाचा के परिवार से वह ममता नहीं मिली जो उसे विवाह करने की प्रेरणा दे सकती। फिर उसके अन्दर ज्ञान की भूख इतनी प्रखर थी कि उसने वासना की भूख का अनुभव ही नहीं किया। स्कॉलरशिप प्राप्त करके वह जर्मनी गया और वहाँ से डिग्री लेकर उसने सारे यूरोप का चक्कर लगाया। यूरोप से लौटकर उसे बम्बई विश्वविद्यालय में प्राध्यापक की जगह मिल गई।

योगेन्द्रनाथ में न वैभव की तड़क-भड़क थी, और न उसमें किसी प्रकार का ऐसा आकर्षण था कि स्त्रियाँ उसकी ओर आकर्षित होतीं। जो थोड़ी-सी स्त्रियाँ उसके सम्पर्क में आईं भी, उनकी ओर वह आकर्षित नहीं हो पाया। इकहरे बदन का दुबला-सा कहा जानेवाला आदमी, मँझोला कद। खुलता हुआ गेहुँआ रंग, जो चेचक के दागों के कारण काला-सा पड़ गया था। लम्बा चेहरा, जो कुरूप नहीं कहा जा सकता था, लेकिन सुन्दर भी नहीं कहा जा सकता था—चौड़ा माथा। कुछ खोई-सी आँखें, जो एकाएक सजग हो उठती थीं। उसको देखकर ऐसा लगता था मानो वह हँसना जानता ही नहीं।

"मैं जानता हूँ कि शरीर की कमजोरियों पर विजय पाना कठिन है, लेकिन असम्भव नहीं है।" योगेन्द्रनाथ ने छोटा-सा उत्तर दिया।

"जानती हूँ, डॉक्टर ! शरीर की कमजोरियों पर विजय पाई जा सकती है, अपनी आत्मा को दबाकर, उसे कुंठित करके। हमारे धर्मशास्त्रों में यही व्यवस्था की गई है—व्रत, उपवास, तपस्या। अपनी आत्मा को कुंठित करके शरीर की कमजोरियों पर विजय पाना—कितना भोंडा विधान है !" रेखा ने योगेन्द्रनाथ का गिलास उठाकर उसके हाथ में दे दिया, "इसे खत्म कीजिए, डॉक्टर ! आप तो अपने में खो जाया करते हैं।"

योगेन्द्रनाथ ने गिलास खाली कर दिया, "रेखाजी ! शरीर की हरेक कमजोरी आत्मा की कमजोरी है, क्योंकि कर्ता आत्मा है, शरीर तो आत्मा को साधन के रूप में मिला है। शरीर का हरेक कर्म आत्मा का कर्म है, शरीर की हरेक कमजोरी आत्मा की कमजोरी है।"

"तो फिर आपके अनुसार शारीरिक और आत्मिक विकास में कोई अन्तर नहीं होना चाहिए।" रेखा ने योगेन्द्रनाथ का गिलास फिर से भरते हुए कहा। योगेन्द्रनाथ ने अनुभव किया कि रेखा के स्वर में एक प्रकार का व्यंग्य है।

"मैं आपकी बात समझा नहीं।" योगेन्द्रनाथ ने रेखा को गौर से देखते हुए कहा।

"बड़ी सीधी-सी बात मैंने आपसे पूछी। आदमी कसरत करके, अच्छा खाकर अपने को सुडौल बनाता है। सैंडो, राममूर्ति—ये जितने नाम आते हैं, इन सबने अपना शारीरिक विकास किया। और आत्मिक विकास योगियों ने किया, तपस्या करके, अध्ययन करके, मनन-चिन्तन करके। गांधी योगी थे, उनका क्षेत्र था आत्मिक विकास; गामा पहलवान था, उसका क्षेत्र था शारीरिक विकास। मैं गलत तो नहीं कहती, डॉक्टर ?"

जो बात रेखा ने कही थी, योगेन्द्रनाथ उसका उत्तर सोचने लगा। योगेन्द्रनाथ को चुप देखकर रेखा ने अपनी बात आगे बढ़ाई, "डॉक्टर, शरीर बूढ़ा हो जाता है, लेकिन आत्मा तो बूढ़ी नहीं होती। शरीर जन्म लेता है, मरता है, लेकिन आत्मा अमर है, अजन्मा है। यही तो हमारा हिन्दू-दर्शन कहता है। ऐसी हालत में मैं तो इस निर्णय पर पहुँचती हूँ कि शरीर और आत्मा का अन्तर आधारमूल अन्तर है। शरीर के अपने निजी गुण हैं, शरीर की अपनी निजी कमजोरियाँ हैं। इन कमजोरियों को दूर किया जा सकता है शरीर के विशेष अंगों को नष्ट करके। डॉक्टर, मैं पूछती हूँ कि शरीर को विकृत बना लेना कहाँ तक उचित है ?"

एकाएक योगेन्द्रनाथ एक झटके के साथ उठ खड़ा हुआ; रेखा के तर्क ने उसे काफी उत्तेजित कर दिया हो जैसे, "रेखाजी, शरीर और आत्मा दो पृथक तत्त्व हैं, मैं मानता हूँ, लेकिन जैसा मैंने आपसे आरम्भ में ही कहा, बिना शरीर के आत्मा का कोई अस्तित्व नहीं है—कम-से-कम इस भौतिक जगत में। आत्मा का हरेक कर्म, हरेक भोग शरीर द्वारा होता है, आपको इतना तो स्वीकार करना पड़ेगा। लेकिन यह मान लेना कि आत्मा निर्विकार है, गलत होगा। आत्मा के पास गुणों के साथ-साथ विकृतियाँ मौजूद हैं। ज्ञान और अज्ञान, मानवता और पशुता—ये सब आत्मा की ही धर्म हैं। इस समय मैं आपको यह सब विस्तार के साथ नहीं समझा सकता, आप नशे में हैं, और मैं कह सकता हूँ कि कुछ-कुछ नशा मुझ पर भी है, लेकिन मैं इतना जानता हूँ कि आपकी विचारधारा गलत दिशा में है।"

रेखा उठकर योगेन्द्रनाथ के सामने खड़ी हो गई। योगेन्द्रनाथ का शराब का गिलास उसके हाथ में देते हुए उसने कहा, "अरे, आप मुझसे नाराज हो गए। मेरे तर्कों को कुतर्क कहकर प्रोफेसर भी मुझसे इसी तरह नाराज हो जाया करते हैं; लेकिन क्या करूँ, मैंने भी तो दर्शनशास्त्र का अध्ययन किया है। लीजिए, अपना गिलास आप खत्म कीजिए, मैं अब आपसे तर्क नहीं करूँगी। कितनी अहम्मन्यता आपके पास है ! लेकिन पुरुष की अहम्मन्यता बर्दाश्त करना हम स्त्रियों का स्वभाव ही है शायद, इसलिए मैं आपका बुरा नहीं मानूँगी। आप उठकर खड़े क्यों हो गए ? बैठिए न ! अभी तो सिर्फ नौ बजे हैं।" रेखा ने योगेन्द्रनाथ का हाथ पकड़कर सोफे पर बिठा दिया। इस बार वह

स्वयं भी सोफा पर उनकी बगल में बैठ गई।

कुछ हिचकिचाते हुए योगेन्द्रनाथ ने कहा, "अब आप मुझे जाने दीजिए रेखाजी, न जाने क्यों मुझे डर लग रहा है !"

रेखा ने देखा कि योगेन्द्रनाथ के स्वर में एक विवशता और करुणा है।

रेखा योगेन्द्रनाथ की बात सुनकर हँस पड़ी, फिर उसने गम्भीर होकर पूछा, "डॉक्टर, एक सवाल मैं आपसे पूछूँगी, किससे डर लग रहा है आपको ? प्रोफेसर से, मुझसे या अपने-आपसे ?"

"मैं कह नहीं सकता।"

"तो मैं फिर आपको बतलाती हूँ। आपको मुझसे डर नहीं लग रहा है, क्योंकि मैं आपसे कमजोर हूँ। एक तरह से आपके लिए मैं अस्तित्वहीन-सी हूँ। और आपको प्रोफेसर से भी डर नहीं लग रहा, क्योंकि वह घर में नहीं, और अभी घंडा-डेढ़ घंटा उनके लौटने की कोई सम्भावना भी नहीं है। आपको असल में अपने-आपसे ही डर लग रहा है, है न ऐसा ? लेकिन अपने से डरना सबसे बड़ा अवगुण है।" यह कहकर रेखा ने योगेन्द्रनाथ का हाथ अपने हाथ में ले लिया।

योगेन्द्रनाथ ने अनुभव किया कि उसकी धमनियों में रक्त का संचार तेजी पकड़ता जा रहा है। उसने रेखा के हाथ से अपना हाथ छुड़ाया नहीं, लड़खड़ाते स्वर में उसने कहा, "भय किससे लग रहा है, यह मैं नहीं जानता; लेकिन भय की भावना मेरे अन्दर है, इतना मैं अनुभव कर रहा हूँ। हो सकता है कि आपकी ही बात ठीक हो। लेकिन अपने अन्दरवाले भय को मैं दबाऊँ कैसे ?"

"इस बात में मैं आपसे अधिक भाग्यशाली और सुलझी हुई हूँ। मुझे अपने से भय नहीं लगता। कभी अपने से ही भय लगता था, मैं स्वीकार करती हूँ। लेकिन यह अतीत की बात है, जो मिट चुका है डॉक्टर ! खैर छोड़िए भी इस बात को, जो मिट चुका, वह मिट चुका। सत्य यह है कि मुझे अपने से भय नहीं लगता और मेरी सलाह मानकर आप भी अपने से डरना छोड़ दीजिए।"

रेखा ने अनुभव किया कि योगेन्द्रनाथ का बायाँ हाथ उसके कन्धे पर आया, और उसने योगेन्द्रनाथ का हाथ छोड़कर उनके बाएँ हाथ को अपने कन्धे से हटा दिया, "नहीं डॉक्टर, मैंने आपसे यह तो नहीं कहा आप डरना ही छोड़ दीजिए, मैंने तो केवल इतना कहा था कि आप अपने से डरना छोड़ दीजिए। आप बड़े भोले हैं, निश्छल हैं, निष्कलंक हैं।" रेखा सोफे से उठ खड़ी हुई, "डॉक्टर, आपने अपना मकान तो ले लिया, लेकिन आपने मुझे कभी अपने मकान पर आमन्त्रित नहीं किया; आप मुझे अपना मकान नहीं दिखलाना चाहते हैं शायद। मैंने कहा कि आप अपने से डरते हैं, तभी तो आप मुझसे इतना दूर रहे हैं, आपने अपने सम्बन्ध में कुछ बतलाया भी नहीं। तो डॉक्टर, मैं आपका मकान देखना चाहती हूँ। मैं तो इसी समय आपका मकान देखने चलती, लेकिन रात ज्यादा हो गई है, और आप देख ही रहे हैं कि मैं इस हालत में नहीं हूँ कि घर से निकलूँ।"

जैसे योगेन्द्रनाथ की चेतना लौट आई हो, उसने अपना सिर झुकाकर कहा, "मैं आपको समझ नहीं पा रहा हूँ, रेखाजी !"

"रेखाजी नहीं आप मुझे रेखा कहिए, डॉक्टर ! मैं आपसे छोटी हूँ, वय में, ज्ञान में। हाँ तो आप कह रहे हैं कि आप मुझे समझ नहीं पाए। और सच बात तो यह है कि मैं अभी तक अपने को समझ नहीं पाई हूँ।" यह कहते-कहते रेखा जहाँ पहले बैठी थी वहाँ गिर-पड़ी। बड़े प्रयत्न से उसने अपना गिलास खाली करके मेज पर रख दिया और लड़खड़ाते हुए हाथों से वह फिर से उस गिलास में शराब भरने की कोशिश करने लगी।

"आप अब बस कीजिए, बहुत ज्यादा पी ली है आपने, और आप बेहोशी की हालत में आ रही हैं।" यह कहकर योगेन्द्रनाथ ने शराब की बोतल उसके हाथ से लेकर अलग रख दी।

"आप कहते हैं तो अब नहीं पीऊँगी, लेकिन डॉक्टर, मैं बेहोश नहीं हूँ। वैसे मैं होश में होना चाहती हूँ, लेकिन हो नहीं पाती। सिर्फ हाथ-पैर जवाब देने लगते हैं। आप ठीक कहते हैं कि मैंने बहुत पी ली है, मुझसे अब खड़ा भी नहीं हुआ जाता। अच्छा डॉक्टर, यह बोतल मेरे बेड-रूम की अलमारी में रख दो, और ये दोनों गिलास धोकर मेज पर रख दो, ताकि प्रोफेसर को पता न चले कि तुम्हारे साथ इस कमरे में अकेले बैठकर शराब पी है। देख लिया, मैं अपने से नहीं डरती, लेकिन मैं प्रोफेसर से बुरी तरह डरती हूँ।"

योगेन्द्रनाथ मिश्र ने जैसा रेखा ने कहा था वैसा कर दिया, इसके बाद उसने कहा, "अच्छा, अब मैं चलता हूँ रेखाजी, प्रोफेसर से कह दीजिएगा कि मैं कल सुबह आने की कोशिश करूँगा उनसे मिलने।"

"नहीं डॉक्टर, आप कल सुबह न आइएगा। आप कल शाम आइएगा और चाय यहीं पीजिएगा। मैं आपके साथ आपका घर देखने चलूँगी।" रेखा ने बल लगाकर उठने की कोशिश करते हुए कहा, "डॉक्टर, जाने के पहले मुझे सहारा देकर मेरे कमरे तक पहुँचा दो।"

दूसरे दिन विश्वविद्यालय में योगेन्द्रनाथ मिश्र ने प्रभाशंकर से कहा, "प्रोफेसर, कल रात आठ बजे आपने जो मुझे बुलाया तो मैं आपके घर गया था।"

"अरे हाँ योगेन्द्रनाथ, मैं तुम्हें समय देते समय यूनेस्कोवाले कार्यक्रम को भूल ही गया था। रेखा ने आज सुबह बतलाया कि तुम आए थे। तुम बैठे भी नहीं, वैसे ही चले गए। अच्छा ही किया जो तुमने मेरा इन्तजार नहीं कियाा, मैं साढ़े-बारह बजे रात को वापस लौटा। कोई बात नहीं, आज तुम यूनिवर्सिटी से मेरे साथ चलना, रेखा ने तुम्हें चाय के लिए बुलाया है।"

योगेन्द्रनाथ के सामने रातवाला दृश्य आ गया और वह काँप-सा उठा। कुछ चुप रहकर उसने कहा, "मुझे क्षमा कीजिएगा प्रोफेसर, आज शाम को मुझे दूसरी जगह जाना है। फिर कभी आऊँगा आपके यहाँ। हाँ, आपको मुझसे जो कुछ कहना हो यहीं कह

दीजिए, आपको और मुझे दोनों को अवकाश है।''

शाम के समय जब रेखा प्रभाशंकर को लेने यूनिवर्सिटी पहुँची, उसने देखा कि प्रभाशंकर और योगेन्द्रनाथ मिश्र बातें कर रहे हैं। रेखा को देखते ही प्रभाशंकर उठ खड़े हुए, ''तुम मेरी बात तो समझ ही गए हो डॉक्टर, इन कॉन्फ्रेन्सों में अब मेरे स्थान पर तुम्हें जाना पड़ेगा। अब बाहर आना-जाना मुझे अखर जाता है।'' फिर रेखा की ओर घूमकर उन्होंने कहा, ''योगेन्द्रनाथ को कहीं काम है, जो बातें मुझे इनसे करनी थीं वे मैंने कर ली हैं।''

रेखा को देखते ही योगेन्द्रनाथ ने अपनी आँखें झुका ली थीं। रेखा ने कुछ तेज आवाज में कहा, ''डॉक्टर, मैंने कल आपको चाय के लिए निमन्त्रण दिया था और आपने उस समय वह निमन्त्रण स्वीकार कर लिया था। लेकिन आज शायद सब कुछ भूल गए। वैसे अगर आपको कहीं जाना है तो चाय पीकर चले जाइएगा, चाय में ज्यादा समय नहीं लगेगा।''

योगेन्द्रनाथ को रेखा की ओर देखना ही पड़ा, और उसने देखा कि रेखा की दृष्टि में उलाहना है, अनुरोध है। उसने हतप्रभ-सा होकर कहा, ''अच्छी बात है, मैं आप लोगों के साथ चलता हूँ, अपना काम कल कर लूँगा—इतना आवश्यक नहीं है।'' वह भी कार में बैठ गया।

चाय पीने के बाद रेखा उठ खड़ी हुई। उसने योगेन्द्रनाथ से कहा, ''कहाँ जाना है डॉक्टर आपको ? मुझे कनॉट प्लेस जाना है, अगर नई दिल्ली की तरफ चलना हो तो मैं आपको वहाँ पहुँचा दूँ। आप अगर उस समय बस से जाते तो अभी रास्ते में ही होते।''

''नहीं, आपको इतना कष्ट करने की जरूरत नहीं है, मैं वहाँ फिर चला जाऊँगा।''

''इसमें कष्ट की क्या बात है ?'' इस बार प्रभाशंकर ने कहा, ''यह उधर ही जा रही हैं। तुम्हें पहुँचा देंगी।''

योगेन्द्रनाथ के पास अब कोई बहाना न था, कार पर वह रेखा की बगल में बैठ गया। कार स्टार्ट करके रेखा ने पूछा, ''कहिए डॉक्टर ! आपको कहाँ जाना है, सच-सच बताइएगा ?'' योगेन्द्रनाथ ने रेखा के मुख पर एक विजय की मुस्कराहट देखी।

अपने मुख पर मुस्कराहट लाने का प्रयत्न करते हुए योगेन्द्रनाथ ने भी पूछा, ''आपको कहाँ जाना है ?''

''मुझे ? मुझे तो आप जहाँ जाएँगे वहाँ आपको पहुँचा देना है। मेरे ही आग्रह से तो आप आए, नहीं तो आपने न आना तय कर लिया था। वैसे मैंने कल रात आपसे कहा था कि मैं आपका मकान देखना चाहती हूँ, लेकिन यूनिवर्सिटी में मुझे लगा कि आप मुझसे दूर भागना चाहते हैं। इस भागने से तो काम नहीं चलेगा डॉक्टर, यह भागना कायरता है। क्या खयाल है आपका ?''

एक ठंडी साँस लेकर योगेन्द्रनाथ ने उत्तर दिया, ''हाँ, यह भागना कायरता है, लेकिन यही कायरता हमें पाप और अपराध करने से रोकती है। मुझे अपनी इस कायरता

से कोई शिकायत नहीं है, एक तरह का सन्तोष ही है मुझे इस कायरता पर।"

रेखा के माथे पर बल पड़ गए, "अपने शरीर को आप अपराध करने से रोक सकते हैं डॉक्टर, लेकिन आपका मन ? आपके मन में ही तो आपकी जिन्दगी है। दबी और कुचली हुई इच्छाओं तथा वासनाओं से तो मनुष्य की आत्मा भयानक रूप से कलुषित हो जाती है। बोलिए, किधर चलूँ ?"

"मॉडल टाउन चलिए, वहीं मुझे छोटा-सा एक कमरे का फ्लैट मिला है। उस फ्लैट को आप सख्त नापसन्द करेंगी।"

"पसन्द और नापसन्द तो उस फ्लैट को देखकर ही कर सकती हूँ।" रेखा ने कार मॉडल टाउन की तरफ मोड़ते हुए कहा।

जिस कमरे में योगेन्द्रनाथ रेखा को ले गए वह काफी बड़ा था—शायद वह एक बड़े फ्लैट का ड्राइंग-रूम था। उस कमरे से मिला हुआ था लेटरीन-कम-बाथ-रूम। उस कमरे के सामने एक बड़ा बरामदा था, जिसका एक भाग घिरवाकर रसोई की व्यवस्था कर दी गई थी। उस कमरे में जाने का रास्ता उसी बड़े बरामदे से था। बरामदे के सामने छोटा-सा लॉन था।

उस बड़े कमरे का पार्टीशन करके योगेन्द्रनाथ ने एक भाग को अपने बैठने और पढ़ने का कमरा बना लिया था, दूसरे कमरे में एक पलँग बिछा था, जिस पर वह सोते थे। रेखा ने ध्यान से उस कमरे को देखा, "कमरा बुरा नहीं है, लेकिन देख रही हूँ कि सब सामान बेतरतीब से बिखरा हुआ है, कहीं कोई व्यवस्था नहीं।"

योगेन्द्रनाथ ने रेखा की किसी बात का उत्तर नहीं दिया। स्टोव जलाकर उसने पानी चढ़ा दिया, फिर बोला, "नौकर आज छुट्टी ले गया है।"

"आप चाय का पानी बेकार चढ़ा रहे हैं, चाय तो हम लोग पीकर आए हैं डॉक्टर ! लेकिन मैं पूछती हूँ कि आपका नौकर करता क्या है और आप किस तरह इस कमरे में रह सकते हैं ? आपके पास बहुत अधिक सामान नहीं है, थोड़ा-सा समय निकालकर आप इस कमरे को ठीक तौर से सजा सकते हैं।" रेखा ने सोफा पर बैठते हुए कहा।

"हाँ, सजा सकता हूँ, लेकिन मुझे घर का सजाना नहीं आता। फिर सोचता हूँ कि इस सजावट में रखा ही क्या है, स्वाभाविक रूप से जैसी सुविधा हो उसी हिसाब से क्यों न रहा जाए !"

रेखा ने उठकर योगेन्द्रनाथ की बिखरी किताबों को ठीक तौर से अलमारी में और मेज पर सजा दिया, "मुझसे यह बेतरतीबी नहीं देखी जाती, डॉक्टर—क्या करूँ ?" और रेखा हँस पड़ी, "शायद पुरुष की इस बेतरतीबी को दूर करने के लिए ही नारी का जन्म हुआ है। आप शायद नहीं जानते, विवाह के पहले प्रोफेसर का सारा रहन-सहन बेतरतीबी से भरा था।"

अनायास ही योगेन्द्रनाथ पूछ बैठा, "तो क्या प्रोफेसर की बेतरतीबी को दूर करने के लिए ही आपने उनसे विवाह किया था ?"

इस प्रश्न से रेखा चौंक उठी। एक कचोट-सी अनुभव की उसने अपने अन्दर और

उसके मुख की हँसी गायब हो गई। "डॉक्टर, उत्तरवाची प्रश्न को पूछकर आपने मेरे उस प्रश्न का उत्तर ढूँढ़ निकालने में बढ़ी मदद की जो मैं अकसर अपने से पूछा करती हूँ। लेकिन आपका यह उत्तर अधूरा ही है, मुझे ऐसा लगता है। स्त्री बेतरतीबी उसकी दूर करती है जिसे वह प्यार करती है। विवाह उस बेतरतीबी को दूर करने का एक कदम है। प्रोफेसर के प्रति मेरे अन्दर एक भावना थी इसलिए उनकी बेतरतीबी मुझे अखरती थी।" रेखा एकाएक चुप हो गई, कुछ रुककर उसने योगेन्द्रनाथ को गौर से देखा, "डॉक्टर, आपकी बेतरतीबी मुझे अखरती है। मैं सोचती हूँ कि क्या आपके लिए भी मेरे अन्दर कोई भावना पैदा हो रही है ?"

एकाएक रेखा उठ खड़ी हुई, पागल की तरह वह बकने लगी, "नहीं डॉक्टर, आपके प्रति मेरे अन्दर किसी प्रकार की भावना नहीं होनी चाहिए–यह भावना तो आत्मा का गुण है। आपके प्रति मेरे अन्दर किसी भावना का जागना प्रोफेसर के प्रति विश्वासघात होगा।" वह योगेन्द्रनाथ की ओर बढ़ी, "डॉक्टर ! आपके प्रति इस भावनात्मक सम्बन्ध को मैं तोड़ सकती हूँ, सिर्फ एक तरह–आपसे शारीरिक सम्बन्ध स्थापित करके।" वह योगेन्द्रनाथ से लिपट गई।

योगेन्द्रनाथ को रेखा की पकड़ से छूटने के लिए बल लगाना पड़ा। रेखा से दो कदम हटकर योगेन्द्रनाथ ने कहा, "नहीं रेखाजी, मैं शारीरिक सम्बन्ध को आत्मिक सम्बन्ध का एक भाग ही मान सकता हूँ। मैं मनुष्य हूँ, पशु नहीं हूँ।"

रेखा को लगा जैसे उसे योगेन्द्रनाथ ने तोड़कर रख दिया हो। मर्माहत-सी वह सोफे पर गिर पड़ी और उसने हथेलियों से अपना मुँह ढक लिया। बड़े करुण स्वर में उसने कहा, "डॉक्टर, मैं प्रोफेसर से प्रेम करती हूँ, बेतरह प्रेम करती हूँ।"

एकबारगी ही योगेन्द्रनाथ के स्वर में अधिकार का तीखापन आ गया, "मैंने तुमसे कब कहा कि तुम प्रोफेसर से प्रेम न करो ! लेकिन मैं तुमसे फिर बड़ा कड़ुवा और कठोर सत्य कह रहा हूँ–तुम प्रोफेसर से प्रेम नहीं करतीं। उनके प्रति तुम्हारे अन्दर एक ममता की भावना है, तुम्हारी आत्मा पर उनकी आत्मा छाई हुई है। लेकिन प्रेम यह तो नहीं है। प्रेम आत्मा और शरीर इन दोनों के समान भाव से एक-दूसरे में लय की प्रक्रिया का नाम है। ऐसा नहीं कि तुम यह जानती न हो–ज्ञानवती को विवाह करने से रोकने के समय यह सत्य तुम्हारे सामने था, लेकिन अपने मामले में तुम स्वयं अपने को धोखा दे रही हो।"

रोने के स्वर में रेखा बोली, "यह सब न कहो डॉक्टर, तुम्हारे हाथ जोड़ती हूँ। मैं प्रोफेसर से प्रेम करती हूँ...और...और..." लेकिन रेखा अपनी बात पूरी नहीं कर सकी, वह उठकर खड़ी हो गई, "तुम मुझसे घृणा न करो डॉक्टर, तुम मेरे शरीर की कमजोरी से घृणा न करो। मैं बड़ी अभागी हूँ।" और रेखा फूट पड़ी।

योगेन्द्रनाथ ने उठकर रेखा के सिर पर हाथ रखते हुए कहा, "रेखा, तुम्हारी मनोव्यथा मैं अनुभव कर सकता हूँ, लेकिन तुम्हें अपने से ही लड़ना होगा। अपने को कब तक धोखे में रख सकोगी ! सत्य को जानकर अपने से लड़ने में ही तुम्हारा कल्याण है।"

रेखा ने योगेन्द्रनाथ के कन्धे पर अपना सिर रख दिया, "मुझसे घृणा न करो, डॉक्टर ! मैं बड़ी कमजोर हूँ, बहुत अधिक कमजोर हूँ, और उससे भी अधिक अभागी हूँ। मुझे तुम अपने सहारे से वंचित न करो, मैं तुम्हारे हाथ जोड़ती हूँ।"

इस सहारे का रूप क्या है ? जीवन का कठोर सत्य क्या है ? आज तक इसे कोई नहीं जान सका। रात घिरती आ रही थी, लेकिन योगेन्द्रनाथ के कमरे में अन्धकार छाया हुआ था, और प्रकाश पाने के लिए दो प्राणी उस अन्धकार में डूबते जा रहे थे, डूबते जा रहे थे !

[17]

यूनिवर्सिटी से लौटकर प्रभाशंकर ड्राइंग-रूम में ही बैठ गए, कमजोर आवाज में उन्होंने कहा, "एक गिलास पानी ! बड़ी प्यास लगी है।"

रेखा ने रेफ्रीजरेटर से निकालकर एक गिलास ठंडा पानी प्रभाशंकर को दिया। पानी पीकर वह उठे नहीं, सोफा पर लेटकर सुस्ताने लगे। पहले तो कभी प्रभाशंकर ने ऐसा नहीं किया था, चिन्तित होकर रेखा ने प्रभाशंकर को देखा। उनका चेहरा कुछ पीला दीख रहा था उसे, और एक भयानक थकावट उनके शरीर से व्यक्त हो रही थी।

अप्रैल महीने का दूसरा सप्ताह था, लेकिन मौसम अभी दिल्ली का अधिक गर्म नहीं था। यूनिवर्सिटी में परीक्षाएँ चल रही थीं। प्रभाशंकर ने परीक्षाओं के संचालन का काम अपने ऊपर ले लिया था। जब उन्होंने यह काम उठाया था तब उन्हें इस बात का पता नहीं था कि पिछली बीमारी ने उनके शरीर को तोड़ दिया है और यह काम उनके लिए बहुत अधिक भारी पड़ेगा। रेखा बगल में पड़ी हुई कुर्सी पर बैठ गई, प्रभाशंकर का हाथ अपने हाथ में लेकर उसने पूछा, "आपकी तबीयत तो ठीक है न ? आप बहुत थके हुए दीख रहे हैं। क्या बात है ?"

इस समय तक प्रभाशंकर स्वस्थ हो गए थे, उन्होंने बैठते हुए कहा, "कोई खास बात नहीं, तबीयत ठीक है। लेकिन मैं समझता हूँ कि यह परीक्षा के संचालन का काम अपने हाथ में लेकर मैंने गलती की। काफी सिरदर्द का काम है, और अभी एक हफ्ता मुझे और पिसना होगा। लेकिन काम नहीं हो रहा है मुझसे, तबीयत होती है यह काम छोड़ दूँ।"

"तो आप काम छोड़ दीजिए। कल से आप यूनिवर्सिटी नहीं जाएँगे। मैं डॉक्टर को अभी बुलाती हूँ।"

"नहीं, डॉक्टर को बुलाने की जरूरत नहीं है। मैं समझता हूँ मुझे आराम चाहिए। लेकिन सवाल मेरे सामने यह है कि मेरा काम कौन सँभालेगा !"

"क्यों, आप डॉक्टर योगेन्द्रनाथ मिश्र को यह काम क्यों नहीं सौंप देते ?"

"हाँ, डॉक्टर मिश्र ने मुझसे कहा है कि मुझे रोज यूनिवर्सिटी आने की आवश्यकता नहीं है, वह मेरा काम सँभाल लेंगे। लेकिन इतना महत्त्वपूर्ण काम मैं उन्हें कैसे सौंप दूँ—लोग क्या कहेंगे ? अभी नई नियुक्ति हुई है उनकी।"

"नई नियुक्ति से क्या होता है ? अगर आप समझते हैं कि वह आपका काम सँभाल लेंगे तो इसमें किसी को क्या आपत्ति हो सकती है ?"

प्रभाशंकर के मुख पर हलकी-सी मुस्कराहट आई, "शायद तुम ठीक कहती हो. ..डॉक्टर मिश्र यह काम सँभाल सकते हैं। अगर कोई आपत्ति करे भी, तो उसकी चिन्ता क्यों की जाए ? जिम्मेदारी मेरी है, मैं जैसा उचित समझूँगा वैसा करूँगा।" जैसे इस निर्णय से डॉक्टर प्रभाशंकर की थकावट जाती रही। वह उठ खड़े हुए, "मेरी तबीयत अब बिलकुल ठीक है। चलूँ कपड़े बदल लूँ। भूख लग रही है, खाना खा लिया जाए।"

खाना खाते हुए रेखा बोली, "आज श।म को पापा आ रहे हैं मेल से।"

"ओह ! मैं तो भूल ही गया था। नौ बजे के करीब आती है गाड़ी। तो स्टेशन चलना है तुम्हारे साथ। शाम को फोन करके पूछ लेना कि गाड़ी ठीक समय पर आ रही है या लेट है। स्टेशन की भीड़ से मुझे बड़ी घबराहट होती है।

"नहीं, आपको स्टेशन चलने की जरूरत नहीं है, आप आराम कीजिए। मैं डॉक्टर मिश्र को साथ ले लूँगी, शाम के समय तो वह आपके यहाँ आएँगे ही।" रेखा बोली, "और शाम के समय डॉक्टर कपूर से अपना चेक-अप करा लीजिए। मैं उन्हें फोन किए देती हूँ।"

पिछले दो हफ्तों से योगेन्द्रनाथ मिश्र नियमित रूप से पाँच बजे शाम को डॉक्टर प्रभाशंकर के यहाँ आकर चाय पीते थे। चाय के बाद वह प्रभाशंकर की स्टडी में उनके साथ बैठकर विभिन्न विश्वविद्यालयों से आई हुई कापियों को जाँचने में प्रभाशंकर की सहायता करते थे। लेकिन कापियों के जाँचने का काम तो योगेन्द्रनाथ मिश्र का ही था, प्रभाशंकर केवल उन्हें एक बार देखकर नम्बर वगैरह जोड़ देते थे। उस दिन चाय के बाद रेखा ने योगेन्द्रनाथ मिश्र से कहा, "डॉक्टर, आज शाम को प्रोफेसर की कापियाँ नहीं जाँची जाएँगी, आपको मेरे साथ नई दिल्ली स्टेशन चलना होगा। मेरे पापा मेल से आ रहे हैं। प्रोफेसर को डॉक्टर कपूर से चेक-अप कराना है, वह सात बजे आ रहे हैं। और पापा की गाड़ी भी सात बजे ही आती है, इसलिए प्रोफेसर मेरे साथ स्टेशन न जा सकेंगे। आपको थोड़ा-सा कष्ट तो होगा ही।"

"इसमें कष्ट की क्या बात है ?" योगेन्द्रनाथ ने कहा, "मैं आपके साथ चलूँगा। लेकिन गाड़ी तो सात बजे आती है। यहाँ से नई दिल्ली रेलवे स्टेशन पहुँचने में तीस-चालीस मिनट लगेंगे। अभी सवा-पाँच बजे हैं। एक घंटे में करीब दस कापियाँ जाँच लूँगा।" फिर योगेन्द्रनाथ ने प्रभाशंकर की ओर घूमकर कहा, "क्यों प्रोफेसर, कलकत्ता यूनिवर्सिटी की एम.ए. की कॉपियाँ तो कल भेज देनी हैं, अभी बारह कापियाँ जाँचनी बाकी है—मैं समझता हूँ कि वह काम पूरा ही कर लूँ इस बीच में।"

"नहीं, आज इस समय रहने दो योगेन्द्र, यहाँ से घर जाते समय ये कापियाँ अपने

साथ ले जाना, अपने घर पर जाँच लेना। हाँ एक बात और, कल तुम्हें इनविजिलेशन नहीं करना है—मैं इसका प्रबन्ध किए देता हूँ। तुम मेरी जगह बैठकर परीक्षा का संचालन करोगे, मैं यूनिवर्सिटी जाकर लौट आऊँगा; तो तुम्हें कल यूनिवर्सिटी में भी काफी समय मिल सकेगा। आज रात और कल सुबह में यह काम पूरा कर लेना।" फिर प्रभाशंकर ने मुस्कराते हुए रेखा की ओर देखा, "शायद रेखा को कनॉट प्लेस में कुछ खरीदारी करना हो, इसके पापा आ रहे हैं न ! तो तुम इसी समय रेखा के साथ चले जाओ।"

बड़ा-से-बड़ा ज्ञानी कितना अज्ञानी है ! अपने को अनुभवों से युक्त समझनेवाला आदमी कितना भोला और नासमझ हो सकता है ! योगेन्द्रनाथ को प्रभाशंकर पर कुछ दया आ रही थी, कुछ हँसी आ रही थी। वह प्रभाशंकर को बड़े कौतूहल के साथ देख रहा था। प्रभाशंकर ने योगेन्द्रनाथ को इस प्रकार अपनी ओर घूरते हुए देखकर पूछा, "क्यों, क्या बात है ? क्या सोच रहे हो ?"

"कोई बात नहीं।" योगेन्द्रनाथ ने उठते हुए कहा, "आपकी तन्दुरुस्ती पर सोचने लगा था। आप जमकर अपना इलाज कराइए, मैंने ऐसा कई बार कहा कि परीक्षा-संचालन का काम मैं सँभाल लूँगा। मेरा ऐसा खयाल है कि आपको एक लम्बे आराम की सख्त जरूरत है।"

"हाँ, डॉक्टर कपूर को आज इसीलिए तो बुलवाया है। फिर पन्द्रह-बीस दिन बाद तो वेकेशन्स होनेवाली ही हैं, इसलिए छुट्टी लेने की कोई ऐसी खास जरूरत नहीं मालूम होती।" फिर रेखा से प्रभाशंकर ने कहा, "तुम्हें तैयार होने में भी तो पन्द्रह-बीस मिनट लगेंगे, साढ़े-पाँच बज रहे हैं, अब जल्दी करनी चाहिए तुम्हें।"

कर्नल ज्ञानचन्द्र अकेले नहीं आए थे, उनके साथ रेखा की माता राजलक्ष्मी भी थीं। अपनी माँ को देखते ही रेखा प्रसन्नता से उनसे लिपट गई, "अरे मम्मी तुम ! पापा ने यह लिखा ही नहीं था कि तुम भी आ रही हो। वाह पापा ! आप भी खूब हैं !" और फिर उसने अपने माता-पिता से योगेन्द्रनाथ मिश्र का परिचय कराया, "यह डॉक्टर योगेन्द्रनाथ मिश्र हैं पापा, प्रोफेसर के असिस्टेन्ट, उनके सबसे बड़े विश्वासपात्र ! इसी साल यूनिवर्सिटी में रीडर होकर आए हैं, हम लोगों को बड़ा सहारा है इनका।"

"प्रोफेसर की तबीयत तो ठीक है ? दिल्ली में ही हैं न ?" ज्ञानचन्द्र ने पूछा।

"हाँ, घर पर ही हैं, यहाँ आना चाहते थे, लेकिन मैंने उन्हें रोक दिया। डॉक्टर को चेक-अप का समय दे दिया था उन्होंने।" फ़िर कुछ रुककर वह बोली, "इधर बड़े कमजोर हो गए हैं, उनकी तन्दुरुस्ती गिरती जा रही है।" असबाब कुलियों के हवाले करके चलती हुई वह कह रही थी, "मेरा ऐसा खयाल है कि प्रोफेसर को कुछ समय तक आराम करना चाहिए। मैं उन्हें काम करने से इतना रोकती हूँ, लेकिन वह मेरी बात ही नहीं सुनते। आप अच्छे आ गए, आप उन्हें समझाइए। आपकी बात वह नहीं टालेंगे।"

जिस समय ये लोग घर पहुँचे, डॉक्टर कपूर घर पर ही थे क्योंकि उन्हें आने में देर हो गई थी। उन्होंने प्रभाशंकर की अच्छी तरह परीक्षा कर ली थी, और उठकर चलने

को तैयार थे। रेखा को देखकर वह रुक गए, "मैंने प्रोफेसर का चेक-अप कर लिया है, अभी तो कोई खास खराबी नहीं है। हाँ, ब्लडप्रेशर फिर कुछ लो हो गया है। मैंने दवा लिख दी है, लेकिन दवा से अधिक आवश्यकता इन्हें आराम की है।"

"शारीरिक परिश्रम तो प्रोफेसर ने बहुत कम कर दिया है, डॉक्टर ! बहुत थोड़े समय के लिए यूनिवर्सिटी जाते हैं, और वहाँ भी यह बैठे ही रहते हैं।"

"मैं समझता हूँ कि इन्हें शारीरिक आराम की अपेक्षा मानसिक आराम की अधिक आवश्यकता है, या फिर यह कहना अधिक उचित होगा कि प्रोफेसर को परिस्थिति और वातावरण के परिवर्तन की आवश्यकता है। दिल्ली की भीड़-भाड़, यहाँ की अतिव्यस्तता और उस पर आता हुआ गर्मी का मौसम; अगर प्रोफेसर इससे अलग हट सकें तो अच्छा हो। ताजी खुली हवा, खेल-तमाशा, खाना-पीना--इससे प्रोफेसर को जितना फायदा होगा, उतना अच्छी-से-अच्छी दवा से नहीं हो सकता।"

कर्नल ज्ञानचन्द्र इन लोगों के पास ही खड़े थे, एकाएक उन्होंने पूछ लिया, "डॉक्टर, अगर मैं प्रोफेसर को अपने साथ यूरोप ले जाऊँ तो क्या कोई हर्ज होगा ? मेरा लड़का अरुण दो महीने की छुट्टी पर अमेरिका से स्विट्जरलैंड आ रहा है, मेरी बहू भी उसके साथ आएगी। मैंने यह प्रोग्राम बनाया है कि हम लोग अकेले स्विट्जरलैंड ही नहीं, सारा यूरोप घूमेंगे। अगर आप ठीक समझें तो मैं प्रोफेसर को अपने साथ लेता जाऊँ। वहाँ वियना या लन्दन में मैं इन्हें डॉक्टरों को भी दिखा लूँगा।"

"मैं समझता हूँ कि यूरोप जाने से इनके स्वास्थ्य में काफी जल्दी सुधार होगा। प्रोफेसर को वातावरण और परिस्थिति के परिवर्तन की नितान्त आवश्यकता है। वैसे आप वहाँ विशेषज्ञों से प्रोफेसर का इलाज भी करा सकते हैं।"

डॉक्टर कपूर के जाने के बाद योगेन्द्रनाथ मिश्र भी प्रभाशंकर की कापियाँ लेकर चले गए। रात में खाना खाते हुए कर्नल ज्ञानचन्द्र ने प्रभाशंकर के सामने अपना प्रस्ताव रखा, "प्रोफेसर, मेरा प्लेन इतवार को जा रहा है, लेकिन मैं चार दिन पहले ही यहाँ आ गया। बहुत दिनों से तुम लोगों से मिलना न हुआ था, रानी साहिबा रेखा को बहुत देखना चाहती थीं। अब स्थिति यह है कि पहले यह कार्यक्रम बना था कि रानी साहिबा मेरे साथ यूरोप जा रही हैं। दो सीटें भी मैंने बुक करा ली थीं, लेकिन फॉर्म से रवाना होने के एक दिन पहले इनका इरादा बदल गया। यह कहती हैं कि मैं यूरोप घूमूँ जाकर और यह अपनी लड़की के साथ रहेंगी यहाँ दिल्ली में या फिर यह रेखा को और तुम्हें जबलपुर ले जाएँगी। तो मुझे एक टिकट वापस करना होगा। ऐसी हाल में अगर तुम मेरे साथ चलो तो बड़ा अच्छा रहेगा, दो-ढाई महीने में हम लोग वापस आ जाएँगे--ज्यादा-से-ज्यादा जुलाई के दूसरे सप्ताह में। तुम्हारा वहाँ वायु-परिवर्तन हो जाएगा, साथ ही इंग्लैंड और कॉन्टीनेन्ट के विशेषज्ञों को तुम दिखला भी लेना।"

"प्रस्ताव तो बड़ा अच्छा है," प्रभाशंकर ने कहा, "लेकिन इतनी जल्दी मैं चल सकूँगा ? यहाँ यूनिवर्सिटी की परीक्षाएँ चल रही हैं, इसके बाद यहाँ सब व्यवस्था करनी है--बड़ा मुश्किल है मेरा चल सकना।"

अब रेखा बोली, "मुश्किल कुछ नहीं है, अगर आप करना चाहें। इतना अच्छा मौका मिल रहा है आपको—आप पापा के साथ यूरोप घूम आइए। आपका पासपोर्ट तो आपके पास है ही। यूनिवर्सिटी का काम आप डॉक्टर मिश्र पर छोड़ दीजिए। जहाँ तक कापियों का सवाल है वहाँ आप कागजों पर दस्तखत कर दीजिए, कापियों को मैं जाँच लूँगी या डॉक्टर मिश्र से जँचवा लूँगी और भिजवा दूँगी।" इस बार रेखा ने अपनी माता से कहा, "ममी, हम लोग दिल्ली या जबलपुर कहीं भी नहीं रहेंगे। आप मासीजी को पत्र लिख दीजिए, हम लोग नैनीताल चलेंगे।"

राजलक्ष्मी जैसे इस प्रस्ताव से खिल गईं। उन्होंने ज्ञानचन्द्र से कहा, "देखा अपनी लड़की को कितनी बुद्धिमान है ! कितना सुन्दर कार्यक्रम बना दिया है इसने मिनटों में ! दीदी ने न जाने कितनी बार हम लोगों को बुलाया, लेकिन तुम तो जैसे उनसे दुश्मनी बाँध बैठे हो, खुद भले ही न जाओ, मुझे भी तो नहीं जाने देते। मैं कल ही उन्हें चिट्ठी लिख देती हूँ।"

शनिवार की शाम को चाय पीते हुए प्रभाशंकर ने योगेन्द्रनाथ से कहा, "योगेन्द्र, मैं तुम्हारा कितना आभारी हूँ। मैं कल सुबह यूरोप जा रहा हूँ, और तुम्हें मेरा बहुत-सा काम करना है। रेखा को मैंने वह सब काम समझा दिया है, यूनिवर्सिटियों के नाम मैंने कवरिंग लेटर्स लिख दिए हैं। यूनिवर्सिटी बन्द होने के पहले सब कापियाँ बाहर भेज देना ! इतना तुम कर दोगे ?"

"आप निश्चिन्त रहिए, प्रोफेसर !" योगेन्द्रनाथ ने कहा, "एक हफ्ते के अन्दर ही मैं आपका सब काम खत्म कर दूँगा।"

"जब तक रेखा तथा माताजी नैनीताल नहीं जातीं, तब तक इन लोगों की देखभाल करना।" प्रभाशंकर यह कहते-कहते हँस पड़े, "गोकि रेखा को किसी की देखभाल की जरूरत नहीं पड़ेगी, बल्कि मुमकिन है यही तुम्हारी देखभाल करे।"

एयरोड्रम पर प्रभाशंकर और कर्नल ज्ञानचन्द्र को यूरोप के लिए विदा करके जब रेखा वापस लौट रही थी, उस समय वह अपने अन्दर एक अजीब तरह के उल्लास का अनुभव कर रही थी। उसने योगेन्द्रनाथ को उसके घर पर उतार दिया, फिर अपनी माता के साथ वह अपने घर आई। राजलक्ष्मी कुछ उदास और थकी हुई थीं, वह अपने कमरे में जाकर लेट गईं। रेखा आकर ड्राइंग-रूम में बैठ गई। एक तरह की शान्ति उसके चारों ओर छाई हुई थी, और उस शान्ति में एक प्रकार की पुलक थी।

विवाह के बाद प्रथम बार एक लम्बे अरसे के लिए प्रभाशंकर से उसका साथ छूटा था और इस विछोह में एक मुक्ति की भावना वह अनुभव कर रही थी। अपनी इस भावना पर वह अनायास ही झुँझला उठी। लेकिन उसकी झुँझलाहट कितनी निरर्थक और कमजोर थी ! उसे लग रहा था कि उसके जीवन से एक भार-सा हट गया है, प्रभाशंकर के यूरोप जाने से अब वह स्वाधीन है। वह अपने मन के मुताबिक जिस तरह चाहे रह सकती है, उसके ऊपर किसी का प्रतिबन्ध नहीं है, उसे किसी से किसी प्रकार का भय नहीं है, उसे किसी के सामने जवाब नहीं देना है।

उसके पिछले कुछ महीने बड़ी दुश्चिन्ता में बीते थे। प्रभाशंकर का नित्य बिगड़ता और सँभलता हुआ स्वास्थ्य, न जाने कब क्या हो जाए। कितना प्रयत्न करती थी वह प्रभाशंकर के स्वास्थ्य को सँभालने का, लेकिन प्रभाशंकर का पचपन वर्ष का जर्जर शरीर स्वयं में रेखा के सामने एक बाधा के रूप में था। उस दिन उसे ऐसा लग रहा था कि यूरोप में प्रभाशंकर का स्वास्थ्य ठीक हो जाएगा, पश्चिम में औषधिशास्त्र ने कितनी उन्नति कर ली है ! यह सब सोचते-सोचते रेखा अपने अन्दर ही खो गई।

यूनिवर्सिटी बन्द होने में अभी पाँच दिन बाकी थे और दिल्ली में गर्मी उग्र रूप धारण करती जा रही थी। शाम के समय योगेन्द्रनाथ जब रेखा के यहाँ आया, रेखा प्रोफेसर प्रभाशंकर की कापियों का आखिरी बंडल बना चुकी थी। उसने उठकर योगेन्द्रनाथ का स्वागत किया, "डॉक्टर, प्रोफेसर का सब काम पूरा हो गया, कल मैं यह पार्सल भेज दूँगी। तो आज से आपको इस बेगार से छुट्टी मिली, है न डॉक्टर !" रेखा जोर से हँस पड़ी।

"बेगार !" योगेन्द्रनाथ ने माथा सिकोड़ते हुए कहा, "नहीं, बेगार तो मैंने इस काम को नहीं समझा। हाँ, इतना अवश्य है कि कापियाँ जाँचने का यह काम कष्टप्रद अवश्य है। फिर प्रोफेसर की परीक्षक के तौर से हर तरफ माँग है, इसलिए उनके पास सामर्थ्य से अधिक काम है। मुझे बड़ा सन्तोष है कि प्रोफेसरवाला काम खत्म हो गया, लेकिन अब मेरा काम आरम्भ हो रहा है। अपने विश्वविद्यालय की कापियों का ढेर इकट्ठा हो गया है मेरे यहाँ।"

"प्रोफेसर की बेगार आपने भुगती है डॉक्टर, तो आपकी बेगार मैं भुगतने को तैयार हूँ। यानी आपकी कापियाँ जाँचने में मैं आपकी सहायता कर दूँगी।"

"अच्छी बात है, मैं अपनी कापियों का ढेर यहीं उठाए लाता हूँ–अभी, इसी समय।" योगेन्द्रनाथ ने मुस्कराते हुए कहा।

"नहीं, डॉक्टर, अब मैं अपने घर पर कापियों का ढेर नहीं देखना चाहती, वह ढेर आपके मकान की ही शोभा बढ़ाए। उस शोभा को निरखने के लिए मैं दोपहर को लंच के बाद आपके यहाँ चली आया करूँगी।" रेखा का उल्लास मानो फूट पड़ रहा था, "डॉक्टर, आज की शाम न जाने क्यों मुझे बड़ी सुहावनी लग रही है–शायद इसलिए कि मैंने आज दोपहर को सब काम खत्म कर दिया। तो चलिए, आज कोई अच्छी अंग्रेज़ी पिक्चर देख ली जाए। 'प्लाजा' में बड़ी अच्छी फिल्म लगी है।"

"लेकिन आपकी माताजी ! उनको भी तो ले चलिएगा आप।" योगेन्द्रनाथ ने कहा।

"नहीं, ममी को अंग्रेज़ी पिक्चरों में मजा नहीं आता, फिर आज वह घर से बाहर निकलने के मूड में नहीं हैं। आज शायद पड़ोस में कहीं सत्यनारायण की कथा है, वह उसमें जाएँगी। इसलिए खाना भी हम दोनों कहीं बाहर ही खाएँगे। आज मैं पूरी तौर से अपनी थकावट उतारना चाहती हूँ। मैंने माताजी से कह दिया है कि वह खाना खाकर सो जाएँ, मुझे लौटने में देर हो जाएगी।"

रेखा जिस समय घर वापस लौटी, रात के दो बज रहे थे। बाहरवाले कमरे का ताला खोलकर उसने दबे पैरों घर में प्रवेश किया। वह अपने कपड़े बदल रही थी कि उसे राजलक्ष्मी की आवाज सुनाई पड़ी, "कौन, रेखा–तुम आ गईं ! कितना बजा है ?"

"एक बजा है। क्या बतलाऊँ, पहले शो के टिकट नहीं मिले, और फिर पिक्चर भी बड़ी लम्बी थी।"

"तभी मुझे लग रहा था कि सुबह होनेवाली है। इतनी रात तक बाहर नहीं रहना चाहिए था अकेली। अच्छा, अब सो जाओ।"

दूसरे दिन सुबह की डाक से देवप्रिया का उत्तर आ गया, उसने राजलक्ष्मी और रेखा को साग्रह आमन्त्रिण किया था। राजलक्ष्मी ने रेखा से कहा, "अब हम लोगों को जल्दी-से-जल्दी यहाँ से चल देना चाहिए। यहाँ गर्मी काफी अधिक पड़ने लगी है। तुम कल दोपहर को कह रही थी कि प्रोफेसर का सब काम हो गया।"

"हाँ, आज यह आखिरी बंडल भेजने जा रही हूँ स्टेशन। वहीं से नैनीताल का रिजर्वेशन भी ले लूँगी। मैंने आज सुबह पूछा था, सो मालूम हुआ कि आजकल पहाड़ों के लिए बड़ा रश है। आठ दिन बाद सीट मिल सकेगी। तो मैं जिस दिन जगह होगी उसी दिन का रिजर्वेशन करा लूँगी।"

आत्मसमर्पण के भाव से राजलक्ष्मी ने कहा, "जैसा ठीक समझो वैसा करो–अब यहाँ जी नहीं लगता।"

स्टेशन पर रेखा ने टिकट नहीं लिए, पार्सल कराके वह वापस आ गई। दोपहर के समय खाना खाने के बाद रेखा को याद आ गया कि उसने पिछले दिन योगेन्द्रनाथ से वादा कर लिया था कि वह दोपहर को लंच के बाद उसके यहाँ जाकर कापियाँ जाँचने में सहायता करेगी। लेकिन वह अपने अन्दर एक थकावट से भरा आलस अनुभव कर रही थी और उसका मन जाने को न कर रहा था। उस दिन गर्मी भी काफी बढ़ गई थी। लेकिन जैसे उसके अन्दर से ही उसे कोई प्रेरित कर रहा हो योगेन्द्रनाथ के यहाँ जाने को। उसने अपनी माता से कहा, "ममी, मुझे ज़रा एक काम से बाहर जाना है, शाम को सात बजे तक वापस लौटूँगी।"

राजलक्ष्मी ने बाहर धूप की ओर देखते हुए कहा, "इतनी कड़ी धूप में कहाँ जाओगी ? कौन-सा ऐसा काम आ पड़ा अचानक ? शाम को ठंडा होने पर चली जाना। अभी खाना खाकर उठी हो, थोड़ा-सा आराम कर लो। कल रात तुम सोई भी तो नहीं हो, चेहरा कितना उतर गया है !"

रेखा की आँखों में नींद भरी थी, लेकिन उसके अन्दरवाली प्रेरणा इतनी प्रबल थी कि उसके मन और शरीर में एक प्रकार का द्वन्द्व मचा हुआ था। वह सोफा पर लेट गई। तभी उसके अनजाने नींद का एक गहरा झोंका उसके ऊपर आया। उसकी आँखें झप गईं।

उसे लगा कि वह उसी समय एकाएक चौंक उठी, कॉल बेल की आवाज से–लेकिन उसकी घड़ी बतला रही थी कि शाम के पाँच बज़ रहे हैं। उठकर उसने दरवाजा खोला।

उसके सामने योगेन्द्रनाथ खड़ा था। उसने गम्भीरता के साथ कहा, "मैं जानता था कि इस धूप में मेरे यहाँ आने में तुम्हें कष्ट होगा, लेकिन मैंने तुम्हें रोका नहीं था उस समय। उफ़्, कितनी गर्मी है ! तो जब शाम हुई, मैं अपनी कापियाँ लेकर यहाँ आ गया सीधे।" योगेन्द्रनाथ ने टैक्सी से कापियों का पुलिन्दा उतारा।

रेखा लज्जा से गड़ी जा रही थी, "मुझे क्षमा करना डॉक्टर, मैं आ ही रही थी। खाना खाने के बाद सोफा पर ज़रा आराम करने को लेटी कि मेरी आँख लग गई। अच्छा किया जो तुम अपनी कापियाँ यहीं लेते आए। यूनिवर्सिटी से सीधे यहाँ आ जाया करो, दोपहर का खाना मेरे यहाँ खाने में कोई हर्ज नहीं होगा। तुम्हारे उबले हुए खाने की जगह ढंग का खाना मिलेगा।" रेखा अब मुस्कराई, "मैं प्रोफेसर की स्टडी खोले देती हूँ—काफी ठंडा कमरा है वह। उस कमरे में बैठकर काम अच्छी तरह हो सकेगा।" यह कहकर रेखा ने प्रभाशंकर का स्टडी रूम खोल दिया।

योगेन्द्रनाथ ने अपनी कापियों का ढेर वहाँ रख दिया। रेखा ने बनवारी को आवाज दी, "जब चाय मेज पर लग जाए तो हम लोगों को बुला लेना।" पंखा चलाकर योगेन्द्रनाथ के साथ रेखा कापियाँ जाँचने बैठ गई।

बनवारी ने चाय मेज पर लगाकर रेखा को इत्तिला दी। जब योगेन्द्रनाथ के साथ रेखा खाने की मेज पर पहुँची, राजलक्ष्मी वहीं बैठी थी। राजलक्ष्मी दिन-भर नैनीताल जाने की चिन्ता में सोचती रही थीं, योगेन्द्रनाथ से उन्होंने कहा, "बेटा, नैनीताल के लिए हम दोनों के टिकट बुक करवाने हैं। सुबह मेरी दीदी की चिट्ठी आई है कि हम लोग चिट्ठी पाते ही चली आएँ। रेखा कहती है कि अभी आठ दिन तक टिकट न मिल सकेंगे। तुम पुरुष ठहरे—अगर तुम कोशिश कर दो तो शायद परसों-नरसों के लिए टिकट मिल जाएँ। यहाँ तो देख ही रहे हो, दोपहर के समय मानो भट्टी जला करती है।"

राजलक्ष्मी की बात सुनकर रेखा हँस पड़ी, "तुम भी किससे कह रही हो, ममी, यह डॉक्टर मिश्र भला क्या रिजर्वेशन करा सकेंगे ! मैंने भरपूर कोशिश कर ली है। एक दफा फिर कोशिश करूँगी, मैं कनॉट प्लेस जाती हूँ चाय पीकर।"

योगेन्द्रनाथ चुपचाप चाय पी रहा था, एकाएक उसे मानो कोई बात सूझी, उसने कहा, "मेरा ऐसा खयाल है कि दिल्ली से नैनीताल का सफर काफी कष्टप्रद रहेगा आप लोगों के लिए। यहाँ से रात की गाड़ी से बरेली तक का रिजर्वेशन मिलेगा, जहाँ गाड़ी आपको दो बजे रात को उतारेगी। और वहाँ से सुबह चार बजे काठगोदाम के लिए ट्रेन मिलेगी। काठगोदाम से नैनीताल के लिए बस, जो ठसाठस भरी होगी और टिकट लेने के लिए क्यू में खड़ा होना पड़ेगा। मैं सोच रहा था कि आप लोग यहाँ से ट्रेन की जगह अपनी कार से क्यों नहीं जातीं ?"

रेखा ने आश्चर्य के साथ योगेन्द्रनाथ को देखा, "अरे, इतनी-सी बात मेरे दिमाग में क्यों नहीं आई ? कार से अगर हम लोग सुबह चार-पाँच बजे चलें तो ग्यारह-बारह बजे तब बरेली पहुँच जाएँगे। वहाँ खाना खाकर और आराम करके तीन बजे दोपहर को निकलकर सात बजे शाम तक नैनीताल पहुँच जाएँगे। इस सुन्दर सुझाव के लिए

धन्यवाद, डॉक्टर ! न कहीं गाड़ी बदलना, न किसी तरह का झंझट। टिकट और बुकिंग की मुसीबत से भी बचाव।'' फिर कुछ रुककर रेखा ने कहा, ''यह बात शायद मुझे इसलिए नहीं सूझी कि कार में मैं सिवा दिल्ली शहर के और कहीं बाहर नहीं गई हूँ।''

राजलक्ष्मी ने अपनी लड़की को गौर से देखा, फिर सिर हिलाते हुए वह बोली; ''नहीं, कार से चलना ठीक न होगा। अकेली दो औरतों का कार पर जाना निरापद नहीं है। अगर कार रास्ते में कहीं खराब हो गई तो ? फिर रेखा अकेली इतनी दूर तक कैसे ड्राइव करेगी—दस-बीस मील की बात दूसरी है, यहाँ तो सैकड़ों मील का सवाल है। यहाँ से नैनीताल का कितना फासला होगा ?''

''करीब ढाई सौ मील !'' रेखा ने हिसाब लगाते हुए कहा, ''सात-आठ घंटे लगेंगे नैनीताल पहुँचने में। गाड़ी की हालत बहुत अच्छी है, किसी तरह का डर नहीं है; फिर बनवारी तो मेरे साथ होगा ही।''

''नहीं, मेरा मन नहीं मानता।'' राजलक्ष्मी ने जिद के स्वर में कहा, ''ट्रेन में ही चलना ठीक होगा।''

योगेन्द्रनाथ ने रेखा के मुख पर एक विवशता की छाया देखी, कुछ सोचते हुए उसने कहा, ''गोकि मेरे पास कार नहीं है, लेकिन मैं ड्राइव कर लेता हूँ और थोड़ा-बहुत मोटर के इंजन का भी ज्ञान मुझे है। अगर आप लोग पाँच दिन यहाँ और रुक सकें तो मैं आप लोगों को नैनीताल पहुँचा सकता हूँ। बात यह है कि यूनिवर्सिटी पाँच दिन बाद बन्द हो रही है।''

रेखा ने अपनी माता की ओर देखा। राजलक्ष्मी के मुख पर विरोधवाला भाव हलका पड़ गया था। राजलक्ष्मी बोलीं, ''ट्रेन का रिजर्वेशन कराने में भी हम लोगों को यहाँ छह-सात दिन रुकना पड़ेगा। फिर जब यहाँ रुकना ही है तो कार से ही चलना ठीक होगा। तीन-तीन जगह चढ़ने-उतरने में मुझे भी तकलीफ होगी। मैं जो कार से चलने को मना कर रही थी, वह रेखा के अकेले होने के कारण। तुम चल रहे हो बेटा, तो मुझे पूरा इतमीनान है। हम लोगों को कार की वजह से नैनीताल के आसपासवाले स्थानों में घूमने में बड़ी सहूलियत होगी। बड़ा उपकार कर रहे हो हम लोगों के साथ, किस तरह तुम्हारे प्रति आभार प्रकट करूँ ! ठीक है बेटी ! कार से ही हम लोग चलेंगे।''

रेखा हँस पड़ी, ''आभार दूसरों पर प्रकट किया जाता है ममी, डॉक्टर मिश्र तो एक प्रकार से अपने परिवार के ही सदस्य हैं।''

नैनीताल में रेखा ने योगेन्द्रनाथ मिश्र को देवप्रिया के बँगले के उसी कॉटेज में ठहराया, जिसमें उसके विवाह के पहले प्रभाशंकर ठहरे थे। जिस समय रेखा उस कॉटेज में योगेन्द्रनाथ मिश्र की व्यवस्था कर रही थी उसके मन में अनायास ही यह प्रश्न उठा, ''यह क्या हो रहा है ? क्या हर तरह से प्रभाशंकर का स्थान योगेन्द्रनाथ ले रहा है ?'' रेखा इस प्रश्न से काँप-सी उठी, और रेखा ने अनुभव किया कि जो कुछ हो रहा है उस पर उसका कोई वश नहीं है। प्रभाशंकर ने ही तो उससे कहा था, ''आगे चलकर

यह आदमी मेरा स्थान लेगा।'' तो क्या प्रभाशंकर अनजाने ही एक भयानक और कुरूप भविष्य का संकेत कर गए थे ?

नैनीताल के उस कॉटेज में रेखा प्रथम बार प्रभाशंकर के उस घनिष्ठ सम्पर्क में आई, जिसने उसके जीवन को एक नया मोड़ दिया था। उसी कॉटेज में वह प्रभाशंकर के साथ एक सूत्र में बँधी थी। तो क्या इस कॉटेज में इस बार उसे प्रभाशंकर से बाँधनेवाला सूत्र टूटेगा ?

वह जल्दी-जल्दी उस कॉटेज से वापस लौटी, लेकिन जैसे उसके कानों में उसके मनवाला प्रश्न गूँज रहा हो, ''इस सूत्र के स्थान पर क्या एक नया सूत्र बँधेगा ? तुम्हारे भविष्य के गर्त में क्या-क्या छिपा है ? क्या तुम प्रभाशंकर को छोड़ दोगी ?''

रेखा अपने बँगले के बरामदे में आ गई थी, घबराहट में वह वहीं बरामदे की कुर्सी पर बैठ गई। वह भयानक रूप से उद्विग्न हो उठी थी और शायद अपनी उद्विग्नता को दबाने के लिए ही वह हँस पड़ी थी, एक कर्कश हँसी; और किचकिचाकर उसने धीमे स्वर में कहा, ''असम्भव ! प्रभाशंकर मेरे सर्वस्व हैं, मैं सिवा प्रभाशंकर के किसी से प्रेम नहीं कर सकती।''

लेकिन उसी समय उसके अन्दर से ही उसकी इस बात का उत्तर मिला, ''क्यों अपने को धोखा दे रही है ? दुनिया में असम्भव कुछ भी नहीं है। योगेन्द्रनाथ के व्यक्तित्व में कुछ ऐसा है कि तुम सत्-असत्, उचित-अनुचित का विवेक खो बैठी हो। बड़ा प्रबल चुम्बकीय आकर्षण है इस योगेन्द्रनाथ में। उससे दूर रह सकना अब तुम्हारे लिए सम्भव नहीं है। तुम एक ऐसी धारा में आ पड़ी हो कि उससे निकलना तुम्हारे लिए असम्भव है।''

रेखा घबराकर उठ खड़ी हुई, ''नहीं-नहीं, मैं योगेन्द्रनाथ से दूर रहूँगी, एकदम दूर रहूँगी।'' वह घर के अन्दर चली गई।

रेखा ने जो संकल्प किया उसने उसे कार्यान्वित करने का भरसक प्रयत्न किया। सुबह की चाय रेखा नौकर के हाथ योगेन्द्रनाथ के यहाँ भिजवा देती थी। खाना खाने के लिए वह योगेन्द्रनाथ को अपने यहाँ बुला लेती थी। वह उस कॉटेज में नहीं गई। न जाने कैसा भय भर गया था उसके अन्दर ! यह क्रम दो दिन तक चलता रहा। तीसरे दिन सुबह की चाय के साथ रेखा भी योगेन्द्रनाथ के कॉटेज में पहुँची। उस दिन उसका मन बहुत भारी था। योगेन्द्रनाथ ने रेखा की गम्भीर मुद्रा देखकर कहा, ''क्यों तबीयत तो ठीक है ? क्या बात है ?''

रेखा चुपचाप डॉक्टर योगेन्द्रनाथ के सामने चाय बनाने लगी थी। चाय का प्याला योगेन्द्रनाथ की ओर बढ़ाते हुए उसने कहा, ''डॉक्टर, न जाने क्यों मुझे अच्छा नहीं लग रहा है। तुम्हें अपने साथ यहाँ लाने में शायद मुझसे कुछ गलती हो गई है।''

योगेन्द्रनाथ ने कुछ सोचते हुए कहा, ''एक बार गलती कर बैठने के बाद जिन्दगी का द्वार इन गलतियों के लिए खुल जाया करता है। यही नहीं, मैं तो यहाँ तक कहने को तैयार हूँ कि वे गलतियाँ जीवन का अनिवार्य भाग बन जाया करती हैं।''

"इन गलतियों से ऊपर उठने का भी कोई रास्ता है, डॉक्टर ?" रेखा ने करुण स्वर में पूछा।

"रास्ता तो है, लेकिन वह रास्ता इतना कठिन है कि उसे असाध्य कहा जा सकता है। अपने विगत को तोड़ने के अर्थ होते हैं अपने को ही तोड़ लेना क्योंकि हम जो कुछ आज हैं वह उस विगत की तो सृष्टि हैं। तो अपने को तोड़कर फिर से जन्म लेना, विगत को तोड़कर फिर से नया जीवन आरम्भ करना—दुनिया में यह सब कर सकने की सामर्थ्य बहुत कम लोगों के पास है।" योगेन्द्रनाथ ने उत्तर दिया, और फिर जैसे योगेन्द्रनाथ की समझ में रेखा की सारी बात आ गई, "हाँ, तो तुम्हें बतला दूँ कि सात जून को यूनिवर्सिटी की एक मीटिंग है, और उसमें मुझे जाना है। आज दो तारीख है। अगर मैं मीटिंग के तीन-चार दिन पहले दिल्ली पहुँच जाऊँ तो अच्छा ही रहेगा। तो मैं कल नैनीताल से जाना चाहता हूँ। इसके बाद हम दोनों का एक-दूसरे से अलग हो जाना ही हम दोनों के हित में होगा।"

"नहीं डॉक्टर, मैं तुमसे अलग नहीं हो पाऊँगी, किसी हालत में अलग न हो पाऊँगी।" रेखा का स्वर कितना करुण था !

"तुम्हें संयत होना पड़ेगा रेखा, तुम बुद्धिमान हो। अपने को तोड़ सकना तुम्हारे लिए सम्भव नहीं है, और शायद उचित भी नहीं है। जब गलतियाँ करनी ही हैं तब उन गलतियों पर परदा डालने के लिए बुद्धि की शरण लेनी पड़ेगी।"

रेखा ने एक ठंडी साँस ली, "बुद्धि—बुद्धि ! डॉक्टर, मैं तुमसे पूछती हूँ कि क्या यह बुद्धि भावना की हत्या कर सकती है ? मैं कहती हूँ कि मैं तुमसे अलग नहीं हो सकती, तुम मेरे जीवन के अनिवार्य भाग बन चुके हो। दिल्ली की मीटिंग के बाद तुम्हें नैनीताल लौटना पड़ेगा, तुम्हारे बिना मुझे यहाँ सब कुछ सूना-सूना लगेगा। बोलो डॉक्टर, चुप क्यों हो ? उफ़्, मैं तुमसे बेहद प्यार करने लगी हूँ।"

योगेन्द्रनाथ थोड़ी देर तक रेखा को एकटक देखता रहा, फिर उसने रेखा का हाथ अपने हाथ में लेकर बड़े कोमल स्वर में कहा, "रेखा, यह सब गलत है—एकदम गलत है। मैं दिल्ली से नहीं आ सकूँगा अब, तुम्हारे ही हित में। मेरा यहाँ तुम्हारे कॉटेज में रहना, तुम्हारी मेरे साथ इतनी घनिष्ठता ! तुम्हारी माताजी को यह पसन्द नहीं है, यह मैं साफ़-साफ़ देख रहा हूँ। अगर मैं दिल्ली से नैनीताल लौटूँगा तो तुम्हारी माताजी के मन में जो शंका है उसकी पुष्टि हो जाएगी। मैं तुमसे फिर कहता हूँ कि तुम्हें संयम से काम लेना पड़ेगा।"

रेखा कुछ देर तक चुप बैठी सोचती रही, फिर उसने उठते हुए कहा, "शायद तुम ठीक कहते हो डॉक्टर, तुम्हारा नैनीताल लौटना ठीक न होगा। लेकिन मैं तुम्हें कल नहीं जाने दूँगी, तुम्हारी मीटिंग सात तारीख को है, तुम यहाँ से पाँच तारीख को जा सकते हो। तीन दिन तुम मेरे पास रहो, मेरे होकर रहो, मुझे अपनी बनाकर रहो।" रेखा योगेन्द्रनाथ के बहुत निकट आ गई, "चलो, आज हम दोनों भीमताल, रामगढ़, रानीखेत—आसपास के इलाकों में घूम आएँ। मैं अपनी कार निकालती हूँ। पाँच की

शाम को मैं तुम्हें काठगोदाम पहुँचाकर यहाँ वापस आ जाऊँगी।''

''तुम्हारी माताजी जाने देंगी तुम्हें ? वह क्या सोचेंगी ?'' योगेन्द्रनाथ ने पूछा।

''उनकी चिन्ता न करो, जो कुछ बीतेगी वह मुझ पर बीतेगी, मैं उसे भुगत लूँगी।'' रेखा ने आवेश में आकर कहा, ''कुल तीन दिन—हम दोनों अभिन्न होकर रहें। जीवन में प्रथम बार मैंने प्रेम किया है—वह भी उस समय जब मैं प्रेम पर से अपना अधिकार हमेशा-हमेशा के लिए खो चुकी हूँ। तीन दिन के लिए तो मुझे सब कुछ भूल जाने दो !''

दोपहर में खाना खाने के बाद रेखा योगेन्द्रनाथ के साथ चल पड़ी। अपनी माता से कहा, ''मैं डॉक्टर मिश्र को छोड़ने के लिए काठगोदाम जा रही हूँ। इसके बाद वहाँ से मैं सीधा रानीखेत चली जाऊँगी, मेरी सखी कमल ने बुलाया है। परसों वापस आ जाऊँगी।''

चार तारीख की शाम को रेखा योगेन्द्रनाथ के साथ रानीखेत पहुँची। प्रमोद होटल में श्री और श्रीमती मिश्र के नाम एक कमरा लेकर दोनों उसमें रुक गए। दूसरे दिन योगेन्द्रनाथ को दिल्ली जाना था। सुबह के समय रेखा अपने कमरे में बैठी उस दिन का अखबार पढ़ रही थी कि वह अतिपरिचित आवाज को सुनकर चौंक उठी। उसने कमरे के दरवाजे की तरफ देखा, और उसका दिल धक्-से हो गया। ज्ञानवती दरवाजे के अन्दर प्रवेश करती हुई कह रही थी, ''अरे रेखा, तुम ? मैं अभी सुबह जब घूमने के लिए बाहर निकली तो मैंने देखा कि तुम्हारी कार बाहर खड़ी है। मेहमानों के नाम देखे तो देखा कि एक डॉक्टर योगेन्द्रनाथ मिश्र और श्रीमती मिश्र कल शाम आकर ठहरे हैं, इस कमरे में। और यहाँ आकर देखती हूँ कि तुम हो, मेरा अनुमान गलत न था।''

रेखा ने लड़खड़ाते स्वर में कहा, ''अब तो गलती कर ही बैठी हूँ, ज्ञान ! तुम जानती हो कि मैं कितनी कमजोर हूँ ! दो तारीख को नैनीताल से निकली डॉक्टर मिश्र को दिल्ली की गाड़ी में भेजने के लिए। रास्ते में सोचा इनके साथ थोड़ा कुमाऊँ के पहाड़ों की सैर भी कर ली जाए। आज इन्हें काठगोदाम पहुँचकर दिल्ली की गाड़ी पकड़ानी है। लेकिन तुम यहाँ होगी, यह मैंने न सोचा था। धीर कहाँ हैं ?''

''यही तो मुसीबत है। कल सुबह मैं ज़रा रामगढ़ की तरफ चली गई थी। मैंने धीर से इतना कहा, लेकिन वह साथ नहीं गए। एक चित्र बना रहे थे। शाम के समय जब मैं रामगढ़ वापस लौटी तो धीर यहाँ नहीं थे। उनका पत्र मेज पर रखा था, जिसमें उन्होंने लिखा था कि वह एक तार पाकर उसी समय बम्बई के लिए रवाना हो रहे हैं। बम्बई पहुँचकर वह विस्तार के साथ सब कुछ लिखेंगे और अपने कार्यक्रम की मुझे सूचना देंगे।''

''यह तो बुरा हुआ। बैठो ! तुम कितने दिनों से हो यहाँ पर ?''

''पन्द्रह दिन से ऊपर हो गए।'' करुण स्वर में ज्ञानवती बोली, ''लेकिन अब मैं यहाँ कैसे रहूँगी ? मेरे पास करीब पाँच सौ रुपये थे। वह चार सौ रुपये अपने साथ ले गए। सौ रुपये यहाँ छोड़ गए हैं। अपना सारा सामान भी तो यहीं छोड़ गए हैं, शायद एक-दो चित्र ले गए हों। तुम्हें देखकर मेरी जान-में-जान आई।''

"तुम दो घंटे में यह होटल छोड़कर मेरे साथ चल सकती हो ?" रेखा ने पूछा।

"सामान तो कल रात ही मैंने पैक कर लिया है, लेकिन धीर के पत्र का इन्तजार करना होगा।" ज्ञानवती बोली।

"पत्र यहाँ से नैनीताल मँगवा लेना मेरे पते पर। हम सब लोग ग्यारह बजे तक काठगोदाम के लिए रवाना हो जाएँगे। डॉक्टर मिश्र को वहाँ उतारकर हम नैनीताल वापस चलेंगे—तुम मेरे साथ रहो चलकर। होटल का बिल मेरे पास भिजवा देना।"

"तुम कितनी अच्छी हो, मेरी रेखा !" ज्ञानवती की आँखों में आँसू आ गए, "तुम न मिलतीं तो मैं बड़ी मुसीबत में फँस जाती।"

उसी समय योगेन्द्रनाथ बाथरूम से निकला। ज्ञानवती को देखते ही योगेन्द्रनाथ घबरा गया, "अरे आप, श्रीमती धीर !"

ज्ञानवती मुस्कराई, "आपको घबराने की कोई जरूरत नहीं है, डॉक्टर—रेखा का हरेक भेद मेरा भेद है, ठीक उसी तरह जैसे मेरा हरेक भेद रेखा का भेद है। लेकिन इतना कह सकती हूँ कि जो कुछ हो रहा है वह गलत हो रहा है।" ज्ञानवती कमरे के बाहर चली गई।

ठीक ग्यारह बजे ज्ञानवती का सामान अपनी कार में लेकर और होटल का बिल अदा करके रेखा योगेन्द्रनाथ मिश्र और ज्ञानवती के साथ काठगोदाम के लिए रवाना हो गई। स्टेशन पर योगेन्द्रनाथ मिश्र को उतारकर रेखा नैनीताल की तरफ लौट पड़ी। उस समय ज्ञानवती ने रेखा से कहा, "यह सब तुमने क्या कर डाला, रेखा ? इस नासमझी के पहले कुछ सोचा तो होता ?"

"सोचने की सामर्थ्य मुझमें नहीं रह गई है ज्ञान !" रेखा की आँखों में आँसू आ गए। "बड़े बल लगाकर योगेन्द्रनाथ को मैंने अपने जीवन से अभी-अभी अलग किया है, या वही मेरे जीवन से अलग हो गया है। मैं कितनी अभागी हूँ, ज्ञान !"

"तुम वास्तव में बड़ी अभागिन हो, रेखा !" कड़े स्वर में ज्ञानवती ने कहा, "तुमने प्रोफेसर से विवाह करके जीवन की सबसे बड़ी गलती की। लेकिन मैं पूछती हूँ, क्या एक गलती काफी नहीं होती, जो तुम योगेन्द्रनाथ से प्रेम करने लगीं ?"

"नहीं ज्ञान, इतनी क्रोधित न हो मेरे ऊपर ! प्रेम किया नहीं जाता, वह तो हो जाता है। इस गलती का प्रायश्चित कर रही हूँ। मैंने समस्त बल लगाकर योगेन्द्रनाथ को अपने जीवन से अलग कर दिया है। केवल तीन दिन, छोटे-से ये तीन दिन प्रेम की तन्मयता के जाने हैं मैंने, और इसके बाद ? एक उजाड़ और भावहीन जीवन, एक निरर्थक और लक्ष्यहीन अस्तित्व—यही तो मेरे भाग्य में है।"

ज्ञानवती द्रवित हो गई, अनायास ही उसके अन्दरवाला दुख उमड़ आया, उसने कहा, "रेखा मैं भी बड़ी अभागी हूँ, शायद तुमसे अधिक। जिस आदमी के लिए मैंने इतना सब किया, मैं उसे अपना नहीं बना पाई और उसे अपना बनाने के प्रयत्न में मैंने अपने को मार दिया है। रेखा, मैं तुमसे अधिक अभागी हूँ।" ज्ञानवती की सिसकियाँ बँध गईं।

[18]

''कार्य और कारण, कारण और कार्य ! दुनिया की स्थापना इसी पर है।'' प्रभाशंकर कहते जा रहे थे, ''और इसलिए जो कुछ हुआ है वह स्वाभाविक था, जो कुछ हो रहा है वह स्वाभाविक है, और भविष्य में जो कुछ होगा वह भी स्वाभाविक होगा। डॉक्टर मिश्र, हम सब उस कार्य-कारण की शृंखला की कड़ियों के रूप में हैं, हमारे संकल्प-विकल्प और हमारी गतिविधि भी इसी कार्य-कारण के नियम से शासित और अनुप्राणित है। ऐसी हालत में जहाँ तक मेरा मत है, मैं समझता हूँ कि हमारे संकल्प-विकल्प का रूप बदलता रहता है; हमारी गतिविधि एक तरह से निर्धारित है।''

योगेन्द्रनाथ मिश्र इधर पिछले कुछ महीनों से अपने में ही खोए-खोए से रहते थे। उनके अन्दर एक हलचल-सी मची हुई थी। उन्हें लग रहा था कि वह कुछ ऐसी तरंगों में बहे जा रहे हैं जिन तरंगों का रूप वह जानते हुए भी नहीं समझ पा रहे हैं। उन तरंगों के वेग का स्रोत कहाँ है, उनकी समझ में नहीं आ रहा था। ऐसा नहीं कि उन तरंगों में बहना उन्हें बुरा लगता हो, लेकिन उन तरंगों में कुछ ऐसा सम्मोहन था जिससे उनकी चेतना धुँधली पड़ती जा रही थी, उन तरंगों से निकलने की क्षमता जैसे उनमें न रह गई हो। प्रभाशंकर ने अपनी बात कहकर योगेन्द्रनाथ मिश्र की ओर देखा, लेकिन उन्हें ऐसा लगा कि योगेन्द्रनाथ अपने में खोया हुआ कुछ सोच रहा है, जैसे उनकी बात उसने सुनी ही नहीं।

''क्यों, क्या सोच रहे हो, डॉक्टर ?'' प्रभाशंकर ने पूछा।

''क्या सोच रहा हूँ प्रोफेसर !'' योगेन्द्रनाथ मिश्र ने चौंकते हुए कहा। फिर एक ठंडी साँस भरकर वह बोला, ''यही तो समझ में नहीं आ रहा है कि मैं क्या सोच रहा हूँ। अगर यही मैं स्पष्ट रूप से जान पाता कि क्या सोच रहा हूँ, तो उसका निदान भी मुझे मिल जाता। बुद्धि से बहुत दूर, अनजानी भावनाओं के क्षेत्र में जा पड़ा हूँ। ज्ञान और बुद्धि इन्हीं में तो प्रकाश है। जीवन का सारा उलझाव इस भावना में ही तो है।''

''कुछ लोगों का मत है कि मनुष्य का सारा प्रकाश उसकी भावना में है, क्योंकि भावना ही प्राण-तत्त्व है।'' प्रभाशंकर मुस्कराए।

''आप शायद ठीक कहते हैं, प्रोफेसर ! मुझे भी कभी-कभी लगने लगता है कि तर्क और ज्ञान इस भावना के प्रकाश को धुँधला कर देते हैं ! तर्क और ज्ञान—इनकी उपस्थिति ही शंका और अज्ञान के असीमित अन्धकार का बोध देती है।''

इस समय तक रेखा ने चाय मेज पर लगा दी थी और वह बड़े कौतूहल के साथ दो दार्शनिकों की इस बातचीत को सुन रही थी। अब उसने मुस्कराते हुए कहा, ''अपनी सीमा को स्वीकार करके हम सब लोगों को भावना के सीमित और सुस्पष्ट क्षेत्र में रहना चाहिए—शायद आप यह कहना चाहते हैं, डॉक्टर ! तो फिर मैं समझती हूँ कि जीवन की सर्वप्रथम भावना है भूख और प्यास। अब आप लोग नाश्ता कीजिए और चाय पीजिए !''

प्रभाशंकर ने उठते हुए कहा, "चलो डॉक्टर, चाय पी ली जाए। रेखा ठीक कहती है, जीवन की प्रमुख भावना है भूख और प्यास। यह समस्त जीवन शृंखलाबद्ध बुभुक्षा से अनुप्राणित है। एक भूख के शान्त होने पर दूसरी भूख--इस भूख का कहीं कोई अन्त नहीं।"

सब लोग डाइनिंग-मेज पर बैठ गए और रेखा चाय बनाने लगी। योगेन्द्रनाथ जैसे आज बात करने के मूड में आ गया था, वह कह रहा था, "सोच रहा हूँ प्रोफेसर, क्या इस भूख के मामले में कहीं संयम का भी कोई स्थान है ? कभी-कभी मुझे लगने लगता है कि भूख एक विकार है, मानव की समस्त विकृतियाँ इसी भूख के कारण हैं। संयम द्वारा हम इन विकृतियों को नष्ट भले ही न कर सकें, कम तो कर सकते हैं।"

रेखा ने चाय का प्याला योगेन्द्रनाथ और प्रभाशंकर की ओर बढ़ाते हुए कहा, "हम कर सकते हैं, डॉक्टर--इसी पर मुझे विश्वास नहीं। मुझे तो ऐसा लगता है कि हम कुछ नहीं कर सकते, सब कुछ अपने ही आप हो जाता है। जिस भावना की बात अभी चल रही है, क्या उस पर हमारा कोई अधिकार है ? भूख लगे या न लगे, क्या इस पर आपका कोई वश है ?"

सिर झुकाए हुए योगेन्द्रनाथ ने उत्तर दिया, "नहीं, इस भूख पर किसी का कोई वश नहीं, भूख शरीर का गुण है, वह तो लगेगी ही।"

प्रभाशंकर ने योगेन्द्रनाथ की बात काटी, "भूख शरीर का ही गुण नहीं है, वह जीवन का गुण है। जिसे हम इच्छा अथवा अभिलाषा कहते हैं वह भूख का ही तो दूसरा रूप है। यह सारा कौतूहल, उत्सुकता, इच्छा, अभिलाषा, प्रेरणा--ये सब इसी भूख के रूपान्तर हैं। तो इस भूख से त्राण नहीं मिलने का। हाँ, मैं जीवन में संयम की महत्ता को स्वीकार करता हूँ। भूख स्वयं में विकृति नहीं है, उसकी उग्रता और भूख को वहन करनेवाले व्यक्ति का असंयम--ये दोनों मिलकर विकृतियों को जन्म देते हैं। इसलिए जीवन में संयम की नितान्त आवश्यकता है कि हम विकृतियों से बचे रह सकें।"

रेखा ने बड़े भोलेपन के साथ प्रश्न किया, "प्रोफेसर, विकृति को आप सामाजिक तत्त्व मानते हैं अथवा वैयक्तिक तत्त्व ?"

प्रभाशंकर ने योगेन्द्रनाथ की ओर देखा, "महत्त्वपूर्ण प्रश्न है यह। क्यों डॉक्टर, तुम्हारा क्या खयाल है ?"

कुछ सोचकर योगेन्द्रनाथ ने कहा, "साधारण ढंग से हम विकृति को सामाजिक दृष्टिकोण का ही एक रूप कह सकते हैं, लेकिन अन्ततोगत्वा इस विकृति का वैयक्तिक पक्ष ही मुझे स्वीकार करना पड़ता है। समाज से सामंजस्य स्थापित रखना व्यक्ति का कर्तव्य है, और असामाजिकता को हम मोटे तौर से विकृति मानते हैं। लेकिन यह असामाजिकता वैयक्तिक तत्त्व है, इसलिए विकृति भी वैयक्तिक तत्त्व है, इससे मैं इनकार नहीं कर सकता।"

रेखा उठ खड़ी हुई, "मैं विकृति को वैयक्तिक तत्त्व नहीं मान पाती डॉक्टर, और मान भी नहीं पाऊँगी। जो कुछ हो चुका है वह स्वाभाविक है, जो कुछ हो रहा है वह

स्वाभाविक है, और जो कुछ होना है या होगा वह भी स्वाभाविक है। क्यों प्रोफेसर, आपने कुछ देर पहले यही बात कही थी न ! ऐसी हालत में जो कुछ स्वाभाविक है उसमें विकार कैसा ? सामाजिक मान्यताएँ और आस्थाएँ बदलती रहती हैं इसलिए जिसे हम विकृति कहते हैं उसका रूप और उसकी परिभाषा इस नित्य बदलते हुए समाज में बदलते रहेंगे।" कुछ रुककर उसने प्रभाशंकर से कहा, "अच्छा प्रोफेसर, अब मैं जा रही हूँ, ज्ञान मेरा इन्तजार कर रही होगी। काफी देर हो गई इस तर्क-वितर्क में।" फिर उसने योगेन्द्रनाथ मिश्र की ओर देखा, "आप यहाँ से और कहीं जाएँगे या अपने घर जाएँगे ? अगर आपको अपने घर जाना है तो मैं आपको वहीं उतार दूँगी।"

अन्यमनस्क भाव से योगेन्द्रनाथ ने कहा, "जाऊँगा यहाँ से तो अपने घर ही लेकिन अभी नहीं जाऊँगा, रेखाजी ! मुझे यहाँ एक घंटा लग जाएगा। मैं टैक्सी ले लूँगा। बहुत-बहुत धन्यवाद।"

रेखा ने प्रभाशंकर से कहा, "बहुत सम्भव है मुझे लौटने में कुछ देर लग जाए। आप समय से खाना खा लीजिएगा, मेरा इन्तजार न कीजिएगा।" और वह बाहर चली गई।

अक्टूबर का दूसरा सप्ताह आ गया था और हलकी-हलकी सर्दी पड़ने लगी थी। उस समय शाम समाप्त हो रही थी और रात का धुँधलापन आसमान पर घिर रहा था। रात का वह धुँधलापन जैसे रेखा के अन्तर में भरा हुआ था। अपने अन्दरवाले उस धुँधलेपन से वह त्राण पाना चाहती थी, इसलिए वह प्रभाशंकर और योगेन्द्रनाथ को छोड़कर अनायास ही बिना किसी कार्यक्रम के निकल पड़ी थी। प्रभाशंकर से उसने ज्ञानवती का नाम ले दिया था, अचानक ही। वैसे वह लक्ष्यहीन-सी दिल्ली का चक्कर लगाना चाहती थी। वह उस वातावरण से निकलना चाहती थी जिसमें दर्शन की चर्चा हो रही थी, और वह भी जीवन की कटुता से भरा हुआ दर्शन ! वह वातावरण कितना खतरनाक था ! आशंका और भय—ये उसके सामने थे। उस आशंका और भय से बचने के लिए वह घर से बाहर निकली थी।

योगेन्द्रनाथ को अपने जीवन से हटा देने का जो संकल्प रेखा ने नैनीताल में किया था, उस संकल्प की रक्षा रेखा नहीं कर पाई। नैनीताल से अपनी माता के साथ रेखा जबलपुर चली गई थी और प्रभाशंकर के दिल्ली न लौटने तक वह अपनी माता के साथ ही रही। प्रभाशंकर अगस्त के दूसरे सप्ताह में लौटे।

दिल्ली लौटकर रेखा ने कोशिश की कि वह योगेन्द्रनाथ से न मिले-जुले, लेकिन प्रभाशंकर का स्वास्थ्य यूरोप में कोई विशेष रूप से नहीं सुधर पाया। इसलिए प्रभाशंकर के अधिकांश कामों को योगेन्द्रनाथ को देखना पड़ता था। इस सिलसिले में योगेन्द्रनाथ को प्रभाशंकर के घर में आना-जाना पड़ता था।

रेखा जानती थी कि योगेन्द्रनाथ को बहुत अधिक काम करना पड़ता है। रेखा यह भी जानती थी कि योगेन्द्रनाथ मिश्र को सहारा देनेवाला कोई नहीं है। यह आदमी

प्रभाशंकर के लिए इतना कर रहा था, रेखा अब योगेन्द्रनाथ की सुविधाओं का खयाल करने लगी—दूर हटने के स्थान पर वह योगेन्द्रनाथ के और निकट आती गई।

रेखा ने अपनी कार ज्ञानवती के घर की ओर मोड़ दी। ज्ञानवती उस समय घर में ही थी और चुपचाप लेटी हुई थी, थकी हुई और उदास। उसने कमरे में बिजली भी नहीं जलाई थी, जिससे रेखा को पहले यह भ्रम हो गया कि ज्ञानवती घर में नहीं है।

रेखा के लिए दरवाजा खोलते हुए थके-से स्वर में ज्ञानवती ने कहा, "मैं मना रही थी कि किसी तरह तुम आ जाओ, यहाँ अगल-बगल कोई फोन भी नहीं है जो मैं तुम्हें बुला लेती। उफ्, कितनी थकावट से भरी कमजोरी है !" वह सोफा पर लुढ़क पड़ी।

यहाँ भी अन्धकार, यहाँ भी घुटन ! रेखा झुँझला उठी। उसने बढ़कर स्विच दबाया। कमरे में प्रकाश फैल गया। रेखा बोली, "यह भी क्या बात है कि तुम अँधेरे में लेटी हो ? मैं तो समझती थी कि तुम घर पर नहीं हो, और मैं लौटने ही वाली थी कि मन में खयाल आया कि देख तो लूँ।"

ज्ञानवती ने रेखा की बात का कोई उत्तर नहीं दिया, चुपचाप लेटी हुई वह एकटक रेखा को देख रही थी।

रेखा अब ज्ञानवती के पास ही सोफा पर बैठ गई। ज्ञानवती का सिर अपने घुटनों पर रखकर उसने कहा, "तबीयत तो ठीक है ? इधर तीन-चार दिन से तुम नहीं दीखीं तो मैं चिन्तित हो उठी। तुम्हें हो हलकी-सी हरारत मालूम होती है।"

"हाँ, बड़ी जोर की सर्दी हो गई है, तीन दिन हो गए। वैसे कॉलेज जाना ही पड़ता है रोज। कल तक ठीक हो जाऊँगी।" ज्ञानवती ने अपनी आँखें मूँद लीं। उसके मुख पर सुख और सन्तोष की झलक आ गई थी, "कितना मना रही थी कि तुम आ जाती तो अच्छा होता ! एक तुम्हीं तो हो मेरी।"

कुछ चुप रहकर रेखा ने कहा, "कहो, धीर की कोई खबर है ? कब तक आनेवाला है वह ?"

"धीर की ही वजह से तो मेरी सारी मुसीबत है।" ज्ञानवती बोली, "उसका पत्र आया है पेरिस से। जिनके साथ वह गया है वह पेरिस से चले गए और धीर वहाँ बीमार पड़ा है। समझ में नहीं आता कि क्या करूँ। कैसे उसका काम चलता होगा ? वैसे उसका वापसी टिकट तो उसके पास है ही, और उसके मिलने-जुलनेवाले भी वहाँ हैं। मैं कुछ रुपया उसके पास भेजना चाहती थी, लेकिन एक्सचेंज का मामला है, रुपया यहाँ से भेजा नहीं जा सकता। दिन-रात उसकी चिन्ता में घुलती रहती हूँ। मेरी रेखा—भगवान से मनाती हूँ कि वह जल्दी अच्छा होकर मेरे पास आ जाए।"

"अरे छोड़ो भी उसे !" रेखा ने कड़वे स्वर में कहा, "जो तुम्हारी ज़रा भी परवाह नहीं करता, उसके लिए तुम क्यों जान देती हो ?"

एकाएक ज्ञानवती उठकर बैठ गई, "तुम्हारे हाथ जोड़ती हूँ रेखा, तुम धीर के सम्बन्ध में ऐसी बात न कहो। वह बड़ा अबोध और भोला है। सुनो, मैं पेरिस जाना चाहती हूँ, तुम मेरा पासपोर्ट बनवा दो। मैं उसे अपने साथ ले आऊँगी।"

रेखा ने मुस्कराते हुए कहा, "तो तुमने मुझे यहाँ का गृहमन्त्री और अर्थमन्त्री समझ लिया है क्या ? पासपोर्ट बनवा दूँ, एक्सचेंज का प्रबन्ध करा दूँ ! इस पागलपन को छोड़ो। धीर जब वहाँ निरवलम्ब और निराधार रह जाएगा, तब वह खुद वहाँ से चला आएगा। अभी तो ऐसा दीखता है कि उसकी देखभाल और चिन्ता करनेवाले लोग उससे थके नहीं हैं और वहाँ बीमार-वीमार कुछ नहीं है।"

एक ठंडी साँस लेकर ज्ञानवती बोली, "शायद तुम ठीक कहती हो। मेरा मन भी मुझसे कहता है कि वह बड़े मजे में है। लेकिन मैं क्या करूँ, मुझे तो उसके बिना सब कुछ सूना-सूना लगता है।" ज्ञानवती उठकर खड़ी हो गई, "अरे, ऐसी भी क्या बात, जो मैं बीमार बनी लेटी हूँ ! जुकाम ही तो है, मैं अभी चाय बनाती हूँ। तुम्हें काली मिर्च और अदरक की चाय से तो कोई परहेज नहीं है ?"

"अब आई हो ठिकाने पर !" रेखा ने हँसते हुए कहा, "चाय पीने की कोई इच्छा नहीं है, अभी घर से तो चाय पीकर चली हूँ, लेकिन तुम्हारी काली मिर्च और अदरक की चाय में तुम्हारा साथ दे दूँगी।"

ज्ञानवती रसोईघर में चाय बनाने चली गई और रेखा चुपचाप बैठकर सोचने लगी—यह बड़ी विचित्र स्त्री है। यह धीर—निकम्मा आदमी—समाज पर एक तरह का भार। यह ज्ञानवती किस तरह उस आदमी से प्रेम कर सकती है ? कौन-सा मनोविज्ञान काम कर रहा है इस ज्ञानवती में ? रेखा को कोई उत्तर न मिल रहा था। तभी उसकी नजर घड़ी पर पड़ी। साढ़े-सात बज रहे थे। आठ बजे तक योगेन्द्रनाथ मिश्र अपने मकान पर निश्चित रूप से पहुँच जाएँगे। योगेन्द्रनाथ का ध्यान आते ही उसके शरीर में एक पुलक का कम्प छा गया।

ज्ञानवती चाय बनाकर ले आई। चाय पीकर रेखा उठ खड़ी हुई, "बड़ी अच्छी चाय बनी है, अब तुम सो जाओ, ज्ञान। मैं चलूँ, आठ बज रहे हैं। प्रोफेसर मेरा इन्तजार कर रहे होंगे।"

ज्ञानवती भी उठी, लेकिन अनायास ही उसने रेखा का हाथ पकड़ लिया। रेखा की आँखों में अपनी आँखें मिलाते हुए उसने कहा, "सच ! तो तुम अपने घर ही जाओगी यहाँ से—अभी तो सिर्फ आठ बजे हैं !"

"क्यों इसमें झूठ की क्या बात है ?" रेखा ने पूछा।

रेखा ने अनुभव किया कि ज्ञानवती का स्वर बदल गया, "तुम अपने घर नहीं जाओगी यहाँ से रेखा, मैं जानती हूँ। यहाँ से जब-जब तुम लौटती हो तब-तब अपने घर नहीं जाती हो, मुझे इस बात का पता है।"

रेखा सकपका गई, "यह तुम क्या कह रही हो ज्ञान ? मैं यहाँ से अपने घर ही जाया करती हूँ, मैं तुम्हें विश्वास दिलाती हूँ।"

"हाँ, तुम यहाँ से अपने घर जाती हो, डॉक्टर मिश्र के घर होते हुए—मैं जानती हूँ। लेकिन रेखा यह सब क्या कर रही हो ? यह कैसा पागलपन सवार हो गया है तुम पर ! नैनीताल में तुमने मुझसे क्या कहा था ? काफी दिनों तक इस आदमी के साथ

तुम्हारा रोमांस चलता रहा है, अब इस सबका अन्त होना चाहिए। इसी में तुम्हारा कल्याण है। तुम एक बहुत बड़े खतरे से खिलवाड़ कर रही हो।''

न जाने क्यों गम्भीर होने के स्थान पर रेखा हँस पड़ी, ''खतरे से खेलना ही तो जिन्दगी है। लेकिन तुम मुझ पर भरोसा करो ज्ञान ! किसी तरह की आँच न आने पाएगी मुझ पर। मैं उनके यहाँ मुश्किल से घंटा-आध घंटा बैठूँगी, फिर घर चली जाऊँगी।''

''लेकिन इस घंटे-आध घंटे के लिए वहाँ जाने की तुम्हें आवश्यकता ही क्या है ?'' ज्ञानवती ने पूछा।

''मुझे आवश्यकता ही क्या है ?'' रेखा गम्भीर हो गई, ''सच, मुझे उसकी आवश्यकता क्या है ? यह प्रश्न तुम्हारा न रहकर अब मेरा हो गया है अपने से। अभी जब मैं घर से चली थी, तब डॉक्टर मिश्र मेरे घर पर ही थे। वह प्रोफेसर से बातें कर रहे थे। काफी देर मैं वहाँ उनके साथ बैठी रही, फिर मैं तुम्हारे यहाँ के लिए चल पड़ी।'' कुछ रुककर उसने कहा, ''ज्ञान, डॉक्टर मिश्र अकेले रहते हैं, उनका मकान तुमने नहीं देखा। कहीं कोई चीज़ ठिकाने से नहीं, सब कुछ अस्त-व्यस्त। उनके यहाँ जाकर मैं उनकी चीजों को यथास्थान रखूँगी, उनका कमरा ठीक करूँगी, उनके साथ बैठकर बातचीत करूँगी—कितना सुख मिलता है मुझे इस सब में ! बिना उन्हें देखे और अकेले में खुलकर उनसे मिले मुझसे रहा नहीं जाता।''

ज्ञानवती के माथे पर बल पड़ गए, ''यह स्थिति तो बड़ी खतरनाक है रेखा, तुमने कभी इस पर सोचा है ! इसके माने यह हुए कि तुम डॉक्टर मिश्र को नहीं छोड़ सकतीं, तुम उनसे प्रेम करने लगी हो।''

रेखा को जैसे बिजली का धक्का लग गया हो, वह काँप उठी, ''नहीं-नहीं, ज्ञान ! यह सम्भव नहीं है। मैं योगेन्द्रनाथ से प्रेम नहीं कर सकती, प्रेम तो मैं केवल प्रोफेसर से ही कर सकती हूँ। लेकिन—लेकिन यह तुमने क्या कह दिया ? क्या यह सम्भव है ?'' और रेखा टूटी-सी सोफा पर बैठ गई।

ज्ञानवती ने रेखा के गले में हाथ डालकर उसे अपने से लिपटा लिया, ''रेखा, यह सत्य है कि तुम डॉक्टर योगेन्द्रनाथ से प्रेम करने लग गई हो। यह शरीर का खिलवाड़ तुम्हारे लिए अभिशाप बन गया है। अभी समय है, तुम इस खतरनाक रास्ते से हटकर पीछे लौट सकती हो। मेरी सलाह मानो, तुम डॉक्टर मिश्र के यहाँ न जाओ, यहाँ से तुम सीधे अपने घर जाओ—यही तुम्हारे लिए उचित होगा।''

''मेरी ज्ञान ! यह सब कैसे हो गया, समझ में नहीं आता।'' रेखा के स्वर में करुणा उमड़ पड़ी थी, ''तुम ठीक कहती हो, मुझे अपने से ही लड़ना होगा और विजय पानी होगी। मैं डॉक्टर मिश्र के यहाँ नहीं जाऊँगी, किसी हालत में नहीं जाऊँगी।'' रेखा सिसकने लगी।

रेखा जिस समय घर लौटी, प्रभाशंकर खाना खाने के लिए बैठ ही रहे थे। रेखा को देखते ही वह कह उठे, ''अरे, तुम इतनी जल्दी लौट आओगी, मैंने सोचा ही न था। क्या ज्ञानवती घर पर नहीं मिली ? डॉक्टर मिश्र के जाने के बाद मेरा मन न जाने क्यों

खराब हो गया, किसी काम में फिर लगा ही नहीं। अभी पन्द्रह-बीस मिनट हुए हैं उनको गए हुए। मैंने सोचा कि खाना ही खा लिया जाए।''

रेखा ने बनवारी से कहा, ''हम दोनों का खाना लगा दो।'' फिर वह प्रभाशंकर की ओर घूमी, ''ज्ञान की तबीयत ठीक नहीं हुई है, बेचारी परेशानी में पड़ गई, धीर को लेकर। वह पेरिस में बीमार है, मैं उसे समझा-बुझाकर चली आई।''

प्रभाशंकर ने ज्ञानवती की बात में कोई दिलचस्पी नहीं दिखाई, ''तुम्हें इस सबकी चिन्ता नहीं करनी चाहिए। हरेक का अपना व्यक्तिगत जीवन है।''

प्रभाशंकर की यह बात रेखा को अच्छी नहीं लगी। अपने से अलग हटकर दूसरों की ओर देखने की जैसे उनमें कोई प्रवृत्ति ही नहीं थी। इस कदर अपने में केन्द्रित था उसके सामने बैठा हुआ व्यक्ति, जो उसका पति था, जिसके जीवन में उसे अपना जीवन तन्मय कर देना था ? एक कड़वाहट-सी उसने अपने अन्दर अनुभव की, फिर बात का रुख बदलते हुए उसने पूछा, ''क्या बात हुई डॉक्टर मिश्र से आपकी ?''

कुछ झुंझलाहट के स्वर में प्रभाशंकर ने उत्तर दिया, ''मैं तो परेशान हूँ विश्वविद्यालय की इस राजनीति से। अध्यापकों का आपसी वैमनस्य—हरेक आदमी मेरा स्थान लेना चाहता है। दूसरे अध्यापकों को डॉक्टर मिश्र से ईर्ष्या है, डॉक्टर मिश्र को मैं सीनियर रीडर क्यों मानने लगा हूँ। वैसे डॉक्टर योगेन्द्रनाथ मिश्र अपने कौशल से दूसरे अध्यापकों को वश में कर सकते थे, लेकिन वह मुँहफट आदमी हैं। उनकी बुद्धि जितनी पैनी है उनकी जबान भी उतनी ही पैनी है।'' फिर कुछ रुककर उन्होंने कहा, ''इन छोटी-छोटी ईर्ष्यांओं को डॉक्टर मिश्र क्यों इतना महत्त्व देते हैं, यह मेरी समझ में नहीं आता। मेरा ऐसा खयाल है कि सब कुछ आप-ही-आप ठीक हो जाएगा। मैंने उन्हें समझा दिया है।''

दबी जबान में रेखा ने कहा, ''प्रोफेसर, मुझे ऐसा लगता है कि डॉक्टर मिश्र को यहाँ लाने में आपसे कुछ गलती हो गई है।''

''नहीं, मैंने जो कुछ किया वह बिलकुल ठीक किया। डॉक्टर मिश्र जैसे योग्य और प्रतिभाशाली व्यक्ति भारतीय विश्वविद्यालयों में कम ही मिलेंगे। मैं तुमसे कहता हूँ रेखा, यही व्यक्ति मेरा स्थान लेगा। मैंने इसलिए बम्बई से इसे बुलाया है।''

रेखा को जैसे किसी ने डंक मार दिया हो। प्रभाशंकर यह क्या कह रहे हैं ? क्या प्रभाशंकर अपने शब्दों के अर्थ को समझ रहे हैं ? क्या उनके अनजाने ही उनके मुख से नियति बोल रही है ? मर्माहत-सी वह कुर्सी पर लुढ़क गई, उसकी आँखें स्वयं ही मुँद गईं और उसका मुख पीला पड़ गया। रेखा की मुद्रा में इस अनायास परिवर्तन को प्रभाशंकर ने देख लिया, ''क्यों, क्या बात है ? तबीयत तो ठीक है ? तुम्हें ज्ञानवती के यहँ न जाना चाहिए था, यह सर्दी-जुकाम छूत की बीमारी है।''

''नहीं, ऐसी कोई बात नहीं।'' रेखा ने सुव्यवस्थित होते हुए कहा, ''आज सुबह से ही तबीयत कुछ भारी है—मौसम बदल रहा है न ! फिर थक भी गई हूँ। खाना खाने के बाद आज जल्दी सो जाऊँगी, सुबह तक सब कुछ ठीक हो जाएगा।''

खाना खाने के बाद रेखा लेट गई, लेकिन उसकी आँखों में नींद नहीं थी। जीवन में जो क्रम आ गया है उसे बदला नहीं जा सकेगा—जैसे जानी और अनजानी परिस्थितियों ने एक साथ एक षड्यन्त्र रच लिया हो उसे विफल बना देने के लिए। लाख प्रयत्न करने पर भी वह योगेन्द्रनाथ मिश्र से नहीं भाग पाएगी—किसी हालत में नहीं।

रेखा को याद हो आई बम्बई की वह शाम जब उसने प्रथम बार योगेन्द्रनाथ मिश्र को देखा था। उस समय वह यह कल्पना तक न कर सकती थी कि इस अति साधारण से दीखनेवाले व्यक्ति से वह प्रेम करने लगेगी। मँझोले कद का एक नगण्य-सा दीखनेवाला व्यक्ति, उसके पास न किसी तरह की तड़क-भड़क थी, न उसके पास किसी तरह का व्यक्तित्व था। जीवन के संघर्षों में रत, डूबता-उतराता वह आदमी बह रहा था। हाँ, उसमें एक प्रकार की मानवीय संवेदना अवश्य थी। किस लगन के साथ और किस निस्पृह भाव से उसने प्रोफेसर की सेवा की थी ! उसके इन्हीं गुणों से प्रभावित होकर प्रभाशंकर ने उसे सहारा दिया था—उसे संघर्षों से उबारकर।

किस अज्ञात प्रेरणा के वश में आकर प्रभाशंकर ने इस आदमी को सहारा दिया था ? प्रभाशंकर की तीक्ष्ण दृष्टि ने देख लिया था—एक सबल व्यक्तित्व, एक महान प्रतिभा उस आदमी के अन्दर थी। लेकिन इस आदमी से उन्हें स्वयं जो खतरा था, अपनी अहम्मन्यता की झोंक में वह नहीं देख पाए थे। शायद उस खतरे की कल्पना ही नहीं की थी उन्होंने।

यह आदमी दूसरे आदमियों से कितना भिन्न है ! उसके पास ज्ञान है, उसके पास संयम है, उसके पास चरित्र है और इस सबके साथ उसके पास प्रतिभा है। रेखा ने आरम्भ में यह सब नहीं देखा था, उसे तो शरीर की भूख मिटाने के लिए शरीर तत्त्व की आवश्यकता थी, इसीलिए उसने योगेन्द्रनाथ से सम्पर्क स्थापित किया था। लेकिन अपना कदम उठाने में उससे गलती हो गई, उसके अनजाने ही योगेन्द्रनाथ का प्राण-तत्त्व उसके प्राण-तत्त्व पर हावी होने लगा था। योगेन्द्रनाथ की सुख-सुविधा की चिन्ता के लिए वह इतनी ही चिन्तित रहने लगी जितनी चिन्तित वह प्रभाशंकर की सुख-सुविधा के लिए रहती थी। रेखा सोच रही थी कि योगेन्द्र उसकी प्रतीक्षा करते-करते लेट ही गया होगा। पता नहीं वह सोया होगा या अभी तक जाग रहा होगा। धीरे-धीरे वह अनुभव करने लगी कि ज्ञानवती की बात में आकर उससे योगेन्द्रनाथ के यहाँ न जाने में गलती हो गई।

प्रभाशंकर रेखा की बगल में लेटे हुए सो रहे थे और वह करवटें बदल रही थी। उसने देखा कि प्रभाशंकर का मुख बिलकुल निस्तेज हो गया है, उनके मुख पर झुर्रियाँ पड़ गई हैं, मानो बुढ़ापे ने एकबारगी ही उन पर हमला कर दिया हो। अभी कुल चार साल हुए थे प्रभाशंकर से उसका विवाह हुए। वह विकास के क्रम में थी, और प्रभाशंकर तेजी के साथ ह्रास के मुख में चले जा रहे थे। जब उसने प्रभाशंकर से विवाह किया था, प्रभाशंकर के ह्रास का काल आ गया था, जबकि वह नितान्त अविकसित और

अबोध थी। इतने थोड़े-से समय में उसके सब सपने नष्ट हो गए। उसने प्रभाशंकर को आत्मसमर्पण कर दिया था। प्रभाशंकर का धर्म था कि वह उसे बचाते, लेकिन बचाने के स्थान पर प्रभाशंकर ने उसका जीवन ही नष्ट कर दिया।

एक भयानक ग्लानि भर गई थी उसमें अपने प्रति, साथ ही उसे क्रोध भी आ रहा था अपने ऊपर—इतना नहीं जितना प्रभाशंकर के ऊपर। यह आदमी उसके जीवन में क्यों आया ? इस आदमी को उसके जीवन में आने का कोई अधिकार न था। उसके जीवन में प्रभाशंकर के अनाधिकार प्रवेश का कोई प्रतिरोध वह कर सकती है—वह कर भी रही है, लेकिन इस प्रतिरोध का कितना बड़ा मूल्य चुकाना पड़ रहा है उसे ! यह प्रतिरोध भी कैसा है ? एक भय, एक आशंका, एक छलना और घुटन से भरी जिन्दगी ! रेखा अपने अन्दर ही सिहर उठी। यह सब क्या हो रहा है ? यह सब क्यों हो रहा है ?

तभी प्रभाशंकर ने चौंककर आँखें खोल दीं, उस समय उनका मुख एकदम पीला पड़ गया था। घुटे हुए स्वर में उन्होंने कहा, "एक गिलास पानी !" रेखा ने देखा कि प्रभाशंकर काँप रहे हैं, उनके माथे पर पसीने की बूँदें झलक रही हैं।

रेखा घबराकर उठ खड़ी हुई, उसने प्रभाशंकर को पानी दिया। पानी पीकर प्रभाशंकर सुव्यवस्थित हुए। लेटकर उन्होंने रेखा का हाथ पकड़ लिया। फिर रेखा को अपने आलिंगन-पाश में लेते हुए कहा, "उफ्, कितना भयानक सपना था ! एक दैत्य, कितना कुरूप, कितना भयानक—तुम्हें खींचे लिए जा रहा था और तुम चिल्ला रही थीं। मैंने उस दैत्य से तुम्हें बचाने की कोशिश की और उस दैत्य ने मुझे जमीन पर पटक दिया। इसके बाद रोना-चिल्लाना बन्द हो गया और तुम हँसने लगीं ! उफ् ! तभी मेरी आँख खुल गई।"

रेखा ने प्रभाशंकर के सिर पर हाथ फेरते हुए कहा, "आपका पेट ठीक नहीं है, रात में आप हलका खाना खाया कीजिए, मैं कल से इसका प्रबन्ध कर दूँगी।"

"हाँ, इधर पेट की शिकायत बढ़ गई है, कल डॉक्टर को दिखलाऊँगा।" प्रभाशंकर ने रेखा को अपने आलिंगन-पाश से मुक्त करते हुए कहा, "लेकिन यह कितना भयानक स्वप्न था ! तुम्हें मुझसे कोई अलग नहीं कर सकता, सिवा मृत्यु के।" प्रभाशंकर के स्वर में अब असीम करुणा आ गई, "लगता है जैसे मेरी मृत्यु की गति में तेजी आ गई है।"

रेखा द्रवित हो गई। प्रभाशंकर के मुख पर हाथ रखते हुए उसने कहा, "ऐसी अशुभ बात अपने मुँह से न निकालिए। आपको हुआ ही क्या है ? आपकी तन्दुरुस्ती अब पहले से बहुत सँभल गई है, बस आप नियमित जीवन व्यतीत कीजिए।"

प्रभाशंकर ने करवट बदली। धीरे-धीरे उनकी साँसें भारी होती गईं और वह सो गए। रेखा ने अब वेदना की एक गहरी साँस ली। उसका मन अब बहुत भारी हो गया था। योगेन्द्रनाथ मिश्र उसके मस्तिष्क से हट गया था, एक प्रभाशंकर—टूटा हुआ और निरीह प्रभाशंकर—अब उसके ध्यान में था, और रेखा के मन में एकमात्र संवेदन से भरा परिताप था। धीरे-धीरे रेखा की आँखें झपने लगीं।

उस दिन के बाद रेखा जी-जान से प्रभाशंकर की देखभाल में लग गई। उसने

अनुभव किया कि प्रभाशंकर को उसके सहारे की कितनी आवश्यकता है। योगेन्द्रनाथ मिश्र से उसने मिलना-जुलना बन्द-सा ही कर दिया। इस सबसे रेखा को एक प्रकार का सन्तोष ही हुआ। दिन-पर-दिन बीतते जाते थे, और रेखा के अनजाने उसके मन की उमंग, जीवन के प्रति उसकी अनुरक्ति—इनका ह्रास-सा होता जा रहा था। मशीन की भाँति वह काम करती थी, एक अस्तित्वहीन प्राणी की भाँति वह काम करती थी।

दिसम्बर का प्रथम सप्ताह आ गया था। प्रभाशंकर का स्वास्थ्य अब पहले से बहुत सुधर गया था, लेकिन रेखा के मुख की कान्ति जाती रही थी। प्रभाशंकर को यूनिवर्सिटी पहुँचाकर जब वह वापस लौटी, उसने अनुभव किया कि वह बेतरह थकी हुई है। बाहर लॉन की धूप में वह बैठ गई। तभी उसे प्रभाशंकर के नाम एक तार मिला। कौतूहलवश उसने तार खोला, उसमें लिखा था—"दाताराम मरणासन्न अवस्था में हैं, मैं बेसहारे हूँ—देवकी।"

उसने कई बार यह तार पढ़ा, और इस तार के महत्त्व को समझने के प्रयत्न में उसे अनुभव हुआ कि उसकी खोई हुई चेतना फिर से वापस लौट रही है। इस देवकी को तो वह भूल ही गई थी—रेखा ही नहीं, इस देवकी को प्रभाशंकर भी भूल गए थे। लेकिन देवकी प्रभाशंकर को नहीं भूल पाई थी, और वह देवकी आज भी प्रभाशंकर का सहारा माँग रही है। लेकिन क्या देवकी को इस आदमी से सहारा मिल सकेगा ?

शाम के समय रेखा ने प्रभाशंकर को देवकी का तार दिया। तार पढ़कर एक क्षणिक विषाद तो प्रभाशंकर के मुख पर आया, पर वह तत्काल गायब भी हो गया। प्रभाशंकर ने तार रखते हुए कहा, "पैंसठ वर्ष की अवस्था हो गई है दाताराम की—एक-न-एक दिन तो उन्हें जाना ही है।"

"लेकिन आप क्या कीजिएगा ?" रेखा ने पूछा।

"समझ में नहीं आता कि मुझे क्या करना चाहिए। मैं दाताराम को बचा नहीं सकता, इतना तय है।" फिर कुछ सोचकर उन्होंने कहा, "तुम बतलाओ, मुझे क्या करना चाहिए ?"

"आप कल सुबह की मेल से इलाहाबाद चले जाइए, और न हो तो रामशंकर को 'केबल' कर दीजिए।" रेखा बोली।

"नहीं, रामशंकर को 'केबल' करने की कोई जरूरत नहीं, कम-से-कम मुझे। अगर देवकी ने ठीक समझा होगा तो खुद उसे 'केबल' कर दिया होगा। लेकिन क्या तुम समझती हो कि मुझे इलाहाबाद जाना चाहिए ?" प्रभाशंकर ने पूछा।

एक करुण मुस्कान के साथ रेखा ने कहा, "आपका इस समय न जाना अनुचित होगा। इस विपत्ति काल में तो देवकी को विशेष रूप से किसी सहारे की आवश्यकता है।"

"तुम कहती हो तो चला जाऊँगा, कपड़े ठीक कर दो, लेकिन वहाँ जाने की विशेष इच्छा तो नहीं होती। सुबह तुम मुझे स्टेशन पहुँचाकर योगेन्द्रनाथ के यहाँ चली जाना और उनसे कह देना कि मैं एक हफ्ते के लिए बाहर गया हूँ, मेरा काम सँभाल लें। वैसे

मैं कोशिश करूँगा कि तीन-चार दिन में वापस आ जाऊँ।"

एक अजीब-सी वितृष्णा भर गई रेखा के मन में प्रभाशंकर के प्रति इस बात को सुनकर। कितना कठोर, कितना भावहीन हो सकता है यह व्यक्ति ! इस आदमी के मन में कहीं भी मानवीय संवदेना नहीं है। उसी समय देवकी की करुण-मूर्ति उभर आई रेखा के सामने। वह देवकी, जिसने जीवन-भर प्रभाशंकर को दिया ही; जो प्रभाशंकर के लिए सब कुछ कर सकती थी।

सुबह हावड़ा मेल से प्रभाशंकर को विदा करके रेखा योगेन्द्रनाथ के घर पहुँची। उस समय नौ बज चुके थे। योगेन्द्रनाथ उस समय कुकर से खाना निकालकर मेज पर सजा रहे थे—दाल, चावल, उबली हुई सब्जी, और साथ में डबल-रोटी के टुकड़े। रेखा को देखते ही वह बोल उठे, "अरे तुम ! इस समय कैसे ? क्या कोई खास बात है ?"

"हाँ, डेढ़ महीने बाद आई हूँ इस मकान में, तो तुम्हें आश्चर्य होना ही चाहिए। अच्छा तो यह उबला हुआ खाना, स्वास्थ्य के लिए तो बड़ा अच्छा है !"

"स्वास्थ्य के लिए कैसा है, यह सोचने का मौका नहीं है, मेरे सामने तो प्रश्न सुविधा का है। परसों नौकर भाग गया, तो मैं ही खाना बनाने लगा अपना। यह मानता हूँ कि खाना बेढंगा और बहुत थोड़ा है, इसलिए मैं तुमसे तो खाने के लिए नहीं कहूँगा। अगर कोई बहुत जरूरी बात हो तो अभी कह दो, नहीं तो जब खाना खा लूँ तब बात होगी।"

"सुबह जल्दी-जल्दी में मैंने नाश्ता नहीं किया है, तो मैं कुछ थोड़ा-सा खाना चखूँगी जरूर।" रेखा को अनुभव हो रहा था कि अपने ऊपर जबर्दस्ती ओढ़ा हुआ संयम का आवरण धीरे-धीरे स्वयं खिसकता जा रहा है उसके ऊपर से। उसने योगेन्द्रनाथ मिश्र का हाथ पकड़कर उन्हें कुकर के पास से हटा दिया, "तुम बैठो डॉक्टर, यह भी कोई खाना है ! यह उबली हुई तरकारी, मैं इसे भून तो लूँ।"

मेज पर खाना लगाकर योगेन्द्रनाथ के साथ बैठी हुई रेखा बोली, "मैं कहने आई थी कि प्रोफेसर को एक आवश्यक कार्य से आज सुबह इलाहाबाद चले जाना पड़ा। वह मुझसे कह गए हैं कि मैं तुम्हें बतला दूँ। एक हफ्ता लग जाएगा उन्हें वहाँ।"

"बस इतनी-सी बात ? तुम्हें देखकर मैं तो घबरा गया था कि क्या मुसीबत आ पड़ी ! योगेन्द्रनाथ मिश्र ने खाते हुए कहा, "आज दो दिन बाद खाने में स्वाद मिल रहा है मुझे। लेकिन यह खाना भरपेट नहीं मिल सकेगा मुझे, इस बात का दुख है।" योगेन्द्रनाथ के मुख पर एक मुस्कराहट आ गई।

"इसमें दुख की क्या बात है, डॉक्टर—तुम समझ लो कि तुमने इस समय नाश्ता ही किया है। आज दोपहर को लंच मेरे यहाँ लेना। तुम्हारा चौथा पीरियड तो खाली है, मैं तुम्हें कार पर यूनिवर्सिटी से ले आऊँगी।"

उठते हुए योगेन्द्रनाथ ने कहा, "रेखा, तुम जानती हो कि तुम क्या कर रही हो ?"

"हाँ, जानती हूँ—अच्छी तरह जानती हूँ। प्रोफेसर ने खुद मुझसे कहा है कि तुम उनके स्थान पर हो, डॉक्टर !" और न जाने किस आवेग में रेखा योगेन्द्रनाथ से लिपट गई।

[19]

होली के बाद दिल्ली का मौसम एकदम बदल गया और हलकी-हलकी गर्मी पड़नी आरम्भ हो गई। उस दिन जब रेखा प्रभाशंकर को यूनिवर्सिटी से लेकर वापस लौटी, उसने देखा कि प्रभाशंकर का चेहरा तमतमाया हुआ है, और वह काफी उद्विग्न हैं। घर आकर रेखा ने प्रभाशंकर से पूछा, "क्यों क्या बात है ? आप इतने उत्तेजित क्यों हैं ? कौन-सी चिन्ता है आपको ?"

"चिन्ता से मुक्ति किसे मिल सकी है या मिल सकती है ?" प्रभाशंकर ने रुखाई के साथ कहा और वह कपड़े बदलने लगे।

रेखा ने डाइनिंग टेबल पर चाय लगा दी थी, प्रभाशंकर चुपचाप मेज के सामने बैठ गए। रेखा ने चाय बनाते हुए कहा, "लेकिन बात क्या है, ज़रा मैं भी तो सुनूँ ? आखिर आपके विचलित होने का कोई विशेष कारण होगा। क्या यूनिवर्सिटी में कोई अप्रिय घटना हो गई ?"

प्रभाशंकर की भौंहें अब तनी हुई थीं, एक अस्फुट-सा स्वर उनके मुख से निकला, "अप्रिय !" और फिर जैसे मौन ने उनके होठों को जकड़ दिया हो। उन्होंने आँखें नीची कर लीं और वह चुपचाप चाय पीने लगे।

प्रभाशंकर का यह व्यवहार रेखा की समझ में न आ रहा था। सुबह जब रेखा प्रभाशंकर को भेजने के लिए उनके साथ युनिवर्सिटी गई थी, उस समय प्रभाशंकर कितने प्रसन्न थे ! प्रोफेसर हरिनाथ के यहाँ होलिकोत्सव में शाम के समय संगीत और नृत्य का कार्यक्रम था, उस पार्टी में रेखा के साथ जाने का कार्यक्रम उन्होंने स्वयं बनाया था। कुछ घंटों में ही प्रभाशंकर का मूड कैसे बदल गया ? उसने चिन्तित होकर पूछा, "आप बतलाते क्यों नहीं ? क्या बात है ? क्या यूनिवर्सिटी में आपका किसी से झगड़ा हो गया ?"

रेखा को इस बार भी प्रभाशंकर ने कोई उत्तर नहीं दिया, वह चुपचाप अपने में ही बन्द सोच रहे थे, जैसे मन-ही-मन उन्होंने कोई निर्णय ले लिया हो। उन्होंने अपनी आँखें उठाईं, रेखा की ओर तीव्र दृष्टि से देखते हुए वह कुछ दृढ़ स्वर में बोले, "मैं समझता हूँ कि तुम्हें डॉक्टर मिश्र के साथ मिलना-जुलना बन्द कर देना चाहिए। बात बहुत आगे बढ़ गई है।"

एक क्षण के लिए रेखा सहम-सी गई, फिर एकबारगी ही अपने अन्दरवाला समस्त साहस बटोरकर वह बोली, "बात बहुत आगे बढ़ गई है ! क्या मतलब है आपका ? मैं समझी नहीं। डॉक्टर मिश्र तो आपके ही आदमी हैं, आपको इतना मानते हैं—आप उन्हें लाए हैं यहाँ। कितने आभारी हैं वह आपके ! वह आपकी पूजा करते हैं।"

"यह सब कहने की जरूरत नहीं है, सब कुछ जानता हूँ। लेकिन फिर भी मैं चाहता हूँ कि तुम डॉक्टर मिश्र से मिलना-जुलना बन्द कर दो। तुम दोनों को लेकर यूनिवर्सिटी के अध्यापकों में अप्रिय चर्चा होने लगी है। आज यूनिवर्सिटी के स्टाफ-रूम में योगेन्द्र

ने डॉक्टर अरोड़ा पर हाथ भी छोड़ दिया, क्योंकि डॉक्टर अरोड़ा ने तुम्हारा नाम लेकर योगेन्द्र से कुछ भद्दा-सा मजाक किया था।''

रेखा तमतमाकर उठ खड़ी हुई, ''वह लुच्चा अरोड़ा ! उसकी इतनी हिम्मत ! इतने जूते मारूँगी उसके कि फिर उसे इस तरह की बात कहने की हिम्मत नहीं होगी। मैं अभी जाती हूँ उसके घर। समझ क्या रखा है उसने !''

प्रभाशंकर ने कसकर रेखा का हाथ पकड़ लिया, ''तुम नहीं जाओगी कहीं भी। क्या इतना जो सब कुछ हो गया है वह काफी नहीं है ? मुझे यह दिन भी देखना पड़ रहा है तुम्हारे कारण।''

रेखा तड़प उठी, ''इस तरह के झूठ का प्रचार करनेवाले कमीने आदमियों की बातचीत से डरकर और उनके प्रचार के आगे झुककर हम लोग कायरता का ही प्रश्रय ले रहे हैं। यह मेरी इज्जत का मामला है—मुझे जाने दीजिए।''

प्रभाशंकर ने कड़े स्वर में कहा, ''उत्तेजित होकर हिंसा का सहारा लेने से नित्य बढ़नेवाले पाप का कलंक धुल तो न जाएगा। इतना याद रखना कि प्रचार केवल कलंक का ही हुआ करता है।''

रेखा चीख उठी, ''तो मेरे ऊपर जो कलंक लगाया जा रहा है उसे आप भी सही समझते हैं ? आप मुझ पर विश्वास नहीं करते ?''

रेखा की इस उत्तेजना से प्रभाशंकर और भी उत्तेजित हो उठे। उन्होंने बड़े कड़े शब्दों में कहा, ''जो कुछ मुझे कहना था वह मैं कह चुका हूँ। अब तुम चुप रहो और सीधी तरह से घर पर बैठो।''

''नहीं, मैं चुप नहीं रहूँगी। आप मेरी बात का जवाब दीजिए। बोलिए, क्या आप मेरे कलंक को सही समझते हैं ? बोलिए, क्या आप मुझ पर अविश्वास करते हैं ?''

प्रभाशंकर तमतमाकर उठ खड़े हुए, ''चुप रहोगी या मार खाओगी !''

''नहीं, मैं चुप नहीं रहूँगी, अपने ऊपर कलंक लगानेवाले का मैं मुँह तोड़ दूँगी।''

प्रभाशंकर का धैर्य जैसे छूट गया, आगे बढ़कर उन्होंने रेखा के गाल पर एक भरपूर तमाचा मारा। वह तमाचा खाकर रेखा लड़खड़ाकर गिर पड़ी। प्रभाशंकर ने कहा, ''ले अपने कलंक की सजा !'' और वह अपनी स्टडी में चले गए।

रेखा फर्श पर पड़ी सिसकती रही। उसे आशा थी कि प्रभाशंकर आकर उसे उठाएँगे और अपने इस व्यवहार के लिए माफी माँगेंगे, लेकिन प्रभाशंकर नहीं आए। करीब दस मिनट तक वह वहाँ पर पड़ी रही, फिर वह वहाँ से उठी। चुपचाप वह बेडरूम में जाकर अपने पलँग पर लेट गई, और अभी-अभी जो कुछ हुआ उस पर सोचने लगी।

जो कुछ हुआ उसे होना ही था। तो बात यहाँ तक पहुँच गई है ! अब कोई भी बात प्रभाशंकर से छिपी न रह सकेगी। वह जानती थी कि प्रभाशंकर का उस पर से विश्वास जाता रहा है; मसूरी की वह घटना उसे याद थी। मसूरी की उस घटना के बाद वह लगातार प्रभाशंकर का विश्वास प्राप्त करने का प्रयत्न करती रही। इस सबमें उसकी बुद्धि ने उसकी सहायता की। लेकिन अब उसकी बुद्धि ने उसका साथ छोड़ दिया है,

उसे यह अनुभव हुआ। बुद्धि को अलग हटाकर अब उसकी भावना उसके साथ लग गई है। भावना अन्धी होती है—उसमें कोई दुराव-छिपाव नहीं है।

इस समय उसे अनुभव हुआ कि वह अपने लिए इतनी चिन्तित नहीं है जितनी चिन्तित वह योगेन्द्रनाथ के लिए है। उसके कारण योगेन्द्रनाथ दुनिया की नजरों से गिर रहा है, उसके कारण योगेन्द्रनाथ कलंकित हो रहा है। इस सबमें दोष उसका है, एकमात्र उसका है। परिताप की ज्वाला से वह जल रही थी। उसने प्रभाशंकर का सम्मान नष्ट कर दिया था, उसने योगेन्द्रनाथ को पथभ्रष्ट कर दिया था।

वह देर तक लेटी न रह सकी। अपने कमरे से निकलकर वह प्रभाशंकर की स्टडी की तरफ बढ़ी। उस समय शाम ढल गई थी, लेकिन प्रभाशंकर की स्टडी में प्रकाश न था। स्टडी के दरवाजे पर खड़ी होकर उसने अन्दर देखा, मेज पर अपना सिर रखे हुए प्रभाशंकर चुपचाप बैठे थे, जैसे अपने इर्द-गिर्दवाले वातावरण का उन्हें होश न हो। एकाएक रेखा का हृदय धक्-सा रह गया। दौड़कर वह प्रभाशंकर के पास पहुँची, उनका हाथ पकड़कर उसने हिलाया, "क्या बात है ? इस तरह आप अँधेरे में क्यों बैठे हैं ? आपकी तबीयत तो ठीक है ?"

कमजोर स्वर में प्रभाशंकर ने कहा, "तबीयत ठीक है, मुझे चुप बैठे रहने दो।"

अब रेखा से न रहा गया, वह फूट पड़ी। प्रभाशंकर के पैरों पर गिरकर उसने कहा, "आप मुझे जितना चाहें दंड दीजिए, मेरी वजह से आपको इतना सहन करना पड़ रहा है। सारा दोष मेरा है।"

प्रभाशंकर ने झुककर रेखा को उठाया, धीरे और करुण स्वर में उन्होंने कहा, "नहीं, दोष जितना तुम्हारा है उससे कहीं अधिक मेरा है। तुम्हारा क्रोधित होना इन परिस्थितियों में ठीक भी हो सकता है, लेकिन अपने ऊपर से अपना अधिकार खो बैठना, मेरे लिए यह अक्षम्य है। तुम मुझे क्षमा करो।" रेखा ने देखा कि प्रभाशंकर की आँखों में आँसू भरे हैं, उनका स्वर काँप रहा है।

अपने अन्दरवाला विषाद रेखा जैसे भूल गई, उसने अपने आँचल से प्रभाशंकर के आँसू पोंछे। "नहीं, गलती मेरी है—आप मुझे क्षमा कीजिए ! मेरे पास अनुभव नहीं है, मैं दुनिया को समझती नहीं हूँ। मेरे ऊपर कोई भी कलंक आपके नाम पर कलंक होगा। आप ठीक कहते हैं, मैं डॉक्टर मिश्र से मिलना-जुलना बिलकुल बन्द कर दूँगी—डॉक्टर मिश्र से मुझे क्या मतलब ! उन्हें तो मैं आपके कारण जानती हूँ। मुझे इसकी चिन्ता नहीं कि डॉक्टर मिश्र इस पर क्या सोचेंगे। इसी में मेरा कल्याण है; इसी में हम लोगों के सुखी जीवन का कल्याण है। मैं डॉक्टर मिश्र की चिन्ता क्यों करूँ ? मैं किसी की चिन्ता क्यों करूँ ? एक आप हैं मेरे लिए, आपके सिवा मेरे जीवन में कोई नहीं है। अब आप शान्त हो जाइए। जो कुछ हुआ है उसे हमेशा के लिए भूल जाइए—आगे ऐसा कभी नहीं होगा।" रेखा कहे जा रही थी और जैसे रेखा के इस कथन में एक तरह का मंत्रोच्चार था, जिससे प्रभाशंकर के ऊपर जो एक प्रकार का सर्प-दंश का विष चढ़ा था, वह धीरे-धीरे उतरता जा रहा था।

प्रभाशंकर ने उठकर कमरे की लाइट जला दी, "अरे ! रात हो गई है ! कितना अँधेरा है ! मुझे इसका पता ही नहीं था, इस बुरी तरह डूब गया था मैं चिन्ता में !" और रेखा का हाथ पकड़कर ड्राइंग-रूम की ओर बढ़ते हुए वह बोले, "अन्दरवाले अन्धकार के आगे बाहरवाले अन्धकार का कोई अस्तित्व ही नहीं है। जब अन्दरवाला अन्धकार दूर हुआ तब मुझे बाहरवाले अन्धकार का पता चला।" प्रभाशंकर के मुख पर एक हलकी-सी मुस्कराहट आई, मानो जीवन का कोई बहुत बड़ा सत्य उनके हाथ लग गया हो।

लेकिन यह अन्दरवाला अन्धकार क्या वास्तव में दूर हो गया है ? रेखा का मन इस बात को स्वीकार करने के लिए किसी हालत में तैयार न था। अन्दर जो कुछ है वह सब अन्धकार ही अन्धकार है। उस अन्धकार को दूर नहीं किया जा सकता। उसी अन्धकार में रहना है हरेक को, जन्म से लेकर मृत्यु-पर्यन्त। वह अन्धकार मनुष्य के अस्तित्व का ही तो एक भाग है। उस अन्धकार को स्वीकार करके, उस अन्धकार में अपने को तन्मय करके ही जीवित रहा जा सकता है। उस अन्धकार को मनुष्य से पृथक करनेवाली चीज है चेतना और चेतना-जनित ज्ञान। यह ज्ञान, यह चेतना—ये मनुष्य के लिए अभिशाप हैं।

ड्राइंग-रूम में आकर प्रभाशंकर के साथ रेखा बैठ गई। बिजली के तीव्र प्रकाश में रेखा को अपने अन्दरवाला अन्धकार कितना डरावना और कुरूप दीख रहा था ! रेखा अपने अन्दरवाले अन्धकार से घबरा गई, और प्रभाशंकर को ड्राइंग-रूम में छोड़कर रेखा को घर के काम-काज में लग जाने में ही इस अन्धकार से त्राण पाना दीखा। वह रसोईघर में चली गई, और वहाँ के काम-काज में वह अपने अन्दरवाले अन्धकार को भूलने लगी। आज कई दिनों बाद वह रसोईघर में गई थी, यह तय करके कि अब वह अपना अधिक-से-अधिक समय घर के काम-काज में लगाएगी। मनुष्य की कुंठाओं और अतृप्तियों का एकमात्र निदान है उसकी व्यस्तता।

इसी समय उसे कॉलबेल की आवाज सुनाई दी। बनवारी को रेखा ने बाजार भेज दिया था। प्रभाशंकर की यह आदत नहीं थी कि वह कॉलबेल पर उठकर दरवाजा खोलें। रेखा ने रसोई से निकलकर दरवाजा खोला और दरवाजा खोलते ही वह चौंक उठी। उसके सामने योगेन्द्रनाथ खड़ा था—पीला मुख, आँखें बुझी-बुझी, बाल बिखरे हुए। बिलकुल प्रेतात्मा की भाँति वह दीख रहा था। रेखा के मुख से निकल पड़ा, "अरे, आप...इस समय !'

"मुझे प्रोफेसर से मिलना है।" एक छोटा-सा उत्तर योगेन्द्रनाथ ने दिया।

प्रभाशंकर सँभलकर बैठ गए थे। उन्होंने कहा, "योगेन्द्र, तुम इस समय ! आओ क्या बात है ?"

योगेन्द्रनाथ की यह मुद्रा देखकर रेखा डर गई थी। उसने बहुत धीमे स्वर में कहा, "डॉक्टर, मुझे सब कुछ मालूम हो गया है। संयत हो, इस पागलपन से तो काम नहीं चलेगा।" योगेन्द्रनाथ को ड्राइंग-रूम में छोड़कर रेखा रसोईघर में चली गई।

लेकिन रेखा का मन रसोईघर में नहीं लग रहा था। ड्राइंग-रूम में प्रभाशंकर और योगेन्द्रनाथ बैठे थे। इन दोनों में क्या बातचीत हो रही है, रेखा का मन इसमें लग रहा था। उसका दिल बुरी तरह से धड़क रहा था।

अब वह अपने को न रोक सकी, रसोईघर से निकलकर वह ड्राइंग-रूम के दरवाजे से लगकर खड़ी हो गई, इन लोगों की बातें सुनने के लिए। उसने योगेन्द्रनाथ को कहते हुए सुना, "प्रोफेसर, मुझे बड़ा अफसोस है कि मैंने डॉक्टर अरोड़ा पर हाथ छोड़ दिया था। मैं मानता हूँ कि मैंने अपने ऊपर अपना अधिकार खो दिया था, लेकिन प्रोफेसर, उस समय मेरे सामने प्रश्न मेरे चरित्र पर उसके आक्रमण का नहीं था, प्रश्न मिसेज शंकर के चरित्र पर उसके आक्रमण का था।"

"मैं समझता हूँ योगेन्द्र तुम्हारी भावना को, लेकिन तुम बुद्धिमान आदमी हो।" प्रभाशंकर की आवाज रेखा को सुनाई पड़ी, "तुम्हें यह नहीं भूल जाना चाहिए था कि निन्दा-भरी अफवाहों के पंख होते हैं। अगर इस पर सोचा होता तो शायद तुम अपने ऊपर से अपना अधिकार न खो बैठते। जो बात उस समय तक तुम दोनों तक सीमित थी वह तुम्हारे व्यवहार से सारे विश्वविद्यालय में फैल गई—तुमने जो कुछ कहा उससे रेखा की बदनामी फैलने में सहायता ही मिलेगी—मुझे सिर्फ इतना कहना है।"

रेखा को योगेन्द्रनाथ का करुण स्वर सुनाई पड़ा, "प्रोफेसर, जहर अन्दर-ही-अन्दर फैलते रहने के स्थान पर उसको ऊपर लाकर उसका उपचार करने के तरीके को आप शास्त्रीय तरीका मानेंगे कि नहीं ?"

"हो सकता है तुम्हारी ही बात ठीक हो। लेकिन योगेन्द्र, जो कुछ हुआ वह बड़ा अप्रिय और कुरूप था, मैं तो यह जानता हूँ। मैं समझता हूँ कि रेखा से मिलना-जुलना तुम्हें बन्द कर देना चाहिए। इसी में रेखा का कल्याण है, तुम्हारा कल्याण है—हम सब लोगों का कल्याण है। मैंने रेखा को सारी स्थिति बतला दी है, वह समझ गई है।"

थोड़ी देर तक मौन छाया रहा, फिर रेखा को योगेन्द्रनाथ की आवाज सुनाई दी, "आप जो कुछ कहते हैं उस पर अमल करूँगा। मैं यह कह सकता हूँ कि यह कदम गलत होगा। यह केवल भय का ही प्रदर्शन होगा मेरी ओर से, और भय अपराध का द्योतक है। मैं तो इससे भी कड़ा कदम उठाने के लिए प्रस्तुत होकर आया हूँ। मैं विश्वविद्यालय से इस्तीफा दे रहा हूँ।"

रेखा की साँस मानो रुक गई। इतना सब होनेवाला है, और इसमें दोष उसका है, योगेन्द्रनाथ का ज़रा भी नहीं है। तभी उसे प्रभाशंकर की आवाज सुनाई दी, "तो योगेन्द्र, तुम डॉक्टर अरोड़ा के बिछाए जाल में फँस रहे हो। तुम्हारे रहते उन्हें बढ़ने का मौका नहीं मिलेगा, वह जानते हैं और वह चाहते हैं कि तुम मुझसे दूर हो जाओ। नहीं योगेन्द्र, तुम्हें रिजाइन नहीं करना है।"

मानो रेखा की जान-में-जान आई, वह रसोईघर में चली गई। दस मिनट बाद जब वह रसोईघर से बाहर निकलकर ड्राइंग-रूम में आई, उसने देखा कि योगेन्द्रनाथ वहाँ से जा चुका है।

दूसरे दिन जब सुबह के समय रेखा सोकर उठी, उसने अपने अन्दर एक प्रकार की रिक्तता अनुभव की। प्रभाशंकर उस समय सुव्यवस्थित नहीं हुए थे, एक तनाव जो पिछले तीन दिन उनके चेहरे पर आ गया था, वैसा-का-वैसा मौजूद था। वैसे वह ठीक तरह से काम कर रहे थे, वह रेखा से बात भी कर रहे थे लेकिन इस सबमें अपेक्षित आत्मीयता नहीं थी। उसे लगा कि पिछले दिन जो कुछ हुआ वह समाप्त नहीं हुआ और फलस्वरूप रेखा ने भी अन्दर एक तनाव का अनुभव किया। लाख इच्छा करते हुए भी वह रसोईघर में नहीं जा सकी।

अन्दर-ही-अन्दर एक संघर्ष और एक विद्रोह ! प्रभाशंकर के निकट आने का भरसक प्रयत्न करती हुई भी वह प्रभाशंकर के निकट नहीं आ पा रही थी। दिन-पर-दिन बीतते जाते थे, और रेखा के अन्दरवाली रिक्तता लगातार बढ़ती जा रही थी। उसने योगेन्द्रनाथ से मिलना-जुलना, उससे बात करना एकदम बन्द कर दिया था। वैसे योगेन्द्रनाथ प्रभाशंकर के यहाँ कभी-कभी आता था, लेकिन रेखा योगेन्द्रनाथ के सामने से हट जाती थी, औपचारिक ढंग से उसने अगर कभी योगेन्द्रनाथ से दो-चार बातें कर लीं तो कर लीं। अपने मन को मारकर, वह योगेन्द्रनाथ से दूर हटकर प्रभाशंकर के पास आना चाहती थी।

लेकिन कदम पीछे नहीं पड़ता। बढ़ना और निरन्तर बढ़ते रहना—यही गति का नियम है, यही जीवन का नियम है। योगेन्द्रनाथ से हटकर प्रभाशंकर के पास वापस आना, यह असम्भव है—रेखा अन्दर-ही-अन्दर यह अनुभव कर रही थी।

उस दिन शिक्षामन्त्री के घर पर विश्वविद्यालयों में शिक्षा के स्तर पर विचार करने के लिए कुछ विशिष्ट अध्यापकों की एक मीटिंग बुलाई गई थी—सुबह आठ बजे। प्रभाशंकर को उस मीटिंग में पहुँचाकर रेखा जब वापस लौटी, साढ़े-आठ बज रहे थे। अपने घर आने की बजाय उसने अपनी कार ज्ञानवती के फ्लैट की ओर मोड़ दी। ज्ञानवती चाय-नाश्ता करके उस दिन का लेक्चर तैयार कर रही थी। रेखा को देखकर वह चौंक उठी, "अरे, तुम ! आज बहुत दिन बाद दीख रही हो। क्यों, क्या बात है ? इतनी उदास क्यों हो ? आज और कोई नई घटना घटी है तब से ?"

रेखा चुपचाप बैठ गई। ज्ञानवती ही उसके लिए एक सहारे की तरह थी। रेखा ने सब बातें ज्ञानवती को बतला दी थीं, और ज्ञानवती ने उसे सलाह दी थी कि वह योगेन्द्रनाथ से दूर ही रहे। ज्ञानवती के इन शब्दों ने जैसे उसके अन्दरवाली कसक को और अधिक बढ़ा दिया। रेखा को इस प्रकार मौन देखकर ज्ञानवती रेखा के निकट आ गई, रेखा का हाथ अपने हाथ में लेकर उसने कहा, "मैं जानती हूँ रेखा, जिस परिस्थिति में तुम हो वह असह्य है। लेकिन इस प्रकार तिल-तिल घुलने में तो कोई लाभ नहीं है। यह क्या दशा हो गई है तुम्हारी—तुम पहचानी नहीं जातीं ? क्या इधर हाल में और कुछ बात हुई है ?"

रेखा फूट पड़ी, "मैं मरना चाहती हूँ, ज्ञान ! अब मैं जीवित नहीं रह सकती।" और उसकी हिचकियाँ बँध गईं।

"बतलाती क्यों नहीं कि क्या हुआ ? तुम इस समय कैसे चली आईं, यह तो प्रोफेसर के यूनिवर्सिटी जाने का समय है ?"

"नहीं, इधर हाल में कुछ नहीं हुआ है। प्रोफेसर को शिक्षामन्त्री के यहाँ भेजकर आ रही हूँ—घर जाने की जगह तुम्हारे यहाँ चली आई हूँ। इस तरह अब मुझसे न रहा जाएगा।"

"इस तरह रहा न जाएगा तो तुम करोगी क्या ?"

"यह तो मेरी समझ में नहीं आता, मेरी ज्ञान ! जीवन में जिसे अपना मान लिया है उससे पराई बन जाऊँ, उससे मिलूँ नहीं, उससे बात न करूँ—यह नहीं हो सकेगा। मैं योगेन्द्रनाथ के यहाँ जा रही हूँ, चाहे जो कुछ हो। क्या हालत होगी उनकी ? क्या सोचते होंगे वह मेरे सम्बन्ध में ? मैं उनके बिना न रह सकूँगी।"

ज्ञानवती थोड़ी देर तक एकटक रेखा को देखती रही, "तो यह मामला शरीर की भूख का नहीं है—लगता है तुम योगेन्द्रनाथ से प्रेम करने लगी हो।"

"हाँ, ज्ञान ! मुझे नहीं मालूम था कि मैं उनसे प्रेम करने लगूँगी। तुमने मुझे पहले ही आगाह किया था, लेकिन उस समय मैं नहीं समझ पाई थी कि मैं योगेन्द्रनाथ से प्रेम करने लग जाऊँगी।" फिर कुछ रुककर उसने कहा, "ज्ञान, इस सबमें एक सत्य मुझे मिल गया, वह यह कि प्रेम किया नहीं जाता, प्रेम हो जाता है।"

"प्रेम किया नहीं जाता, प्रेम हो जाता है।" ज्ञानवती ने रेखा के शब्द दुहराए, "शायद तुम ठीक कहती हो, क्योंकि मेरा भी अनुभव कुछ ऐसा ही है। लेकिन रेखा, तुम मेरी सलाह मानो तो डॉक्टर योगेन्द्रनाथ के यहाँ न जाओ। निर्मम होकर तुम अपने इस प्रेम का गला घोंट दो, मैं तुमसे कहती हूँ। तुम्हें पता नहीं कि तुम कहाँ जा रही हो।"

"मैं जानती हूँ ज्ञान, मैं विनाश की ओर जा रही हूँ; यही कहना चाहती हो न ! लेकिन मैं पूछती हूँ, दुनिया में कौन आदमी ऐसा है जो विनाश की ओर नहीं जा रहा है ? जन्म लेते ही हम मृत्यु की ओर बढ़ना आरम्भ कर देते हैं। फिर इस विनाश की चिन्ता क्यों की जाए ? इस विनाश और मृत्यु को भूलकर, उसके प्रति अपनी आँखें बन्द करके—जब तक जिया जाए तब तक उन्मुक्त होकर जीवित रहा जाए। एक घुटन सैकड़ों मृत्यु के बराबर होती है, ज्ञान ! मैं इस घुटन के बीच में जिन्दा नहीं रह सकती।"

उदास भाव से ज्ञानवती ने रेखा की ओर देखा, "मैं तुम्हारी व्यथा समझती हूँ रेखा, लेकिन मैं तुम्हारी बातों से सहमत नहीं हूँ। मैं तुमसे फिर कहती हूँ कि अपने और प्रोफेसर के जीवन को नष्ट मत करो, संयम से काम लो !"

रेखा चिल्ला पड़ी, "संयम ! संयम ! इस निरर्थक और खोखले शब्द को मेरे सामने तुम अपने मुख से न निकालो !" वह एक झटके के साथ उठ खड़ी हुई। ज्ञानवती को लगा कि उसकी आँखों में पागलपन की चमक आ गई है और उसका मुख एकाएक कठोर हो उठा है। ज्ञानवती रेखा की इस मुद्रा से सिहर उठी। रेखा के पास आकर

उसका हाथ पकड़ते हुए उसने कहा, "तुम अपने-आपे में नहीं हो, रेखा ! चलो, अपने घर चलो। मैं तुम्हारे साथ चलती हूँ।"

"नहीं, तुम मेरे साथ नहीं चलोगी। मेरा अपना निजी रास्ता है, और उस रास्ते पर मैं अकेली चलना चाहती हूँ, मुझे किसी के साथ की जरूरत नहीं है।" ज्ञानवती का हाथ झटकते हुए रेखा ने कहा और वह तेजी से बाहर चली गई।

उस समय ज्ञानवती ने अनुभव किया कि एक भयानक उन्माद रेखा पर सवार है। कुछ देर तक वह स्तब्ध खड़ी रही, फिर रेखा को रोकने के लिए वह बाहर दौड़ी। लेकिन उसने देखा कि उसे देर हो गई, रेखा ने अपनी कार स्टार्ट कर दी थी।

योगेन्द्रनाथ मिश्र उस समय यूनिवर्सिटी जाने के लिए तैयार हो चुके थे, जब रेखा उनके यहाँ पहुँची। रेखा को देखकर उन्हें आश्चर्य हुआ, एक तरह की प्रसन्नता भी हुई उन्हें, "अच्छा, तो मालूम होता है तुम प्रोफेसर को मिनिस्टर साहब के यहाँ पहुँचाकर लौटी हो।"

"हाँ, वहाँ से थोड़ी देर के लिए ज्ञान के यहाँ चली गई। घर लौटने की तबीयत नहीं हुई—मुझे तुमसे बात करनी है।"

"क्या बात करोगी, रेखा ? जो कुछ हुआ वह गलत हुआ, जो कुछ हो रहा है वह गलत हो रहा है। मुझे तो ऐसा लगता है कि हम लोग गलतियों के भँवर-जाल में फँस गए हैं। बैठो ! बोलो, क्या कहना है ?"

रेखा योगेन्द्रनाथ के सामने कुर्सी पर बैठ गई, लेकिन उसकी समझ में नहीं आ रहा था कि वह क्या बात कहने आई है। विवश-सी वह योगेन्द्रनाथ की ओर देख रही थी, उसके मुख से शब्द नहीं निकल रहे थे।

योगेन्द्रनाथ ने रेखा की विवशता को देख लिया हो जैसे, "तुम्हें कहना कुछ नहीं रेखा, कहने के लिए कुछ है भी तो नहीं। एक घुटन, एक कुंठा—इतने दिनों से तुम अनुभव कर रही हो, मैं जानता हूँ, क्योंकि मैं भी तो इस घुटन और कुंठा को अनुभव कर रहा हूँ। लेकिन इस सबसे तो काम नहीं चलेगा रेखा, गलतियों के इस भँवर-जाल से हमें त्राण पाना ही है।"

"लेकिन क्या त्राण मिल सकेगा ?" कमजोर आवाज में रेखा ने पूछा।

"क्या होगा ? यह हमारे हाथ में नहीं है। हम करना कुछ चाहते हैं और हो कुछ और जाता है, मेरा अनुभव तो यही रहा है। इसलिए भविष्य की चिन्ता बेकार है। वर्तमान में हमें रहना है, और जब यह वर्तमान असह्य हो जाए तब उसे बदलने का प्रयत्न किया जाए, इसी वर्तमान का एक भाग बनकर।"

"मैं समझी नहीं।" रेखा बोली। उसकी आँखों में आँसू भरे थे और उसका स्वर काँप रहा था।

योगेन्द्रनाथ ने रेखा का हाथ अपने हाथ में लेकर कहा, "रेखा, यह न समझ लेना कि भावना केवल तुममें ही है, भावना मुझमें भी है। इधर पिछले कुछ दिनों में मुझे यह अनुभव हुआ कि मैं तुम्हारे बिना नहीं रह सकता—तुम मेरे जीवन की अभिन्न भाग बन

चुकी हो। तुम्हारे इतना पास रहते हुए भी तुमसे इतनी दूर रहना, कितना असह्य पीड़ा होती है इससे मुझे ! और तुम्हारे पास आ सकना अब इन परिस्थितियों में सम्भव नहीं है। यह दुराव-छिपाव कुछ थोड़े-से समय के लिए और कुछ विशेष परिस्थितियों में भले ही निभ जाए, लेकिन यह बहुत दिनों तक नहीं चल सकता।''

''शायद तुम ठीक कहते हो, डॉक्टर ! प्रेम का पागलपन छिपाए नहीं छिपता।'' रेखा बोली।

योगेन्द्रनाथ मुस्कराया, ''पता नहीं कि पागलपन प्रेम का अनिवार्य भाग है। मैं तो समझता हूँ कि उग्रता भावना में उतनी नहीं है जितनी उसकी अतृप्ति में है। पागलपन वहीं होता है जहाँ अतृप्ति हो, जहाँ हम अपने प्रेम को पूर्ण रूप से प्राप्त न कर पाएँ। रेखा, हम दोनों का प्रेम कुछ इसी तरह का है और इसलिए इसमें दूसरों को पागलपन दीख सकता है—दूसरों को ही नहीं, स्वयं हम लोगों को पागलपन का आभास हो सकता है।''

रेखा ने योगेन्द्रनाथ के कन्धे पर सिर रख दिया, ''डॉक्टर, किसी तरह मुझे बचाओ। मुझे अब ऐसा लगने लगा है कि मैं पागल हो जाऊँगी।''

''तुम्हें बचाने की ही कोशिश कर रहा हूँ, रेखा ! और तुम्हें बचाने के लिए मुझे दिल्ली छोड़ देना चाहिए। मैंने प्रोफेसर से कहा था कि मैं रिजाइन करना चाहता हूँ। उस समय मैंने शायद आवेश में यह बात कह दी थी, लेकिन बाद में मैंने बहुत सोचा और मुझे लगा कि अपने अनजाने ही इस सबका निदान मैंने उस समय पा लिया था। मुझे तुम्हारे और प्रोफेसर के जीवन से हट जाना चाहिए।''

निरीह-सी रेखा योगेन्द्रनाथ को देख रही थी, एक असीम करुणा उसके समस्त अस्तित्व में व्याप गई थी, उसके मुख से शब्द न निकल रहे थे। योगेन्द्रनाथ कहता जा रहा था, ''अभी परसों ऑसलो यूनिवर्सिटी से मुझे एक ऑफर मिला है, भारतीय दर्शन के प्रोफेसर-पद के लिए। आज ही मैं वहाँ अपनी स्वीकृति का पत्र भेज रहा हूँ। मेरा ऐसा खयाल है कि जुलाई या अगस्त तक मुझे वहाँ ज्वाइन कर लेना चाहिए। इस तरह मैं तुम दोनों के जीवन से अलग हट जाऊँगा, और लोगों को कुछ कहने का मौका न मिलेगा।''

''मुझे छोड़कर तुम चले जाओगे डॉक्टर, और समझते हो कि मैं जिन्दा रह सकूँगी ?''

''जिन्दगी इतनी कमजोर नहीं है कि इतनी आसानी से टूट जाए, रेखा ! जिन्दा रहना है हम लोगों को, इन समस्त निराशाओं में, इन समस्त असफलताओं में। और फिर अंग्रेज़ी की कहावत है कि समय आदमी के हरेक जख्म को भर देता है। कोई भी चीज अमर और अक्षय नहीं है, हमारी भावना भी धुँधली पड़ते-पड़ते एक दिन मिट जाएगी।''

''नहीं, डॉक्टर ! उग्र भावना कभी-कभी मनुष्य के प्राणों से अपनी कीमत चुका लेती है। ऑसलो यूनिवर्सिटी के ऑफर को तुम अस्वीकार कर दो आज ही—मैं तुम्हारे

बिना जिन्दा नहीं रह सकूँगी।" रेखा सिसक उठी, "आज ही यूनिवर्सिटी जाकर तुम उन्हें पत्र लिख दो कि तुम नहीं आओगे। इस तरह भागना तुम्हें शोभा नहीं देता।"

"तुम समझ नहीं पा रही हो रेखा, मेरे जाने में ही हम सबका कल्याण है। मुझे ज़ाना ही चाहिए, शायद नियति का विधान यही है। इस विधान के आगे झुकना पड़ेगा, उससे संघर्ष नहीं किया जा सकता।"

रेखा तड़प उठी, "नियति का विधान क्या है, इसे कोई नहीं जानता। मैं तुमसे कहती हूँ कि यूनिवर्सिटी जाते ही तुम ऑसलो यूनिवर्सिटी को इनकार का पत्र लिख दो। मैं तुमसे मिलूँगी, खुलकर मिलूँगी, परिणाम जो भी हो ! आज शाम को मैं तुम्हारे यहाँ आऊँगी।" रेखा उठकर खड़ी हो गई, "अब तुम्हारे यूनिवर्सिटी जाने का समय हो गया है, मैं भी घर चलूँ। प्रोफेसर ने दस बजे तक वापस आ जाने को कहा है। जब वह लौटें, मुझे घर पर ही रहना चाहिए।"

रेखा घर पहुँची, उस समय पौने-दस बजे थे। वह चुपचाप ड्राइंग-रूम के सोफा पर लेट गई। उसके मन में एक अजीब तरह की उदासी भरी थी। ऐसी उदासी उसने कभी पहले अपने जीवन में अनुभव नहीं की थी। उसे लग रहा था कि उसका दिल बैठा जा रहा है, कोई भयानक अनिष्ट उसके सिर पर मँडरा रहा है।

धीरे-धीरे साढ़े-दस बज गए, लेकिन प्रोफेसर घर वापस नहीं आए। उसकी उदासी अब भय और आशंका में परिणत हो रही थी। घबराकर वह उठी और बरामदे में टहलने लगी प्रोफेसर की प्रतीक्षा में।

तभी उसे टेलीफोन की घंटी सुनाई दी थी और उसने दौड़कर व्यग्रता के साथ रिसीवर उठाया। उसे दूसरी ओर से सुनाई पड़ा, "डॉक्टर शंकर को एक हलका-सा हार्ट-अटेक हुआ है मिनिस्टर साहब के घर में—उन्हें उसी समय विलिंगडन अस्पताल में भिजवा दिया गया है—कमरा नम्बर ग्यारह। आप इसी समय चली आइए !" और इसके पहले कि रेखा और कुछ पूछे, दूसरी तरफ रिसीवर रख दिया गया।

रेखा निर्जीव-सी कुर्सी पर बैठ गई। यह कैसी विपत्ति आ पड़ी उसके ऊपर ? यह सब क्या हो रहा है ? भविष्य में क्या होनेवाला है ? उसके शरीर में जैसे ताकत ही न रह गई हो। तभी उसे खयाल आया कि उसी समय अस्पताल जाना चाहिए, प्रोफेसर के इलाज की व्यवस्था उसे करनी होगी। बल लगाकर वह उठी, अपने पैरों को घसीटती हुई वह अपनी कार तक पहुँची। उसने बनवारी को बुलाकर सारी स्थिति समझाई। बनवारी से घर बन्द करवाकर उसके साथ वह विलिंगडन अस्पताल की ओर चल पड़ी। उसे अनुभव हुआ कि उसके हाथ काँप रहे हैं, और स्टीयरिंग-व्हील पर उसका अधिकार न होने के कारण कार लहरा रही है।

एकाएक किचकिचाकर रेखा ने अपना साहस बटोरा—इतनी दुर्बलता और इतनी घबराहट से तो काम नहीं चलेगा। उसे जल्दी-से-जल्दी विलिंगडन अस्पताल पहुँचना चाहिए। रेखा की चेतना अब पूरी तरह लौट आई थी। उसके ऊपर विपत्ति का पहाड़ टूट पड़ा है, लेकिन उसे दृढ़तापूर्वक उस विपत्ति का मुकाबला करने के लिए जीवन-शक्ति

भी तो मिली है।

जिस समय रेखा अस्पताल पहुँची, प्रभाशंकर कमरे में चुपचाप लेटे थे और उनकी आँखें बन्द थीं। एक नर्स उनके पलँग की बगल में कुर्सी डाले बैठी थी, रेखा को देखते ही नर्स ने कहा, "आप मिसेज शंकर हैं क्या ?"

प्रभाशंकर बेहोश नहीं थे, नर्स की आवाज सुनते ही उन्होंने अपनी आँखें खोल दीं। चुपचाप डबडबाई आँखों से वह रेखा को कुछ क्षण तक देखते रहे, फिर एक कमजोर आवाज में उन्होंने कहा, "तुम आ गई—बड़ी देर कर दी !"

नर्स ने प्रभाशंकर को रोका, "आप बोलिए नहीं, पूरी तौर से आराम करना चाहिए आपको।"

रेखा ने नर्स से पूछा, "यह सब कैसे हो गया ? कैसी हालत है इनकी ? कोई खतरा तो नहीं है ?"

"यह सब डॉक्टर सरीन से पूछिए। पौन घंटा हुआ, यह आए हैं। यहाँ आने के बाद यह शान्त हैं, इसके माने हैं कि इन्हें आराम है।"

"डॉक्टर कहाँ है ? क्या वह अभी आएँगे नहीं ?" रेखा ने पूछा।

"अभी पाँच मिनट पहले तो गए ही हैं यहाँ से, अब शायद दो-तीन घंटे बाद आएँगे। अपने कमरे में होंगे।"

रेखा ने प्रभाशंकर की ओर देखा। रेखा के आने से उन्हें शान्ति मिली हो जैसे। वह अपनी आँखें बन्द किए लेटे थे, आत्मसमर्पण के भाव से। बनवारी को कमरे में छोड़कर वह डॉक्टर सरीन के कमरे में पहुँची। डॉक्टर सरीन राउंड लेकर कमरे में प्रवेश ही कर रहे थे।

"मुझे बड़ा अफसोस है, मिसेज शंकर कि प्रोफेसर को हार्ट-अटेक हो गया। वैसे अटेक हलका है और समय से ही इनका इलाज आरम्भ हो गया, नहीं तो हालत बिगड़ सकती थी। थरोनरी थ्राम्बेसिज है यह, और रक्त की गाँठ घुलने में ज्यादा-से-ज्यादा दो दिन लगेंगे। लेकिन उसके बाद इन्हें करीब तीन हफ्ते तक यहाँ रहना होगा, पूर्ण विश्राम के लिए।"

"तीन हफ्ते !" रेखा ने चिन्तित होकर कहा।

"हाँ, इससे कम समय तो किसी हालत में न लगेगा, कुछ अधिक भले ही लग जाए। एक आदमी घर का रह सकता है इनके साथ, बल्कि मैं तो यह कहूँगा कि एक आदमी घर का रहना ही चाहिए यहाँ। अगर आप कहें तो प्राइवेट नर्सों का इन्तजाम किया जा सकता है, लेकिन घर का आदमी जितनी अच्छी तरह इनकी सेवा कर सकता है, उतनी बाहर की नर्सें तो न कर सकेंगी। वैसे इनकी देखभाल करने के लिए अस्पताल की नर्सें तो हैं ही।"

"घर के आदमी का इन्तजाम ही ठीक होगा, डॉक्टर ! दिन में मैं और रात में हमारा नौकर बनवारी रहेगा। मैं उसे साथ लेती आई हूँ।"

रेखा ने लौटकर बनवारी से कहा, "अब तुम घर जाओ। इस समय मैं खाना नहीं

खाऊँगी, रात के लिए कुछ खाना बनाकर रख देना और आठ बजे रात तक खाना खाकर यहाँ चले आना। रात में तुम्हें यहाँ रहना है।''

वह प्रभाशंकर के सिरहाने चुपचाप बैठ गई। नर्स ने उठते हुए कहा, ''ज्यादा बात न कीजिए अभी इनसे—आराम करने दीजिए इन्हें। जब जरूरत पड़े यह घंटी बजा दीजिएगा, कोई नर्स आ जाएगी।'' वह कमरे के बाहर चली गई।

यूनिवर्सिटी में प्रभाशंकर की बीमारी की खबर फैल गई। दिन-भर वहाँ के अध्यापकों और विद्यार्थियों का ताँता बँधा रहा, लेकिन डॉक्टरों ने किसी को कमरे में प्रवेश करने की अनुमति नहीं दी।

शाम के समय बनवारी आ गया। प्रभाशंकर की हालत में कुछ सुधार हो चुका था। उनके चेहरे का पीलापन कम हो गया था और उनकी उलझन भी जाती रही थी, लेकिन बड़ी कमजोरी थी उन्हें। बनवारी को अस्पताल में छोड़कर रेखा सीधे योगेन्द्रनाथ के यहाँ पहुँची। शान्त और संयत भाव से रेखा ने पूछा, ''प्रोफेसर की बीमारी की खबर सुनी ?''

''हाँ, दोपहर को मैंने यह खबर सुनी। मैं सोच रहा था कि ऑसलो विश्वविद्यालय को इनकार का पत्र लिखूँ या न लिखूँ, और उसी समय मैंने इनकार का पत्र लिखकर भेज दिया। इसके बाद मैं विलिंगडन अस्पताल पहुँचा, लेकिन डॉक्टरों ने मिलने से मना कर दिया। बाहर से ही लौट आना पड़ा।''

''दिन-भर मैं वहीं रही हूँ, डॉक्टर ! अभी बनवारी को वहाँ छोड़कर मैं वापस लौटी हूँ। बुरी तरह थक गई हूँ, डॉक्टर, घर चलकर आराम करूँगी। मेरे साथ चलो, कुछ देर बैठकर चले आना, घर में नितान्त अकेली हूँ।''

अस्पताल जाने के पहले सुबह रेखा ने प्रभाशंकर की बीमारी की सूचना देवकी को तार द्वारा भेज दी। अपने पिता को उसने केवल एक पत्र ही लिखा।

[20]

प्रभाशंकर बीमार पड़े और अच्छे हो गए। देवकी आई और चली गई, रेखा के माता-पिता भी आकर चले गए। और इस सबमें अब योगेन्द्रनाथ रेखा के जीवन का अभिन्न अंग बन गया।

प्रभाशंकर गर्मी की छुट्टियों में बाहर कहीं नहीं गए, डॉक्टरों ने उन्हें पूर्ण विश्राम की सलाह दी थी। वैसे कर्नल ज्ञानचन्द्र का आग्रह था कि प्रभाशंकर जबलपुर चलकर विश्राम करें, देवकी का आग्रह था कि प्रभाशंकर इलाहाबाद चलकर विश्राम करें, लेकिन रेखा का आग्रह था कि प्रभाशंकर दिल्ली में ही रहें। रेखा के आग्रह को डॉक्टरों की सलाह से बल मिला।

प्रभाशंकर की बीमारी में योगेन्द्रनाथ मानो प्रभाशंकर के परिवार का ही एक सदस्य हो गया था। प्रभाशंकर के यहाँ आनेवाले मेहमानों की व्यवस्था करना, उनकी देखभाल करना—यह सब काम उसने अपने ऊपर ले लिया था। लेकिन इस सबमें प्रभाशंकर को प्रसन्नता नहीं होती थी—एक तरह की हिंसा धीरे-धीरे सुलग रही थी उनके अन्दर योगेन्द्रनाथ के प्रति। उस हिंसा को प्रभाशंकर प्रकट नहीं कर सकते थे। वह प्रभाशंकर के लिए एक ऐसे सहारे के रूप में था जिसे उनके जैसे अशक्त आदमी द्वारा छोड़ा नहीं जा सकता था। प्रभाशंकर चुपचाप घुट रहे थे अपने अन्दर।

इस घुटन का एक और कारण था। दिन-रात घर का काम करने के बाद रेखा को आराम और मनबहलाव की आवश्यकता होती थी। बाहर निकलने के लिए कोई साथी तो चाहिए था। ज्ञानवती फ्रांस चली गई थी, इसलिए वह योगेन्द्रनाथ मिश्र को साथ लेकर बाहर निकलती थी, और विवश-से प्रभाशंकर यह देखते रहते थे।

अगस्त के दूसरे सप्ताह में यूनिवर्सिटी में काम-काज में व्यस्तता आ गई थी। प्रभाशंकर अब नियमित रूप से विश्वविद्यालय जाया करते थे। उनके स्वास्थ्य में काफी सुधार हो गया था, यद्यपि वह अधिक काम न करते थे। उस दिन प्रभाशंकर ने अपने चपरासी से कहा, "डॉक्टर मिश्र से मेरा सलाम कहना। उन्हें जैसे ही फुरसत मिले, वह मुझसे मिल लें आकर।"

प्रभाशंकर को पता था कि योगेन्द्रनाथ मिश्र का वह पीरियड खाली है। चपरासी से खबर पाते ही वह प्रभाशंकर के कमरे में पहुँचा, "आपने मुझे याद किया था, प्रोफेसर ? कोई खास बात है क्या ?"

"है भी, नहीं भी है।" सामनेवाली कुर्सी की ओर इशारा करते हुए प्रभाशंकर ने कहा, "बैठो !" फिर कुछ चुप रहकर उन्होंने भरपूर नजर से योगेन्द्रनाथ को देखते हुए पूछा, "क्या यह ठीक है कि तुमने ऑसलो यूनिवर्सिटी में जाने से इनकार कर दिया है ?"

योगेन्द्रनाथ मिश्र को आश्चर्य हुआ कि प्रभाशंकर को कैसे उनके इनकार करने की खबर लग गई। क्या रेखा ने तो उनसे नहीं कह दिया ? कुछ सोचकर योगेन्द्रनाथ ने कहा, "आपको कैसे पता चला कि मैंने वहाँ जाने से इनकार किया है, प्रोफेसर ? मेरे पास तीन-चार महीने पहले एक ऑफर जरूर आया था..."

प्रभाशंकर ने योगेन्द्रनाथ मिश्र की बात काटी, "हाँ, उन लोगों ने मुझे लिखा था कि भारतीय दर्शन के प्रोफेसर के पद के लिए मैं किसी योग्य व्यक्ति का नाम उन्हें बतलाऊँ, तो मैंने उनके पास तुम्हारा नाम भेज दिया था।"

"आपने मेरे नाम की सिफारिश की थी, प्रोफेसर ! मुझे ताज्जुब होता है। मैं तो समझता था कि आप चाहते हैं कि मैं दिल्ली में ही रहूँ !"

"कभी चाहा था।" प्रभाशंकर ने उत्तर दिया, "लेकिन वह सब तो खत्म हो चुका है। अब मैं समझता हूँ कि तुम्हें यहाँ से जाना चाहिए। कारण तो तुम समझते ही होगे योगेन्द्र, तुम काफी बुद्धिमान आदमी हो।" प्रभाशंकर के स्वर में एक

व्यंग्यात्मक रूखापन था।

योगेन्द्रनाथ थोड़ी देर तक मौन रहा—नियति का चक्र चल रहा है, वह देख रहा था, फिर आत्मसमर्पण के भारी स्वर में कहा, "मुझे यहाँ से जाना ही चाहिए, शायद आप ठीक कहते हैं। लेकिन प्रोफेसर, मैं आपको विश्वास दिलाता हूँ कि जो कुछ हो गया उसमें मेरा कोई अपराध नहीं है।"

प्रभाशंकर के स्वर से अब व्यंग्य गायब हो गया, व्यंग्य का स्थान एक प्रकार की कठोरता ने ले लिया "किसका अपराध है, इसकी समीक्षा करने के लिए मैंने तुम्हें नहीं बुलाया है योगेन्द्र, क्योंकि किसी भी तरह की सफाई या समीक्षा से सत्य को तो नहीं बदला जा सकेगा। इतना तो तुम्हें मानना पड़ेगा कि जो सत्य है वह भयानक तौर से कुरूप है।"

"जो सत्य है वह भयानक तौर से कुरूप है।" योगेन्द्रनाथ ने प्रभाशंकर की बात दुहराई एक घुटी आवाज में और फिर उसने बल लगाकर कहा, "मैं इसे स्वीकार नहीं करता प्रोफेसर, लेकिन सत्य भी तो सापेक्ष हुआ करता है। इसलिए मैं यह अवश्य स्वीकार करता हूँ कि मुझे दिल्ली छोड़कर चले जाना चाहिए। और यही नहीं; मैं समझता हूँ कि मुझे देश छोड़कर चले जाना चाहिए, उत्तरी यूरोप के एक देश में जहाँ छह महीने का दिन होता है, छह महीने की रात होती है।" इस समय तक व्यंग्य योगेन्द्रनाथ मिश्र की आवाज में भी आ गया था, "लेकिन प्रोफेसर, मैं गलती कर चुका हूँ, वहाँ के ऑफर को अस्वीकार करके।"

"वह गलती अभी सुधारी जा सकती है।" प्रभाशंकर ने उत्तर दिया, "उन लोगों ने मुझसे किसी दूसरे आदमी का नाम माँगा है, और यह भी लिखा है कि अगर मैं तुम्हें राजी कर लूँ तो अच्छा होगा। तो तुम अपनी स्वीकृति मुझे दे दो, मैं तुम्हारी स्वीकृति के साथ उन्हें पत्र लिखे देता हूँ। नवम्बर के प्रथम सप्ताह में तुम्हें वहाँ ज्वाइन करना है। अभी ढाई महीने हैं, तुम अपनी व्यवस्था मजे में कर सकते हो।"

"हाँ, समय काफी है।" योगेन्द्रनाथ ने कहा।

"बस, इसीलिए मैंने तुम्हें बुलाया है। यह पैड है, तुम अपना स्वीकृति-पत्र इसी समय लिख दो।"

योगेन्द्रनाथ ने अपनी स्वीकृति का पत्र लिखकर प्रभाशंकर को दे दिया। वह पत्र योगेन्द्रनाथ के हाथ से लेते हुए प्रभाशंकर ने कहा, "धन्यवाद, योगेन्द्र ! मुझे तुमसे यही आशा थी। लेकिन हममें जो बातें हुई हैं और तुमने जो ऑसलो जाने का स्वीकृति-पत्र लिखा है, इसका जिक्र रेखा से न करना।"

"आप विश्वास रखिए प्रोफेसर, मैं किसी से इस बात का जिक्र न करूँगा जाने के दिन तक। और रही मेरे और आपके बीच की व्यक्तिगत बातें, वे हम दोनों तक ही सीमित रहेंगी।" योगेन्द्रनाथ उठकर खड़ा हो गया, "लेकिन प्रोफेसर, मैं यहाँ से जाते-जाते एक बार फिर आपसे कह देना चाहता हूँ कि मैं निर्दोष हूँ, मुझे दोषी समझकर आप मेरे साथ अन्याय करेंगे।"

एक तीखापन, एक दृढ़ता योगेन्द्रनाथ के स्वर में—प्रभाशंकर को यह अच्छा नहीं लगा। उन्होंने व्यंग्यात्मक स्वर में कहा, "तो मैं इस सबमें एकमात्र रेखा का दोष समझूँ, तुम मुझसे यह कहना चाहते हो !"

"नहीं, मैं मिसेज शंकर को तो दोष नहीं दे सकता। हममें दोषी कोई भी नहीं है प्रोफेसर, लेकिन अगर आप जबर्दस्ती दोष को ढूँढ़ ही निकालना चाहते हैं..." योगेन्द्रनाथ अपनी बात कहते-कहते रुक गया, "खैर, छोड़िए भी इस बात को प्रोफेसर, जो हो चुका है, वह हो चुका; उसे बदला तो नहीं जा सकता।" योगेन्द्रनाथ एकदम घूमकर कमरे से बाहर चला गया।

योगेन्द्रनाथ जाते-जाते उन पर एक प्रहार कर गया—प्रभाशंकर ने अनुभव किया, और उस प्रहार से प्रभाशंकर तिलमिला उठे। प्रभाशंकर ने जो कुछ चाहा वही हुआ, कहीं भी उन्हें योगेन्द्रनाथ से किसी प्रकार का प्रतिरोध नहीं मिला, लेकिन प्रभाशंकर के अन्दर यह भावना भर गई कि वह पराजित हुए और उनके अन्दर एक अशान्ति भर गई। अपना सिर थामकर वह बैठ गए। क्रोध और पराजय की वह चुभन ! उन्हें ऐसा लग रहा था कि उस पीड़ा से वह बेहोश हो जाएँगे।

बड़े प्रयत्न से वह स्वस्थ हुए और उन्होंने उसी समय योगेन्द्रनाथ का स्वीकृति-पत्र अपने पत्र के साथ रखकर भेज दिया। एक काम पूरा हुआ, लेकिन उनकी बेचैनी बढ़ती जा रही थी। चपरासी से उन्होंने टैक्सी मँगवाई और वह घर के लिए रवाना हो गए।

प्रभाशंकर को टैक्सी पर आया देखकर रेखा घबरा गई, दौड़कर वह टैक्सी के पास आई, प्रभाशंकर को सहारा देकर उतारते हुए उसने कहा, "क्या बात है जो आप इस समय चले आए ? आपकी तबीयत तो ठीक है ? फोन कर दिया होता तो मैं कार लेकर चली आती।"

प्रभाशंकर ने रेखा का हाथ झटक दिया, "सोचा, शायद आराम कर रही हो तो तकलीफ होगी ! यूनिवर्सिटी में मन नहीं लगा।" रूखे स्वर में यह कहकर प्रभाशंकर ने टैक्सीवाले का किराया अदा करके उसे विदा किया।

रेखा ने देख लिया कि प्रभाशंकर का चेहरा तमतमाया हुआ है। उसने फिर साहस किया, "क्या बात है ? क्या यूनिवर्सिटी में आज फिर कोई अप्रिय बात हो गई ?"

प्रभाशंकर ने रेखा की बात का कोई उत्तर नहीं दिया, वह ड्राइंग-रूम में बैठ गए। फिर रेखा को संकेत से बिठाते हुए वह बोले, "एक बात पूछनी है तुमसे। योगेन्द्र के पास ऑसलो-यूनिवर्सिटी से एक ऑफर आया था कुछ महीने पहले, उसने उस ऑफर को अस्वीकार कर दिया, यद्यपि बड़ी अच्छी तनख्वाह थी। क्या उस ऑफर को अस्वीकार करने के लिए तुमने योगेन्द्र पर जोर डाला था ?"

"आपको कैसे मालूम कि डॉक्टर मिश्र के पास ऐसा कोई ऑफर आया था और उन्होंने उसे अस्वीकार किया ?" रेखा ने पूछा।

"मैंने जो सवाल किया है उसका जवाब चाहता हूँ। तुमसे कोई प्रश्न नहीं सुनना

चाहता हूँ।" आवेश में भरकर प्रभाशंकर ने कहा।

"प्रश्न पूछने का अधिकार केवल आपको ही है, मुझे कोई अधिकार नहीं है !" जीवन में प्रथम बार रेखा ने प्रभाशंकर को चुनौती दी।

एकाएक प्रभाशंकर भड़क उठे, "हरामजादी कहीं की ! अब जबान लड़ाने पर उतर आई है। मेरे सवाल का जवाब चाहिए मुझे !"

रेखा को लगा कि उसका खून जमा जा रहा है और वह पत्थर की होती जा रही है। उसने कहा, "आपको इस तरह गाली देते शर्म नहीं आती ! अगर मैंने कोई बात पूछ ली तो यह मेरा जबान लड़ाना हो जाता है !"

प्रभाशंकर पर मानो पागलपन चढ़ता जा रहा था। उन्होंने चिल्लाकर कहा, "मैंने जो पूछा उसका जवाब चाहिए मुझे। तुमने योगेन्द्र मिश्र से ऑसलो यूनिवर्सिटी के ऑफर की अस्वीकार करने को कहा था या नहीं ?"

रेखा अब तड़प उठी, "हाँ, मैंने कहा था उनसे। अब तो आपको सन्तोष हुआ। मैं नहीं चाहती थी कि एक व्यक्ति जो हम लोगों के जीवन में सहारे की भाँति आ गया है, वह चला जाए। इसीलिए मैंने उनसे कहा था। आपको दिल का दौरा हुआ था उन्हीं दिनों।"

एक शैतानियत-भरी हँसी प्रभाशंकर के मुख पर आ गई, "हूँ ! अकेले मेरा सहारा काफी नहीं था तुम्हें, क्योंकि मुझे दिल का दौरा हुआ था। लेकिन अब मैं तन्दुरुस्त हूँ, अब तुम्हें योगेन्द्र के सहारे की जरूरत नहीं है। तो फिर सुन लो, योगेन्द्रनाथ को जो ऑफर आया था वह मैंने ही भिजवाया था, और आज मैंने योगेन्द्रनाथ से उसकी स्वीकृति भी भिजवा दी है। उसे अब तुम्हारे जीवन से जाना चाहिए, तुम्हें उसका सहारा नहीं मिल सकेगा अब। नवम्बर के प्रथम सप्ताह में उसे वहाँ ज्वाइन करना होगा, पन्द्रह अक्टूबर से दिल्ली विश्वविद्यालय में उसकी नौकरी खत्म ! आज ही मैंने यह सब व्यवस्था कर दी है, और यह खुशखबरी सुनाने के लिए मैं इस समय यूनिवर्सिटी से आया हूँ।"

रेखा के मुख से एक चीख निकली, "आप इतने बड़े शैतान हैं, मुझे नहीं मालूम था।"

"मेरी शैतानियत देखना चाहती है तो देख !" प्रभाशंकर ने रेखा पर प्रहार करने के लिए उठते हुए कहा, और उसी समय एकाएक उनका चेहरा पीला पड़ गया। एक बार खड़े होकर फिर सोफा पर गिर पड़े। उन्हें ऐसा लगा कि उनका दाहिना पैर सुन्न-सा पड़ गया है। उन्होंने अपने दाहिने हाथ से पैर टटोलना चाहा, लेकिन उनके दाहिने हाथ ने उठने से इनकार कर दिया। उन्होंने चिल्लाकर कहना चाहा, "देखो, मुझे क्या हो गया है !" लेकिन उनका स्वर लड़खड़ा गया, ठीक तरह से वह अपनी बात भी नहीं कह पाए। एक अस्पष्ट स्वर ही निकल पाया उनकी जबान से।

रेखा को स्थिति समझने में कुछ देर लगी, लेकिन स्थिति समझते ही वह घबरा गई। उसने दौड़कर प्रभाशंकर को देखा, वह असहाय अवस्था में सोफा पर पड़े हुए थे। उसने

सहारा देकर प्रभाशंकर को उठाना चाहा, लेकिन उसके सहारे से भी प्रभाशंकर नहीं उठ सके। तब उसने बनवारी को आवाज दी। बनवारी की सहायता से रेखा ने प्रभाशंकर को बिस्तर पर लिटा दिया। इसके बाद उसने डॉक्टर को फोन किया। फिर वह प्रभाशंकर के पलँग के बगल में कुर्सी डालकर डॉक्टर कपूर की प्रतीक्षा करने लगी।

डॉक्टर कपूर ने प्रभाशंकर की परीक्षा करके बतलाया कि उन्हें लकवा मार गया है और इसका कारण उनकी मानसिक उद्विग्नता रही होगी। यद्यपि यह अटेक बहुत सीरियस नहीं है, लेकिन प्रभाशंकर को मानसिक शान्ति की नितान्त आवश्यकता है। डॉक्टर कपूर ने सलाह दी कि प्रभाशंकर को मेहमानोंवाले कमरे में रख देना ठीक होगा और उसी समय से डॉक्टर कपूर का इलाज आरम्भ हो गया।

शाम के समय योगेन्द्रनाथ प्रभाशंकर को देखने आया। योगेन्द्रनाथ को देखते ही प्रभाशंकर ने अपनी आँखें बन्द कर लीं और संकेत से योगेन्द्रनाथ से जाने को कहा। योगेन्द्रनाथ ने प्रभाशंकर का संकेत नहीं समझा, लेकिन रेखा ने उनका संकेत समझ लिया। उसने योगेन्द्रनाथ से कहा, "डॉक्टर, प्रोफेसर आराम करना चाहते हैं। वह नहीं चाहते कि कोई आदमी इनके पास आए।"

योगेन्द्रनाथ कमरे से बाहर चला गया, मर्माहत-सा। प्रभाशंकर ने आँखें खोलकर रेखा को देखा, कृतज्ञता के भाव से। अस्फुट स्वर में वह बोले, "ठीक किया तुमने। जो हो गया उसकी जिम्मेदारी मुझ पर है, मेरी हिंसा पर है।" प्रभाशंकर की आँखों में आँसू आ गए।

यह मनुष्य कितना असहाय है, कितना निरीह है, कितना दयनीय है ! रेखा को ऐसा लगा कि प्रभाशंकर का सारा अहम, उनकी समस्त हिंसा—सब नियति के एक ही झटके में टूट गए हैं। उसके सामने एक असमर्थ और टूटा हुआ आदमी पड़ा था। इस दृश्य से वह द्रवित हो गई। प्रभाशंकर के माथे पर हाथ फेरते हुए उसने कहा, "आप आश्वस्त हो जाइए। डॉक्टर का कहना है कि पन्द्रह-बीस दिन में आप ठीक हो जाएँगे और दो महीने में आप ठीक तरह से काम भी करने लगेंगे।"

"अब तो जो भुगतना है उसे भुगतूँगा।" प्रभाशंकर ने आँखें बन्द कर लीं, जैसे, इस तूफान के बाद वह निःशक्त हो चुके हों।

तीसरे दिन सुबह के समय देवकी इलाहाबाद से आ गई, एकदम बदहवास-सी। प्रभाशंकर को देखते ही वह रो पड़ी, "हाय, यह क्या हो गया है तुम्हें ! इतनी जल्दी फिर बीमार पड़ गए ! मुझे क्या पता था कि इतना टूट गए हो, नहीं तो मैं यहाँ से इलाहाबाद जाती ही नहीं।"

देवकी के उस विलाप से रेखा घबरा गई। उसने देवकी को शान्त करने की कोशिश की तो वह और भी भड़क उठी, "यह सब तुम्हारी वजह से हुआ, तुम्हारी वजह से। मैंने इनको पहले ही आगाह कर दिया था, लेकिन उस समय इन्होंने मेरी बात नहीं मानी और अब यह भुगत रहे हैं।"

रेखा चुपचाप कमरे के बाहर आकर ड्राइंग-रूम में बैठ गई, देवकी को प्रभाशंकर

के पास छोड़कर। देवकी यह सब कहनेवाली कौन होती है ? लेकिन उसे उस समय देवकी पर क्रोध नहीं आया। उसके अन्दर से ही कोई कह रहा था, "यह देवकी जो कुछ कहती है क्या वह गलत है ? क्या वह देवकी की दुर्भावना से भरा झूठ ही है ? प्रभाशंकर की यह हालत उनकी अन्दरवाली घुटन, उनके अन्दरवाली ईर्ष्या और क्रोध के कारण ही तो हुई है। इस घुटन, क्रोध और ईर्ष्या का कारण वह है। दोष उसका है—एकमात्र उसका।" यह सोचते-सोचते रेखा की आँख लग गई।

कितनी देर वह सोती रही, उसे इसका पता नहीं, और तभी वह चौंक उठी देवकी की आवाज से—"अरे, मालूम होता है दो-तीन दिन से तुम सोई नहीं हो ! तुम्हारा मुँह कितना उतर गया है ! मैं आ गई हूँ, अब तुम्हें आराम करने का मौका मिल जाएगा। इस समय तुम प्रोफेसर के पास जाकर दवा दो, दवा का समय हो गया। तब तक मैं नहा-धो लूँ, रातभर का सफर करके आई हूँ।"

तीन दिन से रेखा नहीं सोई थी, दिन-रात जागकर वह प्रभाशंकर की सेवा करती रही थी। वह उठी और तभी देवकी ने उससे कहा, "तुम मेरी बात का बुरा तो नहीं मान गईं, रेखा रानी ! मैंने तुम्हें कोई उलाहना नहीं दिया था, जो कुछ हुआ है उसकी जिम्मेदारी एकमात्र प्रोफेसर पर है। मैं जो कुछ आवेश में कह गई हूँ उसके लिए माफ करना। तुमसे क्या कहूँ, मैं प्रोफेसर से बेहद प्यार करती हूँ, मैं अपनी भावना रोक नहीं पाई।" रेखा ने देखा कि देवकी की आँखों में आँसू छलछला आए।

रेखा ने देवकी को उत्तर नहीं दिया, चुपचाप वह प्रभाशंकर के कमरे में चली गई। स्त्री की एकमात्र निधि है प्रेम—इस प्रेम पर वह अपने सारे सुखों को न्यौछावर कर सकती है। स्त्री का प्रेम अमर होता है, वह समान रहता है। प्रभाशंकर की उपेक्षा और उनके दुर्व्यवहार के बाद भी देवकी का प्रभाशंकर के प्रति प्रेम वैसा-का-वैसा है। रेखा ने प्रभाशंकर को दवा दी। दवा पीकर लड़खड़ाते स्वर में प्रभाशंकर ने रेखा से कहा, "देवकी को वह बात नहीं कहनी चाहिए थी, मैंने उसे डाँट दिया है। उसकी किसी बात का बुरा न मानना। आखिर तुमने ही तो उसे बुलाया है।"

"मैंने उसे बुलाकर क्या कोई गलती की है ?" रेखा ने पूछा।

"नहीं, अच्छा ही किया जो उसे बुला लिया। तुम तीन दिन से लगातार मेरी सेवा कर रही हो, कहाँ तक तुम इस तरह श्रम करोगी ! देवकी से हम लोगों को सहारा ही मिलेगा। लेकिन इतना समझ लो कि जहाँ तक मेरा सवाल है, वहाँ एकमात्र तुम ही हो मेरे लिए।"

प्रभाशंकर ने जो कुछ कहा, क्या वह सत्य है ? क्या उन्होंने क्षणिक आवेश में यह सब नहीं कह डाला ? किसी समय उन्होंने उस देवकी से भी यही कहा होगा और वह देवकी आज तक प्रभाशंकर के उस झूठ को अपने प्राणों में सत्य की तरह चिपकाए हुए है—वह देवकी जो अपने बच्चों को छोड़कर प्रभाशंकर की सेवा करने के लिए दौड़ी आई है।

देवकी के आ जाने से रेखा को बहुत बड़ा सहारा मिला। इस विपत्ति को झेलने

के लिए वह अकेली नहीं है, कोई और भी उसके साथ है। लेकिन रेखा को लग रहा था कि उसके जीवन में बहुत बड़ा परिवर्तन हो रहा है। जो कुछ हो रहा था वह अप्रिय था, कुरूप था। क्या इसी कुरूपता में उसका जीवन बीतेगा ? क्या इस सबसे उसे त्राण मिल सकेगा और अगर उसे त्राण मिल सकेगा तो कैसे ? एक बहुत बड़ा सहारा पाया था उसने योगेन्द्रनाथ में, और वह सहारा भी छूट रहा था। नहीं, वह छूट गया था; एकदम ! उसके घर के द्वार योगेन्द्रनाथ के लिए बन्द हो चुके थे।

दिन-पर-दिन बीतते जा रहे थे। प्रभाशंकर की हालत में सुधार होता जा रहा था, लेकिन उस सुधार की गति बहुत मन्द थी। पन्द्रह दिन बीत गए थे, प्रभाशंकर अब सहारा लेकर उठने-बैठने लगे थे। उनकी वाणी में सुधार आ गया था और उनके स्वर की लड़खड़ाहट जाती रही थी। उसने चिन्तित होकर डॉक्टर से पूछा तो उसने जवाब दिया, ''पक्षाघात के अच्छा होने में विलम्ब लगा करता है, मिसेज शंकर ! अभी इन्हें दो महीने और लगेंगे, फिर भी यह स्वाभाविक अवस्था न प्राप्त कर सकेंगे। स्वाभाविक अवस्था प्राप्त होने में छह महीने भी लग सकते हैं।''

डॉक्टर को विदा करके रेखा ने देवकी से कहा, ''मैं दवा लेने जाती हूँ, तुम प्रोफेसर के पास रहना।'' वह कार लेकर निकल पड़ी।

''अभी दो महीने और लगेंगे और स्वाभाविक अवस्था आने में छह महीने लग जाएँगे।'' डॉक्टर के ये स्वर उसके कानों में गूँज रहे थे। एक सूनापन वह अनुभव कर रही थी अपने प्राणों में, और उस सूनेपन में बीच-बीच में एक पीड़ा की लहर-सी दौड़ पड़ती थी।

दवा लेकर वह वापस लौटी। शाम हो गई थी। सिहरन से भरा एक धुँधलापन फैला हुआ था, सारे वातावरण में। उसे लगा कि घर में इससे भी भयानक धुँधलापन मिलेगा। उसका घर लौटने को जी न हो रहा था। तभी उसने अनायास कार योगेन्द्रनाथ के घर की ओर मोड़ दी।

योगेन्द्रनाथ अपने कमरे में उदास और निश्चेष्ट-सा बैठा था। रेखा को देखते ही वह उठ खड़ा हुआ, ''बहुत दिनों के बाद दीखीं तुम ! प्रोफेसर की तबीयत में तो अब कुछ सुधार है, ऐसा मैंने सुना है।''

''हाँ, कुछ सुधार तो हुआ ही है। वह उठ-बैठ सकते हैं, ठीक तौर से बोल भी लेते हैं, लेकिन चलने-फिरने में अभी लगता है, बहुत समय लगेगा। पन्द्रह दिन हो गए उनको बीमार पड़े। बड़ी धीमी गति है उनके सुधार की।''

''हाँ, पक्षाघात में समय तो बहुत लगा करता है। बैठो, बड़ी थकी हुई दीख रही हो।''

रेखा बैठ गई, ''आज पन्द्रह दिन से तुम्हें देखा नहीं, जी नहीं माना तो तुम्हारे यहाँ चली आई, क्योंकि दवा लेने निकली थी। प्रोफेसर को नहीं मालूम। घर से बाहर निकलने के लिए ज्ञानवती का बहाना भी तो नहीं कर सकती हूँ, क्योंकि वह फ्रांस चली गई है।''

योगेन्द्रनाथ मुस्कराया, "प्रेम इसे कहते हैं—धीर ही तो है उसके लिए सब कुछ।" फिर उठंकर अपनी ड्रॉअर से एक पत्र उसने निकाला, "ऑसलो से मेरा एप्वाइंटमेन्ट लेटर आ गया है। अक्टूबर के दूसरे सप्ताह में मुझे चल देना है यहाँ से। कुल डेढ़ महीना रह गया है, मेरे पास। इस बीच में अपना पासपोर्ट ठीक कराना है, यहाँ का सब काम-काज निपटाना है।"

रेखा थोड़ी देर तक एकटक योगेन्द्रनाथ को देखती रही और फिर वह कराह उठी, "तो यहाँ से जाना तय कर लिया है तुमने डॉक्टर, मुझे छोड़कर !"

"तुम्हें छोड़ने की इच्छा नहीं थी रेखा, लेकिन मैं विवश हूँ। हम लोगों के अलग होने में ही कल्याण है।"

अब रेखा फूट पड़ी, "कल्याण—किसका कल्याण ? मैं पूछती हूँ। तुम समझते हो कि मैं तुम्हारे बिना जीवित रह सकूँगी। मैंने जीवन में केवल तुमसे प्रेम किया है, और इस प्रेम को खोने के बाद मैं अपने प्राण खो दूँगी। मुर्दे की तरह जिन्दा रहना, यह मेरे लिए सम्भव नहीं है।" वह योगेन्द्रनाथ से लिपट गई।

योगेन्द्रनाथ के मस्तिष्क में एक विचार-सा कौंध गया, "रेखा, क्या प्रोफेसर के साथ तुम्हारा रहना अनिवार्य है, जबकि तुम प्रोफेसर से प्रेम नहीं करतीं ? कभी इस पहलू पर भी सोचा है तुमने ?"

योगेन्द्रनाथ की यह बात सुनकर रेखा घबरा गई, "डॉक्टर, मैं तुम्हारा मतलब नहीं समझी।"

"मतलब ?" कुछ सोचते हुए योगेन्द्रनाथ ने कहा, "मैं सोच रहा था कि अगर तुम भी मेरे साथ चलो तो कैसा रहेगा ! तुम्हारे आने के पहले प्रोफेसर के जीवन में देवकी थी, वह देवकी आ गई है यहाँ ! देवकी प्रोफेसर से प्रेम करती है, तुम उनसे प्रेम नहीं करतीं। ऑसलो में हम दोनों पति-पत्नी के रूप में रह सकते हैं, वहाँ का कानून इसके लिए छूट देता है। और मैं समझता हूँ कि प्रोफेसर भी इस विधान से समझौता कर लेंगे।"

रेखा सिसक पड़ी, "नहीं-नहीं, यह कैसे हो सकता है ? प्रोफेसर को इस हालत में छोड़कर मैं नहीं जा सकूँगी। मेरे माता-पिता, मेरे परिवारवाले मुझसे घृणा करेंगे। मैं स्वयं अपने से घृणा करने लगूँगी शायद। नहीं डॉक्टर, मुझे अपने भाग्य पर छोड़ो—मुझे तो भुगतना ही है।"

रेखा जिस समय घर वापस लौटी, आठ बज चुके थे। प्रभाशंकर ने जलते हुए नेत्रों से रेखा को देखते हुए कहा, "इतनी देर कहाँ लगा दी ? मेरी दवा का वक्त हो गया है। मैंने देवकी से दवा माँगी, लेकिन उसे मिली नहीं। कहाँ गई थी तू ?"

रेखा ने इस बात का कोई उत्तर नहीं दिया, चुपचाप उसने गिलास में दवा डालकर प्रभाशंकर की ओर बढ़ाया।

प्रभाशंकर ने दवा नहीं ली, "पहले मेरी बात का जवाब दे। अब ज्ञानवती का भी बहाना नहीं चल सकता। बोल, अपने यार के यहाँ गई थी हरामजादी कहीं की ! उसे

जाने से रोकने के लिए !"

आज प्रथम बार रेखा को प्रभाशंकर ने किसी दूसरे के सामने गाली दी थी। उसने देखा कि देवकी के मुख पर एक कुटिल मुस्कान है। एकाएक रेखा के मन में भी प्रतिहिंसा जाग उठी, "अगर आप समझते हैं कि मैं वहाँ गई थी, तो मैं वहीं गई थी। क्या चाहते हैं आप ? घर से निकल जाऊँ ? कौन-सी ऐसी देर हो गई है ! आठ बजे दवा का समय है, और अभी सवा आठ बजे हैं। कार में पंक्चर हो गया था, कितनी मुसीबत उठानी पड़ी मुझे ! और यहाँ आकर मुझे अपमान और गालियाँ मिल रही हैं।" दवा का गिलास मेज पर रखकर रेखा कमरे के बाहर चली गई। वहाँ बैठकर वह रोने लगी।

कुछ देर बाद देवकी प्रभाशंकर के कमरे से बाहर निकली। उसने रेखा से कहा, "मैंने प्रोफेसर को दवा पिला दी है। उनका मिजाज तो हमेशा से ही खराब रहा है, इधर बीमारी में वह बहुत अधिक चिड़चिड़े हो गए हैं। तुम पर अकारण क्रोध करके वह पछता रहे थे, जाओ उनके पास, उन्हें माफ कर दो। यह सब तो मैंने लगातार भुगता है उनके साथ।"

रेखा के मुख पर अब कठोरता आ गई, "लेकिन मैं भुगतने को तैयार नहीं हूँ, देवकी ! जा रही हूँ, लेकिन अब यह सब असह्य हो गया है।"

रेखा प्रभाशंकर के पास पहुँची। प्रभाशंकर ने कमजोर स्वर में कहा, "जो हो गया उसके लिए मुझे क्षमा कर दो, और वह सब भूल जाओ। अगर तुमने पंक्चर होने पर यहाँ फोन कर दिया होता तो मुझे इसकी चिन्ता न होती।"

रेखा को ऐसा लगा कि प्रभाशंकर के स्वर में परिताप नहीं है; प्रभाशंकर को, उसने जो सफाई दी, उस पर विश्वास नहीं है। उसे लगा कि प्रभाशंकर के और उसके बीच एक ऐसी दूरी आ गई है जो लगातार बढ़ती जा रही है। उस दूरी को कम करने की बात ही नहीं उठती। एक जलन और छटपटाहट भर गई थी उसके अन्दर। देवकी के सामने प्रभाशंकर ने उसे गाली दी थी, देवकी के सामने उन्होंने उसका अपमान किया था।

सुबह जब वह सोकर उठी, उसने अपने को बिलकुल बदली हुई अनुभव किया। नियमित ढंग से उसने प्रभाशंकर को दवा दी, नियमित ढंग से उसने प्रभाशंकर से उनकी तबीयत का हाल पूछा, और फिर वह कार लेकर निकल पड़ी। अब उसे किसी प्रकार का भय नहीं था, उसमें किसी प्रकार की झिझक नहीं थी। वह सीधे योगेन्द्रनाथ के यहाँ पहुँची। उसने योगेन्द्रनाथ से कहा, "डॉक्टर, मैंने तय कर लिया है, मैं तुम्हारे साथ चलूँगी। तुम मेरा पासपोर्ट ठीक करा दो और मेरा टिकट खरीद लेना। यह मेरा पासपोर्ट है और यह तीन हजार रुपये का चैक है। अगर अधिक लगे तो लगा देना।" रेखा बिना अधिक बात किए वहाँ से लौट पड़ी।

आश्चर्य से योगेन्द्रनाथ रेखा को जाते हुए देख रहा था। उसने कुछ पूछने का अवसर ही नहीं दिया। लेकिन निर्णय लिया जा चुका था।

[21]

रेखा का पासपोर्ट ठीक हो गया, उसका टिकट खरीद लिया गया। उस दिन अक्टूबर की पाँच तारीख थी। बारह दिन बाकी थे। सत्रह अक्टूबर को उसे योगेन्द्रनाथ के साथ जाना था।

देवकी इलाहाबाद जा रही थी। प्रभाशंकर अब दस-बीस कदम चलने भी लगे थे। उनके स्वास्थ्य के सुधरने में गति आ गई थी।

लेकिन देवकी की अनुपस्थिति में वह प्रभाशंकर को अकेली छोड़कर कैसे जा सकेगी ! उसने देवकी से कहा, "क्या तुम्हारा इलाहाबाद जाना टाला नहीं जा सकता ?"

"क्या बताऊँ, बच्चे अकेले हैं। मैंने दशहरा पर आने को कह दिया था।" देवकी ने कहा।

रेखा ने देवकी को देखा, "मेरी एक बात का बुरा तो न मानोगी ? मुझे तुमसे यही कहना है कि तुम अपने बच्चों को लेकर यहीं चली आओ। ये सब बच्चे प्रोफेसर के ही तो हैं। इलाहाबाद में तुम्हारे लिए रखा ही क्या है ?"

अवाक देवकी रेखा को देखती रह गई, "तुम—तुम यह सुझाव दे रही हो, रेखा रानी ! तुम मुझसे मजाक तो नहीं कर रही हो ?"

"नहीं, ज़रा भी मजाक नहीं कर रही हूँ। प्रोफेसर की देखभाल अकेले मुझसे नहीं होती, तुम्हारे आने से मुझे बड़ा सहारा मिलेगा। इस सूने घर में मेरा जी भी बहुत घुटता है, बच्चों से चहल-पहल रहेगी।"

"लेकिन प्रोफेसर राजी होंगे इसके लिए ? तुमने उनसे कोई बात की ?"

"उनसे बात करते की जरूरत नहीं है। इस घर पर जितना अधिकार उनका है, उतना ही मेरा है और उतना ही तुम्हारा है। अगर उन्हें कोई आपत्ति हो सकती थी तो मेरे कारण, लेकिन यह प्रस्ताव तो मेरा ही है।" रेखा ने कहा, "और बच्चों को लेकर एकदम चली आना।"

देवकी रेखा के गले से लिपट गई, "तुम देवी हो रेखा रानी ! तुम कितनी महान हो ! आज पाँच तारीख है। मैं चौदह-पन्द्रह तारीख तक आ जाऊँगी। इलाहाबाद से हटने का पूरा इन्तजाम करना पड़ेगा। और देखो, जब तक मैं नहीं आती तब तक तुम धीरज से काम लेना। प्रोफेसर की किसी बात का बुरा न मानना, उनका तो मिजाज ही चिड़चिड़ा हो गया है इन दिनों।"

देवकी को गाड़ी पर चढ़ाकर जब रेखा लौटी, उसका मन हलका था। सत्रह अक्टूबर को उसके जीवन में एक नया परिच्छेद आनेवाला है। प्रभाशंकर अब बिना किसी सहारे के दस-बीस कदम चल लेते थे। डॉक्टर ने कह दिया था कि नवम्बर से वह यूनिवर्सिटी में अपना काम सँभाल लेंगे।

चौदह अक्टूबर आई और बीत गई, लेकिन देवकी नहीं आई। पन्द्रह तारीख को सुबह रेखा को देवकी का एक पत्र मिला। उसमें उसने लिखा था कि वह बीस तारीख

को सुबह दिल्ली पहुँचेगी। रेखा का मन एक क्षण के लिए उदास हुआ, लेकिन दूसरे ही क्षण वह सँभल गई। जो होना है वह होकर रहेगा, उस पर किसी का कोई अधिकार नहीं।

रेखा ने अपनी पूरी तैयारी कर ली थी। तैयारी ही क्या करनी थी उसे ! थोड़े-से कपड़े और उसके गहने। एक सूटकेस में वे सब आ गए। बाकी सब कुछ वह यहीं छोड़ जाएगी, देवकी के लिए। इस सबकी उसके लिए कोई आवश्यकता नहीं थी।

सत्रह अक्टूबर की सुबह हुई, और रेखा के मन में एक हलचल मच गई। सुबह के समय ही एक हफ्ते की दवा लाकर उसने रख दी। अन्य किसी काम में उसका मन ही नहीं लग रहा था। शाम को पाँच बजे उसने घड़ी देखी—अभी छह घंटे बाकी थे। इसके बाद वह इस नरक से निकल पड़ेगी। प्लेन रात को ग्यारह बजे जाता था, रेखा ने योगेन्द्रनाथ से तय कर रखा था कि वह नौ बजे रात को उनके यहाँ पहुँच जाएगी। उसी समय एक टैक्सी लेकर वे लोग एयरपोर्ट के लिए रवाना हो जाएँगे। प्लेन साढ़े-दस बजे आता है। लेकिन अपना असबाब ठीक कराना—अपने कागजात ठीक कराना !

घर में अब उसका मन न लग रहा था। चार बजे उसने प्रभाशंकर को दवा पिलाई थी। आठ बजे अब दूसरी खुराक देगी और तभी रेखा को खयाल आया कि वह कुछ लोगों से मिल ले। घर उसे काटने को दौड़ रहा था। कार लेकर वह निकल पड़ी।

उस दिन फिर उसे लौटने में दस मिनट की देर हो गई। उधर घड़ी में आठ बजे और इधर प्रभाशंकर ने अपने चारों ओर देखा। घर में सन्नाटा छाया हुआ था। बनवारी ने बतलाया कि मेम साहब करीब पाँच-साढ़े पाँच बजे गाड़ी लेकर कहीं चली गई हैं, कह गई हैं कि आठ बजे तक वह लौट आएँगी। प्रभाशंकर चुपचाप लेट गए। उनका क्रोध बढ़ता जा रहा था। उनकी दृष्टि दरवाजे पर लगी थी। रेखा को देखते ही प्रभाशंकर भड़क उठे, "पाँच बजे से अब तक क्या करती रही—कहाँ गई थी ?" प्रभाशंकर ने फिर रेखा को एक भद्दी-सी गाली दी।

कितनी गाली देंगे प्रभाशंकर ? आज के बाद वह रेखा को गाली न दे सकेंगे, क्योंकि गाली सुनने के लिए रेखा उनके सामने होगी ही नहीं। रेखा ने प्रभाशंकर की गाली का कोई उत्तर नहीं दिया, चुपचाप उसने प्रभाशंकर को दवा दी।

एक भावनाहीन चेहरा—प्रभाशंकर ने देखा, और न जाने क्यों वह कुछ सहम-से गए। दवा पीकर प्रभाशंकर एकटक रेखा को कुछ देर तक देखते रहे, फिर उन्होंने कहा, "बैठो, मुझे क्षमा करना जो मैंने अभी तुम्हें गाली दी। लाख कोशिश करता हूँ अपने ऊपर अधिकार रखने की, लेकिन न जाने कैसी हिंसा मुझमें भर गई है कि मुझे अपने ऊपर अधिकार ही नहीं रहता।"

रेखा चुपचाप बैठ गई, कुल तीस-चालीस मिनट की बात, इसके बाद प्रभाशंकर अपनी हिंसा में अकेले घुटेंगे, उस हिंसा को वह नहीं बँटाएगी।

प्रभाशंकर का मुख एकदम करुण हो गया। बड़े बुझे हुए स्वर में उन्होंने कहा, "रेखा, तुम्हारे कारण मैंने बहुत सहा है, लेकिन मैं तुम्हें दोष नहीं देता। मेरे कारण शायद

तुमने इससे भी अधिक सहा है। तुमसे विवाह करके मैंने तुम्हारे प्रति बहुत बड़ा अन्याय किया, शायद एक तरह से मैंने तुम्हारे जीवन को नष्ट कर दिया।"

रेखा ने प्रभाशंकर को रोका, "आप अधिक बात न कीजिए।"

"नहीं रेखा, मुझे अपनी बात कह लेने दो, इससे मेरे पाप की कालिमा शायद कुछ धुल सके। मैंने समझा था कि तुम मुझसे प्रेम करती हो, लेकिन वह मेरा भ्रम था। तुम मेरी पूजा करती थीं, मुझ पर भक्ति थी तुम्हारी, वह प्रेम नहीं था। जहाँ तक मेरा सवाल है—शायद पुरुष का प्रेम वासना से ओत-प्रोत होता है। मैं अपनी पाशविक भावना से अन्धा हो गया था और मेरी उस पशुता का दंड मिल रहा है मुझे। इस दंड को मुझे चुपचाप स्वीकार करना चाहिए। तुमने मुझ पर विश्वास किया, तुमने मुझे अपनी ममता दी, अपनी संवेदना दी। लेकिन मैंने इस सबका दुरुपयोग किया। मैं यह भूल गया था कि तुम्हें मुझसे प्रेम नहीं है, प्रेम हो भी नहीं सकता था। आत्मा के धर्म के साथ शरीर का भी तो कोई धर्म है। अपने शरीर की भूख को तो मैं जानता था, लेकिन तुम्हारे शरीर की भी कोई भूख हो सकती है, यह मैं भूल गया था।" यह कहते-कहते प्रभाशंकर की आँखों में आँसू आ गए।

रेखा चुपचाप प्रभाशंकर की बातें सुन रही थी और उसके अन्दर करुणा उमड़ती चली आ रही थी। वह अनुभव कर रही थी कि बड़े प्रयत्न से उसने अपने हृदय को जो पत्थर बनाया है, वह गलता जा रहा है। धीरे-धीरे रेखा के सामने प्रभाशंकर का विवाह के पहलेवाला वह रूप आ गया था जिसने उसे इतना प्रभावित किया था। प्रभाशंकर का महान व्यक्तित्व धीरे-धीरे उसकी आँखों के आगे उभर रहा था।

प्रभाशंकर कहे जा रहे थे, "मैं बुरी तरह टूट गया हूँ, रेखा ! फिर से बन सकूँगा, इसकी कोई आशा नहीं। बड़ी मुश्किल से दस-पाँच साल और चल जाएँ तो चल जाएँ, लेकिन इसकी कोई सम्भावना नहीं दिखलाई देती। और इतने दिनों तक मैं तुम पर एक भार बनकर ही जीवित रहूँगा।"

"ऐसा न कहिए !" रेखा ने कहा।

"नहीं रेखा, मैं सच कहता हूँ कि मैं अपनी निराशाओं और असफलताओं से पागल हो गया हूँ, और अपने ऊपर से अपना अधिकार खो बैठा हूँ। तुम मेरी बातों का बुरा न मानना। मेरे कोई नहीं, एक तुम्हें छोड़कर, एक तुम्हारा ही सहारा है मुझे !"

अब रेखा को अनुभव हुआ कि एक टूटा हुआ आदमी उसके सामने लेटा हुआ है—कितना निरीह और कितना दयनीय ! इस आदमी को मृत्यु के मुख में और बेसहारा छोड़कर वह जा रही है ! वह प्रभाशंकर की ही नहीं, अपनी आत्मा की हत्या करने पर तुल गई है। उसने प्रभाशंकर का हाथ अपने हाथ में लेते हुए कहा, "आप बहुत जल्दी अच्छे हो जाएँगे, आप चिन्ता करना बिलकुल छोड़ दीजिए। मैं आपके पास हूँ—आपके पास रहूँगी।"

यह क्या कह गई रेखा—उसने घड़ी देखी, नौ बज चुके थे। योगेन्द्रनाथ उसकी प्रतीक्षा कर रहा होगा। करने दो उसे प्रतीक्षा, वह नहीं जा पाएगी। वह नहीं जाएगी

प्रभाशंकर को छोड़कर, जो कुछ भी होना हो वह हो।

एक असीम शान्ति दीखी रेखा को प्रभाशंकर के मुख पर। ऐसा लग रहा था कि प्रभाशंकर की जीवनी-शक्ति लौट रही है। चुपचाप वह बैठी थी प्रभाशंकर का हाथ अपने हाथ में लिए हुए, और तभी उसे टेलीफोन की घंटी सुनाई दी। उसने फिर अपनी घड़ी देखी, नौ बजकर दस मिनट हो गए थे। उसने कहा, "इस वक्त किसका फोन हो सकता है—देखूँ तो !" वह टेलीफोन की ओर दौड़ी।

दूसरी ओर से योगेन्द्रनाथ मिश्र की आवाज सुनाई पड़ी उसे, "रेखा, नौ बजकर दस मिनट हो गए हैं, तुम अभी तक नहीं चलीं ?"

दबी हुई आवाज में रेखा ने कहा, "हाँ डॉक्टर, मैं नहीं आई, और मैं आ भी नहीं रही हूँ। तुम मेरा टिकट वापस कर दो।"

"यह कैसा पागलपन, रेखा ! यह भावनात्मक दुर्बलता का समय नहीं है। तुम कदम उठा चुकी हो, टिकट अब वापस नहीं हो सकता। एकदम चल दो, मैं तुम्हारा इन्तजार कर रहा हूँ।"

"नहीं डॉक्टर ! मेरा इन्तजार अब न करो। इस बीमार और मौत के मुँह में पड़े आदमी को छोड़कर मैं नहीं आ सकूँगी। इसको मैंने अपनी इच्छा से वरण किया है, अन्त तक इस आदमी का साथ निभाना होगा मुझे ! मुझे क्षमा करना। तुम जाओ। अगर मैं जीवित रही तो फिर मुलाकात होगी, नहीं तो मरने के बाद—अगर मरने के बाद मुलाकात हो सकती है ?"

"पागलपन न करो, रेखा ! मैं कहता हूँ कि यह केवल भावुकता है, इसमें कोई सार नहीं है।"

"नहीं डॉक्टर, तुम अकेले ही जाओ अब, भगवान तुम्हारा भला करें।" रेखा रिसीवर टेलीफोन पर पटककर वहीं बैठ गई। उसकी हिचकियाँ बँध गईं। कितने प्रयत्न से, कितना सहन करके उसने जो कुछ बनाया था, एक क्षण में उसने तोड़कर रख दिया, उसने अपने प्रेम की हत्या कर दी।

इस हालत में वह प्रभाशंकर के सामने नहीं जा सकती थी, वह सीधी रसोईघर में चली गई। अच्छी तरह से अपना मुँह धोकर और प्रभाशंकर का खाना लगाकर वह प्रभाशंकर के कमरे में लौटी, "लीजिए, साढ़े नौ बज रहे हैं, अब आप खाना खा लीजिए।"

"अरे हाँ, आज खाने में कुछ देर हो गई।" प्रभाशंकर खाना खाने बैठ गए। खाना खा चुकने के बाद उन्होंने पूछा, "किसका फोन था वह ?"

"गलत नम्बर लग गया था।" रेखा ने जवाब दिया।

प्रभाशंकर लेट गए। एकाएक उन्होंने पूछा, "देवकी ने चौदह तारीख को आने को कहा था, आज सत्रह तारीख है। अभी तक नहीं आई !"

"वह बीस तारीख को आ रही है, परसों उसका पत्र मिला था मुझे। अब इलाहाबाद में उसका है ही कौन ! वह अपने बच्चों को साथ लेकर यहाँ रहने आ रही है, तो वहाँ

की गृहस्थी उखाड़ने में कुछ समय तो लगता।"

"अपने बच्चों को लेकर यहाँ रहने आ रही है, यह कैसे हो सकता है ? उसकी मुझसे तो ऐसी बात नहीं हुई।"

"मैंने उससे यह कहा है। उस बेचारी के तो ध्यान में ही यह नहीं आया था।"

"तुम यह सब कहनेवाली कौन होती हो ? यह तुमने क्यों कहा ?"

"इसलिए कि देवकी के बच्चे आपके ही तो बच्चे हैं..."

रेखा ने अपनी बात पूरी भी न की थी कि प्रभाशंकर भड़क उठे, "निकल यहाँ से हरामजादी कहीं की ! अपने कलंक को लेकर मैं रहूँ—तू यह चाहती है ! आने दे देवकी को..." और प्रभाशंकर ने अपनी आँखें बन्द कर लीं।

मर्माहत-सी रेखा कमरे से बाहर निकल आई। उसने घड़ी देखी, दस बजकर दस मिनट हो चुके थे।

तो इस पशु के साथ रहने के लिए, इस स्वार्थी और अपने में केन्द्रित मनुष्य की सेवा करने के लिए वह अपना जीवन नष्ट कर रही है।

पागल की तरह अपना सूटकेस लेकर वह बाहर निकली। पालम—पैंतालीस मिनट में वहाँ पहुँचा जा सकता है। अभी समय है।

कार पर सूटकेस रखकर वह स्टीयरिंग-व्हील पर बैठ गई और उसने कार स्टार्ट कर दी।

पालम—कुल पन्द्रह मील की दूरी। वहाँ वह कार एयरपोर्ट के अधिकारियों के सुपुर्द कर देगी। दूसरे दिन वह प्रभाशंकर के यहाँ पहुँचा दी ज़ाएगी। रात का समय, सुनसान रास्ता ! वह पहुँच सकती है, वहाँ इस पशु से मुक्ति पा सकती है, वहाँ वह इस नरक से मुक्ति पा सकती है।

तेजी के साथ वह चली जा रही थी, और समय उससे भी अधिक तेजी के साथ चल रहा था। उसमें और समय में दौड़ हो रही थी—समय, इसी समय का तो दूसरा नाम काल है। इस काल से कौन जीत सका है ? कश्मीरी गेट, लाल किला, दरियागंज—हर जगह बाधाएँ—अनगिनत बाधाएँ ! और काल की गति अबाध है, वह तो निरन्तर चलता रहता है।

वह पालम एयरोड्रम के पास पहुँच रही थी—उसे दूर से एयरोड्रम की बीकन लाइट दिखाई दे रही थी, और उसने घड़ी देखी—ग्यारह बज रहे थे। उसने कार और तेज की।

वह मना रही थी कि हवाई जहाज देर से छूटे यहाँ से—सामने एयरोड्रम का फाटक दीख रहा था। उसने कार रोकी—एक आवाज—कारवाली—बन्द हुई, दूसरी आवाज बहुत अधिक तेज, बहुत अधिक कर्कश, बहुत अधिक भयानक उसे सुनाई दी। तेजी से वह कार से उतरी—और उसने देखा कि हवाई जहाज जमीन से ऊपर उठ रहा है—ऊपर उठ रहा है।

रेखा खड़ी हो गई। घोर निराशा—जिसमें वह अपनी चेतना खो बैठी। और फिर आप-ही-आप उसने हवाई जहाज की ओर अपने हाथ जोड़ दिए—योगेन्द्रनाथ को

आखिरी विदा देने के लिए।

यंत्र की भाँति वह गाड़ी में बैठ गई और उसने अपनी कार घर की ओर मोड़ दी। नियति ने जो मार्ग उसके लिए निर्धारित किया है, वह उससे नहीं हट सकेगी। उस नियति के विधान के प्रति आत्मसमर्पण—उस घुटन, उस कुंठा को प्राणों से हमेशा-हमेशा के लिए चिपटाए रखना, जिसको उसने वरण किया है। उसके अन्दर अब सब कुछ बुझ गया है—एक अभेद्य और गहन अन्धकार, इसी में उसे रहना है।

उसने बँगले में प्रवेश किया—और एक आशंका से वह सिहर उठी। कम्पाउंड में एक कार खड़ी थी, घर के अन्दर से कुछ आवाजें आ रही थीं। घबराकर वह प्रभाशंकर के कमरे की ओर दौड़ी। और रेखा को देखते ही बनवारी फूट पड़ा, "आप कहाँ थीं, बीबीजी ? साहेब गए, आपको ढूँढ़ते-ढूँढ़ते साहेब चले गए। जब मैं कमरे में आया, साहेब जमीन पर पड़े आपको पुकार रहे थे !"

रेखा ने देखा कि दरवाजे के पास जमीन पर प्रभाशंकर पड़े हैं—फटी-फटी उनकी आँखें और मुँह ऐंठा हुआ। रेखा जमीन पर बैठ गई। प्रभाशंकर का सिर अपने घुटनों पर रखते हुए उसने कहा, "मैं आ गई हूँ—मैं आ गई हूँ।"

तभी उसे दूसरी आवाज सुनाई दी, "इनकी मृत्यु हो चुकी है, मिसेज शंकर !"

रेखा ने देखा कि कमरे में डॉक्टर कपूर खड़े हैं ! उसने कहा, "इनकी मृत्यु ! क्या कह रहे हैं, डॉक्टर साहेब—आप कब आए ? आपने इन्हें बचाया नहीं ?"

"मैं अभी पाँच मिनट पहले आया हूँ। बनवारी ने मुझे फोन किया था। और मैंने यहाँ आकर देखा कि इनकी मृत्यु हो चुकी है। बड़ा सीरियस हार्टअटेक हुआ था इन्हें—तत्काल मृत्यु हुई इनकी।"

"इनकी मृत्यु हो गई, डॉक्टर साहेब !" रेखा ने प्रभाशंकर का सिर जमीन पर रख दिया, "यह भी चल दिए।"

और फिर एकाएक चीखकर रेखा उठ खड़ी हुई, "वह हवाई जहाज पर भागा जा रहा है—भागा जा रहा है, और इनकी आत्मा अपनी समस्त कटुता और हिंसा को बटोरे हुए उसका पीछा कर रही है !"

डॉक्टर कपूर ने घबराकर कहा, "मिसेज शंकर ! होश में आइए !"

और रेखा हँस रही थी, "मैं होश में हूँ, डॉक्टर ! आप सर्टीफिकेट दे दीजिएगा कल सुबह। आप जानते हैं, नियति ने मेरे साथ बहुत बड़ा खिलवाड़ किया है, लेकिन मैं रेखा हूँ—रेखा ! सब मिट गए, लेकिन यह रेखा—मिट-मिटकर भी यह अमिट है। जाइए, आप सोइए जाकर !"

डॉक्टर कपूर ने बनवारी को देखा, जैसे वह कहना चाहते हों, "यह पागल हो गई हैं—या हो रही हैं, इन्हें सँभालो !" और फिर सिर झुकाए हुए वह कमरे के बाहर हो गए, लेकिन रेखा की वह पागलपन की हँसी उनके कानों में गूँज रही थी।

●●●